Ellen Puffpaff

Der Rückkehrer
– Alles auf Gestern –

Band III

Der Rückkehrer
– Alles auf Gestern –

Die Vergangenheit ruht nicht. Zum Schein wird alles überdeckt, aber unter der Oberfläche lodert ein gieriges Feuer.

Bei der Erkundung nach Diegos vorherigem Leben und dem der Streetsurfer kommen viele unerwartete und erschreckende Geheimnisse zum Vorschein – die den Tod bedeuten. Anna muss einmal mehr feststellen, wie wenig ihr Leben wert ist und dass sie niemandem trauen kann. Zudem ist ihr Gegner unvorstellbar mächtig und nicht einschätzbar – doch letztendlich steht sie ihm ganz alleine gegenüber.

Ellen Puffpaff, geboren 1983 in Eckernförde, ist gelernte Fremdsprachenkorrespondentin und Speditionskauffrau und schrieb bereits als Jugendliche ihre ersten Kurzgeschichten. Schließlich nutzte sie ihre Elternzeit zum Schreiben ihrer Bücher „Dachbodenfund" und „Fatale Folgen", die als Neuauflage in ihrem 2017 gegründeten „ellis Buchverlag" erschienen. Mit „Der Rückkehrer" erscheint der dritte Teil ihrer Thriller-Reihe um Anna und Diego nach „Die Komplizin" und „Der Todesbote". Ellen Puffpaff lebt mit ihrer Familie in der Nähe von Flensburg.

Ellen Puffpaff

Der Rückkehrer

– Alles auf Gestern –

Band III

ellis
BUCHVERLAG

Ellen Puffpaff
Der Rückkehrer
– Alles auf Gestern –
Band III
Thriller

1. Auflage 2022

ISBN Printausgabe: 978-3-947538-04-1
ISBN eBook: 978-3-947538-10-2

Mailücke 4
24975 Husby
Tel.: 04634 – 939 82 00
Fax: 04634 – 931 37 32
info@ellis-buchverlag.de
www.ellis-buchverlag.de

Cover und Design: www.synthesien.de
Druck: booksfactory.de, Szczecin

Für Anna

Handlungen und Figuren aus diesem Roman sind frei erfunden. Mögliche Übereinstimmungen mit lebenden oder verstorbenen Personen sind zufällig und nicht beabsichtigt.

Kapitel 1

Der Raum war dunkel, in dem er sich jetzt schon seit einigen Stunden aufhielt. Die Fenster hatte er mit den von außen angebrachten Rollläden verdunkelt, damit er komplette Ruhe hatte und nicht abgelenkt werden konnte. Er musste sich konzentrieren, und vor allem musste er genießen und das konnte er nicht, wenn er sich gestört fühlte.

Er hatte viel recherchiert und geforscht. Es gab neue Wege und Möglichkeiten, die direkt zu ihm sprachen und ihn aufforderten, es noch einmal zu versuchen – die Vollkommenheit zu erzielen.

Sein Kopf tat weh und seine Hände schwitzten. Die Luft im Raum war stickig und warm. Er hatte den ganzen Tag hier drin verbrach und die laufenden Geräte taten ihr Bestes, um die Luft zusätzlich zu verdichten. Außer der kleinen Lampe war der Computerbildschirm, auf den er ununterbrochen starrte, die einzige Lichtquelle.

Er wischte seine Hand an der Hose ab und klickte mit der Maus auf die Galerie, wo er die Videos abgespeichert hatte. Er war froh, dass er seine Arbeit damals so sorgfältig festgehalten hatte. Wenn er allerdings vorher gewusst hätte, dass es ein einziger Versuch bleiben würde, hätte er sich sicherlich noch mehr Archivmaterial zugelegt.

Per Zufallsprinzip suchte er sich seine heutige Unterhaltung aus. Er war sich sicher, dass er alle Videos auswendig kannte, da er sie schon so oft gesehen hatte, aber er musste sie dennoch immer wieder anschauen. Für ihn gab es keine größere Befriedigung.

Seine heutige Wahl fiel auf den 5. Februar 2012. Ein guter Tag. Hier war er mit seiner Arbeit schon weitergekommen und hatte erste Erfolge verzeichnen können.

Das Video startete und zeigte seinen damaligen Arbeitsplatz, für ihn war es eher eine kleine Showbühne. Hier war alles entstanden und so mancher Erfolg gefeiert worden.

Die Kamera schwenkte herum und bekam den Hauptdarsteller in die Totale. Wie immer in den Anfangstagen lag er ruhig und beinahe unbedeutend auf dem Bett, das eigentlich mehr einem Tisch ähnelte und von Apparaten und Monitoren umgeben war. Der Atem ging leise und gleichmäßig. Die Augen waren geschlossen.

Dann sah er sich selbst ins Bild treten. Damals war er noch deutlich schlanker gewesen, was er heute nicht mehr über sich sagen konnte. Der Misserfolg hatte sich in rundlichen Fettpolstern an seinen Hüften niedergelassen.

Sein damaliger hagerer Körper hatte sich um das Bett herumbewegt und sich neben das Kopfende gestellt. Beschwörend legte er die Hände an die Schläfen seines Patienten und presste die Finger stark in die Haut. Dann schloss er die Augen und begann zu summen. Immer die gleiche Melodie. Jeden Tag. Über die gleiche Zeitspanne.

Vor seinem Bildschirm schloss er ebenfalls die Augen, um sich ganz dem Geschehen und dem nun folgenden Phänomen hinzugeben. Er konnte gar nicht sagen, wie erregt er war.

Dann ging es los. Er hörte seine Stimme, wie sie die Anfangsrhythmen sprach. Immer dieselben. Jeden Tag. Das Tor in die andere Welt.

Und dann war es so weit. Der Mann auf dem Bett begann klar und deutlich zu sprechen.

Voller Anmut wartete er auf die Offenbarung, als er hinter sich plötzlich ein Geräusch vernahm. Er drehte sich herum und sah die geöffnete Tür hinter sich. Grelles Licht strahlte in den Raum und zwang ihn, seine Augen zu schließen.

„Bist du immer noch hier drin?“, hörte er eine verständnislose Stimme, die zum Schatten in der Tür gehörte. „Du wirst nichts erreichen können, wenn du dir die Videos wieder und wieder reinziehst.“

Er schloss die Augen und achtete nicht auf die gehässigen Worte. Er wusste selbst, dass es nicht geklappt hatte und der verdiente und anerkennende Erfolg fehlte.

Der Schatten trat in den Raum und stellte sich neben ihn. „Was ich immer schon gesagt habe: Der Versuch ist ungültig, solange die Versuchsperson sich nicht an sein Opfer erinnert. In diesem Fall hat er keine Ahnung gehabt, wer sie eigentlich war. Um die wirkliche Funktionalität deiner Arbeit zu testen, brauchst du stärkere emotionale Bindungen.“

Er ließ seine Finger nervös neben der Maus herumtippeln.

„Wenn du eine Mutter dazu kriegst, ihr Kind zu töten, nur weil du ihre Gedanken bündelst und kontrollierst, wäre es noch mal eine ganz andere Gewichtsklasse“, erklärte der Schatten hinter ihm.

Doch er brauchte diese Belehrung nicht. Er wusste auch so, dass es stimmte und sein Versuch so gut wie gar nichts zeigte.

Er formte seine Hand zu einer Faust und knetete die einzelnen Knöchel. Er hatte so hart gearbeitet – doch wer sagte denn, dass es vorbei war?

Wenn er wirklich glänzen wollte, brauchte er aussagekräftigere Ergebnisse als die bisherigen. Und die könnte er bekommen.

Kapitel 2

Anna wurde es noch mulmiger, als die S-Bahn schließlich hielt. Jetzt würde sie aussteigen müssen. Widerwillig nahm sie ihren Trolley und ließ sich von den anderen Fahrgästen aus der Bahn schieben.

Als sie auf dem Bahnsteig stand, wartete sie und sah sich um. Die Umgebung wirkte nicht wie der übliche Hamburger Untergrund, sondern eher wie ein selbstständiges, abgehobenes und überirdisches Terrain. Aber das war es vielleicht auch, immerhin gehörte dieser Halt zum Flughafen. Die Decke war im Rundbogen mit hellen Platten verkleidet und wurde mit strahlenden Spots beleuchtet, die an modernen Stahlgeflechten hingen. Anna erinnerte es eher an eine Galerie oder Kunstausstellung.

„Hey, willst hier Wurzeln schlagen?"

Anna drehte sich um und erkannte Diego, der direkt hinter ihr stand und sie die ganze Zeit beobachtet haben musste. Er hatte sich für den Langstreckenflug eine lockere Leinenhose angezogen und wirkte mit dem knalligen Hemd und der Sonnenbrille wie ein Tourist, der gerade aus dem Urlaub gekommen war.

Anna warf ihm ein schwaches Lächeln zu.

Er deutete auf den Ausgang, wo alle Passanten hindrängten. „Da geht's raus. Wir müssen zum Terminal 2."

„Mmh-mmh", murmelte Anna – wenig überzeugt und setzte ihren störrischen Trolley in Bewegung.

Diego war bereits vorgegangen, und Anna suchte einen direkten Weg hinter ihm, was aber nicht möglich war. Der Bahnsteig war voll, und wie es am Flughafen nun mal üblich war, hatte der Großteil der Passagiere auch reichlich Gepäck dabei. Doch schließlich erreichte sie die Rolltreppe und ließ sich und ihren Trolley nach oben fahren, wo Diego bereits auf sie wartete.

Sie setzte einen Fuß auf die glänzenden Fliesen und zog wütend an ihrem bockigen Urlaubsbegleiter. Sicherlich war es ein schlechtes Omen, dass er ihr den Weg zum Flugzeug so schwer machte.

Diego blickte ihr geduldig lächelnd entgegen und wartete, bis sie sich aus der Menge der Passagiere gelöst hatte, die alle in unterschiedliche Richtungen liefen.

Anna sah sich um und erkannte die hohen Decken, die künstlichen Lichter und ähnlich geschwungene Stahlträger wie in der S-Bahnstation. An den Wänden hingen leuchtende Schilder mit Abkürzungen, Zeichen und Pfeilen, die Anna vollkommen durcheinanderbrachten. Und zu allem Überfluss schienen sich die Zeichen auch noch etwa alle zehn Meter zu wiederholen, was ein komplettes Schildermeer verursachte.

„Alles klar?“, fragte Diego geduldig. „Wir müssen in diese Richtung.“

Anna hatte keine Ahnung, welche der Hieroglyphen ihm das prophezeit hatte, aber sie folgte ihm und ihr Hackenporsche schien den Boykott auf den glatten Fliesen vorerst aufgegeben zu haben. „Können wir nicht einfach mit dem Auto fahren?“

Diego griff ihre Hand, ohne etwas zu sagen.

„Das Flugzeug wird abstürzen. Ich sag es dir“, prophezeite sie. Andauernd stürzten irgendwo Flugzeuge ab. Ihre Flugangst war alles andere als unbegründet.

„Nach Mexiko wird eine Anreise mit dem Auto vielleicht etwas schwierig.“

„Wir könnten mit dem Schiff fahren.“

„Ich glaube nicht, dass du so lange Urlaub bekommst, dass sich diese Reise lohnen würde. Außerdem kann ein Schiff sinken.“

„Ich kann schwimmen.“

Diego schmunzelte und rieb mit dem Daumen über ihren Handrücken. „Durch den Atlantik.“

Anna atmete tief durch. Dann wischte sie sich einmal durch die Augen, weil ihr leicht schummerig wurde.

Diego warf ihr einen besorgten Blick zu. „Willst du lieber eine Tablette nehmen?“

„Ich habe zu Hause schon eine genommen. Aber außer, dass mir schwindelig wird, scheint sie noch nicht zu helfen. Das Flugzeug wird immer noch abstürzen. Die Überzeugung konnte sie mir noch nicht nehmen.“

Diego legte den Arm um sie und drückte sie an sich, während sie langsam weitergingen. „Weißt du denn nicht, dass es rein statistisch gesehen, viel wahrscheinlicher ist, mit einem Auto ums Leben zu kommen als mit einem Flugzeug abzustürzen?“

„Und wer hat die Statistik erstellt? Die Al-Qaida? Wenn keiner mehr ins Flugzeug steigt, gehen denen doch die Terrorziele aus, die sie anfliegen können.“

Diego schüttelte den Kopf und musste lachen. Auch Anna entspannte sich leicht, sodass sie kurz unachtsam war und ihren Trolley aus der Spur manövrierte. Hoppelnd fiel er herum und blieb wie ein Käfer auf dem Rücken liegen.

„Siehst du!“, schrie Anna und drehte das sperrige Ungetüm wieder auf die Räderchen. „Selbst er meint, dass das eine ganz dumme Idee ist und wir es lieber lassen sollten.“

Diego hatte die Sonnenbrille abgenommen und zog eine Augenbraue hoch. „Er?“

„Ja, er will mir das die ganze Zeit schon klarmachen. Selbst beim Packen hat er mich schon boykottieren wollen. Wir dürfen nicht fliegen.“

Diego griff ihre Hand und zog sie weiter in Richtung der Check-in-Schalter. „Ich glaube, wir müssen uns keine Sorgen machen, und ich denke, die Tabletten wirken wunderbar. So wirres Zeug hast du lange nicht mehr geredet.“

Anna gab einen grimmigen Ton von sich, der in Diegos Gelächter unterging.

Dann hatten sie die Halle mit den Check-in-Schaltern erreicht. Anna sah sich um und versuchte, den für ihren Flug nach Mexiko zu erkennen, aber die Sicht wurde nicht besser. Die Anzeigen um sie herum waren allesamt unscharf. Sie musste sich wohl weiterhin auf Diegos Ortskenntnisse verlassen.

„Unser ist noch nicht auf. Wollen wir uns kurz setzen?“ Diego schob sie ein Stück weiter, bis sie schließlich vor einer Sitzreihe aus blau gepolsterten Plastikschalen stehen blieben.

Anna setzte sich nur zu gerne und legte sich die Hände vors Gesicht. Ihr war richtig schwindelig geworden.

Diego legte ihr einen Arm um die Schultern und zog sie an sich, sodass sie ihren Kopf in sein Hemd drücken konnte. Beruhigend streichelte er ihr über den Rücken. „So schlimm?“

„Mir wird irgendwie schlecht.“

„Tolle Tabletten, wo die Übelkeit schon vor den ersten Turbulenzen auftritt.“

„Diego!“

„´tschuldige.“

„Am liebsten würde ich jetzt einschlafen und erst in Mexiko wieder aufwachen. Geht das?“

„Meinetwegen. Und wenn die Flugbegleiterin fragt, sage ich, du seist meine willenlose Geisel, okay?“

„Kannst ja mal versuchen, wie weit du damit kommst!“

Diego lachte und seine Brust vibrierte. Die Erschütterung war nicht gerade vorteilhaft für Anna, sodass sie sich aus seiner Umarmung wieder löste und sich gerade auf dem Stuhl zurücksetzte. In ihrem Kopf drehte sich alles.

„Ich glaube nicht, dass sie mich so in ein Flugzeug lassen werden. Muss man nicht halbwegs zurechnungsfähig sein? Falls wir abspringen müssen oder so?“

„Ich hätte dir die Tabletten besorgen oder zumindest in die Apotheke mitkommen sollen. Was auch immer sie dir da gegeben haben…“ Er schmunzelte belustigt und legte ihr eine Hand auf die Stirn.

„Ich glaube, ich muss mal aufs Klo.“ Anna sah sich suchend nach einer Toilette um. Wie sah wohl das Zeichen in dieser überirdischen Dimension dafür aus?

Diego folgte ihrem Blick und zeigte auf ein blaues Schild, auf dem Anna etwas unscharf WC erkennen konnte. Doch kurz bevor sie aufstand, zog Diego sie noch einmal zurück und sah ihr tief in die Augen. Der Spott war aus seinem Blick verschwunden. „Anna, das Flugzeug wird nicht abstürzen.“

In Annas Kopf kamen die Worte hallend und undeutlich an. „Versprich nichts, was du nicht halten kannst.“

Ein Lächeln huschte über sein Gesicht. Mit einer Hand umschloss er ihre Hände, die in ihrem Schoß lagen, mit der anderen streichelte er ihr Gesicht.

„Ich meine es ernst, Anna. Du brauchst keine Angst zu haben.“ Er beugte sich zu ihr hinüber und küsste zärtlich ihre Lippen. „Und falls es doch passieren sollte“, murmelte er, ohne wirklich im Kuss innezuhalten, „sind wir beide zusammen und stürzen gemeinsam ab.“

„Ein schwacher Trost“, murmelte Anna. Sie hatte die Augen geschlossen und erwiderte seinen Kuss.

Diego brummte etwas und presste seine Lippen noch intensiver auf ihre. „Wenn dir der Gedanke hilft, küsse ich dich vielleicht auch während wir abstürzen.“

„Das wäre eine Überlegung wert.“ Anna hielt inne und versuchte gegen den Schwindel anzukämpfen. Ihren Kopf hatte sie dabei an Diegos Stirn gestützt.

„Danke, dass du das tust“, murmelte er schließlich, und Anna wusste genau, was er meinte. Sie wusste, was diese Reise nach Mexiko, zu seinem Ursprung, für ihn bedeutete.

Sie nickte und musste würgen. Ihr Magen rumorte und die Übelkeit stieg urplötzlich in alle Gliedmaßen. Sie musste dringend zur Toilette. Taumelnd stand sie auf und peilte das WC-Schild an.

„Ich komme gleich wieder.“

Kapitel 3

Anna schaffte es gerade so, die vorderste der Damenkabinen zu öffnen, als sich bereits ihr Frühstück von ihr verabschiedete. Würgend ließ sie sich über der Toilette nieder, bis die furchtbaren Krämpfe schließlich nachgaben. Ihr Kopf fühlte sich immer noch leicht taumelig an, auch wenn ihr nicht mehr ganz so schwindelig war.

Sie betätigte die Toilettenspülung und setzte sich langsam auf, um wieder zu sich zu kommen. In ihrem Magen spürte sie einen schweren Kloß, den sie nur zu gut kannte – sie hatte Angst.

Als Diego sie vor zwei Jahren nach Spanien entführt hatte, hatte sie das erste Mal in ihrem Leben richtige Angst gehabt. Dabei dachte sie nicht an eine schwierige Prüfung oder gar einen Schatten an der Kellertreppe. Was sie kennengelernt hatte, war richtige Angst, bei der es wahrhaftig um das Überleben ging.

Sie war der Begleiter, den Diego mit in ihr Leben gebracht hatte. Ohne Angst gab es ihn nicht.

So konnte sie dieselbe Angst auch damit assoziieren, als er vor einem Jahr auf so sonderbare Weise nach Hamburg zurückgekommen war – wobei nur der Gedanke, sie zu töten, ihn hierzu getrieben hatte.

Jetzt war eine vergleichbare Angst wieder da. Das auf sie wartende Flugzeug hatte sie erzeugt. Und wieder war Diego Ursache, Teil oder Mitgrund dieser Angst.

Sie lächelte über ihren Vergleich. Vielleicht waren die Umstände doch ein wenig anders und nicht ganz so tödlich, wie sie es sich gerade ausmalte.

Jetzt saß er draußen und wartete auf sie, um mit ihr in sein Heimatland zu reisen. Verglich man die vorherigen Geschehnisse miteinander, war es doch schon fast lächerlich, dass ein paar Tabletten sie so aus den Latschen kippen ließen. Sie hatte schon weit schlimmere Dinge durchstehen müssen – mit und ohne Diego.

Seufzend stand sie auf. In ihrem Kopf drehte es sich noch immer, und sie hatte das Gefühl, am ganzen Körper mit Schweiß und Gänsehaut bedeckt zu sein.

Sie öffnete die Tür und trat in den Waschraum. Eine kleine asiatische Frau stand an den Waschbecken und zog sich die Augenbrauen nach. Anna schob sich langsam neben sie und überlegte, dass sie zu solch präzisen Aufgaben jetzt auf keinen Fall in der Lage wäre.

Annas Blick fiel in den Spiegel, und ihr Gesicht sprach Bände.

Ihre Augen waren rot und dunkel umrandet, die Haut blass wie die Wand, aber mit einzelnen roten Flecken übersät. Ihre Haare waren seit Diegos Kurzhaarschnitt in Spanien in den letzten zwei Jahren fleißig nachgewachsen, sodass sie sie wieder als lockigen Pferdeschwanz zusammenbinden konnte.

Sie wusch sich die Hände und befeuchtete ihren Nacken. Dann spülte sie sich ihren Mund aus und hätte am liebsten den ganzen Kopf unter den Hahn gehalten, wenn das Waschbecken groß genug gewesen wäre. Im Augenwinkel erkannte sie, dass die Asiatin ihr verwirrte Blicke zuwarf.

Sie atmete noch einmal tief durch und fühlte sich dann wieder halbwegs frisch genug, um sich unter die Passanten in der Wartehalle zu trauen. Sicherlich wartete Diego schon besorgt auf sie und womöglich war der Schalter bereits offen, sodass sie ihr Gepäck aufgeben konnten.

Sie wuchtete die Tür auf und trat wieder in den Wartebereich. Es war voller geworden. Mit immer noch leicht schummerigem Blick erkannte sie, dass zwei weitere Schalter aufgemacht worden waren. Sie warf einen kurzen Blick auf die Schlangen, konnte Diego aber nicht entdecken und marschierte zielstrebig auf ihren Trolley zu, der mutterseelenallein vor den blau gepolsterten Stühlen stand.

Wo war Diego?

Anna sah sich um und prüfte die Menschenschlangen und neuen Passagiere genauer. Suchend scannte sie die Leute nach Diego in seinem knallig leuchtenden Hemd ab, konnte ihn aber nicht entdecken.

Seufzend setzte sie sich wieder neben ihren sprachlosen Reisebegleiter und überlegte sich, dass er vermutlich auch nur einmal kurz auf die Toilette gegangen war. Sie lehnte sich zurück und spielte mit einer Kordel an ihrem Hemd während sie die Tür zur Herrentoilette beobachtete.

Jedes Mal wenn sich die Tür öffnete, wartete sie voller Spannung, aber Diego tauchte nicht auf. Als sie sich schließlich sicher war, dass sie bereits einige Männer hatte rein- und wieder rauskommen sehen, wurde sie langsam unruhig.

War ihm möglicherweise auch schlecht geworden? Aber er hatte keine Tabletten genommen und war von Flugangst weit entfernt. Warum kam er nicht wieder heraus? Oder war er vielleicht gar nicht da drin?

Anna stand wieder auf und sah sich erneut um.

Wo war Diego? Hatte er sich doch schon angestellt? War er vielleicht losgelaufen und hatte eine Zeitung oder etwas zu Essen oder wer weiß was gekauft? Aber warum sah sie ihn dann nicht? Und warum lief er überhaupt weg, wenn er doch wusste, dass sie auf der Toilette war und ihn anschließend nicht finden würde? Hätte er nicht warten und Bescheid sagen können? So wichtig konnte es doch nicht gewesen sein.

Sie dachte kurz an ihr Handy, aber dann fiel ihr ein, dass sie beide ihre Telefone für den Flug bereits ausgeschaltet und in der Tasche verpackt hatten.

Sie trat ein paar Schritte von der Sitzreihe weg und achtete auf die Flugziele, die über den Schaltern leuchteten. Mexiko war nicht dabei, aber dann erinnerte sie sich, dass sie ja über Frankfurt fliegen würden und der Schalter bereits in vollem Betrieb war. Doch es war kein Diego in der Schlange.

Verwirrt trat sie wieder zu ihrem Platz zurück und sah sich in alle Richtungen um. Der Weg zu den S-Bahnen war unübersichtlich und voll. In der anderen Richtung, zu den Duty-Free-Shops, sah es nicht viel anders aus.

Wo war Diego?

Anna wurde langsam wütend. War das etwa alles nur ein Spaß? Hatte er sich irgendwo eine Ausguckplattform gesucht und beobachtete sie jetzt lachend? *Haha, wahnsinnig komisch.*

Die Schlange für den Flug nach Frankfurt wurde kürzer. Die meisten Passagiere hatten bereits eingecheckt und waren in Richtung Flugzeug unterwegs. Es wurde langsam Zeit, dass sie sich auch anstellten und ihr Gepäck aufgaben.

Bei einem kurzen Blick auf ihren Trolley stockte sie kurz. Es war ihr bisher gar nicht aufgefallen, aber Diegos Koffer war auch nicht mehr da.

Jetzt raste der Puls. Sie schnappte sich ihren Trolley und zerrte ihn wütend hinter sich her. Hatte er womöglich schon eingecheckt, ohne auf sie zu warten?

Verwirrt stakste sie auf das Ende der Schlange zu und stellte sich an. Falls er gleich doch noch aus irgendeiner Ecke kommen sollte, würden sie wenigstens nicht mehr hinten stehen, obwohl sie eh die Letzten für den Flug nach Frankfurt zu sein schienen.

Anna hatte ihren Trolley hochkant aufgestellt und sich daraufgesetzt, da ihr Kreislauf immer noch nicht ganz mit ihr im Einklang war. Langsam schob sich die Schlange vorwärts. Es schien eine Ewigkeit zu dauern. Wie lange war es überhaupt her, seit sie auf die Toilette gegangen war? Sie konnte nicht mal einschätzen, wie viel Zeit sie dort verbracht hatte.

Schließlich war die Schlange so kurz, dass nur noch ein Pärchen vor Anna stand. Hinter ihr hatte sich keiner mehr angestellt. Und immer noch kein Diego weit und breit.

War ihm vielleicht etwas passiert? Aber hier? Am Flughafen?

Das Pärchen winkte glückselig den Koffern auf dem Laufband hinterher und ging händchenhaltend davon. Jetzt war Anna an der Reihe. Sie war die Letzte für diesen Flug. Der Schalter neben ihr wurde bereits geschlossen.

„Guten Morgen“, grüßte die blonde Dame mit dem akkuraten Seitenscheitel.

„Ha-hallo“, murmelte Anna leise und räusperte sich einmal. „Ich … ähm … ich weiß nicht so genau. Mein Freund hat den Flug gebucht, und er hat auch die Unterlagen hierzu. Aber ich weiß gerade nicht, wo er ist.“

Die Dame hinter dem Schalter lächelte. „Wie ist Ihr Name?“

„Anna Selbig.“

Sie tippte auf ihrer Tastatur und nickte dann. „Haben Sie Ihren Ausweis dabei?“

„Ähm, ja, aber können Sie mir vielleicht sagen, ob Diego Ribas schon hier war?“

Erneutes Tippen. „Nein, Sie beide sind die letzten.“

Anna wurde plötzlich ganz heiß im Gesicht. Diego war nicht hier und hatte nicht eingecheckt. Er und sein Koffer waren verschwunden. Einfach so. Aber wohin? Hatte er es sich anders überlegt und war wieder nach Hause gefahren? Aber warum und ohne sie? Es machte einfach alles keinen Sinn.

Ohne noch etwas zu sagen, drehte Anna der Dame den Rücken zu und ging zurück zur Sitzreihe. Erneut ließ sie ihren Blick in beide Richtungen schweifen. Dann stellte sie ihren Trolley bei ihrem alten Sitzplatz ab und ging auf die Herrentoilette zu. Schwungvoll wuchtete sie die Tür auf. Der Waschraum war leer. Sie ging zu den Kabinen. „Diego?“

Am Pissoir stand ein Mann, der sie wütend anfunkelte. „Na, hören Sie mal!“ Er drehte sich herum und versuchte seine Vorderseite vor Anna zu verbergen.

Anna beachtete ihn nicht, sondern ging forsch auf die Kabinen zu und schlug stürmisch die Türen auf.

Kein Diego.

„Sie können hier nicht einfach so hereinplatzen!“, fauchte der Mann, aber Anna beachtete ihn nicht weiter. Sie könnte nicht mal sagen, wie er aussah. Ihr Blick hatte sich zu einem Tunnel geformt, der nur auf Diego ausgerichtet war. Sie war unfähig, etwas anderes zu sehen.

Eilig rauschte sie wieder nach draußen. Ihr Trolley stand unangerührt neben der Sitzreihe. Die Dame mit dem Seitenscheitel rief zum letzten Einchecken auf, weil das Boarding in wenigen Minuten beginnen sollte.

Anna spürte Panik in sich aufsteigen. Ihre Augen brannten plötzlich und sie wusste, dass jetzt nicht mehr viel für einen Tränenausbruch fehlte. Was sollte sie jetzt machen? Den kompletten Flughafen absuchen? Nach Hause gehen? Hatte er sie verlassen und vielleicht einen ganz anderen Flug genommen?

Die erste Träne löste sich. Anna konnte nicht sagen, ob sie aus Trauer, Wut oder Angst weinte. Sie fühlte sich einfach nur machtlos und verzweifelt. Passable Antworten konnte sie keine finden.

Sie drehte sich herum und stieß dabei gegen ihren Trolley, welcher sofort wieder umfiel. Wütend bückte sie sich und griff nach der Haltestange.

„Oh, verdammt, du blödes …" Weiter kam sie nicht.

Als sie sich niedergebeugt hatte, fiel ihr Blick auf Diegos Sonnenbrille, die unter der Sitzreihe lag. Langsam griff sie danach, wobei ein Glas herausfiel und auf dem Boden landete. Sie drehte sie herum und erkannte erschrocken, wie kaputt sie war. Allerdings konnte sie nicht durch einen einfachen Sturz so sehr beschädigt worden sein, es sah eher so aus, als wäre jemand darauf getreten und hätte sie anschließend unter die Bank gekickt.

Diego, dachte Anna und mit einem Mal wurde ihr klar, dass etwas passiert sein musste.

Er war nicht einfach nur eine Zeitung kaufen gegangen. Er hatte diesen Platz nicht freiwillig verlassen und war scheinbar gerade noch in der Lage gewesen, ihr diese Spur zu hinterlassen.

Kapitel 4

Drei Tage vorher

Anna atmete tief durch, als sie aus der Tür trat. Die Luft roch so gut und versprach so viel. Es war Anfang August und die Sonne strahlte vom Himmel. Sie klemmte sich ihre Tasche unter den Arm und hastete die Stufen aus dem Seiteneingang des Krankenhauses hinunter. Jetzt sollte sie nichts mehr aufhalten und ihren Urlaub vermiesen, der für die nächsten drei Wochen anstand.

Euphorisch hüpfend und beinahe pfeifend sprang sie die Stufen zur U-Bahnstation hinunter, um sich bei der nächsten Apotheke noch mit den fehlenden Flugreisetabletten zu versorgen. Die letzten Wochen waren beruflich wie auch privat anstrengend und irgendwie aufreibend gewesen. Ein Urlaub kam daher genau zum rechten Zeitpunkt.

Es war jetzt ein halbes Jahr her, seit sie Diego als legalen freien Mann aus dem Gefängnis abgeholt hatte. Ihr kam es so vor, als sei es erst gestern gewesen. Zu genau konnte sie sich noch an die Aufregung und die einzelnen Details erinnern.

Seitdem wohnten sie gemeinsam in ihrer Einzimmerwohnung, die für sie beide eigentlich viel zu klein war. Sobald Diego sie allerdings legal finanziell unterstützen könnte, würden sie sie gegen etwas Neues eintauschen. Momentan holte er per Fernunterricht seinen mittleren Schulabschluss nach.

Sein Gedächtnis war bisher noch nicht wiedergekommen und Anna bezweifelte, dass er sich jemals wieder an sein altes Leben erinnern würde. Zwar hatte er nach seinen Spuren in Hamburg gesucht und sogar Kontakt zu seinen Adoptiveltern aufgenommen, war allerdings eher der Meinung, nie ein Teil dieses Lebens gewesen zu sein. Jede Hoffnung, dass alte Vertraute und Gewohnheiten wieder seine Erinnerungen hervorrufen würden, hatte sich als negativ ergeben.

Zu allem Überfluss waren die Erfahrungen und Informationen, die er durch die kurzen Kontakte in seinem alten Leben gesammelt hatte, kaum vorstellbar. Es war eher so, als würde er sich über das Leben eines völlig fremden Menschen informieren. Er war daher oft missmutig und deprimiert, auch wenn er sich die größte Mühe gab, dies vor Anna weitestgehend zu vertuschen.

Aus diesem Grund war der Trip, den sie in drei Tagen beginnen würden, umso wichtiger für ihn. Er hatte seine Geburtsurkunde bei seinen Adoptiveltern aufgetrieben und wusste, wo er vor 33 Jahren in Mexiko geboren worden war. Hier wollte er die Suche nach seinem Bruder Rafael beginnen. Ein Gedanke, der Anna aus dreierlei Gründen Bauchschmerzen bereitete.

Zum einen teilte sie Diegos Glauben nicht, dass sie wirklich eine reelle Chance hatten, Rafael in Mexiko zu finden, und zum anderen wurde sie durch die Reise mit ihrer nicht gerade geringen Flugangst konfrontiert. Sie hatte es bisher geschafft, alle ihre Reiseziele in Reichweite zu wissen und diese auf dem Land- oder Seewege zu erreichen, aber bei Mexiko wurde es schwierig.

Als dritter Grund für ihre Ablehnung zählte Rafael selbst. Sie konnte Diegos älteren Bruder auf den Tod nicht ausstehen. Als sie ihn damals bei ihrer Entführung nach Spanien kennengelernt hatte, war sie einem egoistischen, arroganten und gewalttätigen Mann begegnet, dem man nicht freiwillig wieder vor die Füße laufen wollte.

Aber sie konnte natürlich Diego verstehen. Er war in einem Körper gefangen, den er nicht kannte. Einzelne Fragen hatte er klären können, aber die entscheidenden Lücken aus seiner Vergangenheit klafften immer noch weit auseinander. Und genau diese waren eben auch der Grund, weshalb sie jetzt die Apotheke aufsuchte. Wenn sie reichlich Tabletten nahm, würde sie mit Sicherheit die dreizehn Stunden Flugzeit überstehen.

Als sie aus der kühlen U-Bahn wieder in die Sonne trat, wurde sie von der Hitze fast erschlagen. Es wehte kein Lüftchen und ihr T-Shirt klebte am Rücken. Wie sollte es erst in Mexiko werden?

Ein kleiner Ventilator blies ihr direkt ins Gesicht und versuchte sein Bestes, um ihr Abkühlung zu verschaffen, als sie die Apotheke betrat.

Die Apothekerin stand direkt dahinter und versuchte, ihn in einer bestmöglichen Position aufzustellen. Seufzend wischte sie die Hände an ihrem Kittel ab und betrachtete den kleinen Propeller, wie er sich in seinem Gittergehäuse abmühte. „Moin, was kann ich für Sie tun?“

„Ich brauche etwas gegen Reiseübelkeit. Oder Flugangst speziell.“

„Wie lange fliegen Sie etwa?“ Die Apothekerin ging zu einem der hinteren Regale und kam mit einem kleinen Päckchen zurück.

„Etwa 12 Stunden.“

„Also ein Langstreckenflug?“ Die kleine Frau hielt in ihrer Bewegung inne.

„Ja, genau.“

„Dann würde ich Ihnen vielleicht etwas Stärkeres empfehlen“, erklärte sie und legte eine zweite Packung auf den Tresen. „Diese hier haben eine längere Wirkung. Ansonsten ist alles Weitere verschreibungspflichtig."

Anna nahm die kleine, hellblaue Packung in die Hand. Dass die Apothekerin den Langstreckenflug noch einmal erwähnen musste, machte das Gefühl im Magen nicht gerade angenehmer. Mehrere Stunden in einer Metallkugel Tausende Meter über dem Erdboden eingesperrt mit nichts außer dem endlos tiefen, tosenden Ozean oder harten Berggipfeln unter den Füßen.

„Ja, dann nehme ich die."

Die Apothekerin lächelte freundlich und scannte die Packung an der Kasse. „Nehmen Sie am besten zu Hause, bevor Sie losfahren, schon eine Tablette. Dann ist meistens bereits die beste Wirkung erzielt, wenn Sie ins Flugzeug steigen. Und achten Sie unbedingt auf die Anleitung!"

Anna nickte brav und legte das Geld auf den Tresen.

„Soll Ihr Freund Sie begleiten?"

Anna war etwas verdutzt und sah die Dame fragend an. Woher wusste sie von Diego?

Die Apothekerin nickte einmal und deutete dann mit dem Kopf nach draußen auf die Straße, wo ein blonder, schlanker Mann stand und zu ihnen in den Laden schaute. Als Anna sich umdrehte, sah er schnell in die andere Richtung.

„Der gehört nicht zu mir", murmelte Anna und steckte das Wechselgeld ein.

„Oh", erwiderte die Apothekerin verlegen. „Ich dachte, er war mit Ihnen gekommen."

Anna drehte sich erneut um, als müsste sie kurz überlegen, ob der Mann wirklich nicht zu ihr gehörte. Er hatte sich vom Fenster weggedreht und war mit seinem Handy beschäftigt.

„Dann wünsche ich Ihnen eine schöne Reise!"

„Danke!" Anna nahm ihr Medikament und ging nach draußen.

Der Mann stand mit dem Rücken an ein Auto gelehnt und hatte immer noch mit seinem Handy zu tun. Anna musterte kurz sein Gesicht unter den kurzen, weißblonden Haaren und ging dann weiter. Sie kannte den Mann nicht und hatte ihn an der nächsten Ecke auch schon wieder vergessen.

In ihrer Tasche spürte sie die Tabletten wie einen schweren Stein, der sie nach unten zog.

Kapitel 5

Wenig später war Anna zu Hause und schloss die Haustür auf. Als sie zu den Briefkästen ging, fiel ihr Blick auf die Wohnungstür unten links, in der einst die freundliche Frau Wilcke gewohnt und Anna immer mit so viel Herz willkommen geheißen hatte. Sie hatte irgendwie immer mitbekommen, was im Hausflur los war, und war daher häufig an der Tür, wenn etwas Spannendes im Haus passierte.

So auch leider an jenem Tag, als Diego Frau Wilcke, durch die willenbrechende Droge gezwungen, mit einem Messer attackiert hatte. Sie hatte nach dem Angriff kurze Zeit im Koma gelegen, war allerdings nur schwer wieder auf die Beine gekommen und lebte jetzt in einem Pflegeheim. Anna besuchte sie ab und zu, obwohl sie nicht immer sagen konnte, ob ihre alte Nachbarin wirklich wusste, wer sie war.

Anna nahm die Briefe aus dem Postfach und schlug die Klappe schwungvoll zu. Sie sah sich als Mittäterin dafür, dass Frau Wilcke diese gesundheitlichen Probleme erlitten hatte. Immerhin war sie selbst damals die Person gewesen, die Diego unbedingt tot sehen wollte.

Die Droge hatte Diegos eigenen Willen so manipuliert, dass er weder sein eigenes Tun lenken konnte noch im Nachhinein wusste, was er getan hatte. Frau Wilcke war schlichtweg zur falschen Zeit am falschen Ort gewesen, wenn man es so nennen konnte.

Anna eilte die Treppenstufen zu ihrer Wohnung in der dritten Etage hoch und traf auf ihren Nachbarn Tim, dessen Wohnung im selben Stock war, als sie gerade den Schlüssel ins Schloss steckte. „Hi Tim!"

„Oh, hallo Anna!" Der Nachbar mit den zotteligen, braunen Haaren und der großen Brille wirkte immer etwas verlegen, wenn er auf Anna traf. Er war etwa so alt wie sie und leicht korpulent. Sein rundes Gesicht wurde von einem dünnen Bart bedeckt.

Diego zog Anna regelmäßig damit auf, dass sie ihn nervös machte und Tim deshalb nicht mehr normal sprechen konnte, wenn sie ihm im Hausflur begegneten. Dieser Gedanke machte es natürlich nicht einfacher, wenn Anna ihn alleine traf.

„Mach´s gut, Tim!"

Ihr Nachbar nickte ihr zu und hob sprachlos die Hand.

Anna kniff die Augen zu und versuchte den Gedanken abzustreifen, dass ihr Nachbar sie tatsächlich begehren könnte.

„Ich bin da!", rief sie laut beim Eintreten – so als würde es sich bei ihrer Wohnung um ein großes Anwesen handeln. Es war ein kleiner Gag, den sie sich angewöhnt hatten.

Annas Wohnung bestand aus einem Zimmer, das als Wohn- und Schlafzimmer genutzt wurde und in dem man direkt stand, wenn man durch die Tür trat. Wenn die andere Person also nicht gerade im Badezimmer war oder geradeaus in der Küche mit den großen Eckfenstern hinter der schmalen Wand saß, dann war diese Information absolut überflüssig.

„Ich auch", beantwortete Diego den Witz vom Sofa aus und lächelte Anna entgegen, als diese die Tür hinter sich schloss. Er hatte die Beine zum Schneidersitz überschlagen und lauter Zettel und Fotos um sich herum verteilt. „Willkommen zu Hause, Frau Urlauberin!"

„Du sagst es. Drei Wochen. Ich kann es gar nicht glauben."

Anna trat zu ihm und gab ihm einen Kuss. „Was machst du da?"

„Ich war noch mal in der Von-Hutten-Straße." Seine Stimme bekam einen merkwürdigen Unterton.

„Ah." Anna richtete sich auf und wusste genau, was Diego damit sagen wollte. Er war wieder bei seinen Adoptiveltern gewesen und war in eine Geschichte eingetaucht, zu der er nicht gehörte.

Als Diego vor einem halben Jahr aus dem Gefängnis gekommen war, hatte er sich auf die Suche nach seinem alten Leben gemacht. Aufgrund seiner kriminellen Vorgeschichte als Jugendlicher hatte er sich dank der polizeilichen Akten schnell finden können. Ab seinem 18. Lebensjahr war er allerdings nicht mehr polizeilich aufgefallen, obwohl seine Karriere vorher eine lückenlose Polizeiakte hervorgebracht hatte. Alles was ab dann passiert war, blieb weiterhin als schwarzes Loch im Dunkeln.

Anna erinnerte sich daran, wie sie sich zwei Tage nach seiner Haftentlassung aufgemacht hatten, um seine alten Spuren zu finden.

*

Die Sonne schimmerte durch das dreckige Fenster der S-Bahn, sodass man fast gar nicht mehr hinausschauen konnte. Häuser, Werbetafeln und knorrige Büsche zogen vorbei.

Anna saß neben Diego und hielt seine Hand. Sein Gesicht hatte die Farbe gewechselt, seit er das Gefängnis verlassen hatte, und war noch mehr aufgehellt, als sie sich schließlich auf den Weg in seine Vergangenheit gemacht hatten. Doch Anna betete innerlich, dass er hoffentlich nicht enttäuscht werden würde. Es gab sicherlich einen guten Grund, warum er als Jugendlicher mehr bei der Polizei als zu Hause gewesen war und später die nächste Stufe in der Kriminalität eingeschlagen hatte.

In Bahrenfeld stiegen sie aus, und Anna spürte Diegos Anspannung, als sie sich nach draußen schoben. Bereits seit der letzten halben Stunde hatte er nichts mehr gesagt.

Von der S-Bahn-Haltestelle zur Von-Hutten-Straße mussten sie noch ein Stückchen laufen, aber das störte Anna wenig. Ihr Inneres wollte das folgende Geschehen gerne so lange wie möglich hinauszögern.

Die Straße selbst war so schmal und mit hohen Bäumen an den Seiten gesäumt, dass sie wie eine idyllische Allee auf dem Land wirkte. Die Häuser waren zum größten Teil Einfamilienhäuser, die von geschnittenen Hecken und gepflegten Gärten umgeben waren. Anna war verwundert, wie ruhig es hier war.

Schweigend schritten sie Hand in Hand weiter und beobachteten die Hausnummern, bis sie auf der linken Seite schließlich das Haus entdeckten.

Diegos Elternhaus war aus rotem Backstein gemauert und hatte einen verglasten Wintergarten zur Südseite raus. Es war ein nettes Haus. Ansehnlich, mit gepflegtem Garten und Dekoration auf der Treppe zur Eingangstür.

Anna knetete nervös seine Hand, um ihm und ihr selbst Mut zuzusprechen. Sie hatte keine Ahnung, was sie hinter diesen Wänden gleich erwarten würde.

„Du brauchst nicht mitzukommen, wenn du nicht möchtest", flüsterte Diego leise, als würde er jemanden mit seiner lauten Stimme in der absolut leblosen Straße stören.

„Nein, ich komme mit!", protestierte Anna. Niemals würde sie ihn diese Situation alleine durchstehen lassen!

Er holte noch einmal tief Luft und setzte sich dann in Bewegung.

Als er gerade die Hand an der kleinen, weißen Holzpforte hatte, wurde die Haustür geöffnet und ein muskulöser Mann mit kurzrasierten, grauen Haaren erschien auf der obersten Stufe aus dem Dunkel des Hauses.

Er sah nicht überrascht aus, eher, als hätte er bereits auf seinen Adoptivsohn gewartet. Doch er wirkte nicht bösartig oder wütend.

Erleichtert drehte Anna den Kopf zu Diego herum, doch erstarrte bei seinem Anblick.

Er hatte sich verkrampft, den Kiefer fest aufeinandergepresst und die Augen zu kleinen, fiesen Schlitzen geformt. Seine Körpersprache war eindeutig – er erkannte *seinen Adoptivvater.*

Für Anna teils Erleichterung, aber auch die erschreckende Gewissheit, dass ihre ungute Vorahnung eingetreten war. Diego hatte schließlich nicht ohne Grund damals in Spanien seine Vergangen-

heit hinter sich lassen wollen. Vielleicht war es doch keine so gute Idee gewesen, der ganzen Geschichte nachzugehen.

„Diego!", hörte sie den Mann von der Treppe aus. „Willkommen zu Hause!" Er breitete die Arme aus und machte den ersten Schritt nach unten.

Es sollte einladend klingen, doch in Anna erzeugte es nur das Gegenteil. Instinktiv zog sie an Diegos Hand und wollte am liebsten zurück zur S-Bahn sprinten.

Doch Diego wollte die Einladung offenbar annehmen. Er schob die Pforte weiter auf und drehte sich dabei zu Anna herum.

„Das ist ‚der Mann'!" Er sah ihr tief in die Augen und gab ihr mit seinem Blick zu verstehen, von wem er sprach.

Anna musste nicht lange überlegen. Sie hatten oft über ‚den Mann' gesprochen und überlegt, wer er war. Er hatte Diego vor einem halben Jahr geholfen, als Diego vor Nicos Wohnung mit einer Herzattacke zusammengebrochen war. Diego hatte Geld und Kleidung von ihm bekommen, bevor er bei einem Hotel abgesetzt wurde, für das er nicht hatte zahlen brauchen. Diego hatte Anna den gesamten Gesprächsverlauf mehrmals erzählt und beiden war klar, dass dieser Mann nur zu dem grausamen Teil der Vergangenheit gehören konnte, die Diego hatte verlassen wollen.

Aber dieser Mann war gleichzeitig sein Adoptivvater?

Anna spürte ein unangenehmes Ziehen in ihrem Bauch. Es gab in dieser Sache so viele Ungereimtheiten, und sie hatten absolut keine Ahnung, was noch alles womit zusammenhing.

„Diego?" Eine hysterische Frauenstimme kam aus der Haustür.

Anna sah im Augenwinkel, dass eine zweite Person dazugekommen war. Ihr Blick war immer noch nur auf Diego gerichtet. Sie durften hier nicht bleiben. Dieser Mann war schlimmer als Diegos Vergangenheit. Vielleicht war er sogar der Ursprung hierzu.

„Diego", schrie die Frau erneut, diesmal wesentlich dichter. Dann wurde Diego Anna entrissen, weil die Frau wirbelnd ihre Arme und ihn geschlungen hatte.

Sie war blond und hübsch. Die Haare waren hochtoupiert und im Gesicht hatte sie alle erdenklichen Farben aufgelegt.

„Diego, mein Hübscher. Mein schöner Junge!", sagte sie weiter, während sie Diego euphorisch durch das Gesicht streichelte.

Anna drehte den Kopf herum und blickte 'den Mann' an, der immer noch auf der obersten Treppenstufe stand und freundlich lächelte. Doch Anna konnte seine Freundlichkeit nicht erwidern. Sie funkelte ihn genauso böse an, wie Diego es gerade getan hatte.

Als sie ins Haus gebeten worden waren, war es mit dem Kanin-

chen gleichzusetzen, das beim Löwen zum Abendessen eingeladen wurde. Ihr war schwindelig und das Blut rauschte durch ihre Ohren, als würde sie in einem viel befahrenen U-Bahn-Tunnel stehen.

Auch Diego hatte sich nicht sonderlich entspannt. Anna hatte ihm förmlich ansehen können, wie es in seinem Kopf arbeitete, und er versuchte, alles was er bisher erfahren hatte, zusammenzubringen.

Seine Eltern waren herzlich, zumindest strahlten sie das nach außen hin aus und freuten sich sichtlich, ihn wiederzusehen. Seine Mutter hatte sofort Kekse und Kakao auf den Tisch gestellt und kramte ein Fotoalbum nach dem nächsten heraus, bis sie von ihrem Mann gestoppt wurde.

Anna hatte Mühe gehabt, sich auf die Gespräche zu konzentrieren und war sich sicher, dass es Diego ähnlich ging. Sie hatte nicht mehr gewagt, Diegos Stiefvater anzusehen und beschäftigte sich daher mit allem anderen, was es um sie herum zu sehen gab.

Es war ein sehr seltsamer Besuch gewesen und weit ab von dem, was sie erwartet hatte. Doch zumindest hatte Diego so erfahren, dass er bereits mit elf das Rauchen begonnen hatte, mit dreizehn den ersten gestohlenen Roller im Knick hinter dem Haus versteckt hatte und mit fünfzehn nur noch sporadisch zu Hause aufgetaucht war, wenn er Geld brauchte oder der Hunger zu groß wurde. Allerdings wurden die Geschichten nicht mit Sorgen erzählt, sondern eher mit Stolz und Freude. Es klang eigenartig, wenn Eltern über die kriminellen Machenschaften des jungen Sprösslings sprachen und sich darüber freuten, als hätte ihr Nachwuchs ein Einser-Abitur bestanden.

Zum Abschied hatte Diegos Mutter Isabelle beide liebevoll in den Arm genommen und gesagt, dass sie unbedingt wiederkommen mussten. Doch Anna überlegte ernsthaft, ob sie überhaupt an der Haltestelle noch einmal wieder aussteigen sollte.

Die Rückfahrt hatten sie anschließend noch schweigsamer verbracht als den Hinweg.

Etwa zwei Monate später hatte sich Diego erneut zu seinen Eltern aufgemacht. Er wollte dieses Mal alleine gehen, was Anna nur recht war. Seitdem besuchte er sie sporadisch etwa alle zwei Wochen, mal mit mal ohne Anna. Anna kam mit der Fassade, hinter der sich seine Adoptiveltern versteckten, nicht gut zurecht. Ihr war klar, dass ihr etwas vorgespielt wurde, nur wusste sie nicht was und vor allem, warum.

*

„Und ich habe heute meine Ex-Freundin getroffen", fuhr Diego plötzlich fort und riss Anna damit abrupt aus ihren Gedanken. Sie war so sehr mit den fremden Schauspielern aus der Von-Hutten-Straße und ihren seltsamen Eigenarten beschäftigt gewesen, dass sie ihn schon gar nicht mehr beachtet hatte.

„Du hast *was*?“

Diego sah zu ihr auf und nickte. „Ja, ich habe sie kennengelernt.“

„Wie … wo … ich …“

Anna ließ sich neben Diego auf das Sofa sinken. Die Angst war bei ihr immer allgegenwärtig, dass plötzlich eine Freundin, vielleicht sogar Kinder auftauchen würden. Er hatte irgendwo ein altes Leben, in dem noch jemand auf ihn wartete und er Verpflichtungen hatte.

Sie hatte keinerlei Anspruch auf ihn. „Wo war das?“

„In der Marktstraße. Es war Zufall. Ich bin einfach durch die Straßen gestreift, weil ich immer hoffe, dass mir irgendwo etwas mal bekannt vorkommt.“

Anna verspürte das bekannte Ziehen im Bauch, das sie seit geraumer Zeit begleitete. Sie hatte immer ein schlechtes Gefühl, wenn Diego sich so nichts ahnend in die Vergangenheit stürzte.

Sein Adoptivvater hatte ihm vor einem halben Jahr, nachdem er ihn nach seiner Herzattacke von der Straße aufgelesen hatte, gesagt, dass er Hamburg verlassen sollte, um gerade *nicht* alten Weggefährten zu begegnen, wenn er nicht wusste, um wen es sich handelte, und Anna sah das genauso. Sie suchte ständig neue Stellenanzeigen heraus, die ihr neue berufliche Perspektiven boten. Sie hielt nichts in Hamburg, und die Gefahr war einfach zu groß. Es war nur eine Frage der Zeit, bis Diego auf einen seiner früheren Gegner stieß.

Doch Diego wollte hiervon nichts wissen. Er sagte, wenn er sich erinnern sollte, dann musste er auch die alten Plätze ablaufen und in seiner Heimat sein. Nur so würde er irgendwann zu sich selbst zurückfinden.

„Sie hat mich plötzlich angesprochen. Einfach so“, fuhr Diego zufrieden und dankbar fort.

Anna schluckte einen dicken Kloß hinunter, der ihr übel aufgestoßen war. „Und? Ich meine, hast du sie erkannt?“

„Nein, natürlich nicht. Aber sie mich. Für mich war sie ein vollkommen fremder Mensch. Auch ihre Wohnung war mir total unbekannt.“

„Du warst *bei* ihr?“

Diego kniff verwundert die Augenbrauen zusammen. „Aber natürlich. Ich muss jede Chance nutzen. Irgendwann kommt es vielleicht wieder, aber momentan ist es so, als würde ich durch ganz dichten Nebel laufen. Ich erkenne nichts und niemanden. Weißt du, wie frustrierend das ist?“

Anna sackte in sich zusammen und hatte mehr und mehr das Gefühl, dass Diego ihr entgleiten könnte. Als hätte sie ihn nur geliehen und müsste ihn am Ende der Woche zurückbringen. „Und? Ist sie hübsch?“

Diego zuckte einmal gleichgültig mit der Schulter. „Kann man schon sagen. Immerhin ist sie exotische Tänzerin.“

Ach, du Scheiße, dachte Anna und ließ traurig den Kopf hängen, bis Diego laut zu lachen anfing und Anna verwirrt zusammenschreckte.

„Bist du etwa eifersüchtig, Anna?“

„Was denkst du denn? Da kommt so ein Mädel dahergelaufen und kann dir alles geben und erzählen, was du verdammt noch mal wissen möchtest. Wer bin ich denn da schon? Ein Klotz am Bein. Oder ein Platzhalter, der bei dir mörderische Triebe auslöst.“

Diego runzelte verwundert die Stirn. „Glaubst du wirklich, dass ich so über dich denke?“

„Ich weiß nicht, aber du bist nun mal durch mich beeinflusst und niemals aus freien Stücken hier gewesen. Ist es nicht normal, dass man sich in seine Krankenschwester verliebt?“

Diego schmunzelte und schob die Fotos zur Seite, damit er direkt neben Anna sitzen konnte. „Ich bin zwar kein Patient, aber ja.“ Er beugte sich vor und küsste sie. „Und hast du mir nicht erzählt, dass ich mich bereits in Spanien in dich verliebt habe? Wenn ich also jetzt nicht ganz bei Verstand sein sollte, so war ich es doch damals, oder?“

„Ich glaube nicht, dass man deinen Zustand in Spanien als ‚ganz bei Verstand‘ bezeichnen könnte. Du standst eher ziemlich neben dir.“

„Und doch habe ich mich ein zweites Mal in dich verliebt.“

„War wohl auch eher der Situation geschuldet.“

Diego kniff die Augen zusammen und schüttelte den Kopf.

„Kannst du vielleicht einfach die Klappe halten? Egal, ob bei Verstand oder nicht, dann bin ich eben ein durchgeknallter Freak, aber wenn wir wirklich diese zweite Chance bekommen, finde ich, sollten wir sie auch nutzen.“ Er küsste sie weiter und drängte fordernd mit seinen Händen nach ihrem Körper, um sie fest an sich zu ziehen.

„Oder sehe ich das falsch?“, fragte er plötzlich und schob sie von sich, damit er sie besser ansehen konnte.

„Nein, ganz und gar nicht.“ Ihr Herz schlug ihr bis zum Hals.

Diego schloss sie in seine Arme und drückte sie fest. „Meine kleine eifersüchtige Anna!“

Anna warf einen Blick auf die vielen Kinderbilder, die auf dem Bett verteilt waren, und war froh, ein neues Thema zu finden, um die blöde Eifersuchtsszene zu beenden. „Wie war´s bei deinen Eltern?“

„Ich habe noch ein paar Fotos mitgebracht“, sagte Diego und löste sich aus der Umarmung, um sich eins der Bilder zu nehmen. „Ich dachte, wenn ich sie mir öfter anschaue, kann ich vielleicht etwas erreichen.“ So als erwarte er eine sofortige Reaktion, starrte er auf eins der Kinderfotos.

„Das ist süß“, sagte Anna und hielt eins hoch, auf dem Diego als Nahaufnahme zu sehen war. Seine dunklen Kulleraugen bedeckten fast das ganze Gesicht, dass man sich einfach nur in den Jungen verlieben musste. Bei dem kleinen, strahlenden Lockenkopf war durchaus eine Ähnlichkeit mit dem jetzigen Diego zu erkennen.

„Ja, das stimmt. Oder das hier mit Rafael.“ Er hielt ihr eins hin, auf dem er mit seinem Bruder unterm Weihnachtsbaum saß, die Gesichter bis über beide Wangen mit Schokolade beschmiert.

„Ihr seht glücklich aus“, stellte Anna fest.

„Ja, die Kindheit sieht ganz liebevoll aus. Auf den Bildern zumindest. Alles was später kam, wurde nicht mehr richtig dokumentiert. Das letzte Bild, das ich von Rafael habe, ist das hier, wo er ungefähr sechzehn sein muss.“

Anna erkannte Rafaels Gesicht mit den zusammengezogenen Augenbrauen und dem fiesen, beinahe frustrierten Blick, dem sie auch während der Entführung so oft begegnet war. „Ja, das ist er.“

„Ich glaube, er ist der Einzige, der mir wirklich sagen kann, wer ich bin.“

Anna streckte ihre Hand aus und streichelte Diego über den Arm. „Du weißt, dass es schwierig wird, ihn zu finden. Genauer gesagt müssten wir schon wirklich Glück haben. Wir haben keine Adresse.“

„Ich weiß, aber wir haben unseren Geburtsort, den wir angeblich nie verlassen haben. Mit diesen Bildern machen wir uns auf die Suche. Irgendwo müssen wir anfangen.“

„Ihr seid in Mexiko-Stadt geboren. Ich glaube nicht, dass man in dieser Millionenstadt leicht jemanden finden kann.“

„Es ist meine einzige Chance, Anna. Ich kann hier nicht einfach herumsitzen und warten. Und ich kann auch nicht weiter jeden Zentimeter von Hamburg ablaufen.“

„Denk dran, dass Frank dir geraten hat, die Vergangenheit ruhen zu lassen.“ Anna dachte an den Rat durch Diegos Adoptivvater, als er ihm damals geholfen hatte. Er hatte ihm zu verstehen gegeben, dass man die Gang, Gruppe, Bande oder wie man sie bezeichnen sollte, nicht verlassen konnte. Diegos geglaubter Tod und seine Amnesie waren seine Freikarte gewesen, dass er ihnen dennoch den Rücken hatte zukehren dürfen. Doch er schürte gefährlich das Feuer, wenn er sich trotzdem weiter hierfür interessierte.

„Da denke ich immer wieder dran. Aber es ändert nichts. Du kannst dir nicht vorstellen, wie es ist, nicht zu wissen, wer man wirklich ist.“

Anna nickte. Vielleicht konnte sie es sich nicht direkt vorstellen, weil sie es noch nie erlebt hatte, aber sie sah, wie sehr Diego litt. Die Ungewissheit fraß ihn von innen heraus auf wie ein hungriges, ausgemergeltes Tier.

Sie hatte ihm alles erzählt, was sie wusste. Jede Einzelheit, jedes Gespräch, jede Berührung und all ihre Gefühle, die sie während der Entführung erlebt hatte. Erstaunlicherweise hatte ihr Unterbewusstsein eine ganze Menge aus dieser Zeit abgespeichert, sodass sie Diego das Ganze aus ihrer Sicht erzählen konnte. Aber es fehlte immer noch so viel. Für ihn war es weiterhin so, als wäre er nie dabei gewesen.

Annas Magenknurren unterbrach die Stille, und Diego lächelte sie fürsorglich an. „Du hast noch nicht gegessen.“

„Nein, und du?“

„Ich wollte auf dich warten. Es steht alles schon in der Küche.“

Kapitel 6

Anna wurde durch einen lauten Schrei geweckt. Er war markerschütternd und ließ sie erschrocken hochfahren. Ausgestoßen wurde er von der Person neben ihr.

Sie machte das Licht an und rüttelte an Diegos Schulter. Er hatte seinen Körper verkrampft und das Gesicht zu einer Fratze verzerrt, doch die Augen waren immer noch geschlossen. „Diego! Hey, Diego, wach auf!"

Er machte die Augen auf und schlug wild mit den Armen um sich. Dann saß er plötzlich kerzengerade im Bett. Die Haut schweißnass.

„Was ist los? Hattest du wieder einen Albtraum?" Anna legte ihre Hand an seine Schulter und spürte, wie zittrig er war.

Er atmete tief durch und begann dann ruhiger zu werden. „Ja, ich glaub schon."

„Was hast du gesehen?"

„Ich weiß es nicht. Ich war gefesselt und kam nicht weg. Ich konnte mich nicht bewegen, und es war wahnsinnig heiß."

„Möchtest du was trinken?"

„Ja, gleich." Er ließ sich erschöpft ins Kissen zurückfallen und schloss wieder die Augen.

Anna nutzte die Gelegenheit und verschwand in die Küche, um ein Glas Wasser zu holen. Als sie zurückkam, lag er noch genauso reglos da.

„Kam dir etwas bekannt vor?", fragte sie vorsichtig. Die Hoffnung starb nie, dass die Erinnerung vielleicht im Schlaf wiederkam, auch wenn sie noch so grausam war.

Er setzte sich auf und nahm ihr das Glas aus der Hand. Dann trank er es in einem Zug aus. „Ich weiß nicht. Es ist schwer zu sagen, weil ich mir die Erinnerung so sehr wünsche und daher nicht weiß, was vielleicht nur Vorstellung und was Wirklichkeit war."

„Beschreib mir alles, was du weißt. Vielleicht kann ich irgendeinen Zusammenhang mit Spanien finden."

Diego sah sie zweifelnd an. „Ich weiß nicht, was es war, aber wenn ich es wirklich erlebt habe, dann hatte das nichts mit dir zu tun."

„Ich habe dich auch schon gefesselt." Anna wusste, dass es ein schwacher Versuch war, aber sie konnte Diego doch ein Lächeln abgewinnen.

„Daran erinnere ich mich nur zu gut. Das ganze letzte Jahr ist fest in meinem Kopf. Nein, das war es nicht. Es hat penetrant gerochen, es war stickig und überall waren Schläuche."

Anna wurde sofort klar, was Diego meinte. „Du meinst deine Manipulation? Als sie dir die Droge eingeflößt haben?"

„Möglich, dass es das war. Oder ein Teil davon. Oder einfach nur ein blöder Traum, ohne Hintergrund."

Anna strich ihm die Haare aus der Stirn, die sich vom Kopfkissen zerdrückt ins Gesicht gepresst hatten. Seine Haut war feucht. „War es der gleiche Traum wie neulich?"

„Ähnlich zumindest. Ich erinnere mich nur an Schmerzen und Krämpfe."

„Du hast damals auch böse Krämpfe gehabt."

„Das weiß ich. Kann auch sein, dass ich diese Information vom Unterbewusstsein her verarbeite und mir nur vorstelle, wo die Schmerzen und Krämpfe herkommen, oder? Dass ich eine Lösung hierfür im Traum finden möchte?"

„Ich weiß es nicht."

„Und dann war da noch diese Frau."

„Was für eine Frau?" Anna war verwirrt, weil er bisher von keiner Frau in seinen Träumen erzählt hatte.

„Ich weiß nicht, wer sie ist. Aber sie sieht mich an und ist böse auf mich. Ich will mich bei ihr entschuldigen, aber sie scheint mich nicht zu hören. Ich komme nicht dichter an sie heran."

„Warum ist sie böse?"

„Ich weiß es nicht."

„Wie sieht sie aus?"

Diego schloss die Augen, um sich besser konzentrieren zu können. „Sie ist etwa so alt wie ich und trägt ein Tuch über dem Kopf, doch man kann schwarze Haaransätze erkennen. Auf ihrem Schoß sitzt ein kleiner Junge."

„Spricht sie mit dir?"

„Nein. Aber ich fühle, dass sie wütend ist. Sie hasst mich."

Anna strich ihm über den Rücken und überlegte, ob sie eine Verbindung hierzu finden konnte.

„Es ist aussichtslos, Anna! Ich glaube, ich werde immer ein Wrack bleiben."

„Nein, Diego!" Anna ergriff seine Hände und drückte sie zusammen. „Wir werden das Rätsel lösen. Wir werden dich finden!"

Kapitel 7

„Ich hätte nicht mitkommen sollen“, maulte Diego, als sie vor dem Einkaufszentrum aus dem Wagen stiegen. Anna schloss ihre Tür und ließ den Blick gesenkt. Brummig kam Diego hinter ihr hergetrottet, als sie sich zu den Einkaufswagen begaben. „Es hat einfach keinen Sinn und macht die Sache für dich nicht leichter.“

Anna wusste genau, was er meinte. Sie waren bei ihren Eltern gewesen. Eine Sache, die nicht mehr angenehm war, seit Anna Diego ihren Eltern vorgestellt hatte.

Annas Mutter hatte die Trennung von Nico, die eigentlich schon vor zwei Jahren stattgefunden hatte, als Anna aus Spanien wiedergekommen war, nie gutgeheißen. Annas Gedächtnisverlust vor einem Jahr war ihr dann ganz gelegen gekommen, und groß war die Hoffnung gewesen, dass es zwischen ihrer Tochter und ihrem Wunschschwiegersohn wieder klappen könnte.

Doch dann kam Diego ins Spiel.

Anna hatte ihn nach der Zeit in Spanien ihrer Mutter gegenüber nie groß erwähnt. Sie wusste nie, was er für Anna bedeutet hatte. Ute Selbig war daher aus allen Wolken gefallen, als er eines Tages bei ihr vor der Tür stand und Anna ihn liebevoll als ihren Freund vorstellte. Allerdings hatte Anna die Entführung hier weitestgehend weggelassen und Diego als Mitopfer vorgestellt, den sie durch ihre unfreiwillige Fahrt nach Spanien kennengelernt hatte. Anna lebte diese Variante bereits, als wäre es tatsächlich so gewesen.

„Sie werden sich schon an dich gewöhnen“, murmelte Anna, während sie den Coin in den Einkaufswagen presste und ungeduldig an dem störrischen Gittergestell zerrte.

Diego stieß einen verächtlichen Laut aus. „Das glaubst du doch selbst nicht.“

Anna konnte Diegos Klagen nicht mehr hören. Wütend riss sie am Einkaufswagen, der plötzlich nachgab und ihr schmerzhaft gegen das Schienbein krachte. „Mir ist es egal, was meine Eltern über dich denken, okay?“

„Mir aber nicht. Und dabei geht es mir nicht darum, wie es mir geht. Deine Familie ist intakt und sollte nicht so zerstreut und lieblos werden wie meine. Dein Leben war in Ordnung, bis ich aufgetaucht bin, Anna.“

Anna wollte nicht antworten und schob sich mit dem Wagen in die Menge. Diego ging schweigend neben ihr her. Er sollte die blöde Situation bei ihren Eltern einfach vergessen. Irgendwann würden sie ihn schon akzeptieren. Es dauerte eben etwas länger, aber das war ihr egal.

Sie erkannte die glänzende Leuchtreklame des Lebensmittelgeschäfts, das am hinteren Ende des großen Einkaufszentrums lag, und hielt direkt vor dem Eingang.

„Willst du mit rein, oder gehst du jetzt schon Schuhe gucken?" Sie spürte deutlich, wie fremd ihre Stimme klang. Ihre Eltern waren ein ewiges und nicht zu klärendes Thema zwischen ihnen.

Diego musterte sie mit zusammengekniffenen Augenbrauen und zögerte, bevor er sprach: „Ich gehe schon mal zum Schuhladen."

„Okay, dann bis gleich." Anna zwang sich zu einem Lächeln und drehte sich in Richtung Eingang, als Diego sie am Arm griff.

„Ich will nicht, dass ich zwischen dir und deinen Eltern stehe, Anna. Die Art, wie sie dich behandeln und mich anstarren, wenn sie mich nicht gerade ignorieren, ist furchtbar. Es tut mir leid, dass es so ist, aber es sollte so nicht sein."

Anna drehte sich zu ihm herum und erkannte die Trauer in seinen Augen. Aufmunternd griff sie nach seinen Händen und umschloss diese fest. „Du stehst nicht zwischen mir und meinen Eltern. Wenn dann entschließen sie sich gerade selbst, sich von mir zu entfernen, aber das ist nicht von Belang. Sie sind nun mal etwas konservativ, und du passt einfach nicht in ihr gewünschtes Bild als Schwiegersohn, aber das ist nicht unser Problem, Diego."

„Ich wünschte, wir wären nicht dort gewesen. Jedes Mal, wenn wir wieder zurück sind, streiten wir uns."

„Aber wir mussten dahin, das weißt du."

Diegos Blick verfinsterte sich, und Anna bereute es, ihn daran erinnert zu haben – an die Vergangenheit.

Das Drogengeld, das Diego am Ende der Entführung für sie in einem Bankschließfach in Hamburg hinterlassen hatte, war schließlich immer noch dort. Anna hatte es nie komplett gezählt, aber sie schätzte, dass es etwa Dreihunderttausend Euro sein mussten. Woher das Geld ursprünglich kam, wusste sie nicht. Ihr war nur klar, dass es kein sauberes Geld war. Diego konnte ihr diesbezüglich natürlich auch nicht weiterhelfen.

Sie hatten lange überlegt, ob sie einen Teil hiervon nehmen sollten oder nicht, und sich schließlich doch dafür entschieden, damit sie sich ihre Reise nach Mexiko leisten konnten. Einen anderen Weg würden sie nicht finden, um nach Diegos Ursprung zu suchen, oder zumindest würde es ein sehr langer werden, wenn sie gezwungen wären, den Betrag zusammenzusparen.

Anna streckte sich und küsste Diego auf den Mund. „Es ist schon in Ordnung, glaub mir! Meine Eltern werden dich irgendwann mögen, da bin ich mir sicher."

Diego zuckte einmal mit der Schulter. „Na, wenn du meinst."

„Ja, ich meine. So und jetzt geh dir Schuhe kaufen, du alter Muffelkopf."

Ein schwaches Lächeln huschte über Diegos Gesicht, doch dann gab er ihr einen Kuss und schob sich in das Getümmel, das zwischen den einzelnen Geschäften herrschte.

Schnell konnte Anna ihn nicht mehr sehen und machte sich ebenfalls zu ihren Einkäufen auf. Diego sollte sich nicht immer so viele Sorgen machen. Natürlich waren ihre Eltern alles andere als freundlich, und Anna schämte sich zunehmend für ihr Verhalten, das sie bisher bei ihnen noch nie gesehen hatte, aber es würde vergehen. Im Grunde konnte Anna sich an keinen Menschen erinnern, den ihre Eltern ohne ersichtlichen Grund nicht mochten. Sie waren ein angesehenes Paar, das viele Freunde hatte.

Sie würden ihre Zeit brauchen, aber es würde so weit kommen, da war sie sich ehrlich sicher und sagte es nicht nur, um Diego zu beruhigen.

Sie öffnete ihre Handtasche, um den Einkaufszettel hervorzuholen. Zu ihrer Verwirrung lag Diegos Portemonnaie direkt auf ihrem, der Einkaufszettel ein Stück darunter. Verärgert strich sie sich an den Kopf, als ihr einfiel, dass sie sein Geld eingesteckt hatte und er jetzt gerade ohne im Schuhladen unterwegs war.

Ausatmend schob sie ihren Einkaufswagen in eine Nische vor den Getränkekisten und bahnte sich entschuldigend einen Weg an der Kasse vorbei, um zum Schuhladen zu eilen. Im Mittelgang der Shopping-Passage waren Campingartikel und Sommerutensilien ausgestellt, was den Weg zusätzlich beengte. Sich zur Geduld zwingend tippelte sie hinter einer Großfamilie her, die versuchte, sowohl ihren vollgeladenen Einkaufswagen als auch ihre übergroßen Eistüten gleichzeitig zu managen.

Doch dann erkannte sie das Sportgeschäft, in dem Diego seine neuen Schuhe kaufen wollte, und blieb abrupt stehen, als sie den Eingang erreichte. In einer der vorderen Reihen stand Diego und unterhielt sich mit einem Mann. Aber nicht nur das: Hatte Anna den großen, blonden Mann nicht bereits gestern gesehen, als sie in der Apotheke gewesen war?

Sie löste sich aus ihrer Starre und ging auf die beiden zu, doch noch bevor Anna sie erreicht hatte, nickte der fremde Mann Diego zu und verschwand, den Blick auf die Reihen Schuhe gerichtet.

Diego widmete seine Aufmerksamkeit einem Paar weißer Sportschuhe und bemerkte Anna gar nicht, als sie plötzlich neben ihm stand.

„Wer war denn das?"

Diego zuckte zurück und trat einen Schritt zur Seite. „Gott, Anna, hast du mich erschreckt. Warum schleichst du hier so rum?"

„Was machst du hier? Wer ist der Typ?"

„Wonach sieht das denn wohl aus? Ich kaufe Schuhe. Verfolgst du mich etwa?"

Der fremde Mann war mittlerweile in den hinteren Bereich des Geschäfts verschwunden, sodass Anna ihn nicht mehr sehen konnte. „Kennst du den Mann?"

„Nein, verdammt. Ich kenne niemanden. Wenn es so wäre, würde ich vor Freude durch die Luft springen."

„Über was habt ihr gesprochen?"

„Über Schuhe. Ihm war ein Karton runtergefallen und dann kamen wir ins Gespräch. Ich wusste nicht, dass du mich überwachst und ich hierfür eine Erlaubnis brauche." Diego zog den Mund schief und blinzelte vergnügt. Dann hob er seine Hände, als würde Anna ihn verhaften wollen.

„Lass den Quatsch!" Anna schlug ihm gegen die Brust.

„Was ist denn los?", fragte Diego jetzt ernster und warf einen Blick in die Richtung, in die der Mann verschwunden war.

„Nichts. Ich habe ihn nur gestern auch schon gesehen, und es war irgendwie komisch, ihn jetzt noch einmal zu treffen. Zumal ihr auch noch miteinander geredet habt." Anna hob die Schultern und lächelte entschuldigend. „Zufälle gibt's."

Kapitel 8

Anna war müde, als sie am nächsten Abend fürs Bett fertig war und nur mit ihrem Nachthemd bekleidet aus dem Badezimmer trat. Den ganzen Tag hatte sie gepackt, zusammengesucht und sich auf die morgige Reise vorbereitet. Sie hoffte, nichts vergessen zu haben.

Zu allem Überfluss hatte sie das Gefühl, dass ihr mit jeder Stunde, die verstrich, übler wurde. Der Flug rückte näher und der Gedanke, sich in einen beengten, schweren, mit kaputtgehender Technik bestückten Metallklumpen und einer Schar potenzieller Terroristen zu setzen, bereitete ihr mehr und mehr Bauchschmerzen. Sie hatte bereits überlegt, jetzt schon eine ihrer Tabletten zu nehmen, entschied sich aber dagegen. Vermutlich würde sie dann die Nacht über schlafen können, wäre aber am nächsten Morgen umso nervöser und dann kam es ja gerade darauf an.

Diego saß auf dem bereits ausgeklappten Bett und betrachtete einige Kinderfotos, auf denen er mit Rafael zu sehen war.

Zum Tausendsten Mal wahrscheinlich, dachte Anna und lief zur Wohnungstür, um diese zu verriegeln. Der Schuhschrank blieb dafür mittlerweile allerdings stehen, wo er hingehörte und erfüllte den Zweck, für den er eigentlich vorgesehen war. An seiner Stelle hatte Anna die Tür mit zwei weiteren Schlössern und einer beweglichen Metallstange aufrüsten lassen. Außerdem war die neue Tür keine furnierte Presspappe mehr, sondern aus massiver Eiche gefertigt. Eine Axt würde zumindest nicht mehr so schnell durchkommen.

„Brauchen wir das wirklich noch?", fragte Diego vom Bett aus und sah kurz von seinen Bildern auf. „Wo du doch jetzt einer Ninja-Kämpferin gleichkommst."

Anna schmunzelte bei seiner Anspielung auf die Selbstverteidigungskurse, die sie seit dem letzten Herbst besuchte. „Du weißt selbst, dass die Polizei bisher niemanden geschnappt hat. Die Täter sind immer noch auf freiem Fuß. Zwar wurden die Unterlagen für deine Manipulation gefunden, aber wir wissen nicht, welches Gesocks dennoch weiterhin draußen herumläuft."

„Aber es ist jetzt fast ein Jahr her."

Anna ging auf das Bett zu und setzte sich provozierend auf seinen Schoß. „Darf ich dich daran erinnern, dass du eigentlich tot warst, mir dann aber doch noch aufgelauert hast? Genau ein Jahr später. Niemand hat damit gerechnet. Und solange Kommissar Oblenski oder ein anderer hier nicht an die Tür klopft und mir den Kopf von diesem Scheusal präsentiert, musst du wohl damit leben." Anna lief ein kurzer Schauer über den Rücken, als sie daran dachte, was vor nicht ganz einem Jahr passiert war. Die Polizei tappte auf der Suche nach den Männern, die sie und Diego aus dem Hotel gekidnappt hatten, immer noch im Dunkeln. Es gab einfach keine verwertbaren Spuren.

Für sie selbst war dieser Tag wie ein schwarzes Loch. Sie wusste den Tag davor und konnte sich rückwirkend auch an die Tage danach erinnern, aber dieser eine Tag, war für sie ein vollkommenes Rätsel. Als hätte man ihn einfach aus ihrem Gedächtnis ausgelöscht.

„Und ob die Police noch wirkt, kannst du mir wahrscheinlich auch nicht sagen", erinnerte sie ihn. Unzählige Male waren sie diesen Teil bisher durchgegangen, doch Diego konnte sich weder an die Police noch an deren genauen Inhalt erinnern, der sofort veröffentlicht wurde, sollte Anna etwas zustoßen. Keiner konnte genau sagen, ob seine früheren Weggefährten immer noch ein wachsames Auge auf sie hatten.

„Du hast recht. Das alles hier ist meins, und wir müssen gut darauf aufpassen." Diego lächelte und streckte eine Hand aus, um Anna zu berühren, aber sie schlug diese spielerisch zur Seite.

„Finger weg!" Sie liebte es, ihn auf die Folter zu spannen, wenn er doch eigentlich so vernarrt in sie war.

„Gute Selbstverteidigung! Ist es das, was ihr lernt? Ein Schlag auf die Hand?" Er hatte ein spitzbübisches, herausforderndes Grinsen aufgelegt. „Erscheint mir ein bisschen zu wenig für eine Ninja-Kämpferin."

Anna beugte sich vor und legte ihre Lippen an sein Ohr. „No quiero … dir wehtun!"[1] Sie kicherte, weil ihr die weitere spanische Übersetzung nicht einfiel.

Nach ihrer Sprachbarriere in Spanien hatte sie sich endlich dazu durchgerungen, einen Sprachkurs zu machen und angesichts ihrer morgigen Reise würde sie mit Sicherheit hiervon Gebrauch machen können.

„¿No quieres hacerme daño?"[2] Diego schob sie energisch zurück und beugte sich mit einem verspielten Glitzern in den Augen über sie. „Pero quizas esto es lo que quiero exactamente."[3]

Anna war wie gelähmt, als sie seinen Blick traf. Diese Überzeugung, dieser Wille. Heftig presste Diego seine Lippen auf ihre und Anna konnte ihm nicht widerstehen. Wieso auch? Sein Mund schob sich weiter über ihr Kinn und schließlich den Hals hinab zum

---

1 „Ich will nicht … !"

2 „Du willst mir nicht wehtun?"

3 „Aber vielleicht ist es genau das, was ich möchte."

Schlüsselbein. In Annas Bauch kribbelte es, aber es war keine Flugangst mehr. Ihr Körper stand unter Spannung, als wären seine Lippen Stromstöße, die sie in Ekstase versetzten.

Aber doch! Sie wollte ihm zeigen, wie sich eine Ninja-Kämpferin verteidigte. Im Handumdrehen hatte sie seine Hände gepackt, die Arme nach außen gedreht und ihm das Knie in den Bauch geschoben. Eine Millisekunde später saß sie auf seinem Rücken, ohne dass er sich aus ihrem Griff befreien konnte.

„Das war unfair", quakte er beleidigt ins Kissen. „Du darfst einen Mann nicht überwältigen, wenn er gerade seiner Leidenschaft nachgehen möchte."

Anna lachte und gab ihn wieder frei. „¿Estoy preparada para México?"[4]

„Sí. ¡Sin duda!"[5]

---

[4] „Bin ich bereit für Mexiko?"
[5] „Ja. Ohne Zweifel!"

Kapitel 9

Gegenwart

Anna wusste nicht, was sie machen sollte. Sie war den gesamten Flughafen auf und ab gelaufen. Mehrmals. Hatte in die einzelnen Shops geschaut, die Warteschlangen an den anderen Check-in-Schaltern genau unter die Lupe genommen und jedem Passagier, der ihr begegnete, ins Gesicht gesehen.

Kein Diego. Er war einfach nirgendwo zu finden.

Ihr Flug war mittlerweile für die letzte Möglichkeit zum Boarding aufgerufen worden, und Anna vermutete, dass die Maschine wahrscheinlich bereits in der Luft war. Oder auch nicht mehr.

Ihr war schlecht, aber sie war sich sicher, dass es nicht mehr allein an den Tabletten lag. In ihrem Kopf rauschte es, und sie musste überlegen, was zu tun war.

Wo war Diego? Was war passiert?

Wieder und wieder starrte sie auf die zertrümmerte Brille in ihren Händen, als würde sie hier die Antwort für diese verzwickte Lage erhalten. Aber der letzte Zeuge blieb stumm.

Als sie wieder auf dem Weg in ihre Check-in-Halle war, stieß sie schließlich auf einen Polizisten, der mit verschränkten Armen auf dem Rücken langsam über die glänzenden Fliesen marschierte und dabei beiläufig die Menschen im Auge hatte. Dieser Mann würde ihr helfen können. Zielstrebig stürmte Anna auf ihn zu.

„Entschuldigung, können Sie mir helfen? Mein Freund ist verschwunden."

Der Polizist trat auf sie zu und zog fragend die Augenbrauen zusammen. Er war groß und muskulös. Die Haare kurz wie ein Rekrut vom Militär.

„Wir haben hier auf der Bank gesessen." Anna deutete mit einem Arm auf die blaue Sitzreihe, auf der sie vorhin noch mit dem lächerlichen Problem Flugangst konfrontiert gewesen war, was ihr jetzt als vollkommen belanglos erschien. „Als ich dann von der Toilette zurückkam, war er nicht mehr da. Nur das hier." Traurig hielt Anna ihm die kaputte Brille entgegen.

Er musterte das verbogene Gestell und sah dann wieder Anna an. „Mit welchem Flug wollten Sie?"

„Nach Mexiko. Wir sollten über Frankfurt fliegen, aber die Maschine ist längst weg. Ich weiß nicht, wo er ist."

„Könnte er nicht schon im Flugzeug sein?"

„Nein. Er hat hier auf mich gewartet."

„Es gibt die Möglichkeit, die Listen zu prüfen, dann könnte man sehen, ob er nicht doch eingecheckt hat."

„Da war ich schon. Er ist nicht ohne mich geflogen. Sehen Sie hier! Die Brille. Sie ist total kaputt. Ihm ist etwas passiert, da bin ich mir sicher."

Der Polizist richtete sich auf und verschränkte die Arme vor der Brust. „Der Flughafen ist groß. Es besteht durchaus die Möglichkeit, dass er sich in einem anderen Terminal aufhält."

„Aber die Brille. Unser Flug. Wieso sollte er irgendwo anders sein?"

„Es wäre nicht das erste Mal, dass der Flughafen dafür genutzt wird, um unauffällig zu verschwinden."

„Dafür genutzt?" *Der Typ ist wohl nicht mehr ganz richtig im Kopf.*

„Es tut mir leid, wenn ich das so sage, aber Sie können sich nicht vorstellen, was für skrupellose Geschichten mir hier tagtäglich unterkommen."

„Aber er ist nicht skrupellos. Und er ist auch nicht einfach abgehauen." Anna wurde wütend. Was bildete dieser Kerl sich überhaupt ein? „Was ist mit der Brille? Soll er die einfach zertreten haben?"

„Vielleicht hat er gar nicht gemerkt, dass sie runtergefallen ist. Es könnte jeder darauf getreten sein."

„Nein, nein, das … das kann nicht sein. Was ist mit der Videoüberwachung? Sie haben doch hier überall Kameras. Da können Sie ihn doch sicherlich finden."

Dem Polizisten huschte ein mitleidiges Lächeln über das Gesicht. „Wie Sie schon erwähnen: Es sind zu viele Kameras, und es erfordert einen enormen Aufwand, eine einzelne Person zu observieren."

„Aber er kann doch nicht einfach so verschwinden."

„Kommt aber leider oft genug vor. Der Flughafen ist, wie gesagt, groß und eröffnet einem viele Möglichkeiten, um in jede Himmelsrichtung das Land zu verlassen. Wenn man nicht gefunden werden will, dann wird man auch nicht gefunden."

„Diego ist aber nicht irgendwohin geflogen. Wir wollten nach Mexiko. Da kommt er her."

„Denken Sie etwa, er wurde entführt? Aus einer vollen Check-in-Halle?"

„Ich hab keine Ahnung, was passiert ist, aber irgendetwas stimmt hier nicht."

„Ich bin mir sicher, die Angelegenheit wird sich aufklären. Fahren Sie nach Hause! Möglicherweise hat Ihr Freund dort eine Nachricht für Sie hinterlassen."

Jetzt platzte Anna der Kragen. „Ich glaube, Sie hören mir nicht zu, oder? Mein Freund ist verschwunden. Nicht freiwillig! Er ist nicht einfach ‚irgendwohin' geflogen, weil ihm dort die Himmelsfarbe am besten gefällt. Wir wollten nach Mexiko, und zwar gemeinsam!"

Der Polizist atmete einmal aus, und Anna meinte ein kleines Rollen in seinen Augen gesehen zu haben. „Wie alt ist ihr Freund? Ich gehe mal davon aus, dass er volljährig ist?"

„Ja, natürlich."

„Können Sie ihn beschreiben, oder haben Sie vielleicht ein Foto?"

Nervös und mit zittrigen Fingern kramte Anna in ihrer Handtasche und zog ihr Portemonnaie heraus, in dem sie ein Foto von Diego aufbewahrte. Dem aufmerksamen Polizisten entging ihr Zittern natürlich nicht. Als Anna das Foto gefunden hatte, hielt sie es ihm flatterig vor die Nase.

Er warf einen kurzen Blick darauf, dann kniff er die Augen zusammen und musterte Anna kritisch. „Ist alles in Ordnung mit Ihnen?"

Anna war etwas verwirrt und nickte hektisch mit dem Kopf. „Ja, natürlich."

„Was ist mit Ihren Augen? Haben Sie was eingenommen?"

„Nur Tabletten gegen die Flugangst. Ich werde panisch, wenn ich nur an einen Flieger denke."

Er nahm ihr das Foto aus der Hand und warf einen kurzen Blick darauf. „Okay. Ich möchte, dass Sie jetzt mit mir kommen."

Anna atmete erleichtert auf. „Oh, danke. Sie können mir helfen?"

„Das hoffe ich. Es klingt etwas auffällig, wenn Sie mir erzählen, dass Sie nach Mexiko, dem Drogenmekka überhaupt, unterwegs sind und Ihr Freund sich plötzlich auf unerklärliche Weise in Luft auflöst, als wäre ihm der Boden unter den Füßen zu heiß geworden, während Sie sich aufführen, als hätten Sie eine komplette Ladung intus."

Kapitel 10

Anna wollte am liebsten sterben. Was war nur passiert, dass es so weit kommen konnte?

Der Polizist hatte sie am Arm gepackt und wie eine Schwerverbrecherin mitgenommen. In einem nicht weit entfernten Untersuchungsraum hatte sie sich schließlich hinter einen Tisch setzen müssen und war quasi von diesem Vorzeigepolizisten und seinem Kollegen ausgequetscht worden. Sie wollten alles wissen, und Anna konnte förmlich zusehen, wie sie immer aufgeregter wurden, als sie herausbekamen, wen sie hier eigentlich suchten. Die halbjährige Gefängnisstrafe, die Diego im letzten Winter abgesessen hatte, schien sie sehr zu interessieren. Ihre Augen leuchteten vor Spannung und Siegesgewissheit.

Letztendlich hatte Anna sich bis auf die Unterwäsche ausziehen müssen und wurde von einer großen, blonden Polizistin mit graublauen Augen auf Drogen am Körper untersucht. Aufgrund ihrer roten Augen hatte man ihr sogar eine Blutprobe abgenommen.

Negativ. Natürlich.

Es machte sie wahnsinnig, dass die Polizisten sich um diesen Schwachsinn kümmerten, während keiner wirklich wusste, wo Diego war und ob es ihm überhaupt gut ging.

Nach einer gefühlten Ewigkeit durfte Anna sich schließlich wieder anziehen und auch ihren Trolley wieder packen. Die Beamten hatten alles herausgeholt und selbst die Zahnpastatuben zerschnitten.

Das einzig Positive war, dass sie jetzt immerhin nach Diego suchten. Sie hatten ihn zwar zur Fahndung ausgeschrieben, weil sie hofften, hier einen großen Drogendealer zu erwischen, aber Anna wusste, dass das nur das geringste Problem war, wenn sie ihn wirklich fanden. Sie vermuteten ihn als potenziell gefährlich und sahen seine plötzliche Flucht mitsamt Koffer als offensichtliche Gewissheit, dass er wirklich Drogen bei sich hatte.

Anna war verzweifelt. Sie hatten ihr nicht zuhören wollen und sich nur die Informationen rausgepickt, mit denen sie ihr Netz spinnen konnten.

Schließlich war sie dann aber doch freigelassen worden, da die Polizei bei ihr nichts finden konnte und es keinerlei bestätigende Beweise für akuten Drogenschmuggel gab. Die Tabletten gegen Flugangst hatte man ihr allerdings abgenommen. Angeblich wollte man den Inhalt noch genauer untersuchen.

Schwachsinn.

So kam es, dass Anna gegen drei Uhr nachmittags wieder mit ihrem Trolley im trendigen S-Bahnhof stand und auf dem Weg nach Hause war. Eigentlich hatte sie nicht gehen wollen, aber was sollte sie sonst machen? Ihr Flug war um viertel vor neun pünktlich gestartet. Diego war nicht ohne sie eingestiegen, wie die Polizisten erneut kontrolliert hatten.

Anna hoffte jetzt, dass die Videoaufzeichnungen mehr bringen würden, zu deren Überprüfung sie sich mittlerweile aus eigenem Interesse bereit erklärt hatten.

Wo sollte Anna jetzt suchen? Was sollte sie machen? Wie ging es weiter?

Diego hatte sie nicht verlassen. Allein diesem Gedanken nachzugehen machte sie wütend. Es war etwas passiert, aber sie stand mit diesem Problem alleine da.

Eigentlich sollten sie sich jetzt irgendwo über dem Atlantik befinden. Den Großteil der Reise hätten sie vielleicht schon hinter sich.

Anna warf einen Blick auf die Anzeige, die versprach, dass die nächste Bahn in drei Minuten kommen würde. Sie würde nach Hause fahren.

Und dann?

Es gab kein: ‚Und dann'!

Sie zog sich ihre Handtasche nach vorne und holte ihr Handy heraus. Sie hatte es für den Flug heute Morgen bereits ausgeschaltet und machte es jetzt wieder an. Mexiko war passé, das Leben ging in Hamburg weiter, nur wusste sie nicht wie.

Das Handy piepte mehrmals nacheinander aufgeregt, als es eingehende Nachrichten meldete. Anna klickte zum Posteingangsordner und erkannte mehrere Anrufe in Abwesenheit und eine Nachricht von ihrer Mutter: *Hallo Anna, bitte melde dich, sobald du in Mexiko bist. Ist wichtig, Mama.*

Was war da los? Anna kam es unrealistisch vor, dass sie diese Nachricht jetzt und hier erhielt. Alles war darauf vorbereitet, dass sie nun in Mexiko sein sollte. In ihrem Kopf war der Gedanke fest verankert. Auch ihre Mutter ging davon aus. Es passte nicht zusammen, dass sie jetzt hier im S-Bahnhof stand und wartete. Auf Diego, auf das Erwachen, auf eine logische Erklärung oder auf was auch immer. Die S-Bahn eben.

Bei den Anrufen handelte es sich ebenfalls um ihre Mutter und zwei weitere Handynummern, die Anna allerdings nicht kannte.

Was konnte so wichtig sein? Momentan konnte ihr nichts bedeutender vorkommen, als die Sache, dass Diego nicht da war. Hatte ihre Mutter vielleicht von ihm gehört? Wusste sie möglicherweise mehr als Anna?

Die Bahn rauschte herein und hielt schwungvoll an. Anna schnappte sich den Griff ihres Trolleys, der irgendwie ein treuer Begleiter geworden war und sie zumindest nicht einfach so im Stich ließ, und schob sich in die Bahn. Mit der freien Hand bediente sie ihr Telefon, um ihre Mutter anzurufen. Auch wenn die Verbindung schlecht war und möglicherweise abbrach, musste sie doch wissen, was ihre Mutter wollte. ‚Wichtig' setzte sich in Annas Kopf gleichbedeutend mit ‚Informationen über Diegos Verschwinden'.

Ihre Mutter nahm direkt nach dem zweiten Klingeln ab. „Hallo Anna. Bist du etwa schon in Mexiko?"

„Nein, ich …"

„Sag mir nicht, dass du telefonierst, während das Flugzeug in der Luft ist. Ich denke, das ist verboten?"

„Nein, ich bin nicht im Flugzeug."

„Aber was ist dann? Solltest du nicht heute Morgen starten."

„Es … es ist etwas dazwischengekommen."

„Geht es dir gut?" Sofort war die Sorge in der Stimme ihrer Mutter zu hören, die Anna in den letzten zwei Jahren nur zu gut kennengelernt hatte.

„Es geht so. Aber was ist denn so wichtig? Du hast mir eine Nachricht geschrieben."

Diego hat sich bei euch gemeldet? Er hat Flugangst ... er will seinen Bruder doch nicht kennenlernen ... er hatte den Koffer voller Drogen bei sich, sodass er sich nicht ins Flugzeug getraut hat?

Anna betete dafür, dass ihre Mutter ihr etwas in der Art sagen würde.

„Die Polizei hat heute Morgen bei uns angerufen, Anna. Bei dir wurde eingebrochen."

„Was?", brüllte Anna ins Telefon, sodass der Mann neben ihr verwundert zusammenschrak.

„Ja, es tut mir leid. Ich war schon dort heute früh. Es … es sieht schlimm aus. Die Polizei benötigt eine Liste, was alles fehlt. Ich dachte, vielleicht könntest du mir eine E-Mail mit allen Wertsachen schicken, sobald du einen Computer in der Nähe hast. Dann kann ich besser nachprüfen, was nicht mehr da ist."

Anna spürte, wie ihr die Kraft aus dem Körper wich. Ein Einbruch? Diegos Verschwinden und ein Einbruch am gleichen Tag? Komischer Zufall.

„Anna, bist du noch dran?"

„Äh, ja. Das ist nicht nötig. Ich meine mit der E-Mail."

„Die Polizei braucht aber eine Liste. Das muss in die Anzeige mit aufgenommen werden."

„Ich werde selbst zur Polizei gehen. Ich bin gerade auf dem Weg nach Hause."

„Was? Du … ihr fahrt nicht nach Mexiko? Ist etwas passiert?" Es rauschte in der Leitung. Die Verbindung war abgehakt.

„Ich erzähle es dir später."

Anstelle einer Antwort ertönte das Besetztzeichen. Anna konnte nicht sagen, ob ihre Mutter sie noch verstanden hatte.

Kapitel 11

Ihre Füße wurden immer schwerer, als sie die letzten Stufen zu ihrer Wohnung hochstieg. Der Trolley schleifte wie ein nasser, trauriger Sack hinterher.

Den ganzen Weg zu ihrer Wohnung hatte sie sich ausgemalt und überlegt, wie es wohl aussehen würde.

Ob Diego vielleicht doch da war? Hatte er alles verwüstet, weil er durchgedreht war? Kam er mit der Amnesie nicht zurecht und hatte sich einfach nicht unter Kontrolle?

Anna war sich bewusst, wie irrational ihr Wunschdenken war.

Dann stand sie vor ihrer Wohnungstür und erkannte die rausgesplitterten Holzfransen. Man hatte sich mit einem Brecheisen Zugang verschafft, aber wie es aussah, war das Schloss nicht beschädigt worden. Die Tür war wie vorgesehen verschlossen. Angespannt steckte Anna den Schlüssel hinein und öffnete.

Ihre Mutter hatte nicht übertrieben. Es stand nichts mehr an seinem Platz. Die Kleidung aus dem Schrank lag verteilt auf dem Boden, dazwischen Zettel und Ordner, Postkarten, ausgekippte Brettspiele, CDs, Bücher, Schuhe; sogar die Blumen mischten sich in ihren zerbrochenen Töpfen und einzelnen Erdhaufen darunter. Im Durchgang zur Küche konnte Anna Teile von zerbrochenem Geschirr erkennen.

Wie erstarrt ließ Anna ihre Handtasche sinken. Tränen stiegen ihr in die Augen. Am liebsten wollte sie die Tür wieder zuschließen, *zuknallen*, und verschwinden. Nach Mexiko. Oder wenn nötig auch einen Dauerflug, der ewig um die Welt ging und niemals landen würde. Wenn sie nur nicht hier sein musste. Allein.

Die Tränen quollen über. Wozu sollte sie sie auch aufhalten? Schluchzend ließ sie sich im Türrahmen sinken. Kein Diego, dafür nichts als Ungewissheit und Angst.

„Hey, ist alles in Ordnung mit dir?“ Tim, ihr Nachbar von nebenan war aufgetaucht und lächelte sie freundlich an.

Anna wischte sich mit der Hand einmal durch das Gesicht. Dann ergriff sie das Taschentuch, das ihr entgegengehalten wurde. „Danke.“

Sie putzte sich die Nase und erhob sich umständlich.

„Sieht furchtbar aus da drinnen“, stellte ihr Nachbar fest und deutete mit der Hand in Annas Wohnung.

„Hast du was mitbekommen?“ *Hast du Diego gesehen? Hat er sich womöglich bei dir gemeldet?*

„Nein, leider nicht. Ich war nicht zu Hause. Brauchst du Hilfe?“

Anna sah auf ihr Chaos und dann wieder zu ihm. „Ich weiß nicht, ich glaube, ich muss selbst erst mal sehen, was überhaupt fehlt.“ *Diego*, dachte sie und überlegte, ob sie ihn auch mit auf die Liste der fehlenden Dinge für die Anzeige setzen konnte.

„Das kann ich verstehen. Aber sag Bescheid, wenn du Hilfe brauchst, okay?“

„Danke.“

Tim nickte ihr zu und ging die Stufen hinunter. Anna sah ihm noch kurz nach und gab sich dann einen Ruck, um sich ihrer verzwickten Situation zu stellen: Chaos beseitigen und Diego finden.

Kapitel 12

Die Polizei hatte Anna nicht weiterhelfen können. Nach mehrmaligem Durchstellen hatte sie schließlich einen Beamten von der Flughafenpolizei am Hörer gehabt, der ihr aber leider keine Auskunft geben konnte. Außerdem hatte er ihr aus ermittlungstaktischen Gründen noch nicht einmal sagen können, ob sie Diego überhaupt auf den Videos erkannt hatten oder nicht. Sie taten so, als würde es sich bei Diego um einen Schwerverbrecher handeln. Anna wurde fast wahnsinnig.

Mit ihrer Wohnung hatte sie nicht viel Geduld gehabt. Notdürftig hatte sie sich einen Gang in der Mitte geschoben, damit sie ungehindert in die Küche und ins Badezimmer gelangen konnte. Nebenbei sah sie sich nach eventuellen Wertsachen um, die nicht mehr da waren. Der Rest müsste warten, bis die andere entscheidende Sache in ihrem Leben geklärt war.

Sie stellte fest, dass ihr Sparbuch fehlte. Außerdem war der Laptop nicht mehr da. Allzu viel Schmuck besaß Anna nicht, aber der Einbrecher hatte ihre kleine Schatulle gefunden, in der sie eine alte Silberkette mit kleinen Glitzersteinchen und andere Schmucksachen aufbewahrte, die sie von ihrer verstorbenen Großmutter bekommen hatte. Hastig und krakelig stellte sie eine Liste zusammen, die sie der Polizei überreichen konnte.

Als sie schließlich so weit fertig war, überlegte sie, was sie jetzt tun sollte.

Wo war Diego? Wo könnte er sein?

Sie hielt es nicht länger in der Wohnung aus und verschwand nach draußen. Als sie die Wohnungstür schloss, überlegte sie, wie sinnvoll es doch wäre, wenn sie die zusätzlichen Schlösser ebenfalls von außen bedienen könnte. Leider stellten sie nur einen Schutz dar, wenn man sich selbst in der Wohnung befand und sie von innen verschloss, was ihr bei der Anschaffung am entscheidendsten erschienen war. Von außen war nur das reguläre Schloss vorgesehen.

In Windeseile stürmte sie die Treppen hinunter und stand wenige Sekunden später unten vor der Haustür. Die Liste für die Polizei hatte sie zur Not ebenfalls in ihrer Tasche, falls sie auf der Suche nach Diego hier vorbeikommen sollte.

Es war mittlerweile kurz vor halb sieben. Diego war jetzt seit zehn Stunden unerklärlich verschwunden.

Wo sollte sie anfangen zu suchen?

War er bei seiner Ex-Freundin, deren Namen Anna leider nicht kannte. Oder hatte er vielleicht noch eine weitere gefunden und Anna nichts hiervon erzählt, weil er sich erinnerte und sie jetzt nicht mehr brauchte? Nicht mehr wollte? War er sie so elegant losgeworden?

Nein, Anna schob den Gedanken schnell zur Seite und schämte sich, dass sie so über Diego gedacht hatte.

Sie wusste nicht wohin, also lief sie von ihrer Haustür aus nach rechts und folgte der Straße in westlicher Richtung. Von hier waren Diego und die Männer vor einem Jahr gekommen, als Diego auf so unerklärliche Weise wieder in ihr Leben gekommen war. Zwei Querstraßen weiter erreichte sie schließlich die Bushaltestelle, die gegenüber der Wohnung lag, in der Diego einige Zeit gefangen gehalten und präpariert worden war und in der sie ebenfalls später ihren schwärzesten Tag erlebt haben soll, an den sie sich nur nicht mehr erinnern konnte.

Anna warf einen Blick zum Hochhaus hinauf und inspizierte die Haltestelle. Aber es war einfach nur ein Haus. Bei der Bushaltestelle hatte sich ebenfalls nichts verändert. Es war kein Diego hier, daher war die Bedeutung verschwunden.

Was hatte sie erwartet? Dachte sie, dass die Männer wieder zugeschlagen hatten und alles von neu aufleben ließen? Dieses Haus würde nicht immer ein Schlüssel zu Diego sein.

Mürrisch und leicht enttäuscht blickte sie sich um und ging dann weiter. Dieser Ort half ihr nicht weiter.

Aber was hatte sie dort gerade gesehen?

Sie hatte sich nur kurz umgeschaut, war sich aber sicher, ihn erkannt zu haben, und das Merkwürdige daran war, dass er ihr zu folgen schien.

Der blonde, große Mann, den sie bereits bei der Apotheke und im Schuhladen gesehen hatte.

Automatisch wurden ihre Schritte schneller. Gänsehaut überkam sie. Der Typ war hinter ihr her. Das war ganz eindeutig. Das unauffällige Handygetue vor der Apotheke und das Gespräch mit Diego im Schuhladen waren keine Zufälle, sondern geplante Aktionen. Von wegen, ihm war ein Karton runtergefallen. Sicherlich hatte er ihn mit Absicht fallen gelassen, damit er mit Diego ins Gespräch kam.

Anna stolperte fast über ihre Füße. Im Westen waren dunkle Wolken aufgezogen, die sich unheimlich vor die untergehende Sonne geschoben hatten. Es war dunkler als sonst. Ihre Nervosität wurde dadurch nicht weniger.

Als sie um die nächste Ecke bog, warf sie einen flüchtigen Blick nach hinten und erkannte, dass der Mann immer noch hinter ihr lief.

Verdammt, dachte sie panisch. Was hatte er vor? Warum verfolgte er sie?

Anna überquerte eine Straße, ohne lange nach dem Verkehr zu gucken, und schob sich auf der anderen Straßenseite an der Hauswand im Schatten der Balkone und Marquisen entlang.

Einfach weiterlaufen, nicht stehen bleiben und nicht umgucken, mahnte sie sich immer wieder. Hier auf der offenen und belebten Straße würde er ihr wohl nichts tun.

Sie lief weiter und erreichte die U-Bahn-Station Hoheluftbrücke. Ohne auf ihre Umwelt zu achten, nahm sie die Treppen nach unten. Sie hatte Angst, sich noch einmal umzusehen, und konnte nicht sagen, ob der Mann dicht hinter ihr lief oder ob sie ihn abgehängt hatte.

Schnell sprang sie in einen Zug, der gerade hielt, und ging bis nach hinten durch. Er war leider nicht sehr voll, sodass sie sich nicht gut verstecken konnte. Als er anrollte, wagte sie das erste Mal, sich umzudrehen und zu gucken, ob sie sicher war.

Der Wagon war übersichtlich. Sie konnte ihn nicht erkennen. Auch draußen auf dem vorbeirauschenden Bahnsteig sah sie nichts. Hatte sie es geschafft? Hatte sie ihn abgehängt?

Sie fuhr nicht weit und wechselte an der Station Sternschanze von der U- zur S-Bahn, weil auf dem Nebengleis gerade keine Bahn bereitstand und sie nicht allzu lange warten wollte.

Kalter Schweiß hatte sich in ihrem Nacken gebildet. Die Bahn war voll, und sie bekam an den Haltestangen durch ihre nassen Hände nur schlechten Halt. In Bahrenfeld stieg sie aus und achtete wieder auf ihre Umgebung, aber sie schien es tatsächlich geschafft zu haben. Er war nicht mehr da.

Als sie aus dem Gebäude stürmte, dachte sie an den Moment, als sie vor einem Jahr ebenfalls an dieser Haltestelle hatte aussteigen müssen, um einen Verfolger abzuschütteln. Damals war sie auf dem Weg zu ihrer Arbeitskollegin Bente gewesen, die sie aber nicht mehr hatte besuchen können. Diegos Vergangenheit hatte dazu geführt, dass sie genau an dem Tag, als Anna sie aufsuchen wollte, ums Leben gekommen war.

Kapitel 13

Sie wusste nicht, wie lange sie gelaufen war, aber sie konnte mit Sicherheit sagen, dass sie nicht mehr verfolgt wurde. Die Straße vor und hinter ihr war übersichtlich und frei. Dennoch hatte sie ihre Schritte bisher nicht verlangsamt. Die innere Panik war trotzdem da und wurde wahrscheinlich von der Tatsache, dass Diego verschwunden war, nur noch mehr angestachelt.

Als ihr Telefon plötzlich klingelte, zuckte sie erschrocken zusammen. Auf dem Display erkannte sie, dass ihre Mutter anrief.

„Hallo, Mama."

„Anna, was ist los? Ich konnte dich nicht erreichen!" Anna erkannte sofort die besorgte Tonlage ihrer Mutter.

„Ich war in der Bahn und hatte keinen Empfang."

„Wo bist du denn jetzt? Was ist mit Mexiko?"

„Ist gestrichen. Vorerst zumindest."

„Aber warum? Ich dachte, du wolltest dort unbedingt hin. Ich verstehe das alles nicht."

„Die Sache ist etwas kompliziert. Wahrscheinlich zu lang für das Telefon." Anna war verwirrt, weil sie beinahe rannte. Warum hatte sie es so eilig? Wovor lief sie immer noch weg? Es war schwachsinnig zu glauben, sie würde Diego schneller finden je schneller sie lief.

„Wo bist du jetzt? Läufst du gerade?"

Anna schmunzelte kurz, weil sie selbst gar nicht so genau wusste, wo sie eigentlich war. „Ich gehe spazieren."

„Ist dein … Freund bei dir?"

Anna schluckte und spürte ein Kratzen im Hals. „Nein."

„Oh, na dann … verschiebt ihr Mexiko?"

„Ich weiß es nicht."

„Es tut mir leid für dich, Anna, aber vielleicht ist es besser so."

Anna biss die Zähne aufeinander und antwortete nicht. Ute zog sofort die falschen Schlüsse.

„Ich meine, ihr kanntet euch doch kaum. So eine lange Reise wäre dann gewiss etwas zu viel gewesen, denkst du nicht? Wahrscheinlich ist es besser, dass er dich hier verlassen hat, als wenn du in Mexiko sitzen gelassen werden würdest."

„Er hat mich nicht verlassen", schnaubte Anna wütend und kämpfte gegen neue Tränen, die sich unter ihren Lidern herausschleichen wollten. „Er hat mich nicht verlassen. Hat er nicht." Ihre Stimme begann zu zittern und brach schließlich ganz.

Es dauerte einen kurzen Moment, bis Ute Selbig sich wieder meldete. „Okay, Kleines. Wie ist das mit deiner Wohnung? Bist du schon bei der Polizei gewesen?“

Anna wischte sich die Tränen aus dem Gesicht. „Nein, noch nicht.“

„Soll ich mitkommen? Ich kann dir auch beim Aufräumen helfen.“

Anna stockte plötzlich, als ihr Blick auf ein Straßenschild direkt über ihr fiel. Bisher hatte sie in ihrer Eile nicht auf ihre Umgebung geachtet, sondern war nur blind von einer inneren Macht getrieben durch die Gegend gelaufen. Jetzt aber hielt sie an und erkannte, was ihre undurchdachte Flucht möglicherweise gebracht hatte. Über ihr prange das Straßenschild der Von-Hutten-Straße auf, in der Diegos Elternhaus stand.

Es konnte kein Zufall sein, dass sie plötzlich hier angekommen war.

„Anna? Bist du noch dran?“, riss ihre Mutter sie abrupt aus ihren Gedanken.

„Tut mir leid, Mama. Ich muss jetzt auflegen. Ich rufe dich wieder an!“

„Anna! Warte, ich …“

Mehr konnte Anna nicht hören, da sie das Telefon wieder in ihrer Tasche verschwinden ließ.

Immer noch in Eile bog sie in die Von-Hutten-Straße ein. Vielleicht fand sie hier einen Hinweis oder einfach nur eine Idee, wo sie nach Diego suchen sollte. Immerhin war das hier seine Vergangenheit. Seine ganz entfernte Vergangenheit.

Sie schritt die Straße entlang und dachte an ihren ersten Besuch. Eigentlich stellte man sich in so einer Gegend eine Bilderbuchkindheit vor, aber wie mochte es dem kleinen Diego ergangen sein, als er aus dem fernen Mexiko aus einem Waisenhaus hierhergekommen war? War es für ihn auch wie im Bilderbuch gewesen? Oder hatten die Ruhe und Ordnung in dieser Straße eher etwas Befremdliches an sich?

Mit einem Mal fand Anna die Gegend gar nicht mehr so gemütlich und idyllisch. Sie erkannte eher die steife, kühle Abneigung, die Diego und sein Bruder hier erfahren haben mussten. Die Bewohner dachten nur bis zur nächsten Hecke, aber was dahinter und im Rest der Welt passierte, berührte sie nicht weiter.

Sie erreichte das Haus und schritt etwas aus der Puste zur Tür. Als sie geklingelt hatte, merkte sie erst, wie sehr ihr Herz raste. Sie war den ganzen Weg hierher ziemlich zügig gelaufen und jetzt überlegte sie sich, was sie eigentlich sagen sollte. Was wollte sie überhaupt hier?

Sie konnte nicht weiter über den Sinn ihres Besuchs nachdenken, weil in diesem Moment Diegos Adoptivmutter, Isabelle, die Tür öffnete. Genau wie bei ihren letzten Besuchen hatte sie ihre Haare zu einem aufwendigen Turm nach oben aufgesteckt und das Gesicht mit allerlei Farben bemalt, die ihre Alterserscheinungen überdecken sollten. Anna beschlich wieder das ungute Gefühl, dass Diego und Rafael nur Statussymbole gewesen waren und von ihren geschwollenen Händen, mit den unechten Fingernägeln, nie echte Liebe erfahren hatten. In ihrer rechten Hand hielt sie eine brennende Zigarette, die in einem langen Mahagonihalter steckte.

„Hallo“, grüßte Anna immer noch leicht aus der Puste.

„Anna? Wie kommst du hierher?“, antwortete Isabelle und sah suchend den Weg zum Haus und die Straße ab. „Bist du ganz allein gekommen?“

„Ich ...“ Anna drehte sich zur Seite, als wollte sie wieder gehen. Was wollte sie hier? Diego war nicht hier, das wusste sie doch!

„Ich glaube, ich werde wieder ...“ Annas Blick fiel auf ein Baumhaus im Garten, das sie vorher nie wirklich beachtet hatte. Eine Auffahrt aus Kieselsteinchen führte daran vorbei zum kleinen Hinterhof hinter dem Haus. Erst jetzt wurde ihr bewusst, wie nah sie Diegos Vergangenheit war. Zum Greifen nah, aber es brachte sie nicht weiter.

Diegos Mutter war einen Schritt aus der Tür herausgekommen und folgte Annas Blick. „Ja, das Baumhaus. Da haben sie früher gespielt. Aber jetzt wird es wohl bald abgerissen werden, es wird ja doch nicht mehr genutzt.“

Anna sah kurz zu ihr und dann wieder auf den windschiefen Bretterverschlag, der in den Ästen eingekeilt war. Anna überlegte, was für ein Baum es war, konnte es aber nicht genau sagen.

„Wofür sollen wir es denn noch behalten?“, fuhr Diegos Adoptivmutter mit einem leicht beleidigten Unterton fort und zog einmal an ihrer Zigarette. „Enkelkinder werden wir wohl niemals bekommen.“

Anna schaute verwirrt zu ihr, weil ihr das Thema so absurd vorkam. Hatte sie etwa Enkelkinder von Diego und Rafael erhofft? Wollte sie die zerrüttete Beziehung und die Distanz ewig weiterspielen oder hatte sie vor, dies mit Enkelkindern zu ändern?

Diegos Mutter sah sie mit einem Mal genauso bestürzt an. „Oh, mein Gott, was hab ich gesagt? Du bist schwanger, hab ich recht? Du wolltest es mir gerade sagen, stimmt´s?“

„Nein, ich bin nicht schwanger."

„Oh, na gut. Wäre nicht das erste Mal gewesen."

Anna kniff die Augen zusammen. „Nicht das erste Mal?"

Diegos Mutter zog eine Augenbraue hoch. „Ja, doch gesehen haben wir das Kind niemals. Ist es nicht furchtbar, wenn den Großeltern die Enkel verwehrt bleiben? Ach, wie hieß denn diese Freundin noch?"

Sie zog erneut an ihrer Zigarette und ihre Stirn formte sich in kleine Fältchen. „Schwanger habe ich sie noch einmal gesehen, aber dann ist sie nicht wieder hier gewesen. Ich glaube Sarah Lisa oder so ähnlich, ja, Sarah Lisa hieß sie."

Anna sah auf den Boden und versuchte die Informationen zu verarbeiten. Diego hatte eine schwangere Freundin. Natürlich. Warum auch nicht? Damals kannte sie ihn noch nicht. Er konnte wer weiß was getan haben und das hatte er vermutlich auch. Keiner wusste es.

Aber wenn er damals eine schwangere Freundin gehabt hatte, wo war diese jetzt? Und das Kind? *Diegos Kind.*

In Spanien hatte er nie eine Freundin erwähnt. Gab es sie vielleicht nicht mehr? Aber wenn sie doch noch auftauchte und Forderungen an ihn stellte?

Dafür müsstest du erst mal wissen, wo er überhaupt ist, schallt sie sich selbst innerlich.

„Wo ist Diego eigentlich?", fragte seine Mutter schließlich und sah zur Straße. „Bist du ganz allein gekommen?"

Anna musste sich einmal räuspern. „Diego … ist weg."

„Och, Süße, das tut mir leid." Sie zog erneut an ihrer Zigarette. „So sind sie immer schon gewesen, und es scheint sich nicht zu ändern. Sie verletzten die Menschen, die ihnen nahestehen und Liebe in sie investiert haben."

Anna wusste, wie sinnlos die Frage war, stellte sie aber trotzdem: „Er hat sich nicht zufällig bei euch gemeldet?"

Diegos Mutter musste lachen. „Wo denkst du hin? Ich war schon überrascht genug, dass er überhaupt die letzte Zeit so viel hier war und sich hat Bilder zeigen lassen. So sehr hat er sich noch nie für uns und seine Vergangenheit interessiert. Bisher hat er immer gut auf uns verzichten können."

„Hast du vielleicht eine Ahnung, wo er sein könnte?"

Diegos Mutter trat einen Schritt auf Anna zu. Mitleid sprach aus ihren Augen. „Ich glaube, Diego hat dich gar nicht verdient. Leider habe ich nie wirklich gewusst, wo die Jungs waren. Zumindest nachher nicht mehr. Früher haben sie hier noch gespielt oder die Nacht im Baumhaus verbracht. Man kann da wirklich drin schlafen.

Ich habe es auch schon mal überlegt, zumal es ein bisschen versteckt ist und man nicht sofort gesehen werden kann, wenn man hinaufsteigt. Es hat schon was Abenteuerliches, nicht wahr?“

Anna sah wieder zu den zusammengehämmerten Brettern hinüber, von denen Diegos Mutter wahnsinnig angetan zu sein schien und die wirklich ganz stabil aussahen.

„Es ist so unglaublich schön für Kinder. Willst du mal reinschauen?“

„Nein, danke. Ich glaube, ich muss jetzt auch wieder gehen.“ Anna sah zu den Wolken hinauf, die den Himmel beinahe schwarz verfärbt hatten. Sie hatte keine Ahnung, wie spät es eigentlich war, ging aber davon aus, dass sie die Sonne heute nicht wiedersehen würde.

„Okay. Es tut mir leid, dass er dich verlassen hat und offenbar in seine alten, unzuverlässigen Bahnen zurückgefallen ist. Ich hatte mit dir eigentlich ein gutes Gefühl.“

Anna holte einen Zettel aus ihrer Handtasche, auf den sie ihre Handynummer schrieb. „Falls … falls er sich doch melden sollte, sagst du mir bitte Bescheid?“

„Dir scheint es wirklich ernst zu sein, oder?“ Diegos Mutter warf einen kurzen Blick auf die Nummer. „Allerdings glaube ich nicht, dass ich dich anrufen werde – weil er nicht kommen wird.“

Kapitel 14

Es fing an zu regnen, als Anna sich auf den Heimweg machte. Die Wolken waren nicht nur Attrappen, sondern hatten wirklich etwas in sich, das jetzt auf Anna herniederprasselte.

Doch dann hatte sie schließlich die Bahn erreicht. Schweigend und demotiviert sah sie aus dem Fenster und beobachtete ihr Spiegelbild in der dunklen Glasscheibe, das bei jeder Weiche und Unebenheit ruckelte, als wäre sie eine rückenmarklose Marionette, deren Fäden ruckartig bewegt wurden.

Den letzten Weg von der Station nach Hause schleppte sie sich förmlich voran. Ihre Energie hatte sie vorhin restlos aufgebraucht. Der Regenschauer war weniger geworden, aber dennoch war die Luft von der Feuchtigkeit durchtränkt und ließ sie in ihrer leichten Bekleidung frösteln.

Ihre Wohnung sah, wie es nicht anders zu erwarten war, noch genauso chaotisch aus, wie sie sie verlassen hatte, und sie überlegte, ob sie vielleicht doch ihre Mutter um Hilfe bitten könnte. Sie würde die Wohnung wieder auf Vordermann bringen, während Anna sich weiterhin auf die hoffnungslose Suche machen konnte. Sie beschloss, sie gleich morgen früh anzurufen.

Traurig stellte sie sich unter die Dusche und musste feststellen, dass sie nichts erreicht hatte. Vielleicht würde sie morgen auch noch mal bei der Polizei anrufen und hoffte, dass sie kooperativer geworden waren.

Es war spät geworden, und sie war müde. Bevor sie sich allerdings schlafen legte, versuchte sie es erneut bei Diegos Handy, aber es schien immer noch aus zu sein, da direkt die Mailbox ansprang.

Mit Tränen in den Augen legte sie sich auf das Sofa. Sie hatte keine Lust, es als Bett auszuklappen, und da Diego nicht da war, war der zusätzliche Platz auch nicht nötig.

*

Wider Erwarten war sie ziemlich schnell eingeschlafen und wurde erst wach, als die Klingel läutete und gleichzeitig eine Faust an ihre Tür klopfte.

„Frau Selbig? Hier ist die Polizei! Bitte machen Sie die Tür auf!“

Polizei? Verdammt, sie haben Diego gefunden!

Sofort war Anna aufgesprungen und öffnete die Riegel an der Tür. Was würden sie ihr erzählen? War er verletzt? Oder möglicherweise gar nicht mehr am Leben?

So schnell sie konnte, riss sie die Wohnungstür auf und starrte auf die Männer im Hausflur. Ihnen voran war der Polizist vom Flughafen, der sich bei der späteren Befragung als Philip Sengemann vorgestellt hatte.

Annas Augen huschten fragend von Gesicht zu Gesicht. Es waren insgesamt fünf Leute, die sie auffordernd anschauten, was Anna noch mehr verwirrte. Um ihr zu sagen, was mit Diego geschehen war, hätte doch auch einer gereicht. Und warum hatten sie außerdem kleine Koffer bei sich?

„Guten Morgen, Frau Selbig", grüßte Sengemann. Sein Blick wanderte einmal über Annas Erscheinung, und Anna fiel erst jetzt wieder ein, dass sie nur ein Nachthemd trug und wahrscheinlich ziemlich zerzauste Haare hatte. Aber das war ihr momentan egal.

„Wo ist Diego? Haben Sie ihn gefunden?", platzte es aus ihr heraus, und als erwartete sie eine Geburtstagsüberraschung, sah sie suchend an den Männern vorbei, als hätte Diego sich hier zum Spaß versteckt. *Surprise, surprise!*

„Nein, leider noch nicht und deshalb sind wir auch hier."

Annas Magen drehte sich um, als ihr kleiner Hoffnungsschimmer im Nu weniger wurde. „Hier ist er aber auch nicht!"

Sengemann zog einen zusammengefalteten Zettel aus seiner Jackentasche und hielt ihn Anna direkt vor die Nase. „Das ist uns durchaus bewusst. Dennoch wohnt er bei Ihnen, und aufgrund der Umstände sehen wir uns gezwungen, Ihre Wohnung zu durchsuchen."

Anna spähte auf das Dokument vor ihren Augen und erkannte einen fettgedruckten Schriftzug, in dem das Wort ‚Durchsuchung' auftauchte.

„Aber ich verstehe nicht … Was suchen Sie denn? Diego ist nicht hier."

Sengemann lächelte überheblich. „Den hoffen wir hier auch gar nicht zu finden. Wollen Sie sich vielleicht etwas überziehen, damit wir anfangen können?"

Anna trat einen Schritt zurück und nickte. Was wollte die Polizei hier? Diego war verschwunden. Warum wollten sie jetzt die Wohnung durchsuchen? Was erhofften sie sich hier?

Sengemann folgte ihr auf den Schritt und funkelte sie bedrohlich an.

Anna eilte schnell auf ihr Sofa zu und zog sich Pulli und Hose über ihr Nachthemd. Die Haare strich sie behutsam an ihrem Kopf glatt.

„Was ist hier passiert?", fragte Sengemann und deutete mit der freien Hand auf das Durcheinander.

„Hier wurde gestern eingebrochen. Ich bin noch nicht dazu gekommen, es in Ordnung zu bringen."

„War ihr Freund noch mal hier?"

„Nein!" Was hatte der eigentlich für Vorstellungen? Diego war verschwunden. Entführt, wenn er es so ausdrücken wollte. Was erwartete er hier zu finden?

„Wann war der Einbruch? Als Sie noch am Flughafen waren?"

„Ja." *Vermutlich als Sie mich so unnütz festgehalten haben.*

Anna ging einen weiteren Schritt zurück, als die restlichen Männer in die Wohnung getreten waren und es langsam eng wurde.

„Es sieht aus, als wäre er noch einmal hier gewesen", murmelte Sengemann zu einem seiner Begleiter. „Sie müssen sehr gründlich vorgehen."

Der angesprochene Mann nickte und wandte sich an einen Kollegen. Dann schob er sich an Sengemann vorbei und ging bis in die Küche durch.

„Was soll das?", fauchte Anna in Richtung Sengemann. „Glauben Sie wirklich, Diego war *das* hier?"

„Alles spricht dafür", antwortete Sengemann und das Lächeln auf seinen Lippen wurde fast selig.

Anna kochte vor Wut. Was fiel diesem eingebildeten Fatzke überhaupt ein? Sie nahm ihre Schuhe, die neben dem Bett standen, und zog sie an. Es passte ihr nicht, dass sie hier so entblößt vor ihm stand, während er dabei war, ihre komplette Privatsphäre zu enthüllen.

Als hätte sie nichts Besseres zu tun, griff sie nach ihrer Handtasche und kontrollierte ihr Handy. Kein Anruf in Abwesenheit.

„Herr Sengemann", kam eine dunkle Stimme aus dem Badezimmer. Anna hatte gar nicht mitbekommen, dass einer der Eindringlinge bereits hierhin verschwunden war, aber irgendwo mussten sie schließlich hin, wenn sie sich alle gleichzeitig in ihrer Wohnung aufhalten wollten.

Dann kam einer der Männer aus dem Badezimmer und hielt Philip Sengemann einen kleinen, prall gefüllten Plastikbeutel entgegen. Sengemanns Körper spannte sich aufgeregt an, als er den weißen, pulverigen Inhalt begutachtete. Schlagartig kam Anna in den Sinn, was es sein könnte. Sengemann öffnete den Beutel, tippte hinein und leckte über seinen Finger. Sein Nicken bestätigte alles, was Anna dachte.

„Was ist das?" Immer noch mit ihrer Handtasche in der Hand starrte sie verkrampft auf die beiden fremden Männer und versuchte selbst eine Lösung zu finden.

„Heroin, Frau Selbig. Aber das müsste Ihnen doch bekannt sein, oder?"

„Das ist nicht meins! Wo haben Sie das her?"

„Aus Ihrem Spülkasten", erklärte der zweite Mann. Er war ein ganzes Stück kleiner als Sengemann und wirkte lange nicht so durchtrainiert wie sein Gegenüber.

„Das kann doch nicht sein." Anna trat einen Schritt vor und streckte die Hand aus, als wollte sie das Tütchen anfassen, um die Echtheit der Situation zu realisieren.

„Es war in Ihrem Badezimmer versteckt, Frau Selbig. Können Sie mir erklären, wie es sonst dorthin gekommen ist?" Sengemanns Blick war selbstgefällig und siegesgewiss, und Anna hätte ihm am liebsten ins Gesicht geschlagen.

„Ich habe keine Ahnung. Uns gehört das nicht."

„Sie brauchen ihn nicht weiter zu decken, Frau Selbig. Wir haben Ihren Freund am Flughafen gesehen."

„Sie haben ihn gefunden?"

Sengemann lächelte und sah einmal zu seinem Kollegen. „Bisher nur auf der Videoüberwachung. Kurz nachdem Sie auf die Toilette gestürmt sind, unterhält er sich mit einem fremden Mann und verlässt dann selbstständig die Sitzreihe, die Sie mir gezeigt hatten. Es gibt keine Gewalttat oder Entführung. Er spricht kurz mit dem Mann, als seien sie Kollegen, und dann geht er. Er verlässt den Flughafen über die Parkplatzanlage, danach verläuft sich seine Spur."

Anna schüttelte mit dem Kopf, weil sie nicht glauben konnte, was Sengemann ihr erzählte.

„Und hier", fuhr er fort und hielt den Beutel hoch, „geht die Spur weiter."

„Das glaube ich Ihnen nicht."

„Es ist aber so. Ich kann Ihnen gerne die Stellen aus den Überwachungsvideos zeigen. Also: Wo kommt das her?"

Annas Kopf ratterte, als sie die neuen erschütternden Informationen aufnehmen wollte. Diego war freiwillig gegangen? Er war einfach aus dem Flughafen herausspaziert? Ohne sie? Und ohne sie darüber zu informieren? Anna konnte es nicht glauben und wusste, dass es nicht so war. Genauso sehr wusste sie, dass das Heroin aus dem Badezimmer nicht von Diego stammte. Es konnte einfach nicht sein. Es durfte nicht sein.

„Ich muss Sie leider bitten, mich noch einmal auf das Revier zu begleiten, Frau Selbig. Sie verstehen sicherlich, dass hier noch ein paar Fragen offen sind."

Offene Fragen, dachte Anna. *Und dann?*

In ihrem Badezimmer war Heroin gefunden worden, und wenn Anna den Inhalt richtig einschätzte, handelte es sich bestimmt um ein bis zwei Kilo. Sie brauchte kein Polizist zu sein oder sich besonders gut mit dem Gesetz auszukennen, um zu wissen, dass bei dieser Menge mehr als nur offene Fragen geklärt werden würden. Sie würde das Gefängnis von innen kennenlernen – das würde passieren.

Und dann? Würde sie dann weiter nach Diego suchen können? Würde Sengemann überhaupt weitersuchen, wenn er sie doch schon eingebuchtet hatte?

Er hatte recht, wenn er behauptete, dass noch viele Fragen offen waren, aber Anna glaubte, dass sie auf eine andere Weise zu klären waren als Sengemann offensichtlich der Meinung war. Wenn sie jetzt mit ihm ging, würde sie vielleicht nie erfahren, was mit Diego wirklich passiert war.

Er hatte die Drogen nicht hier versteckt. Es ging einfach nicht in Annas Kopf. Wie und wann hätte er das tun sollen? Wieso sollte er sie so hintergangen haben?

Sie konnte jetzt nicht mitgehen.

Sie musste Diego finden und das war mittlerweile wichtiger denn je. „Ich kann jetzt nicht mit."

„Es ist nicht so, dass ich Sie höflich bitte, Frau Selbig. Eigentlich können Sie es als Befehl verstehen. Wenn wir diese Menge in Ihrem Besitz finden, muss ich Sie vorläufig festnehmen." Er kam auf Anna zu und diese trat gleichzeitig einen Schritt zurück.

Nein, dachte Anna, sie war mit ihrer Suche noch nicht fertig. Sie kannte Diegos Vergangenheit noch nicht gut genug, um den Aussagen des Polizisten wirklich Glauben zu schenken.

Sie machte noch einen weiteren Schritt nach hinten und stand jetzt mit dem Rücken direkt an ihrer Wohnungstür. Keiner der Männer war zwischen ihr und ihrem Weg nach draußen. Sicherlich würden sie ihr direkt folgen, aber das Risiko müsste sie wohl auf sich nehmen. Sie war dumm, das wusste sie, aber sie hatte keine andere Wahl.

Sie nahm ihre Handtasche fester und drückte sie direkt vor ihren Bauch. „Es tut mir leid. Ich kann jetzt nicht mitkommen."

Dann drehte sie sich blitzschnell um und verschwand aus der Wohnungstür.

Kapitel 15

Natürlich war er ihr sofort auf den Fersen. Sengemann hatte vermutlich nur darauf gelauert, dass er endlich seine Kondition und seinen durchtrainierten Körper nutzen konnte, um ihr nachzueilen. Mit wenigen Sätzen hatte er sie mit seinen langen Beinen eingeholt und packte sie, als sie gerade die erste Treppe hinuntergerannt war. „Stehen bleiben!“

Aber auch Anna war darauf vorbereitet.

In der Sekunde, in der er ihren freien Arm ergriff und auf den Rücken presste, sodass Anna meinte, ihre Schulter würde auskugeln, hatte sie bereits ihre Dose Pfefferspray in der freien Hand und sprühte direkt in seine Richtung. Er fasste sich sofort ins Gesicht und musste sie loslassen.

Die Millisekunde für Anna, um die nächste Treppe in Angriff zu nehmen und wie eine Wahnsinnige das Treppenhaus hinunterzustürmen.

„Hinterher“, kreischte eine Stimme, und Anna meinte, eine schmerzverzerrte Version Sengemanns zu erkennen. „Sie darf nicht entkommen.“

Darf nicht, aber muss, dachte Anna. So blöd es auch klang, so redete sie sich doch ein, dass sie ohne diese Flucht nicht heil aus der Sache herauskam. Das Heroin gehörte nicht ihnen, es war so klar wie das Amen in der Kirche. Aber wo kam es her? Anna konnte diese Frage momentan noch nicht beantworten, war sich aber sicher, dass Diego nicht weit sein würde, wenn sie diese Spur erst mal verfolgen würde, und dafür musste sie frei sein. Zu jeder anderen Zeit konnte sie ihretwegen im Knast versauern, aber nicht, wenn es um Leben und Tod ging.

Sie hielt nicht an, als sie aus der Haustür stürmte. Mit reichlich Schwung prallte sie gegen ihren Nachbarn Tim aus der Wohnung nebenan, der ihr gestern beim Aufräumen hatte helfen wollen und jetzt mit einer Einkaufstüte beladen die Haustür aufschloss. Im Augenwinkel erkannte Anna eine Dose Pilze, die durch den Aufprall aus der Tüte purzelte und über den Gehweg rollte.

„Anna, was ist los?“, fragte Tim verdutzt und trat einen Schritt zurück.

Anna traf kurz seinen verwirrten Blick und rannte direkt weiter.

„Halten Sie die Frau auf“, hörte sie hinter sich, was ihr weiteren Ansporn bereitete. Sie waren hinter ihr. Verfolgten sie direkt. Sie durfte sich nicht umdrehen, das kostete zu viel Zeit. Es reichte zu wissen, dass sie hinter ihr waren und sie sich beeilen musste. Sollten sie sie kriegen, würde sie es schon früh genug erfahren.

So stürmte sie weiter auf die Straße. Es gab so viele Fragen und sie brauchte Antworten. Eine innere Stimme sagte ihr, dass Diegos Vergangenheit ihr weiterhelfen würde. Dort würde sie fündig werden, aber wo war diese?

Bei seinen Eltern hatte sie gestern kein Glück gehabt, aber hatte Diego ihr nicht vor ein paar Tagen erzählt, dass er seine Ex-Freundin getroffen hatte? Würde sie ihr vielleicht helfen können? Wenn sie sie überhaupt fand oder geschweige denn erkennen würde. Anna hatte keine Ahnung, wie sie aussah. Sie wusste nur, dass sie in der Marktstraße wohnte.

Mit neuem Tatendrang beflügelt rannte Anna die Straße entlang. Sie wusste nicht genau, wo die Marktstraße war, meinte aber hierzu in Richtung St. Pauli, also in südlicher Richtung laufen zu müssen.

Sie hatte die Straßenseite gewechselt und rannte im Schutz der parkenden Autos weiter. Dennoch würde es nicht viel bringen.

Hinter ihr war es plötzlich leise. Entweder waren die Verfolger so lautlos, oder sie hatte sie abgehängt. Sie glaubte nicht daran und erwartete jeden Moment eine greifende Hand, die sie an der Schulter packte. *Sieh dich nicht um, sieh dich nicht um!*, mahnte sie sich wieder und bekam erneut das Gefühl, als würde die Ungewissheit ihr neue Kraft geben.

Als sie links neben sich eine kleine Hofeinfahrt erkannte, handelte sie eher instinktiv, als sie sofort hineinstürmte. Sie musste von der großen Straße verschwinden und durfte nicht gesehen werden. Ob es eine Sackgasse war, wusste sie nicht.

Hastig stürmte sie durch den Innenhof auf eine schmale Holztür zu, die in einer weiß verputzten Mauer eingesetzt war. Sie öffnete diese blitzschnell und stand plötzlich in einem kleinen Garten. Gemüse war in ordentlichen Reihen abgesteckt, Gartenstühle türmten sich an der gegenüberliegenden Wand wie eine Treppe, ansonsten schien dieses idyllische Plätzchen nur durch Mauern von seiner Außenwelt abgeschnitten zu sein.

Ohne länger darüber nachzudenken, was sie wohl auf der anderen Seite erwartete, sprang Anna auf die Stuhltreppe und huschte über die Mauer. Es war nicht verwunderlich, dass sie sich dabei die Hose aufriss, aber sie spürte den Schmerz kaum und nahm nur ungefähr wahr, dass sie sich an der Innenseite des rechten Oberschenkels verletzt hatte.

Sie schnappte nach Luft, als sie auf ihren Füßen landete, und spürte die ersten Anzeichen von schmerzenden Seitenstichen.

Auf der anderen Seite der Mauer sah der Garten ähnlich aus, nur dass hier an der gegenüberliegenden Wand mit der befreienden Tür Fahrräder und Mülltonnen standen.

Mein Glück, dachte Anna und riss sofort den vorderen Drahtesel an sich.

Bevor sie die Tür öffnete, hörte sie ein Geräusch hinter sich und sah sich um. Einer der Männer, die eben noch ihre Wohnung auf den Kopf gestellt hatten, war gerade dabei, über die Mauer zu steigen.

Weg hier!, schrien Annas Gedanken.

Sie öffnete die Gartentür und schwang sich auf das Fahrrad. Es war nicht mehr das neuste und schien nicht mehr als drei Gänge zu haben, aber das machte Anna nichts aus. Sie war nur erleichtert, dass es Luft in den Reifen hatte und nicht abgeschlossen gewesen war.

Der Hinterhof, den sie hier durchquerte, schien ähnlich wie der vorherige zu sein. Er mündete in einer kleinen Einfahrt, von der man direkt auf die Osterstraße kam, in die Anna ohnehin hatte einbiegen wollen. Sie führte so weit südlich, dass sie am Ende zumindest in der Nähe der Marktstraße ankommen sollte, wenn sie sich nicht täuschte.

Als sie allerdings gerade nach links auf die Straße einbog, hörte sie eine Stimme hinter sich und war erschrocken, wie nah sie ihr auf einmal war.

„Halt!", schrie Sengemann und stand nur knapp neben ihr. Während Anna durch ihren Trimm-Dich-Pfad über den Hinterhof versucht hatte, Zeit zu gewinnen und ihre Verfolger abzuschütteln, hatte sie offenbar genau das Gegenteil erreicht. Sengemann hatte auf dem normalen Weg bereits die Osterstraße erreicht und war ihr zuvorgekommen.

Anna riss das Fahrrad herum und trat in die Pedale. Jetzt ging es um alles. Sengemann setzte zum Sprint an und folgte ihr. Anna musste erschrocken feststellen, wie schnell er doch laufen konnte.

Aber sie hatte ein Fahrrad und das war normalerweise immer noch schneller als ein Mensch. Mit neuem Ansporn zwang sie ihr Fluchtmittel zu Höchstleistungen. Bald waren der Atem und das Tapsen der Schuhe auf dem Boden neben ihr verschwunden, doch wieder traute sie sich nicht, sich umzudrehen. Ihr Weg führte nur nach vorne.

Ihre Seitenstiche wurden stärker und ihre Oberschenkel brannten verräterisch, aber das war ihr egal. Sie raste immer weiter und ließ nicht von ihrem Tempo ab.

Als vor ihr plötzlich eine Baustelle auf dem Fußweg auftauchte und ein Schild die Radfahrer zum Absteigen aufforderte, riss sie den Lenker zur Seite und sauste quer über die Straße. Einem aufmerksamen Mercedesfahrer verdankte sie einen erneuten Adrenalinschub, als sie haarscharf an der Motorhaube vorbeirauschte und er durch eine Vollbremsung sie und seinen Wagen vor Blessuren rettete. Anna hatte ihre Flucht bereits als beendet gesehen.

Zittrig holte sie wieder Fahrt auf und mischte sich unter die Autos, die ebenfalls in ihre Richtung fuhren. Wie weit sie noch musste, konnte sie nicht sagen. Sicherlich würde sie irgendwann rechts abbiegen müssen und dann auf einen Zubringer hoffen, der sie in Richtung Marktstraße führte.

Sobald sie eine passende Möglichkeit fand, bog sie schließlich nach rechts ab, um die vierspurige Straße zu verlassen. Einen Namen von der jetzigen Straße hatte sie nicht erkennen können, aber das störte sie nicht.

Sie wechselte jetzt schneller die Richtung. Bog rechts ab, dann wieder links. Fuhr im Zickzack in Richtung Marktstraße, oder zumindest glaubte sie das.

Als sie schließlich in eine kleine Seitenstraße kam, fand sie einen Hinterhof und rollte hinein. Er war klein, hatte aber Platz für zwei Autos, die eng nebeneinanderstanden.

Anna schob sich hinter die Mülltonnen, die neben der Hauswand standen und von der Straße nicht sichtbar waren, und musste erst einmal verschnaufen. Ihr Herz raste und pumpte das Blut in kräftigen Intervallen durch ihren Körper. Nebenbei beobachtete sie die Straße aus ihrem Versteck und verspürte Erleichterung, als sie keinen Verfolger entdecken konnte. Sollte sie es wirklich geschafft haben? Es wäre unglaublich.

Sie lehnte ihr Fahrrad an die Wand, da sie beschlossen hatte, ab jetzt zu Fuß weiterzugehen. Sicherlich würden sie sie weiter auf einem Fahrrad suchen und außerdem konnte sie zu Fuß besser ihre Umgebung in Augenschein nehmen. Sie würde sich unauffällig halten und von den großen Straßen fernbleiben.

So nahm sie ihre Handtasche, die sich während der Fahrt um den Lenker gewickelt hatte, und setzte sich ihre Kapuze auf. Was war sie doch froh, dass sie in der Eile nach ihrem schwarzen Kapuzenpulli gegriffen hatte.

Mit dem Riemen über der linken Schulter, sodass ihre Handtasche auf ihrer rechten Hüfte lag und sie ihr Pfefferspray griffbereit hatte, marschierte sie los. Als sie auf den Bürgersteig trat, warf sie einen schnellen Blick in alle Richtungen, konnte aber keine direkte Gefahr ausmachen und lief nach rechts. Wenn sie nicht alles täuschte, musste sie sich immer noch in südlicher Richtung befinden. Ob sie allerdings längst an der Marktstraße vorbei war, konnte sie nicht sagen, aber es blieb ihr nichts anderes übrig als hier zu suchen. In ihre Wohnung konnte sie so schnell nicht zurück und auch bei ihren Eltern würde sie nicht erscheinen können. Solange Diego verschwunden blieb, hatte sie offensichtlich keine andere Wahl als hier auf der Straße zu bleiben.

Sie erreichte die nächste Kreuzung und bog schwungvoll ab, sodass sie direkt gegen einen alten Bekannten prallte.

Kapitel 16

„Doktor Hilgert?“ Anna war verdutzt, als plötzlich ihr ehemaliger Psychiater vor ihr stand, den sie seit etwa einem Jahr nicht mehr gesehen hatte.

Der Mann in dem dunklen Trenchcoat und dem merkwürdigen Hut – Kleidung, die eigentlich viel zu warm für dieses Wetter war – sah sie etwas verwirrt an, als würde er sie nicht erkennen. Allerdings musste Anna zugeben, dass sie ihn auch erst auf den zweiten Blick erkannt hatte. Er war um einiges fülliger geworden, zumindest war sein Gesicht runder und seine Haare reichten weit unter seinem Hut hinaus, wo er doch sonst immer einen relativ kurzen Haarschnitt gehabt hatte. Auch die Brille hatte er nicht mehr, stattdessen zierte ein leichter Bart sein Gesicht. Es waren schlichtweg nur seine Augen und die Haltung, die Anna sofort bekannt vorgekommen waren.

„Anna Selbig“, murmelte Doktor Hilgert. „Dass … dass Sie mich erkennen!“

„Aber natürlich. Ich war doch ein ganzes Jahr bei Ihnen in Behandlung.“ *Bis Sie plötzlich Ihre Praxis geschlossen haben und verschwunden waren*, dachte sie noch hinzu. Ihre Behandlung war abrupt abgebrochen worden, weil Doktor Hilgert plötzlich wegen gesundheitlicher Probleme seine Praxis von heute auf morgen geschlossen hatte. Von einigen Stellen hatte sie bereits munkeln gehört, dass er verstorben sein sollte. Umso größer war die Überraschung, als er jetzt vor ihr stand.

„Ja, das stimmt“, murmelte er nachdenklich und sein Gesichtsausdruck wirkte abwesend. Anna überlegte kurz, ob er sich wirklich an sie erinnerte oder es nur sagte, um die Verlegenheit zu überspielen. Vielleicht war er doch kränker als man auf den ersten Blick sah.

„Wie geht es Ihnen?“, fragte er schließlich und seine Stimme klang plötzlich klarer.

„Ganz gut“, schnaufte Anna.

„Warum sind Sie so in Eile?“

„Ich … möchte eine Freundin besuchen.“

Der Doktor nickte und lächelte leicht. „Sie sind verletzt.“ Er deutete auf ihre aufgerissene Hose, und Anna erkannte, dass sie sogar blutete. Sie hatte sich direkt an der Innenseite des Oberschenkels Hose und Bein aufgeschlitzt.

„Das ist nicht schlimm.“

„Das sieht übel aus. Wie haben Sie das gemacht?“

„Ich bin ausgerutscht und hängengeblieben. Blöde Geschichte.“

„Wo wohnt ihre Freundin?", fragte er.

„Gleich hier in der nächsten Straße." Anna deutete mit der freien Hand geradeaus und erkannte in einiger Entfernung eine Seitenstraße. Sie musste ihn loswerden und das so schnell es ging.

„Wenn Sie nichts dagegen haben, komme ich noch ein paar Schritte mit. Wir haben vor einem Jahr aufgrund meiner Krankheit nicht weitermachen können. Mich würde interessieren, wie es Ihnen seither ergangen ist." Er machte eine einladende Geste, damit Anna den ersten Schritt machte. Ihr blieb jetzt quasi gar nichts anderes mehr übrig als die Geschichte mit der Freundin weiterzuspielen.

„Natürlich, gehen wir." Sie zwang sich ein Lächeln auf und hoffte, dass es echt wirkte.

„Ich freue mich, dass ich mich noch einmal persönlich bei Ihnen entschuldigen kann", sagte er, als sie sich in Bewegung gesetzt hatten. „Es war nicht besonders höflich, einfach so zu verschwinden, ohne sich bei den Patienten persönlich abzumelden, aber es war leider nicht bei jedem machbar."

Anna warf ihm einen kurzen Blick zu und überlegte, was er genau für eine Krankheit gehabt haben mochte. Für eine Chemotherapie wirkte er zu füllig und außerdem waren hierfür seine Haare viel zu lang. „Machen Sie sich keine Sorgen. Ich denke, die anderen Patienten haben es genauso verstanden wie ich."

„Danke, dass Sie das sagen."

Sie hatten die Seitenstraße erreicht, in der Anna ihre Phantomfreundin wohnen ließ, und waren ohne Zögern nach rechts geschwenkt. Anna musste jetzt aufpassen. Es musste so aussehen, als wüsste sie genau, was sie tat und wo sie hinwollte.

Als würde er ihre Anspannung spüren, fragte Doktor Hilgert, in welchem Haus ihre Freundin wohne.

„Da vorne", antwortete Anna zielsicher und war selbst überrascht, wie sicher die Antwort kam. Sie hatte sich für eine rote Häuserfassade entschieden, die mit den anderen direkt verbunden war.

„Ich muss Sie noch kurz fragen, wie es Ihnen im letzten Jahr ergangen ist. Sicherlich sind Sie zu einem Kollegen gewechselt, richtig?"

„Nein, das brauchte ich nicht. Mir geht es besser seit dem letzten Jahr. Ihre Therapie hat doch langfristige Erfolge erzielt."

Sie hatten das rote Haus erreicht und blieben direkt vor dem Eingang stehen. Anna musste jetzt hier irgendwo klingeln und hoffen, dass ihr jemand aufmachte, der nicht allzu viele Fragen stellte. Auf jeden Fall musste sie lange genug im Haus bleiben, bis Hilgert verschwunden war.

„Sie haben gute Arbeit geleistet." Anna lachte und fand, dass dieses Fazit für einen Therapeuten doch eine große Genugtuung sein sollte. Gedanklich konnte sie es allerdings auch mit ‚Jetzt hauen Sie endlich ab!' übersetzen.

„Das freut mich." Er lächelte, machte aber keine Anstalten zu gehen.

Anna hatte keine andere Wahl, als zum nächsten Schritt überzugehen. „Es war nett Sie zu treffen. Haben Sie noch einen schönen Tag!" Ohne richtig auf die Klingelschilder zu achten, drückte sie auf einen beliebigen Knopf, als wüsste sie genau, was sie tat.

„Das fand ich auch."

Jetzt geh doch endlich!, fauchte Anna innerlich.

„Hallo?", ertönte eine kratzende Männerstimme aus der Gegensprechanlage.

„Hallo, hier ist Anna", antwortete sie fröhlich und vollkommen zwanglos, als würde sie wirklich erwartet werden.

„Wer ist da?"

„Anna! Jetzt tu nicht so, als würdest du mich nicht kennen!" Sie lächelte und verdrehte theatralisch die Augen in Richtung Doktor Hilgert, als würde sie sich über dieses Spielchen amüsieren. In Wirklichkeit hatte sie ein großes P auf dem Gesicht.

Dann ertönte plötzlich der Summer, und Anna konnte ihr Glück kaum fassen. Sie winkte ihrem ehemaligen Psychiater kurz zu und verschwand im Haus. Als die Tür hinter ihr mit einem lauten Knallen zuschlug, konnte sie es auch auf das Zentner Steine übertragen, das ihr gerade gefühlt von den Schultern polterte.

Sie stand in einem kleinen, schmalen Vorflur, der über drei Treppenstufen zum eigentlichen Hausflur führte, in dem die große Treppe zu den oberen Stockwerken zu sehen war. Sie hörte das Öffnen einer Wohnungstür und erkannte kurz darauf einen dicken Mann, der aus der linken Erdgeschosswohnung heraustrat. Auffordernd sah er sie an.

„Danke, dass Sie geöffnet haben. Ich habe nur einen Brief für Kurzbach." Anna hatte sich zu den Briefkästen umgedreht und den ersten Namen genannt, den sie erkennen konnte. Sogleich fing sie an, in ihrer Handtasche zu graben.

„Kennen wir uns?"

Anna musterte den Mann, der eine schlabbernde, schwarze Jogginghose und ein weißes, beinahe durchsichtiges T-Shirt trug. Seine Haare waren strähnig, die Augen aufgequollen und die Fingernägel an seiner rechten Hand, mit der er sich über die grauen Bartstoppel kratzte, lang und vergilbt.

Nein, zum Glück nicht, dachte sie.

„Kennen wäre vielleicht zu viel gesagt, aber wir haben uns schon ein paar Mal hier im Hausflur gesehen.“ *Glaub mir einfach und verschwinde wieder in dein Loch*, dachte Anna.

Der Mann murmelte etwas Unverständliches und drehte sich dann um.

Anna hörte, wie die Wohnungstür geschlossen wurde, und wartete dann noch einen Moment. Sie hatte es geschafft.

Aber die Gefahr war noch nicht vorüber. War Hilgert noch draußen? Wie lange brauchte er wohl, bis er außer Sichtweite war und sie ungesehen das Haus wieder verlassen konnte? Sie wagte nicht, die Tür zu öffnen und den Kopf hinauszustecken. Was war, wenn er noch in der Nähe war oder womöglich das Haus beobachtete? Sie musste einen anderen Weg finden.

Schnell sprang sie die Stufen in den Hauptflur hinauf und erkannte, dass rechts neben der großen Treppe eine kleine Hintertür war. Das war ihr Ausgang. Eine andere Möglichkeit gab es nicht.

Sie öffnete die Tür und trat hinaus. Ein weiterer Hinterhof. Wieder einmal. Doch dieser war größer als die vorherigen und teilte sich den Platz mit mehreren umliegenden Häusern.

Anna überlegte nicht lange und überquerte den Platz in die Richtung aus der sie gekommen war, wobei sie immer noch davon ausging, dass hier Süden war.

Sie öffnete die Hintertür eines Nachbarhauses und trat ein. Der Flur war ähnlich aufgebaut, allerdings wirkte das Haus deutlich unordentlicher als das vorherige. Sie musste sich an zwei Kinderwagen und einem Fahrrad vorbeischieben und dann einen Hindernisparcours aus umherliegenden Kinderschuhen und Fußmatten überwinden.

Aber dann hatte sie die vordere Haustür erreicht. Sie stockte kurz, öffnete aber doch schließlich und erkannte, dass sie wieder auf der Straße stand, wo sie Doktor Hilgert vorhin getroffen hatte. Er selbst war nirgendwo zu sehen.

Ohne lange zu überlegen lief Anna in die Richtung, aus der sie gekommen war, bevor sie sich ihrem Psychiater ausgeliefert hatte.

Sie zog sich ihre Kapuze fester über den Kopf und schritt eilig voran. Es stand eine Menge auf dem Spiel und für einen kurzen Moment hatte es ausgesehen, als würde Doktor Hilgert die Regeln bestimmen. Aber sie hatte ihn rausgeschmissen und stand jetzt wieder alleine auf dem Feld.

Kapitel 17

Sie wusste nicht, wie lange sie gelaufen war. Es fühlte sich wie eine Ewigkeit an, und sie hatte keine Ahnung, ob sie überhaupt immer noch in die richtige Richtung lief. Sie war bisher nie in der Marktstraße gewesen und wusste daher nur so ungefähr, wo sie war, aber das brachte sie nicht wirklich weiter.

Allerdings war sie auch keinem Polizisten begegnet. Sie war sich zwar sicher, dass sie weiterhin gesucht wurde, aber zumindest hatte sie ihre Spuren so gut verwischt, dass ihr bis hierher keiner gefolgt war, und das war ein gutes Gefühl. Wer hätte gedacht, dass sie so weit kommen würde?

Sie war müde und ihre Füße taten weh. Im Schatten der Bäume fand sie schließlich eine halbhohe Mauer, auf die sie sich setzte. Sie war so weit und im Zickzack durch Hamburg gelaufen, dass sie sich jetzt traute, eine kurze Pause zu machen.

Es war warm geworden und ihr war übel, weil sie noch nichts gegessen hatte. Und sie hatte Durst. Suchend kramte sie in ihrer Handtasche und fand immerhin einen alten Hustenbonbon aus der letzten Erkältungsphase, der sie ein Stück weiter durch den Tag bringen würde. Sie überlegte kurz, ob sie sich zur Not auch einen Stein in den Mund legen sollte, wie es die Aborigines in Australien machten, wenn sie kein Wasser hatten, aber so weit würde sie es vielleicht doch nicht kommen lassen. Immerhin war sie im zivilisierten Hamburg und nicht im Outback unterwegs.

Sie musste überlegen, wie es weiterging. Sie nahm ihr Handy aus der Tasche und aktivierte ihren GPS-Sensor, um ihren Standort zu bestimmen. Es machte keinen Sinn, weiter ziellos durch Hamburg zu stolzieren und irgendwann doch noch mal unkontrolliert der Polizei in die Arme zu laufen.

Der Bonbon in ihrem Mund hatte fleißig Speichel angeregt und ihren Rachen wieder mit reichlich Flüssigkeit überzogen. Dennoch würde der nächste Kiosk ihrer sein.

Während ihr Handy arbeitete, sah sie die Straße auf und ab und überlegte, wie der Straßenname gewesen war. Sie hatte nur gesehen, dass es sich immer noch nicht um die Marktstraße handelte.

Vor ihr waren Autos schräg auf den Parkstreifen gestellt und schirmten sie so von der Fahrbahn ab. Die aneinandergereihten Bäume erledigten den Rest, sodass sich ihr Blickfeld in Grenzen hielt. Sie dachte an die altklugen Weisheiten, die ein Schulfotograf mal zu ihr gesagt hatte, als sie sich immer unauffällig hinter den größeren Schülern versteckt hatte: Wenn du die Kamera siehst, dann sieht sie dich auch!

Blöder Klugscheißer, dachte Anna, aber immerhin war sie davon überzeugt, dass es in diesem Fall zutraf. Die Bäume spielten die größeren Schüler und verdeckten sie überzeugend. Hinter ihr war ein kleiner Parkplatz, auf dem sich drei Autos nebeneinander zwängten, aber auch hier war die Sicht ebenfalls schlecht, weil weitere Bäume und Büsche erfolgreiche Arbeit leisteten. Sie war hier ungesehen.

Dann entdeckte sie plötzlich einen Mann, der von links den Bürgersteig entlangkam und direkt in ihre Richtung lief.

Anna war geschockt und rutschte sofort komplett auf die Mauer, damit er sie nicht sehen würde. Er war kein Bekannter, aber leider auch kein völlig Unbekannter, und ihr kam in den Sinn, dass sie vielleicht doch nicht so überzeugend untergetaucht war, wie sie es törichterweise gedacht hatte. Schnell löschte sie die GPS-Funktion und schob ihr Handy wieder in ihre Tasche.

Sie sah gerade noch, wie er weiter auf sie zukam, als sie sich blitzschnell hinter die Mauer warf, wo sie auf dem mit Gras überwachsenen, kleinen Parkplatz landete.

Sie duckte sich in die Ecke und spähte vorsichtig über den Steinwall, als der blonde Mann, den sie jetzt bereits das vierte Mal innerhalb kurzer Zeit sah, an ihr vorüberschritt. War es nicht erst gestern gewesen, als sie von ihm verfolgt wurde, bis sie ihn irgendwann hatte abschütteln können? Es konnte kein Zufall sein, dass er jetzt hier schon wieder auftauchte. Allerdings schien er sie nicht gesehen zu haben. Ohne sich nach rechts oder links umzuschauen, lief er einfach weiter.

Annas Herz raste wie verrückt, als er vorbei war. Hatte er sie schon die ganze Zeit verfolgt? Und wusste die Polizei auch, wo sie war?

Sie schob sich wieder ein Stück vor, um ihn nicht aus den Augen zu lassen. Er ging gelassen weiter und das war seltsam. Er hatte sie nicht gesehen, da war sich Anna vollkommen sicher, aber warum war er dann so entspannt? Suchte er sie vielleicht gar nicht? War er nur zufällig in der gleichen Straße wie sie in einer Stadt mit über eineinhalb Millionen Einwohnern?

Anna fand neuen Mut und schob sich an der Mauer vorbei auf den Gehweg. Der fremde Mann schritt unverändert weiter. Er suchte sie wirklich nicht, sondern schlenderte eher gemächlich die Straße entlang.

Ohne dass Anna wirklich den Befehl hierzu erteilte, setzten sich ihre Füße in Bewegung. Da er jetzt nicht hinter ihr her zu sein schien, sah sie es als die beste Gelegenheit an, ihm zu folgen. Es war sicherlich nicht ganz unbedeutend zu erfahren, wer er eigentlich war und was er von ihr und Diego gewollt hatte.

Mit einer Hand berührte sie fast die parkenden Autos, um im Notfall sofort dahinter verschwinden zu können. Sie war wahrscheinlich nur zehn Meter hinter ihm und sicherlich würde er sie erkennen, wenn er sich plötzlich umsehen sollte.

Nach kurzer Zeit verschwand er nach rechts über einen kleinen gepflasterten Platz, von dem eine neue Straße abging.

Anna schritt schneller aus, damit sie ihm folgen konnte, als plötzlich neben ihr ein Polizeiauto vorbeirauschte. Sofort blieb sie wie angewurzelt stehen und drückte sich an einen dunklen Passat, den sie gerade passiert hatte. Der Polizeiwagen fuhr an ihr vorbei, ohne etwas an seiner Geschwindigkeit zu ändern. Anna konnte nicht sagen, ob sie wegen ihr hier waren, aber trotzdem bekam sie Panik. Sie war geflohen und mit Sicherheit wurde sie gesucht. Wie groß die Fahndung angesetzt war und wo sie überall nach ihr suchten, konnte sie allerdings nur ahnen.

Sie wartete einen kurzen Moment, bis sie sicher sein konnte, dass die Polizei verschwunden war, und ging dann schnell weiter. Als sie den Namen der Straße las, in die der fremde Mann gerade eingebogen war, stockte Anna kurz, marschierte dann aber zügig weiter.

Es war die Marktstraße. Hier war sie richtig. Es konnte kein Zufall sein, dass der fremde Mann und Diegos Vergangenheit hier aufeinandertrafen.

Kapitel 18

Die Marktstraße war eine Einbahnstraße, und Anna folgte ihr in Fahrtrichtung. Falls sie also jetzt wieder auf eine Polizei treffen sollte, würde diese von hinten kommen, und Anna könnte sie nicht bemerken.

Anna überlegte, wo der Typ geblieben war, weil sie ihn nicht mehr sehen konnte. Sicherlich war er in einem der Häuser verschwunden, oder er stand in einem Hinterhalt und würde Anna gleich von der Seite anspringen. Vorbereitet ergriff sie ihre Tasche fester und umschloss ihr Pfefferspray mit der rechten Hand.

Sie passierte ein paar kleinere Geschäfte. Links tauchte eine Baustelle auf. Der Laden dahinter war leer und schien saniert zu werden. Ansonsten war die kleine, schmale Straße sehr ruhig. Beinahe trügerisch. Anna rechnete jeden Moment mit einem Angriff. Ihre Beine zitterten und ihr Herz flatterte wie ein Vogel.

Wie sollte sie jetzt weiter vorgehen? Sie musste Diegos Ex-Freundin finden. Wie hieß sie noch? Sarah Lisa oder so ähnlich, hatte Diegos Mutter erzählt. Anna hatte keinen blassen Schimmer, wie sie weiter hieß, und außerdem konnte es sich auch um eine ganz andere Freundin handeln, die Diego hier getroffen hatte.

Was hatte Diego noch erzählt? Wo waren sie gewesen? In ihrer Wohnung, die ihm nicht bekannt vorkam, ja, aber wo war das? Sollte sie jetzt etwa an jedem Hauseingang klingeln und dumm nachfragen?

Verdammt noch mal, Diego, fauchte sie innerlich. *Wo bist du hier gewesen? Wo hast du hier früher gelebt?*

Dann tauchte der fremde Mann plötzlich vor ihr auf!

Er schlug die Autotür eines tiefergelegten Golfs zu und ging mit einer Stofftasche in der Hand auf einen Hauseingang zu, der auf der rechten Seite der Straße gelegen war und mit Plakaten und Kritzeleien verziert wurde.

Ehe Anna sich wirklich ducken oder verstecken konnte, war er auch schon über den Gehweg gerauscht und hatte ihr glücklicherweise keinerlei Beachtung geschenkt. Als die Tür hinter ihm zufiel, folgte Anna ihm zum Eingang und sah sich noch einmal verstohlen in alle Richtungen um. Es war nichts Auffälliges zu bemerken. Keine Polizei und auch sonst niemand. Ihrem Verfolger war sie schließlich gerade selbst auf der Spur.

Sie stieg die Stufen zum Hauseingang hinauf und inspizierte die Namensschilder an der Klingel. Es waren einfache durchsichtige

Plastikschildchen, hinter die kleine Papierzettel mit dem jeweiligen Namen gestopft waren. Alle in verschiedenen Farben und Schriftformen geschrieben.

Vielleicht kann ich erfahren, wie er heißt, dachte Anna und drückte auf die Plastikhülle, um die Wölbung zu verringern und besser lesen zu können.

Es war eine Anreihung von Nachnamen, doch welcher davon gehörte dem fremden Mann? Dann entdeckte sie ein Schildchen, das sowohl Vor- wie auch Nachnamen preisgab.

Saralie Berdani.

Sarah Lisa? War es die Sarah Lisa, nach der sie suchte?

Saralie Berdani stand in ordentlich aneinander gereihten Großbuchstaben auf einem kleinen Schildchen und wurde vom dazugehörigen vergilbten Plastik verdeckt.

Das ist sie, fuhr es Anna in den Kopf. Saralie Berdani. Ein ungewöhnlicher Name, aber sicherlich hatte sich Diegos Mutter deshalb auch nicht an die richtige Endung erinnern können. Sie hatte den Namen in Sarah Lisa abgeleitet.

Es kribbelte heiß durch Annas Körper, als ihr klar wurde, was das für sie bedeutete. Sie war da. Sie hatte es geschafft. Mit sehr großer Wahrscheinlichkeit hatte sie Diegos Ex-Freundin gefunden.

Sie atmete einmal tief durch und drückte dann auf den Klingelknopf. Jetzt war es zu spät, um einen Rückzieher zu machen. Anna würfelte ihre Gedanken im Kopf und überlegte, was sie wohl sagen sollte.

Ohne dass die Gegensprechanlage betätigt wurde, ertönte gleich der Summer, und Anna trat ein. Dann stand sie ihm Hausflur und vor ihr bahnte sich eine dunkle Treppe den Weg nach oben. Es roch muffig und alt, als würde irgendwo Holz modern. Das Ganze mischte sich mit Essensgeruch und Zigarettenqualm und erzählte von zu vielen Menschen und Geschichten an einem Ort.

Wenn sie sich auf die Anordnung der Namensschilder an der Klingel verlassen konnte, dann müsste Saralie im dritten Stock wohnen. Die Treppe drehte sich rechtsherum nach oben und hatte jeweils auf den Zwischengeschossen eine Tür, hinter der Anna die ehemaligen Gemeinschaftstoiletten vermutete.

In der dritten Etage sah sie einen kleinen Jungen mit schwarzen Locken und dunklen Augen, der erwartungsvoll in der Wohnungstür stand. „Mö´test du su meiner Mama?"

Anna stockte und war überrascht. Sie hatte kein Kind erwartet, aber ja, es handelte sich vielleicht wirklich um die richtige Ex-Freundin, die auch noch schwanger gewesen war.

Diegos Kind, rauschte es durch ihre Gedanken. *Ich stehe vor Diegos Kind, das muss er sein!*

Mit weit aufgerissenen Augen betrachtete sie den kleinen Jungen und schätze ihn auf etwa drei oder vier Jahre. *Ganz ruhig, Anna,* mahnte sie sich. *Er hatte ein Leben vor dir, genau wie du! Du kennst ihn quasi gar nicht.*

Der kleine Junge kniff die Augen zusammen und musterte Anna fragend. „Deht es dir nich dut?"

Anna ließ den Mund wieder zuklappen und schüttelte den Kopf. „Doch, doch. Entschuldige! Ich war nur etwas überrascht." Sie lächelte und versuchte Herr der Situation zu werden. „Wie heißt du?"

„Paul."

„Ist deine Mama da, Paul?"

„Sie is in der Tüche." Der kleine Junge drehte sich herum und lief wieder in die Wohnung.

Anna war verunsichert, folgte ihm aber. Paul sauste den langen Flur entlang und verschwand in einer hinteren Tür, von wo Anna einen Fernseher hören konnte.

Sie blieb allein an der Haustür stehen und schloss diese vorsichtig. „Hallo?"

Der Fußboden unter ihr bestand aus alten, längs verlaufenden Dielen und die Wände reichten weit zu den hohen Decken. Der Flur war schmal und wurde durch mehrere Türen unterteilt, die zu den einzelnen Zimmern führten. Anna hörte Gemurmel und roch Zigarettenqualm. Sie hatte noch niemanden gesehen und trat langsam weiter vorwärts.

„Hallo?", fragte sie erneut. Es war ein komisches Gefühl, durch eine Wohnung zu laufen, wenn man die Bewohner gar nicht kannte. „Hallo? Ist jemand da?"

Sie hatte die Küche auf der linken Seite erreicht und warf einen Blick hinein. Mit dem Rücken zu ihr saß eine Frau mit schwarzen, langen Haaren, die sich weit über den gesamten Rücken ergossen, und Anna dachte sofort, dass das Saralie sein musste.

Am selben Tisch ihr gegenüber mit dem Fenster im Rücken saß ein Mann mit schwarzen Haaren und zusammengekniffenen Augen, die sich sofort weiteten, als er Anna erkannte.

Sie schwankte zur Seite und krallte sich mit der Hand im Türrahmen fest.

Das war zu viel.

Sie wollte nur Saralie finden, aber jetzt rannte die Vergangenheit sie beinahe über den Haufen.

„Rafael!"

Neben ihr ertönte das Piepen einer Mikrowelle, die fertiges Essen versprach.

Kapitel 19

„Anna", murmelte Rafael und es klang, als würde seine Stimme von ganz tief unten kommen. Sein Gesicht war verzerrt und stellte tausend Fragen gleichzeitig.

Anna hatte immer noch den Türrahmen zu packen und versuchte zu realisieren, wen sie hier gefunden hatte. Rafael sollte die Lösung des Rätsels sein, und sie wären beinahe einmal um die halbe Welt gereist, um ihn in der mexikanischen Menschenmenge zu suchen. Jetzt traf sie ihn hier an. In der Marktstraße in Hamburg, wo anscheinend die ganze Geschichte zusammenlief.

„Wer sind Sie?", fragte Saralie, aber Anna hatte keinen Blick für sie übrig. Ihre Augen waren weiterhin auf Diegos Bruder geheftet.

Sie hatte ihn gefunden. Er war hier. Er war einfach da, obwohl sie ihn überhaupt nicht gesucht hatte.

Rafael erhob sich und trat einen Schritt neben den Tisch. „Was machst du hier, Anna?"

Anna wurde durch seine Bewegung sofort an Diego erinnert. Sie hatte vorher nie bedacht, wie ähnlich sich die beiden waren, aber jetzt, da sie Diego noch besser kannte, wurde es umso deutlicher. Er war kleiner als Diego und sein Gesicht irgendwie rundlicher, aber ansonsten war die Ähnlichkeit unverkennbar.

Mit drei schnellen Schritten eilte sie durch die Küche und fiel Rafael stürmisch um den Hals. „Oh, Rafael! Wir haben dich gefunden. Du bist endlich da!"

Sie klammerte sich an seine Schultern und spürte die heißen Tränen der Erleichterung, die ihr über das Gesicht rollten und geradewegs in seinem Hemd landeten. Er erwiderte ihre Umarmung. In Spanien hatten sie sich gehasst und daraus keinen Hehl gemacht, aber jetzt war die Situation vollkommen anders und Anna wusste, dass sie Rafael brauchte. Er würde ihr helfen, Diego wiederzufinden.

„Joyo, wer ist das?", hörte Anna wieder die Stimme von Saralie hinter sich.

Neben Anna erinnerte die Mikrowelle daran, dass das Essen fertig war.

Rafael schob Anna ein Stück zurück, um sie besser anschauen zu können. „Anna, wie kommst du hierher? Ich hätte nie gedacht, dass ich dich jemals wiedersehe, und jetzt bist du hier. Wieso?" Er warf einen hoffnungsvollen Blick auf die Tür zum Flur, als erwarte er, dass nicht nur Anna gekommen war. Seine Augen waren feucht und sein Gesicht hatte sich von der vorherigen Verwirrung freudig aufgehellt.

Wusste er, dass Diego und sie zusammen waren? Unter normalen Umständen natürlich. Anna hatte keine Ahnung, was Diego Saralie bei seinem letzten Besuch alles erzählt hatte. War er vielleicht sogar Rafael begegnet, ohne dass Diego ihn erkannt hatte?

„Wer sind Sie?“, fauchte Saralie erneut und stellte sich direkt neben Rafael und Anna, sodass diese sich voneinander lösen mussten. Ihr Blick bohrte sich böse in Annas Gesicht.

„Ich bin Anna.“ Anna wischte sich die Tränen von den Wangen.

„Saralie, das ist Anna“, unterbrach sie Rafael. „Sie ist eine … alte Freundin von Diego und mir.“ Er schmunzelte, als er die Formulierung ‚alte Freundin‘ nutzte, aber Geisel würde das Ganze wahrscheinlich unnütz dramatisieren.

„Anna, Saralie hat mich vor ein paar Tagen angerufen und erzählt, dass Diego hier gewesen ist. Dass er lebt! Ich kann mir das alles nicht erklären, aber ich bin sofort ins Flugzeug gesprungen, um ihn zu suchen.“ Seine Stimme klang euphorisch und sein Gesicht strahlte wie bei einem Kind an Weihnachten.

Anna atmete einmal tief durch. Jetzt war sie wieder in der Realität. Rafael war da, aber Diego fehlte immer noch.

„Hast du ihn auch gesehen, Anna? Weißt du, wo er ist?“

„Leider nicht.“

Rafael runzelte die Stirn und sah zu Saralie hinüber.

„Ich schwöre, er war hier!“, schnauzte sie auf seine unausgesprochene Frage zurück.

„Das war er auch“, bestätigte Anna, um die aufgebrachten Gemüter zu beruhigen. „Er hat mir davon erzählt.“

Sofort war wieder das Strahlen in Rafaels Gesicht. „Dann lebt er also wirklich? Und geht es ihm gut? Wo ist er?“

„Ja, das tut er, aber … Moment mal …“ Anna wandte sich an Saralie. „Wenn ihr beide im Kontakt steht: Warum hast du Diego nichts davon erzählt? Wir wären beinahe nach Mexiko aufgebrochen. Diego wäre nicht … Verdammt, warum hast du Diego nicht Rafaels Nummer gegeben, als er bei dir war?“

Saralie schlug verzweifelt die Hände vors Gesicht. „Genau das hat Joyo auch schon gesagt. Ich weiß es nicht. Es ist mir ehrlich gar nicht in den Sinn gekommen. Ich war so perplex, dass er doch plötzlich am Leben war… Ich hatte solch eine Angst um Paul … wie er auf ihn reagiert … dass er ihn mir wieder wegnehmen will und …“

„Ach, wir haben noch mehr Besuch?“, fragte eine Männerstimme hinter Anna und ließ sie erschrocken zusammenzucken.

Sie schloss die Augen und spürte den trockenen heißen Sand, der in der Luft lag. Sie erinnerte sich, wie ihre Augen verbunden waren und ihr Mund immer noch an den säuerlichen Geschmack von Erbrochenem erinnerte. Sie hatte in Spanien dieselbe Stimme gehört, als sie aus dem Haus in Zaragoza entführt und anschließend im Kofferraum durch die Wüste gefahren wurde. Dieser Mann hatte sie damals verschleppt. Sie hatte ihn nie gesehen, weil ihre Augen verbunden waren, aber die Stimme war unverkennbar.

Es war außerdem der Mann, der vor zwei Jahren an einer Tankstelle in Spanien auf Diego geschossen hatte.

Und zusätzlich war es die gleiche Stimme, die sie im letzten Jahr über die Feuertreppe des Nachbarhauses aus ihrem Haus begleitet hatte. Es war der Mann mit der Maske, dessen Gesicht sie bisher nicht kannte.

Sie drehte sich blitzschnell um und nahm als Nebengeräusch das Rauschen einer Toilettenspülung wahr, als der blonde, muskulöse Mann plötzlich vor ihr stand, dem sie bis hierher gefolgt war.

Ein bisschen kannte sie ihn also doch.

Der Maskenmann, ihr Entführer aus Zaragoza, der Mann aus Apotheke und Schuhladen und Diegos vermeintlicher Mörder waren ein und derselbe.

Anna hatte einmal tief Luft geholt, traute sich jetzt aber nicht mehr auszuatmen. Sie waren alle hier – Rafael, der Unbekannte mit der Maske und irgendwie auch Diego. Das hier war seine Vergangenheit, und Anna steckte mittendrin.

Doch wieso war Rafael an diesen Ort zurückgekehrt? Wieso traf er sich mit dem Mörder seines Bruders, immerhin hatte er erst vor Kurzem erfahren, dass Diego doch noch am Leben war. Was hatte Saralie mit all dem zu tun? Welche Rolle spielte sie?

Anna fühlte sich wie eine Zuschauerin, die erst später zu einem Theaterstück dazugekommen war und den Anfang verpasst hatte. Sie gehörten alle zusammen. Diego genauso. Nur sie nicht.

„Mach den Mund wieder zu, Anna“, befahl der Fremde. Seinem Gesichtsausdruck nach schien er sich deutlich zu freuen, Anna hier anzutreffen. „Tu nicht so, als würden wir uns nicht kennen.“

Anna gehorchte und ließ die Zähne aufeinander klappen. Dann schielte sie am Fremden vorbei und überlegte, ob sie es schaffen würde, ihn zur Seite zu stoßen und nach draußen zu laufen.

„Willst du schon wieder gehen?“, fragte er überrascht, da er Annas taxierenden Blick gedeutet hatte.

Ein weiteres Piepen ertönte von der Mikrowelle und Saralie zog einen Teller Spaghetti heraus, um die Maschine zu erlösen.

Anna richtete sich auf und spannte die Schultern an. Wenn sie Diego finden wollte, musste sie hier jetzt durch. Auch wenn die Gefahr nie größer gewesen war, oder besser offensichtlicher, weil sie ihr jetzt von Angesicht zu Angesicht begegnete. Sie hatte sich aufgemacht, um Diegos Vergangenheit zu finden – jetzt war sie mittendrin.

„Wo wir uns doch das erste Mal nicht einfach nur begegnen, sondern richtig treffen?“ Diegos Mörder trat einen Schritt vor, und Anna machte den gleichen automatisch zurück.

Sie packte ihre Handtasche fester und fühlte das Pfefferspray durch den Stoff.

„Du erkennst ihn, Anna?“, fragte Rafael verdutzt. Natürlich wusste er, wer der Mann war. Immerhin war er bei ihrer damaligen Befreiung dabei gewesen, wenn auch nicht so hilfreich wie Diego.

„Wir haben uns ein paar Mal gesehen“, erklärte der Blonde.

„Gesehen ist gut!“, fauchte Anna und funkelte ihn böse an. Sie würde bleiben und dieses gefährliche Spiel mitspielen, wie auch immer es ausgehen mochte. Wenn sie Diego wiederhaben wollte, gab es keinen anderen Weg als diesen hier.

Sie betrachtete ihn genauer und erkannte, wie tief seine Augen in den Höhlen lagen. Er trug ein weißes Achselshirt, das sich gedehnt über seinen muskulösen und tätowierten Oberkörper spannte.

Er lächelte ironisch und zwinkerte Rafael zu. „Ich bin noch gar nicht dazu gekommen, dir zu erzählen, dass ich Santo vor ein paar Tagen ebenfalls getroffen habe.“

„Wirklich? Wo war das?“

Der Mann drehte sich zu Anna und lächelte wohlwissend. „Du warst auch da, nicht wahr? Nur dass du ihn eher unter Diego kennst.“

„Es war kein Zufall, du hast ihm eher aufgelauert“, platzte es aus Anna heraus.

Rafael sah verwirrt von einem zum anderen.

Saralie steckte sich eine Zigarette an.

„Ich war halt neugierig. Ich wollte nur wissen, wie es um seine Amnesie steht.“ Er kicherte und Saralie erwiderte sein Lachen, was allerdings etwas holprig und gezwungen klang.

Annas Wut wurde dadurch nur noch mehr gesteigert. Was bildete dieser Typ sich überhaupt ein?

Dann wandte er sich wieder Anna zu und streckte ihr seine Hand entgegen. „Entschuldige, wenn ich mich bisher nicht vorgestellt habe. Ich bin Benno.“ Er legte die andere Hand auf seinen Bauch und verbeugte sich steif nach vorne.

Anna rührte sich nicht, sondern ließ ihre Hände starr auf ihrer Handtasche liegen.

„Was hast du getan?“, fragte Rafael.

Das Lächeln auf Bennos Gesicht war immer noch nicht verschwunden. „Ich bin ihr gefolgt, um ehrlich zu sein. Nicht immer. Nur ab und zu. Und ich habe mich mit Santo unterhalten. Alte Freunde unter sich eben.“

„Und?“ Rafael sah abwechselnd zwischen Saralie und Benno hin und her.

„Es ist absolut unheimlich, Mann! Ich konnte mit Santo über albernes Schuhgedöns reden, und er hatte keine Ahnung, wer ich bin.“ Dann wandte er sich an Anna. „Du musst wissen, dass Santo niemals Schuhe kaufen würde. Diego vielleicht, aber Santo spielt eher in einer anderen Liga.“

Saralie nickte zustimmend und verzog das Gesicht zu einem anerkennenden, ehrfürchtigen, gar hingebungsvollen Ausdruck. „Ja, Santo war etwas Besonderes.“

„Einzigartig. Einen Typen wie ihn gab es kein zweites Mal“, fügte Benno hinzu.

Anna sah zwischen den Bewunderern hin und her, bis Rafael sie plötzlich an den Schultern packte. „Anna, du musst mir sagen, was passiert ist!“

Er trat einen Schritt vor und drückte Anna auf den Stuhl, auf dem Saralie bis gerade eben noch gesessen hatte. „Was hat Diego zu dir gesagt? Wo kommt er plötzlich her? Wieso hat er überlebt?“

Anna fühlte das alte abgenutzte Sitzpolster unter sich und sah in die fragenden Augen der anwesenden Personen.

Saralie hatte einen Arm vor der Brust verschränkt und stützte den anderen mit erhobener Zigarette darauf ab. Ihre Haare hatte sie zu einem einfachen Pferdeschwanz zusammengebunden, der weit an ihrer schlanken Figur herunterfiel. Ihre dunklen Augen wirkten aufgequollen unter dem vielen Mascara, als ob sie geweint hätte. Dennoch war sie sehr hübsch und hatte beinahe eine athletische Figur. Die Art und Weise wie sie sich bewegte zeigte deutlich, dass sie wusste, wie ihr Körper einzusetzen war. In Annas Kopf flammte kurz der Gedanke auf, dass sie genau der Typ Frau war, den man sich nicht als Ex-Freundin des Partners wünschte. *Die exotische Tänzerin!*

Benno hatte an seinem Gesichtsausdruck und seiner Haltung nichts verändert. Lässig an die Wand gelehnt hatte er die Hände in seine Hosentaschen gesteckt und wölbte, ob gewollt oder nicht, die muskulöse Brust auf.

Rafaels Blick dagegen lag brennend an Annas Lippen.

„Es ist eine etwas komplizierte Geschichte“, begann Anna schließlich und drehte ihren Blick zu Benno. „Doch ich denke, er kann sie euch wahrscheinlich genauso gut erzählen. Er war doch als Schatten immer dabei.“

„Nicht so intensiv wie du, mein Schatz“, korrigierte Benno.

Anna atmete einmal tief durch. „Vielleicht sollte ich dann lieber hinten anfangen. Diego ist gestern früh spurlos verschwunden.“

Kapitel 20

Es war still geworden in der kleinen Küche. Anna war froh gewesen, sich endlich jemandem anvertrauen zu dürfen, und hatte die ganze Geschichte erzählt. Wenn sie sich jetzt in Diegos Vergangenheit befand, würde sie alles auf eine Karte setzen.

Saralie hatte sich irgendwann auf den Stuhl ihr gegenüber gesetzt und gespannt gelauscht. Selbst Bennos Blick hatte sich verändert und wirkte irgendwann interessiert. Rafael stand neben ihm und lehnte sich an die Küchenzeile. Die flehende Neugier und unbändige Freude über seinen doch noch lebenden Bruder standen ihm ins Gesicht geschrieben.

Anna hatte ihre Geschichte im letzten Jahr begonnen und war bis zum Ende in jedes Detail gegangen, das ihr in den Sinn kam. Als sie die letzten Tage und Diegos plötzliches Verschwinden beschrieb, wurde die Stimmung im Raum von einer erdrückenden Spannung erfasst. Unverständnis sprach aus Rafaels Augen.

„Das heißt, du bist quasi auf der Flucht?“, fiel Saralie Anna in den Satz, als sie von dem Heroinfund heute Morgen in ihrer Wohnung berichtete.

„Es ist nicht unseres. Es muss beim Einbruch in die Wohnung gebracht worden sein.“

Saralie warf einen fragenden, beinahe zweifelnden Blick zu den beiden Männern und Bennos Blick hatte wieder den zufriedenen Ausdruck erhalten.

„Kein schlechter Zug von ihm“, kommentierte er.

„Es ist nicht unseres“, knurrte Anna erneut mit Nachdruck und wünschte ihm die Pest an den Hals.

Benno lachte kurz auf. „Du musst doch aber auch zugeben, dass es etwas seltsam klingt, wenn ein ‚Einbrecher‘ einen Beutel Heroin bei euch in der Wohnung hinterlässt, oder? Normalerweise nehmen Einbrecher Dinge mit.“

„Glaub mir, ich habe schon eine Menge seltsamer Dinge erlebt. Da ist das eher noch nachvollziehbar.“

„Und welchen Grund soll es hierfür geben?“, fragte Saralie.

„Um mich aus dem Verkehr zu ziehen. Ich bin mir ziemlich sicher, dass Diegos Entführer und der Einbrecher ein und dieselben Leute waren.“

„Entführer? Sagtest du nicht, die Polizei hätte davon gesprochen, dass er freiwillig den Flughafen verlassen hat?“, erinnerte sie Benno.

„Aber erst nachdem ein Mann bei ihm war, und was auch immer

dieser Mensch gesagt oder getan hat, es hat Diego dazu verleitet zu gehen und hier muss einiges zugehört haben.“ Anna richtete ihren Blick auf Rafael. „Alles, was er wollte, war nach Mexiko zu fliegen, um dich zu suchen.“

„Durchgeknallter Plan“, fiel Benno ihr ins Wort. „Als ob Santo ohne jegliche Anhaltspunkte ihn einfach so gefunden hätte.“

„Deshalb hab ich ja auch ‚suchen‘ gesagt. Du hast keine Ahnung, wie es Diego in den letzten Tagen ergangen ist. Nicht zu wissen, wer er ist, war eine enorme Qual für ihn. Es war sein letzter Ausweg. Niemand hat ihm sonst helfen können. Eben auch nicht eure Eltern und das Haus in der Von-Hutten-Straße.“

Rafael zuckte zusammen. Anna war vorhin bereits aufgefallen, wie er reagiert hatte, als sie zum ersten Mal diesen Namen erwähnte.

„Dann ist er also wirklich dort gewesen?“ Rafael stellte die Frage an Anna, sah aber zu Benno, als würde er von diesem die Bestätigung bekommen wollen. Es wirkte seltsam, und Anna hätte zu gern gewusst, was er jetzt dachte. Irgendetwas verbarg sich in seinem Inneren.

„Ja. Mehrmals sogar. Ich war auch ein paar Mal mit“, antwortete Anna stolpernd. Was war hier los?

„Ist er am Ende wohl doch noch so ein braver Ziehsohn geworden.“ Bennos Ironie war für Anna beinahe unerträglich.

„Er hat nun mal alles versucht, was ihm irgendwie helfen könnte. Was hättest du getan?“

Saralie und Benno tauschten kurze Blicke aus. Dann sagte Saralie: „Du scheinst ihn gut zu kennen.“

„Ich habe das letzte halbe Jahr mit ihm zusammengelebt, da lernt man viel über den anderen.“

„Was das letzte Jahr angeht vielleicht, aber um ihn zu verstehen, reicht es nicht, denke ich.“ Wieder so ein vielsagender Blick zu Benno.

Anna verlor bald die Geduld. Was war los mit dem Kerl? Es war, als würde jeder der Anwesenden sich bei ihm die Erlaubnis zum Atmen holen.

„Deshalb bin ich ja hier! Ihr kennt ihn von früher. Wo könnte er sein? Wer könnte ihn verschleppt haben?“ Instinktiv drehte Anna den Kopf herum und sah jetzt ebenfalls zu Benno.

Sag es mir!, fauchte sie innerlich. Wenn doch jeder seinen Rat einholte, dann musste er jetzt helfen.

„Es ist schwierig zu beurteilen, weil ich ihn nicht kenne“, sagte Benno etwas überheblich und zuckte dabei mit den Schultern. „Diego zumindest. Keine Ahnung, wie der tickt. Er ist nicht mehr der Typ, den wir von früher kennen, sondern nur noch eine weichgespülte Version seines alten Schattens.“ Sein Blick fiel auf Anna. „Schwiegermamas Liebling!“

Rafael musterte sie, und Anna meinte, eine Spur Verachtung in seinem Blick zu lesen.

„Du sagst, er ist einfach so verschwunden“, fuhr Benno fort. „Vielleicht wurde ihm das Barbie-Spielen zu viel. Santo hat immer schon nach seiner Laune gelebt, man kann ihn nicht einsperren.“

Anna schüttelte überzeugt den Kopf. „Nein, so ist es nicht gewesen. Er wollte um jeden Preis nach Mexiko. Dafür lege ich meine Hand ins Feuer.“

„Verbrenn dir nicht unnötig die Finger, Süße!“ Saralie hustete und schnippte dann ihre Zigarette im Aschenbecher ab. „Hast du Paul nicht gesehen? Seinen Sohn? Santo ist kein Familienmensch. Vielleicht wurde ihm die Enge zu viel, und er hat das Weite gesucht, genau wie bei mir damals, als ich schwanger wurde.“

Anna senkte den Kopf und verarbeitete die Informationen. War hier vielleicht wirklich etwas dran?

Wie es klang, gab es so etwas wie zwei Personen: Diego und einen Santo, von dem sie bisher nichts wusste. Obwohl sie ihn bei genauerer Betrachtung bereits kennengelernt hatte.

Santo hatte sie damals entführt. Er war derjenige, der so voller Selbsthass strotzte und sich hatte umbringen wollen.

Diego war im Vergleich wie ein kleiner Junge, der sich nach Liebe sehnte und das Glück suchte. Im Gegensatz zu Santo war er vielleicht wirklich eine verweichlichte Version des harten und emotionslosen Mannes, vor dem Anna zu Beginn ihrer Flucht nach Spanien vor zwei Jahren solch eine Angst gehabt hatte.

Doch sie hatte Diego bereits in Spanien kennengelernt. Einzelne Lichtblicke der lieben Version waren am Ende mehr und mehr zum Vorschein gekommen. Er war auf der Flucht vor sich selbst. Santo war es, den er hinter sich lassen wollte, um in Liebe leben zu können.

War es jetzt umgekehrt? War Santo zurückgekommen und hatte Diego den Platz dafür aufgegeben? Hatte er schon lange unter der Oberfläche gebrodelt und einen Plan geschmiedet? Hatte Santo das Heroin besorgt? Lebte Anna mit einer gespaltenen Persönlichkeit zusammen? Waren Diegos Probleme doch ernster als sie jemals gedacht hatte?

„Wir müssen in deine Wohnung“, platzte Benno dazwischen. Anna sah verwirrt zu ihm auf. „Vielleicht gibt es dort irgendwelche Spuren, die wir verwerten können. Welche von Santo, meine ich.

Keine Fingerabdrücke mit Nagellack. Diego können wir nicht brauchen."

Anna kniff die Augen zusammen, aber er hatte recht. Wenn es wirklich so war, dann wusste er vermutlich eher, wie dieser Santo funktionierte und wonach er suchen sollte. „Aber die Polizei ist da."

„Die Bullen werden mich schon nicht beißen."

„Ich habe keinen Schlüssel", stellte Anna enttäuscht fest. „Ich habe so Hals über Kopf die Wohnung verlassen müssen, dass ich ihn nicht mitnehmen konnte." Sie sah zur Demonstration einmal an sich herunter. Ihr Nachthemd quoll an einer Seite aus ihrer Jeans heraus, die sie sich in ihrer Eile angezogen hatte. Die Haare waren ungekämmt und sicherlich einer Vogelscheuche ähnlich und unter ihrem dunklen Kapuzenpulli, der den Großteil ihres Nachthemdes verbarg, trug sie nicht mal einen BH.

Benno grinste, sodass sein Strahlen von einem Ohr zu anderen reichte. „Hast du die Feuerleiter vergessen?"

„Ich weiß nicht, ob du am helllichten Tag über eine Feuerleiter klettern solltest, wenn die Polizei vor Ort ist", kommentierte Rafael. „Außerdem sollte Anna dort nicht auftauchen, wenn sie gesucht wird."

„Ich hätte noch einen Schlüssel bei meinen Eltern. Damit könntest du rein."

„Okay, fahren wir zu Mutti!" Unternehmungslustige Vorfreude strahlte über Bennos Gesicht.

Kapitel 21

Anna hatte ein beängstigendes Gefühl, weil sie sich jetzt mit dem Maskenmann ins Auto setzen würde, vor dem sie einst davongelaufen war. Diegos vermeintlicher Mörder und sie saßen in ein und demselben Wagen und atmeten die gleiche Luft. Aber wenn sie Santo alias Diego finden wollte, war es vielleicht unausweichlich. Seltsamerweise hatten die Umstände sich so zusammengefügt, dass sie ein und dasselbe Ziel verfolgten. Die Frage war nur, welchen Erfolg er sich hiervon versprach.

Rafael hatte gemeint, er würde alte Plätze absuchen, an denen sie früher gewesen waren. Anna dankte ihm dafür, weil das genau das war, was Diego auch bereits versucht hatte, nur dass er dabei bisher erfolglos geblieben war.

So kam es, dass Anna jetzt in dem tiefergelegten Golf saß, der ihr vorhin beiläufig aufgefallen war, als Benno bei ihm gestanden hatte.

Rote Hosenträgergurte hielten sie in einem Sportsitz, der nicht sonderlich bequem war und vielmehr an eine Eierschale erinnerte. Laut und brausend war der Motor angesprungen, und Anna spürte das Dröhnen unter sich. Aus dem Auspuff kam ein dumpfes Röhren, das ihre Ankunft schon weit vorher verriet.

Noch ehe sie sich überhaupt an ihre neue Situation gewöhnt hatte, war Benno auch schon die Straße runtergebraust und hatte sich halsbrecherisch in den Verkehr eingeordnet.

Der Wagen konnte nicht leugnen, dass er mehr PS unter der Haube hatte als einer seiner verwandten Modelle. Anna fühlte förmlich, wie sich bei der Beschleunigung ihr Magen ans Rückgrat presste.

„Kannst du nicht langsamer fahren?“, protestierte sie, als er erneut aufs Gas trat und das Tempolimit um Einiges überschritt. Anna konnte ihre Umgebung gar nicht so schnell wahrnehmen.

Genießerisch grinste er sie an; die rechte Hand am Schaltknauf, die linke lässig auf dem Lenkrad. „Haste etwa Schiss?“

„Pass auf“, schrie Anna laut auf, als der Verkehr vor ihr durch eine rote Ampel abrupt zum Stehen kam.

Benno trat auf die Bremse, sodass der Wagen quietschend stoppte und gerade mal eine Handbreit hinter einem Lieferwagen hielt.

„Willst du uns umbringen?“ Anna spürte einen kalten Schauer im Nacken.

Bennos Grinsen war immer noch da. „Mann, was willst du? Ich hatte noch nie einen Unfall.“

„Man sollte sein Glück nicht überstrapazieren."

„Ein bisschen Spaß sollte doch erlaubt sein, oder? Sag bloß, Diego ist mittlerweile auch so eine vertrocknete Gurke wie du?"

„Er hat mir immerhin noch nicht fast den Hals gebrochen."

„Nur abgestochen hätte er dich fast!"

„Dafür konnte er nichts. Es wurde nachgewiesen, dass er manipuliert wurde. Irgendein kranker Irrer hat ein Zeug entwickelt, dass einen Menschen unfähig für eigene Handlungen macht und er nur noch durch einen einzigen Gedanken gesteuert wird, der von außen vorgegeben wird."

„Ich kenne die Unterlagen. Ich habe sie beschafft."

Anna drehte den Kopf herum und starrte ihn mit offenem Mund an. „Du?"

„Ja, war quasi mein Job. Genauso wie das Babysitter-Spielen bei dir, falls dich jemand schief anguckt oder schubst und es möglicherweise Einfluss auf die Police haben könnte."

Anna sah wieder geradeaus und starrte auf einen kleinen Steinschlag in der Scheibe. So langsam setzte sich so manches Teil beim Puzzle zusammen.

„Dank dir ist Diego eher aus dem Gefängnis gekommen." Anna dachte an den Moment, als Kommissar Oblenski ihr davon erzählt hatte, dass Dokumente aufgetaucht waren, die Diegos Unschuld beweisen würden.

Benno zuckte mit der Schulter. „Das war nichts."

„Wo hast du sie gefunden? Was waren das für Typen?"

„Leider kam er nicht mehr dazu, mir seinen Namen zu sagen." Ein breites Grinsen huschte über sein Gesicht.

Anna senkte den Kopf und dachte an die vielen Theorien und Versuche, die Kommissar Oblenski gestartet hatte, um die Entführer zu finden, aber sie waren alle erfolglos geblieben. Es erklärte natürlich einiges, wenn ihre Entführer von damals nicht mehr lebten.

Anna musterte ihn erneut und überlegte, wie sie die nächste Frage am besten formulieren würde. „Seid ihr so etwas wie eine Gang?"

Benno prustete. „Du hast wohl zu viele Vorabendserien gesehen, oder?"

„Was seid ihr dann?"

Benno sah sie verwirrt an, als hätte sie eine vollkommen verständnislose Frage gestellt. Doch sie fand diese gar nicht so unlogisch.

„Freunde", antwortete Benno entsetzt, als wäre das nicht offensichtlich. „Wir haben alles zusammen gemacht. Er hat an diesem

Wagen mit getüftelt. Du hättest ihn mal fahren sehen sollen. Da konnte sich so manch einer eine Scheibe abschneiden."

„Diego hat an diesem Auto gebastelt?" Anna begutachtete das getunte Fahrzeug von innen und überlegte, was hieran eigentlich noch original war.

„Klar. Immerhin eine Sache, die er nicht verbockt hat."

Die Ampel war auf Grün gesprungen und Benno setzte den Wagen wieder in Bewegung.

Diego kannte sich mit Autos aus, dachte Anna, und sie erinnerte sich daran, als er vor ein paar Monaten bei ihrem Fahrzeug den Keilriemen gewechselt hatte. Er hatte damals, wie mit all seinem unbekannten Können, nicht sagen können, woher er sein Wissen hatte, aber jetzt wurde es für Anna klarer.

„Hat er Kfz-Mechaniker oder so etwas gelernt?", fragte Anna.

Benno sah sie skeptisch an und zog dabei eine Augenbraue hoch. Seinen Arm hatte er nur locker auf das Lenkrad gelegt, sodass die Hand auf der anderen Seite herunterbaumelte. „Santo hat nicht mal die Schule richtig beendet. Wie soll er da eine Ausbildung gemacht haben?"

Anna dachte an die Polizeiakte über den jugendlichen Diego, der tatsächlich nicht viel Schulbildung genossen hatte. Ein Grund, weshalb Diego sich jetzt auch dafür entschlossen hatte, noch seinen Schulabschluss nachzuholen.

„Aber woher weiß er dann so viel über Autos?"

„Er hat viel mit den Jungs abgehangen. Beim Street-Racing kann man halt nicht mit Opas altem Vehikel auftauchen."

„Street-Racing?"

„Ja, Mann. Und er war echt gut. Sein Auto auch. Du musst gut sein, wenn du dir den Kram leisten willst, den du in eine geeignete Karre steckst. Papi kann man nicht immer fragen." Er blähte die Nase und verzog dabei den Mund schief.

Anna kniff die Augen zusammen und konterte seinen Blick. Sie hasste es, wenn man sie auf die Klassenunterschiede aufmerksam machte. Ja, sie hatte es leicht gehabt. Ihr Vater war Zahnarzt und ihre Mutter bis vor Kurzem ebenfalls noch beruflich tätig gewesen, sodass ihr materiell nie etwas gefehlt hatte. Sie hatte wirklich immer nur Papi fragen brauchen. Aber sie war dadurch kein schlechterer Mensch.

„Weißt du, ob Diego sein Auto noch hat?"

„Keine Ahnung."

Anna war nicht entgangen, dass Benno kurz gezögert hatte, bevor er antwortete und sofort wurde sie misstrauisch. Sein Blick war auf die Straße gerichtet und er wirkte so, als würde er sich endlich für den Verkehr interessieren.

„Wann hast du Diego das letzte Mal gesehen?"

„Neulich im Schuhladen."

„Nein, ich meine vorher. Als er noch Santo war, wenn du es so ausdrücken willst. Vor zwei Jahren, als er abgehauen ist."

Benno strich einmal über sein Bein. Anna wusste nicht, ob es beabsichtigt war oder nur zufällig geschah. „Ist das wichtig?"

„Ich finde schon. Immerhin war er in einer ziemlich aufgelösten Verfassung."

„Schwachsinn."

„Er wollte sich umbringen!"

Benno drehte den Kopf herum und kniff die Augenbrauen ungläubig zusammen. Für Anna war das aber Zeichen genug, dass Diego, oder eher Santo, keine Gefühle gezeigt hatte. Es hatte gedauert, bis sie schließlich hinter die Schale hatte schauen können und den traurigen und verzweifelten Menschen entdeckt hatte, der in diese Welt einfach nicht reingehörte. Doch Benno hatte diesen Teil nie gesehen.

„An was erinnerst du dich denn als Letztes?", fuhr Anna fort. Sie war der Rätsellösung so viel näher als man vermuten konnte.

Benno funkelte sie böse an. „Verdammt, bist du nervig! Ich habe keine Ahnung!"

Anna wartete einen Augenblick und versuchte seine Reaktionen einzuschätzen. Gerade eben schien er noch zu überlegen, aber jetzt war sein dummes Grinsen plötzlich verschwunden.

„Das Tattoo habe ich schon mal gesehen", sagte Anna und deutete auf das gewundene Schlangen-S, das ihr bereits vorhin schon an Bennos rechtem Oberarm aufgefallen war. „Diego hat es auch gehabt."

Benno drehte den Kopf herum und kniff die Augen zusammen. „Er hat es *gehabt*?"

„Ja. Eine Schlange, die etwas verschnörkelt wie ein S geformt ist. Was bedeutet es?"

Benno packte das Lenkrad plötzlich mit beiden Händen, sodass die Haut um die Knöchel herum weiß schimmerte. Anna brannte förmlich vor Neugier. Hier war etwas zu holen, das ihr etwas über Diegos Vergangenheit erzählen konnte, da war sie sich sicher.

„Er hat es nicht mehr?"

„Nein. Er hat es damals in Spanien entfernen lassen."

„Hat er gesagt, warum er das getan hat?"

„Ich habe ihn nicht darauf angesprochen." *Zu dem Zeitpunkt wa-*

ren die Probleme etwas drastischer, dachte Anna und gleichzeitig spürte sie wieder die Angst in sich aufsteigen, als Diego angeschossen so verzweifelt um sein Leben gekämpft hatte. „Du hattest ihn angeschossen."

Benno gab einen seltsamen Laut von sich.

„Warum hast du das getan?"

Benno verzog das Gesicht, als würde er mit einem kleinen Kind reden, das hinter jede Antwort ein Warum setzte. „Wie hält Santo das bloß mit dir aus?"

„Erzähl es mir! Ich verstehe nicht, warum du auf ihn schießt, auf der anderen Seite aber hinter uns herumlungerst und ihn immer wieder hättest töten können, stattdessen aber dich auf die Suche nach den Laborergebnissen machst, damit seine Unschuld bewiesen werden kann und er eher aus dem Gefängnis herauskommt. Das macht doch keinen Sinn."

„Sagen wir so, Santo und ich hatten damals noch eine Rechnung offen. Mehr nicht. Bist du jetzt zufrieden?"

„Ich denke, er ist dein Freund?"

„Warst du noch nie anderer Meinung mit einer Freundin?"

„Vielleicht, aber das wäre doch kein Grund sie umzubringen."

„Er ist doch gar nicht tot." Er zuckte mit der Schulter und lächelte wieder über das ganze Gesicht.

Anna wollte ihm am liebsten an die Gurgel springen. Sie verkrampfte ihre Hände, um ihre Wut zu unterdrücken. „Weil er Glück gehabt hat. Unnatürliches Glück. Eigentlich wäre er jetzt tot."

„Hasst du mich jetzt deswegen?"

„Nein, das habe ich schon vorher getan."

„Und dennoch bist du zu mir in den Wagen gestiegen. Hast du keine Angst, dass ich dir etwas tun könnte?" Seine Stimme schwang belustigt mit.

„Ich glaube, es ist nicht gefährlicher als jeder gewöhnliche Tag, an dem du hinter mir herschleichst." Anna sah sich um und erkannte, dass die Rückbank ausgebaut und dafür eine Bassrolle und zwei blaue Gasflaschen untergebracht waren. Etwa Lachgas? Sie dachte immer, dass es so etwas nur im Film gäbe. „Außerdem ist in deinem Kofferraum diesmal kein Platz."

Benno lachte und ballte die Hand zur Faust, um mit Anna einzuschlagen. „Gut erkannt, Mädchen. Bist vielleicht doch keine ganz eingestaubte Kirchenblume."

Anna ignorierte ihn und seine kumpelhafte Geste und sah geradewegs aus der Scheibe raus. Sie waren keine Freunde und würden es niemals werden. Er sollte nicht so tun, als würde sie jemals vergessen haben, was er getan hatte. Dieser Mann war gefährlich und würde es immer bleiben, doch wenn sie Diego finden wollte, hatte sie keine andere Wahl als seine Hilfe anzunehmen.

„Da vorne musst du abbiegen!“ Anna war verwundert, dass sie so schnell durch Hamburg gekommen waren. Vielleicht hatte Bennos Erfahrung im Street-Racing doch seine Vorteile. Trotz der roten Ampeln, die immer wieder die Fahrt unterbrochen hatten, hatte Benno sie in kürzester Zeit durch die vollen Straßen gelotst und immer gewusst, welche Abkürzung wo auf die nächste grüne Ampel stieß.

„Keine Angst, Herzchen, ich kenne den Weg.“

Warum wunderte sie das bloß nicht? Er hatte sie wie ein Schatten verfolgt, und sie konnte nicht sagen, wie lange er das getan hatte, bis es ihr erst aufgefallen war.

Doch sie antwortete nicht darauf und so fuhren sie die letzten Meter schweigend, bis Anna auf das weiße Haus ihrer Eltern zeigte, das auf der rechten Seite von einer halbhohen Hecke eingesäumt lag. „Bitte halt da vorne an.“

„Zu Ihren Diensten, Madam!“

Der Gänsestieg war eine ruhige, beinahe dörfliche Straße, sodass Benno ohne Probleme halb auf dem Gehweg und sogar direkt vor dem Haus halten konnte.

Dummerweise erblickte Anna sofort ihre Mutter, die vor dem Haus im Garten stand und in den Beeten zupfte. Sie wäre lieber unauffällig hier erschienen, ohne dass Ute sie auf Benno ansprach, aber natürlich war Annas Mutter längst auf den lauten Wagen aufmerksam geworden. Ein paar Fehlzündungen, die knatternd durch den Auspuff knallten, erledigten den Rest.

Jetzt wissen auch die Nachbarn Bescheid, dachte Anna und griff nach dem Türgriff.

„Du bleibst schön im Wagen“, fauchte sie, als sie sah, dass Benno ebenfalls aussteigen wollte.

„Willst du mich Mutti denn nicht vorstellen?“ Seine Stimme hatte einen spitzbübischen Unterton angenommen. Die ganze Situation schien ihn sehr zu belustigen.

„Nein, verdammt noch mal. Meine Mutter ist sowieso schon total durcheinander, da braucht sie dich nicht noch kennenzulernen.“

Benno drehte sich zu ihr herüber und stupste ihr mit der Fingerspitze an die Nase. „Gut, dann verschieben wir das auf das nächste Mal, Schatz.“

„Nimm deine Finger weg!“ Anna packte blitzschnell sein Handgelenk und drückte es gekonnt zur Seite. Ihr war dabei durchaus bewusst, dass sie ihre Finger vielleicht mehr als nötig in seinen Arm presste, aber das war ihr schlichtweg egal. Wütend funkelte sie ihn an. Er sollte es nicht noch einmal wagen, sie anzufassen.

„Hey!“ Benno schien sichtlich von ihrer Reaktion überrascht zu sein, aber das war nur gut so. Sie war halt nicht nur eine Kirchenblume. Seine Augen waren geweitet und wenn Anna sich nicht täuschte, konnte sie das erste Mal so etwas wie Anerkennung in ihnen erkennen.

Dann drehte sie sich erneut zum Aussteigen herum und sah, dass ihre Mutter in angespannter Haltung zu ihnen hinüberstarrte. Sie hatte nicht weitergearbeitet, seit der lärmende Wagen vor ihrem Haus gehalten hatte. Sicherlich war ihr auch das kleine Handgemenge im Wageninneren nicht entgangen.

Anna quälte sich aus der Eierschale und schlug die Tür hinter sich zu. Wahrscheinlich stärker als nötig, aber dieser Typ brauchte das vielleicht mal.

Als ihre Mutter sie jetzt erblickte, wurden ihre Augen noch größer. Offenbar hatte sie vorher Anna im Wagen noch gar nicht erkannt. *Nur gut*, dachte Anna, weil Ute dann auch Benno nicht unbedingt sehen würde.

„Anna?“, fragte sie überrascht, als sie direkt vor ihr stand. „Wie kommst du hierher?“ Ute warf einen skeptischen Blick auf das protzige Gefährt, das symbolisch schon für eine baldige Organspende der Insassen stand.

„Hi, Mama“, antwortete Anna, als sie ihre Mutter zur Begrüßung umarmte, und überging damit die Frage nach ihrem Transportmittel. „Ich habe mich ausgesperrt und brauche den Zweitschlüssel.“

„Oh“, sagte Ute beinahe teilnahmslos. Sie kniff die Augen zusammen, und Anna überlegte, seit wann ihre Mutter die tiefen Furchen auf der Stirn hatte. War das alles ihr Werk? Anna wusste, dass ihre Mutter seit der Entführung eine Menge durchgemacht hatte und es ihr seither gesundheitlich immer schlechter ging. Ein Grund, weshalb Anna sich bei ihrer Familie nicht mehr so häufig meldete wie früher, da sie sie nicht belasten wollte.

Anna machte sich auf den Weg zum Haus, doch Ute griff sie am Arm. „Was ist mit deiner Wohnung? Ist alles in Ordnung?“

Anna dachte an das Chaos, das sie kurz vor ihrer Flucht verlassen hatte. „Noch nicht ganz, aber ich komme zurecht.“ Sie lächelte und versuchte ihre Mutter zu überzeugen. Erfolglos.

„Was ist mit deinem Freund? Fahrt ihr noch nach Mexiko?“ Anna erkannte, wie schwer es ihr fiel, das ferne Land auszusprechen. Schon als Anna und Diego ihr das erste Mal von ihrer Reise nach

Mexiko erzählt hatten, war sie zunehmend blass geworden. Sie wollte ihre einzige Tochter lieber in der nahen Umgebung wissen.

Ob diese dann sicherer war, ist eine andere Sache, dachte Anna.

„Nein, jetzt nicht", antwortete Anna. Sie überlegte kurz, was sie sagen konnte, da sie ja noch nicht mal selbst wusste, was eigentlich geschehen war. „Wir verschieben die Reise."

„Und wo … wo ist Diego? Du hattest gesagt, er wäre weg?" Sie warf einen schnellen Blick zum Wagen.

„Nein, es ist alles gut. Er besucht gerade einen Freund." Schwupps, schon war die Lüge draußen.

„Wer ist da im Wagen?"

„Ein Bekannter. Er war so nett, mich schnell rumzufahren, weil meine Autoschlüssel auch in der Wohnung sind." Anna zog verlegen die Schultern hoch, um ihre Schusseligkeit zu demonstrieren. Dann drehte sie sich erneut herum, um in Richtung Haustür zu eilen.

„Die Polizei war hier, Anna!" Es kam kühl und trocken, als wisse ihre Mutter genau, was los war.

Anna stockte abrupt und blieb reglos stehen.

Oh nein!

„Sie haben gesagt, dass sie dich suchen und dass ich sofort Bescheid geben soll, sobald du dich meldest." Ihre Stimme begann vor Verzweiflung zu zittern. „Sie sagen, dass du Probleme hast und große Schwierigkeiten bekommst, wenn du vor denen wegläufst. Kommissar Oblenski hat mit mir gesprochen, du kennst ihn doch noch, oder? Wir können ihm vertrauen."

Anna schloss die Augen und drehte sich langsam um.

„Was ist hier los, Anna? Was hast du getan?"

Anna sah ihre Mutter an, deren Augen weit aufgerissen waren. Auf ihrer Haut hatten sich rote Flecken gebildet.

„Es ist nichts, Mama. Es geht immer noch um den Einbruch."

„Erzähl mir doch nichts!", schrie Ute laut, und Anna zuckte zurück. Sie hatte selten erlebt, dass ihre Mutter aus der Haut gefahren war.

„Hast du dich überhaupt mal in einem Spiegel angesehen? Weißt du, wie du aussiehst? Wie der wandelnde Tod. Es geht der Polizei nicht um deine Wohnung. Es geht um dich. Was auch immer du getan hast … ich …" Ihre Stimme brach ab. Schluchzend wischte sie sich mit der linken Hand durch die Augen, in der rechten hielt sie immer noch ihre kleine Hacke, mit der sie gerade das Beet bearbeitet hatte.

„Nimmst du Drogen, Anna? Sag es mir bitte ehrlich, ich habe die Wahrheit verdient. Es würde so viel erklären."

„Nein, natürlich nicht", platzte es aus ihr heraus. Auf Utes Gesicht blitzte ein kleiner Hoffnungsschimmer auf, der aber eher wie ein Tropfen auf einen heißen Stein wirkte.

„Was ist es dann, Anna? Ich habe das Gefühl, dass du nach der Entführung vor zwei Jahren gar nicht richtig wiedergekommen bist. Meine kleine Anna ist irgendwie immer noch in Spanien oder sonst wo, aber die, die wiedergekommen ist, ist mir völlig fremd."

Anna brauchte eine Sekunde, um das zu verdauen. Eiseskälte strahlte von ihrer Mutter aus und in einem Bruchteil hatte Anna Diegos Gerede im Kopf, dass er sich nicht zwischen sie und ihre Familie stellen wollte. War es wahr? Konnte sie nicht beides haben?

Aber das ist doch Schwachsinn, redete sie sich sofort ein. Jeder Mensch hatte Eltern und einen Partner. Es lag nicht an Diego. Oder mutierte ihre Mutter gerade zur bösen Schwiegermutter, die einfach nur unausstehlich war?

„Geh und hol deinen Schlüssel", forderte Ute sie schluchzend auf. „Aber ich werde jetzt die Polizei rufen. Es ist nur zu deinem Besten."

Kapitel 22

Geistesgegenwärtig hatte Anna blitzschnell reagiert und den Schlüssel geholt, der direkt hinter der Tür am Schlüsselbrett hing. Als sie anschließend an ihrer Mutter vorbeigelaufen war, hatte sie nur verstohlen zu ihr hinübergesehen und war hastig wieder in Bennos Wagen gesprungen. Dieser war ihrer Aufforderung, schnell zu verschwinden, nur zu gerne nachgekommen und ausnahmsweise hielt Benno sogar die Klappe, sodass Anna in Ruhe überlegen konnte. Statt hilfreicher Gedanken waren es allerdings nur Tränen, die sich den Weg über ihre Wangen suchten. Sie konnte es nicht ertragen, wie sehr ihre Mutter litt.

Anna wusste, dass sie sich wirklich verändert hatte, seit sie aus Spanien wiedergekommen war. Allerdings hatte sie mehr das Gefühl, sich verbessert zu haben und mehr mit offenen Augen durchs Leben zu gehen. So kam es vielleicht auch, dass sie der konservativen und gesitteten Welt ihrer Eltern entkommen war und diese sie nicht mehr behüten konnten. Sie hatten viel zu lange von ihr ferngehalten, was die Welt außerhalb des ruhigen Gänsestiegs für sie bereithielt.

Sie war wenig überrascht, als sie gehört hatte, dass Kommissar Oblenski bei ihren Eltern gewesen war. Annas Leben lohnte sich inzwischen wirklich, einen Beamten für eine einzelne Person abzustellen. Er würde vermutlich ewig beschäftigt sein.

Doch würde er helfen können? Wirklich helfen, und zwar nicht, um den Drogenfund aufzuklären, sondern um Diego zu finden?

Als sie in der Marktstraße angekommen waren, fuhr Benno direkt weiter, nachdem er Anna vor Saralies Wohnung rausgelassen hatte. Er wollte sich um Annas Wohnung kümmern und würde später wiederkommen.

Anna stand erst etwas verwirrt vor dem Eingang. Das war ihr neuer Zufluchtsort, obwohl sie diese Menschen doch eigentlich überhaupt nicht kannte oder besser, sie aus gutem Grund fürchtete. Doch welche Alternativen hatte sie? In ihre Wohnung konnte sie nicht zurück. Bei ihren Eltern würde es auch nicht mehr möglich sein. Ihre einstigen guten Freunde hatte sie in den letzten zwei Jahren, seit sie aus Spanien zurückgekehrt war, so stark vernachlässigt, dass sie hier niemanden um Hilfe fragen würde.

Es gab nur diesen Ort. Sie schloss die Augen und dachte an Diego.

Wo bist du? Warum hast du mich schon wieder verlassen?

Ihr Körper begann plötzlich stark zu zittern, doch bevor sie ganz in Tränen ausbrechen würde, klingelte sie und huschte schnell durch die Tür, nachdem der Summer ertönte. Müde und deprimiert schritt sie die Stufen zur Wohnung hoch und war leicht überrascht, als die Wohnungstür nur angelehnt war, sodass sie gleich eintreten konnte. Man vertraute ihr und wusste, dass sie kam. Ein bisschen entwickelte sich das Gefühl, hier heimisch zu sein. Oder zumindest waren hier Menschen, die sie momentan duldeten.

Ich werde Teil der Vergangenheit.

Sie zog ihre Schuhe aus – ausgetretene Ballerinas, die sie heute früh schnell angezogen hatte, um nicht barfüßig den Polizisten gegenüberzustehen – als Rafael mit zwei großen Pizzakartons in der Tür zur Küche auftauchte. „Möchtest du auch etwas essen?"

Der köstliche Geruch nach Salami, Käse und Gewürzen stieg ihr in die Nase und erinnerte sie daran, dass sie heute noch gar nichts gegessen hatte. Der ganze Tag kam ihr so lang vor, als hätte er eine komplette Woche gedauert.

„Gerne, danke!"

Sie folgte Rafael ins Wohnzimmer und ließ sich neben ihm auf dem Sofa nieder. Verwundert stellte sie fest, wie vertraut es war, als er den oberen Karton öffnete und sich ein bereits zurechtgeschnittenes Stück herausholte. Der Teig bog sich unter dem Gewicht des Belags und der Käse zog lange Fäden.

Anna hatte Rafael nur kurz kennengelernt, als sie vor zwei Jahren in Spanien unterwegs waren, aber dafür umso intensiver. Sie hatte ihn damals verabscheut und aus tiefstem Herzen gehasst, aber seltsamerweise verspürte sie hiervon gar nichts mehr. Er war der Schlüssel zu Diego und würde sie zu ihm führen. Er gehörte der Vergangenheit an und würde Antworten auf all die Fragen liefern, die seinem Bruder unter den Fingernägeln brannten.

Anna folgte seinem Beispiel und griff ebenfalls in den Pizzakarton, glücklich über den Gedanken, dass ein Teil von Diego durch seinen Bruder bereits bei ihr war.

Das Wohnzimmer war nicht besonders groß, aber gemütlich eingerichtet. An der Wand hinter dem Fernseher waren Regale mit Büchern, CDs und sogar einer ganzen Menge Schallplatten. Der Plattenspieler, der zwischen Regal und dem Blumen- und Pflanzenmeer an der Fensterfront stand, sah so aus, als würde er regelmäßig zum Einsatz kommen. Das schwarze Sofa, auf dem Anna neben Rafael Platz genommen hatte, stand an der gegenüberliegenden Wand und wurde durch einen kleinen Glastisch abgeschirmt, auf dem sich jetzt die Pizzakartons neben zwei Colaflaschen stapelten.

„Ist Benno in der Wohnung?“ Rafael hatte den Mund voll, aber die Frage musste wohl unbedingt gestellt werden.

Anna nickte nur, da sie gerade mit vollen Backen kaute. Dann griff sie nach ihrer Cola, um den Pizza-Klumpen runterzuspülen. „Wo ist Saralie?“

„Sie bringt gerade Paul ins Bett.“

Anna warf einen Blick auf die kleine Uhr auf dem Regal und erkannte, dass es bereits kurz nach sieben war. „Hast du etwas herausgefunden?“

Rafael hatte wieder abgebissen und schüttelte nur mit dem Kopf.

So kommen wir nicht wirklich weiter, dachte Anna und trank einen erneuten Schluck. „Warum bist du hier, Rafael? Nur wegen Diego?“

Er drehte abrupt den Kopf zu ihr herum und runzelte die Stirn. „Ist das nicht Grund genug?“

„Doch. Natürlich. Ich habe mich nur gefragt, seit wann du hier bist.“

„Ich bin gestern Abend gekommen. Saralie hat mir vor drei Tagen Bescheid gesagt, nachdem sie Diego getroffen hatte. Der nächste Flieger nach Deutschland war meiner, das kannst du mir glauben.“

Anna nahm einen erneuten Bissen und überlegte, ob es logisch klang. Was hatte er in Mexiko gemacht, dass er einfach so von heute auf morgen seine Zelte abgebrochen hatte und verschwunden war? Obwohl sie damals vor zwei Jahren wahrscheinlich ähnlich vorgegangen waren.

„Ich wäre so oder so wiedergekommen“, fügte Rafael als Erklärung hinzu.

„Warum?“

Rafael zuckte mit den Schultern. „Einfach nur so. Mexiko ist auch nicht das Gelbe vom Ei. Es gibt dort nichts, was ich hier nicht auch hätte oder besser bereits gehabt habe.“

„Was ist mit Benno? Hat er dir nicht erzählen können, dass Diego lebt? Immerhin weiß er das seit einem Jahr.“

„Wir hatten keinen Kontakt.“

„Nein?“

„Nein. Ich habe ihn gestern erst gesehen.“

„Und Saralie? Hat sie wirklich erst von Diego erfahren, als er bei ihr aufgetaucht ist?“

„Warum fragst du?“

„Weil ich nicht verstehe, dass Benno euch nicht eingeweiht hat, wenn er es doch die ganze Zeit wusste.“

„Vielleicht hielt er es nicht für wichtig, um es Saralie zu erzählen.“

„Diego ist Pauls Vater. Meinst du nicht, sie hätte Interesse daran zu erfahren, dass er doch noch am Leben ist?“ Diego musste Paul ebenfalls getroffen haben, als er auf Saralie gestoßen war, doch er hatte ihn nicht erwähnt. Warum hatte er Anna nicht erzählt, dass er ein Kind hat? Warum hatte er ihn verschwiegen und was möglicherweise sonst noch?

Rafael sah Anna einen Augenblick an, dann stopfte er sich den Rest seiner Pizza in den Mund. „Du solltest nicht so viel fragen, Anna.“

„Warum? Wenn ich wissen will, wo Diego ist, muss ich doch erst einmal die Vergangenheit verstehen.“

„Wozu? Um ihn wiederzufinden ist es ganz egal, was er früher mal gewesen ist und wo er gelebt hat.“

„Das denke ich ganz und gar nicht. Ich sehe es im Gegenteil eher als unausweichlich, damit ich weiß, wo ich nach ihm suchen soll.“

„Hör einfach auf das, was ich gesagt habe, ja? Es hat sich nichts geändert, was nicht vor zwei Jahren auch schon so war. Wir können dir nicht die Einzelheiten erklären, wer wir sind oder waren und was wir gemacht haben. Du hast da vielleicht keine Vorstellung von, aber es geht hier um ziemlich viel, und wir spielen kein Spiel.“ Seine Augen hatten ein warnendes Glitzern angenommen, und Anna erinnerte sich schlagartig an sein vertrautes, böses Wesen zurück.

„Du kannst mich nicht mehr außen vor lassen, Rafael. Diego und ich sind zusammen. Wir lieben uns. Ich weiß vielleicht schon viel mehr, als du dir möglicherweise vorstellen kannst. Ich gehöre dazu, ich bin eine von euch.“

Rafael schloss die Augen und machte eine abfällige Handbewegung, während er mit dem Kopf schüttelte. „Bist du nicht!“

„Doch!“

„Nein, verdammt noch mal! Das ist keine Entscheidung, die man einfach so treffen kann, weil man da gerade Lust zu hat, und morgen ist es vorbei.“

Anna verschränkte die Arme und biss die Zähne fest zusammen. Rafael hatte keine Ahnung, was in der Zwischenzeit passiert war. Er verstand einfach nicht, was sie und Diego gemeinsam durchgemacht hatten. Er behandelte sie so, als wäre sie immer noch das kleine Blondchen, das sie vor zwei Jahren wie einen Klotz am Bein hinter sich hergezogen hatten.

„Die Polizei war bereits bei meinen Eltern und hat mich dort gesucht“, warf Anna in den Raum, um das Thema zu wechseln.

„Hier werden sie dich nicht finden“, antwortete Rafael trocken.

„Und ich werde auch nicht so lange warten, bis es so weit ist. Kommt es dir nicht auch ein bisschen wie ein Déjà-vu vor?“

Rafaels Gesicht verhärtete sich.

Anna war sich sicher, dass er wusste, worauf sie hinauswollte. „Als wir vor zwei Jahren in Spanien waren, wurde ich für einen Doppelmord gesucht, den ich nicht begangen hatte. Das Ganze lief so weit, dass Diego ‚gestorben‘ ist. Hätte ich mich damals eher der Polizei gestellt, wäre vielleicht alles ganz anders ausgegangen. Vielleicht würde er dann nicht unter der Amnesie leiden und wir könnten alle ganz normal leben.“

Er richtete sich auf, und Anna erkannte in seinem Gesicht, dass der kalte und grimmige Rafael zurückgekehrt war, den sie auch damals in Spanien gesehen hatte. Vielleicht war er aber auch nie verschwunden gewesen. Die Charakterzüge der Brüder waren in Gut und Böse aufgeteilt, nur war für Rafael kaum Freundlichkeit übrig geblieben.

„Du kannst nicht zur Polizei gehen!“

„Und warum nicht?“

„Wir sind nicht mehr in Spanien, Anna. Für den Fall, dass ihn tatsächlich jemand entführt hat, wissen wir nicht, mit wem wir es hier zu tun haben. Und wenn ihn keiner entführt hat, dann denk bitte an das Heroin, das bei euch gefunden wurde. Genau wie Benno gehe ich nämlich auch davon aus, dass es seins ist. Du kennst ihn nicht, Anna. Nicht richtig! Willst du ihm die Polizei auf den Hals hetzen?“

Anna schüttelte mit dem Kopf und kämpfte verbissen gegen die Tränen an. „Diego hat nichts getan. Er ist unschuldig, genau wie ich. Wir sollten nicht Verstecken spielen, sondern uns offen den Problemen stellen.“

„Du hast keine Ahnung, was du da redest. Wir sind nicht bei Mensch-ärgere-dich-nicht und dürfen wieder mitspielen, wenn wir eine Sechs gewürfelt haben. Im wahren Leben gibt es keine wirklichen zweiten Chancen.“

„Denk an Diego. Er hat überlebt!“ *Und das war nicht dein Verdienst*, hätte Anna beinahe hinzugefügt, als sie an Rafaels hinterlistige Flucht dachte, bei der er Anna wie einen Schutzschild benutzt hatte, um unbeschadet den Tatort zu verlassen. Während Diego verblutete, hatte er sich feige aus dem Staub gemacht, da er dank der Police in Annas Nähe sicher war.

„Ich würde es nicht als Leben bezeichnen, wenn du nichts mehr weißt und dich körperlich wie ein Krüppel fühlst.“

Anna öffnete den Mund, entschloss sich dann aber, nicht darauf zu antworten. Durch Streit würde sie bei Rafael nicht weiterkommen, das hatte sie bereits bei Diego vor zwei Jahren erkannt.

„Und was wäre dein Vorschlag?“, fragte sie stattdessen. „Abwarten und gucken, ob uns Diego in einem Jahr zufällig über den Weg läuft? Tut mir leid, aber da mache ich nicht mit.“

Rafael klappte den Pizzadeckel zu. „Ich habe meinen Bruder einmal verloren und das passiert mir nicht wieder.“

Anna horchte auf.

„Doch wir können nicht einfach draufhauen, Anna – und zur Polizei können wir erst recht nicht. Vielleicht braucht Diego auch selbst etwas Zeit. Möglicherweise plant er etwas und braucht kurzzeitig seine Ruhe, bis er so weit ist.“

„Vielleicht hat er aber auch keine Zeit mehr“, erinnerte ihn Anna und drückte die Tränen beiseite. „Wir haben keine Ahnung, wo er ist und ob er überhaupt noch lebt. Denk dran, was vor einem Jahr mit ihm passiert ist. Es könnte wieder geschehen.“

Rafael senkte nachdenklich den Blick. „Ich weiß, aber lass uns doch erst einmal abwarten, was Benno erzählt, wenn er nachher wiederkommt. Ich denke, er findet bestimmt eine Spur und dann wissen wir, ob Diego wirklich entführt worden ist oder doch nur Santo einen Plan im Sinn hat.“

„Warum nennt ihr ihn eigentlich immer Santo? Ist das nicht ein bisschen albern? Die gespaltene Persönlichkeit mit dem bösen und dem guten Gesicht?“

„Er hat sich den Namen selbst gegeben.“

„Warum?“

Rafael sah sie an, als würde er ihr in einer anderen Sprache eine komplizierte mathematische Formel erklären müssen. Hoffnungslosigkeit flammte in seinem Blick auf, und Anna versuchte verzweifelt in seinen Augen zu lesen, was er vor ihr verbarg.

„Hast du das Geld noch?“, fragte er dann plötzlich und sah sie durchdringend an. Die Ausweglosigkeit in seinem Gesicht war gewichen und ein Funken Freude schimmerte hervor.

Anna erwiderte seinen Blick und dachte an die bis an den Rand mit Geld vollgestopfte Reisetasche. Das Geld hatte Diego ihr vor zwei Jahren in einem Bankschließfach in Hamburg hinterlegen lassen.

„Hast du´s noch?“, wiederholte er, jetzt drängender und drehte seinen Oberkörper in Annas Richtung.

„Ja.“

Erleichtert richtete sich Rafael wieder auf. „Das ist gut. Vielleicht werden wir es brauchen.“

„Du meinst so eine Art Lösegeld?“

Rafael zuckte mit den Schultern. „Wie viel ist noch da?“

„Diego und ich haben die Flugtickets nach Mexiko damit bezahlt. Sonst habe ich nichts davon genommen.“

Rafael sah sie überrascht an. „Nichts?“

„Nein. Warum sollte ich. Es ist nicht meins.“

„Aber Diego war tot. Also war es irgendwie schon deins. Er hatte es dir hinterlassen.“

„Kann sein, aber es stand und steht mir nicht zu, finde ich.“

Diegos Bruder schüttelte verwundert den Kopf und schmunzelte ungläubig.

In diesem Augenblick erschien Saralie in der Wohnzimmertür. Sie war nur in einen Bademantel gehüllt, sodass ihre nackten Beine ab dem Knie zu sehen waren und dunkel schimmerten.

„Was ist so komisch?“, fragte sie amüsiert und ging geradewegs auf die Blumenfront am Fenster zu, um sie zu gießen.

„Anna“, kommentierte Rafael.

Anna lächelte verlegen in Saralies Richtung.

„Schläft der Kleine?“ Rafael erhob sich und nahm die Pizzakartons vom Tisch auf.

„Ja, friedlich und süß.“ Sie lächelte, und Anna erkannte die mütterliche Fürsorge in ihrem Blick. Ein abgöttisches Blitzen in ihren Augen machte deutlich, wie vernarrt sie in ihren Sohn war.

„Warte, ich kann das mit rausnehmen, ich muss eh neues Wasser holen.“ Saralie griff nach den Kartons und verschwand damit in Richtung Küche.

Sobald sie weg war, drehte Rafael sich blitzschnell wieder zu Anna um. „Kein Wort über das Geld zu Saralie, okay?“

„In Ordnung.“

„Wo ist es?“

Anna sah in seine dunklen Augen – die so viel Ähnlichkeit zu Diegos widerspiegelten – traute sich allerdings nicht, ihm die Wahrheit zu sagen. „Gut versteckt.“

„In deiner Wohnung?“

„Es ist gut versteckt“, wiederholte Anna.

Nein, er soll es nicht wissen, dachte Anna. Er war Diegos Bruder, und sie musste ihm vertrauen, wenn sie Diego finden wollte, aber seine listigen Augen funkelten zu sehr. Er hatte sie schon mal verraten. Warum sollte sie das so schnell vergessen? Warum sollte er sich geändert haben, wenn er ihr doch nichts erzählen wollte und schlichtweg alles verheimlichte? Wenn es so weit war, dass sie das Geld für Diegos Befreiung brauchten, würde sie es selbst holen.

„Okay“, antwortete Rafael schnell und verschwand dann ebenfalls in den Flur.

Mit einem Mal war Anna klar geworden, dass sie morgen zur Polizei gehen würde.

Rafael, Benno und Saralie könnten ihr vielleicht helfen, Diego zu finden, aber wie und zu welchem Preis? Sie ließen Anna außen vor und irgendwie bekam sie dadurch das Gefühl, dass sie gar nicht wirklich nach ihm suchten. Ihre Geschichten hatten alle irgendwo Löcher, durch die sie sich den Weg freihielten, aber von einer erfolgreichen, gut geplanten Suche waren sie weit entfernt.

Kommissar Oblenski würde ihr helfen. Er war ein guter Ermittler und ein noch viel besserer Mensch. Er hatte Diego und ihr sehr geholfen, als sich letztes Jahr endlich Diegos Unschuld herausgestellt hatte und er aus dem Gefängnis herausgekommen war. Seitdem hatten sie ihn öfter gesehen und sich sogar ein bisschen mit ihm angefreundet.

Doch es gab eine Sache, die ihr Bauchschmerzen bereitete und daran hinderte, den Schritt überhaupt schon gemacht zu haben: Dieses Mal würde sie ehrlich sein müssen. Sie würde Diego als ihren Entführer entblößen und Oblenski die ganze Wahrheit erzählen müssen.

Kapitel 23

Es polterte und klapperte, als Anna erwachte. Sie lag auf dem kleinen schwarzen Sofa in Saralies Wohnzimmer. Ein erneutes Poltern, dann ein Schrei beziehungsweise Stöhnen.

Anna war sofort wach und stand auf den Beinen. Die kleine Uhr im Regal mit den Büchern und Schallplatten zeigte kurz nach 4 Uhr an. Unter dem Türspalt zum Flur erkannte Anna schwach einen Lichtschein. Es war also noch jemand wach.

Sie öffnete die Tür im gleichen Moment, als links von ihr etwas metallisch scheppernd auf den Boden fiel. Es kam aus dem Badezimmer und jetzt vernahm sie auch Stimmen. Was war hier los? Konnten Saralie und Rafael nicht schlafen? War möglicherweise etwas mit Paul?

Anna wollte gerade den ersten Schritt in den Flur setzen, als sie plötzlich einen einzelnen Blutfleck auf dem Dielenboden entdeckte. Bei genauerer Betrachtung erkannte sie sogar eine Spur von kleinen Blutflecken über den ganzen Flur.

Oh mein Gott, dachte Anna.

Diego! Sie mussten ihn gefunden haben, und er war verletzt.

Jetzt gab es für Anna kein Halten mehr. Mit großen Sätzen sprang sie in Richtung Badezimmer und schlug die Tür auf, die nur angelehnt gewesen war.

Alles war voller Blut. Das Waschbecken, der Fußboden, selbst an den Wänden waren einzelne Streifen, weil jemand versehentlich gegen die weißen Kacheln gekommen war. Auf dem Fußboden lag ein kleiner, metallischer Erste-Hilfe-Kasten, dessen Inhalt um ihn herum verstreut lag. Daher also das Scheppern.

Auf der Toilette saß Benno und hatte den Hinterkopf mit geschlossenen Augen an die Wand gelehnt. Sein Gesicht war blutverschmiert, die Nase zertrümmert. Vor ihm stand Saralie mit dem Rücken zu Anna und versuchte ihr Bestes, in dem sie mit einem Verband über Bennos Gesicht tupfte.

„Was ist passiert?“, schrie Anna panisch, während sie die Situation zu erfassen versuchte.

Saralie blickte kurz zu ihr, dann wieder auf ihre Arbeit. „Er ist in eine Schlägerei geraten.“

Anna trat näher und ging um Saralie herum. Bennos Nase war nicht mehr in der ursprünglichen Form zu erkennen, sondern eher ein rundes, zerplatztes Ungetüm mit offenen Stellen und verkrustetem Blut. Sie hatte etwas Ähnliches mal bei einem Eishockeyspieler gesehen, der einen Puck ins Gesicht bekommen hatte. Hier hatte nur eine Operation helfen können.

„Er muss ins Krankenhaus", schloss Anna ihre Diagnose ab.

Benno knurrte etwas Unverständliches und schüttelte mit dem Kopf. Sein Hemd war über und über mit Blut beschmiert. Saralie machte ungehindert mit ihrer Arbeit weiter.

„Er muss in ein Krankenhaus", wiederholte Anna mit Nachdruck und ergriff Saralie am Arm. „Wenn die Nase in diesem Zustand zusammenwächst, wird er nicht mehr gut atmen können."

„Kannst du das machen?" Saralie drehte sich zu Anna herum. Ihre Augen weit aufgerissen.

„Ich? Nein, natürlich nicht. Ich bin kein Arzt."

„Dann solltest du nicht so große Töne spucken", murmelte Benno unverständlich, während er schmerzverzerrt das Gesicht verzog.

„Entschuldigung, ich bin vielleicht kein Arzt, aber Krankenschwester und eigentlich sollte jeder normale Mensch erkennen, dass das hier nicht nur eine ‚einfach' gebrochene Nase ist und du auf jeden Fall in ein Krankenhaus gehörst."

„Hältst du Saralie etwa für dumm?", blökte Benno und richtete sich auf.

„Nein, natürlich nicht."

„Kannst du es besser?" Bennos Blick wirkte verzerrt, da die Schwellung der Nase bereits in Richtung Augen gezogen war.

„Nein, wie gesagt, ich …"

Eine vorgehaltene Waffe ließ Anna plötzlich verstummen. Sie hatte vorher nicht gemerkt, dass Benno in seiner rechten Hand eine Pistole hielt, die er bis gerade eben noch locker hatte runterbaumeln lassen. Auch diese war mit Blut verschmiert.

Instinktiv trat Anna einen Schritt zurück. Eine Schlägerei war eine Sache, aber das hier war schon ein ganz anderes Paar Schuhe. Langsam atmete sie ein und aus und wog ihre Möglichkeiten ab. Rausrennen oder Stehen bleiben? Schnell oder Langsam?

„So wortkarg auf einmal?", witzelte Benno und ließ die Waffe in seiner Hand hin und her wippen. „Ich dachte schon, du hältst nie die Klappe."

Anna schluckte und trat noch einen Schritt zurück.

„Bleib stehen!", befahl Benno. „Kannst du mir helfen? Weißt du, was zu tun ist?"

„Wie … wie gesagt, ich bin kein Arzt. Ich …"

„Das hast du bereits gesagt! Kannst du mir helfen?" Er richtete die Waffe wieder auf sie und unterstrich dadurch sein Anliegen.

„Ich weiß nicht … ich … man müsste auf jeden Fall darauf achten, dass es so zusammenwächst, dass du wieder frei durch die Nase atmen kannst."

Benno sah zu Saralie und winkte einmal mit der Waffe, sodass diese zur Seite ging. Dann nickte er Anna zu, damit sie vortreten konnte.

Anna gehorchte und begutachtete Bennos zerschlagenes Gesicht.

Sobald du hier irgendwie rauskannst, gehst du zur Polizei, mahnte eine Stimme in ihr. Sie hatte zwar keine Ahnung, was die Hintergründe zu Bennos Deformation waren, aber irgendetwas in ihr wusste, dass sie so auf der Suche nach Diego nicht weiterkommen würde. Es machte die Sache nicht leichter und wurde zunehmend gefährlicher.

„Hast du ein Wattestäbchen?", fragte sie Saralie, die die Gegenwart von der Waffe nicht sonderlich zu stören schien. Sie stand entspannt mit verschränkten Armen vor der Brust neben dem Waschbecken und beobachtete Anna. Dann griff sie in den Schrank über sich und gab ihr eine kleine Plastikschachtel.

Anna nahm sich ein Stäbchen heraus und trat noch einen Schritt vor, um dichter bei ihrem Patienten zu stehen. Die Waffe bremste sie aber erneut ab, da sie immer noch auf sie gerichtet wurde.

„Macht es dir was aus, die wo anders hinzuhalten? Ich komme sonst nicht so gut …"

„Natürlich", antwortete Benno, „ich kann sie auch ganz weglegen." Er beugte sich zur Seite und ließ die Pistole auf den Fußboden plumpsen. „Ich wollte nur mal wissen, wie du auf sie reagierst. Ist es so besser?"

„Viel besser." Anna überlegte, ob sie das Wattestäbchen wohl so weit in seine Nase stecken könnte, dass es ernsthafte Folgen haben würde. Wenn er könnte, würde er sicherlich wieder sein bescheuertes Lächeln auflegen, aber leider war ja sein Gesicht entstellt.

Sie führte das erste Wattestäbchen in seine Nase und versuchte eine gleichmäßige Öffnung herzustellen. Mit der anderen Hand griff sie an die Reste des Nasenrückens und verschob ihn ruckartig in die mögliche Ursprungsposition.

Benno gab einen kurzen Laut von sich. Er hatte die Augen geschlossen und die Zähne fest aufeinandergepresst.

Gleiches machte Anna noch einmal mit dem anderen Nasenloch, sodass sie glaubte, bei beiden Seiten eine gleich große Öffnung zu haben, wobei man allerdings nicht von symmetrisch sprechen konnte. Anschließend stabilisierte sie den Nasenrücken mit einem Pflasterverband.

Saralie hatte sie während der gesamten Behandlung nicht aus den Augen gelassen und nickte anerkennend.

„Du musst trotzdem noch mal zum Arzt", wiederholte Anna, während sie die restlichen Verbände zur Seite räumte und sich die Hände wusch. „Bevor es richtig zusammenwächst. Das was ich hier gemacht habe, war quasi nur die Vorarbeit."

„Ach, Quatsch. Ich denke meine Nase wird aussehen wie die von Michael Jackson." Benno griff nach einer Packung mit Schmerztabletten und erhob sich schwerfällig von der Toilette. Dann langte er nach der Pistole und steckte sie sich vorne in seine Jeans. „Vielen Dank, Frau Doktor."

„Gern geschehen."

Er setzte sich in Bewegung und schwankte aus dem Badezimmer heraus in Richtung Wohnzimmer, wo Anna bis gerade eben noch auf dem Sofa gelegen hatte.

„Wo ist eigentlich Rafael?", fragte Anna Saralie, kurz bevor sie ihm folgen konnte.

„Der bringt das zu Ende!", raunte Benno aus dem Flur.

Saralie warf ihr einen merkwürdigen Blick zu, der viel oder auch gar nichts aussagen konnte. Anna wusste nicht, ob sie mehr wusste oder sich einfach nur gut verstellte.

Anna vernahm das Knarren des Sofas, als Benno sich hinlegte. Saralie war ihm gefolgt. Anna stand allein im Flur und überlegte, was sie machen sollte. Was war eigentlich passiert? Hatte es wirklich eine Schlägerei gegeben? Und war Rafael darin ebenfalls verwickelt? Sah er möglicherweise genauso aus oder ging es ihm gar schlechter?

Anna spürte kalten Schweiß, der sich im Nacken gebildet hatte und ihr über den Rücken lief. Etwas ging hier gehörig schief. Sie musste etwas tun. Sofort. Auch wenn Benno mit seiner Pistole gerade mehr gespielt hatte, konnte sie nicht sagen, wie weit er im Endeffekt tatsächlich damit gehen würde.

Panisch ballte sie ihre Hände zu Fäusten und überlegte, was zu tun war. Die Wohnung, die ihr beinahe als angenehmer Zufluchtsort vorgekommen war, hatte ihren Glanz verloren. Sie musste hier raus. Sie musste zur Polizei.

Flach atmend trat sie noch einmal ins Wohnzimmer, um ihre Handtasche zu holen. Sie würde nicht wiederkommen und brauchte sie. Irgendwie würde sie auch alleine Diego finden.

Benno lag regungslos auf dem Sofa, die Augen geschlossen. Saralie saß auf dem Sessel neben ihm und hatte sich mit dem Oberkörper in seine Richtung gebeugt.

Anna ging langsam auf ihre Handtasche zu, die noch am Sofaende lag. „Ich bin mal kurz weg", flüsterte sie leise, wohl bedacht den Patienten nicht zu stören.

Saralie blieb ohne jegliche Reaktion auf dem Sessel sitzen.

Ohne hastige und allzu schnelle Bewegungen griff Anna nach ihrer Handtasche. Es war, als würde sie einem schlafenden Hund den Knochen stehlen und musste vorsichtig sein, dass er nicht aufwachte.

Als sie sich gerade umgedreht hatte, hörte sie plötzlich ein verräterisches Klicken in ihrem Rücken hörte.

„Wo willst du hin?" Bennos Stimme war wie ein dumpfer Schnitt durch Mark und Bein. Er sprach nicht laut, nicht aggressiv, aber die Betonung im Zusammenhang mit der erhobenen Waffe, die Anna förmlich in ihrem Rücken spürte, bereitete ihr große Panik.

Sie schloss einmal die Augen und wünschte sich, im Boden zu verschwinden. Er spielte mit ihr und irgendwie hatte sie das Gefühl, hier nicht mehr heil rauszukommen.

„Ich habe dich etwas gefragt!", wiederholte Benno.

Anna gab sich einen Ruck und drehte sich langsam um.

Benno lag immer noch auf dem Sofa, nur der rechte Arm, in dessen Hand er die Waffe hielt, hatte sich erhoben. „Wo willst du hin?"

„Ich muss nur einmal kurz weg … Diego suchen. Ich … finde hier keine Ruhe, wenn ich nicht weiß, wo er ist."

„Nein, du bleibst hier!" Die Stimme eines Gebieters. Es gab keine Diskussion. „Vielleicht brauche ich dich noch, Frau Doktor. Man kann ja nie wissen." Der Ansatz des verfluchten Lächelns spiegelte sich auf seinem Gesicht.

Annas Kopf ratterte. Sie musste einen Ausweg finden.

„Hey, was ist hier los?"

Anna drehte sich um und erkannte Rafael, der buchstäblich zu ihrer Errettung gekommen war. Mit weit geöffneten Augen sah er zwischen ihr und der Waffe hin und her.

„Anna will uns verlassen. Ist das nicht schade?"

„Nimm die Waffe runter, Benno!"

Anna schielte kurz zum Befehlshaber auf dem Sofa. Langsam sackte die Waffe ab, blieb aber in Bennos Hand auf dem Oberschenkel liegen. *Die Gefahr ist noch lange nicht vorüber,* spukte es Anna durch den Kopf.

Rafael drehte sich zu Anna und sah sie fragend an, als würde er sich wundern, dass das tatsächlich der Fall sein sollte. Dass Anna ernsthaft gehen wollte und nicht mehr bleiben mochte, obwohl sie es doch so gemütlich zusammen hatten.

Erst jetzt erkannte Anna, dass er hinkte und seinen rechten Arm vor dem Körper abstützte.

Rafael folgte Annas Blick auf seinen Arm und trat dann noch einen Schritt auf sie zu. „Anna, du musst uns helfen."

„Was ist passiert?"

Der Blick ging wieder kurz zu Benno hinüber, dann sah er Anna flehend an und machte sogar noch einen Schritt auf sie zu. „Du musst uns helfen, Anna. Wir brauchen das Geld."

Anna richtete sich auf und überlegte. Hatte es hier wirklich eine Schlägerei gegeben? Liefen da draußen irgendwelche Schlägertypen herum, denen Benno und Rafael einen Haufen Geld schuldeten? Oder hatte das Ganze etwa mit Diego zu tun? War eine Lösegeldforderung eingegangen?

„Was ist mit deinem Arm?", fragte sie und umging damit seine Bitte, um etwas mehr Zeit zu gewinnen. Sie musste Herr der Lage werden, auch wenn sie nicht wusste wie.

Rafael schälte seine Hand aus dem Jackenärmel, die zu Annas Verwunderung unversehrt aussah. Die Schwellung ging erst am Handgelenk los, und Anna vermutete, dass es gebrochen war. Was auch immer passiert war, Rafael hatte nicht geschlagen, da seine Hand vollkommen unversehrt war. Aber was hatte er dann gemacht? War er gar nicht erst zum Schlagen gekommen? Hatte er eine andere Aufgabe gehabt? Oder gab es diese Schlägerei möglicherweise gar nicht?

Anna ergriff vorsichtig sein Handgelenk und befühlte die warme Rundung. „Kannst du es bewegen? Das würde ich lieber mal röntgen lassen. Du musst ins Krankenhaus, Rafael."

„Das sagt sie schon den ganzen Abend", murmelte Benno und schälte sich langsam vom Sofa hoch. „Dabei kann sie das genauso gut, nicht wahr, Anna?"

„Ich bin kein Arzt!"

„Schon klar, Frau Doktor."

„Es ist nicht so schlimm, Anna", versicherte Rafael und zog seinen Arm wieder zurück. Dann legte er seinen gesunden Arm und den kranken Stumpen vorsichtig an Annas Schultern und zog sie ein Stück zur Seite, um von Benno ein bisschen Abstand zu bekommen. „Wir brauchen das Geld, Anna. Es ist quasi ein Notfall. Wo hast du es?"

Anna sah zu Benno, dessen Augen vor Neugier und Verlangen förmlich glühten, aber auch Saralie auf dem Sessel hatte sich aufgerichtet und sah höchst interessiert aus. Hatte Rafael ihr vorhin nicht noch erzählt, dass Saralie nichts von dem Geld wissen sollte? Und wie war das mit Benno? Offenbar schien er voll im Bilde zu sein, dass es hier noch eine Menge Geld gab.

„Bitte, Anna. Wir brauchen es … für … für Diego!“

Sofort hatte er ihre Einsicht geweckt und Anna überlegte, ob er das wohl wusste und deshalb darauf anspielte. „Habt ihr eine Ahnung, wo er ist?“

„Eventuell. Aber wenn wir ihm helfen wollen, dann brauchen wir das Geld.“

„Geht es ihm gut? Wann habt ihr von ihm gehört?“

„Er ist okay, aber wir müssen uns beeilen!“

„Warum? Was ist los?“

„Dafür brauchen wir das Geld, Anna!“

„Los! Sag ihm schon, wo es ist!“, befahl Benno von der Seite.

Rafaels Augen hatten sich zu dunklen, kugelrunden Glanzsteinen geformt, deren Flehen man nur schwer widerstehen konnte. Zu allem Überfluss, weil sie denen seines Bruders so ähnlich waren.

„Okay. Ich hole es.“

„Ich komme mit. Wo ist es?“

Anna warf einen finsteren Blick in Bennos Richtung. „Das erzähl ich dir draußen.“

„Okay. Benno wir nehmen deinen Wagen.“

„Wie willst du fahren?“ Anna deutete auf seinen Arm.

„Du fährst.“

„Du weißt hoffentlich, was passiert, wenn ich auch nur einen Kratzer im Lack finde“, kam Bennos Ansage.

Natürlich war Anna das bewusst. Doch ohne sich noch einmal umzudrehen oder Benno auch nur eines winzig kleinen Blickes zu würdigen, verschwand Anna aus dem Wohnzimmer. Der Reiz, aus seinem Wagen einen schrottreifen Metallblock zu machen, war jetzt umso größer.

Kapitel 24

So kam es, dass Anna gleich ein zweites Mal innerhalb so kurzer Zeit in den ungemütlichen Eierschalen des niedrigen Golfs saß – und diesmal sogar hinter dem Steuer. Es war genau wie der Wagen selbst im knalligen Kobaltblau und lag griffig in der Hand. Da es draußen noch dunkel war, musste Anna das Licht anmachen und wurde von der grellen Tachobeleuchtung fast geblendet.

Annas eigener Wagen war zwar ebenfalls ein Golf, hatte aber mit seinem getunten Bruder nicht mehr viel gemeinsam. Das Fahrgestell war tiefergelegt und lag hart und fest auf der Fahrbahn, sodass Anna jede Unebenheit und jedes Schlagloch spürte.

Nach den ersten Metern musste Anna allerdings zugeben, dass sie den Wagen dennoch gerne fuhr. Die Räder lagen sicher und eisern auf der Straße, als könne niemand dem kleinen Wagen etwas anhaben.

Bei ihrem eigenen Fahrzeug hatte sie manchmal das Gefühl, dass er nur zu gerne bei jedem Hubbel die Gelegenheit ausnutzte, um wie ein Sprungball nachzufedern. Bei dieser Variante wurde es einfach wortwörtlich nur mit dem eigenen Kreuz ausgesessen und schon ging es weiter.

Das Gaspedal schien außerdem bereits schon beim bloßen Gedanken daran nachzugeben und feuerte mit Leichtigkeit den laut brausenden Motor an, der wütend einzelne Fehlzündungen durch den Auspuff jagte.

„Gefällt dir der Wagen?“, fragte Rafael, nachdem sie die ersten Blocks schweigend umfahren hatten.

„Schon. Er fährt sich recht sicher. Was für ein Auto hatte Diego? Auch so einen getunten Flitzer fürs Street-Racing?“

„Einen Toyota Supra.“

Anna nickte und tat so, als wäre sie jetzt voll im Bilde, dabei kannte sie gerade mal das Toyota-Zeichen, würde aber nicht die einzelnen Typen auseinanderhalten können.

„Der ist noch um einiges schneller als der hier“, fügte Rafael hinzu. „Würde dir sicherlich gefallen.“

Anna erkannte zu spät eine tiefe Bodenwelle, die aufgrund einer Baustelle auf der Fahrbahn geblieben war. Mit einem lauten Krachen setzte der Wagen einmal auf dem Asphalt auf und gab einen harten Schlag ins Rückgrat.

Rafael griff nach seinem Arm und verzog schmerzvoll das Gesicht.

„Soll ich dich nicht lieber in ein Krankenhaus fahren? Das Geld läuft uns nicht weg. Das können wir anschließend immer noch holen.“

„Nein.“ Rafael schüttelte den Kopf und richtete sich so gut es ging in seiner Eierschale auf.

Bescheuerte Sitze, dachte Anna.

„Wie ist das denn eigentlich passiert?“

„Blöd gefallen. Nicht der Rede wert.“

„Hat Benno mit der Schlägerei angefangen?“

Rafael sah sie fragend an, als wüsste er nicht, wo von sie sprach.

Also doch keine Schlägerei, dachte Anna zufrieden, da sie ihren anfänglichen Zweifel bestätigt sah. Aber was war es dann gewesen?

„Ähm, nein“, murmelte Rafael schließlich, um die Maskerade aufrechtzuerhalten. „Benno musste sich verteidigen. Ich habe nur versucht, ihm zu helfen, und bin dann dabei gefallen.“

„Worum ging es überhaupt?“

„Das weiß ich selbst gar nicht so genau. Aber das ist ja auch nicht so wichtig. Wo fahren wir denn eigentlich hin, Anna? Wo hast du das Geld versteckt?“

„Wirst du gleich sehen.“

„Du willst es mir nicht verraten?“

„Wofür braucht ihr jetzt das Geld? Habt ihr so etwas wie eine Lösegeldforderung in meiner Wohnung gefunden?“

„Nein, aber wir haben jemanden, der höchstwahrscheinlich Diegos Aufenthalt kennt. Allerdings kostet diese Information, da die Gegenseite bereits einen hohen Preis gezahlt hat, den es zu überbieten gilt.“

Anna sah schnell zu Rafael rüber und konnte nicht verhindern, dass ihr Herz mit einem Mal schneller schlug. „Dann wissen wir vielleicht bald, wo er ist?“

Dann ist er tatsächlich entführt worden, dachte Anna. Sicherlich hatten sie irgendeinen Trick genutzt, um ihn ohne Gewalt vom Flughafen wegzulocken.

„Mit etwas Glück, ja.“ Er lächelte, und Anna konnte ihr Glück kaum fassen. Nicht mehr lange, dann würde sie Diego wiedersehen. Und sie würden nicht Rafael suchen müssen, weil er schon da war. Diego würde aus allen Wolken fallen, wenn er wüsste, dass Anna genau in diesem Moment mit seinem Bruder in einen Street-Racing-Auto durch Hamburg sauste. Sie konnte nur hoffen, dass er gesund war und es ihm gutging.

„Wann wollt ihr zu diesem Informanten? Gleich morgen? Da muss ich mitkommen.“

„Nein, das geht nicht“, antwortete Rafael schnell.

Anna warf ihm einen erbosten Blick zu. „Warum nicht?“

„Weil es gefährlich ist. Wenn wir wissen, wo Diego ist, ist er noch lange nicht bei uns. Vielleicht haben wir dann die Möglichkeit, noch mehr Leute zu bestechen, damit wir ihn frei bekommen, aber das ist noch lange nicht gesagt. Ich würde mich noch nicht zu früh freuen, Anna. Wir gehen Diego nicht besuchen. Notfalls müssen wir ihn mit Gewalt da rausholen, wo er jetzt ist. Da solltest du nicht dabei sein.“

Anna krallte sich am Lenkrad fest und wünschte sich, dass Rafael unrecht hatte, aber leider sprach er die Wahrheit aus. Sie konnte nicht mit ihrer naiven Vorstadtmanier zu den bösen Buben laufen und verlangen, dass sie Diego rausrücken sollten, weil sie sonst nicht mehr mitspielen wollte. Hier waren andere Spielregeln aufgestellt.

„Also, wo ist das Geld?“, fragte Rafael noch einmal vollkommen unbefangen und natürlich, als ginge es um ein Buch, das Anna bei ihm geliehen hatte.

Anna zögerte einen Moment, gab dann aber nach. „Bei meinen Eltern auf dem Dachboden. Ich habe es in der Reisetasche versteckt, die ich damals aus Spanien mitbekommen hatte. Ein bisschen nostalgisch. Ich weiß.“

Rafael ließ die Information sacken. „Wissen deine Eltern davon?“

„Nein, natürlich nicht. Die Reisetasche ist zusätzlich mit Schulbüchern und anderem Kram getarnt. Sie würden niemals darauf kommen, dass ihr Haus so viel wert ist.“ Anna schmunzelte.

„Dann ist ja gut.“

„Wie kommt es eigentlich, dass Benno davon weiß? Hast du es ihm erzählt? Oder hatte Diego in seiner Police erwähnt, dass ich wohlhabend bin?“

„Wohl eher nicht. Genau genommen gehört das Geld Benno.“

Anna drehte den Kopf herum. Sie hatten Benno damals das Geld gestohlen? Oder viel mehr die Drogen, aus denen sie schließlich das Geld gemacht hatten?

Anna spürte eine kalte Hand, die sich um ihren Hals legte. Der Griff festigte sich und sie hatte das Gefühl, keine Luft mehr zu bekommen. Schnell drehte sie ihren Kopf wieder herum und sah auf die dunkle Straße vor sich.

„Ich habe dir gesagt, dass du nicht alles wissen willst“, antwortete Rafael.

Ja und Nein, dachte Anna. Doch es gab so viele Erkenntnisse und Bilder, die einfach nicht zu der Wahrnehmung passten, wie sie Diego sah. Wenn sie es nicht besser wusste, konnte es sich hier tatsächlich nur um zwei verschiedene Menschen handeln. In diesem Fall schienen sie aber beide im gleichen Körper zu wohnen.

Sie hatte die Straße ihrer Eltern erreicht und bog protzig in den Gänsestieg ein. Sie konnte nur hoffen, dass alle hier einen guten Schlaf hatten und sich durch das laute Proletenauto nicht gestört fühlten. Außerdem erinnerte sie sich an die seltsame Auseinandersetzung, die sie heute mit ihrer Mutter gehabt hatte und überlegte kurz, ob es nicht doch falsch war, hier zu erscheinen. Noch dazu zu dieser Uhrzeit.

„Was machen wir hier?", fragte Rafael plötzlich und drückte sich verkrampft in den Sitz. Den kaputten Arm hatte er angespannt an die Brust gezogen.

Anna lächelte, weil er sich so verhielt, wie sie sich fühlte, und sich offenbar nie vorgestellt hatte, wo Anna aufgewachsen war. Man konnte sie wahrscheinlich schon als kleines Landei aufziehen. „Wir fahren zu meinen Eltern."

„Aber doch nicht hier!", platzte es aus ihm heraus.

Anna war etwas verstört. So bieder war ihre alte Wohngegend doch nun auch nicht, dass es völlig absurd war, hier zu leben.

Der Wagen machte erneut deutlich, wie tief die einzelnen Kuhlen in der Straße waren, sodass Rafael wieder seinen Arm an sich drückte.

„Ich glaube, wir sollten vielleicht doch lieber erst in ein Krankenhaus fahren. Die Schmerzen werden mehr."

Anna warf ihm einen fragenden Blick zu und musterte sein Gesicht, das sie im Schein der Straßenlaternen erkennen konnte. Wieso plötzlich dieser Wandel?

„Meine Eltern wohnen gleich hier vorne. Es wird nicht lange dauern. Ich weiß genau, wo die Tasche liegt."

„Nein, bitte lass uns weiterfahren. Ich kann meine Hand nicht bewegen. Außerdem hat es noch Zeit. Wir treffen den Informanten erst morgen Mittag." Rafael beugte sich ein Stück vor, um besser in den Rückspiegel schauen zu können und scannte mit zusammengekniffenen Augen die Straße hinter ihnen ab.

„Was ist los?" *Hier stimmt doch etwas nicht*, dachte Anna.

„Mir ist nicht ganz wohl bei dem Gedanken, wenn wir jetzt das Geld holen. Mit meiner Hand kann ich uns nicht verteidigen, falls uns jemand überfällt."

„Wer sollte uns hier überfallen? In dieser Straße könntest du das Geld auch einfach auf dem Gehweg stehen lassen." Anna machte den Motor aus und ließ den Wagen langsam vor dem Haus ihrer Eltern zum Stehen kommen.

Rafael starrte aus dem Fenster und riss die Augen weit auf. „Anna, fahr hier weg! Sofort!“

Anna spürte, wie sich ihre Haut im Nacken zur Gänsehaut aufstellte und sah sich jetzt ebenfalls verstohlen nach allen Seiten um. Was war los? Hatte Rafael etwas gesehen? War jemand hier? Waren sie möglicherweise in Gefahr? „Was ist los? Was siehst du?“

„Fahr los, verdammt! Wir dürfen nicht hier sein!“ Panik war in seinem Gesicht und seiner Stimme zu vernehmen.

Für Anna war das Ganze wie ein Déjà-vu, das sie vor ungefähr zwei Jahren bereits erlebt hatte. Auch damals hatte Rafael auf dem Beifahrersitz neben ihr gesessen und ihr befohlen loszufahren – der Beginn ihrer Entführung, die in Spanien endete. Rafael hatte genauso geklungen, die gleiche Panik war in seiner Stimme, nur hatte er damals noch eine Waffe auf sie gerichtet.

Annas Hand griff unweigerlich zum Schlüssel, um den Wagen erneut zu starten, als ihr Blick auf die Haustür ihrer Eltern fiel und sogleich verdoppelte sich ihre Panik.

Im Haus war es dunkel, aber die Haustür stand sperrangelweit offen.

Kapitel 25

„Anna, warte!“

Anna war aus dem Wagen gesprungen und eilte auf die offene Tür ihres Elternhauses zu. Hier war etwas passiert, das wusste sie mit Sicherheit, und Rafael schien ebenfalls ein Gespür hierfür zu haben. Warum war er sonst so panisch gewesen?

In Windeseile hatte Anna die Haustür erreicht und stürmte in den Flur. Sie knipste das Licht an und sah sich um. Im ersten Moment erschien alles normal. Die dunkle Holztreppe, die rechts neben ihr nach oben führte, die Garderobe mit den Jacken ihrer Eltern links an der Wand und die eisernen Ziervögel über dem Torbogen zur Küche.

Anna fröstelte und rieb sich über die Arme. Die braunen Fliesen auf dem Fußboden verrieten ihr, dass hier nicht alles in Ordnung war.

Es war Blut auf dem Boden.

Von der Küche kommend verlief eine Spur an ihr vorbei durch den Flur zur Haustür – ähnlich wie die, die sie nur wenige Minuten vorher in Saralies Wohnung gesehen hatte.

„Anna, komm hier weg!“ Rafael hatte die Tür erreicht und starrte sie entgeistert an.

Anna konnte seine Panik nur zu gut verstehen und stellte sich vor, dass sein Gesicht womöglich nur ein Spiegelbild von ihrem sei und sie genauso ängstlich schaute.

Mit Rafaels Rückhalt und dem Gedanken, dass sie nicht alleine war, wagte sie sich weiter und trat durch den Torbogen in die Küche.

Auch hier war es dunkel, doch durch die Straßenlaternen, die schwach durch das Fenster hereinstrahlten, konnte sie schon erkennen, dass die Küche ziemlich durcheinander war. Erneute Panik breitete sich in ihr aus. Wie hoch konnte sie sich überhaupt noch steigern? Gab es irgendwo ein Endmaß?

Anna wurde übel.

Wo waren ihre Eltern? Was war hier passiert?

Sie schaltete das Licht an und stieß einen schrillen Schrei aus, als sie das viele Blut auf dem Boden entdeckte.

Die Küche war wirklich durcheinander. Stühle waren umgeworfen, zerbrochenes Geschirr, Besteck und zerschlagene Gewürzgläser waren durch den Raum verteilt. Und mittendrin lagen ihre Eltern längs zu ihr – Rücken an Rücken aneinandergebunden. Ute Selbig klebte ein silbernes Klebeband auf dem Mund, die Augen hatte sie weit aufgerissen, und Anna erkannte die Panik in ihrem Gesicht.

„Oh, Gott, Mama!“ Anna machte einen Satz ins blutige Durcheinander und griff ihre Mutter an den Schultern, die sich so mager und dünn anfühlten und vor Angst so sehr zitterten, dass Anna meinte, sie könnten unter ihren Händen zerbrechen.

Utes Gesicht wie auch ihre Kleidung waren blutüberströmt. Anna suchte ihre Mutter nach einer Wunde ab, konnte aber auf den ersten Blick keine erkennen.

Eilig griff sie an das Klebeband und riss es ihrer Mutter schwungvoll aus dem mit Tränen überströmten Gesicht. „Mama, was ist passiert?“

Ute schrie laut auf und begann noch mehr zu zittern und zu schluchzen.

Anna tastete an ihrer Mutter herum und suchte die Fessel, die sie mit ihrem Vater verband. Utes lautes Geschrei nahm nicht ab.

„Ist gut, Mama, alles ist gut. Ich mache euch los!“

Anna huschte auf die andere Seite und kniete sich neben ihren Vater, der die Augen geschlossen hatte und vollkommen reglos war.

„Papa, kannst du mich hören?“ Vorsichtig rüttelte sie an seiner Schulter, bekam aber keine Reaktion.

Sie griff an seinen Hals und war erleichtert, als sie seinen Puls fühlte. Auch er war blutig, und Anna erkannte kleine Schnittwunden an Hals und Gesicht, die aber nicht für das viele Blut verantwortlich sein konnten.

Utes Geschrei wurde nicht weniger. Anna folgte ihrem Blick und erkannte Rafael, der im Torbogen zum Flur stand. Da Anna neben ihren Eltern kniete, sah sie ihn heute das erste Mal aus dieser Perspektive und wunderte sich kurz über die Blutflecken auf seiner Hose. Sie hatte heute schon so viel Blut gesehen, dass sie gar nicht mehr darauf achtete, aber er war schließlich auch irgendwie in die Schlägerei mit verwickelt gewesen.

Anna befreite ihren Vater ebenfalls von seinem Klebeband und sprang dann wieder zu ihrer Mutter herum. „Das ist nur Rafael, Mama. Du brauchst keine Angst mehr zu haben. Er ist ein Freund und wir werden euch losmachen.“ Sie griff nach den Händen ihrer Eltern und versuchte die Fesseln zu lösen.

„Rafael, wir brauchen zwei Krankenwagen. Das Telefon ist im Wohnzimmer. Beeil dich!“ Sie sah sich nicht zu ihm um, während sie versuchte, den Anfang des Klebebands zu finden, das wie ein dickes Knäuel um die Hände ihrer Eltern gewickelt war.

Was war hier nur geschehen? Wie konnte das möglich sein? Wer hatte das getan, und wo waren die Täter? Was hatten sie gewollt, und hatten sie es bekommen?

„Anna, wir müssen hier verschwinden! Sofort!"

Anna nahm Rafaels Stimme nur unterbewusst war. Sie war dunkler geworden und hatte einen merkwürdigen Unterton bekommen. Anna war froh, dass er jetzt hier war und ihr beistand. Auch er schien zu erkennen, dass die Gefahr noch lange nicht vorüber war.

„Anna!", kreischte Ute schrill. Ihr Kopf war rot angelaufen. Ihre Panik war nicht weniger geworden. Warum beruhigte sie sich nicht? Anna und Rafael waren doch jetzt hier und würden ihr helfen. Sie musste sich beruhigen. Die Gefahr war vorüber. Ihr würde nichts mehr geschehen. Anna vermutete, dass ihre gesamte Vorgeschichte wohl zu dieser Hysterie beitrug.

„Anna, wir müssen gehen! Jetzt!"

Anna erkannte im Augenwinkel Rafaels Füße, da er in die Küche gekommen war und jetzt halb hinter ihr stand. Was war los? Hatte er etwas neues Bedrohliches gesehen? Waren die Täter vielleicht noch draußen?

„Anna! Da ..." Utes Zittern wurde mehr, und Anna hatte Probleme, die Fesseln zu lösen.

„Rafael, du musst mir helfen! Ich kann sie nicht befreien", raunte Anna nach hinten und warf dabei einen schnellen Blick zur Seite. In ihrem Augenwinkel erkannte sie kurz die blitzende Waffe in Rafaels Hand, die er direkt auf sie und ihre Mutter gerichtet hatte. „Verdammt, Rafael, nimm die Waffe herunter! Du machst ihr Angst! Von meinen Eltern geht doch keine Gefahr aus."

Rafaels Gesicht zuckte kurz. Sein Blick war fest auf Annas Mutter gerichtet und schien meilenweit weg zu sein. Dann drehte er sich herum und zielte auf Anna. Die Augen zusammengekniffenen und finster. Das grimmige Gesicht, das Anna nur zu gut aus ihrer Zeit in Spanien kannte.

„Anna, nein!", kreischte Ute panisch.

Bevor Anna wirklich reagieren konnte, spannte Rafael den Hahn, die Waffe immer noch auf Anna gerichtet. „Wir verschwinden jetzt hier, Anna!"

Anna erstarrte und versuchte ihre Gedanken zu ordnen. Hatte er wirklich so viel Angst, dass die Täter noch hier waren, dass er sie so zum Aufbruch zwingen musste?

„Tu, was er sagt, Anna! Tu, was er sagt!", schluchzte Ute.

Auf einmal schoss es Anna in den Sinn. Warum war sie da nicht schon eher drauf gekommen? Das Blut an seiner Hose, die kaputte Hand, Bennos Nase, Rafaels Panik, als sie in den Gänsestieg eingebogen waren, sein Drängen, hier sofort wieder zu verschwinden, Utes hysterisches Verhalten – der Täter *war* im Haus. Er stand direkt vor ihr.

„Du widerlicher Bastard“, fauchte Anna und hätte ihm am liebsten ins Gesicht geschlagen, wenn diese Waffe nicht immer noch auf sie gerichtet wäre.

„Endlich hast du es erkannt. Deine Mutter hat die ganze Zeit versucht, es dir zu zeigen“, brummte Rafael.

Kapitel 26

5 Tage vorher

„Paul, warte. Nicht so schnell!"

Der kleine Junge streckte die Beine aus und kam wackelnd zum Stehen. Es war halsbrecherisch, was er für eine Geschwindigkeit mit dem kleinen Laufrad erreichte, das nur gebremst werden konnte, wenn die Füße stramm auf den Boden gestellt wurden.

Tollkühn wackelte er mit dem kleinen Rad hin und her und sah sich nach seiner Mutter um, die schnellen Schrittes hinterherzukommen versuchte.

„Du darfst nicht so schnell fahren", maßregelte sie ihn zum hundertsten Mal. Was bei Paul zum einen Ohr hineinging, kam auf der anderen Seite direkt wieder raus. „Jetzt fährst du langsamer, sonst ist es vorbei. Verstanden?"

Der kleine Mann nickte und schob die Lippen vor. Sofort erzeugte er ein Brummen und schob sich an seiner Mutter vorbei. Mit dem gespielten Knattern eines Motorgeräuschs setzte er seine Fahrt fort. Zunächst noch verhalten.

Sie hatten die Abzweigung zur Marktstraße erreicht und Saralies Arme senkten sich unter dem Gewicht der schweren Einkaufstaschen immer weiter nach unten. Sie sehnte sich förmlich ihrem Zuhause entgegen und war froh, dass sie es bald geschafft hätten.

Paul setzte zur Kurve an. Mit dem altbekannten und wiedergefundenen Schwung sauste er um die Ecke und raste direkt in die Beine eines Mannes, der um die Hauswand bog. Der konnte gerade noch einen Sprung zur Seite machen, was aber nicht verhinderte, dass Paul die Kontrolle über sein Rad verlor und mit dem gleichen Schwung, mit dem er eben noch so leicht über den Gehweg gesaust war, jetzt ungebremst über den Asphalt rutschte.

Saralie hörte den Schrei quasi schon, bevor Paul ihn wirklich ausstieß. Sofort war sie zu ihm gesprungen und half ihm auf. Weinend deutete er auf seine aufgeschürften Hände und das aufgeschlagene Knie. Sie erkannte eine große blutverschmierte Schramme und ging im Kopf bereits ihren Pflasterbestand zu Hause durch. Sie hätte noch welche kaufen sollen, da sie vermutlich keine mehr hatte.

„Oh, das tut mir so leid. Ich konnte ihn nicht sehen", sagte der Mann und trat um sie herum.

„Es ist schon in Ordnung", antwortete Saralie von unten herab. „Vielleicht lernt er es dadurch. Ich predige immer wieder, dass er nicht so rasen soll."

Paul schniefte und schluchzte. Die Hose an seinem Knie war aufgerissen, und Saralie prüfte durch den Riss, ob er noch mehr Blessuren davongetragen hatte. In ihrem Augenwinkel erkannte sie, dass ihre Einkäufe teilweise aus der Tasche gefallen waren und jetzt verstreut auf dem Gehweg lagen.

Der Mann kniete sich neben sie und hielt Paul ein Taschentuch entgegen. „Hier, bitte."

„Oh, danke, das ist nett", bedankte sich Saralie, während sie das Taschentuch nahm und ihrem Gegenüber kurz ins Gesicht schaute, „... von Ihnen."

Sie konnte nicht weitersprechen, sondern erstarrte augenblicklich. Mit einem Schlag war alles um sie herum vergessen.

Langsam und unkontrolliert ließ sie sich auf den Gehweg sinken, bis sie auf ihrem Hosenboden saß. Verwirrt starrte sie den Mann ihr gegenüber an.

Das kann doch nicht sein, dachte sie. *Das ist unmöglich!*

Der Mann mit den dunklen besorgten Augen und den schwarzen Haaren sah sie verwundert an. Sein Blick war tief und unergründlich, man wusste nie, was er dachte – *genau wie früher!*

Seine Figur war athletisch und unter Spannung. Er hatte sich neben Paul gehockt und federte in der Bewegung, sodass ein plötzlicher Sprung eine Kleinigkeit für ihn wäre – *genau wie früher!*

Doch er lächelte und wirkte irgendwie hilflos – *gar nicht genau wie früher!*

Saralie holte einmal tief Luft und blinzelte, aber der Mann verschwand nicht wieder. Er kniete vor ihr und war echt.

„Ist alles in Ordnung?", fragte er.

Wieso tauchte er hier plötzlich auf? Und wo kam er her?

Saralies Kinnlade klappte runter und sicherlich sah ihr Gesicht aus, als hätte sie einen Geist gesehen. Aber eigentlich war es auch genauso.

Dieser Mann ist tot!

„Es tut mir leid", fing der Mann eine ernstgemeinte Entschuldigung an. „Der Kleine war so schnell da, ich konnte nicht reagieren."

Saralie hörte die Stimme und fühlte sich wie in einem Traum. Es war tatsächlich Santo, der hier vor ihr zum Greifen nah plötzlich aus dem Nichts aufgetaucht war. Doch sie hatte nie gehört, dass er sich mal entschuldigt hatte.

„Santo", stammelte Saralie und versuchte ihre Fassung wiederzubekommen.

„Wie bitte?"

„Ich kann nicht glauben, dass du hier auftauchst."

Der Mann kniff die Augen zusammen, als müsste er sich konzentrieren. „Kennen wir uns?"

„Soll das ein Witz sein?" Saralie wusste nicht, was sie sonst sagen sollte. Die ganze Situation war verdreht. Wie sollte sie mit jemandem sprechen, den sie eigentlich für tot gehalten hatte? „Was machst du hier? Wieso bist du ...? Ich dachte, du wärst … Ich verstehe das nicht."

Er lächelte verlegen und hielt ihr eine Hand hin, um ihr aufzuhelfen. „Ich weiß es selber nicht."

Saralie ergriff seine Hand und klopfte sich den Hintern ab, als sie wieder stand. „Dann ist es also nicht wahr? Du lebst?"

„Sieht ganz so aus."

Aber wieso? Saralie ging in ihrem Kopf die Mitteilungen durch, die sie über seinen Tod gehört hatte. Er sollte erschossen worden sein, als er vor zwei Jahren plötzlich verschwunden war.

Doch warum war er jetzt hier? Hatte er sein Ableben nur inszeniert, um aus dem Geschäft aussteigen zu können? Und warum verhielt er sich jetzt so merkwürdig? Er wirkte nicht auf die Art angespannt, die sie von früher kannte. Er sah eher verwirrt aus, aber nicht, als wüsste er genau, wer sich vor und hinter ihm aufhielt. War das nicht gefährlich? Ein Gnukalb in der afrikanischen Savanne hätte nicht hilfloser und naiver gewirkt, wenn es sich zum Grasen direkt vor ein Rudel Löwen gestellt hätte.

„Du meinst das ernst?", stellte Saralie resigniert fest. „Du weißt wirklich nicht, wer ich bin?"

Santo schüttelte mit dem Kopf.

Saralie ließ die Information kurz in ihrem Kopf wirken, aber dann schaltete sie schnell. Wenn er nicht wusste, wer er war, dann durfte er nicht einfach so hier auftauchen. Ohne Tarnung. Ohne jegliche Vorsichtsmaßnahme.

Sie bekam plötzlich Panik und sah sich um. War er allein gekommen? War es eine Falle? Sie mussten von der Straße weg, und das schnell.

„Wir sollten hier lieber verschwinden. Dann können wir in Ruhe reden … wenn du willst."

Santo nickte. „Das würde ich gern tun."

„Komm am besten mit in meine Wohnung." Saralie nahm Paul auf den Arm und klemmte sich das Laufrad an die andere Seite. Dann sah sie sich noch einmal um, doch die Straßen sahen immer noch leer aus. Vielleicht hatte sie Glück, und sie war nicht mit ihm gesehen worden. Ein mulmiges Gefühl blieb trotzdem.

*

Verdammt, geh endlich ran!, flehte Saralie, während sie im Milchreis rührte. Sie stand in ihrer Küche und war mit den Nerven am Ende. Paul saß im Wohnzimmer vor dem Fernseher. Saralie hörte im Hintergrund die schrillen Stimmen der Cartoonfiguren.

Doch dann meldete sich wieder die Mailbox.

Verflixt! Wütend warf sie ihr Handy zur Seite und hielt den Topf fest, während sie versuchte, das Angesetzte vom Boden zu lösen. Sie musste jetzt mit Benno sprechen. Sofort! Was hier passierte, war nicht normal. Niemand hatte damit gerechnet.

Ihr Handy klingelte und ließ sie zusammenzucken. Vor Schreck rutschte ihr der Kochlöffel aus der Hand und fiel zu Boden. Natürlich nicht ohne eine klebrige Ladung Milchreis über den Herd zu verteilen.

Auf dem Display erkannte sie Bennos Gesicht, der einzige Mensch, der jetzt helfen konnte – helfen musste. „Gut, dass du zurückrufst."

„Saralie, mein Herz! Sehnst du dich schon wieder nach mir?"

„Du glaubst nicht, wen ich gerade getroffen habe." Sie hatte den Kochlöffel wieder in der Hand und fing eifrig und schnell an, den Brei vor ihr umzurühren.

„Wenn du so klingst, vermutlich den Papst, der dir erzählt hat, was er von unehelichen Kindern hält?"

„Viel schlimmer."

„Schlimmer? Okay, dann vielleicht einen von diesen Spinnern, die dir erzählen, dass du direkt aus der Hölle kommst und es nur deinetwegen so viel Leid und Unheil auf der Welt gibt?"

„Nein, jetzt hör auf mit dem Schwachsinn. *Ich* meine es ernst."

„Okay. Wen?"

Saralie holte einmal tief Luft. „Santo. Er stand plötzlich vor mir. Direkt hier in der Marktstraße. Kurz vor meiner Wohnung."

„So ein Quatsch. Santo ist tot."

„Nein, ich habe mit ihm gesprochen."

„Dann war es wohl sein Geist."

„Nein, Benno, wenn ich es dir doch sage: Er war hier! Kein Geist, keine Wahnvorstellung, kein Typ, der ihm einfach nur ähnlich sieht – es war Santo!"

Am anderen Ende war es plötzlich still. „Santo war hier?"

„Ja. Ich habe mit ihm gesprochen. Er war in meiner Wohnung."

Benno pfiff durch die Zähne. „Und jetzt läuft er durch Hamburg, als wäre nie etwas gewesen."

„Das kommt noch hinzu, er leidet unter einem Gedächtnisverlust. Er hatte keine Ahnung, wer ich bin."

„Die Amnesie. Wie typisch für ihn."

Saralie stutzte kurz, weil Benno wesentlich gelassener wirkte, als sie es erwartet hatte. Santo war wieder aufgetaucht. Es setzte sie quasi wieder auf den gleichen Stand, an dem sie vor zwei Jahren waren, als er plötzlich verschwunden war. Informationen konnten durch ihn nach außen dringen. Der Verrat war wieder allgegenwärtig und an oberster Stelle. Nur sein Tod hatte ihn vor zwei Jahren von seinem Bann befreit, den er den Streetsurfern schuldete. Wenn er jetzt doch noch lebte, stand sein Ableben unausweichlich bevor.

„Hat er gesagt, was er wollte?", fragte Benno. Seine Stimme klang plötzlich genervt, als würde Santo ständig irgendwo auftauchen und immer wieder von ihm in einen Kasten gesteckt werden, bis er das nächste Mal wieder ausbrach. Saralie hätte ein bisschen mehr Aufregung, Nervosität, Panik oder was auch immer erwartet, aber nicht, dass Benno derart gelassen blieb.

„Nein, er war nur überrascht, dass ich ihn kannte."

„Er hat dich also eher zufällig getroffen, oder hat er dich gesucht?"

„Nein, ich glaube nicht, dass ihn irgendetwas hierher geleitet hat."

„Was hast du ihm erzählt?"

„Nicht viel. Er wirkte schnell überfordert. Er hat mir leidgetan."

„Glaub mir, das braucht er nicht. Es ist immerhin Teil seines Jobs, Leute zu beeinflussen."

„Aber das war nicht das Gleiche. Ich habe ihn schon spielen sehen, aber das gerade eben war echt. Er hat mir nichts vorgemacht. Warum sollte er auch?"

„Ja, warum?"

Saralie wusste, dass hier etwas nicht stimmte. Benno war zu gelassen für diesen Moment. „Hast du das gewusst?"

Er überging ihre Frage. „Hat er gesagt, was er vorhat? Wollte er noch einmal wiederkommen?"

„Nein", warf Saralie schnell heraus, aber eine andere Sache störte sie viel mehr. „Du hast es gewusst, richtig?" Sie stieß den Kochtopf beiseite und schleuderte den Kochlöffel in die Spüle.

Sie hatte zwei Jahre getrauert. Zwei Jahre daran gedacht, dass er sie verlassen und verraten hatte. Hatte ihm die Pest an den Hals gewünscht, weil er sie und Paul im Stich ließ. Und jetzt? Jetzt erfuhr sie, dass es die ganze Zeit anders gewesen war.

„Erst seit einem Jahr", gab Benno zu.

Saralie krallte sich am Herd fest, um nicht vor Wut wild um sich zu schlagen. „Und dann denkst du nicht, dass ich vielleicht darüber informiert werden sollte? Hast du es genossen, wie ich vor mich hingetrauert und vegetiert habe? Bist du solch ein Arschloch, dass du mich so kaltherzig hintergangen hast?“

„Jetzt übertreib nicht, Saralie. Als ob er vorher eine so wichtige Rolle in deinem Herzen gespielt hat.“

„Hast du Paul vergessen?“

„Du weißt genau, wie er zu Paul gestanden hat.“

„Und was jetzt? Wo ist er all die Zeit gewesen? Was ist mit Paul? Will er ihn mir immer noch wegnehmen?“

„Das wird sich zeigen.“

„Verdammt, Benno. Warum hast du mir nichts davon erzählt? Es macht mich fertig, was er mir vielleicht antun könnte.“ Saralie spürte einen plötzlichen Schwindel und ließ sich mit dem Rücken an den Herd gepresst auf den Boden sinken.

Er durfte ihr Paul nicht wegnehmen. Den Kampf würde sie nicht wieder durchstehen. Nicht noch einmal.

Kapitel 27

Es war so weit. Benno hatte immer schon prophezeit, dass Santo eines Tages in seiner Vergangenheit auftauchen würde. Egal ob direkt beabsichtigt oder nur aus Zufall, aber das Risiko war die ganze Zeit da gewesen. Jetzt war er aus seinem Loch aufgetaucht und hatte ‚Guten Tag' gesagt. Aber wie kam er auf Saralie? War ihm vielleicht doch noch etwas eingefallen, das seine alten Spuren zeigte? Wie lange würde es wohl dauern, bis er schließlich beim Hauptquartier anklopfte?

Santo durfte sich nicht in Hamburg aufhalten und so mir nichts dir nichts durch die Straßen laufen. Es war riskant und absolut dumm. Frank hatte immer gesagt, er hätte alles unter Kontrolle. Der aufsässige Ziehsohn war wieder aufgetaucht, hatte sich zu Tee und Keksen einladen lassen und höfliche Floskeln verwendet, von denen er früher nicht mal gewusst hatte.

Schwachsinn!

Benno musste dem Ganzen ein Ende machen. Isabelle und Frank mochten sich freuen, dass ihr missratener Adoptivfang am Ende so ehrlich und gut geworden war und daher eine Ausnahme nach der nächsten durch das Hauptquartier bewilligt wurde, aber das jetzt ging zu weit.

Santo sollte nicht in Hamburg sein, war damals beschlossen worden. Warum war er dann immer noch hier? Ein Austritt bei den Streetsurfern war nur durch den Tod möglich, doch Santo blühte gerade so vor jungem Leben.

Er spürte eine ungeheure Hitze durch sich hindurch strömen, als er Franks Nummer wählte. Frank hatte beteuert, Santo zu überwachen und eine Hand auf seine Aktionen zu halten, aber offenbar lag er hier weit daneben. Jetzt würde es vorbei sein mit der langen Leine.

Frank meldete sich nach drei Freizeichen und sprach fröhlich in den Hörer. Eine weitere Sache, die Benno dermaßen ankotzte. Seit Franks Adoptivsöhne geflohen waren und Santo letztendlich seinen Scheintod überstanden hatte, galten nicht mehr die alten bewährten Regeln, die früher einmal von jedem gelebt wurden. Mittlerweile gab es nur noch freundliche Worte von Frank. Wie sollte da weiterhin der Ernst und Respekt erfolgen, ohne den die Arbeit der Streetsurfer nicht möglich war? Sie waren zu einem Karnevalsverein verweichlicht, es fehlte nur noch, dass bald Gruppenkuscheln angeordnet werden würde.

„Kannst du sprechen?“, fragte Benno und machte damit die Ernsthaftigkeit des Telefonats deutlich.

„Ja, ich bin alleine.“

Benno gab eine kurze Zusammenfassung des Telefonats von gerade eben wieder. Der Alte hörte schweigend zu und wartete, bis Benno alle Neuigkeiten mitgeteilt hatte.

„Es war vereinbart, dass Santo sich nicht mehr in Hamburg aufhält. Früher oder später musste etwas wie das hier passieren. Ich weiß nicht, worauf du noch wartest.“

„Was soll ich deiner Meinung nach tun, Benno?“

„Ihn von hier fortbringen, natürlich! Warum dieses Risiko eingehen?“

„Diego hat keine Ahnung, wer er ist. Er ist ein harmloses Schäfchen, das seine Herde verloren hat. Lass ihn doch einfach leben, Benno. Meinst du nicht, dass er es verdient hat, nach all dem, was passiert ist?“

Benno sah vor sich das kleine schwarze Santo-Schaf, das von seinem fürsorglichen Schäfer Frank verhätschelt wurde. Doch er sah auch den Wolf, und das war er selbst.

„Ich verstehe nicht, warum dir die Streetsurfer plötzlich so egal geworden sind.“

„Aber das ist doch nicht wahr. Wir sind eine Familie und wir gehören zusammen. Sieh es als Geschenk, dass Diego wieder da ist. Er war dir immer wie ein Bruder.“

Es war egal, was er Frank erzählen würde – Santo war wie ein Heiliger, seit er zurückgekehrt war. Keiner kam auch nur annähernd an ihn heran.

„Und was soll jetzt passieren? Saralie hat ihn in ihre Wohnung eingeladen und ihm alles Mögliche erzählt. Er hat Paul getroffen. Das ist ein bisschen viel Info für ein kleines, ahnungsloses Schäfchen.“

„Diego weiß von nichts. Du kannst es mir glauben.“

„Aber er weiß, wer du bist.“ Benno dachte an Franks Hilfestellung vor einem Jahr, als er Santo nach seiner Krankenhausflucht geholfen hatte.

Neben Geld, Kleidung und Medikamenten gegen sein Herzleiden hatte er Santo außerdem ein bisschen über die Streetsurfer erzählt. Angeblich war er nicht ins Detail gegangen, aber Santo wusste dadurch, dass es sie irgendwo gab. Benno war fast wahnsinnig geworden, als er von Franks Eingreifen im letzten Jahr gehört hatte.

Noch viel drastischer war die ganze Geschichte dann geworden, als Santo irgendwann als zurückgekehrter Sohn vor seinen Adoptiveltern stand und in Frank natürlich den geheimnisvollen Fremden wiedererkannte. Das hatte einen großen Streit entfacht, bei dem auch Azem, Franks Partner und gleichgesetzter Kopf der Streetsurfer, nicht mit weiterem Kontakt einverstanden gewesen war. Benno konnte sich immer noch nicht erklären, wie Frank es letztendlich geschafft hatte, Azem zu überzeugen, dass von Santo keine Gefahr ausging und er ihn noch besser unter Kontrolle hatte, solange er ihn persönlich traf.

„Glaub mir“, fuhr Frank fort und klang damit wie ein Pädagoge, der seinem Schützling etwas erklären wollte. „Anfangs hatte ich auch meine Zweifel und war sehr skeptisch, als er bei uns war. Aber ich hatte ihn vor einem Jahr darauf hingewiesen, dass er nicht nach uns suchen darf, und ich glaube, dass er den Ernst der Lage verstanden hat. Er hat Isabelle und mich als Eltern aufgesucht, aber nicht, weil er auf der Suche nach den Streetsurfern war. Er sucht sich selbst, er hat alle seine Kinderbilder wieder und wieder durchgeschaut. Du weißt, dass wir keine leiblichen Kinder bekommen konnten und es hat lange so ausgesehen, dass uns auch das Glück der Adoptivsöhne nicht gegönnt wurde, aber sieh es dir jetzt an! Wir sind eine Familie. Er besucht uns, wir reden über die Vergangenheit, aber auch über alles Gegenwärtige. Es ist die Beziehung, die ein Vater zu seinem Sohn pflegt. Manchmal hat er auch Anna dabei und dann spüre ich immer den Zusammenhalt, den eine Familie haben kann, wenn alle an einem Strang ziehen. Nimm uns diese Erfahrung nicht weg, Benno!“

Benno spürte ein Ziehen in der Magengegend und spannte seine Muskeln an. Den Kiefer hatte er verbissen zusammengepresst, sodass er nicht antworten konnte. Der Verrat traf ihn direkt. Es war eine kleine, kalte Hand, die sein Herz umschloss, bis ihm die Brust wehtat und er nicht mehr atmen konnte.

Santo war kein Familienmensch. Er hatte nie Wert auf seine Adoptiveltern gelegt und jetzt klebte er an ihnen wie Kaugummi unter einem Schuh.

Er war ein Heuchler. Ein Lügner. Ein Verräter.

Doch Benno war der Wolf.

Kapitel 28

2 Tage später

Er war müde, als er aus der Maschine stieg und sich in Richtung Terminal aufmachte. Die Reise war ziemlich spontan entschieden worden, nachdem er vor drei Tagen mit Saralie gesprochen hatte und sie ihm diese unglaubliche Nachricht verkündet hatte.

Diego war am Leben.

Eine Tatsache, die nicht zu glauben war. Diego war auf einer Serpentinenstraße in der Nähe von Nueno in Spanien verblutet. Er hatte keine Chance zum Überleben gehabt, weil ihre Verfolger direkt hinter ihnen gewesen waren. Wieso also hatte er überlebt? Es war schier unmöglich. Was hatte seinen kleinen Bruder gerettet, sodass er letztendlich wohlbehalten hier in Hamburg auftauchte?

Warum ausgerechnet Hamburg, Diego? Weißt du nicht, wie gefährlich das ist?

Warum erschien er plötzlich hier, ohne zu wissen, wer er war, stolzierte sorglos durch die Stadt und klopfte blauäugig an Haustüren? Es war nur eine Frage der Zeit, bis sie ihn finden und eliminieren würden, wusste er das wirklich nicht? Oder wartete er darauf, um endlich auf seine Vergangenheit zu treffen?

Die andere Frage war, was wusste er noch? Hatte er wirklich alles vergessen, wie Saralie erzählte? Oder fielen ihm mit den richtigen Hinweisen und Methoden vielleicht doch noch ein paar Dinge ein, die fatale Folgen für ihn haben würden?

Rafael war nervös an der Passkontrolle vorbeigezogen und hatte sich dann eilig zu den Gepäckbändern aufgemacht. Das Warten hier machte ihn allerdings fast wahnsinnig. Es dauerte eine gefühlte Ewigkeit, bis er seinen Koffer zwischen den restlichen Gepäckstücken erkannte und endlich den Flughafen verlassen konnte.

Er setzte die Sonnenbrille auf und sah sich nach den Taxen um. Die mexikanische Sonne hatte seine Haut dunkler gemacht, sodass sein Braun nicht mehr blass, sondern frisch und leuchtend wirkte. Vielleicht würde er nicht sofort erkannt werden, aber mit großer Wahrscheinlichkeit war seine Ankunft nicht ganz unbekannt.

Dem Taxifahrer gab er direkt die Adresse in der Marktstraße an. Er wusste, dass das riskant war und er sich damit direkt in die Fänge der Streetsurfer manövrierte, aber er würde kein Spielchen spielen wollen. Die Verhältnisse hatten sich geändert. Diegos plötzliches Erscheinen erforderte ein gewisses Umdenken und außerdem hatte die Tatsache, dass Saralie ihn informiert hatte, sowieso alle möglichen Vorsichtsmaßnahmen über Bord geworfen. Saralie war an die Streetsurfer gebunden und wenn er mit ihr Kontakt aufnahm, war es so, als würde er sie direkt ansprechen.

Nachdem er den Taxifahrer bezahlt hatte, sah er sich prüfend in der Marktstraße um. Waren sie schon hier? Erwarteten sie ihn gar oben? Sein Blick wanderte über die parkenden Autos am Straßenrand. Ein direktes Poolfahrzeug der Streetsurfer war nicht dabei, aber vielleicht wollten sie es für ihn auch nicht zu offensichtlich aussehen lassen. Immerhin war er einer von ihnen und kannte das System.

Er betätigte die Klingel zu Saralies Wohnung und schlüpfte durch die Tür, sobald der Summer zu hören gewesen war. Jetzt galt es herauszufinden, was passiert war, und er verspürte ein aufgeregtes Kribbeln, als er die Treppen nach oben stieg. Er kannte es aus früheren Tagen, als er noch selbst ein Streetsurfer gewesen war. Die Spannung, die zum Greifen nahe war, wenn ein Auftrag erfüllt werden musste. Denn auch, wenn irgendwann eine gewisse Normalität in ihrer Arbeit aufgetreten war, so hatte es keinen von ihnen jemals gleichgültig gelassen, was sie taten. Die Gefahr war ein ständiger Begleiter, so auch jetzt. Hierauf könnte er sich immer verlassen.

Er vermutete, dass sie ebenfalls hier waren oder zumindest seinen Weg verfolgt hatten und wussten, dass er kam. Vielleicht hatte Saralie auch im Auftrag von ihnen gehandelt. Doch wenn es bedeutete, dass Diego noch am Leben war, dann war er bereit, diesen Preis zu zahlen. Sein Bruder fehlte ihm, und in seinem Inneren brannte er vor Verlangen zu erfahren, was wirklich passiert war.

Es war nur Saralie, die in der Wohnungstür stand, um ihn in Empfang zu nehmen. Rafael stockte kurz, als er die letzte Treppe zu ihr hochsteigen wollte und sie bereits in seinem Blickfeld aufgetaucht war.

Sie steckte in einer weiten Trainingshose und trug darüber ein hautenges, pinkes Sporttop, das ihrem straffen Körper genauso wie den wohlgeformten, einladenden Brüsten schmeichelte. Ihre langen dunklen Haare waren zu einem Knoten zusammengebunden und fielen in einzelnen Strähnen über ihr Gesicht. Sie wirkte blass und ihre Augen waren so sorgenvoll, wie er sie in Erinnerung gehabt hatte. Rafael wusste sofort, dass sie immer noch aktiv für Azem arbeitete und wie sehr es sie von innen heraus auffraß.

Als er jetzt die letzten Stufen hochstieg, zauberte sich ein Lächeln auf ihre Lippen, das wie eine Erlösung auf ihn wirkte. Dann breitete sie die Arme aus, und Rafael erkannte gerade noch das Zittern ihrer Unterlippe, bevor sie sich an ihn presste.

„Du musst mir helfen“, wimmerte sie leise an seiner Schulter. Kein Hallo, kein Willkommensgruß – nur ein kläglicher Hilfeschrei aus tiefstem Inneren.

Rafael erstarrte sofort und benötigte eine Sekunde länger, um seine Arme um sie zu schließen, als er es vielleicht sonst gebraucht hätte. Saralie machte ihm wieder deutlich, wie schwer die Bürde der Streetsurfer zu tragen war.

Dann tauchte *er* auch schon in Saralies Wohnungstür auf. Rechtshänder, fünfundneunzig Kilo, einen Meter siebenundachtzig groß, ungeschlagener Schütze im Präzisionsschießen, Taubheitsgefühl im linken Arm durch einen abgeklemmten Nerv in der Schulter aufgrund einer Messerverletzung, was seine Leistung im Boxring aber kaum beeinträchtigte. Hinzu kam noch die Verletzung am rechten Oberschenkel, die Rafael ihm selbst zugeführt hatte, als sie vor zwei Jahren ihre unüberlegte Flucht begannen und Benno andernfalls Diego erschossen hätte. Doch Rafael wusste, wie zäh und hart er war.

Seine Haare waren wie gewöhnlich auf einen kurzen Schnitt getrimmt, seine Nase zeugte noch immer von dem Bruch, den sie vor einiger Zeit mal im Boxring erlitten hatte, und um seine graublauen Augen hatten sich die wohlbekannten Lachfalten gebildet. Er wirkte dadurch nie sonderlich bedrohlich. Ein Lächeln gehörte zu Benno wie das Amen in der Kirche, aber Rafael wusste, wie gefährlich das war. Der Sarkasmus verließ ihn nie, und selbst beim Töten war das Lachen sein Begleiter.

„Joyo“, begrüßte Benno ihn mit freudiger Stimme, breitete die Arme aus, und Rafael erinnerte sich an seinen früheren Namen, der unter seinen Mitstreitern genutzt worden war. „Es ist ewig her. Wie schön, dich wiederzusehen.“

Saralie versteifte sich in ihrer Umarmung und löste sich von Rafael. Sie war etwa so groß wie er selbst, daher musste sie nicht aufschauen, als sie ihm in die Augen sah, doch ihre Angst sprach Bände. Rafael erkannte ein Flehen, vielleicht auch eher ein Bereuen, das sie fast zum Weinen brachte. Verbissen kämpfte sie gegen die Tränen an.

„Du kommst genau richtig zum Familientreffen“, fuhr Benno fort. „Saralie hat dir von Santo erzählt?“

Rafael nickte. Er war angespannt und hatte seinen Körper bereits auf einen Angriff vorbereitet. Er konnte nicht entspannt sein, wenn Benno hier war.

„Warum kommst du nicht mit rein? War sicherlich ein anstrengender Flug, oder?“

Saralie sah Rafael an, als wünschte sie, er möge so schnell wie möglich wieder verschwinden. Gleichzeitig war das Flehen so tief, dass er sich nicht vom Fleck bewegen konnte.

In Saralies Wohnung hatte sich seit seinem letzten Besuch vor etwa zwei Jahren nicht viel verändert. Sie war aufgeräumt und gemütlich eingerichtet. In jedem Winkel war etwas, das Persönlichkeit ausstrahlte. Rafael erkannte in der Ecke neben der Tür einen etwa einen Meter langen Knüppel, von dem er wusste, dass Saralie ihn selbst mal am Strand gefunden hatte. Er hatte ein verschnörkeltes Zweiggewinde am Kopf und sah aus wie das Kleinformat von Gandalfs Zauberstab in ‚Der Herr der Ringe'.

Vom langen Flur, der gerade durch die gesamte Wohnung führte, ging die erste Tür nach links zur Küche ab, in der an der linken Seite eine hell furnierte Einbauküche über Eck zum gegenüberliegenden Fenster verlief. Der Esstisch stand mit der kurzen Seite zur rechten Wand und wurde von vier nicht zueinanderpassenden Holzstühlen eingerahmt.

Saralie war plötzlich wieder vorgelaufen und spielte ihre Rolle als freundliche Gastgeberin. „Möchtest du einen Kaffee?"

Rafael stellte seinen Rollkoffer im Flur vor der Küchentür ab, während Benno die Tür hinter ihm schloss. Nervös begutachtete er alles in seiner Blickweite, stellte aber fest, dass niemand sonst hier zu sein schien. Der Gandalf-Knüppel war die nächstbeste Waffe, sollte er sich jetzt verteidigen müssen. Vom Wohnzimmer konnte er Cartoonfiguren aus dem Fernseher hören, aber das war es nicht, was er erwartet hatte. Wo waren die anderen? Warum war Benno ganz alleine hier?

„Ich glaube, er hat dich nicht verstanden", sagte Benno mit einem verschmitzten Lächeln in Richtung Küche, während er Rafael nicht aus den Augen ließ. „Ich habe ihn noch keinen Ton reden hören. Vermutlich hat er unsere Sprache verlernt."

„Danke, Saralie."

Rafaels Augen bohrten sich in Bennos. Er erkannte das Leuchten darin. Die Begierde zur Gewalt, die Lust am Töten. Benno hatte sich keinen Deut verändert.

„Wo sind die anderen?", fragte Rafael direkt heraus. Was war das für eine Taktik, dass keiner hier war? Rechneten sie gar nicht damit, dass er sich würde wehren können? Oder war in den zwei Jahren seit seinem plötzlichen Aufbruch der Vergeltungsdrang wieder geschrumpft?

„Hast du uns so sehr vermisst, dass du es nicht abwarten kannst?"

„Es erscheint mir nur ungewohnt."

Bennos Lächeln verschwand kurzzeitig von seinen Lippen. „Du willst nicht wissen, was sonst noch ungewohnt ist."

Rafael kniff verwundert die Augen zusammen, doch er konnte nicht darauf eingehen, weil Saralie den Kaffee bereits eingeschenkt hatte. Benno schob sich wieder hinter ihn, um ihn in die Küche zu geleiten.

„Trinkst du ihn immer noch schwarz, Joyo?", fragte Saralie freundlich. Sie hatte sich wieder gefangen und ihre Stimme klang klar und melodisch, wie er sie in Erinnerung hatte.

„Schwarz wie seine Seele", kommentierte Benno und ließ sich geräuschvoll auf dem einen Stuhl nieder, der mit dem Rücken zum Flur stand.

Rafael nickte Saralie zu und setzte sich dann Benno gegenüber mit dem Rücken zum Fenster. Der schnelle Fluchtweg war ihm so versperrt.

Saralie schob Rafael den Kaffee zu und nahm dann neben Benno Platz. Sie war ein Teil von ihnen und durfte nicht die Barriere übertreten. Nervös fingerte sie an ihrer Tasse herum, machte immer wieder Anstalten sie hochzuheben, aber das Gebräu war noch zu heiß. Stattdessen drehte sie die Tasse im Kreis, sodass die Cartoon-Figuren darauf sich wie in einem Film bewegten.

„Wo ist Diego?" Rafael rückte direkt mit der Sprache heraus und richtete die Frage an beide.

Benno grinste. „Das kann ich dir nicht mal sagen."

„Aber er war hier?", vergewisserte sich Rafael und sah zu Saralie.

Saralie nickte eifrig und ihre Unterlippe zitterte dabei erneut.

„Wo ist die Police?", stellte Benno eine Gegenfrage und das Grinsen auf seinem Gesicht wurde noch größer.

„Ich habe keine Ahnung."

Benno lehnte sich auf seinem Stuhl zurück und verschränkte beleidigt die Arme vor der Brust. „Das ist schade, Joyo. Wie du dir sicher vorstellen kannst, ist es nicht gerecht, dass du noch am Leben bist. Santo hat immerhin alles vergessen und weiß keinen Furz über uns. Aber du solltest nicht mehr leben, weißt du?"

Rafael umschloss die heiße Tasse fester. Er hatte eine Waffe, sie durfte nur nicht zu schnell abkühlen, dann würde sie nur noch lächerlich erscheinen. Natürlich wusste er, wie es um seine Situation stand.

„Vielleicht könnten wir uns auf einen Deal einlassen, wenn wir die Police haben."

Benno zog eine Augenbraue hoch und wartete überlegen.

„Ich weiß nicht, wo sie ist. Ich habe sie nie gesehen und kann nicht mal bestätigen, dass es sie gibt.“ Rafael dachte an Diegos plötzliche Verwandlung vor zwei Jahren in Spanien, als sich seine komplette Aufmerksamkeit irgendwann nur noch um Anna gedreht hatte. Er hatte ihn nicht verstanden und somit war es ein umso größeres Rätsel, was es mit dieser Police auf sich hatte.

„Das ist sehr schade. Ich hatte gehofft, du könntest uns hier etwas entgegenkommen.“

Bennos Handy piepte, und er warf einen kurzen Blick auf das Display. Sofort erschien ein Leuchten in seinem Gesicht, und seine Augen spiegelten eine unbändige Vorfreude wider. „Oh, wie es aussieht, gibt es was zu tun.“

Er nippte an seiner Tasse und drückte Saralie einen Kuss auf die Wange. „Vielen Dank für den Kaffee, mein Schatz.“

Rafael entging nicht Saralies Zucken unter seiner Berührung. Sie nickte und zwang sich zu einem Lächeln.

„Ich muss dir nicht erzählen, was mit Saralie passiert, wenn du wieder verschwinden solltest, oder Joyo? Ich glaube, wir haben noch eine Menge zu klären.“ Er nickte auffordernd mit dem Kopf und einen Moment wirkte es, als würde er sich eine erneute Flucht sogar wünschen. Rafael erinnerte sich, dass Benno immer schon einen unnatürlichen Drang zu gefährlichen und nervenzerreißenden Situationen hatte.

Dann verschwand er in den Flur und einen kurzen Moment später konnte Rafael das Zuschlagen der Wohnungstür hören.

„Was ist hier los?“, fragte Rafael. „Wieso nimmt er mich nicht mit? Wo sind die anderen? Es scheint ihnen beinahe egal zu sein, dass ich hier plötzlich aufgetaucht bin. Ich hätte gedacht, dass ich nicht mal den Weg zu dir heil überstehe, sondern direkt ins Hauptquartier geschleppt werde. Was geht hier vor?“

Saralies Augen hatten sich mit Tränen gefüllt. Nervös tastete sie mit der Hand vor, um Rafaels zu erreichen, die vor ihr auf dem Tisch lag. „Es ist nichts mehr, wie es vor zwei Jahren war. Es ist so schrecklich geworden. Ich habe solche Angst.“

Dann stand sie auf, kam um den Tisch herum und sackte vor Rafael auf die Knie. „Du musst mich mitnehmen, Joyo! Bitte! Wir müssen von hier verschwinden, so wie du es vor zwei Jahren mit Santo getan hast. Du hättest niemals zurückkommen dürfen. Es tut mir leid, dass ich dir von Santo erzählt habe. Du weißt, was sie mit dir machen werden! Warum bist du hier? Warum bist du wiedergekommen? Wir müssen verschwinden.“

Sie krallte sich an Rafaels Oberschenkel, als wären sie der letzte Fels in der Brandung, der sie vor dem Ertrinken retten würde.

„Ich kann nicht wieder gehen."

„Du musst", beharrte sie. „Das System ist aus den Fugen. Nichts ist mehr, wie es war. Ich glaube, keiner weiß mehr wirklich, auf wen er eigentlich hören soll. Sie halten nicht mehr zusammen, wie sie es früher getan haben. Ich habe Angst. Angst um Paul. Wir müssen verschwinden, glaub mir!"

„Ich werde nicht gehen, bevor ich Diego gefunden habe." Er war so nah dran, sein Bruder war am Leben. Warum sollte er jetzt wieder die Flucht ergreifen?

„Sie werden dich töten."

„Vielleicht gibt es noch eine andere Möglichkeit."

„Was hast du vor?"

„Du hast gesagt, dass sich das System geändert hat. Vielleicht ist das meine Chance."

Kapitel 29

Benno war außer sich vor Freude. Der Flüchtige war zurück. Wohlbehalten und bei bester Gesundheit. Wer hätte das gedacht? Es hatte Zeiten gegeben in denen es durchaus anders ausgesehen hatte.

Jetzt ging es um die nächsten Schritte. Welcher zuerst? Er war geradezu erpicht darauf, die Einzelheiten zu erfahren, die die Brüder vor zwei Jahren zu ihrer dämlichen Flucht veranlasst hatten. Nach so langer Zeit des Wartens würde er endlich Antworten bekommen.

Doch es würden seine Antworten sein. Er war jetzt alleine. Vielleicht würde er Frank und die anderen nach und nach dazu holen, aber warum den Braten mit anderen teilen, wenn man in den letzten Jahren nur verdorrtes Fleisch bekommen hatte?

Die Streetsurfer waren auseinander dividiert, doch er würde sie wieder zusammenbringen. Er hatte Großes vor und lange auf diesen Moment gewartet. In den letzten zwei Jahren waren ihm die Hände gebunden gewesen, zu allem Überfluss noch, weil diese dämliche Police, ob es sie nun gab oder nicht, wie ein übel stinkender Geruch allgegenwärtig in der Luft gehangen hatte und alle zu benebeln schien. Es hatte sie unfähig gemacht zu handeln. Wie durch eine unsichtbare Schlinge waren sie festgehalten und an den Boden gedrückt worden. Eine übergeordnete Macht hatte mit ihnen gespielt und sie überwacht, doch jetzt würde es vorbei sein.

Er hatte *ihn* hier. *Er* würde ihm helfen.

Benno würde diese Fehde beenden und die scheußliche Police vernichten. Sie würden wieder frei sein und nicht mehr als räudige Hunde mit eingekniffenem Schwanz herumlaufen, vor denen niemand mehr Respekt hatte. Es würde sich einiges ändern müssen, bis der Ursprung wiederhergestellt war, aber Benno wusste, dass alle, auch Frank und Azem als Köpfe der Streetsurfer, im Grunde ihres Herzens nichts anderes wollten, als wieder den gewohnten Geschäften nachzugehen und den alten ruhmreichen Status zurückzuerlangen.

Benno würde den Weg hierzu ebnen. Dank *ihm*.

*

Genau wie die erwartungsfreudige Katze krabbelte Paul auf allen Vieren um seine Mutter herum, als diese das Nassfutter für den Vierbeiner zubereitete. Und genau wie die Katze miaute er ungeduldig, als es nicht schnell genug ging. Nur das Schnurren bekam er nicht so hin, wie der graue Stubentiger, dessen gesamter Körper summte, als hätte er einen Vibrator integriert.

„Komm da weg!“, ermahnte Saralie ihren Sohn, als er sich neben die Katze zum Fressnapf drängte.

Paul gab ein beleidigtes Miauen von sich und kletterte dann auf einen der Küchenstühle.

Er warf Rafael mit seinen dunklen, großen Augen einen kurzen Blick zu und fing dann an, sich wie eine Katze über den Handrücken zu schlecken.

„Fängt der auch schon Mäuse?“ Rafael konnte sich ein Lächeln nicht verkneifen, als die Kinderzunge über den Unterarm bis in Richtung Ellenbogen weiterging.

„Jetzt hör auf mit dem Blödsinn!“ Saralie griff nach Pauls Hand und zog sie zur Seite. „Du bist keine Katze, Paul. Tiffy darf sich abschlecken, aber du wäscht dich in der Badewanne.“

Sie fuhr mit ihrer Hand an ihren Kopf und rieb sich durch die Augen. „Ich habe die Katze angeschafft, weil ich wollte, dass Paul eine Beziehung zu Tieren aufbaut.“

„Ich würde sagen, dass das durchaus erfolgreich war.“

Paul hatte das Schlecken eingestellt, sich jetzt aber mit dem Kopf an seine Mutter gelehnt, damit sie ihn hinter dem Ohr kraulte.

„Genug jetzt!“, befahl Saralie und ihre Stimme war ernster geworden. „Geh in die Stube! Du darfst noch ein bisschen Fernsehen, bis es Essen gibt.“

„Tommt Benno auch?“ Erwartungsvoll hatte die menschliche Katze die Augen aufgerissen und starrte Saralie hoffnungsvoll an.

Rafael hingegen entging nicht das unbeabsichtigte Zögern und der verkrampfte Unterkiefer seiner Mutter.

„Ich weiß es noch nicht.“ In ihrer Stimme klang ein leichtes Wehklagen mit, das sie aber vor Paul versuchte zu verbergen.

Paul rutschte vom Stuhl herunter und trottete auf zwei Beinen und ohne Tiergeräusche aus der Küche heraus.

Saralie sah ihm nach und Rafael erkannte ein kurzes Zittern ihrer Unterlippe, als würde sie gleich in Tränen ausbrechen. Dann drehte sie sich herum und ließ sich gegenüber von Rafael am Küchentisch nieder. „Ich hasse es, wie sehr er an Benno hängt.“

Rafael dachte an Benno, und daran, wie er ihm gestern bei seiner Ankunft begegnet war. Für Außenstehende musste er auf den ersten Blick eine positive Ausstrahlung haben und für Kinder war es sicherlich ähnlich. Doch nach seinem plötzlichen Aufbruch gestern, war er bisher nicht wieder aufgetaucht.

Was für Paul offenbar Sehnsucht war, bedeutete für Rafael allerdings Erleichterung, aber auch Verwirrung. Er war jetzt seit fast vierundzwanzig Stunden wieder in Hamburg und lebte immer noch.

Er hatte nur ganz kurz Benno gesehen, mehr nicht. Wie war das möglich? Wo blieb seine Vollstreckung?

Saralie rieb sich erneut über die Stirn und griff zu einer geöffneten Zigarettenpackung, die vor ihr auf dem Tisch lag. Sie steckte sich eine Zigarette an und sog tief den Rauch ein, sodass das vordere Ende eine leuchtend rote Glut bildete.

„Und es ist nicht alleine der Gedanke, dass Paul irgendwann einer von ihnen sein wird. Das ist unausweichlich und das habe ich auch immer schon gewusst." Sie inhalierte erneut an ihrem Glimmstängel. „Ich glaube, sobald er einberufen wird, habe ich keine ruhige Minute mehr."

Sie nahm einen weiteren Zug und tippte die Asche in einem pinkfarbenen Aschenbecher ab. „Doch glaub mir, auch wenn ich weiß, was ihm einmal bevorsteht, so ist es gar nicht das Schlimmste." Sie holte einmal tief Luft und richtete ihre Augen direkt auf Rafael. Ihre Unterlippe fing wieder leicht zu zittern an, doch sie verbiss sich in ihr, als hätte sie Angst, ihren Gedanken auszusprechen.

„Ich habe Angst, dass sie ihn mir wegnehmen", schoss es aus ihr heraus. Die Zigarette war sogleich wieder an ihrem Mund und wurde von ihr krampfhaft angesogen.

Rafaels Körper verspannte sich, als er erkannte, was sie damit meinte. Er dachte an den kleinen Paul mit seinen entzückenden dunklen Locken und den tiefen, großen Augen, aus denen gefühlt das gesamte Gesicht bestand.

„Ich habe Angst, dass sie sagen, ich hätte keinen Anspruch auf ihn. Dass sie ihn brauchen. Dass er nicht mir gehört! All das könnte passieren. Ich kann nicht mehr schlafen, weil ich solche Angst habe. Vielleicht ist achtzehn nicht früh genug und sie nehmen ihn mir jetzt schon weg." Sie nahm einen letzten Zug und drückte ihre Zigarette schließlich aus.

„Bitte geh mit mir von hier weg, Joyo! Tu es für Paul! Wir müssen ihm helfen!"

Die Wohnungstür wurde geöffnet. Man konnte sie nicht sehen, aber es war zu hören, dass jemand in den Flur trat und anschließend die Tür wieder hinter sich schloss.

Saralie zog ihre Strickjacke fester um ihre Schultern und verschränkte die Hände vor ihrer Brust. Ihr Blick schoss zu Rafael über den Tisch und das Flehen war nur noch größer geworden.

„Na, was macht ihr Turteltäubchen hier?" Benno kam in die Küche gehüpft, strahlte euphorisch über das ganze Gesicht, und Rafael erinnerte sich daran, dass er ihn deshalb oft gehasst hatte. Auch wenn sich alle vor Verzweiflung grämten, so hatte Benno immer ein Lachen im Gesicht, auch wenn es nur ein sarkastisches war.

„Gibt es etwas zu essen, Saralie?“ Benno warf einen schnellen Blick zwischen Rafael und Saralie hin und her und drehte sich dann zum Herd um.

Hier stand ein großer, roter Kochtopf, doch nichts kochte. „Was ist hier los? Ich habe Hunger!“

Saralie erhob sich mühsam von ihrem Stuhl und trat an den Herd. „Hier sind noch Spaghetti von gestern. Die kannst du dir warm machen.“ Saralie hob den Deckel an und fischte einen Teller aus dem Schrank.

Benno drehte sich herum und setzte sich mit euphorisch leuchtendenden Augen gegenüber von Rafael auf den Stuhl. „Solltest du Joyo nicht auch lieber etwas anbieten? Wo bleibt deine Gastfreundschaft, Saralie?“

Saralie drehte sich zu Rafael um und warf ihm einen fragenden Blick zu. Doch dieser schüttelte schnell den Kopf.

„Aber vielleicht solltest du doch etwas essen, Joyo“, sagte Benno und schlug unternehmungslustig mit der flachen Hand auf den Tisch. „Ich habe spannende Neuigkeiten für dich, da ist ein bisschen Fülle im Magen vielleicht nicht ganz verkehrt.“

Rafael runzelte die Stirn, doch Benno antwortete nicht. Dann sprang er von seinem Stuhl auf und drehte sich zum Flur herum. „Warte einen Moment, ich gehe erst einmal pissen.“

Saralie stand reglos mit dem Rücken zur Küchenzeile und kaute auf ihren Fingernägeln. Neben ihr summte die Mikrowelle. Ihr Blick wirkte plötzlich teilnahmslos, als wäre sie ewig weit weg.

Rafael spürte sofort eine Veränderung in ihrem Gesicht. „Was ist los? Weißt du, was er meint?“

Saralie setzte sich wieder auf ihren Stuhl. Ihr Blick war auf den Tisch gerichtet, die Schultern hingen schmächtig nach vorne, und die Hände hatte sie krampfhaft vor ihrer Brust verschränkt.

„Hat Santo mal von mir gesprochen, als ihr in Spanien unterwegs wart?“

Rafael überlegte, worauf sie hinauswollte. Diego hatte mehr gesprochen, als für ihn für gewöhnlich üblich war. Sein plötzlicher Sinneswandel hatte ihn verändert und über Dinge reden lassen, deren Existenz er vorher nicht einmal beachtet hatte.

„Hat er mal von Paul gesprochen?“ Saralies Stimme brach. Eine kleine Wasserpfütze bildete sich in ihren Augen.

Rafael dachte an die Zeit vor zwei Jahren zurück. Es war alles noch so frisch in seinem Kopf, als wäre es erst gestern geschehen.

Doch Paul oder Saralie waren in seiner Erinnerung nicht in Diegos Worten aufgetaucht. „Ich glaube nicht.“

Saralie nickte und ließ dann den Kopf wieder sinken. „Weißt du, wer Santo getötet hat?“

„Ja“, war seine kurze Antwort und an der Reaktion von Saralie erkannte er, dass sie es ebenfalls wusste.

„Du weißt, was er tun wird.“

„Das, was er immer getan hat, aber du kannst mir keine Angst machen, Saralie. Ich werde nicht gehen, bevor ich nicht weiß, wo Diego ist.“

Rafael hörte das Klingeln an der Tür, doch Saralie stand nicht auf. Zusammengesackt kauerte sie vor ihm auf ihrem Stuhl.

Stattdessen flitzte Paul durch den Flur und öffnete die Tür. Von Rafaels Platz war es wieder nicht zu deuten, wer gekommen war, aber er bereitete sich auf alles vor. Sein Blick huschte über den Esstisch, dessen Beine locker und wackelig waren und der leicht umzuschmeißen wäre. Zumindest wenn sie ihn jetzt vom Flur aus angreifen würden, könnte er sich mit nur einer Handbewegung einen Schutzschild bauen. Vielleicht würde er es sogar noch schaffen, Saralie ebenfalls auf seine Seite zu ziehen. Allerdings war es wahrscheinlich nicht von großer Dauer. Wenn sie kamen, dann kamen sie. Er hätte keine Chance und das wussten sie nur zu gut. Er saß auf dem Silbertablett und war angerichtet.

Stimmen kamen aus dem Flur. Paul sprach, und eine Frau. War das etwa Jessi?

Saralie erzählte weiter, aber Rafael blendete sie aus. Mit der einen Hand ergriff er die Tischkante, mit dem Knie setzte er unter der Tischplatte an. Auch wenn es sinnlos war, er konnte nicht anders.

Doch dann erstarrte er plötzlich, als zeitgleich mit dem Piepen der Mikrowelle eine blonde Frau in der Tür zur Küche auftauchte und erschrocken zurückzuckte, als sie ihn sah. Rafael hatte nur damit gerechnet, dass einer seiner früheren Mitstreiter auftauchen würde. Doch diese blonde Frau kannte er nicht aus der Zeit, als er noch Aufträge für Azem und Frank abgearbeitet hatte, sondern erst danach.

„Anna?“

Verkrampft krallte sie sich an der Türzarge fest und starrte ihn mit großen Augen an.

Kapitel 30

Später am Abend

Rafael rieb sich ein letztes Mal mit dem Handtuch durch das Gesicht und schüttelte leicht mit dem Kopf, sodass ein paar letzte Tropfen herabrieselten. Dann hängte er das Tuch über die Heizung und öffnete die Tür.

Es war ruhig in der Wohnung. Vielleicht die Ruhe vor dem Sturm, doch langsam glaubte er, dass der Sturm gar nicht mehr kommen würde. Er war jetzt den ganzen Tag hier gewesen, hatte mit Benno und Saralie und letztendlich mit Anna gesprochen; sie hatten sich gemeinsam auf die Suche nach Diego gemacht, als wären sie eine Pfadfindergruppe, die einen ihrer Mitstreiter verloren hatte. Es war nicht das normale Prozedere, das er von den Aktionen als Streetsurfer von früher kannte. Saralie wäre unter normalen Umständen nicht dabei gewesen und im Beisein von Anna, einer absoluten Zivilistin, wären niemals irgendwelche Vorgehensweisen besprochen worden.

War es das, was Saralie meinte? Das System griff nicht mehr so, wie es früher der Fall gewesen war? Doch wenn es wirklich so war, dann konnte man eher davon sprechen, dass es gar kein System mehr gab. Ein Zufallsprinzip. Mal so, mal so.

Doch wie war es dazu gekommen? Warum hatte niemand etwas dagegen unternommen? Hatte Azem die Streetsurfer aufgegeben? Hatte Frank seine Rolle als Koordinator und Mentor verloren?

Es grenzte an das Unmögliche, dass es so weit gekommen sein sollte.

Es war dunkel geworden. Saralie hatte sich wie bereits letzte Nacht mit einer Luftmatratze zu Paul ins Zimmer zurückgezogen und Rafael ihr Bett angeboten. Anna hatte es sich im Wohnzimmer auf dem Sofa bequem gemacht und doch schien in der Küche noch Licht.

Rafael zögerte einen Augenblick, dann lief er durch den schmalen Flur hindurch und machte an der Küchentür halt. Benno saß am Tisch, die Beine locker von sich gestreckt, und stieß entspannt eine Rauchwolke aus. Sein Gesicht hellte sich sofort auf, als er Rafael in der Tür erblickte.

„Joyo, welch Augenweide!“ Er setzte sich aufrecht hin und machte eine einladende Geste auf den zweiten Stuhl, der mit der Rückenlehne zur Küchentür stand und anscheinend nur auf ihn wartete. „Komm und setz dich zu mir!“

Rafael folgte seiner Aufforderung. „Warst du in der Wohnung?“
Benno grinste. „Nicht nur da.“

„Gibt es da was?“

„Die Wohnung war leider Fehlanzeige, aber ich habe noch andere, viel bessere Gründe zum Strahlen.“ Um es zu demonstrieren, zog er sein Lächeln auseinander wie ein Honigkuchenpferd.

Rafael sah ihn erwartungsvoll an, doch Benno brauchte noch einen Moment, um sich in seinem Wissen zu aalen, bis er schließlich weitersprach.

„Wir sind vorhin direkt gestört worden, als unsere Freundin Anna gekommen ist. Dabei gibt es doch noch so viel, was wir bereden wollen, oder?“

Rafael wartete.

„Weißt du, was ich am allermeisten möchte?“, fragte Benno weiter.

„Die Police.“

„Unter anderem.“

„Ich habe dir bereits gesagt, dass ich dir nicht helfen kann.“

„Sei nicht so schnell Joyo, vielleicht ist es nicht nur die Police, die ich unbedingt möchte – vielleicht ist da noch etwas, das wir beide wollen. Sogar sehr! Und vielleicht können wir beide das auch bekommen. Ach, nicht nur vielleicht, genauer gesagt, bin ich mir da eigentlich ziemlich sicher.“

Er nahm sein Handy hervor und wischte über das Display. Der Zigarettenstummel steckte in seinem rechten Mundwinkel und qualmte wie ein Schornstein weiter. Dann drehte er das Handy herum, sodass Rafael das herausgesuchte Bild sehen konnte.

„Das, was wir beide wollen, ist vielleicht leichter zu bekommen, als du möglicherweise denkst.“

Rafael starrte auf das Foto und biss den Kiefer zusammen.

„Bist du dabei, Joyo?“

Kapitel 31

Gegenwart

Mit einem Mal hatte Anna kapiert und brauchte keine zweite Einladung, um aus dem Haus ihrer Eltern zu verschwinden. Sie hatte ihrer Mutter lediglich einen kurzen Blick zugeworfen und war dann grimmig nach draußen gestapft. Rafael folgte ihr auf dem Fuß. Ob er dabei die Pistole noch auf sie gerichtet hielt, wusste sie nicht. Sie war bitter enttäuscht und unsagbar wütend.

Beim Auto angekommen sprang sie in den Wagen und ließ sogleich den Motor an. Rafael hatte gerade die Tür geschlossen, als Anna auch schon auf das Gaspedal trat. Dabei war es ihr egal, wie laut der Motor aufheulte, wie sehr der Bordstein am Unterboden schrammte oder gar, wie viel Abgase sie in die Umwelt verballerte. Die enorme PS-Leistung des Wagens drückte sie fest in die hierfür geformte Eierschale und ließ sie regelrecht einfrieren.

Dann griff sie in ihre Handtasche und schmiss ihr Handy zu Rafael auf den Schoss. „Ruf einen Krankenwagen. Sofort!“

Anna hatte Tränen in den Augen, versuchte sich aber so gut es ging zusammenzureißen. Sie biss hart die Zähne aufeinander und krallte sich verspannt am Lenkrad fest. Den Fuß ließ sie dabei stark auf dem Gaspedal. Merkwürdigerweise musste sie sogar zugeben, dass die schnelle Geschwindigkeit sie beruhigte.

Rafael neben ihr gab kurze und knappe Befehle ins Telefon. Dann legte er wieder auf. „Verdammt, Anna, ich wusste nicht, dass es deine Eltern waren.“

Jetzt waren sie doch da. Die Tränen rollten.

„Ich kann es immer noch nicht glauben, Rafael. Wie konntest du nur?“

„Ich wollte es nicht.“

„Dämliche Ausrede. Du hast meine Eltern beinahe umgebracht.“

„Es bestand niemals ernsthafte Gefahr für sie.“

„Ach nein? Und was ist mit meinem Vater? Und all dem Blut?“

„Dein Vater wacht wieder auf. Und das Blut? Na ja, guck dir mich und Benno doch an? Ganz so ein Unschuldslamm ist dein Vater gar nicht. Er hatte Benno ziemlich heftig rangenommen mit seinem Baseballschläger.“

„Er hätte euch totschlagen sollen!“

„Ja, vielleicht.“ Rafael zuckte zusammen und hielt seinen Arm noch dichter an seinen Körper, als der Golf wieder einmal eine harte Bodenwelle mitnahm. Anna durchzuckte kurz der Gedanke, den

Wagen frontal an eine Wand zu fahren, um Rafael noch mehr Schmerzen zufügen zu können.

„Was habt ihr da überhaupt gewollt? Dachtet ihr etwa, dass ihr dort Geld abstauben könnt?“

„Vielleicht solltest du uns nicht zu vorschnell verurteilen. Benno hilft uns, Diego zu finden.“

„Er hat ihn getötet. Hast du das vergessen?“

„Das war vor zwei Jahren, aber jetzt stehen die Dinge anders. Wir sind dichter an Diego dran, als du vielleicht glaubst, aber dafür müssen wir Benno vertrauen.“

Anna konnte nicht antworten, weil die Tränen ihr Gesicht verkrampfen ließen. Rafael war eine bittere Enttäuschung. Sie dachte an all die Hoffnung, die Diego und sie in ihn gesteckt hatten. Er sollte alles aufklären und der Schlüssel zu allen offenen Fragen sein. Und nun das! Anna schämte sich dafür, wie sehr sie in den letzten Monaten mit gutem Glauben an ihn gedacht und sich eingeredet hatte, einen guten Menschen in ihm zu sehen.

„Fahr da vorne rechts, dann kommen wir am schnellsten wieder zu Benno und Saralie“, befahl Rafael ganz geschäftsmäßig und unterbrach unbewusst ihre Gedanken.

Anna wurde langsamer und versuchte den Straßennamen zu erkennen. Es wurde allmählich hell, dennoch war die Entfernung zu weit, als dass sie das Schild lesen konnte. Erstaunt blickte sie sich um und überlegte, wo sie überhaupt war. Sie war einfach nur blind drauflos gefahren und hatte überhaupt nicht mehr auf ihre Umgebung geachtet. Die Geschwindigkeit hatte die Straßen und Häuser um sie herum einfach ausgeblendet.

Doch jetzt war sie wieder da. Und plötzlich erkannte sie sogar ein Geschäft auf der gegenüberliegenden Straßenseite. Es war ein ihr bekannter Antiquitätenhändler. Sie wusste, wo sie waren, und sie war schon mal hier gewesen. Kurz nachdem Diego aus dem Gefängnis entlassen worden war, hatten sie Kommissar Oblenski zu Hause besucht, um Einzelheiten zu klären, aber vor allem, um sich bei ihm zu bedanken. Nachdem die Dokumente über Diegos Hirnmanipulation aufgetaucht waren, hatte Kommissar Oblenski sich mit neuem Einsatz an den Fall gesetzt und Diego letztendlich so weit unterstützt, dass er vom Richter freigesprochen worden war. Anna und Diego waren ihm seitdem zu tiefstem Dank verpflichtet, und Anna wusste, dass sie ihm vertrauen konnte.

Und so reagierte sie blitzschnell. Gerade war sie noch langsam geworden, um auf die Straße zu achten, die Rafael ihr gezeigt hatte. Dann hatte sie auch schon das Lenkrad herumgerissen und war links am Antiquitätenhändler vorbei in die Straße eingebogen, deren Namen sie gar nicht kannte. Sie hatte sich lediglich die Ecke gemerkt. Von hier ging es zu Oblenski und da musste sie hin.

„Was machst du da?“, fragte Rafael entsetzt und warf einen kurzen Blick in die Richtung, die er eigentlich bevorzugt hätte.

„Ich fahre zur Polizei“, antwortete Anna knapp und trat auf die Bremse, als der Verkehr vor ihr plötzlich zum Stehen kam.

„Nein. Das kannst du nicht!“ Rafael hatte sich aufgerichtet und den Oberkörper in ihre Richtung gedreht.

Anna krallte sich am Lenkrad fest, weil sie befürchtete, ihm sonst wehzutun. Penetrant starrte sie aus der Frontscheibe hinaus. Sie konnte ihn einfach nicht ansehen.

„Dreh um!“

„Wir stehen in einer Ampelschlange, da ist Wenden wohl eher nicht möglich.“

„Das ist mir egal. Da vorne wendest du sofort!“

Anna schloss die Augen und atmete tief ein. Dann ging der Verkehr weiter, aber sie blieb auf der Geradeausspur und zeigte keinerlei Andeutung von einem Richtungswechsel.

„Ich habe gesagt, du sollst umdrehen!“ In ihrem Augenwinkel sah sie wieder die Waffe, die er auf sie richtete. „Sofort, Anna! Zwing mich nicht!“

Anna packte das Lenkrad noch fester, dass es ihr schon fast wehtat. Es kam ihr vor, als hätte sie das alles schon einmal erlebt und irgendwie hatte sie das ja auch. Sie war mit Rafael bis nach Spanien gereist, und er war ein dauerhaftes Minenfeld gewesen. Jederzeit dazu fähig, in die Luft zu gehen und sie und alle um sie herum mitzureißen. Nie hatte sie sich bei ihm wirklich sicher gefühlt, sondern ständig Angst gehabt.

Aber seltsamerweise hatte sie jetzt gar keine. Ganz im Gegenteil sogar. Sie konnte nicht sagen, ob es an der Tatsache lag, dass ihr in den letzten zwei Jahren schon so viel passiert war, was sie mit der Zeit abgestumpft hatte, sodass sie keine Angst mehr empfand, oder ob es vielleicht einfach nur die bodenlose Enttäuschung war, die sie alles gleichgültig werden ließ.

„Dreh um, Anna!“, raunte Rafael sie wütend von der Seite an. Die Pistole direkt auf Kopfhöhe gerichtet.

Einen kurzen Augenblick überlegte sie, wie es wäre, wenn er jetzt abdrücken würde. Dann wäre es einfach aus.

Vorbei.

Diego würde wer weiß wo leben, aber er würde wahrscheinlich niemals seinen Bruder kennenlernen – den bitterbösen Fehlschlag.

Anna fand kurz Gefallen an dem Gedanken, um Diego die Unannehmlichkeiten zu ersparen.

„Letzte Warnung, Anna! Ich schwöre dir, ich meine es ernst.“ Da war sie. Sie spürte die Waffe an ihrer Schläfe.

Doch Angst hatte sie immer noch nicht.

„Wag es nicht, jemals wieder mit einer Waffe auf mich zu zielen!“ Es kam vollkommen trocken und überlegt, und Anna musste feststellen, dass sie sich auch genauso ruhig fühlte, wie ihre Stimme geklungen hatte. „Bei der nächsten roten Ampel verschwindest du aus dem Wagen!“

Sie beobachtete in einiger Entfernung die nächste Ampelanlage, die noch auf Grün geschaltet war. Wenn Rafael Glück hatte, würde er hier verschwinden können, ohne dass die Polizei von ihm Wind bekam – zumindest jetzt noch nicht. Ansonsten könnte er nur direkt mitkommen und sich verhaften lassen oder Bennos schönen Wagen mit ihrer Gehirnmasse einsauen.

Die Ampel vor ihr schaltete auf Gelb, und Anna ließ den Wagen ausrollen, bis sie schließlich zum Stehen kam. Zu Annas Erleichterung ließ Rafael tatsächlich die Waffe sinken. Einen kurzen Moment konnte Anna erkennen, dass er nachdachte. Dann war sein Plan vollständig, und Anna wusste, was er vorhatte.

„Verschwinde!“

Rafael sah sich um und steckte dann die Pistole blitzschnell in seinen Hosenbund. „Es tut mir leid, Anna.“

„Mir auch Rafael. Aber nicht für dich, sondern für Diego. Ich hoffe, dass er dich niemals kennenlernen wird. Das hätte er nicht verdient.“ Es war ein Schlag unter die Gürtellinie und genau das, was Rafael verdient hatte.

Anna hatte immer noch die Augen auf den ruhenden Verkehr vor ihr gerichtet, erkannte aber im Augenwinkel, wie Rafael kurz zusammenzuckte und kleiner zu werden schien. Offensichtlich erkannte er seinen dämlichen Fehltritt, der so schnell nicht wieder rückgängig zu machen war.

Die Ampel schaltete auf Gelb und Anna legte den ersten Gang ein. „Tritt mir besser nie wieder vor die Augen!“

Anna ließ den Motor aufheulen, und Rafael riss im selben Moment schwungvoll die Tür auf. Durch einen lauten Knall schlug sie neben ihr wieder zu und signalisierte die Leere im Fahrzeug.

Dann warf sie einen kurzen Blick in den Rückspiegel und sah Rafael zwischen den nachfolgenden Wagen verschwinden.

Kapitel 32

Anna fuhr einfach weiter. Die Enttäuschung betäubte sie, gab ihr aber gleichzeitig wieder neuen Mut. Rafael hatte die Hoffnung sein sollen, auf die sie so viel gesetzt hatten. Und dann das!

Anna überlegte, ob sie ohne Rafael Diego leichter finden würde. Vielleicht war es so, dass sie sich gegenseitig aufhoben und es sie nicht im Doppelpack geben konnte. Die Tatsache, dass Diego nicht wusste, wer er war, kam ihr im Vergleich mit der aktuellen Situation beinahe lächerlich vor. Damit könnten sie sich leicht abfinden. Mit dem Wissen, einen Bruder wie Rafael zu haben, war man auch nicht gerade sonderlich darauf erpicht, unbedingt seine Vergangenheit rauszufinden. Anna versuchte sich einzureden, dass Rafaels Verschwinden jetzt dafür gut war, dass Diego unweigerlich wieder auftauchen musste. Sie konnte einfach nicht beides verloren haben – die Hoffnung und Diego.

Die Situation in ihrem Elternhaus kam ihr wieder in den Sinn. Sollte sie zurückfahren? Sicherlich war ihre Mutter krank vor Sorge, aber Anna zwang sich zur Ruhe und überlegte, was jetzt am schlausten war. Es war nicht mehr weit zu Oblenski. Er würde helfen können. Sobald sie ihm von Diego erzählt hatte, würde sie zu ihren Eltern oder besser ins Krankenhaus zurückkehren, denn dort sollten sie dank Rafaels Anruf angekommen sein.

Wenig später hatte sie tatsächlich den Königskinderweg erreicht. Sie erinnerte sich noch gut an die freie, mit reichlich Bäumen gesäumte Straße und fand kurz darauf das Haus von Kommissar Sebastian Oblenski wieder.

Es war ein großes, weißes Einfamilienhaus mit einer geräumigen Garage, die direkt an das Haus angeschlossen war. Der Garten war gepflegt, wenn er auch nicht viele Blumen und Sträucher enthielt, sondern eher schlicht und kahl wirkte. Der Besitzer dieses Hauses schien sich offensichtlich nicht viel aus Blüten und anderen Gewächsen zu machen.

Anna lenkte den lärmenden Wagen auf die Auffahrt und hielt kurz vor der Garage. Mit Sicherheit war ihre Ankunft längst im Haus und in der Nachbarschaft bemerkt worden.

Sie stellte den Motor ab und quälte sich aus der Eierschale. Es war mittlerweile hell geworden, auch wenn sie nicht genau sagen konnte, wie spät es war.

Dann entdeckte sie einen Schatten hinter einem der vorderen Fenster zur Straße und wusste, dass sie bemerkt worden war. Sie trat den schmalen Weg über die Pflastersteine im Rasen zur Haustür und war wenig erstaunt, als sich bereits die Tür öffnete, bevor sie diese wirklich erreicht hatte.

Vor ihr stand ein noch leicht verschlafen aussehender Kommissar Sebastian Oblenski mit gekräuseltem Zottelbart und wuscheligen Haaren. Er sah anders aus, als sie ihn in Erinnerung hatte. Irgendwie lebendiger, erholter. Aber wahrscheinlich lag es nur daran, dass der Stress, den sie ihm vor etwa einem Jahr bereitet hatte, vorüber war und sie ihn nur aus dieser Zeit kannte. Jetzt würde sie den eigentlichen Kommissar kennenlernen.

Er wirkte verwundert, als er jetzt in Jogginghose und Hausschuhen in den Vorgarten trat und sich kurz nach allen Seiten umsah, als würde er etwas Verdächtigtes erwarten. Seine große und muskulöse Figur erschien fremd und harmlos in seinem schlabberigen Outfit, wo er doch sonst immer eine seriöse und kontrollierte Erscheinung abgab. Der Bart auf seinem markanten Kinn war mehr geworden und ließ ihn in Verbindung mit den wilden Haaren und der Grundentspannung in seinem Gesicht wie einen Aussteiger wirken. Anna hatte früher schon mal gedacht, dass er mehr als Hippie an einen Surferstrand gehörte als in der Großstadt Verbrecher zu jagen.

Sie schämte sich kurz, da sie ihn so früh und zudem noch an seinem Privathaus belästigte. Aber es war nun mal etwas Schreckliches passiert. Eilig trat sie auf ihn zu. „Tut mir leid, Sebastian. Ich wollte nicht stören."

Sebastian Oblenski kam zu ihr und griff sie vorsichtig am Ellenbogen, um sie dann sachte zur Seite zu schieben. „Anna? Was machst du hier?"

Anna erinnerte sich an seine wohltuend klingende Stimme und sogleich spürte sie wieder die Vertrautheit. Der Kommissar hatte damals ehrliches Interesse an Diego und seiner Geschichte gezeigt, sodass man sich nähergekommen war.

Sebastian hatte sie zur Hausecke gezogen und hielt sie in Schach, während er aufmerksam die Straße inspizierte. „Du wirst gesucht, weißt du das?"

Anna schloss die Augen und nickte. „Ja, ich weiß."

„Was habt ihr bloß gemacht?"

„Gar nichts! Wir sind unschuldig. Irgendwer will uns hier in irgendetwas reinreiten."

„Wo ist Diego?"

„Ich weiß es nicht. Ehrlich." Anna hatte die Augen wieder aufgeschlagen und sah den Kommissar direkt an. Es war ihr immerhin schon vor einem Jahr aufgefallen, dass sie ihm nichts verheimlichen konnte und er jede Notlüge wie ein Lügendetektor aufsaugte. So sollte er doch jetzt bitte erkennen, dass sie die Wahrheit sprach.

„Man sagt, er ist einfach verschwunden? Ist das wahr?"

„Ja, und ich bin mir sicher, dass er entführt würde. Wir wollten gemeinsam nach Mexiko und plötzlich war er weg, als wir am Flughafen waren."

Der Kommissar runzelte die Stirn. „Du kannst hier nicht einfach herkommen. Du bringst mich damit in eine schwierige Situation."

Anna erkannte, wie hinter ihnen die Haustür geöffnet wurde und eine dunkelhaarige Frau mit einem kugeligen Bauch erschien.

„Sebastian? Wer ist da?" Ihr Blick ging ins Leere, obwohl sie genau in ihre Richtung schaute, und Anna dachte daran, wie sie Sebastians jetzige Frau letztes Jahr im Krankenhaus kennengelernt hatte, als sie erblindet war.

„Es ist alles okay, Schatz. Ich komme gleich wieder rein." Sebastians Stimme klang besorgt, und Annas schlechtes Gewissen wurde noch verstärkt, als sie auf den runden Bauch von Sebastians Frau sah.

„Alex ist schwanger", stellte Anna freudig fest. „Glückwunsch!"

„Danke", murmelte Sebastian und lächelte leicht.

„Es tut mir leid, dass ich hergekommen bin, Sebastian. Ich wollte euch nicht mit hineinziehen, ich wusste nur nicht, wo ich hinsollte. Ich werde wohl besser wieder gehen."

Sebastian sagte nichts, sondern sah Anna reglos an. Seine Augen bohrten sich in ihre, sodass Anna sich nicht mal traute zu blinzeln.

„Nein, du kannst nicht einfach wieder gehen", sagte er dann plötzlich und sein Gesicht hatte einen ernsten Ausdruck angenommen. „Ich muss dich verhaften, Anna."

Kapitel 33

Lange Flure. Metalltüren. Gitter. Gelbe Netze, die Wurfgeschosse aus der oberen Etage aufhalten sollen. Der penetrante Geruch von Desinfektionsmittel, verputzten Wänden, Essen, Schweiß und Urin. Lärmende Geräusche. Pöbelnde Stimmen in hallenden Räumen.

Und all das als Hintergrund eines kleinen rechteckigen Raumes in der JVA Fuhlsbüttel mit einem einfachen Klappbett, einem zerkratzten Tischchen und einem harten Stuhl, dessen dünne Beinchen beim Verrücken über das lindgrüne Linoleum gekratzt waren. Oben an der Wand war ein Fenster zum Hof – natürlich mit Gitterstäben versehen.

Anna hatte sich gleich nach ihrer Ankunft auf das Bett gesetzt und die Arme um die Knie geschlossen. Sie musste nachdenken. Überlegen, wie es weitergehen würde. Was sie den Beamten sagen sollte, damit sie sie wieder laufen ließen und sie gemeinsam Diego finden würden.

Es hatte allerdings nicht lange gedauert, bis Sebastian wieder bei ihr an der Tür erschienen war und sie zu einem kleinen Verhörraum geführt hatte, in dem sie jetzt immer noch saß. Er war nur mit einem Tisch und zwei Stühlen möbliert und hatte kein Fenster nach draußen, sondern lediglich eine Scheibe in den Nebenraum, durch den Anna hierhergekommen war.

Sebastian hatte sie direkt aufgefordert Platz zu nehmen und kurze Zeit später war Sengemann erschienen – der muskulöse Polizist vom Flughafen, den Anna in ihrem Hausflur mit Pfefferspray niedergestreckt hatte.

In seinem Gesicht war keine Regung über ihr Wiedersehen zu erkennen. Im Nullkommanichts hatte er seinen Part abgespult und von einem Papier abgelesen, was Anna vorgeworfen wurde.

Anna erhielt eine Anzeige wegen Drogenbesitzes, Behinderung der Polizei und Körperverletzung gegenüber einem Beamten. Allerdings sah sie nur die letzten beiden Punkte als halbwegs berechtigt an. Sie hatte Niemandem etwas Böses gewollt. Verstand das denn keiner?

Sengemann hatte seine Pflicht getan und war kurz darauf wieder gegangen. Anna war froh darüber, er machte ihr ein bisschen Angst. Es würde eine Verhandlung geben, hatte er noch gesagt, und dass sie mit einem Anwalt sprechen werde, der sie vertreten solle. Anna hatte bis dahin noch nie mit einem Anwalt zu tun gehabt.

Dann war sie mit Sebastian alleine, der die ganze Zeit still in der

Ecke gestanden hatte, um Sengemann nicht zu unterbrechen. Jetzt trat er einen Schritt vor, bis er direkt im Raum vor Annas kleinem Tischchen stand.

„Sie haben mich mit dem Fall beauftragt“, sagte er knapp und setzte noch einen Schritt nach vorne.

„Ich weiß gar nicht, ob das so gut ist.“ Er wirkte nachdenklich und ließ den Kopf hängen. Die Hände hatte er lässig in seine Hosentaschen geschoben.

Anna war kurz erleichtert, dann aber doch etwas befangen, als sie Sebastians Skepsis sah. Wusste er mehr als sie? Hatte er Neuigkeiten erfahren, die er ihr nicht mitteilen wollte? Wusste er möglicherweise sogar, wo Diego war? Oder waren die Beweise gegen sie so stark, dass er nur schwer mit ihr zusammenarbeiten konnte, weil er eigentlich allen Grund hatte, sie zu verhaften? Drehte die kleine Freundschaft, die seit etwa einem Jahr zwischen ihnen entstanden war, ihm jetzt einen Strick?

„Ich muss Abstand gewinnen, um alles mit neutralem Blick begutachten zu können“, erklärte er, „andererseits denkt man sich, dass ich gerade durch mein Hintergrundwissen Vorteile haben werde.“ Er sah wieder auf und musterte Annas Gesicht. „Ich kenne euch gut.“

„Das ist auf jeden Fall ein Vorteil“, platzte es aus Anna heraus. „Du weißt, dass wir damit nichts zu tun haben.“

Sebastian trat zu einem Regal an der gegenüberliegenden Wand, und Anna bekam ein mulmiges Gefühl. Sebastian wirkte irgendwie zu überzeugt. Ähnlich hatte sie ihn bereits vor einem Jahr erlebt, als sie Diego vor ihm geheim gehalten hatte. Damals hatte er ebenfalls genau gewusst, dass sie ihm etwas vormachte. Jetzt nahm er einen kleinen Karton vom Regal und kam zu ihr zurück.

Aber diesmal war sie wirklich unschuldig oder nicht? Anna war sich plötzlich ihrer eigenen Taten gar nicht mehr wirklich bewusst. Was hatte sie in den letzten Tagen eigentlich gemacht, zu dem sie mit hundertprozentiger Sicherheit sagen konnte, dass es legal war?

Sebastian stelle den Karton vor ihr auf den Tisch und öffnete den Deckel. „Das Heroin, das in deiner Wohnung gefunden wurde, war bis zu neunundneunzig Prozent rein.“

Er holte ein durchsichtiges Plastiktütchen aus dem Karton und legte es vor Anna auf den Tisch.

Anna erkannte das weiße Pulver wieder, das der Beamte in ihrer Wohnung bereits aus dem Spülkasten gefischt hatte. Verwirrt sah sie zu Sebastian auf. Was hatte das zu bedeuten? Es war nicht nur informativ, dass er ihr diese Information zukommen ließ.

„Das ist sehr selten, Anna.“ Er hatte sich vor ihr aufgebaut und die Hände auf die Tischkante gestützt, sodass er ihr sehr nahekam. „Und verdammt viel wert."

Anna antwortete nicht. Was sollte sie auch sagen?

„Wo habt ihr das her, Anna?", fragte er unerwartet schnell. Sein Blick bohrte sich in ihre Augen.

„Es gehört nicht uns", stammelte Anna, doch irgendwie klang es selbst für sie wie eine Lüge.

Ohne dass er noch etwas sagte, knallte er ein Foto auf den Tisch. Anna erkannte das Profilbild eines Mannes, den sie noch nie zuvor gesehen hatte, und, was noch viel schlimmer war, der offensichtlich tot war. Er war blass, hatte die Augen geschlossen und schien unterhalb der Schultern nackt zu sein.

Anna spürte sofort einen brennenden Schmerz in den Augen, als würde sie weinen müssen.

Was hatte Sebastian vor? Was hatte das zu bedeuten? Für einen kurzen Augenblick wünschte sie sich Sengemann zurück, den sie wenigstens nicht kannte und wo der Hass schon vorprogrammiert war.

„Hast du diesen Mann schon mal gesehen, Anna?"

Sie schüttelte mit dem Kopf.

„Er ist sehr wahrscheinlich einem Drogendeal in die Quere geraten, der vor zwei Jahren stattgefunden hat."

Anna sah erneut auf das Bild. Der Mann war älter, bestimmt um die sechzig, mit einer ungepflegten und spröden Haut, gekräuselten Haaren und einem struppigen Bart. Wenn Anna ihn einordnen sollte, würde sie ihn entweder als einen Obdachlosen oder zumindest als jemanden, der die meiste Zeit seines Lebens draußen verbrachte, einordnen.

„Ich habe ihn noch nie gesehen." Anna kauerte sich zusammen und verschränkte die Arme vor sich. Sie hatte Bauchschmerzen bekommen.

„Karl-Detlef Wenger, genannt Kalli, 64 Jahre, ohne festen Wohnsitz, lebte auf der Straße, keine Verwandten oder Hinterbliebene."

Anna starrte auf die Tischplatte. Worauf wollte Sebastian hinaus? Wo war hier der Zusammenhang?

„Das Heroin, das beim damaligen Deal in den Umlauf kam, wurde aus Afghanistan über einen dafür präparierten Container ins Land geholt. Die gesamte Menge, auf die Kapazität im Container bezogen, muss viel gewesen sein und wurde nie gefunden, aber man hat den Container entdeckt und unter anderem diesen Rest, der hier vor dir auf dem Tisch liegt. Davon wurde damals eine Probe zur Archivierung genommen, die jetzt genau mit der Tüte in deinem Spülkasten übereinstimmt."

„Willst du damit sagen …?"

„Das Heroin aus deiner Wohnung kam vor zwei Jahren mit einem Schiff aus Pakistan zu uns, ja."

Anna hatte zwischendurch kurz aufgeblickt, sah jetzt aber wieder auf die Tischplatte.

Warum war es wichtig, wie alt ihr Heroin war? Natürlich war es interessant zu wissen, wo es hergekommen war, aber brachte das die Ermittlungen weiter?

Anna schloss die Augen, als ihr plötzlich eine Möglichkeit klar wurde. Es war nicht das erste Mal, dass sie mit Heroin in Berührung kam, auch wenn sie selbst nicht direkt daran beteiligt gewesen war. Doch Rafael und Diego hatten damals auch Heroin bei sich gehabt.

Vor zwei Jahren!

War das Heroin, das Sebastian gerade etwa erwähnte, das, was Diego und Rafael gestohlen hatten? Und dieses gleiche Heroin tauchte jetzt zwei Jahre später in ihrer Wohnung wieder auf? Nachdem es eigentlich in Spanien verkauft worden sein sollte und Diego zwischenzeitlich gestorben war? Wollte Sebastian ihr das damit sagen?

„Wann war der Drogendeal vor zwei Jahren?" Annas Stimme klang schwach und schien kaum hörbar zu sein.

„Der Container ist am fünften August in Hamburg gelöscht worden. Doch der Deal muss erst später erfolgt sein. Karl-Detlef Wenger wurde in der Nacht vom zehnten auf den elften August erschossen."

„Meine Entführung."

„Richtig. Und du warst nicht weit vom Fundort der Leiche entfernt."

„Hat er was mit dem Heroin zu tun gehabt?"

„Genau wissen wir es nicht. Es hat sich aber im Nachhinein herausgestellt, dass er unmittelbar in der Nähe gewesen sein muss, wo der Deal stattgefunden hat. Genau wie du und ... deine Entführer."

„Sie hatten Heroin dabei."

„Das hast du bereits bei deinem damaligen Verhör erwähnt. Ich habe mir die Unterlagen hierzu noch einmal angesehen. Jetzt brauchen wir nur noch eins uns eins zusammenzählen. Das Heroin von vor zwei Jahren ist identisch zu dem aus deiner Wohnung."

„Was willst du damit sagen?"

„Es gibt einige Spekulationen, seit die Probenanalyse bekannt ist."

Anna sah ihn fragend an und Sebastian brauchte keine weitere Aufforderung, um ihr die Einzelheiten zu erklären.

„Erstens, du selbst hast damals einen Teil erhalten, als Entschädigung, Komplizenschaft, Fund oder aus welchem Grund auch immer. Dann könnte das Heroin schon seit zwei Jahren bei dir im Badezimmer sein. Es gab bisher nie einen Grund für eine Durchsuchung, also wurde es nie gefunden."

„Das ist absurd! Glaubst du das etwa ernsthaft?"

Sebastian hob abwehrend die Hände. „Eine Theorie, Anna. Es ist nicht meine, aber sie wäre durchaus realistisch."

„Schwachsinn!"

„Die zweite Theorie und an die würde ich eher glauben: Diego hat es dort versteckt."

„Nein, wie kommst du darauf? Du kennst ihn doch!"

„Es würde durchaus passen. Ich weiß, was Diego durchgemacht haben muss, aber ich kenne auch sein Vorstrafenregister, als er früher vor seiner Amnesie in Hamburg gelebt hat."

„Aber er hatte nichts mit Drogen zu tun!" Anna dachte an die kleinen Delikte, die Diego als Jugendlicher begangen hatte. Nachdem man vor einem Jahr endlich gewusst hatte, wer Diego war, war so Einiges zum Vorschein gekommen.

„Du weißt aber auch, dass sein Register nicht vollständig war, Anna. Wir können lückenlose Delikte vorweisen, bis Diego achtzehn wurde. Danach taucht er nie wieder auf, als hätte er entweder das Land verlassen oder wäre von einem Moment auf den nächsten zum bravsten Bürger mutiert, was ich mir nicht vorstellen kann. Wir wissen nicht, was er bis vor zwei Jahren getan hat, als ihr euch in Spanien getroffen habt. Bisher habe ich immer geglaubt, dass er seit seinem achtzehnten Lebensjahr dort gelebt hat, aber wir haben Zugriff auf die spanischen Polizeiakten erhalten, und soll ich dir etwas sagen? Sie kennen ihn nicht. Er hat nach seinem achtzehnten Lebensjahr dort genauso wenig gemacht wie hier. Ist das nicht seltsam?"

Anna schloss die Augen und wünschte sich, nicht hier zu sein. Sie wusste nicht, wo Diego seit seinem achtzehnten Lebensjahr gelebt und was er gemacht hatte, aber sie wusste, dass er nicht in Spanien gewesen war. Die Tatsache, dass Sebastian sich plötzlich so sehr dafür interessierte, war nicht gut. Ihm hatten sie immer erzählt, dass sie Diego in Spanien kennengelernt hatte, er aber nicht ihr Entführer war.

„Diego war nicht dort", fuhr Sebastian schließlich fort. „Er war hier, aber er war auch kein Unschuldslamm. Wie erklärst du dir, dass dieses Heroin auftaucht? Bisher ist nur bekannt, dass es ins Land geschleust wurde, aber weiter geht die Spur nicht. Erst jetzt, zwei Jahre später, taucht es wieder auf. Doch warum gerade bei euch, wenn Diego nichts hiermit zu tun gehabt hat? Der Zufall mit seiner schleierhaften Vergangenheit erscheint mir etwas zu merkwürdig und wirft viele neue Fragen auf. Wo war das Heroin das letzte Jahr, als er verschwunden war? Hatte er es bei sich oder hatte er es irgendwo hier in Hamburg versteckt?"

„Er hatte gar nichts bei sich, als er vor einem Jahr aufgetaucht ist. Das weißt du!"

„Dann muss er es irgendwo deponiert haben."

Anna schüttelte den Kopf und kniff die Augenbrauen zusammen, als wäre es vollkommen absurd, dass Sebastian es überhaupt in Erwägung zog.

„Bevor ich diesen Fall ernsthaft übernehmen kann", fuhr Sebastian fort und fing an, vor dem Tisch langsam auf und ab zu laufen, „müssen wir eine ganz entscheidende Sache klarstellen, Anna."

Anna wusste nicht, was der Kommissar meinte, erkannte aber sein ehrgeiziges Gesicht und war sich sicher, dass er etwas witterte und dieser Sache ohne Kompromisse auf den Grund gehen würde.

Sebastian nahm sich einen Stuhl, der in der Ecke stand, und setzte sich Anna gegenüber. „Ich mag Diego, das musst du mir glauben, Anna, aber ich habe ernste Zweifel, und ich möchte, dass du mir die Wahrheit sagst."

Anna richtete sich auf und wusste plötzlich, worauf der Kommissar hinauswollte.

„Ich muss wissen, ob Diego zu den Entführern gehörte. Du hast bisher immer erzählt, dass ihr euch erst in Spanien getroffen habt, aber eigentlich müsstest du doch selbst zugeben, wie vage diese Geschichte klingt, oder?"

Anna dachte an die Theorie, die Diego und sie sich für die Polizei ausgedacht hatten. Wenn man sie genauer betrachtete, war sie sicherlich etwas fragwürdig, aber Anna hatte es als die einzige Lösung gesehen. Sie wollte Diego nicht anzeigen. Und sie fand auch nicht, dass er für einen Drogenschmuggel geradestehen musste, an den er sich nicht mal mehr erinnern konnte.

„Die anderen Drogendealer sind tot oder verschwunden, hattest du damals erzählt, richtig?" Sebastians Stimme klang ernst und überlegen. „Keiner ist wieder aufgetaucht. Wenn *du* es also nicht im Badezimmer deponiert hast, dann ist Diego, der, wie du ja erwähntest, nicht zu den Entführern und Schmugglern gehörte, dennoch der Einzige, der mit den Drogen damals hatte in Verbindung kommen können. Vielleicht hat er sich seinen Teil sichern können, bevor er ‚starb'. Er hat ihn gut versteckt und jetzt wieder zum Vorschein geholt. Oder nicht?"

Anna presste die Lippen fest aufeinander, dass sich die Zähne bereits von innen ins Fleisch gruben.

Sebastian lächelte plötzlich unerwartet. „Glaubst du daran, Anna? Klingt das für dich logisch? Diego kam in Spanien hinzu und hat dir letztendlich geholfen. Ein Unschuldslamm, das weder etwas mit der Entführung noch mit den Drogen zu tun hatte. Taucht einfach auf, wie ein Schutzengel, der vom Himmel fällt. Willst du das einem Richter erzählen?"

Anna hatte die Augen weit aufgerissen und dachte, dass das nächste Blinzeln bereits ein Eingeständnis sein würde.

„Ich glaube nicht daran, Anna. Diego ist kein Unschuldslamm. Ich kann noch nicht genau sagen, was er getan hat, aber ich bin mir sicher, dass er nicht nur zufällig in der Nähe war, als du in Spanien seine Hilfe erhalten hast."

Anna konnte dem Blick nicht mehr standhalten und richtete ihre Augen wieder auf den Tisch vor sich.

„Diego hat dich nach Spanien entführt, nicht wahr?", nahm Sebastian die Spur wieder auf und sah ihr eindringlich in die Augen. „Direkt nach dem Deal am Hafen, zu dem wir unsere Quellen haben, nutzt er dich als Transportmittel, weil ihm hier der Boden unter den Füßen zu heiß wird. Von einem Mann wissen wir, dass er kurz vorher gestorben ist, weil er zur falschen Zeit am falschen Ort gewesen ist." Mit seinem Zeigefinger tippte er auf das Bild von Karl-Detlef Wenger. „Das ist Diegos Werk!"

Dann stemmte er sich mit den Händen auf dem Tisch ab und lehnte sich weit rüber, sodass er verschwörerisch dicht an Anna herankam. „Du hast mir damals vage Beschreibungen der Entführer gegeben, doch das reicht mir nicht. Ich muss wissen, warum Diego jetzt plötzlich verschwindet, wenn er doch eigentlich glaubt, unschuldig zu sein."

Anna spürte, wie ihr Tränen in die Augen stiegen. „Er hat mir nie etwas getan."

Sie musste Sebastian die Wahrheit sagen. Er gab sich nicht mehr mit ihren Andeutungen zufrieden.

„Das weiß ich, Anna." Aus seinen Augen sprach Zuversicht und Erleichterung, dass sie es endlich zugegeben hatte. „Doch ich muss wissen, was damals wirklich passiert ist. Was hat Diego getan? Was hat er dir erzählt? Wer war noch dabei und vor allem, wer war Diego?"

Vor Annas geistigem Auge erschien der hasserfüllte, suizidkranke Mann, der einfach nur den Traum hatte, normal sein zu dürfen.

„Diegos Bruder war dabei. Rafael“, murmelte Anna. Sie hatte wohl den Namen vorher mal erwähnt, jetzt gab sie allerdings das erste Mal den Verwandtschaftsstatus bekannt.

„Den ihr in Mexiko suchen wolltet?“ Anna und Diego hatten Sebastian bei einem Besuch von Diegos Bruder erzählt, der angeblich vor ein paar Jahren nach Mexiko ausgewandert war, aber keine aktuelle Adresse hinterlassen hatte.

„Genau. Eigentlich wollten sie beide dorthin.“

„Was ist mit Rafael? Ist er wirklich dort?“

Anna schloss die Augen und dachte kurz an die blutige Erfahrung, die sie heute Morgen mit ihm bei ihren Eltern erlebt hatte. „Nicht mehr. Er ist wieder in Hamburg.“

„Okay, konzentrieren wir uns noch einmal auf die Entführung. Wie hieß der letzte Mann?“

„Enrico. Doch er war nicht ab Hamburg dabei. Wir hatten ihn in Freiburg aufgelesen.“

„Was ist mit ihm?“

„Er ist tot.“

Sebastian drehte den Kopf ein Stück zur Seite. „Hast du seine Leiche gesehen?“

„Ich habe ihn zumindest am Boden liegen sehen. Dass er tot war, hat Diego mir erzählt.“

„Das waren alle?“

„Ja.“

„Ganz sicher?“

„Ja. Ich schwöre.“

„Okay. Dann haben wir vier Personen, die zumindest Zugang zu den Drogen haben.“

„Enrico ist tot.“

„Du hast nur die Aussage von Diego. Du kannst es nicht beweisen. Er kann genauso ‚gestorben‘ sein, wie Diego damals und daher haben wir einen mehr.“

Anna nickte und dachte an den gewalttätigen Mann, mit dem sie damals in Spanien so oft aneinandergeraten war. Es war Diego gewesen, der sie hier beschützt und vor weiteren Verletzungen bewahrt hatte.

War er vielleicht wirklich noch am Leben? Hatte er Diego aufgelauert? Wollte er Rache?

Ihr Mund war trocken und von dem Geschmack wurde ihr übel. An diese Möglichkeit hatte sie bisher nicht gedacht.

„Was ist mit Rafael? Du sagst, er sei wieder in Hamburg. Dann hattet ihr also Kontakt?“

„Erst nachdem Diego verschwunden war.“

Sebastian zog eine Augenbraue hoch. „Dann ist es also durchaus möglich, dass er ebenfalls für die Drogen verantwortlich sein könnte.“

Anna senkte erneut den Kopf. „Falls er eingebrochen ist, vielleicht. Ansonsten war er nie bei uns.“

„Okay. Die Drogen in deiner Wohnung haben den Fall von damals wieder neu aufgerollt. Es wird weitere Ermittlungen geben. Bisher sind alle Spuren im Sande verlaufen.“ Sebastian nahm das Tütchen vom Tisch und legte es wieder in den kleinen Karton. Das Bild von Kalli Wenger aber blieb unverändert auf dem Tisch liegen und es war, als würde er Anna mit geschlossenen Augen anstarren.

Dann nahm Sebastian ein Tablet in die Hand. „Ich würde dir gern etwas zeigen, Anna.“

Anna richtete sich auf und war gespannt. Wie viele ungeklärte Rätsel würden noch ans Licht kommen und auf verschwörerische Weise etwas mit ihrer Geschichte zu tun haben? Eigentlich hatte Anna die Information gereicht, dass unmittelbar vor ihrer Entführung dieser Mann getötet worden war.

„Dir wurde bereits gesagt, dass Diego vollkommen freiwillig, den Flughafen verlassen hat, richtig?“, fuhr Sebastian fort und befreite Anna damit von ihren Grübeleien.

Sie nickte.

„Ich habe hier das Video davon.“

Annas Atmung setzte kurzzeitig aus. Der Schlüssel zu ihrem eigenen Rätsel. Wie war Diego verschwunden? Was hatte ihn dazu bewegt, die Bank zu verlassen? Alles andere erschien ihr mehr als nebensächlich zu sein.

Sebastian drehte das Tablet zu Anna herum, sodass sie den Bildschirm betrachten konnte.

Es war eine unscharfe Nahaufnahme einer Überwachungskamera, die die groben Umrisse von Diego zeigte und Anna hatte sofort ein kleines Déjà-vu-Erlebnis. Hatte Sebastian ihr nicht bereits vor einem Jahr ein Video von Diego gezeigt, als er die Bombe ins Krankenhaus geschleust hatte?

Wie auch beim letzten Mal erkannte Anna ihn sofort wieder. Diesmal lag es allerdings auch an seinem leuchtenden Karibikhemd, das er sich für die Reise angezogen hatte. Der Kommissar startete die Aufnahme und das Bild setzte sich in Bewegung. Der Winkel war nicht besonders gut, dennoch war es für Anna auf eine Art erleichternd und auch sehr erschreckend, Diego jetzt zu sehen. Irgendwie wurde dadurch bestätigt, dass es ihn wirklich gab und sie tatsächlich gemeinsam am Flughafen gesessen hatten. Gleichzeitig wurde der Schmerz verstärkt, dass sie ihn verloren hatte.

Auf den ersten Bildern konnte sie sich sogar auch noch erkennen. Ein unscharfer, kleiner Schatten, der kurz auf der Bank gesessen, dann aber in Richtung Damenwaschräume huschte.

Dann war Diego allein. Aber nur kurz.

Als hätte man Annas Verschwinden abgewartet, tauchte ein Mann aus einer plötzlich gebildeten Menschenmenge auf und blieb kurz bei Diego stehen. Er war schlank, ein Stückchen größer als Diego und trug eine dunkle Jacke. Sein Gesicht konnte man nicht sehen, da er mit dem Rücken zur Kamera stand, als wisse er, von wo die Bilder gemacht wurden. Es sah kurz so aus, als spreche er mit Diego, dann lief er weiter.

Diego blieb allein zurück und sah sich plötzlich nach allen Seiten um. Einen kurzen Moment wirkte es, als wolle er zu Anna in die Damentoilette laufen. Dann drehte er sich herum, dass man, ähnlich wie bei dem Mann vorher, ihn nur von hinten sehen konnte. Eine Millisekunde stand er reglos dort, dann eilte er plötzlich los. Dabei sah er sich immer wieder in alle Richtungen um und war schließlich schnell aus dem Kamerasichtfeld verschwunden.

Enttäuscht lehnte sich Anna zurück, als das Video stoppte. Es hatte ihr nicht die Klarheit verschafft, die sie sich erhofft hatte.

„Es gibt noch eine zweite Kamera“, sagte Sebastian, der ihr ihre Enttäuschung offensichtlich ansah. Er strich und tippte erneut über das Tablet und kurze Zeit später sah man Diego aus einem anderen Winkel.

Anna erkannte, wie sie verschwand und der Fremde auftauchte. Den Blick gesenkt und die Mütze weit ins Gesicht gezogen, war es schwer, ihn zu erkennen, aber Anna konnte es trotzdem.

Es war Benno.

Er blieb vor Diego stehen und jetzt konnte man sogar andeutungsweise erkennen, dass er ihm etwas zu zeigen schien. Es wurde tatsächlich etwas abgesprochen, bevor Diego ‚entführt‘ wurde.

Für Anna war das Ganze alles andere als freiwillig. Sie erkannte deutlich, wie Benno ihn kurz in etwas einweihte und dann verschwand. An eine einvernehmliche Absprache dachte Anna nicht. Die Art wie Diego sich anschließend umschaute, war alles andere als sorglos.

Oder war er aus einem ganz anderen Grund besorgt? Nicht weil er Anna alleine am Flughafen sitzen ließ, sondern weil Benno ihm gerade gesteckt hatte, dass etwas schiefgegangen war? Sie aufgeflogen waren oder Ähnliches? Dass man die Drogen gefunden hatte?

Nein, Anna, glaub so etwas nicht! Du musst Diego vertrauen, wenn du ihn wiederfinden willst!

Anna sah Diego aus dieser Perspektive direkt von vorne und erkannte, wie er etwas nach unten fallen ließ. Seine Sonnenbrille? Sofort wurde Anna warm ums Herz bei dieser Geste. Es war wie ein Hilferuf. Eine Entschuldigung. Und es ging direkt an sie. Er konnte nichts dafür, er musste gehen.

Dann setzte er sich in Bewegung und verschwand in der gleichen Richtung wie Benno.

Das Video stoppte, aber diesmal ließ Anna sich nicht entspannt zurücklehnen. Stocksteif saß sie da und starrte auf die Leere, in der Diego verschwunden war.

Sebastian nahm das Tablet auf und schloss den Film. „Siehst du, dass er freiwillig verschwunden ist? In meinen Augen war es keine Entführung."

Anna zuckte zusammen und schüttelte sich, als müsse sie erst wieder im Hier und Jetzt ankommen. Sebastian lag vollkommen falsch. „Aber hast du das denn nicht gesehen? Das war alles andere als freiwillig."

„Er verlässt vollkommen selbstständig die Halle."

„Was hätten sie denn machen sollen? Glaubst du ernsthaft, dass sie auch nur ein paar Meter weit gekommen wären, wenn sie ihm die Hände auf den Rücken gebunden hätten, wo doch Sengemann nur darauf wartet, jemanden zu verhaften?"

„Aber was kann ihn dazu bewegt haben, seinen Platz zu verlassen?"

„Benno hat ihm doch etwas gezeigt. Das wird ihn dazu verleitet haben."

„Wer ist Benno?"

Anna lächelte. „Ich kenne den Mann, der mit Diego gegangen ist. Und ich weiß auch, wo du ihn findest."

Sebastians Augen hellten auf. „Sehr gut. Ich wusste, dass du mir helfen kannst."

Kapitel 34

Anna war glücklich und erleichtert. Es war das erste Mal seit einiger Zeit, dass sie das sagen konnte. Ihre Entscheidung, sich Sebastian anzuvertrauen war die richtige gewesen und zu ihrer Verwunderung hatte sie sogar gehen können. Zwar stand die Verhandlung über den Drogenfund und die Anzeige über die Körperverletzung an Sengemann noch aus, aber die vorzeitige Inhaftierung und Befragung wurde damit beendet. Sebastian erwähnte zusätzlich, dass die Offenheit und Hilfestellung in diesem Fall ihr enorme Vorteile liefern würde. Verständlich, dass Anna daher auch keinen Hehl um Benno, Saralie und Rafael machte und der Polizei die Adresse weitergab. Auch die Sache bei ihren Eltern ließ Anna dabei nicht aus.

So kam es, dass Annas Hafterfahrung nicht länger als einen Tag gedauert hatte. Es fing bereits zu dämmern an, als sie nach den letzten Gesprächen und Versprechungen an Sebastian – keine Dummheiten zu machen und vor allem weiterhin bei der Wahrheit zu bleiben – die Stufen runterstieg und die feuchte Regenluft einatmete.

Sebastian hatte ihr angeboten, sie nach Hause fahren zu lassen, aber Anna wollte gerne etwas an der frischen Luft sein. Und sie brauchte Zeit für sich. Die Enge in der Vollzugsanstalt hatte ihr bereits für diese paar Stunden gereicht. Jetzt wollte sie den Kopf frei kriegen und ihre Eltern im Krankenhaus besuchen. Sebastian hatte freundlicherweise herausfinden können, wo sie waren, und konnte auch so weit sagen, dass es beiden den Umständen entsprechend gut ging.

Anna schritt über den Parkplatz zur Straße und drehte sich dann nach rechts. Sie hatte vorher auf den Plan geschaut und wusste, dass die S-Bahn-Station Ohlsdorf in dieser Richtung liegen musste.

Es war windig geworden und ihr war kalt. Sie trug immer noch ihren schlabberigen Pullover über dem Nachthemd, in dem sie gestern früh ihre Flucht begonnen hatte. Eine Jacke hatte sie in der Eile nicht anziehen können. Alles, was sie jetzt über ihrem Pullover trug, war ihre Handtasche, die sie sich über die Schulter gehängt hatte. Ihre unfreiwillige Reise war zu Ende, und sie freute sich auf eine Dusche und andere Klamotten.

Der Wind ließ die Bäume über ihr schwanken und rauschen. Anna legte die Arme fest um ihren Körper, um sich zu wärmen, und sah sich dabei kurz um, weil sie dachte, etwas hinter sich gehört zu haben.

Erschrocken zuckte sie zurück, als sie plötzlich sah, dass tatsächlich jemand direkt hinter ihr lief. Nur drei Schritte entfernt. Anna stieß einen kurzen überraschten Laut aus und taumelte leicht zur Seite.

„Geh weiter!", befahl der Schatten hinter ihr grollend und schloss zu ihr auf, sodass er mit etwas Abstand neben ihr lief.

Anna wurde schlagartig heiß, als sie merkte, dass diese Person nicht nur zufällig hier war, sondern klare Anweisungen erteilte. Sie trug eine weite, schwarze Hose und eine dunkle Lederjacke. Der Kopf war in der Kapuze eines darunter getragenen Pullis eingehüllt und ließ nicht viel Gesicht erkennen.

„Weitergehen! Sieh mich nicht an!", befahl eine kratzige Frauenstimme, und Anna konnte nicht anders, als ihr zu gehorchen.

Sie starrte den Weg entlang und suchte nach Möglichkeiten, Auswegen, vor allem aber Erklärungen. Was wollte diese Frau von ihr? Wer war sie?

Am Ende der Straße stand ein dunkler Wagen mit laufendem Motor an der Seite. Sonst war weit und breit niemand zu sehen, der ihr helfen könnte. Doch genau dieser Wagen schien der Schlüssel zu sein.

„Siehst du das Auto da vorne?", fuhr ihre Begleiterin fort, ohne eine direkte Andeutung in die Richtung zu machen. Der Wagen war noch etwa fünfzig Meter von ihnen entfernt.

„Sie werden dich gleich ansprechen und wahrscheinlich auffordern einzusteigen." Sie machte eine kurze Pause, damit Anna ihr folgen konnte. „Das tust du nicht. Siehst du die Abzweigung da vorne rechts? Da gehst du direkt hin. Du siehst dich nicht um und läufst immer weiter geradeaus. Verstanden?"

Anna war verwirrt. Wer war diese Frau? Warum gab sie ihr diese Anweisungen? Wer war dort vorne in dem Wagen?

„Verstanden?", fauchte die Unbekannte ungeduldig.

„Ja", murmelte Anna kleinlaut. Sie kamen dem Wagen näher und Anna überlegte, wer hier wohl drin saß und sie mitnehmen wollte. Vielleicht hätte sie sich doch mit Polizeischutz nach Hause bringen lassen sollen. Ein Stückchen davor erkannte sie die kleine Einfahrt einer schmalen Straße, auf die die unbekannte Fremde hingewiesen hatte.

„Gut", antwortete der Schatten erleichtert. „Ich soll dir von Diego sagen, dass es ihm gut geht und du dir keine Sorgen machen sollst."

„Was?" Anna blieb abrupt stehen und drehte sich herum.

„Geh weiter!" Es klang wie das Fauchen einer Katze.

Anna gehorchte, aber die Schritte waren jetzt schwerer geworden. Ihre Beine fühlten sich an, als wären sie aus Blei gegossen. Diese Frau kannte Diego?

„Ja, es geht ihm gut", erklärte die Fremde, als Anna sich wieder brav in Bewegung gesetzt hatte. „Du sollst verschwinden, hat er gesagt. Er meinte, ihr habt Geld?" Sie stellte die Aussage als Frage und sah Anna jetzt das erste Mal an. Sie war bestimmt einen halben Kopf kleiner als Anna. Die Haare lugten als dunkle Strähnen unter der Kapuze hervor, die Haut war blass, die Augen mit dunklem Kajal bemalt und eine Ansammlung verschiedener Piercingringe zierte ihre Unterlippe.

Anna dachte an das Drogengeld bei ihren Eltern und überlegte, wo sie Diegos Meinung nach wohl am besten hin sollte. Wo war sie denn sicher? Wie weit waren sie ihr auf den Fersen und vor allem, wer? Abgesehen von dem mysteriösen Wagen, dem sie immer näher kam.

Ehe Anna sich versah, drückte die Unbekannte ihr einen kleinen Zettel in die Hand. „Hier ist die Adresse. Vernichte das anschließend. Er wird dich dort finden. Du hast mich nie gesehen, klar?"

Anna starrte auf den kleinen, zerknüllten Zettel in ihrer Hand und nickte. Als sie wieder aufsah, verschwand die unbekannte Frau gerade hinter parkenden Autos auf der anderen Straßenseite.

Anna wurde kalt und umschloss den kleinen Zettel in ihrer Hand wie einen Schatz. War das der Schlüssel zu Diego? Wenn sie Glück hatte, dann ja. Sie war aufgeregt. Was stand drin? Was war das für eine Adresse, bei der er sie möglicherweise finden würde, und wo sollte sie hin? Da die unbekannte Frau das Drogengeld angesprochen hatte, überkam Anna die Vermutung, dass sie wahrscheinlich etwas weiter weg musste und der Zufluchtsort nicht nur in Deutschland war, wo sie mit dem Auto oder einem einfachen Bahnticket hinkam.

Doch wie kam die Frau an Diego? Wer war sie, und wo war Diego? War er wirklich entführt worden? Oder hatte er doch alles inszeniert, um die Polizei oder wen auch immer zu täuschen? Hatte er auch sie getäuscht?

Sie hatte sich wieder in Bewegung gesetzt und näherte sich dabei dem fremden Wagen, der an der rechten Straßenseite geparkt war. Es war eine dunkle Stufenhecklimousine, und Anna tippte auf einen BMW. Sie hatte den Wagen fast erreicht, als die Straßeneinfahrt rechts neben ihr auftauchte, die sie nehmen sollte. Eiligen Schrittes trat sie darauf zu. Den BMW sah sie dabei mit halbem Auge an.

Als sie in die Straße einbog, erkannte sie im Augenwinkel, wie beim BMW hinter ihr die Beifahrertür geöffnet wurde und eine Person ausstieg. Ein Schock durchfuhr Anna. Es war wie eine Vorhersage, die die Fremde gemacht hatte. In dem Auto schien tatsächlich jemand auf sie gewartet zu haben.

Annas Schritte wurden schneller, ohne dass sie wirklich den Befehl hierzu gab. Sie handelte nur aus dem Instinkt. Die Fremde hatte sie gewarnt. Das Böse lauerte hinter ihr. Hatte auf sie gewartet. Wer auch immer es war.

Sie wagte nicht, sich umzusehen, sondern lief einfach immer schneller. Ob die Person ihr folgte, wusste sie nicht, aber sie musste hier weg.

Sie war ganz allein auf der kleinen, schmalen, einspurigen Straße. *Verdammt, warum ist Hamburg heute so ausgestorben?* Es war wie in einem Film, wo einzelne Teile für die jeweiligen Szenen von der Außenwelt abgeschirmt wurden, damit die Dreharbeiten nicht gestört wurden. Wurde hier gerade ihr eigener Blockbuster gedreht? War sie die Hauptrolle? Irgendwie hatte Anna das dumme Gefühl, dass alle es nur auf sie abgesehen hatten.

Sie hörte ein Geräusch hinter sich und konnte nicht anders, als sich umzudrehen. Der natürliche Fluchtinstinkt vereinte sich mit der Neugier, die letztendlich doch wissen musste, wer der Gegenüberstehende war und einen schließlich überwältigen würde.

Es war ein großer Mann.

Erneutes Adrenalin durchschoss Annas Körper. Der Verfolger war nicht nur zufällig hier und lief ein paar Meter hinter ihr. Er hatte ganz eindeutig etwas im Sinn und das war nichts Gutes. Er verfolgte sie.

Anna versetzte ihre Füße vom schnellen Gehen in Laufen. Der Boden unter ihr wechselte von Kopfsteinpflaster in den Einfahrten zu Gehwegplatten und wieder zurück. Ihr Blick schweifte kurz zur Seite und dann wieder geradeaus. Das Ende der Straße war nicht weit. Rechts hinter den Häusern musste noch die Justizvollzugsanstalt sein, in der Sebastian sich aufhielt. Vielleicht konnte sie es bis zum Ende der Straße schaffen und fand dann einen Durchgang, der sie auf das Gelände ließ. Allerdings war es unwahrscheinlich, unbemerkt durch ein Schlupfloch in ein Gefängnis zu gelangen.

Sie rannte schneller und hörte gleichzeitig lautere Schritte hinter sich.

Der Mann rannte ebenfalls.

Schneller, Anna, verdammt noch mal! Lauf!

Sie spürte bereits die ersten Seitenstiche. Das Reißen der Muskeln in den Oberschenkeln, die zu diesem Sprint gezwungen wurden. Die Lunge, die vehement nach Luft schrie, obwohl Anna den

Mund weit aufgerissen hatte und wie ein Hund hechelte. Den Blick gerade nach vorne gerichtet mit nur dem einen Ziel vor Augen.

Sie rannte so schnell sie konnte und holte aus ihrem Körper heraus, was nur möglich war. In ihrer rechten Hand hielt sie noch immer den kleinen Zettel mit der ungewissen Adresse. Sie hatte bisher im Dämmerlicht noch nicht mal einen Blick hierauf werfen können.

Doch dann wurde sie plötzlich von hinten gepackt und auf den Boden geschleudert. Sie stürzte bäuchlings und konnte sich gerade noch mit den Händen abfangen, die bremsend über das Kopfsteinpflaster schürften. Auf dem Rücken spürte sie einen starken Körper, der sie gekonnt nach unten drückte.

Sie versuchte sich herumzudrehen und hob den Kopf. Um sich herum sah sie die Straßenlaternen, ein oder zwei parkende Autos, aber ihren Angreifer konnte sie nicht erkennen. Unter sich spürte sie das kalte und nasse Pflaster.

Wehr dich, mahnte sie sich selbst, *lass das nicht zu!*

Dann verspürte sie einen Schlag auf den Kopf und das Licht der Straßenlaternen verwandelte sich in Tausende kleine Sterne, bis alles schwarz war.

Kapitel 35

„Frau Selbig! Anna! Können Sie mich hören?“

Anna vernahm eine Stimme und spürte, wie an ihrem Arm gerüttelt wurde.

„Hören Sie mich?“, fragte eine besorgte Männerstimme, die ziemlich dicht bei ihr zu sein schien.

Anna blinzelte und öffnete langsam die Augen. Sie brauchte nicht lange, um sich zu orientieren. Sie lag auf dem kalten und nassen Gehweg, der gerade noch ihre Laufbahn gewesen war.

Langsam richtete sie sich auf und sah sich um. Ihr Kopf schmerzte an der Stelle, wo sie den Schlag erhalten hatte. Am Straßenrand standen immer noch die zwei Autos, die sie bei ihrem Sturz gesehen hatte. Die Straßenlaternen erstrahlten wieder und waren keine kleinen Sterne mehr.

„Geht es Ihnen gut, Anna?“ Die Männerstimme hinter ihr.

Mit einem Satz war Anna auf den Beinen und sprang von der Stimme fort. Doch zu ihrer Verwunderung war es nicht der große, dunkle Schatten, der sie eben noch verfolgt und gepackt hatte, sondern Doktor Hilgert, ihr ehemaliger Psychiater.

Verwirrt sah Anna sich um, doch von ihrem Angreifer war nichts mehr zu sehen. Auch das Auto stand nicht mehr oben an der Straße.

„Ist alles in Ordnung?“, wiederholte der Doktor und trat vorsichtig auf sie zu.

Immer noch in Panik ging Anna die gleiche Anzahl an Schritten zurück, bis er plötzlich stehen blieb. „Doktor Hilgert, was machen Sie hier?“

Wo kam ihr Psychiater auf einmal her? Wo war der andere Kerl?

„Ganz ruhig, Anna! Sie sind gestürzt. Sie haben sich am Kopf verletzt.“

Anna drehte sich wie wild im Kreis. Sie wusste alles noch ganz genau. Sie war gelaufen und dieser große Mann war ihr gefolgt, bis er sie plötzlich umgestoßen hatte. „Nein, ich wurde niedergeschlagen. Wo ist der Typ? Haben Sie ihn gesehen? Er war sehr groß und direkt hinter mir.“

Doktor Hilgert sah fragend die Straße rauf und runter. „Nein, hier ist niemand, und ich habe auch niemanden gesehen. Sie sind gerannt und plötzlich gestürzt. Sehen Sie doch Ihre Hände!“

Anna erblickte ihre abgeschürften Handballen und sah sich erneut um. Der Mann war nicht mehr zu sehen. In einiger Entfernung kam eine Frau mit einem kleinen Hund auf sie zu. In der anderen

Richtung wechselte ein Jogger gerade die Straßenseite. Wo waren all diese Leute vor ein paar Minuten, als sie verfolgt worden war? Da hätte sie die Unterstützung gebraucht. Anna schoss wieder der Gedanke der gedrehten Szene in den Kopf – der Film war im Kasten und schon war die Straße wieder freigegeben.

„Wo kommen Sie auf einmal her?" Anna hatte die Augen zusammengekniffen und musterte den Arzt.

War es nicht ein bisschen merkwürdig, dass sie ihm gleich zweimal innerhalb von kurzer Zeit an ganz verschiedenen Orten in Hamburg zufällig begegnete, obwohl sie ihn vorher ein ganzes Jahr nicht mehr gesehen hatte?

„Ich bin hier die Straße entlanggefahren", erklärte der Doktor und deutete auf einen silbernen Mercedes-Kombi, der ein Stückchen weiter am Straßenrand parkte. „Ich habe Sie laufen und stürzen sehen, wusste aber nicht einmal, dass Sie das sind. Ich bin nur angehalten, um Ihnen zu helfen. Es ist purer Zufall, dass wir uns hier treffen." Er hielt ihr als andeutende Geste wieder die Hände hin, um ihr helfen zu wollen.

Anna senkte den Kopf und überlegte, was vorgefallen war. Sie hatte vorne an der Ecke den Wagen stehen sehen, nachdem ihr die Unbekannte den Zettel und die Warnung gegeben hatte.

Der Zettel.

Anna sah panisch an sich herunter und starrte auf ihre leeren Hände. Dann drehte sie sich wild herum und suchte ihre Taschen ab.

Kein Zettel.

Der Gehweg um sie herum war nur spärlich beleuchtet, aber dennoch konnte sie deutlich erkennen, dass hier kein heller Zettel lag. Eilig schritt sie auf und ab und hatte dabei den Blick rasend auf den Boden gerichtet.

Der Zettel war weg.

Anna, nein, das darf dir jetzt nicht passieren!

Sie hatte noch nicht mal einen Blick darauf werfen können. Sie hatte keine Ahnung, zu welcher Adresse sie gehen sollte oder was sonst noch draufstand. Sie wusste gar nichts. Der einzige Weg, den sie zu Diego gesehen hatte, war plötzlich wie in einem schlechten Traum verblast. Die Spur war verloren.

„Ist alles in Ordnung? Haben Sie etwas verloren?"

Anna hatte kurz die Augen geschlossen. Die Stimme des Psychiaters kam von ganz weit weg, war aber dennoch irgendwie vertraut. Anna dachte an die Sitzungen, die sie nach der Entführung bei ihm gehabt hatte, und überlegte kurz, was das Unterbewusstsein hieraus wohl noch alles gespeichert hatte.

„Ich hatte einen kleinen Zettel bei mir. Der ist verschwunden“, erklärte Anna.

Der Doktor drehte sich herum und begann ebenfalls, den Fußboden abzusuchen. „Was für einen Zettel?“

Anna schüttelte den Kopf. Sie wollte hier nicht ins Detail gehen. Zu allem Überfluss wurde ihr klar, dass ihr Verfolger es offensichtlich nur auf diesen kleinen Papierfetzen abgesehen hatte.

„Ist nicht so wichtig. Ich habe ihn wohl verloren.“ Sie fasste sich an den Kopf und befühlte die Stelle, an der sie getroffen worden war und die sich jetzt als leichte Beule abhobt.

„Sie sind verletzt. Soll ich mir das einmal ansehen?“

„Nein, danke. Es geht schon.“ *Vor allem, was macht es jetzt überhaupt noch für einen Sinn, nachdem ich so schusselig war und alles verdorben habe!*

„Soll ich Sie in ein Krankenhaus fahren?“

Anna schüttelte erneut den Kopf und spürte plötzlich, wie müde sie eigentlich war. „Nein, es ist schon okay. Ich will nur nach Hause.“

„Ich kann Sie gerne fahren“, schlug der Doktor vor und deutete einladend auf seinen Mercedes.

Anna schoss kurz durch den Kopf, dass es keine Stufenhecklimousine war, was sie irgendwie beruhigte. Sie konnte nicht sagen, ob sie bereitwillig bei ihrem alten Seelenklempner mit ins Auto gestiegen wäre, wenn er das gleiche Auto fuhr, vor dem sie gerade geflohen war.

Aber sie war müde und konnte nicht mehr. Sie wusste nicht einmal mehr genau, wann sie das letzte Mal richtig geschlafen hatte. Es war so viel passiert.

Außerdem hatte sie es verbockt.

Es tut mir leid, Diego, dachte sie, als sie neben Doktor Hilgert auf den Beifahrersitz rutschte. *Bitte gib mir noch eine Chance, noch ein Zeichen, damit ich dir helfen kann!*

Kapitel 36

Es war angenehm warm in Doktor Hilgerts Auto. Er hatte die Sitzheizung eingestellt, und Anna musste sich zusammenreißen, damit sie nicht auf der Stelle einschlief.

Alles, was sie vom Schlafen abhielt, war die unbändige Wut, die sie in sich spürte. Wieso hatte sie den Zettel nicht sofort in ihre Tasche gesteckt? Wieso hatte sie nicht einfach drauf geschaut? Es wäre so leicht gewesen. Aber irgendwie war alles zu schnell gegangen. Die Unbekannte war verschwunden, bevor Anna eigentlich realisiert hatte, dass sie da war und mit ihr gesprochen hatte. Und dann war da das Auto gewesen, das Annas gesamte Aufmerksamkeit auf sich gezogen hatte. Die Zeit war einfach gerast.

Wie auch jetzt die Fahrt. Anna meinte gerade erst eingestiegen zu sein, als Doktor Hilgert auch schon in einiger Entfernung ihres Hauses am Kantstein hielt.

Anna rappelte sich auf, um die letzten Schritte zu ihrer Wohnung heil und vor allem wach zu überstehen.

„Soll ich Sie vielleicht noch nach oben begleiten?“, fragte der Doktor leise, und seine Stimme klang beinahe wie eine Melodie.

Anna drehte sich herum und sah den Arzt etwas verwirrt an. Es klang wie in einem Film, wo sich der Mann nach dem ersten Date ein kleines Schäferstündchen mit der Herzensdame erhoffte. *Nein, ich möchte Ihnen nicht meine Schmetterlingssammlung zeigen!*

„Oh, nicht, dass Sie das jetzt falsch verstehen“, erklärte der Doktor und wirkte peinlich berührt, „ich würde nur gern sichergehen, dass Sie auch heil ankommen. Sie wirken auf mich nicht so, als wäre alles in bester Ordnung.“

Das ist noch eine nette Umschreibung, dachte Anna und kurz überlegte sie, dass es jetzt angenehm wäre, nicht allein zu sein. Allerdings war es eine andere Person, nach deren Gesellschaft sie sich sehnte und die nicht mit der Anwesenheit des Doktors zu ersetzen war.

„Tut Ihr Bein noch weh?“ Doktor Hilgert deutete auf den Riss in Annas Hose, den sie sich bei ihrer gestrigen Flucht zugezogen hatte. Nur kurz darauf war sie auf den Doktor getroffen.

„Nein, es war nicht so schlimm.“

„Ich will Ihnen nicht zu nahetreten, aber haben Sie seit gestern keine Gelegenheit gefunden sich umzuziehen?“ Er warf einen verwunderten, wenn nicht sogar lüsternen Blick auf das Nachthemd, das immer noch unter Annas Pullover hervorschaute.

Anna fühlte sich plötzlich unwohl und hatte das Gefühl, als wäre die Sitzheizung mit einem Mal heißer geworden. „Ich … hatte eine etwas komische Nacht.“ Anna sah in die Dunkelheit hinaus und überlegte, wie spät es eigentlich war. Sie hatte Doktor Hilgert gestern Morgen in ihrem Outfit getroffen.

„Wie geht es Ihrer Freundin?“

„Wunderbar. Wir hatten einen tollen Tag, aber die Nacht wurde sehr lang, und ich habe wenig geschlafen. Danke, dass Sie mich rumgefahren haben, aber ich glaube, ich sollte jetzt wirklich ins Bett.“ Anna inszenierte ein genüssliches Gähnen und griff an den Türgriff, doch die Tür öffnete nicht. Erschrocken zog sie ein zweites Mal, aber die Tür blieb zu.

Hastig huschten ihre Augen über die Innenverkleidung auf der Suche nach dem Verschließknopf, fanden aber keinen.

Er hatte sie im Wagen eingeschlossen.

Langsam drehte sie sich zum Fahrer herum. Ihr Herz raste und in den Fingerspitzen kribbelte es. Was hatte er vor? Warum ließ er sie nicht aussteigen?

Doktor Hilgert lächelte entspannt und lehnte sich genüsslich in seinem Sitz zurück. „Wissen Sie, wie lange ich schon praktiziere?“

Er sah sie nicht an und daher wusste Anna nicht, ob er hierauf wirklich eine Antwort haben wollte.

„Mein Studium ist jetzt beinahe fünfundzwanzig Jahre her. Ich habe unzählige Auszeichnungen erhalten und an mehreren Studien und Forschungen mitgewirkt.“

Anna antwortete nicht. Sie traute sich nicht einmal richtig zu atmen.

„Was ich Ihnen damit sagen will“, fuhr er fort und drehte sich wieder zu Anna herum, „verkaufen Sie mich bitte nicht für dumm. Ich kann erkennen, wenn mir jemand etwas vormachen möchte. Wenn Sie also weiterhin so tun, als wäre nichts, beleidigen Sie mein Können. Also: Ich werde Ihnen hierfür nichts in Rechnung stellen. Was ist los?“

Anna warf einen Blick aus dem Fenster. Warum interessierte er sich so sehr für sie? War es eine Berufskrankheit – einmal Patient, immer Patient?

„Ist Diego inzwischen eigentlich wieder aufgetaucht?“, warf er plötzlich ganz plump in den Raum und nahm Anna damit die Luft weg. Diego war während ihrer Therapie nach der Entführung ein großes Thema gewesen, aber der Doktor wusste nicht, dass er am Ende doch noch lebte. Nachdem Diego Anna im letzten Jahr aufgetaucht war, hatte Anna keine Gelegenheit mehr gefunden, ihrem

Psychiater hiervon zu erzählen, da er Hals über Kopf seine Praxis hatte schließen müssen. Für ihn sollte er also eigentlich tot sein, nicht aber ‚inzwischen wieder auftauchen' können.

„Ich habe so meine Quellen", fuhr er erklärend fort. „Es ist eine ganz unglaubliche Geschichte. Der Tote kehrt zurück, leidet an einer Amnesie und scheint vollkommen ahnungslos, bis er sich plötzlich doch entsinnt und wieder ins Drogengeschäft einsteigt."

Anna konnte immer noch nichts sagen. Ihr wurde übel. Der Doktor hatte etwas vor, und Anna hatte Angst. Was wollte er bloß von ihr?

„Ich habe mich sehr gefreut, als ich Sie gestern früh so zufällig gesehen habe. Es kam wirklich ganz unerwartet. Haben Sie da Diego gesucht? Waren Sie deshalb so kopflos?"

Anna richtete sich gerade auf und griff erneut an den Türgriff. „Ich möchte bitte aussteigen."

„Das dürfen Sie, Anna, das können Sie gleich." Er machte eine Pause, um sich zu sammeln, und schien die Worte in seinem Kopf genau zu überlegen. „Ich möchte, dass Sie etwas für mich tun, Anna."

Anna presste die Lippen aufeinander, damit ihr nicht die Galle hochkam.

„Ich möchte, dass Sie Diego für mich finden."

Als ob das so einfach wäre, schoss es Anna durch den Kopf. Es war nicht gerade so, als hätte sie es nicht schon die letzten Tage versucht.

„Warum?"

„Ich habe einfach nur ein persönliches Interesse an ihm. Genauer kann ich es erst sagen, wenn Sie ihn haben."

„Aber ich habe keine Ahnung, wo er ist. Er hat sich bei mir nicht abgemeldet, wissen Sie?"

Der Doktor betätigte das Türschloss auf seiner Seite, und Anna vernahm erleichtert ein Klicken in ihrer Tür. „Sie werden schon einen Weg finden. Da bin ich mir sicher, Anna."

Er richtete den Blick wieder geradeaus und presste die Lippen aufeinander, als hätte er nichts mehr zu sagen.

Anna ergriff die Chance, bevor er es sich anders überlegte, und öffnete eilig die Tür. Mit einem Satz war sie aus dem Auto.

„Enttäuschen Sie mich nicht!", rief der Doktor ihr noch zu, bevor sie die Tür zuknallte.

Anna sah sich nicht um, sondern eilte auf ihr Haus zu. Im Hintergrund hörte sie einen Wagen anfahren und schnell beschleunigen.

Kapitel 37

Anna war fassungslos. Was war das da gerade eben bloß? War ihr Psychiater durchgedreht? Was wollte er von Diego, und warum drohte er ihr? Auch wenn er keine direkte Warnung ausgesprochen hatte, so war doch eindeutig klar geworden, wie schlecht er ihr Versagen finden würde.

In Windeseile war Anna die Treppenstufen zu ihrer Wohnung hinaufgesaust. Die Tür war unversehrt und geschlossen, aber Anna hatte den Schlüssel bei sich, den sie für Benno bei ihren Eltern geholt hatte. Mit zittrigen Fingern steckte sie ihn ins Schloss und drehte ihn herum. Sie würde sich erst wieder wohler fühlen, wenn sie in ihren eigenen vier Wänden war und die Tür verriegelt hatte, auch wenn es hier immer noch bös chaotisch sein musste.

Sie hatte die Tür gerade aufgeschlossen, als Tim aus der Wohnung gegenüber seine Tür öffnete.

„Oh, hi", sagte er verlegen und schob sich mit einer Mülltüte heraus.

„Hi Tim", antwortete Anna und öffnete die Tür, um in ihre Wohnung zu flüchten.

„Alles klar bei dir?"

„Ja, alles super!" *Verdammt, warum fragen das alle? Habe ich ein Schild auf der Stirn?*

„Ich bin sehr müde, Tim. Gute Nacht!" Mit diesen Worten entschuldigte sie sich und schob sich durch die Tür, um diese anschließend sofort wieder zu verschließen. Ob Tim die Treppen runterlief oder wieder in seiner Wohnung verschwand, konnte sie nicht sehen und es interessierte sie auch überhaupt nicht. Was viel wichtiger war, war ihre Wohnung.

An dem Chaos hatte sich seit gestern früh nichts geändert – auf jeden Fall nichts, was ins Positive ging. Es war eher noch schlimmer geworden, und Anna fragte sich, ob das wirklich notwendig gewesen war, was Benno hier veranstaltet haben musste. Es schien nichts mehr an seinem ursprünglichen Platz zu sein.

Nachdem Anna alle Sicherheitsriegel vorgeschoben hatte, kontrollierte sie die Fenster. Es war alles dicht. Dann ging sie grob ihre paar Quadratmeter ab, um zu schauen, ob sich nicht doch in der einen oder anderen Ecke jemand versteckte. Am liebsten natürlich Diego, der zurückgekehrt war und ihr so viel erklären musste. Doch er war nicht da.

Die kleine Uhr am Backofen verriet ihr, dass es zwanzig nach zehn war. Natürlich viel zu spät für einen Krankenbesuch bei ihren Eltern, aber da sie von Sebastian bereits gehört hatte, dass es ihnen so weit gut ging, konnte sie sich mit dem Gedanken anfreunden, erst morgen dorthin zu fahren.

Sie zog ihre Sachen aus und verstaute sie im Wäschekorb. Dann begutachtete sie ihre Wunden. Die Schramme am Bein sah auf den ersten Blick schlimmer aus als sie eigentlich war und die Beule an ihrem Kopf war auch nicht der Rede wert. Verglichen mit den Blessuren, die sie in der Vergangenheit immer wieder mal gehabt hatte, waren sie eher lächerlich.

Nach einer heißen Dusche wickelte sie sich in ein Handtuch und suchte ihr Handy aus ihrer Tasche hervor, um Sebastian anzurufen. Er musste unbedingt erfahren, was ihr passiert war, und damit dachte sie nicht bloß an den Überfall.

Er musste auch von Doktor Hilgert wissen, da sein Verhalten höchst verdächtig war. Und warum interessierte er sich überhaupt für Diego? Klar, es war ein spannender Fall, aber er hatte doch mit ihm gar nichts zu tun. Diego war nicht bei ihm in Behandlung gewesen – er kannte ihn nicht mal. Hatten Annas Erzählungen aus der Therapie solch eine Wirkung auf ihn, dass er ihn deshalb kennenlernen musste? Durfte er das überhaupt? Würde Diego als Therapiethema nicht unter die Schweigepflicht fallen?

Anna fand das Ganze sehr merkwürdig, war aber froh, dass sie sich letztendlich doch Sebastian anvertraut hatte, als sie jetzt seine Nummer wählte.

*

Er setzte den Kopfhörer auf, als die Abhörvorrichtung blinkte und somit das Signal zur Anrufüberwachung anzeigte. Das Handy war aktiv und die frisch eingebaute Wanze tat ihren Dienst. Nebenan leuchtete das Kontrolllämpchen für die Aufzeichnung des Gesprächs und auf dem angeschlossenen Bildschirm schlugen die Tonfrequenzen erste Wellen.

Anna Selbig telefonierte.

„Anna? Es ist spät. Ist alles in Ordnung?“ Die Männerstimme klang rau und kratzig durch die kleine Wanze.

„Es tut mir leid, Sebastian. Ich fasse mich kurz, aber es gibt ein paar Dinge, die du wissen solltest.“

„Schieß los!“

Er hörte, wie Anna ihren Heimweg vom Gefängnis beschrieb und plötzlich auf die Frau gestoßen war, die ihr von Diego erzählt und schließlich den Zettel gegeben hatte. Dann erwähnte sie ein verdächtiges Auto, aus dem ihr ein Verfolger nachkam und sie niederschlug.

Und ganz überraschend und auch mit einer gewissen Angst in der Stimme erzählte sie schließlich von ihrem ehemaligen Psychiater, der sich, wie er selbst jetzt erschreckend feststellen musste, wirklich verdächtig aufgeführt hatte.

„Also hat Diego tatsächlich versucht, zu dir Kontakt aufzunehmen", schlussfolgerte die Männerstimme.

„Ja, aber ich habe es verbockt. Ich habe nicht mal auf den Zettel schauen können, bevor er mir gestohlen wurde."

„Es ist wirklich sehr schade, aber mach dich deshalb nicht verrückt! Interessant ist nur, wie er mit dir in Kontakt getreten ist und dass er tatsächlich frei zu sein scheint. Ich habe an die Entführung ja schließlich nie wirklich geglaubt."

„Ja, vielleicht hattest du recht."

„Mit Sicherheit. Die Frage bleibt: Wo er ist und was er vorhat. Wo bist du jetzt?"

„In meiner Wohnung."

„Allein?"

„Ja."

„Okay. Bitte bleib dort! Durch deine Türverriegelungsanlage scheint es für mich augenblicklich der sicherste Ort zu sein. Ich werde mich morgen früh wieder melden."

„In Ordnung."

„Bis dahin habe ich vielleicht schon etwas über deinen Psychiater herausgefunden."

„Das wäre gut."

„Gute Nacht, Anna."

Er hörte, wie sie auflegte und die Verbindung abbrach. Das Abhörgerät blinkte noch einmal abschließend und ging dann in den Ruhemodus über. Die Wellen verebbten und bildeten nur noch einen geraden Strich.

Aber er war noch nicht fertig. Er behielt weiterhin den Kopfhörer auf und wählte eine Nummer. Jetzt war er am Zug und würde Bericht erstatten. Die Wellen bäumten sich von Neuem auf, als er sprach.

„Es klappt. Sie hat gerade telefoniert. Die Wanze funktioniert."

„Sehr gut. Es war nicht leicht, sie zu installieren, während sie neben mir auf dem Gehweg lag und jeden Moment wieder aufwachen konnte."

„Schade, dass wir den Zettel nicht bekommen haben."

„In der Tat. Aber es ist nun mal schwer, wenn man einen solchen Gegenspieler hat. Da waren sie halt schneller."

„Weißt du, was sie wollen?"

„Diego, genau wie wir."

„Ein viel gefragter Mann."

„Und ich weiß nicht, wie lange sie ihn schonen werden. Es ist also ein Wettrennen gegen die Zeit."

„Meinst du nicht, dass sie Diego schon längst gehabt haben? Ich meine die Sache mit der Entführung."

„Wenn er tatsächlich entführt wurde, dann haben sie ihn, es sei denn, es mischt noch ein Dritter mit. Ich gehe allerdings davon aus, dass er alleine unterwegs ist."

„Wer ist die Frau, von der der Zettel kommt? Hast du eine Ahnung?"

„Nein, ich weiß es nicht."

„Ist sie vielleicht von denen geschickt worden? Ist es nur eine Falle?"

„Ich glaube nicht. Warum sollten sie ihr eine Nachricht zukommen lassen, die sie sich dann selbst wieder holen?"

„Um Anna Angst einzujagen? Oder um Hoffnung zu machen? Vielleicht ist Diego längst tot?"

„Die Befürchtung habe ich auch bereits das eine oder andere Mal gehabt. Wieso ist er sonst nicht zu finden?"

„Weil er wahrscheinlich echt gut ist. Er taucht einfach unter und ist weg."

„Aber jeder macht mal Fehler. Wir werden ihn schon kriegen. Glaub mir!"

„Nur ob wir noch so viel Zeit haben, ist eher die Frage. Du scheinst dich ziemlich übel verhalten zu haben, als du sie vorhin nach Hause gebracht hast."

„Hat sie das auch erwähnt? Ja?"

„Oh ja, und es klang ziemlich ernst. Der Kommissar ist sofort drauf angesprungen. War vielleicht doch nicht so eine gute Idee, die Katze gleich aus dem Sack zu lassen."

„Nein, mach dir keinen Kopf! Lass ihn ruhig ein bisschen wühlen, damit er beschäftigt ist. Dann kommt er uns nicht in die Quere."

„Du scheinst ja wirklich sehr überzeugt zu sein, dass du damals alle Spuren beseitigt hast."

„Das habe ich auch. Er wird nichts finden."

„Und als du gestern Anna urplötzlich auf der Straße getroffen hast, war dir doch anfangs auch nicht ganz wohl zu Mute, richtig? Du warst auf der Suche nach Diego und dann stand sie auf einmal vor dir. Und hat dich auch noch angesprochen."

„Ja, du hast recht. Da war ich wirklich überrascht. Das war eine Sache, die ich nicht bedacht habe."

„Du kannst froh sein, dass sie sich nur an die Zeit vor der Manipulation erinnert und nicht dein gesamtes Projekt im Kopf hat."

„Ja, man muss eben auch mal Glück haben."

„Mehr Glück als Verstand. Hast du nicht gerade selbst gesagt, dass jeder mal Fehler macht? Anna unerwartet und unvorbereitet dort zu treffen war ein Fehler, der auch sehr gut nach hinten hätte losgehen können. Wir konnten ihrer nicht sicher sein. Und dass du dich jetzt ihr gegenüber so leichtsinnig verhältst, halte ich für den nächsten großen Fehler, der uns das Genick brechen kann. Ist dir das bewusst?"

„Ja, du hast recht. Vielleicht war ich etwas voreilig. Aber ich konnte nicht anders."

„Wir können nur hoffen, dass du deine Spuren von vor einem Jahr wirklich gut genug verwischt hast und der Kommissar sich vielleicht doch mehr auf Diego konzentriert."

Kapitel 38

Anna hatte geschlafen wie ein Stein. Sobald das Gespräch mit Sebastian beendet gewesen war, hatte sie sich ins Bett gelegt und bis zum Morgen durchgeschlafen. Die Sonne schien bereits hell ins Zimmer und spiegelte das Chaos in einem neuen Licht wider.

Es nützt alles nichts, dachte Anna, als sie sich schließlich hochquälte und das Bett wieder zum Sofa umklappte. Sie zog sich an und machte sich dann endgültig ans Aufräumen. Mittlerweile war sie die längste Zeit seit Diegos Verschwinden in der Wohnung und musste hier endlich einen Neuanfang starten.

Sie dachte mit Absicht an Diegos Verschwinden und keine Entführung. Das Treffen mit der Unbekannten gestern Abend hatte doch eine gewisse Klarheit geschaffen und ließ sie nun an der Entführung zweifeln. Was auch immer Diego bewegt hatte, plötzlich den Flughafen zu verlassen, muss sehr bedeutend gewesen sein. Die Kontaktaufnahme über die Fremde verriet, wie wichtig und gefährlich es zu sein schien.

Natürlich konnte er auch entführt worden und jetzt wieder freigekommen sein, aber würde er sich dann nicht direkt bei Anna melden? Oder sogar zur Polizei gehen? Woher würde der Kontakt zur Fremden dann kommen?

Anna massierte ihre Schläfen und versuchte das Thema in ihrem Kopf auszublenden. Durch Spekulationen würde sie nicht weiterkommen. Sie gab sich erst mal mit dem Verschwinden ab – die Umstände hierzu würden sich hoffentlich bald aufklären.

Sie hatte bis nach dem Mittag mit Aufräumen zugebracht und war sehr zufrieden mit sich. Zwar würde sie einige Sachen neu kaufen müssen, dennoch war die Unordnung beseitigt und sie hatte das Gefühl, wieder selbst in ihrer Wohnung zu leben und nicht mehr nur als Durchreisende zu hausen.

Während des gesamten Vormittags hatte sie es immer wieder bei ihrer Mutter versucht, entweder auf dem Handy oder dem Festnetz, war aber zu keinem Erfolg gekommen. Sicherlich hatte sie ihr Handy nicht dabei und vermutlich waren sie noch nicht wieder zu Hause. Doch die Ungewissheit ließ sie nicht los.

Sebastian hatte sich auch noch nicht gemeldet, aber Anna kam zu dem Entschluss, nicht länger zu warten. Obwohl er ihr geraten hatte, die Wohnung nicht zu verlassen, und sie selbst diesen Rat aus eigenem Interesse und Wissen im Angesicht der bestehenden Gefahr nur zu gern befolgt hätte, entschied sie sich, ihre Eltern im Krankenhaus aufzusuchen, um endlich die Gewissheit zu haben, wie es ihnen ging.

Ein anderer Hoffnungsschimmer war die fremde Frau von gestern. Natürlich wusste Diego, wo Annas Wohnung war, und konnte den Kontakt hier am ehesten herstellen, aber Anna überlegte, ob es ihm möglicherweise zu gefährlich war. Vielleicht wurde das Haus bereits überwacht und man wartete nur darauf, dass er auftauchte. Die fremde Frau hatte sie einfach so auf der Straße gefunden. Vielleicht klappte das wieder. Vielleicht wartete Diego nur darauf, dass Anna endlich die Wohnung verließ und sich zeigte, damit er ihr wieder neue Informationen zukommen lassen konnte.

Wusste er, dass sie den Zettel verloren hatte? Wartete er vielleicht bereits bei dieser Adresse auf sie? Hatte er möglicherweise sogar von ihren Eltern gehört und wusste, dass sie im Krankenhaus lagen? War es dann nicht vielleicht sogar naheliegend, dass er Anna bei ihnen erwartete? War die Frau schon dort und streunte ums Krankenhaus herum, um auf Anna zu warten und ihr die nächste Adresse zu geben, wo sie Diego wiederfinden würde?

Die letzten Gedanken waren für Anna wie ein Stichwort. Hier würde sie weiterkommen. Mit Sicherheit.

Sie zog sich Jacke und Schuhe an, verstaute ihr Pfefferspray griffbereit und hängte sich ihre Handtasche über die Schulter. Sie durfte keine Angst haben. Sie war der Wahrheit auf der Spur. Wenn sie weiterhin nur in der Wohnung saß, würde sie mit großer Wahrscheinlichkeit noch durchdrehen.

Anna lugte vorsichtig durch den Spion, doch der Flur war leer. Bevor sie ihre Verriegelung löste, atmete sie noch einmal tief durch und öffnete dann die Tür.

Es war ruhig. Von unten hörte sie Fernsehstimmen, aber das war auch alles. Sie war gerade dabei, ihre Tür zu schließen, als sich plötzlich die gegenüberliegende öffnete und Tim zum Vorschein kam.

Anna warf einen schnellen Blick auf seine Hände, die diesmal keine Mülltüte trugen und vollkommen leer waren. Wieso traf sie ihn in letzter Zeit so häufig im Flur?

„Hi", grüßte er.

„Hallo!" Anna drehte den Schlüssel herum und war drauf und dran, die Stufen runterzuspringen.

„Warte, Anna! Ich muss dir was sagen." Tim war einen Schritt vorgetreten. „Ich habe gestern schon versucht, dich zu erwischen, aber da hattest du keine Zeit." Seine Stimme klang verschwörerisch und leicht vorwurfsvoll.

Anna kniff die Brauen zusammen und überlegte, was er wohl von ihr wollte.

„Ich muss dir sagen, dass …“ Er stoppte, weil oben eine Tür geöffnet wurde und Stimmen und Schritte zu hören waren.

„Willst du vielleicht kurz reinkommen?“, flüsterte er. „Es ist wichtig!“ Er trat einen Schritt zurück und zeigte auf seine Wohnungstür.

Anna zögerte kurz. „Was ist denn los?“

In diesem Moment kamen von oben zwei lachende, junge Männer die Treppe herunter und liefen an ihnen vorbei.

„Nicht hier, Anna“, wiederholte Tim erneut und trat zur Seite, damit sie an ihm vorbeigehen konnte. „Komm bitte kurz mit rein!“

„Okay.“ Anna schritt an ihm vorbei in die Wohnung.

Er verschloss die Tür hinter ihr. „Möchtest du vielleicht etwas trinken?“

„Danke, nein, Tim. Ich bin etwas auf dem Sprung.“ Anna sah sich in der Wohnung um. Sie war ähnlich wie ihre nur spiegelverkehrt angelegt. Allerdings schien er noch einen zusätzlichen Raum und ein größeres Badezimmer zu haben. Wenn sie sich die Fassade vor Augen hielt, dürfte er hier vielleicht sogar ein Fenster und nicht nur einen Abzug haben.

Auffällig an der Wohnung war allerdings, dass sie so gut wie gar nicht eingerichtet war. Aber wohnte Tim nicht schon seit etwa einem Jahr hier? Bis auf den Smalltalk im Treppenhaus hatte es nie eine richtige Unterhaltung zwischen ihnen gegeben. Anna wusste nicht mal, was er beruflich machte, würde ihn aber vom Aussehen und Intellekt her auf Informatiker oder Computerfreak schätzen.

„Okay“, sagte er leicht verlegen, und Anna überlegte, ob er sich etwas anderes aus den Fingern saugen wollte, um sie zum Bleiben zu bewegen.

„Setz dich doch kurz.“ Er zeigte auf eins der beiden beigefarbenen Zweiersofas, die im rechten Winkel zueinander standen.

Anna zwang sich dazu, ihm diesen Gefallen zu tun, und ließ sich auf die Sofaecke nieder. Es sollte signalisieren, dass sie es nicht bequem hatte und daher gleich wieder gehen würde.

„Was gibt es denn?“, fragte sie im gleichen Augenblick, als sie sich setzte. Sie hatte keine Zeit für Smalltalk.

Tim ließ sich mittig auf dem anderen Sofa nieder. Nervös faltete er die Hände, und Anna dachte an Diegos Theorie, dass Tim in Anna verliebt war. Vielleicht war hier doch was dran.

„Es geht um deinen Einbruch. Seither ist ziemlich viel los gewesen im Treppenhaus.“

Will er sich jetzt wegen Ruhestörung beschweren? Tut mir leid, ich werde zukünftig an die Einbrecher appellieren, dass sie sich bitte leise zu verhalten haben, dachte Anna.

„Die Polizei war häufig da, aber gestern …“ Er beugte sich ein Stückchen vor, als hätte er Angst belauscht zu werden „… da war noch jemand in deiner Wohnung.“

Anna hörte urplötzlich auf zu atmen. Allein die Art, wie Tim erzählte, war schon unheimlich. „Wann?“

„So gegen sieben. Ich dachte erst, du wärst wieder da. Ich hatte ja deinen stürmischen Abgang miterlebt. Ich dachte, du hättest dich zurückgetraut. Aber dann sah ich diesen Mann an deiner Tür.“

„Es war nicht Diego?“

„Nein, natürlich nicht. Den hätte ich doch erkannt.“

„Wie hat er ausgesehen?“

„Er war sehr groß. Leider war das Licht im Treppenhaus nicht eingeschaltet. Aber er war in deiner Wohnung. Etwa fünf Minuten.“

„Wie ist er reingekommen?“

„Das war noch das Erschreckendste: Ich glaube, er hatte einen Schlüssel.“

Anna dachte an Benno, doch den Schlüssel hatte sie bereits am Vorabend wiederbekommen, nachdem er in ihrer Wohnung nichts Verdächtiges hatte finden können, das auf Diegos Verbleib schließen ließ.

„Ich wollte es dir unbedingt sagen. Und das nicht im Hausflur.“ Er verzog den Mund und lächelte schief. In seinen Augen glaubte Anna kurz eine Ähnlichkeit mit jemandem zu erkennen.

„Danke!“

Das Klingeln ihres Telefons riss sie plötzlich aus den Gedanken. Der Blick aufs Display verriet ihr, dass es Sebastian war.

Sofort stand Anna auf. „Oh, tut mir leid, Tim, aber das ist der Kommissar. Hier muss ich rangehen.“ Sie machte einen Schritt zur Haustür, aber Tim hielt sie auf.

„Bleib hier sitzen! Ich werde nach nebenan gehen, damit du ungestört bist.“

Auch gut, dachte Anna. Telefonate mit Sebastian gehörten grundsätzlich auch nicht in den Hausflur. „Hallo Sebastian!“

„Hi Anna. Ich habe einiges herausgefunden. Halt dich gut fest!“

„Über Diego?“

„Nein, das nicht, aber über deinen Psychiater. Allerdings wurde ich nicht unter dem Namen Thorsten Hilgert fündig. Dieser ist im Alter von fünfzehn Jahren bei einem Autounfall gestorben und hat niemals zum Doktor in Psychologie promoviert. Wenn ich aber die

Bilder, die es aus den Praxiszeiten von deinem Doktor gibt, mit Archivbildern vergleiche, dann stoße ich auf Namen wie Thomas Degen, Richard Bessin und Jürgen Hildebrandt, von denen alle bereits praktizierende Ärzte waren. Allerdings hat niemand von ihnen je einen Doktortitel erworben und bis auf Jürgen Hildebrandt sind auch alle schon vor einiger Zeit verstorben. Was sagst du dazu?“

„Ich bin sprachlos!“

„Das solltest du auch“, erklang die Stimme des Kommissars. „Aber das Wichtigste kommt erst noch: Jürgen Hildebrandt hat im letzten Jahr eine Wohnung in deinem Haus angemietet. Laut der Hausverwaltung wird diese von seinem Sohn Tim bewohnt. Angeblich ein Einsiedler, der nie viel vor die Tür geht. Kennst du ihn?“

Anna schluckte und hatte plötzlich das Gefühl, als würde die Umgebung um sie herum verschwimmen. „Ich bin gerade in seiner Wohnung.“

Kapitel 39

Tim wusste nicht, was er zuerst machen sollte. Er hatte sie mit der falschen Information in seine Wohnung locken wollen, aber niemals damit gerechnet, dass sie hier *diese* Informationen über ihn und seinen Vater erhalten würde. Dass sie sie überhaupt bekam, war schon schlimm genug. Von wegen alle Spuren waren verwischt. Der Kommissar schien seine Arbeit sehr gründlich gemacht zu haben, was er nicht von seinem Vater behaupten konnte.

Während das Gespräch zwischen Anna und Kommissar Oblenski noch lief, hatte er bereits die Nummer seines Vaters gewählt. Was sollte er nur tun? Sie durfte auf keinen Fall wieder gehen. Er musste sie festhalten, bis sein Vater da war. Nur wie? Und vor allem durfte er sich nichts anmerken lassen. Er wusste ja eigentlich nichts von ihrem Telefonat.

Die Abhörvorrichtung blinkte noch ein letztes Mal, dann versiegten die Wellen. Ihr Gespräch war beendet.

Sein Vater war noch nicht da, hatte aber versprochen, sofort zu kommen.

Er legte den Kopfhörer zur Seite und stand auf. Aus dem Flur hörte er, wie sie die Klinke nach draußen betätigte. Zum Glück war er vorhin so schlau gewesen und hatte die Wohnungstür abgeschlossen.

Er öffnete die Tür zum Wohnzimmer und stand jetzt direkt vor ihr.

Ihre Augen waren geweitet. Ihr Blick wirkte panisch. Verständlich. Sie hatte gerade so einiges erfahren und stand jetzt vor einer verschlossenen Tür.

„Du willst schon gehen?“ Tim versuchte leicht verwundert zu wirken und trat neben sie. Natürlich nicht ohne die Tür hinter sich blitzschnell zu schließen, damit sie keinen Blick auf sein technisches Wunderwerk werfen konnte.

„Ja … weißt du, ich habe noch viel zu erledigen. Aber du hast die Tür abgeschlossen“, lachte sie, als müsste er peinlich verlegen sein, dass ihm das versehentlich passiert war.

„Hab ich das?“

„Ja, und ich konnte nicht einmal den Schlüssel finden. Du musst ihn eingesteckt haben.“

„Das ist ja wirklich originell. Dann sind wir wohl eingeschlossen.“ Tim stieg in die amüsierte Stimmung mit ein und lachte ebenfalls.

Doch Anna hörte ganz abrupt auf und sah ihn ernst an. „Okay, Tim. Mach bitte die Tür auf. Ich … muss ganz dringend los."

Tim trat einen Schritt vor und musterte Anna. Ihre Wangen waren leicht gerötet vor Aufregung, die Augen blitzen nervös und ihre Locken wippten lustig auf und ab, wenn sie sich bewegte. Ihr gesamter Körper war angespannt wie eine Sprungfeder, und es war nur eine Frage der Zeit, wann die Situation vollends kippte.

Eine Sache, die ihn irgendwie erregte. Es gab hier keinen Ausweg für sie. Sie war eingesperrt, und sein Vater würde jeden Moment da sein. Er hatte unbeschreibliche Macht und das erregte ihn noch mehr.

Er schluckte, weil sich die Spannung in seiner Hose auf seinen gesamten Körper übertrug und trat noch einen weiteren Schritt auf sie zu.

Die Wärme, die von ihren roten Wangen ausging, fieberte in der Luft, sodass er sie beinahe greifen konnte. Sie stand vor ihm, wie ein kleines, scheues Kaninchen, das in die Enge getrieben wurde und dem Fuchs direkt in den Rachen schauen konnte.

„Tim, lass mich gehen!", befahl sie mit einem leichten Grollen in der Stimme.

Er war wie gebannt von ihrer Erscheinung und hatte gar nicht bemerkt, dass er bereits die Hände erhoben hatte, um sie zu greifen.

„Wo ist der Schlüssel, Tim? Ich möchte hier raus!"

Er bekam eine Gänsehaut. Die prickelnde Stimmung hatte ihn vollkommen in Ekstase versetzt. Doch sie sollte noch mehr daran teilhaben und so kam ihm eine Idee.

Er hielt den Schlüssel hoch, den er vorher in der Hosentasche versteckt hatte. Ihre Augen gierten sofort danach, und es erinnerte ihn an einen Hund, dem man einen saftigen Knochen vorhielt.

„Wenn du den Schlüssel willst, dann hol ihn dir." Er zog den Bund seiner Hose ein Stückchen ab und ließ das kalte Metall an sein angeschwollenes Glied gleiten. Dabei beobachtete er Anna und es war herrlich zu sehen, wie angewidert ihr Blick wurde. Aber auch wie aussichtslos ihre Augen die Situation zu realisieren schienen.

Doch er ließ ihr keine Zeit. Mit einem schnellen Satz sprang er auf sie zu und riss ihr die Beine weg, sodass sie direkt unter ihm zum Liegen kam. Er spürte ihren Körper, die Hitze und das ängstliche Zittern.

„Mein Vater hat mit dir so viel Zeit verbracht, kam aber nie dazu, das hier mit dir zu machen." Er griff mit seiner rechten Hand an ihre Hüfte und spürte das warme Fleisch.

„Nimm deine Dreckshände von mir!", fauchte Anna und packte

seine Finger, um sie zur Seite zu ziehen. Im gleichen Augenblick zog sie ihr Knie an und rammte es in seinen Genitalbereich.

Tim durchzuckte der Schmerz wie ein dumpfer Schrei, der sich von der Magengegend durch den gesamten Körper zog. Unter ihm konnte er kurz noch seinen Fang bewundern, bis er sich ihm entzog und nur noch stumpfe Übelkeit hinterließ.

Er krümmte sich, blickte aber kurz auf, um Anna erneut bewundern zu können, als sie ihm ihr Pfefferspray in die Augen sprühte und sich eine neue Schmerzensquelle bildete. Es war ein Reißen und Brennen, das ihn laut aufschreien ließ. Der Blick wurde unscharf und verschwamm. Er griff sich an die Augen und wollte reiben, heilen, das Gift herausholen – egal wie, einfach nur die Schmerzen lindern.

Dann folgte ein Tritt in seinen Magen. Und gleich darauf der nächste. „Du widerliches Schwein!" Ihr Fauchen war immer noch unwiderstehlich für ihn.

Die Türklingel läutete und sofort ließ sie von ihm ab. Sein Vater war da und jetzt würde es ihr an den Kragen gehen.

*

Anna zuckte zusammen, als sie die Klingel hörte. Bisher war nur der Griff in seine Hose das Hindernis gewesen, aber jetzt sah es noch schlimmer aus. Wer war da an der Tür? Ein Nachbar? Der Postbote? Hatte man seine Schreie gehört und wollte ihm zur Hilfe kommen? Oder war Sebastian da? Hatte er vorsorglich eine Streife geschickt, obwohl sie vorhin noch nicht einmal offensichtlich in Gefahr gewesen war?

„Das wirst du noch bereuen", murmelte Tim von unten und drehte sich herum, um in Richtung Tür zu kommen.

„Bleib liegen", befahl Anna und ging an ihm vorbei, in der Hand immer noch das Pfefferspray. Sie lief zur Tür und sah vorsichtig durch den Spion.

Verdammt, dachte sie. Vor der Tür stand kein geringerer als Doktor Hilgert oder wie man ihn sonst auch nennen sollte.

„Papa, sie ist noch hier. Mach die Tür auf!"

Oh nein! Anna musste in Windeseile überlegen, was zu tun war. Da Tim seinen Vater zum Öffnen aufforderte, musste er einen Schlüssel haben. Dann wäre die Barriere mit der Hose hin, aber Anna bezweifelte, dass sie an Hilgert vorbeikommen würde. Tim alleine hatte sie zwar mit Pfefferspray und Tritten für einen Augenblick bezwingen können, aber bei beiden würde es sicherlich nicht möglich sein. Es musste einen anderen Weg geben.

Hastig legte sie die Kette vor, um wenigstens eine kleine Chance zu haben. Und die war auch nötig, denn als sie sich herumdrehte, stand Tim bereits wieder hinter ihr.

Seine Augen sahen rot und geschwollen aus, den rechten Arm hielt er sich schützend vor den Magen, als würde er noch Schmerzen haben. „Was erhoffst du dir nur, Anna? Du kommst hier nicht raus."

Anna überlegte. Vor ihr stand Tim, dem es wieder besser zu gehen schien. Hinter der noch verschlossenen Tür mit der Kette stand ihr durchtriebener Psychiater, der wer weiß was mit ihr vorhatte. Gegen beide zusammen würde sie nichts ausrichten können.

„Ist alles in Ordnung, Tim?" Ein Schlüssel drehte sich im Schloss, dann wurde die Tür geöffnet, bis die Kette sie stoppte.

„Ja, sie hat nur die Kette vorgeschoben. Warte kurz, dann mache ich dir auf." Er ging einen Schritt auf Anna zu und taumelte dabei leicht nach vorne.

Irgendetwas musst du jetzt tun, dachte Anna. *Und zwar schnell!*

Sie griff ihr Pfefferspray und hielt es Tim wieder vor die Augen. Er hob sofort seinen Arm schützend vor sein Gesicht.

Anna sprühte, aber leider war es ziemlich schnell vorbei. Nach einem kurzen Strahl kam nichts weiter als ein leises Pfeifen aus der Dose.

Sie war leer.

Als Tim realisierte, was los war, strahlte er über das ganze Gesicht. „Ohne dein blödes Spray bist du nichts, Anna!" Siegessicher sprang er auf sie zu, um sie am Hals zu packen.

Doch Anna reagierte schnell. Sie warf die Dose zur Seite und erinnerte sich an ihre Selbstverteidigungskurse, die sie im letzten Jahr so reichlich besucht hatte. Es schien nur eine Frage der Zeit gewesen zu sein, wann sie davon endlich profitieren würde.

Noch bevor Tim sie erreicht hatte, schwang sie erneut ihr Knie nach oben und rammte es ihm in den Schritt. Er stöhnte auf, und Anna nutzte seine gebückte Haltung und kurzweilige Schwäche, um seinen Arm herumzudrehen, die Hüfte unter seinen Körper zu wuchten und ihn auf den Boden zu werfen. Es klappte und nur einen Sekundenbruchteil später hatten sie und Tim die Seiten getauscht, sodass sie jetzt weiter in der Wohnung stand und er direkt hinter der Tür lag.

„Tim? Was ist los?", hörte Anna Hilgerts Stimme hinter der Wohnungstür. Er schlug wild mit der Tür gegen die Kette, doch sie wich nicht zurück. Allzu lange würde Anna hierauf aber auch nicht vertrauen wollen. Zudem, wenn Tim die Kette einfach wieder entfernen würde.

Sie ging einen Schritt zurück, weiter in die Wohnung hinein, doch der immer noch am Boden liegende Tim packte ihren Fuß und riss sie herunter. Es ging so schnell, dass Anna nicht richtig reagieren konnte und unsanft herniederknallte.

„Bleib hier, du Flittchen. Ich bin noch nicht fertig mit dir!“

Er zog sie heran und wollte sich auf sie werfen, doch Anna strampelte mit den Beinen und zielte auf seinen Kopf. Ein Tritt traf ihn direkt an der Stirn. Er musste kurz loslassen, und Anna bekam lange genug Luft, um sich aufzurappeln.

Doch ihre Überlegenheit währte nur von kurzer Dauer. Auch Tim erhob sich wieder. Zu Annas Überraschung machte er allerdings keinen weiteren Angriffsversuch, sondern trat zurück zur Wohnungstür, um die Kette zu lösen.

Kapitel 40

Es ging alles viel zu schnell. Panisch erkannte Anna das kleine baumelnde Kettchen an der Tür. Der Weg nach draußen war frei – und gleichzeitig doch nicht. Dann tauchte nämlich auch schon ihr ehemaliger Psychiater auf.

Er wirkte älter als sonst und irgendwie gestresst. Seine Haare lagen ihm strähnig auf der Stirn, das Gesicht war blass und verschwitzt und die Augen wirkten hektisch.

Anna trat unweigerlich einen weiteren Schritt zurück. Ihr Pfefferspray war leer. Sie hatte nur ihre Arme und Beine, mit denen sie ihr Glück versuchen konnte. Schweiß hatte sich in ihrem Nacken gebildet. Ihr Körper war angespannt und zitterte leicht vor Aufregung. Sie würde keine Chance haben. Was auch immer geschah, sie konnte nur hoffen, dass Sebastian weiterhin auf ihren Anruf wartete, den sie ihm versprochen hatte, sobald sie aus der Wohnung war – törichterweise hatte sie vorhin noch gedacht, dass sie einfach hätte gehen können. Aber Tim hatte sich so merkwürdig verhalten, als ob er den Inhalt ihres Telefonats kannte.

Wenn Sebastian jetzt aber keinen Anruf von ihr bekam? Erkannte er die Situation gut genug, um zu wissen, dass sie in Gefahr war? In großer Gefahr?

Anna kam es vor, als wäre eine Ewigkeit vergangen, seit Doktor Hilgert in den Raum getreten war und die Tür hinter sich verschlossen hatte. Doch in Wahrheit waren es nur Sekunden gewesen.

Er hatte kurz zu seinem Sohn geschaut, um sich wohl nach dessen Gesundheitszustand zu erkundigen, und dann hatte er in Annas Richtung gesehen. Der Blick war unsicher und verkrampft, als fühlte er sich absolut nicht wohl in seiner Haut. Es war das erste Mal, dass Anna ihn so schwankend und befangen sah. Sonst machte er immer einen zu sicheren Eindruck, als wisse er stets, was zu tun war, und sei niemals auf Hilfe angewiesen.

Sie machte einen weiteren Schritt zurück und stand plötzlich mit dem Rücken zur Badezimmertür. In der nächsten Sekunde hatte sie die Tür geöffnet und war darin verschwunden. Drinnen drehte sie blitzschnell den Schlüssel herum und presste sich mit dem Rücken gegen die Tür.

Geschafft, dachte sie erleichtert. Hier gab es zwar keinen Ausweg, aber zumindest war sie nicht mehr im gleichen Raum mit ihren Peinigern.

Doch die Klinke wurde sogleich runtergedrückt und die Tür

wölbte sich in ihre Richtung, als sich hier jemand gegenwarf. „Mach die Tür auf!“, brüllte es von der anderen Seite.

Anna trat zurück. Sie hatte Angst die Tür zu berühren. Sie bedeutete die Verbindung zur Gefahr. Das Holz leitete das Unheil zu ihr weiter wie ein Kabel Strom.

Lautes Klacken und dumpfes Stoßen war alles, was Anna so wirklich wahrnahm. Die Klinke wurde wieder und wieder betätigt, doch die Tür hielt erneuten Gewalteinwirkungen stand. Nur wie lange noch? Anna erkannte die alten Scharniere und die mit unnötig viel Lack bepinselten Risse in der Türzarge. Mit dem richtigen Kraftaufwand würde sie sicherlich bald nachgeben.

Anna kramte ihr Handy aus der Tasche. Sebastian musste hiervon wissen und er musste kommen. Sofort!

Mit zittrigen Fingern bediente sie ihr Telefon, doch es war zum Verrücktwerden. Sie brauchte zwei Versuche, um ins Menü zu kommen und noch einen weiteren, um Sebastians Nummer herauszusuchen. Doch dann presste sie schließlich ihr Handy ans Ohr und wartete auf das Freizeichen.

Es war erschreckend, wie leise es auf einmal geworden war. Nicht nur die Stilles des Telefons – auch vor der Tür war es verdächtig ruhig geworden. Anna wusste aber, dass das nichts Gutes zu bedeuten hatte. Wenn es vor der Tür leise wurde, dann nur, weil sie sich einen Weg zu ihr überlegten. Sicherlich kamen sie bereits im nächsten Moment mit einem Kuhfuß heran und hätten die Tür im Nu geöffnet.

Anna flehte sehnsüchtig, als das Freizeichen eingesetzt hatte, dass der Kommissar doch endlich abnehmen würde. Wo war er jetzt, wo sie ihn doch am nötigsten brauchte?

Von der Tür vernahm Anna plötzlich ein splitterndes Krachen und erkannte, wie die Tür in der Nähe der Klinke für einen Moment nachgab.

Es war so weit. Sie hatten sich irgendeinen metallischen Gegenstand geholt und versuchten jetzt hiermit die Tür zu öffnen. Anna hörte ein erneutes Herausbrechen und das leise Rieseln von Holzsplittern, die auf den Boden fielen.

Sie trat einen weiteren Schritt zurück, bis sie mit dem Rücken direkt an der kalten Fliesenwand stand. Ihr Anruf ging immer noch ins Leere. Außer dem trostlosen Tuten kam kein Laut, der sie erhören und erlösen würde.

Sie brauchte eine Waffe und sah sich im Badezimmer um. Leider war es wie der Rest der Wohnung ebenfalls sehr spärlich eingerichtet. Sie würde lediglich mit einer halbvollen Shampooflasche oder

Handtüchern werfen können. Nicht mal einen Kerzenständer gab es hier, den sie als Wurfgeschoss nehmen konnte.

„Geh doch endlich ran“, murmelte sie verzweifelt und lehnte sich zurück. Dabei stieß sie an die Fensterbank hinter ihr und plötzlich kam ihr eine Idee.

*

Tim war erleichtert gewesen, als er plötzlich das Gestell der hässlichen Stehlampe sah und er endlich ein Mittel hatte, um die Tür zu öffnen. Denn auch wenn sie alt und wackelig war, so war sie dennoch aus massivem Holz und stabiler als ihm lieb war.

So hatte er schnell den Stecker aus der Wand gezogen und den Lampenkopf abgeschlagen. Jetzt war sein Werkzeug beinahe perfekt. Durch den Aufprall war die Fassung ungleich abgebrochen und bildete so eine besonders scharfe Spitze, die er wunderbar in die großzügige Ritze zwischen Tür und Zarge stecken konnte, um dann mit dem Heraushebeln zu beginnen.

Sein Vater stand angespannt daneben und beobachtete ihn. Tim war stolz auf sich und freute sich auf das Finale. Seit einem Dreivierteljahr wohnte er quasi schon zum Schein in dieser Wohnung und alles nur, damit sein Vater auf dem Laufenden war. Der hatte ihm von seinen Forschungen an Diego und Anna erzählt und bezahlte ihn nicht schlecht für seine Rolle als freundlichen Nachbarn. Doch jetzt war es vorbei. Die Maskerade war aufgeflogen.

Ein weiterer Hebegriff, dann fielen die letzten Holzteile aus der Zarge und die Tür ließ sich öffnen. Sein Vater war gleich zur Stelle und gemeinsam traten sie ins Badezimmer.

Es war nicht sehr groß und daher sehr überschaubar, aber genau das machte ihm Sorgen – hier war keine Anna. Eilig sah er hinter die Tür, aber auch hier war sie nicht.

Dann erblickte er das geöffnete Fenster an der gegenüberliegenden Wand.

Kapitel 41

Das ist ganz, ganz doof, was du hier machst, dachte Anna und wünschte sich insgeheim, nicht den letzten Mut aufgebracht zu haben, um aus dem Fenster zu steigen. Sie wusste immer noch nicht, wie sie es eigentlich gemacht hatte.

Tims Wohnung befand sich genau wie ihre im dritten Stock. Unter dem Badezimmerfenster ging es einige Meter hinunter und dennoch war sie so waghalsig gewesen.

Es war nur machbar, weil die Fassade zum Innenhof immer noch aus dem alten Backstein bestand und der Mörtel zwischen den Steinen teilweise herausgespült worden war, sodass sie hier Lücken fand, in die sie ihre Füße stecken konnte. Doch es war alles andere als einfach. Die Frontfassade zur Straße wäre auf diese Weise nicht begehbar gewesen, da sie vor ein paar Jahren mit einer Isolierschicht versehen worden war. Als Anna eingezogen war, hatte man ihr erzählt, dass sie das mit der Rückseite zum Hinterhof ebenfalls geplant hätten, aber seitdem hatte Anna nichts mehr hiervon gehört. Zu ihrem Glück.

Sie stand mit dem Gesicht zur Wand an den Stein gepresst und versuchte sich einzureden, in einem Kletterpark mit einem Seil gesichert an einer Steilwand zu hängen. Und am wichtigsten war noch, dass sie niemals nach unten schaute.

Direkt aus dem Fenster heraus hatte sie sich noch an der Fensterbank halten können. Von da aus schob sie sich langsam am maroden Mauerwerk entlang, das teilweise Platz für ihren halben Fuß bot, bis hin zu einem Vorsprung, der etwa fünfzehn Zentimeter aus der Wand herausragte und auf einen neueren Anbau hindeutete.

Hier angekommen verschnaufte Anna kurz und blickte sich um. Es war nicht mehr weit zum Nachbarhaus, von wo sie die Feuertreppe nehmen konnte, die sie bereits vor einem Jahr mit Diego hatte aufsuchen müssen, als sie mit Benno unter seiner Maske verkleidet das Haus verlassen hatten. Wenn sie die Treppe erreichen würde, hätte sie es geschafft, aber Anna war etwas skeptisch, was das Mauerwerk bis dahin anging. Zwar hatte der neuere Teil ihres Hauses diesen Vorsprung, auf dem sie gerade stand, dafür waren die Ziegel dieses Häuserteils fest zu einer Einheit verschlämmt, sodass sie hier nicht weiterkommen würde. Sie musste also einen anderen Weg finden.

Unter ihr erkannte sie einen Fensterrahmen aus dem zweiten Stock, der oben eine Kante hatte und etwa einen Meter von ihr entfernt war. Darunter war eine rettende Fensterbank, die in ihrer jetzigen Position unheimlich breit und einladend wirkte.

„Hey, da ist sie!“, hörte sie plötzlich schräg über ihr aus dem Badezimmerfenster. Sie sah hoch und erkannte Tim, der Anstalten machte, ihr zu folgen.

„Bist du bescheuert? Du kannst da nicht hinterher! Es ist ein Wunder, dass sie überhaupt so weit gekommen ist.“

Tim sah sich um und dann huschte plötzlich ein Lächeln über sein Gesicht. „Wir kratzen dich dann unten vom Pflaster, Anna!“ Dann war er verschwunden.

Anna richtete ihren Blick wieder auf die Wand.

Bleib ganz ruhig!, mahnte sie. Ihre Finger schmerzten von der verkrampften Haltung und würden sicherlich nicht mehr allzu lange durchhalten. Sie musste hier weg. Allerdings schien die Feuertreppe am Nachbarhaus kein Ausweg zu sein. Erstens würde sie an der intakten Backsteinwand nicht dorthin kommen und zweitens dauerte es wahrscheinlich nicht mehr allzu lange und dann würden Tim und sein Vater im Innenhof auftauchen.

Sie sah sich um und begutachtete die anderen Häuser um sie herum. Bisher schien noch niemand ihre waghalsige Aktion bemerkt zu haben, aber es war sicherlich nur eine Frage der Zeit, bis es so weit sein würde. Sie musste hier weg.

Ihr Blick fiel kurz auf das noch immer geöffnete Badezimmerfenster zu Tims Wohnung. Hier würde sie sicherlich wieder hineinkönnen, aber sie wusste nicht, ob sie bereits weg waren oder dort noch auf sie warteten. Vielleicht waren sie auch schon raus, hatten aber die Tür verschlossen – dann wäre sie nicht viel weiter als vorhin.

Nein, es musste einen anderen Weg geben. In ihrer rechten Hand kündigte sich ein Krampf an. Sie presste sich für einen kurzen Moment noch fester an die Wand, um ihre Hand auszuschütteln und die Muskeln zu lockern.

Dann sah sie nach unten auf das Fenster direkt unter ihr. Hier würde ihr Ausweg sein, und das am besten noch, bevor Tim hier auftauchte. Doch dafür hieß es: Abstieg. Bisher hatte sie sich nur seitwärts geschoben.

Sie ging langsam in die Hocke, immer bedacht nicht nach unten zu sehen und dicht an der Wand zu bleiben. Dann löste sie ihre Füße vom Vorsprung und ließ sie langsam herunterbaumeln. Erneutes Adrenalin rauschte durch ihre Adern. Ein Fehler, ein falscher Griff und sie würde schmerzvoll nach unten sausen.

Das Klingeln des Telefons riss sie kurz aus ihrer Konzentration, doch sie wäre momentan nie in der Lage, ranzugehen. „Sebastian, nicht jetzt!“

Sie schob sich langsam zurück und angelte gleichzeitig mit dem Fuß nach dem Vorsprung über dem Fensterrahmen, den sie vorhin gesehen und der ihr Mut gemacht hatte. Dafür musste sie sich langsam abwärts lassen und das war grausig. Ihre Beine baumelten frei in der Luft, doch als sie ihren bisherigen Aufenthaltsort auf Brusthöhe hatte, spürte die etwas Hartes unter ihrem rechten Fuß. Sie hatte das Fenster erreicht. Zitternd krallte sie sich mit den Fingern erneut in die marode Wand und dankte ihrem Vermieter abermals, dass er mit der Renovierung der Fassade so nachlässig war.

„Da ist sie!“, rief es aus dem Hof, als sie gerade die Fensterbank erreicht hatte und kurz durchatmete. Sie hatte es geschafft, aber leider waren Tim und sein Vater auch bereits da und zu allem Überfluss erkannte Anna, dass sie doch mittlerweile die Aufmerksamkeit auf sich gezogen hatte. Zu den beiden hatte sich eine Frau gesellt und aus dem Nachbarfenster starrte sie ein verwirrtes Kind mit großen Augen an. Anna sah sich weiter um, aber mehr Zuschauer konnte sie nicht entdecken.

Der Blick nach unten verriet ihr, dass sie auch im zweiten Stock immer noch sehr hoch über dem Erdboden war und ein Sprung oder gar Fall immer noch tödlich sein würde. Noch dazu, da gerade unter ihr eine Steintreppe parallel zum Haus in den Keller führte.

Nein, sie musste wieder ins Haus. Tim und sein Vater warteten doch nur auf sie. Aber würden sie sie mit Gewalt festhalten, wenn andere Leute dabei waren? Mit Sicherheit nicht. Dennoch würden sie sicherlich einen Weg finden, um sie ‚freundschaftlich und der guten Hilfe wegen‘ irgendwohin zu begleiten und keiner würde sich hierfür interessieren.

Während Anna noch überlegte, sah sie plötzlich eine ältere Frau hinter der Fensterscheibe durchs Wohnzimmer huschen. Das wäre ihr Weg!

„Hallo!“, rief Anna und klopfte wild an die Scheibe. „Bitte machen Sie auf! Ich brauche Ihre Hilfe! Öffnen Sie das Fenster!“

Die Frau erschrak und sah verängstigt aus. Offenbar hatte sie Anna bisher noch gar nicht bemerkt.

„Machen Sie auf! Bitte! Ich will hier nicht runterfallen.“

Endlich reagierte sie und räumte die Blumen von der Fensterbank. Einen kurzen Augenblick später war das Fenster offen und Anna sprang hinein.

„Oh, ich danke Ihnen. Sie haben mir das Leben gerettet!“ Anna taumelte und fiel der Dame um den Hals. Sie war sogar noch ein

Stückchen kleiner als Anna und schien bis vor ein paar Sekunden noch in der Küche gestanden zu haben, was die bespritzte Schürze und der fettige Geruch in der Wohnung verrieten.

„Was zum Teufel haben Sie da gemacht? Wollten Sie sich umbringen?“

„Nein, ich musste nur aus der Wohnung raus und sah keinen anderen Weg.“ Anna spürte, wie ihr gesamter Körper vor Anspannung und Adrenalin zitterte. Sie hatte es geschafft und wieder festen Boden unter den Füßen. Nervös knetete sie die Finger, um ihre verkrampften Muskeln zu entspannen. Ihre Knöchel waren zerschrammt und mit Blut verschmiert.

Dann warf sie einen Blick aus dem Fenster und sah, dass die Hilgert-Männer aus dem Hinterhof verschwunden waren. Ihr blieb nicht viel Zeit, wenn sie das Haus verlassen haben wollte, bevor sie wieder die Treppen hochgelaufen waren.

Kapitel 42

Anna stürmte aus der Wohnung und nach unten. Doch als sie eine Treppe geschafft hatte, hörte sie die Stimmen von Doktor Hilgert und seinem Sohn, die gerade durch die Haustür traten. Noch hatten sie sie nicht gesehen, aber Anna erkannte das Handgelenk ihres ehemaligen Psychiaters ein Treppengeländer unter ihr. Sie konnte nicht mehr unten raus – sie musste hoch.

Sie kam an ihrer Wohnung vorbei und stockte kurz, aber sie hatte keine Zeit, um die Tür aufzuschließen und zu öffnen. Doch Anna hatte noch eine Alternative in der Hinterhand.

Sie dachte an das kleine Dachfenster. Es war gefährlich, aber sicherlich nicht viel schlimmer als ungesichert an der Hauswand zu hängen.

Den Blick immer fest nach vorn gerichtet jagte sie die Treppen hinauf und durchlebte ein erneutes Déjà-vu. Vor etwa einem Jahr war der Ausgang unten ebenfalls versperrt gewesen.

Hastig öffnete sie das Fenster und stieg auf das Dach. Sie schluckte, als sie die Schräge sah. Sie warf einen kurzen Blick nach hinten, aber ihre Verfolger ließen noch auf sich warten. Vielleicht hatte sie sie sogar abgehängt, oder sie machten sich an ihrer Wohnung zu schaffen, weil sie Anna hier vermuteten.

Sie atmete tief durch, als sie die Füße langsam voreinander setzte, und streckte die Arme als Balance zur Seite aus. Nach den ersten paar Schritten klingelte erneut das Telefon.

Es war wieder Sebastian, doch diesmal entschloss sich Anna, das Gespräch anzunehmen. Zwar war die Situation nicht weniger gefährlich, aber immerhin hatte sie jetzt die Hände frei, und Sebastian musste wissen, was hier los war.

„Gut, dass du anrufst!“, begrüßte sie ihn, als sie kurz vor dem Nachbarhaus war und sich auf alle Viere begab, um von hier auf die Feuertreppe zu kommen.

„Bist du aus der Wohnung raus? Ist alles in Ordnung?“

„Ich bin raus. Aber du musst sofort kommen. Sie verfolgen mich. Ich bin auf dem Dach.“

„Du bist *was*?“

„Ja, und sie sind hinter mir her. Tim wollte mich in seiner Wohnung festhalten.“ Anna hatte die Treppe erreicht und warf einen Blick nach unten. Der Hof war zum Glück frei, keine Schaulustigen aber auch keine Verfolger, die den Weg wieder nach draußen gefunden hatten und hier auf sie warteten. Sie rutschte an den Rand des

Daches und ließ die Beine herunterbaumeln. Bevor sie auf das Gitterdach hinunterglitt, sah sie noch einmal zum Dachfenster, aber auch hier war noch niemand aufgetaucht.

Sie ließ sich auf die Treppe rutschen und nahm eilig die Stufen nach unten, während sie Sebastian die weiteren Einzelheiten schilderte, die eben in der Wohnung vorgefallen waren. Er musste unbedingt kommen.

Anna stürzte fast, als sie die letzte Stufe erreicht hatte. So erleichtert war sie über den freien und ebenen Boden, der sich vor ihren Füßen ausbreitete.

Mit dem Ausgang des Hinterhofs als Ziel vor Augen stürmte sie voran. Bevor sie die Straße erreicht hatte, warf sie einen letzten kurzen Blick in Richtung Haus, aber es wirkte immer noch ruhig.

Das Handy weiter ans Ohr gepresst erreichte sie die Seitenstraße und überlegte, wo sie ihren Wagen geparkt hatte.

Sebastian war erschrocken über ihre Nachricht, und Annas Nerven kitzelten aufs Neue, als sie plötzlich das Martinshorn bei ihm im Hintergrund hörte, das er eben eingeschaltet hatte. „Ich bin gleich da. Wo bist du jetzt?"

„Ich laufe zu meinem Auto und fahre weg."

„Okay. Hast du gesehen, wo Hilgert und sein Sohn hin sind?"

„Nein. Ich habe sie zuletzt im Treppenhaus gesehen, als sie mir gefolgt waren. Ich denke, sie sind vielleicht bei meiner Wohnung."

„Gut. Ich fordere Verstärkung an. Wie kann ich dich erreichen?"

„Über mein Handy. Ich fahre zu meinen Eltern raus. Sie wohnen im Gänsestieg." Anna hatte ihren Wagen erreicht und schloss die Tür auf. Kurz bevor sie sich hineinsetzte, sah sie sich noch einmal um, aber ihr schien niemand gefolgt zu sein. Kurz dachte sie an ihre Eltern und daran, dass sie sie im Krankenhaus besuchen wollte, aber dazu war sie jetzt nicht in der Lage.

„In Ordnung. Aber fahr nicht direkt zu ihnen, sondern mach einen Umweg!", hörte sie Sebastians besorgte Stimme aus dem Handy. „Vielleicht ist doch noch jemand hinter dir."

„Okay." Anna war losgefahren und warf einen ängstlichen Blick in den Rückspiegel.

„Ich melde mich wieder bei dir. Pass auf dich auf, Anna!" Dann war er weg.

Mit zittrigen Fingern ließ Anna ihr Handy wieder in ihre Tasche rutschen. Dann packte sie mit beiden Händen das Lenkrad und krallte sich daran fest. Sie hatte es geschafft, aber so richtig daran glauben wollte sie noch nicht.

Die Fahrt ging langsam und träge voran, weil sie durch die Ampelschaltung ständig gebremst wurde. Sie konnte sich nicht daran erinnern, wann sie das letzte Mal so nervös und fahrig in einem Auto gesessen hatte. Doch wenn sie genauer darüber nachdachte, war es doch erst gestern früh gewesen, als sie mit Rafael auf dem Beifahrersitz in Bennos getunter Karre ziellos durch Hamburg gebraust war.

*

Er stellte die Abhörvorrichtung ab und verstaute sie in einer Tasche.

„Schalt alles aus!“, befahl er seinem Vater, als er die letzten Eintragungen überflog und anschließend alles löschte. Dann holte er den Benzinkanister, den er für diese Zwecke im Schrank bereithielt, und vergoss den gesamten Inhalt über Schreibtisch und Computer. Die Abhörvorrichtung war das einzig wirklich Wertvolle und Wichtige, das er für seine Arbeit angeschafft hatte. Alles andere war teilweise gebraucht oder gar schon so veraltet, dass er auf dessen Erhalt keinen Wert legte.

Alle entscheidenden Daten waren übermittelt. Alles, was jetzt hier noch als Kopie oder Abschrift zu finden war, konnte getrost vernichtet werden.

Er nahm die Tasche mit dem Abhörgerät und zog ein Feuerzeug aus seiner Jacke. *Ade, du interessantes Spektrum menschlicher Psyche.*

Der benzingetränkte Papierstapel fing sofort zu lodern an und hatte innerhalb weniger Sekunden den Raum eingenommen. Grelle Hitze stieg auf und es war Zeit zu gehen. Hier würde der Kommissar erst mal beschäftigt sein, nur dass die Spurensuche erfolglos bleiben würde.

Er sah sich zu seinem Vater um, der zufrieden nickte. „Dann lass uns mal im Gänsestieg auf sie warten. So wie es aussieht, fährt sie ja noch eine größere Runde.“

Kapitel 43

Anna hatte sich irgendwann total verfranzt und wusste selbst gar nicht mehr, wo sie eigentlich war. Es hatte gedauert, bis ihr endlich wieder einzelne Straßen vertraut waren und sie sie auf ihrer inneren Landkarte zusammenführen konnte, sodass sie sich schließlich traute, Kurs auf das Haus ihrer Eltern zu nehmen. Sie hatte die ganze Zeit gefühlt mehr in den Rückspiegel als auf den eigentlichen Weg vor ihr geschaut, sodass sie sich sicher war, keine Verfolger mehr hinter sich zu haben. Falls sie überhaupt jemals da gewesen waren.

Als sie den Motor vor ihrem Elternhaus abstellte, war nichts Auffälliges zu erkennen, dennoch hatte ihr Körper das Zittern noch nicht eingestellt. Das würde sich wahrscheinlich erst geben, wenn etwas Zeit verstrichen und ein wenig Normalität eingekehrt war.

Aber wie definierte sie inzwischen eigentlich Normalität? Reichte es schon, dass Doktor Hilgert und sein Sohn hinter schwedischen Gardinen saßen, damit sich bei ihr wieder die innere Ruhe einstellte? Rafael wieder nach Mexiko verschwunden und am besten niemals hergekommen wäre? Benno mit seiner zertrümmerten Nase in der Alster versenkt wurde? Ihre Eltern wohlbehalten wieder zu Hause waren?

Würde das alles reichen? Oder würde etwas fehlen?

Natürlich würde es das!, fuhr ihr sogleich eine innere Stimme dazwischen. Diego war und blieb verschwunden und so lange sie nicht wusste, was wirklich los war, würde sie mit Sicherheit zu Lebzeiten keine Ruhe mehr finden.

Sie stieg aus dem Wagen und schloss die Tür. Das Haus lag ruhig und verlassen da. Ihre Eltern waren noch nicht wieder zu Hause, aber plötzlich verspürte Anna das dringende Bedürfnis, sie anzurufen.

Während sie auf das Haus zulief, wählte sie die Handynummer ihrer Mutter.

Ute Selbig war aufgeregt, aber auch erleichtert, dass es Anna gut ging. Sie und Annas Vater waren eine Nacht zur Beobachtung im Krankenhaus geblieben, jetzt aber zufälligerweise selbst gerade wieder auf dem Weg nach Hause. Man würde sich also in kurzer Zeit treffen können, sobald die Entlassungspapiere fertig seien.

Anna freute sich. Vielleicht würden ihre Eltern und ihr altes Zuhause schon eine gewisse Normalität wiederherstellen können. Vielleicht sollte sie einfach für die nächste Zeit hierbleiben und sich um ihre Eltern kümmern – ihr Leben vergessen.

Natürlich blieb immer noch offen, was Sebastian ihr zu berichten hatte. Hatte er die Hilgerts bereits gefasst? War sie zumindest vor denen sicher, oder musste sie weiterhin Angst haben?

Sie schloss die Haustür auf und atmete tief durch, als sie eintrat. Als sie das letzte Mal hier gewesen war, hatte sie ein schreckliches Erlebnis durchstehen müssen und war Hals über Kopf zum Aufbruch gezwungen worden. Wie würde es jetzt hier sein?

Als sie in den Flur trat und die Tür hinter sich schloss, war alles wie immer. Nur der Anblick der Küche zeugte von den Erinnerungen, die sie selbst noch hatte.

Der Boden war teilweise mit Blut bedeckt. In einer Ecke lagen noch die Fesseln, die ihren Eltern abgenommen worden waren. Seit dem Überfall schien keiner hier gewesen zu sein.

Anna stellte ihre Tasche ab und machte sich ans Werk. Sie warf das Klebeband in den Müll und feudelte den Boden auf. Dann öffnete sie das Fenster, da sie meinte, Kopfschmerzen zu bekommen. Sie konnte nicht sagen, ob es die Gesamtsituation oder einfach nur die beklemmende Enge der Küche war, die das verursachte.

Ihr Blick fiel auf die Straße und die umliegenden Häuser. Nieselregen umhüllte alles mit einem Schleier. Es wirkte schön und irgendwie beruhigend. Es war, als würde die Umgebung kurz abgedämpft und unerreichbar gemacht – und so fühlte sich auch Anna.

Doch sie wusste, wie trügerisch das Ganze war. Die reale Welt lebte nicht unter schützenden Nebelschwaden. Dieses Haus war kein Platz, der für Außenstehende unerreichbar war.

Tim und sein Vater könnten hier auftauchen, weil sie Sebastian entwischt und irgendwie an diese Adresse gekommen waren, Benno könnte wiederkehren und mit seiner Waffe herumfuchteln, von Rafael ganz zu schweigen, oder aber der unbekannte große Mann, der sie direkt nach ihrem Gefängnisaufenthalt niedergeschlagen und den Zettel mit Diegos Adresse gestohlen hatte. Sie alle waren potenzielle Gefährdungspunkte und hatten es auf sie abgesehen. Den Grund hierfür kannte sie nicht. Auch nicht, warum sich alle anscheinend so sehr für Diego interessierten. Was hatte Doktor Hilgert zum Beispiel für ein Interesse an ihm? Irgendetwas musste an Diego sein oder besser, musste er besitzen, gemacht oder gesagt haben, bevor er diese verdammte Amnesie erlitten hatte. Irgendetwas, das so mächtig war, dass alle ihn aufsuchen wollten oder gar entführt hatten.

Nur was war es? Was war das Geheimnis?

Traurig schloss Anna das Fenster und nahm ihre Tasche. War ihr vor ein paar Minuten das Haus auch noch als vertrauter Ruhepol erschienen, so wusste sie jetzt, dass sie hier nicht bleiben konnte. Es war schon schlimm genug, was ihre Eltern bereits durch sie hatten erleben müssen.

Sie musste von hier verschwinden und das schnell. Diego hatte sie zu einer Adresse lotsen wollen und das Geld erwähnt, das vom Drogendeal noch übrig gewesen war.

Sie verließ die Küche und lief die Treppe hinauf, um von hier auf den Spitzboden zu gelangen, wo sie die Tasche mit dem Geld versteckt hatte.

Der Flur oben war schmal und bildete den Mittelpunkt zu den vier anliegenden Räumen. Es war dunkel, weil alle Türen geschlossen waren und Anna knipste das Licht an. Dann nahm sie sich den hölzernen Haken, der neben dem Treppenabsatz in einem hierfür vorgesehenen Halter steckte und zog die ausklappbare Leiter herunter. Es quietschte laut, als die Spannfedern nach unten gedehnt wurden und rumpelte, als die Holzleiter auf dem Boden aufschlug. Wie hasste Anna dieses Geräusch aus ihrer Kindheit. Aber noch viel schlimmer klang es, wenn die Leiter von den Federn gezogen zusammengeklappt wieder hochschnellte. Irgendwie verband sie es immer mit mühseligem Aufräumen, endlosem Suchen, schäbigen Kartons und Staub.

Sie stieg die Leiter hinauf und begab sich in die hintere Ecke unter dem kleinen Dachfenster, wo die meisten von Annas alten Sachen verstaut waren. Anna war ein Einzelkind und ihre Eltern waren niemals umgezogen. Das Resultat hierzu war, dass von ihr alles aufgehoben wurde. Aus diesem Grund hatte Anna damals auch den Dachboden ihrer Eltern als bestes Versteck für die wertvolle Reisetasche ausgewählt. Niemand würde hier nach dem Geld suchen.

Doch schon als Anna nur einen der Träger der Reisetasche erblickte, wusste sie, dass hier etwas nicht stimmte. Schnell zog sie die Tasche heran und schaute in den offenen Reißverschluss hinein. Sie wusste, dass sie sie nicht offen gelassen hatte. Das machte sie niemals. Sie kannte den Wert und war sich ihres Schatzes durchaus bewusst. Die Geldscheine wurden immer durch einige Bücher und Zeitschriften abgedeckt. Diese waren zwar noch in der Tasche, aber Anna erkannte sofort, dass sie tiefer lagen als sonst. Der restliche Inhalt fehlte.

Sogleich packte sie das Tarnmaterial und schleuderte es unsanft heraus. Leer. Ihre erste Eingebung hatte sie nicht getäuscht. Das Geld war weg.

Sie sah sich flüchtig um, aber wo sollte das Geld sonst sein, wenn nicht hier in der Tasche? Ihre Eltern hatten keine Ahnung hiervon. Es waren nur Diego und sie, die hierüber Bescheid wussten.

Hatte er vielleicht …? Anna wagte nicht, den Satz zu Ende zu denken. War er hier gewesen und hatte das Geld geholt? Für seine Freiheit oder was auch immer?

Doch dann fiel Anna eine weitere Person ein, die hiervon wusste: Rafael.

Natürlich. Anna hatte Diegos Bruder genau erklärt, wo es war.

Wütend ließ sie sich auf den Hintern zurückfallen. Jedem anderen Menschen, auch wenn es nur ein einfacher Einbrecher mit Riesenglück war, hätte sie dieses Geldgeschenk gegönnt, aber niemals Rafael.

Sie ballte die Fäuste und verfluchte den Moment, als sie so naiv und dumm gewesen war, um ihm leichtgläubig alles zu erzählen.

Verärgert packte sie die Hefte und Bücher wieder in die Tasche, damit es nicht so unordentlich aussah, und zuckte plötzlich zusammen, als hinter ihr die zusammengeklappte Leiter mit einem lauten Knall hochschnellte.

Anna warf sich erschrocken zurück und hörte auf zu atmen. Das konnte nicht von alleine passieren, das wusste sie. Jemand hatte die Leiter hochgeklappt und wenn sie sie nicht von oben mit Schwung und wahrscheinlich ebenso laut wieder hinunterstoßen würde, war sie hier gefangen.

Ihr Herz raste und ihre Gedanken zuckten wie wilde Blitze durch ihren Kopf. Wer war hier? War ihr etwa doch jemand gefolgt?

Dann erkannte sie durch den Schlitz in der Decke, dass im Flur das Licht ausgeschaltet wurde. Es war jemand da. Definitiv. Vielleicht ihre Eltern? Waren sie wieder nach Hause gekommen? Eigentlich hatte ihre Mutter doch gesagt, dass es noch länger dauern würde, oder? Allerdings konnte sich Annas Zeitgefühl auch total irren. Sie war so durcheinander und fahrig, dass sie vielleicht schon seit einer Stunde hier oben hockte.

Doch da! Schritte auf der Treppe. Sie gingen nach unten.

Gänsehaut überzog ihren Körper, als ihr klar wurde, dass die ganze Zeit jemand im Haus gewesen war. Mit auf ihrer Etage. Sicherlich hatte man sie auch hier raufgehen sehen und wusste, dass sie jetzt hier in der Falle hocken würde.

Verdammt, verdammt, verdammt! Was sollte sie jetzt machen? Ihre Eltern konnten es nicht sein. Annas Auto stand an der Straße und sollten sie doch gekommen sein, hätten sie mit Sicherheit nach ihr gerufen und sich gewundert, wo sie war, aber nicht einfach die Leiter zum Dachboden zugeschlagen.

Doch wer war es? War Rafael zurück? Brauchte er noch mehr Geld? Oder Benno? Wollte er etwa auch am Geldsegen teilhaben?

Anna stand langsam auf und sah sich nach einer brauchbaren Waffe um. Sie wusste nicht, was passieren würde. Kam er zurück? Würde er hier heraufkommen?

Es war nicht allzu hell, weil sie vorhin das Licht nicht eingeschaltet und daher jetzt nur das kleine, einfach verglaste Fensterchen als Lichtquelle hatte. Doch es genügte, um den alten Hockeyschläger zu finden, mit dem sie früher als Kind oft auf der Straße mit den Nachbarskindern gespielt hatte.

Dann hörte sie plötzlich Stimmen und lauschte. Sie versuchte keinen Mucks zu machen und die Laute zu orten. Sie kamen von draußen und die Personen hierzu schienen direkt unter dem kleinen Dachfenster zu stehen.

Sie lugte vorsichtig hindurch und erkannte den gepflegten Hintergarten ihrer Eltern. Die Luft sah wie aus dem Küchenfenster vorhin grau und trostlos aus. Rechts von ihr erstreckte sich direkt am Haus ein kleiner Geräteschuppen. Doch sie konnte niemanden sehen, obgleich die Stimmen noch da waren. Die Personen mussten direkt an der Hintertür unter dem Dach stehen.

Vorsichtig öffnete sie den kleinen Haken und schob langsam das Fenster auf.

„Sie ist nicht hier. Sie muss rausgelaufen sein."

„Aber ihr Auto steht noch an der Straße. Sie muss im Haus sein."

Anna musste sich am Fensterrahmen festkrallen, als sie die Stimmen erkannte. Es waren Tim und sein Vater. Aber wie kamen sie hierher? Woher wussten sie, dass sie hier war? Hatte ihr kläglicher Versuch jemanden abzuschütteln überhaupt nichts gebracht?

„Geh noch mal ins Haus!", befahl Doktor Hilgert. „Wir müssen sie finden. Und jetzt ohne Spielchen. Ich will ihr nicht länger zugucken. Vielleicht ist sie doch noch auf dem Dachboden."

Anna spürte ein Ziehen in der Lunge, weil sie so abrupt das Atmen eingestellt hatte.

„Nein, da ist sie nicht mehr. Sie hat die Klappe wieder zu gemacht und ist rausgelaufen. Hier in den Garten. Warum war hier wohl sonst die Tür auf?"

Sie wissen, wo ich bin!, schoss es Anna panisch durch den Kopf. Aber warum vermuteten sie, dass sie draußen war? Wer hatte dann die Leiter nach oben geschlagen, wenn sie es nicht gewesen waren, um sie hier oben einzusperren?

Anna warf einen schnellen Blick auf das zusammengeklappte Holzgestell. Man brauchte zwei Hände, um sie in diese Position zu bewegen. Sie konnte nicht von alleine hochgeschlagen sein.

„Ich habe keine Ahnung", fauchte Hilgert seinen Sohn an. „Sie darf uns jetzt nicht mehr entkommen. Geh du noch mal auf den Dachboden, und wenn du jeden Karton zur Seite rücken musst: Ich will wissen, wo sie ist! Ich werde noch mal zu ihrem Wagen gehen."

„In Ordnung!"

Anna hörte, wie sie auseinanderliefen. Eine Zimmertür wurde geöffnet, vermutlich die, die vom Hauswirtschaftsraum in den Flur im Erdgeschoss führte.

Dann waren Schritte auf der Treppe.

Handeln, schnell handeln!, schrie Anna innerlich. Wenn sie an Doktor Hilgert und Tim dachte, schien ihr der Hockeyschläger recht mager zu sein. Sie musste hier weg. Das war der einzige Weg.

Sie schob das kleine Kippfenster ganz auf und stemmte sich mit den Händen auf dem morschen Rahmen ab, der im Laufe der Jahre ordentlich Wasser gezogen haben musste. Dann hob sie sich aus dem Fenster heraus und schob sich auf die Dachpfannen. Sie konnte gerade noch das Fenster von außen wieder zudrücken, als sie auch schon das Schnellen der Spannfedern hörte. Tim war auf dem Weg zu ihr. Sie konnte nur hoffen, dass ihm nicht der geöffnete Riegel auffiel und er nicht aus dem Fenster schaute. Aber mit Sicherheit würde er das tun.

Sie suchte halbwegs festen Halt für ihre Füße und schritt vorsichtig und doch so zügig wie möglich in Richtung Geräteschuppen, den sie direkt vom Haus besteigen konnte. Das Blech verriet sie mit einem protestierenden Knacken, als sie sich vom Dach hinunterschob.

Anstatt allerdings links zum Eingang des Schuppens und in Richtung Garten und Rasenfläche zu springen, entschied sich Anna für die andere Seite und rutschte an der Regentonne vorbei in Richtung Hecke des Nachbargrundstücks. Von hier konnte sie ebenfalls wieder zur Straße kommen, war aber nicht gezwungen an der Hintertür vorbeizulaufen, wo sie Hilgert und seinen Sohn gerade noch gehört hatte.

Anna kauerte sich kurz zusammen und lauschte nach oben. Sie konnte das Dachfenster von hier nicht mehr sehen, daher wusste sie auch nicht, wo Tim war. Hatte er ihren Weg schon herausgefunden? Hatte er den geöffneten Riegel gesehen?

Aber sie durfte es nicht abwarten, sondern musste jetzt handeln. Wenn er erst ihren Weg über das Dach gefunden hatte, würde er ihr sicherlich folgen. Zumal es diesmal deutlich leichter war als die Aktion, die sie sich vorhin geleistet hatte.

Sie richtete sich auf und schaute vorsichtig am Haus vorbei zur Straße. In einiger Entfernung konnte sie ihren Wagen erkennen. Wie schnell würde sie dort sein, wenn sie jetzt losrannte? Tim war auf dem Dachboden und würde wahrscheinlich nichts davon mitbekommen, aber was war mit seinem Vater? War er noch im Haus? Oder lief er die Straße ab? War er möglicherweise schon in den Nachbargärten?

Anna wurde fast wahnsinnig. Sie konnte hier nicht stehen bleiben. Sie musste hier weg – so gefährlich und leichtsinnig es auch sein mochte.

Leise schlich sie sich an der Wand entlang. Vor ihr war der direkte Weg frei. Zumindest, der Teil, den sie hiervon sah. Sollte sie es einfach wagen?

Sie wollte gerade weitergehen, als sie es plötzlich hinter sich klacken hörte, doch ehe sie sich auch nur umsehen konnte, wurde sie auch schon von hinten gepackt und zur Seite gezogen. Anna wollte schreien, aber jemand presste ihr die Hand auf den Mund.

Jetzt hat er dich, dachte Anna und verfluchte Doktor Hilgert, weil er ihr hier hinten aufgelauert hatte. Sie bäumte sich auf und grollte innerlich. Es durfte einfach nicht geschehen. Sie war doch schon so weit gekommen. Hatte die halbe Stadt hinter sich gelassen, hatte in gespenstischer Höhe an der Hauswand gehangen und jetzt das! *Hier!* In ihrem eigenen Garten, wo sie doch eigentlich jedes Versteck kennen sollte, wurde ihr hinterrücks aufgelauert.

Anna griff mit ihrer freien Hand an ihr Gesicht und versuchte den kleinen Finger ihres Angreifers zu ergattern. Jeder Mensch, und mochte er noch so stark sein, war am kleinen Finger verwundbar, wenn man diesen kräftig nach hinten zog.

„Anna, was soll das? Willst du mir die Hand brechen?“

Anna löste schlagartig den Griff und drehte sich um. *Das kann doch nicht wahr sein!*

Fassungslos starrte sie in die vertrauten, dunklen Augen, die sie so sehr vermisst hatte und die nicht Doktor Hilgert gehörten.

Wo kam er jetzt her? Wieso war er hier?

Anna trat einen Schritt zurück und taumelte, doch Diego packte sie, bevor sie fallen konnte und schloss sie fest in seine Arme.

Kapitel 44

Vier Tage vorher

Benno war außer sich vor Freude. Der Flüchtige war zurück. Wohlbehalten und bei bester Gesundheit. Wer hätte das gedacht? Es hatte Zeiten gegeben, an denen es durchaus anders ausgesehen hatte.

Jetzt ging es um die nächsten Schritte. Welcher zuerst? Er war geradezu erpicht darauf, die Einzelheiten zu erfahren, die die Brüder vor zwei Jahren zu ihrer dämlichen Flucht veranlasst hatten. Nach so langer Zeit des Wartens würde er endlich Antworten bekommen.

Doch es würden seine Antworten sein. Er war jetzt alleine. Vielleicht würde er Frank und die anderen nach und nach dazu holen, aber warum den Braten mit anderen teilen, wenn man in den letzten Jahren nur verdorrtes Fleisch bekommen hatte? Die Streetsurfer waren auseinander geraten, doch er würde sie wieder zusammenbringen. Er hatte Großes vor und lange auf diesen Moment gewartet. In den letzten zwei Jahren waren ihm die Hände gebunden gewesen, zu allem Überfluss noch, weil diese dämliche Police, ob es sie nun gab oder nicht, wie ein übel stinkender Geruch allgegenwärtig in der Luft gehangen hatte und alle zu benebeln schien. Es hatte sie unfähig gemacht zu handeln. Sich nur zu bewegen oder alleine schon Gedanken an ein übliches Vorgehen waren quasi verboten gewesen. Wie durch eine unsichtbare Schlinge waren sie festgehalten und an den Boden gedrückt worden. Eine übergeordnete, unbekannte Macht hatte mit ihnen gespielt und sie überwacht, doch jetzt würde es vorbei sein.

Er hatte *ihn* hier. *Er* würde ihm helfen.

Benno würde diese Fehde beenden und die scheußliche Police vernichten. Sie würden wieder frei sein und nicht mehr als räudige Hunde mit eingekniffenem Schwanz herumlaufen, vor denen niemand mehr Respekt hatte. Es würde sich einiges ändern müssen, bis der Ursprung wiederhergestellt war, aber Benno wusste, dass alle, auch Frank und Azem als Köpfe der Streetsurfer, im Grunde ihres Herzens nichts anderes wollten, als wieder den gewohnten Geschäften nachzugehen und den alten ruhmreichen Status zurückzuerlangen.

Benno würde den Weg hierzu ebnen. Dank *ihm*.

Voller Euphorie war er zum Hauptquartier gefahren, als er in Saralies Wohnung den Anruf bekommen hatte, dass Santo vernehmungsfähig war. Benno hatte ihn zwar am Flughafen abgefangen und zum Gehen veranlasst, sich dann aber aus Sicherheitsgründen nicht länger mit ihm sehen lassen, sondern Santos Fahrt zum Hauptquartier durch andere Streetsurfer veranlasst. Joyo würde erst einmal warten können. Jetzt war sein Bruder an der Reihe und wie Benno hörte, schien die Erinnerung an sein früheres Leben zurückzukehren. Ein Zustand mit dem Benno endlich würde arbeiten können.

Santo war in einem der hinteren Verhörzimmer auf einen Stuhl geschnallt worden, als Benno eintraf. Jessi war bei ihm sowie Miti und eine ganze Schar an Brüdern, die wie Puppen artig aufgereiht an der Wand standen. Keiner kam Santo zu nahe. Niemand bewegte sich oder wagte gar zu atmen, als wäre er ein böses Raubtier, das bei der nächsten Bewegung zupacken würde.

Sobald Benno den Raum betrat, sprudelte neue Verachtung in ihm auf. Sie alle behandelten Santo als Helden, als jemanden, der etwas Außergewöhnliches geschafft hatte, das niemand sonst wiederholen könnte. Doch ihnen entging das Wesentliche: Santo war kein Held, kein Vorbild, kein Star – er war ein Verräter, Lügner, Mörder und Betrüger. Die Ehrfurcht in den Augen der jungen Rekruten gehörte ihm nicht, und es machte Benno wütend, dass sie ihn als so jemanden einschätzten. Santo war nichts weiter als ein Feigling, doch Feiglinge gab es bei den Streetsurfern nicht. Wenn sie Santo als Vorbild sahen, dann hatten sie hier nichts verloren.

Aber Benno beachtete sie nicht weiter. Das hier war seine Bühne. Er hatte sich die Requisiten erschaffen und alle anderen waren Zuschauer, mehr nicht. Die jungen Rekruten sollten lernen – die alten sich erinnern – was der Kern ihrer Aufgabe war.

Benno blendete sie aus, wie ein Theaterspieler das Publikum, und fokussierte Santo in der Mitte des Raumes. Es war letztendlich ein Leichtes gewesen, ihn zu bekommen. Sie hatten viel zu lange gewartet, um es endlich möglich zu machen.

Langsam und siegessicher trat er direkt vor ihn und hielt kurz vor ihm an.

Santos Augen funkelten böse vor Zorn, seine Haltung zeugte von Hass, der ihm aus allen Poren zu sprudeln schien. Zufrieden stellte Benno fest, dass er aussah, wie er ihn in Erinnerung gehabt hatte. Damit meinte er nicht den kurzen Kontakt im Schuhladen vor ein paar Tagen, sondern er erkannte den Santo, der vor zwei Jahren hier in diesen Räumen gelebt hatte. Ein schneller, trainierter, kampferprobter und skrupelloser Mann, der vor keinem Auftrag zurückgeschreckt war.

Aber er ist kein Heiliger, rief Benno sich ins Gedächtnis. Auch wenn er noch so sehr in diesen Räumen geschätzt worden war, so gab es für ihn keinen Freifahrtschein.

Bennos Lächeln verschwand von seinen Lippen. Es gab nichts mehr zu lachen. Zumindest nicht, wenn er dabei an Santo dachte. Die Spuren des Verrats und der Vernichtung waren zu tief.

Santos Beine, seine Hände auf dem Rücken und sein Rumpf waren mit Klebeband an den Stuhl gefesselt. Über seinem Mund klebte ein weiterer Streifen. Benno hatte selbst angeordnet, dass das geschehen sollte, und es hatte keiner gewagt, sich dem zu widersetzen.

Benno holte aus und schlug Santos Schädel zur Seite. Seine Hand hatte reagiert, bevor er überhaupt wusste, was er tat.

Jessi neben ihm an der Wand ließ einen leisen Laut hören, doch Benno würde ihr ebenfalls eine verpassen, wenn sie noch einen Mucks von sich gab.

Santos Kopf war zur Seite geschleudert worden. Benno erkannte den zusammengepressten Kiefer unter dem Klebeband, als Santo sein Gesicht langsam wieder in die Mitte bewegte. Der Blick war stur geradeaus. Er wusste, dass hier noch mehr kommen würde und er es verdient hatte.

Benno holte mit der anderen Hand aus und schlug Santo auf die andere Gesichtshälfte.

Der Kopf rauschte herum und ein kleiner Cut erschien auf seinem Jochbein.

Benno hüpfte einmal auf und ab wie ein Boxer und schüttelte die Arme aus. Wie lange würde er ihn schlagen müssen, bis er annähernd das Gefühl hatte, die letzten zwei Jahre gerächt zu haben?

Die Rechte war wieder dran. In der gleichen Prozedur wie gerade eben schlug Santos Kopf zu anderen Seite, ohne dass der einen Mucks von sich gab.

Dieser grenzenlose Perfektionismus, dachte Benno, doch das befeuerte seinen Hass nur noch. Santo war als Musterschüler durch die Ausbildung gegangen, als gäbe es nichts Treffenderes, was er machen könnte. Manchmal hatte Benno das Gefühl gehabt, dass Santo tatsächlich keinen Schmerz spüren konnte, was nur noch frustrierender war.

Der nächste Schlag folgte, jetzt wieder von links. Der Cut unter dem Auge war weiter aufgerissen. Doch Santo sagte rein gar nichts, als wäre er mit seiner Bestrafung nur allzu einverstanden.

Es macht keinen Spaß, dachte Benno. Er könnte noch ewig auf ihn einschlagen, hier passierte nichts.

Frustriert und wütend riss Benno die Tür auf und trat in die Halle zurück. Er brauchte ein anderes Mittel. Am besten einen Panzer, mit dem er Santo überrollen konnte, bis er seine ekelhafte Gleichgültigkeit verlor.

Frank trat ihm direkt entgegen, als er gerade aus der Tür heraus war.

„Ist es wahr? Ist er hier? Hast du ihn geholt?“ Ein aufgebrachtes Blitzen funkelte in seinen Augen.

Benno erkannte die Falten darum und fand, dass sie noch tiefer geworden waren. Frank hatte seine Jugendhaftigkeit verloren.

„Du hast selbst gesagt, dass er zu uns gehört. Dass er Familie ist. Sollte er dann nicht auch bei uns sein?“

Frank schnaubte und trat an ihm vorbei, um in den Folterraum zu schauen. Ein wehleidiges Zucken huschte über sein Gesicht. „Macht ihn los! Sofort!“

„Nein!“ Benno trat hervor und bäumte sich vor Frank auf. „Du wirst ihn nicht losmachen. Hier im Hauptquartier gelten die Gesetze der Streetsurfer und die vertrete ich voll und ganz. Wem es nicht passt, dem steht es frei zu gehen!“

„Aber er weiß doch nicht einmal, wer er ist! Du hast hier einen unschuldigen Jungen sitzen.“

Bennos Faust segelte wieder durch die Luft, bevor er auch nur einen Gedanken daran verschwenden konnte. Doch diesmal traf sie nicht Santo, sondern Frank. Es war längst überfällig, dass auch mal in diese Richtung ausgeteilt wurde.

Dieser taumelte leicht zur Seite und stieß einen dumpfen Schmerzensschrei aus. „Bist du verrückt geworden? Was soll das?“

„Es tut mir leid, Frank, aber das war notwendig. Du solltest endlich wieder aufwachen und verstehen, was hier los ist.“

Dann schritt er schnell wieder zu Santo hinüber und holte mit der Faust erneut aus. Santos Kopf fuhr wieder herum. Blut bildete sich unter seinem Klebeband und hinterließ einen dunklen Fleck.

„Hast du das gesehen?“, fragte Benno atemlos und drehte sich zu Frank herum. „Im Gegensatz zu dir sagt er keinen Ton. Du bist verweichlicht durch dein plötzliches Vatergetue und hast alles Entscheidende vergessen.“

Er drehte sich wieder zu Santo herum und jetzt konnte er nicht anders, als seine Stimme in Ehrfurcht klingen zu lassen. „Aber nicht Santo. Er weiß, wer er ist. Er erinnert sich an alles und ist die gleiche gefühlskalte Maschine wie eh und je.“

Kapitel 45

Gegenwart

„Diego", schluchzte Anna und krallte sich an ihn.

Es war so unvorstellbar. In ihrer Panik und Ungewissheit, ständig von der Angst umgeben, tauchte er plötzlich auf und stand einfach hinter ihr. Und das obwohl sie doch schon kurz davor gewesen war, die Suche nach ihm aufgeben zu wollen, weil es ihr hoffnungslos erschien

Sie wollte ihn nicht wieder loslassen – war die Ungewissheit doch zu groß gewesen, ob er überhaupt noch am Leben gewesen war. Sie grub ihre Hände in seine Haare, fühlte seinen Rücken und roch seinen vertrauten, warmen Geruch.

Und Diego schien es ähnlich zu gehen. Er stöhnte leise, als er sie an sich presste und ließ unzählige Küsse über ihr Gesicht und die Haare huschen. Dann hob er sie an und grub seinen Kopf in ihre Schulterbeuge. „Oh, Anna, ich habe dich so vermisst."

Annas Herz schlug laut und heftig und für einen Moment hatte sie alles um sich herum ausgeblendet.

Dann setzte Diego sie wieder vorsichtig ab und nahm ihr Gesicht in seine Hände. Seine dunklen Augen musterten sie, als würde er sie heute zum ersten Mal richtig sehen oder war aus einem Traum erwacht und musste sich jetzt zwischen Realität und Fantasie entscheiden.

Anna war erschrocken über sein Gesicht. Unter seinem rechten Auge klebte ein kleines Pflaster und hielt notdürftig einen tiefen Riss zusammen. An seiner Unterlippe war eine dunkle Blutkruste.

Er sah anders aus, doch das lag nicht nur an den offensichtlichen Verletzungen, die er erlitten hatte. Vielmehr war es der Ausdruck in seinen Augen, der Anna aufmerksam, gar Angst machte. Er war fremd und doch vertraut. Fremd, weil sie ihn seit zwei Jahren nicht gesehen hatte, vertraut, weil sie ihn aus ihrer Zeit in Spanien kannte.

Hass, Verzweiflung, Gleichgültigkeit, Trauer.

Und er hatte seine Kleidung gewechselt. Das bunte Hawaii-Hemd und die helle Hose waren komplett dunkler Kleidung gewichen, die ihn im Schatten des Hauses schützten.

Er strich mit seiner Hand über Annas Wange und seine Unterlippe schien kurz zu zittern, als ob er zu weinen beginnen würde.

„Du bist der Engel", murmelte er. Ein kleiner Hauch von Freude, Erregung, Dankbarkeit und Zuversicht tauchte in seinen Augen auf.

„Was?"

Diego sah sie an, als hätte er sie vorher nur auf Fotos gesehen und müsste sich ein vollkommen neues Bild von ihr machen.

„Du hast mich gerettet! Du bist der Engel, der mich gerettet hat."

Anna kniff die Augen zusammen und fragte sich, ob mit Diego alles in Ordnung war.

„Ich kann mich an dich erinnern, Anna!", gab Diego die Erklärung und seine Stimme brach. „Es kommt alles zurück."

Anna riss erstaunt Mund und Augen auf.

Diego lächelte über ihren verwirrten Gesichtsausdruck, strich mit seinem Daumen über ihre Lippen und zog die untere dabei leicht hinunter, sodass sich ihr Mund öffnete. Dann fuhr er mit seinem Kopf heran und presste seine Lippen beinahe gewaltvoll auf ihre. Mit dem Rücken an die kalte Hauswand gepresst griff Anna in seine Haare und fühlte das Rauschen der Endorphine durch ihren Körper. Sie wollte schreien vor Glück.

Doch Diego löste sich nach kurzer Zeit und strahlte sie an. „Du bist mein Engel. So habe ich dich vor zwei Jahren genannt, und wenn ich jetzt drüber nachdenke, glaube ich, dass du wirklich einer bist."

Anna spürte die ersten Tränen, die aus den schon vollgelaufenen Augen heiß über die Wange liefen. „Wo bist du gewesen? Was ist passiert?" Vorsichtig strich sie über seine Wunde unter dem Auge.

Diegos Lächeln verschwand schlagartig. „Ich habe meine Vergangenheit wiedergefunden, doch jetzt ist hierfür nicht der richtige Zeitpunkt. Ich werde dir später alles erzählen." Widerwille und Unbehagen erschienen in seinem Gesicht, und Anna überlegte, ob er wohl Wort halten würde. Immerhin hatte er damals in Spanien auch nichts erzählt und allem Anschein nach musste es sich jetzt um die gleichen Informationen handeln.

„Warum verfolgt dich Tim? Was ist hier los?"

Anna musste gestehen, dass sie die Hilgerts und die eigentliche Gefahr schon wieder vergessen hatte. Diego war doch jetzt hier. Was sollte denn nun noch schiefgehen?

„Tim hat mich in seiner Wohnung überfallen. Was sie genau wollen, weiß ich gar nicht. Auf jeden Fall fragen sie nach dir. Jeder tut das. Und ich weiß nicht, warum. Der andere Typ ist Doktor Hilgert, mein Seelenklempner von vor einem Jahr. Tims Vater. Du willst gar nicht wissen, was ich schon alles hinter mir habe."

Diego verzog das Gesicht und die reine Hassmaske tauchte wieder auf. Instinktiv wollte Anna einen Schritt zurückgehen, weil sein Ausdruck ihr Angst machte, als Diego sie plötzlich erneut an die Wand drückte. Doch diesmal war es nicht die Leidenschaft.

Sein Blick war in Richtung Straße gerichtet, und Anna erkannte Doktor Hilgert, der von Annas Wagen kommend wieder auf das Haus zulief. Er konnte sie nicht sehen, weil sie dicht an der Wand und im Schatten standen, aber Anna dachte an ihr geplantes Vorhaben, zum Wagen zu laufen, was sicherlich gehörig schiefgegangen wäre.

„Das war knapp!“, murmelte sie, als Hilgert im Haus verschwunden war.

„Was ist hier passiert, Anna? Warum ist da so viel Blut in der Küche?“

„Rafael war hier und hat meine Eltern überfallen.“ Anna musterte Diego, doch er zeigte keinerlei Verwunderung über den plötzlichen Aufenthalt seines Bruders in der Hansestadt.

„Geht es ihnen gut?“, fragte er angespannt, als wäre es eine Pflichtfrage, für deren Antwort er eigentlich kein Interesse hatte.

„Ich glaubc schon.“

Diego schielte an Anna vorbei zur Hinterseite des Hauses. „Du musst hier verschwinden Anna. Wo ist das Geld? Die Reisetasche ist leer.“

Anna sah ihn überrascht an. „Du warst im Haus?“

„Glaubst du die Dachbodenklappe ist von alleine zu gegangen?“ Er zog einen Mundwinkel schräg nach oben. „Ich musste deinen Psychiater doch irgendwie auf eine andere Fährte locken.“

Anna blinzelte zweimal und dachte an ihre Panik, als sie vorhin auf dem Dachboden gewesen war. Es war Diego gewesen, der ihr geholfen hatte.

„Also, wo ist das Geld? Hast du es woanders versteckt?“

Anna schüttelte den Kopf und dachte daran, wie dumm sie gewesen war, als sie Rafael über die Tasche eingeweiht hatte. „Auch Rafael. Zumindest vermute ich das.“

Diego runzelte die Stirn und schien den nächsten Schritt zu überlegen. Er hatte stark mit dem Geld kalkuliert, doch jetzt war es verschwunden.

„Wo bist du gewesen?“, beharrte Anna.

Diego warf einen kurzen Blick in Richtung Auto, von wo Doktor Hilgert gerade gekommen war. Dann wandte er sich wieder an Anna. „Wir haben nicht viel Zeit. Also die Kurzversion: Ich bin gezwungen gewesen, den Flughafen zu verlassen, und ich finde es furchtbar, was ich dir damit angetan habe, aber ich hatte keine andere Wahl. Du musst verrückt geworden sein. Ich hätte dich niemals freiwillig dort sitzen lassen, das musst du mir glauben. Es hat mich wahnsinnig gemacht, was du wohl gedacht haben magst. Doch auf eine andere Weise hat diese Entführung auch ihr Gutes gehabt. Ich habe eine Menge gelernt und herausgefunden. Über mich … und wer ich wirklich bin."

„Was hast du herausgefunden?" Anna konnte kaum glauben, dass sie dem schwammigen und undefinierbaren Ziel plötzlich so nah gekommen waren. Wenn sie ehrlich war, hätte sie nie gedacht, dass Diegos Erinnerung überhaupt wieder zurückkommen würde. Doch jetzt war es offensichtlich schneller gegangen, als sie beide vermutet hatten.

Diego verzog das Gesicht. „Dass ich es lieber nicht gewusst hätte."

Seine Hand streichelte ihre Wange und seine Augen spiegelten tiefe Trauer. „Es war ziemlich leichtsinnig von mir, nichts ahnend nach Hamburg zurückzukehren. Ich habe hier nicht gerade viele Freunde, verstehst du?"

„Warum verfolgt man dich? Was hast du getan?"

Diego griff ihre Hand und küsste sie. „Nicht hier, Anna, ich verspreche, ich werde dir alles erzählen, aber hier ist keine Zeit dazu."

„Wieso bist du jetzt hier?"

„Du bist nicht zu mir gekommen."

„Ich habe den Zettel verloren. Jemand hat mich niedergeschlagen."

„Etwas Ähnliches habe ich mir schon gedacht." Er drehte ihre Hand herum und erkannte die offenen Stellen an ihren Knöcheln, die sie sich gerade an der Hauswand zugezogen hatte. „Du bist verletzt?!"

Anna sah kurz auf ihre zerschrammten Finger. Jetzt war auch klar, warum ihre Hände vorhin im Feudelwasser so gebrannt hatten. „Das ist nicht schlimm. Ich musste bei Tim aus dem Badezimmerfenster steigen. Es war nicht leicht."

„Aus dem Badezimmer?"

Anna schüttelte heftig mit dem Kopf. Es gab so viele andere Dinge zu klären, sodass ihre Kletteraktion vollkommen belanglos erschien. „Woher weißt du, dass ich hier bin?"

„Geraten. Es gibt nicht so viele Möglichkeiten, wo du dich sonst aufhalten würdest. Als dann plötzlich deine Freunde aufgetaucht und durch Haus und Garten getigert sind, hat mich das schon sehr gewundert. Es war so, als hätten sie auf dich gewartet. Wussten sie, dass du kommst?"

„Nein. Ich habe es nur Sebastian erzählt. Vorhin am Telefon, aber sonst niemandem. Vielleicht war es einfach zu offensichtlich, dass ich nur hierhin fahren würde." Anna überlegte, ob sie Doktor

Hilgert mal die Adresse ihrer Eltern genannt hatte. Es sah so aus, als hätte er ihr Leben in jeden Winkel genauer durchleuchtet.

„Du musst hier auf jeden Fall verschwinden“, wiederholte Diego seine Forderung und holte sie aus ihren Gedanken zurück.

„Aber wo soll ich denn hin?“

„Das ist egal. Hauptsache du bist erst einmal aus Hamburg raus.“

Anna zog verwirrt die Augenbrauen zusammen. So wie Diego das sagte, klang es, als würde er sie gleich wieder verlassen.

Ängstlich verstärkte sie den Druck an seiner Hand. „Was ist mit dir?“

„Ich habe einiges zu klären, Anna. Ich habe schlimme Sachen getan und das holt mich alles ein.“

Sofort hatte Anna die Männerleiche im Kopf, deren Bild Sebastian ihr gezeigt hatte. War es das? Das Heroin, der Mord – hatte Diego hier etwas zu klären?

Genau in diesem Moment klingelte Annas Handy. Wie vom Blitz getroffen zuckte Anna zusammen. Doch noch bevor sie reagieren konnte, hatte Diego in ihre Tasche gegriffen und stellte das Handy aus.

Dann lauschten beide. Anna vernahm ihren Herzschlag. Sonst war es still. Nicht mal Diegos Atem war zu hören.

„Es kam von hier drüben“, ertönte plötzlich eine Stimme hinter dem Haus.

Noch bevor Anna reagieren konnte, schob Diego sie vorwärts in Richtung Hecke des Nachbargrundstücks. „Rüber da!“

Anna war nicht darauf vorbereitet, aber Diego packte sie an den Beinen und schleuderte sie über die etwa eineinhalb Meter hohe Hürde.

Anna stützte sich mit den Händen im matschigen Rasen ab und rollte zur Seite. Dann setzte sie sich auf und sah sich um. Sie kannte das Grundstück flüchtig aus Kindertagen. Es war ähnlich aufgebaut wie das ihrer Eltern, nur dass es deutlich bewachsener war. Ein Stückchen hinter der Hecke war es mit einigen Zierbüschen bepflanzt, die allesamt durch das feuchte Wetter ihre nassen Zweige hängenließen.

Mit einem schwungvollen Satz, mehr durch als über die Hecke, war Diego neben Anna gelandet und packte sie sogleich an der Hand.

Anna stolperte und strauchelte kurz, doch dann fanden ihre Füße festen Halt und folgten Diego ins Sträuchermeer. Hier zog Diego Anna nach unten und drückte sie in die Rückseite eines üppigen Bambusbusches, der jegliche Sicht zum Nachbargrundstück verdeckte. Angespannt hielt er seinen Zeigefinger vor die Lippen und deutete ihr an, ruhig zu sein.

Anna versuchte zu lauschen, irgendetwas zu hören, aber das rauschende Blut in ihren Ohren und der bewegliche Bambus hielten dagegen.

Dann entspannte Diego sich leicht und setzte sich neben Anna in die Hocke. „Alles klar?"

Anna nickte.

Ihr war unklar, wie Diego so schnell hatte reagieren können. Seit das Handy geklingelt hatte, schien nicht mal eine Minute vergangen zu sein.

Er drehte es herum, um die Verschlusskappe zu öffnen. Einen Augenblick später hatte er schon den Deckel entfernt und pulte im elektronischen Innenleben herum.

„Was machst du da?"

Anstelle einer Antwort hielt Diego Anna ein kleines, metallisches Teilchen entgegen, das er gerade aus dem Handy gezogen hatte. „Daher wussten sie auch, wo du hinwolltest. Sie haben das Gespräch zwischen dir und Sebastian abgehört."

Fassungslos starrte Anna auf das kleine, unscheinbare Teil in Diegos Hand. „Du meinst, ich war verwanzt?"

„Sieht ganz so aus."

„Wieso kennst du dich damit aus?"

Ein Lächeln huschte über Diegos Gesicht. „Anna, du willst gar nicht wissen, mit welchen kriminellen Machenschaften ich mich nicht auskenne, aber leider ist es so. Guck bitte deine Taschen durch! Und deine Schuhe!"

Anna sah ihn fragend an, aber er nickte, weil es ihm wirklich ernst war.

Dann stand sie halb auf, um in ihre Taschen fassen zu können, aber hier war nichts, das sie nicht selbst hineingesteckt hatte. Anschließend setzte sie sich auf den kalten, nassen, mit Moos durchzogenen Rasen und zog sich die Schuhe aus.

Diego befühlte die Sohlen mit offenbar gekonnten Griffen und zog plötzlich ein kleines Klappmesser aus seiner Jackentasche. Damit löste er aus dem einen Schuh vorsichtig die Sohle an der Hacke und ließ einen etwa münzgroßen Gegenstand herausfallen.

„Noch eine Wanze?" Anna war vollkommen verdutzt, wie das überhaupt möglich sein konnte.

„Nein, nur ein kleiner GPS-Sender. Damit hat man immer gewusst, wo du dich gerade befindest."

„Huuh!" Anna griff sich an die Stirn und schüttelte den Kopf. Es war ihr unvorstellbar, wie das alles passieren und installiert werden konnte.

„Aber jetzt bist du wohl sauber."

„Na hoffentlich."

Anna strich erneut an sich herunter und dachte an ihre Privatsphäre, die ihr irgendwie abhandengekommen war.

„Ich will mir nur nicht vorstellen, wie die Wohnung aussieht."

„Du meinst, da sind auch Wanzen?"

„Wenn du schon damit voll bist, wird dort auch eine Menge sein."

Anna zog sich ihre Schuhe wieder an und fröstelte. Aber es war nicht nur die nasse Hose, die ihr Unbehagen und Kälte bereitete.

„Hey, hab keine Angst, okay?" Diego hatte seine Hände auf Annas Schienbeine gestützt und sah ihr tief in die Augen. „Du verschwindest von hier. Deine Spur hat sich hier verloren und du kannst getrost untertauchen. Ich werde den Sender verschwinden lassen."

„Wo soll ich hin?"

„Fahr aus Hamburg heraus in Richtung Norden! In meinem Navi ist die Adresse von einem Haus an der Ostsee, das Seekate heißt. Da fährst du hin."

Anna wollte mit dem Kopf schütteln – Nein sagen – doch etwas in ihr wusste, dass Diego sich hiervon nicht abbringen lassen würde. Sie musste aus dem Weg geschafft werden.

„W … was ist mit dir?"

„Ich bringe das hier zu Ende. Ich muss wissen, was sie wollen. Es sind noch so viele Antworten offen. Aber wir können nicht ewig Verstecken spielen und auf der Flucht vor irgendetwas sein."

Anna öffnete den Mund, doch Diego machte eine abwehrende Geste zu ihr, als wüsste er genau, was sie sagen wollte.

„Es muss sein, Anna."

„Das heißt … wir trennen uns jetzt schon wieder?" Anna wusste, wie kindisch es war, und dass es überhaupt nicht in diese Situation passte, aber ihr stiegen Tränen in die Augen und ihre Stimme bekam einen peinlichen Klang.

„Nur für kurze Zeit." Er lächelte leicht.

Anna atmete einmal tief durch und wischte sich die Tränen aus den Augen. „Meinst du, ich komme einfach so zum Wagen? Gucken sie da nicht wahrscheinlich ständig hin?"

„Ja, das tun sie. Daher nimmst du meinen." Diego hielt ihr einen Wagenschlüssel entgegen.

„Und ich möchte, dass du die hier auch noch nimmst."

Anna nahm brav den Schlüssel, stockte aber, als Diego ihr eine Pistole geben wollte.

„Ich habe gesehen, dass du kein Pfefferspray mehr hast."

„Es ist alle."

„Siehst du? Daher wirst du die hier zu deinem Schutz einstecken."

„Diego, ich kann nicht mit einer Waffe herumlaufen. Wir sind hier nicht in Texas."

„Du solltest dich wundern, wie viele Menschen täglich eine Waffe bei sich tragen. Auch hier in Hamburg. Bitte, Anna! Wir haben keine Zeit, nimm sie einfach, okay?" Diego griff nach Annas Hand und legte ihr die Waffe hinein.

Sie war klein und silbern, und Anna war überrascht, wie leicht sie war.

In Spanien hatte es einen ähnlichen Moment gegeben. Diego hatte ihr seine Waffe in die Hand gedrückt, damit er nicht wieder versuchen würde, sich selbst etwas anzutun. Jetzt hatte sie sie zum eigenen Schutz erhalten.

„Sie ist vollautomatisch und sehr handlich", führte Diego den Werbeslogan eines Verkäufers aus.

Anna beäugte das kleine Schussinstrument in ihrer Hand. Sollte sie nur sich oder auch ihn schützen, indem sie ihn von der Waffe befreite? Hatten seine alten Erinnerungen auch die Suizidgedanken wieder zum Vorschein gebracht? Waren sie genauso bedeutend wie damals? War es ihm egal, ob er lebte oder starb? Hatte er sich zu der Maschine zurückverwandelt, die gefühllos und kalt durch den Tag gelebt hatte?

Anna wurde plötzlich schlecht. Diese Waffe war kein guter Gedanke. Egal, ob in ihrer oder Diegos Hand.

„Du musst jetzt gehen!"

Ich kann nicht, wollte Anna sagen. Sie fühlte sich wie betäubt. Diego stand vielleicht einer größeren Gefahr gegenüber, als er eigentlich wusste. Hatte er überhaupt eine Ahnung hiervon? War ihm nur im Entferntesten bewusst, dass er für sich selbst die größte Gefahr darstellte?

„Los jetzt!", befahl Diego.

„Wieso hast du ein Auto?", fragte Anna. Diese Frage erschien belanglos. Sie stellte sie, obwohl die Bedeutung für sie zwar interessant, aber nicht wichtig war. Es war nur eine Möglichkeit, sie von den schlimmen Gedanken abzubringen, die vielleicht genauso wie die weitere Vergangenheit wieder in seinem Kopf aufgetaucht waren. Außerdem konnte sie so Zeit gewinnen. Sie musste sich einreden, dass sie ihn wiedersehen würde und es hier jetzt nicht vorbei war.

„Ich habe meinen Wagen offenbar nicht verkauft, bevor wir damals nach Mexiko aufbrachen. Jessi hat ihn die letzte Zeit gefahren."

„Wer ist Jessi?"

„Du hast sie schon kennengelernt. Sie hat dir den Zettel überreicht."

„Wer ist sie?"

„Eine gute Freundin. Du kannst ihr vertrauen."

Nicht weit entfernt knackte es, als wäre jemand auf ein Stückchen Holz getreten, das unter ihm zerbrach. Diego richtete sich sofort stocksteif auf und lauschte. „Ich glaube, wir sind nicht mehr allein."

Anna verspannte und krallte sich an Diego fest. Wenn Tim und sein Vater in der Nähe waren, bedeutete es Gefahr, aber auch, dass die Zeit mit Diego gleich wieder vorbei sein würde.

„Anna, wenn ich ‚Jetzt' sage, läufst du los und drehst dich nicht um, okay? Du läufst bis ans Ende der Straße, wo mein Wagen steht. Es ist ein blauer Toyota Supra. Du steigst ein und fährst direkt los. Hast du verstanden?"

Neue Tränen stiegen auf. Sie hörte Diego zwar reden, dennoch klang alles wie ein verzerrtes Rauschen. Die Umgebung um sie herum war wie ausgeblendet. Sie hörte ihn nicht, fühlte nicht seine Hand, mit der er sie schützend in den Bambus drückte, sah nicht die zweite Waffe, die er aus seiner Jacke gezogen hatte und jetzt schussbereit vor sich hielt.

„Verstanden?", vergewisserte sich Diego und sah schnell zu Anna herüber. Seine Augen waren dunkler als sonst. Er hatte sie zu kleinen Schlitzen zusammengezogen und die Nasenlöcher aufgebläht. „Egal, was kommt – egal, was du hörst: Du drehst dich nicht um!"

Das ist es, wurde es Anna sogleich klar. *Jetzt ist es vorbei!*

Doch sie nickte kurz, gleichzeitig zog sie sich ein Stückchen weiter an Diego heran, sodass sie mit ihrem Körper seinen spüren konnte. „Wann sehen wir uns wieder?"

Diego hatte den Arm um sie gelegt, verspannte sich aber dennoch in seiner Position und hielt die Waffe auf Anschlag direkt vor sein Gesicht.

Anna starrte kurz in den hinteren Gartenteil, von wo das Geräusch gekommen war. Was oder wer dort war, konnte Anna nicht sagen.

Doch dann sah sie ihn. Doktor Hilgert tauchte plötzlich nur wenige Meter vor ihnen hinter einem Strauch auf. Er schien sie noch nicht gesehen zu haben und schlich im Schutz der Büsche langsam voran.

„Jetzt, Anna! Er hat uns noch nicht entdeckt. Er weiß nicht, dass du hier bist. Geh *jetzt*!"

Anna zögerte. Was sollte sie auch anderes tun? Es musste doch noch eine andere Lösung geben! Wieso sollten sie sich jetzt schon wieder trennen? War es nicht besser, wenn sie zusammen waren?

Diego drehte seinen Kopf herum und küsste Anna ganz unvorbereitet auf den Mund. „Geh, Anna! Hab keine Angst! Ich werde so schnell wie möglich nachkommen."

Anna vergrub ihre Hand kurz in Diegos Haaren. „Versprochen?"

„Versprochen! Lauf!"

Er drückte Annas Hand ein letztes Mal, um ihr damit das Startzeichen zu geben, und Anna gehorchte. Ohne sich noch einmal umzudrehen, suchte sie widerwillig den Weg zur Straße und ließ Diego alleine hinter sich.

Kapitel 46

Anna rannte so schnell sie konnte und zwang sich weiterhin, sich nicht umzudrehen. Als sie die Straße erreicht hatte, tat sie es allerdings doch. Es war Teil der menschlichen Natur, dass man zurückschaute, vor allem, wenn die Gefahr hinter einem war. Doch hier war niemand. Zumindest nicht offensichtlich, aber Anna glaubte nicht mehr an das, was sie sah. Die Vergangenheit hatte gezeigt, dass man sich hier nur allzu sehr täuschen konnte.

Doch es waren nicht nur die möglichen Verfolger, denen sie Achtung schenkte. Viel mehr war es Diego, den sie allein zurückgelassen hatte, damit er es ‚zu Ende brachte', wie er es nannte. Sie vergrub den Gedanken, was er *alles* zu Ende bringen würde.

Die Straße war ruhig. Es herrschte kein Verkehr und auch keine Menschen waren unterwegs. Wieder einmal dankte sie ihren Eltern, dass sie in dieser ruhigen Straße aufgewachsen war, wo einfach nie was los war und man, obwohl man mitten in Hamburg lebte, das Gefühl hatte, irgendwo auf dem Land in einem abgeschiedenen Dorf zu sein.

Sie erkannte den blauen Sportwagen, der mit der Front zu ihr am Bordstein parkte, und rannte zielstrebig darauf zu. Es musste Diegos Wagen sein, sonst verirrte sich selten ein Auto wie dieses in ihre Straße. Bis auf die Angeberkarre von Benno natürlich.

Er war blau-metallic, flach, hatte einen hoch aufgesetzten Spoiler und ein protziges Fahrwerk mit glänzenden Alufelgen. Anna konnte in ihrer Laiensprache noch hinzufügen, dass er wie ein typisches Rennauto aussah, aber dann war es mit ihren Kenntnissen auch schon vorbei.

Sie zog den Schlüssel hervor und öffnete die Tür. Es war nicht anders zu erwarten, aber Diego hatte ebensolche Eierschalensitze, die sie bereits aus Bennos Auto kannte. Der Unterschied hierzu war nur, dass es in diesen Wagen noch tiefer hinabging und Anna ernsthaft überlegte, wie sie hier wohl wieder herauskommen sollte.

Sie schloss die Tür neben sich und sah direkt auf den Asphalt, der unmittelbar neben ihr zu sein schien. Wenn sie es nicht besser wusste, würde sie nicht denken, dass sie noch Metall und Eierschale unter ihrem Hintern hatte, sondern direkt auf der Straße saß.

Doch es war noch etwas anders. Im ersten Moment dachte sie, dass es vielleicht so ein Rennwagen-Ding war und sie nach einem Joy-Stick suchen musste, aber sie hatte kein Lenkrad vor sich. Es war auf der Beifahrerseite.

Ein Rechtslenker, dachte sie leicht panisch und schob sich über die harte Schale auf oder besser, in den anderen Sitz.

Der Motor schnurrte sofort auf, als sie den Schlüssel umgedreht hatte.

Dann schob sie den ersten Gang rein und beobachtete die Reaktion des Wagens. Einen kurzen Moment ging sie in sich und studierte das Innenleben.

Dieses Auto war ein Teil von Diego. Aus einer unbekannten Zeit, die für Anna noch ziemlich im Dunkeln lag, und doch gab ihr dieser Wagen ein gutes Gefühl. Es war ein fester Anhaltspunkt an seine Vergangenheit und nicht nur eine Geschichte.

In Gedanken an ihn sah sie auf die Straße und überlegte, ob sie wirklich das Richtige tat. Hätte sie nicht bei ihm bleiben sollen? Jetzt, wo sie ihn doch gerade wiedergefunden hatte? Was war, wenn ihm jetzt etwas passierte? Vielleicht hätte sie ihm doch noch helfen können?

Ihr Magen zog sich plötzlich zusammen und sogleich hasste sie sich dafür, dass sie so leichtfertig abgehauen war.

Sie musste ihm helfen! Sie hatte es in Spanien bereits getan, wieder und wieder. Klar wollte er sie schützen und in Sicherheit wissen, aber war es umgekehrt nicht genauso? Wenn sie jetzt ging, würde sie ihn nicht wiedersehen. Mit Sicherheit nicht.

Nein, ich muss noch mal nach ihm sehen, dachte Anna und machte den Motor wieder aus. Diego war nicht unsterblich, und sie war nicht ganz so machtlos, wie er vielleicht gedacht hatte. Sie kannte das Haus, das Grundstück, und sie hatte ebenfalls eine Waffe.

Vollautomatisch und sehr handlich.

Warum sollte sie damit nicht umgehen können? Warum sollte sie ihm nicht helfen können? Er war mit Hilgert auf dem Nachbargrundstück, aber wo war Tim? Schlich er sich von hinten an Diego heran? War es ein Hinterhalt?

Tim gehört mir, dachte Anna und umschloss die Waffe in ihrer Hand.

Doch sie hatte gerade an den Türgriff gefasst, um auszusteigen, als ein ohrenbetäubender Lärm sie plötzlich zusammenfahren ließ. Sie brauchte eine Sekunde, um zu registrieren, dass etwas durch die Windschutzscheibe geschlagen war.

Da war ein Loch!

Dann erkannte sie im nächsten Augenblick, dass einzelne Stoffteilchen aus ihrer Kopfstütze neben ihr heraus bröselten. Hier war das gleiche Loch. Genau da, wo eben noch ihr Kopf gewesen war, bevor sie sich entschlossen hatte, zu Diego zurückzukehren, und sich deshalb zur Seite gedreht hatte.

Wie durch einen Taser elektrisiert richtete sie sich auf und starrte nach draußen durch die Windschutzscheibe. Da war er. Unscharf als Schatten im Nebel erkennbar.

Tim.

In seiner Hand hielt er eine Waffe, die er auf sie gerichtet hatte. Im gleichen Moment erkannte Anna ein kurzes Leuchten am Lauf und warf sich gleichzeitig unter das Lenkrad.

Wieder wurde der Wagen vom gleichen Knall erschüttert. Erst die Explosion draußen, dann das Bersten des Glases und der dumpfe Einschlag in der Eierschale hinter ihr.

Anna trat die Kupplung und fingerte am Schlüssel, um den Wagen neu zu starten. Hatte der Motor vorhin bereits sofort geschnurrt, so dauerte es jetzt einen Moment länger, bis er endlich lief. Das machte Anna noch zittriger.

Sie hatte an ihrer Position nichts geändert, als ein neuer Schuss ins Auto krachte. Anna blieb erneut unverletzt, spürte aber deutlich den Wind in ihren Haaren, als die Kugel durch ihren Zopf fuhr. Er hatte tiefer gezielt.

Ein kurzer flüchtiger Blick durch die löchrige Frontscheibe verriet ihr, dass Tim dichter gekommen war und inzwischen fast vor dem Wagen stand. Sie konnte nicht nach vorne.

Ruckartig schob sie den Schalthebel herum und gab Gas. Zu ihrem Glück hatte sie tatsächlich den Rückwärtsgang getroffen und sauste los. Ein Abwürgen durch ein Fehlschalten hätte sie vielleicht nicht überstanden, da bereits die nächste Kugel in den Wagen sauste.

Sie konnte nicht sehen, wo sie hinfuhr, da sie einfach draufdrückte und sich immer noch unter dem Lenkrad verschanzt hielt. Doch dann richtete sie sich kurz auf und prüfte die Lage.

Sie war halb auf dem Bordstein, was auch das schmerzvolle Kreischen unter ihr erklärte, als der metallische Unterboden ihres tiefergelegten Sportwagens über die Steinkante kratzte. Es war so intensiv, dass sie die Vibration unmittelbar unter sich spürte.

Doch trotz allem brachte sie eine gewisse Distanz zwischen sich und Tim. Er war auf die Straße gestürmt und rannte hinter ihr her. Die Waffe hatte er heruntergenommen, und Anna vermutete, dass er auf eine günstige Gelegenheit wartete oder wahrscheinlich darauf hoffte, dass sie sich selbst gleich in die Enge trieb und nicht mehr weiterkam.

Anna warf einen weiteren Blick nach hinten und erkannte im

Augenwinkel links von ihr eine Auffahrt, die auf die Schnelle geräumig genug wirkte, um hier ein Wendemanöver zu versuchten. Hastig schlug sie das Lenkrad ein und wurde halb durch den Wagen geschleudert, als sie plötzlich die abrupte Kurve fuhr. Der Sprung vom Kantstein auf die Straße ließ ein erneutes metallisches Krachen ertönen. Doch der Wagen lag sofort wieder hart und fest auf dem Asphalt. Ein harmonisches, weiches Abfedern boten die Stoßdämpfer nicht. Anna wurde kurz aufgewirbelt und landete unsanft auf der harten Außenkante der Eierschalensitze.

Sie kam kurz vom Gas und musste sich neu zurechtsetzen. Ihr Steißbein brannte, als wären ihr Tausend kleine Nadeln in den Knochen gerammt worden.

Und das war genau der Moment, auf den Tim gewartet hatte. Anna stand seitwärts zu ihm und bot ein offenes Ziel. Im Augenwinkel erkannte sie, wie er erneut stehen geblieben war und die Waffe auf sie richtete.

Sie trat die Kupplung und rammte den ersten Gang rein. Gleichzeitig mit seinen ersten Schüssen gab sie Gas und drehte das Lenkrad in die entgegengesetzte Richtung.

Kapitel 47

Doch ihre Fahrt dauerte nicht lang. Wie nicht anders zu erwarten, war ein protziger Sportwagen, obendrein mit Einschusslöchern und einem platten Reifen, nicht das optimale Gefährt, um damit eine unauffällige Flucht aus Hamburg zu versuchen. Anna war nicht einmal drei Kreuzungen weit gekommen, da wurde ein Streifenwagen auf sie aufmerksam und brachte sie zum Stoppen. Anna war aufgebracht und nervös, aber Tim hatte sie immerhin abgehängt.

Den Rest hatten die Polizisten erledigt: Nach der ersten Aufforderung, den Fahrzeugschein zu zeigen – Anna fragte sich, ob Diego so etwas überhaupt für diesen Wagen besaß – hatte sie bereits aussteigen und die Hände auf das Wagendach legen müssen. Ob sie Drogen oder Waffen bei sich hatte, wurde dann gefragt.

Vollautomatisch und handlich, dachte Anna, doch da hatte man ihre kleine Pistole auch schon gefunden.

Seitdem saß sie mit Handschellen an den Handgelenken hinten im Streifenwagen und hielt aufgeregt zu allen Seiten Ausschau.

Wo war Tim? War er ihr gefolgt? Was war mit Diego? Sie hätte bei ihm bleiben sollen.

Definitiv.

Passanten sammelten sich und bildeten eine Traube um die beiden Fahrzeuge. Neugierige und faszinierte Blicke stierten ohne Hemmungen ins Wageninnere, als hätte man jegliche Privatsphäre verloren, sobald man beim staatlichen Freund und Helfer im Wagen saß. Der Weg zu einer Hinrichtung im Mittelalter durch den pöbelnden Mob der Bevölkerung dürfte sich ähnlich angefühlt haben. *Seht her! Da ist sie!* In Annas Gedanken flogen bereits faulige Lebensmittel durch die Luft und klatschten an ihr Gefährt.

Die beiden Polizisten, eine blonde Frau mit Pferdeschwanz und leuchtenden, blauen Augen sowie ein kleiner, drahtiger Kollege mit kurzen, blonden Haaren und rötlichen Bartstoppeln, hatten angefangen, Diegos Wagen zu untersuchen. Nach kurzer Zeit kam die Polizistin zu ihr zurück und setzte sich auf den Fahrersitz. Mit flinken, geschickten Fingern bediente sie das Funkgerät und gab einen Funkspruch ab: Zerschossenes Fahrzeug ohne TÜV mit illegalen Anbauten, fahrunfähig durch zerstörten Reifen, unerlaubter Waffenbesitz der Fahrerin, ausgewiesen mit Führerschein, Ampelüberfahrt bei Rot. Drogentest noch offen.

„Ich muss mit Kommissar Oblenski sprechen“, wiederholte Anna ihre Forderung von vorhin, als die Polizistin den Funkspruch beendet hatte. „Er muss hierüber Bescheid wissen. Ich werde verfolgt, und er weiß davon."

Die blonde Polizistin hatte ein Klemmbrett vor sich, auf dem sie ihre Notizen machte, ohne auf Anna einzugehen.

„Hören Sie bitte!" Anna presste ihre Nase in das Gitter, das sie vom Fahrerraum trennte. „Ich muss mit ihm reden!"

Die Polizistin drehte sich schlagartig herum. „Gehen Sie sofort vom Gitter zurück!" Ihre eisblauen Augen starrten böse und durchdringend, sodass Anna sofort zusammenzuckte.

Dann klingelte Annas Handy plötzlich.

Anna zuckte erneut und fieberte in Richtung Beifahrersitz, auf dem ihr Telefon lag. Aus ihrer Position versuchte Anna zu erkennen, welcher Name auf dem Display stand, doch es war der falsche Winkel.

Die Polizistin widmete sich wieder ihrem Klemmbrett.

„Wollen Sie nicht vielleicht rangehen?", schnauzte Anna wütend und wünschte der ignoranten Polizistin die Pest an den Hals.

Die blonde Beamtin stöhnte genervt auf und griff nach dem Telefon. Sie warf einen prüfenden Blick auf das Display und stockte. Anna konnte immer noch nicht sehen, wer anrief.

Sie meldete sich mit ihrem vollen Namen und Dienstrang und wartete dann.

Das ist Sebastian, dachte Anna aufgeregt. Vor lauter Nervosität hatte sie wieder ihre Nase bis an das Gitter vor ihr herangepresst und konzentrierte sich angespannt auf die Haltung der Beamtin.

Diese hörte lange Zeit nur zu, ohne etwas zu sagen.

Anna vernahm das Gemurmel einer hastig sprechenden, verzerrten Männerstimme. Was sagte er? Was war los? Warum antwortete sie gar nicht, sodass Anna endlich würde heraushören können, um was es ging?

„Sie sitzt bei mir im Wagen. Sie war mit einem nicht ordnungsgemäß zugelassenen Fahrzeug unterwegs und ist durch eine rücksichtslose Fahrweise aufgefallen. Zudem ist der Wagen zerschossen."

Böse Anna.

Anna lauschte der tiefen Stimme der Beamtin und versuchte von hinten an ihrer Mimik zu erkennen, was Sebastian wohl dazu zu sagen hatte.

Wieder sagte sie eine Zeitlang nichts und hörte nur aufmerksam zu. Anna war kurz davor, einen Nervenzusammenbruch zu bekommen.

„Ja, ist okay. Wir kommen hin, Herr Kommissar." Sie nahm das

Handy herunter und aus Annas Perspektive sah es aus, als würde sie lächeln.

„Was ist los? Was hat er gesagt?“

Die Polizistin legte das Klemmbrett zur Seite, das während des Telefonats auf ihrem Schoß gelegen hatte, und öffnete die Wagentür. „Ich hoffe, Sie haben heute gut gefrühstückt. Sie sollen für den Kommissar gleich eine Leiche identifizieren.“ Sie grinste Anna an und stieg aus dem Wagen. Offenbar hatte sich Annas Festnahme für sie als Glücksgriff erwiesen, da sie in ihr einen wirklich dicken Fisch sah. Voller Vorfreude eilte sie auf ihren Kollegen zu.

Anna ließ ihren Kopf ans Gitter sacken und sah ihr nach, ohne sie wirklich zu sehen.

Sie sollte eine Leiche identifizieren – *Diego, was hast du getan?*

Sie wusste, dass er beteiligt war. Schreckliche Dinge hatten sich im Gänsestieg abgespielt. Entweder war er der Täter oder das Opfer, das sie jetzt identifizieren sollte – oder beides.

Kapitel 48

Die Ungewissheit machte Anna beinahe wahnsinnig. Sie hätte Diego nicht allein lassen dürfen. Niemals. Was auch immer passiert war, sie hätte sich niemals so von ihm überzeugen lassen dürfen, dass sie gehen sollte. Sie gehörten zusammen, und sie hatten schon ähnliche Situationen durchgestanden – gemeinsam.

Der Weg ging schnell, da Anna mit ihrem Fluchtversuch nicht weit gekommen war, und so bogen sie schon nach wenigen Minuten wieder in den Gänsestieg ein.

Doch hier hatte sich einiges verändert: Aus der ruhigen und leblosen Straße war ein Tempel der Menschenansammlung geworden. Drei Streifenwagen standen mit laufendem Blaulicht quer auf dem Gehweg vor Annas Haus, dahinter ebenfalls der BMW von Sebastian.

Anna wurde übel. Würde sie den Anblick einer Leiche ertragen?

Die Polizistin hielt den Wagen auf der gegenüberliegenden Seite und stellte den Motor ab. Sie sprach kurz mit ihrem Kollegen, aber Anna konnte nicht verstehen, um was es ging.

Immer noch panisch, gleich auf die nicht wieder rückgängig zu machende Realität zu stoßen, starrte Anna weiterhin durch die Windschutzscheibe und kämpfte mit den Tränen. Sie wusste, dass es bis zu einem Zusammenbruch nicht mehr lange dauern würde.

Die Beamten stiegen aus dem Wagen und kurz darauf wurde bei Anna ebenfalls die Tür geöffnet.

„Bitte aussteigen!“, befahl die tiefe Stimme der Beamtin.

Anna schob sich zur Seite und setzte vorsichtig die Füße auf den alten Teer ihrer Spielstraße. Kurzzeitig dachte sie daran, wie oft sie ihre Füße mit Kreide ummalt hatte, sodass irgendwann unzählige Kinderspuren von ihr und den Nachbarskindern durcheinandergelaufen waren. Sicherlich hatte sie bereits jeden Zentimeter des Gänsestiegs betreten und doch konnte sie diese Vertrautheit jetzt nicht abrufen.

Die Polizistin griff nach Annas auf dem Rücken verschränkten Armen und führte sie auf ihr Elternhaus zu.

Annas Beine zitterten und einen kurzen Augenblick glaubte sie, gar nicht stehen zu können. *Reiß dich zusammen, verdammt*, dachte sie und biss fest die Zähne aufeinander. Sie konnte jetzt nicht schlappmachen. Noch nicht. Dafür war immer noch genug Zeit, wenn es wirklich so war, wie sie in ihren schlimmsten Vorstellungen befürchtete.

Einige Polizisten waren zu sehen, die sich um die Wagen herum tummelten. Zwischen Polizeiwagen und Grundstück war ein gelbes Absperrband gespannt worden, das Unbefugten den Zugang verwehrte und die Dramatik der Situation noch unterstrich.

Doch Anna wurde am Absperrband vorbeigeführt. Für sie war hier nicht Schluss, wie für die interessierten Nachbarn, die Anna im Augenwinkel erkannte. Anna gehörte hinter die Linien, die den Kampfplatz abschirmten; direkt dorthin, wo es am blutigsten war.

Sobald sie ihr Grundstück betreten hatte, richtete sie den Blick auf und sah zum Nachbargrundstück hinüber, wo sie noch vor kurzer Zeit mit Diego im Bambus gesessen hatte. Über die Hecke hinweg konnte sie die oberen Spitzen erkennen, die sich leicht im Wind bewegten.

Wo ist die Leiche?, dachte Anna und suchte nach Diegos leblosem Körper, der hier irgendwo liegen könnte. Hatte er ihr wieder ein Zeichen hinterlassen? Wie die Sonnenbrille am Flughafen als Erklärung, dass er sie verlassen musste?

Es tut mir leid, Anna, aber ich hatte keine andere Wahl. Ich wurde gezwungen zu gehen! Mein Inneres hat es befohlen! Ich kann die Vergangenheit einfach nicht ertragen!

Sie hatten das Haus erreicht und traten durch die geöffnete Tür in den Flur. Anna musterte die Umgebung und obwohl sie hier aufgewachsen war und ihre Eltern nie große Veränderungen an der Einrichtung vorgenommen hatten, kam es ihr so vor, als wäre sie noch nie hier gewesen.

Sebastian stand im Durchgang zur Küche und hielt das Tablet in der Hand, auf dem Anna bereits Diegos Verschwinden vom Flughafen gesehen hatte. Als er Anna erblickte, hellte sich sein Gesicht auf und etwas Vergleichbares wie Vorfreude blitzte in seinen Augen auf.

„Gut, dass du da bist, Anna. Ich muss dir unbedingt etwas zeigen.“ Euphorie spiegelte sich in seiner Stimme wider.

Deshalb bin ich hier, dachte Anna und kämpfte gegen eine aufsteigende Übelkeit an.

„Bitte nehmen Sie ihr die Handschellen ab!“, sagte er zu Annas Begleitung. „Das Handy darf sie auch wiederbekommen.“

Die Polizistin zögerte kurz, doch Sebastian nickte ihr aufmunternd zu und sie gehorchte brav.

Anna nahm ihr Telefon entgegen und massierte ihre Handgelenke.

„Komm doch kurz mit in die Küche, dann kann ich es dir besser zeigen.“ Sebastian nickte zuversichtlich und drehte sich um.

Die Küche also, dachte Anna. Sie schien ein magischer Anziehungspunkt für Blutdelikte zu sein.

Anna holte einmal tief Luft, bevor sie Sebastian durch die Tür folgte. Flüchtig blickte sie sich um und blinzelte dabei häufig, um im Falle des Falles doch nicht das zu sehen, was sie vermutete. Doch die Küche war leer. Hier lag kein Diego am Boden und auch sonst niemand.

Sebastian setzte sich an den Küchentisch und zog ebenfalls einen Stuhl für Anna zur Seite. „Bitte setz dich kurz!"

Anna schritt langsam vor und hatte den Blick weiterhin auf den Boden gerichtet. Immer noch davon überzeugt, dass Diego hier irgendwo liegen musste. Wollte er ihr die Leiche auf dem Tablet zeigen? War hier gar nichts passiert?

„Wo ist die Leiche?", stellte Anna die schwierige Frage.

Sebastian winkte mit seiner freien Hand. „Das machen wir gleich. Erst einmal möchte ich, dass du dir das hier ansiehst."

Anna setzte sich endlich auf den Stuhl neben ihm. Ändern konnte sie am Zustand der Leiche ohnehin nichts mehr, da hatte er recht, aber Anna fand es erschreckend, wie skrupellos Sebastian war.

Auf dem Tablet war eine Bilderreihe aufgeschlagen, die verschiedene Männer in noch unterschiedlicheren Situationen zeigte. Die Qualität war nicht allzu gut. Alles in allem waren es mehr oder weniger gut gelungene Schnappschüsse, die Männer auf der Straße zeigten. Sie waren teilweise in Gruppen zu sehen oder nur einzeln von der Seite oder von hinten. Auf den ersten Blick dachte Anna an Überwachungsbilder eines Privatdetektivs, da die jeweiligen Statisten nichts von der Aufnahme zu wissen schienen.

Nur ein Bild erweckte wirklich Annas Interesse, weil sie auf diesem den Supra zu erkennen glaubte, den sie vor einigen Minuten zerschrammt und zerschossen ein paar Straßen von hier hatte abstellen müssen.

„Das ist Diegos Auto!"

Sebastian lächelte zufrieden. „Ja, das stimmt. Sonst fällt dir nichts an den Bildern auf?"

Ist das jetzt wichtig?, dachte Anna und schloss kurz die Augen, weil ihr schwindelig wurde.

„Guck sie dir noch einmal genau an!", forderte Sebastian sie auf, als wäre es ein Kartenspiel und Sebastian wusste, dass Anna die passende Farbe zum Auslegen hatte.

Anna öffnete die Augen und versuchte, die Bilder zu fokussieren. Sebastian schien irgendetwas hiermit zu bezwecken. Vielleicht wollte er sie auch nur auf die Leiche einstellen. War es eine Art Trainingslauf? Zeigte er ihr einzelne Bilder, um sie langsam auf die folgende Aufgabe einzustimmen?

Anna konzentrierte sich so gut sie konnte. Wenn Sebastian meinte, dass sie dieses Vorspiel brauchte, war es vielleicht so.

Die Männer auf den Bildern hatten alle etwa dasselbe Alter, aber keiner sah auch nur einmal direkt in die Kamera. Immer war hier irgendwo ein Schatten oder eine gewisse Unschärfe, die es schwer machte, Einzelheiten zu erkennen. Anna vermutete, dass sie den Fotografen erahnten, da die Models absichtlich die Identität verbargen. Aber wahrscheinlich handelte es sich auch nicht nur um einen sondern mehrere Fotografen, da Winkel, Qualität und Bildschärfe von unterschiedlichen Kameras herrührten.

Resigniert zuckte Anna mit den Schultern.

Sebastian wirkte zufrieden und wischte über die Einstellungen. „Vielleicht sollte ich die Sammlung noch erweitern. Dann müsstest du eigentlich darauf kommen."

Er öffnete ein weiteres Fenster und schon tauchte das unscharfe Foto einer Überwachungskamera auf. Es zeigte einen Mann mit Bart und strubbeligen Haaren, der eine kleine Kiste oder Ähnliches in der Hand hielt.

Anna presste die Lippen aufeinander und biss die Zähne zusammen, da sie noch nicht bereit für ihren Zusammenbruch war. Sie hatte das Bild vor etwa einem Jahr bereits gesehen, als Sebastian es ihr in seinem Büro gezeigt hatte. Wollte er ihr jetzt etwa Schritt für Schritt zeigen, wie Diego lebendig ausgesehen hatte, bis sie seine Leiche sah?

„Erkennst du ihn?"

„Natürlich." Annas Stimme brach und sie musste sich räuspern. „Das ist Diego. Letztes Jahr im Krankenhaus vor der Detonation."

„Genau richtig. Was ist, wenn ich dir sage, dass ich dieses Bild zu den anderen hinzufüge?" Sebastian kopierte das Bild und ging wieder in den anderen Ordner, wo die gesamte Bilderreihe zu sehen war, um es hier einzufügen.

Dann fügst du es in eine Liste von anderen Toten? Das musste es sein. Vielleicht hatte Sebastian eine Datei, in der er alle Leichen speicherte, die ihm in seiner Karriere untergekommen waren? Makaber oder er sah vielleicht eine Art Kondolenzbuch in seiner Arbeit?

„Wer sind die anderen Männer?"

„Mann!", verbesserte Sebastian.

Anna stutzte und sah ihn verwirrt an.

„Es ist alles nur ein und derselbe Mann", fuhr Sebastian fort,

„und wenn ich Diegos Bild aus dem letzten Jahr hinzufüge, handelt es sich hier ebenfalls um ein und denselben.“

Anna brauchte einen Moment, um die Information zu verarbeiten und zu verstehen, was Sebastian ihr damit sagen wollte. Die Männer, oder besser ‚der Mann‘ auf all den anderen Bildern sollte Diego sein?

Sie beugte sich vor, um besser sehen zu können. Wie war das möglich? Die Größe und Statur kamen hin, das stimmte, aber sonst?

Annas Augen huschten fragend von einem ganz eindeutig kahlköpfigen Mann, der eine Tasche über der Schulter trug und nur von hinten zu sehen war, zu einem blonden, vollbärtigen, der auf der Straße stand und ein unscharfes Seitenprofil offenbarte. Anna erkannte keinerlei Ähnlichkeit. Das sollte wirklich alles Diego sein? Und die nächste Frage, wie kam Sebastian zu so vielen Diego Bildern?

„Es ist wahr“, erklärte Sebastian, der Annas unsicheres Gesicht erkannte. „Diego war doch nicht so ein Unbekannter, wie wir vor einem halben Jahr vermutet haben, als wir uns nach ihm erkundigten. Seine Polizeiakte hat nur Aufschluss über ihn ergeben bis er achtzehn war, weißt du das noch? Mit diesen Bildern geht es endlich weiter. Diego war nicht in Spanien, wie wir erst vermutet haben – er war hier. Aber so getarnt, dass er nicht wiederzuerkennen gewesen war.“

Anna überlegte, welchen Sinn Sebastian mit seiner Auflistung bezweckte. Sie hatte keine Kraft, sich in dieser Situation auf seine Nachforschungen zu konzentrieren.

„Dieser Mann war in der Unterwelt kein Unbekannter“, fuhr Sebastian sein Referat vor. „Allerdings hat er nicht unter dem Namen Diego gehandelt.“

Anna löste schlagartig den Blick von den Bildern und sah Sebastian an.

„Du weißt es?“, fragte Sebastian überrascht.

„Noch nicht sehr lange.“ Diegos Vergangenheit als Santo. Die gespaltene Persönlichkeit. Sein zweites Leben als hasserfüllte, gefühllose Maschine.

„Und es ergibt auch alles einen Sinn. Diego war nur bis zu seinem achtzehnten Lebensjahr aktiv. Doch danach war der Mann nicht untätig – er hat nur eine andere Rolle übernommen und mit dieser auch eine ganz andere Sparte abgedeckt, bei der wir bisher allerdings nur grobe Vermutungen anstellen.“

„Was meinst du?“

„Drogenhandel, Bordelle, Geldwäsche und möglicherweise sogar

Menschenschmuggel. Hinzu kommen noch zahlreiche Körperverletzungen, eventuell können wir diese Sparte noch auf Auftragsmord ausweiten. Was hiervon direkt auf Diego oder Santo fällt, kann ich dir noch nicht genau sagen."

Anna schüttelte mit dem Kopf und versuchte zu verstehen, was Sebastian ihr erzählen wollte. Es war doch erst gerade eben gewesen, als sie Diego getroffen und sie die erste Spur zu seiner Vergangenheit gefunden hatte. Wie war Sebastian jetzt an all die Informationen gekommen?

„Es ist, als hätte Diego mit achtzehn einen merkwürdigen Wandel vollzogen, der ihn zu Santo werden ließ. Es ist schwierig, hier überhaupt die Zusammenhänge herzustellen, weil er sich ständig verändert hat. Sein Äußeres ist die perfekte Tarnung."

Anna sah auf eins der Bilder, das einen gepflegten Mann von vorne mit kurzen Haaren, in einem sehr eleganten und gut geschnittenen Anzug und einer großen Sonnenbrille im Gesicht zeigte, und versuchte, sich hierunter Diego vorzustellen.

„Es ist nicht klar, was er wirklich gemacht hat", fuhr Sebastian fort, „aber Diego könnte uns eventuell entscheidende Hinweise zu den Machenschaften dieses Mannes geben." Sebastian öffnete ein weiteres Fenster und vor Anna tauchte das Profilbild eines neuen Mannes auf. Er hatte kurze, stoppelige Haare, die an den Schläfen bereits grau wurden. Augen und Mund wirkten unscheinbar und im Verhältnis zum runden Gesicht eher klein und verloren.

„Wer ist das?"

„Azem Gharibyan. Kopf der armenischen Mafia."

„Mafia?" *Das wird ja immer besser*, dachte Anna.

„Ja. Und so wie es aussieht, hat Diego alias Santo für ihn gearbeitet. Dass er das letzte halbe Jahr hier so unbeschadet überstanden hat, grenzt an ein wahres Wunder. Er hat hier auf blauen Dunst und ohne große Vorsichtsmaßnahmen gelebt, niemand kann ihm hierfür einen Vorwurf machen, da er nicht gewusst hat, wer er war und wer hinter ihm stand. Doch es war alles nur eine Frage der Zeit, bis sie ihn schließlich geschnappt haben."

Anna sah abrupt von Azem Gharibyans Porträt zu Sebastian. „Du meinst, sie haben ihn entführt?"

Die armenische Mafia?, dachte sie zusätzlich, konnte es aber nicht aussprechen. Was war mit Rafael, Benno und Saralie? Gehörten sie alle dazu?

„Ich bin mir ziemlich sicher. Und es gibt noch etwas, das ich dir zeigen muss." Er strich wieder durch das Programm und klickte eine neue Bilderreihe an, bis er bei einem Videobutton stoppte. Vom

Standbild her erkannte Anna sofort das Video vom Flughafen, das sie bereits gesehen hatte.

Anna rutschte nervös auf ihrem Stuhl hin und her und überlegte sich, ob sie sich die Sache mit der Leichenidentifizierung vielleicht nur eingebildet hatte. Möglicherweise hatte die Polizistin etwas ganz anderes gesagt, das nur so geklungen hatte.

„Wir sind gleich durch", sagte Sebastian beruhigend. „Ich will dir nur hier noch etwas Interessantes zeigen. Wir sind die Videos noch ein paar Mal durchgegangen. Es wäre alles leichter und natürlich auch logisch, wenn wir an eine freiwillige Flucht Diegos glauben würden, aber gerade jetzt in Verbindung mit seiner Vergangenheit war die Wahrscheinlichkeit einer Entführung umso größer. Diego hat hier auf einer tickenden Zeitbombe gelebt. Es war alles nur eine Frage der Zeit, bis sie irgendwann zuschlagen." Er fuhr mit dem Pfeil über das Video. „Pass gut auf!"

Anna atmete einmal tief durch und spürte, wie ihre Hände verkrampften und dieses furchtbare, unsichere und ängstliche Gefühl wieder auftauchte, das sie am Flughafen verspürt hatte und immer empfand, wenn sie an diese Situation dachte.

Das Video war gestartet, und Anna erkannte die Bank, auf der sie und Diego gesessen hatten. Es herrschte ein reges Treiben. Menschen zogen vorbei, mit und ohne Koffer. Geschäftsmäßig oder ganz entspannt.

Anna überlegte kurz, was dieser Teil des Videos den Ermittlern brachte, da es offenbar keine direkte Spur gab, als sie plötzlich sich und Diego am unteren Bildrand auftauchen sah. Der Film zeigte also den Anfang, wie sie sich schließlich auf die Bank setzten, miteinander redeten, sich küssten und Anna letztendlich leicht panisch und nur mit der Toilettentür vor Augen aufspringen würde.

Gleich würde Benno kommen und Diego von hier fortlocken. Anna lehnte sich leicht zurück, da sie diesen Teil bereits gesehen hatte.

Einen kurzen Augenblick und einige vorbeiziehende Menschen später war es dann so weit und Benno tauchte bei Diego auf. Nach einem kurzen Gespräch und Diegos fragendem Blick zu allen Seiten entfernte er sich schließlich. Dass er die Sonnenbrille noch fallen ließ, war aus dieser Perspektive schwer zu erkennen, da er in dem Moment mit dem Rücken zur Kamera stand. Aber Anna hatte den Beweis schließlich schon einmal gesehen.

Dann war die Bank leer. Einen kurzen Moment später sah man Anna wieder aus dem Toilettenraum herauskommen.

Sebastian stoppte das Video, als sie wieder bei der Bank stand, sich suchend umgesehen hatte und ein paar Sekunden verstrichen waren. „Hast du das gesehen?“

Anna sah ihn verdutzt an. „Was?“

Sebastian verzog den Mund und klickte auf Zurück. „Das habe ich mir gedacht. Du hast wahrscheinlich nur auf Diego geachtet, richtig?“

„M-mh.“ Anna konnte das alles nicht mehr. Sie konnte sich nicht auf Sebastian und das Video konzentrieren. Das Bild war unscharf und verzerrt vor ihren Augen und flackerte unentwegt.

„Achte mal nur auf dich! Und wo du hingehst, beziehungsweise wer dir folgt. Was mit Diego passiert, wissen wir ja schon.“

Anna beschlich ein erneutes ungutes Gefühl. Sie sollte nur auf sich achten? Aber Diego war doch entführt worden! Was wollte Sebastian mit all dem bezwecken?

Doch sie konnte nicht weiter überlegen, weil das Video von Neuem startete.

Es begann damit, wie Anna und Diego auf der Bank saßen. Dann verschwand Anna schließlich in den Waschraum.

Anna befolgte Sebastians Rat und beobachtete ihren Weg dorthin. Und auch als die Tür hinter ihr zufiel, zwang sie sich, die Augen weiterhin geöffnet zu halten. Schließen konnte sie sie immer noch, wenn sie gleich die Leiche sah.

Es tauchte eine Frau mit langen, hellblonden Haaren auf, die ebenfalls den Waschraum betrat. Eine andere kam wieder heraus. Dann war wieder die hellblonde zu sehen. Anna war weiterhin auf der Toilette, aber wenn sie an ihre Übelkeit dachte, war es kein Kunststück, dass andere vor ihr fertig waren. Sie verkrampfte ihre Hände vor dem Bauch und versuchte, die Erinnerung an das Übelkeitsgefühl vom Flughafen zu verdrängen.

Sobald die Blonde nicht mehr zu sehen war, stoppte Sebastian. „Und? Auffällig oder?“

Anna wusste nicht, was sie dazu sagen sollte. *Ja, ich war länger auf der Toilette als andere.* War das jetzt der entscheidende Punkt, der Sebastian aufgefallen war?

„Du hast es immer noch nicht gesehen?“ Sebastian atmete stöhnend aus und klickte wieder auf Zurück, bis er genau bei der Blonden war.

„Ich kann nicht mehr, Sebastian, und ich verstehe auch nicht, warum das jetzt so wichtig sein soll. Sag mir endlich, was hier passiert ist!“

„Sofort! Sieh nur noch einmal hierhin, dann sind wir fertig. Sie geht unmittelbar nach dir in den Waschraum. Siehst du die Tasche über ihrer Schulter?“ Sebastian umkreiste mit dem Cursor die dunkelblaue Reisetasche. „Und jetzt sieh sie dir an, wenn sie wieder herauskommt!“

Anna erkannte die blonde Frau und sah plötzlich, was Sebastian gemeint hatte, und ihr die ganze Zeit nicht aufgefallen war. „Sie kommt ohne Tasche wieder heraus.“

„Genau!“, schrie Sebastian und klatschte einmal laut in die Hände, sodass Anna vor Schreck zusammenzuckte. „Und es gibt eine Kameraeinstellung aus der Damentoilette, die zeigt, dass sie damit genau neben dir die Kabine betritt. Doch sie kommt ohne wieder heraus, wäscht sich kurz die Hände und verschwindet. Die Tasche wird erst wieder geholt, als du draußen bist. Sie hat genau auf dich geachtet.“

Anna schluckte und schloss die Augen. Sie fühlte sich fiebrig. Ihr Körper war heiß und doch lief ihr in einer Tour kalter Schweiß über den Rücken.

„Wir wissen nicht genau, was drin gewesen ist, aber wir vermuten, dass es etwas war, das Diego dazu brachte, sofort die Bank zu verlassen und ihnen zu folgen. Mit dir in Gefahr hatten sie ein gutes Mittel, um ihn zu erpressen.“

Anna starrte auf das Standbild der blonden Frau, die wer weiß was mit ihr vorgehabt hatte. Was war in der Tasche? Eine Bombe? Giftgas? Ein Elektroschocker? Oder ein gesamtes Waffenarsenal, mit dem sie Anna hätte aufhalten wollen, sollte diese plötzlich aus der Kabine kommen?

Vollautomatisch und handlich.

Es war alles möglich. Diego hatte erzählt, dass er gehen musste. War das die Ursache hierfür gewesen? Hatte Benno ihm gezeigt, was in der Tasche war? Im Auftrag der armenischen Mafia?

Aber was wollten sie von Diego? Wieso interessierten sie sich für ihn? Dann auch noch Tim und sein Vater. Gehörten die etwa auch dazu, oder war das alles nur ein Zufall?

Anna presste sich die Fingerspitzen an die Schläfen, da sie zur Übelkeit noch Kopfschmerzen bekam. Sie wusste keine Antworten auf ihre Fragen und die Gefahr blieb allgegenwärtig.

„Woher habt ihr das alles?“, fragte sie schließlich und spürte, wie ihre Stimme brach. „Die Infos über Diego und all die Fotos. Wo kommt das plötzlich her?“

Sebastian schloss das Video vom Flughafen. „Dass Azem Gharibyan der Mafia angehört und in die dunklen Machenschaften der Hamburger Unterwelt verstrickt ist, wissen wir schon lange. Nur mit den einzelnen Zusammenhängen und Beweisen haben wir uns bisher schwergetan. Bis vor ein paar Tagen, ja, eigentlich sogar direkt mit dem Verschwinden von Diego, ein Informant mit uns Kontakt aufgenommen hat und all diese Infos preisgab. Natürlich sind wir noch am Anfang, aber ich bin guter Hoffnung, dass wir hier etwas sehr Großem auf der Spur sind."

„Wer ist der Informant?"

Es klopfte hinter ihnen am Türrahmen und beide drehten sich um. Sebastian etwas schneller und beweglicher als Anna.

„Wir sind so weit, Herr Kommissar." Ein großer Mann mit einem weißen Ganzkörperanzug war in der Küchentür aufgetaucht und nickte zustimmend.

„Vielen Dank, Herr Ronald. Wir kommen." Dann wandte Sebastian sich an Anna. „Bist du bereit? Ich brauche nur eine kurze Bestätigung von dir. Du kennst ihn besser als ich."

Kapitel 49

Anna folgte Sebastian in den Flur. Sie wusste immer noch nicht, wo die Leiche lag, auch wenn sie bereits eine gefühlte Ewigkeit in der Küche gesessen hatte.

Die geöffnete Haustür gab den Blick zur Straße frei und Anna erkannte, dass sich hier eine noch größere Traube von Menschen angefunden hatte. Ja, hier war heute wirklich was los im Gänsestieg.

Doch dann entdeckte Anna ihre Eltern in dieser Menge. Sie standen direkt vor der Pforte zum Haus und ihre Mutter schien offenbar mit einem der Polizisten darüber zu diskutieren, was hier los war und warum sie nicht in ihr Haus gelassen wurde.

Anna sah schnell zur Seite. Sie wollte sich später um ihre Eltern kümmern, wenn sie diese Aufgabe endlich hinter sich gebracht hätte, doch Ute Selbigs Augen hatten offenbar nur darauf gewartet, endlich jemand Vertrautes in ihrem Haus zu entdecken.

„Anna!“, schrie sie so laut, dass es vermutlich in der gesamten Nachbarschaft zu hören war, obwohl die gesamte Nachbarschaft ja eigentlich bereits vor ihrem Haus stand.

Anna wollte sie ignorieren, aber Sebastian drehte sich um, als wäre er selbst gerufen worden.

Er erkannte sie sofort und trat zur Haustür.

Nein, bitte nicht, dachte Anna. Sie konnte es nicht ertragen, dass die Angelegenheit noch weiter verzögert wurde. Sollte sie nicht hier eine Leiche identifizieren? War sie nicht deshalb hierhergebracht worden?

„Moin, Frau Selbig“, grüßte Sebastian.

„Herr Kommissar? Was machen Sie hier? Was ist passiert? Man erzählt mir hier nichts“, beschwerte sich Ute Selbig und warf dem nächststehenden Beamten einen missbilligenden Blick zu.

Das wäre ja auch noch schöner, dachte Anna, warum sollte ihre Mutter etwas erfahren, wonach sie sich bereits seit einer gefühlten Ewigkeit verzehrte? Hätte man ihre Eltern nicht aus Sicherheitsgründen oder warum auch immer noch länger im Krankenhaus behalten können?

„Anna, was ist hier los?“ Die altbekannte Panik war im Gesicht ihrer Mutter aufgetaucht, die sie seit der Entführung vor zwei Jahren mit sich herumschleppte.

„Bitte bleiben Sie einen Augenblick zurück!“, befahl Sebastian und hielt abwehrend eine Hand hoch. „Das hier ist ein Tatort. Hier können Sie momentan nicht hin.“

Utes Mund klappte auf, als wolle sie etwas sagen, doch es kam kein Wort heraus.

Annas Vater neben ihr blieb ebenfalls still, doch in seinen Augen konnte Anna die Angst erkennen, die er um seine Tochter hatte.

Es brach Anna das Herz, ihn so leiden zu sehen. Anders als ihre Mutter war er etwas feinfühliger und vorsichtiger, während Ute meist trampelig mit der Tür ins Haus fiel.

„Bitte warten Sie einen Augenblick! Wir sind auch gerade erst gekommen. Ich sage Ihnen Bescheid."

‚Gerade erst gekommen' hielt Anna für eine kleine Untertreibung, aber ihre Eltern durften auf keinen Fall jetzt Haus und Grundstück betreten, da stimmte sie Sebastian zu.

Sebastian drehte sich herum und schob seine Hand in Annas Rücken. Dann gingen sie durch den kleinen Heizungsraum in Richtung Hintertür.

Annas Beine zitterten immer noch. Als sie vor zwei Jahren nach der Entführung aus Spanien zurückgekehrt war, hatte sie ein Jahr lang in dem Glauben gelebt, dass Diego nicht mehr am Leben war. Und so fühlte sie auch jetzt den Schmerz, der ihr nur zu bekannt war.

Dann hatten sie die Hintertür erreicht und hier lag er.

Es standen weitere Polizisten um ihn herum, sodass Anna im ersten Moment nur die Schuhe erkennen konnte und überlegte, ob Diego braune Wildlederschuhe getragen hatte. Wenn sie genauer darüber nachdachte, wusste sie nur, dass er kein Hawaiihemd mehr angehabt hatte.

Doch dann kamen sie näher, und sie erkannte den Mann.

Er lag auf dem Rücken. Die Arme waren zur Seite gestreckt, die Beine in einer verdrehten Position angewinkelt, als hätte er sich im letzten Moment noch drehen wollen.

Sie trat noch einen weiteren Schritt voran und entdeckte ein rundes Einschussloch in der Stirn ihres ehemaligen Psychiaters. Eine kleine Blutlache hatte sich um seinen Kopf ausgebreitet und hob das blasse Gesicht optisch hervor. Wie der Hintergrund in einem Gemälde, um den Fokus auf das Eigentliche zu richten.

Es war nicht das erste Mal, dass Anna eine Leiche sah. In ihrem Beruf als Krankenschwester kam es durchaus vor, dass ein Patient verstarb, doch das hier war natürlich etwas komplett anderes.

Sie streckte sich und japste nach Luft, da sie das Gefühl hatte, seit einiger Zeit nicht mehr richtig geatmet zu haben.

„Es ist nicht Diego", murmelte sie erleichtert.

Sie stand nicht vor seiner Leiche und musste nicht um ihn trauern. Doch allzu groß war die Erleichterung dennoch nicht. Wo war er?

„Ist er das?“, fragte Sebastian. „Ist das dein Psychiater?“

Anna nickte stumm.

Was war hier passiert? Hatte Diego Doktor Hilgert erschossen? War er selbst auch verletzt? Wo war Tim?

„Haben Sie die Wunde gesehen?“, hörte sie die Stimme eines Polizisten, der sich an Sebastian gewandt hatte. „Es wurde gezielt in die Stirn geschossen. Das war ein Profi. Die Handschrift eines Auftragskillers.“

Anna erkannte, wie Sebastian kurz nickte und seine Augen für eine Millisekunde zu Anna huschten. Anna deutete es als ein Ja, aber auch als eine Erklärung, die unmittelbar Anna betraf.

Diego oder besser Santo.

Ein Profischütze, Auftragsmörder, Mafia.

Annas Telefon klingelte. Die Nummer wurde unterdrückt. „Ja?“

„Hi, Anna, ich bin´s!“ Überall hätte sie diese Stimme erkannt.

„Diego! Wo bist du? Geht es dir gut? Ist dir etwas passiert?“ Er war am Leben! Die Erleichterung war so enorm, dass sie sich an der Hauswand abstützen musste.

Sebastian trat um Hilgert herum und stellte sich angespannt vor ihr auf, als würde er Diego somit näher sein.

„Ich bin okay. Was ist mit dir?“

Anna warf Sebastian einen zerknirschten Blick zu und ging einen Schritt zurück. Sie konnte nicht sprechen, wenn er sich so vor ihr aufbaute. Obwohl es wahrscheinlich sowieso egal war, da alle um sie herum angespannt lauschten.

„Mir geht es gut. Wo bist du jetzt? Wo ist Tim?“

„Tim ist mir entwischt. Ist Sebastian bei dir?“

„Ja.“

„Gut. Wo bist du?“

„Bei meinen Eltern.“

Diego machte eine kurze Pause. „Ich hatte gehofft, man hätte dir den Anblick ersparen können.“

Anna hörte die Verzweiflung in seiner Stimme und spürte, wie ihr die Tränen kamen. Um nicht vollends bloßgestellt zu sein, drehte sie sich herum, sodass sie mit dem Rücken zu Sebastian, der Leiche und den anderen Polizisten stand. „Was ist hier passiert?“, flüsterte sie und wischte sich mit der freien Hand durch das Gesicht.

„Wir haben nicht viel Zeit. Ich bin Tim gefolgt und habe so Einiges herausgefunden. Der Überfall auf uns im letzten Jahr wurde durch deinen Psychiater angezettelt. So wie es aussieht, hat er mich damals in Spanien aufgelesen und mir die Hypnosedrogen verpasst, von denen wir bisher nicht wussten, wo sie herkamen."

Anna dachte an das vergangene Jahr und die Forschungsstudien, die die Polizei durch einen Unbekannten bekommen hatte und die Diego letzten Endes freigesprochen hatten, da sie seine Unschuld unterstützten. Anna dachte kurz daran, dass es sich bei dem Unbekannten um Benno gehandelt hatte, wie sie inzwischen wusste.

„Ich weiß nicht, was er noch alles vorhatte, aber es ist eindeutig", fuhr Diego abgehackt fort.

Anna vernahm ein Geräusch, als würde er in etwas wühlen. Dann fiel etwas zu Boden.

„Wo bist du?"

„Ich bin in seinem Haus. Sebastian muss unbedingt kommen und sich das hier anschauen. Ist er in der Nähe? Ich muss mit ihm sprechen."

Anna drehte sich herum und erkannte, dass Sebastian quasi vor Neugierde brannte. Er hatte sich leicht vorgebeugt und schien nur auf den Zehenspitzen zu stehen. Die Arme waren ausgestreckt, als würde er ihr das Handy jeden Moment aus der Hand reißen.

„Warte, ich gebe ihn dir."

„Moment!"

Anna stoppte in der Bewegung und umfasste das Handy stärker, als würde sie Diego auf diese Weise wahrhaftig festhalten können. „Was ist?"

„Ich weiß nicht, wohin Tim verschwunden ist, Anna. Das heißt, du bist keinesfalls sicher. Ich möchte, dass du bei Sebastian bleibst. Ich werde ihn bitten, dass man dir einen Personenschutz zuteilt."

Anna schluckte und schloss bei dem Gedanken an ihren krankhaften Nachbarn kurz die Augen. „Was ist mit dir?"

„Ich komme schon klar. Ich melde mich bei dir, sobald ich kann. Jetzt gib mir Sebastian!"

Anna wollte noch etwas sagen, aber irgendwie fehlten ihr die Worte. Sie war wie gelähmt und streckte das Handy in Richtung Sebastian.

Dieser griff sofort danach und sprach hinein. „Diego? Wo bist du?" Er kniff die Augen zusammen und lauschte aufmerksam. Dann runzelte er die Stirn und strich sich mit den Fingern fest über die Augenlider, als würde er Schmerzen wegstreichen wollen. Vielleicht überlegte er aber auch nur, wie er all seine Mafia-Fragen am schnellsten untergebracht bekam.

„Ich weiß nicht, ob wir hierfür das nötige Personal haben, aber ich werde tun, was ich kann … Ja, ich werde es ihr sagen." Ein kurzer Blick fiel auf Anna. „Ja, wir kommen dahin. Warte kurz auf uns, dann können wir … Diego? Diego? Mist!“ Sebastian nahm das Handy vom Ohr und starrte resigniert auf das kleine Gerät.

„Was ist passiert?“, fragte Anna. Sie hatte das gesamte Gespräch mit angehört, aber die letzten Worte gefielen ihr gar nicht. War etwas vorgefallen?

„Nichts. Diego hat aufgelegt.“ Sebastian drehte sich herum und wandte sich an die umstehenden Polizisten, denen er einzelne Befehle erteilte.

Für Anna ging das alles so schnell, dass sie gar nicht richtig wahrnahm, was eigentlich passierte.

Als die ersten sich bereits in Bewegung setzten, drehte er sich schließlich wieder zu ihr herum. „Diego möchte, dass ich dich unter Personenschutz stelle. Leider kann ich das nicht so schnell erreichen, wie es eigentlich sein müsste. Bis es so weit ist, möchte ich, dass du hierbleibst. Geh ins Haus! Schließ dich mit deinen Eltern ein und öffne nicht die Tür!“

Anna nickte stumm. Sie fühlte sich wie ein kleines Kind, das von den Eltern abgeholt werden sollte, diese aber nicht kamen. Machtlos und abhängig, ohne eigenen Willen und Entscheidungen.

Kapitel 50

Annas Zittern hörte nicht auf, obwohl Sebastian bereits seit einiger Zeit verschwunden, Hilgert von der Hinterterrasse abtransportiert worden war und auch die letzten Polizisten und Spurenermittler das Grundstück inzwischen verlassen hatten. Von außen sah es so aus, als ob nie etwas geschehen wäre, doch der Schein trügte.

Bevor Sebastian gefahren war, hatte er Anna noch kurz erzählt, dass sie in der Marktstraße gewesen waren, hier aber niemanden angetroffen hatten. Nicht mal Saralie und Paul. Er hatte die Nachbarn im Haus befragen lassen, die bestätigten, dass die junge Mutter öfters mal für einige Tage mit ihrem Sohn verschwand. Hier war er also nicht weitergekommen, doch Anna hatte ehrlich auch nichts anderes erwartet, nachdem sie Rafael von ihrem bevorstehenden Polizeibesuch erzählt hatte.

Die Durchsuchung von Tims Wohnung in Annas Mietshaus hatte ebenfalls nichts Brauchbares gezeigt, da sie fast vollständig ausgebrannt war. Das komplette Haus war evakuiert worden, da der Rauch sich über das gesamte Treppenhaus ausgebreitet hatte.

Mit guter Hoffnung und neuen Erwartungen war Sebastian letztendlich abgefahren, um sich das Haus anzusehen, von dem Diego am Telefon erzählt hatte.

Anna hatte sich währenddessen von ihrer Mutter dazu überreden lassen, ein Bad zu nehmen. Es tat gut und entspannte sie tatsächlich ein wenig. Auch wenn das heiße Wasser an ihren Blessuren brannte. Ihre Hände waren abgeschürft und auch die Verletzung auf ihrem Oberschenkel, die sie sich vorgestern auf ihrer Flucht vor der Polizei geholt hatte, machte deutlich, dass sie noch da war.

Anschließend hatte sie sich in neue Sachen gehüllt und fühlte sich halbwegs gut. Ihre Haare waren gekämmt, die Haut eingecremt und sie hatte sich sogar gezwungen, die Fingernägel zu schneiden. Es war nötig und lenkte sie irgendwie ab.

Normalität.

Sie dachte an die Erzählungen der Soldaten aus dem Zweiten Weltkrieg, die bei ihrem Vormarsch auf Stalingrad einen schedderigen Tannenbaum mit Munition und Schnürsenkeln geschmückt hatten, um trotz der Situation in Weihnachtsstimmung zu kommen.

Normalität. Alltag. Vergessen.

Nur so konnte man es überstehen – überleben. Bei ihr war der Kriegsalltag gar nicht ganz so fern. Eigentlich steckte sie mittendrin und zur Kapitulation schien es noch ein langer Weg zu sein. Stattdessen wurde sie in diesen Schützengraben gesteckt, um auf Abruf für die nächsten Taten bereit zu sein. Oder um auf die nächsten Angriffe zu warten.

Es war mittlerweile dunkel geworden. Auf Sebastians Rat hatten sie alle Türen fest verriegelt und die Außenbeleuchtung eingestellt. Anna hatte selbst ins Badezimmer ihre Handtasche mitgenommen, um im Ernstfall ihr Pfefferspray griffbereit zu haben. Sie deponierte immer eine Dose bei ihren Eltern für den Fall der Fälle und war jetzt froh über ihre Vorsichtsmaßnahme. Die Polizisten hatten ihr ihre vollautomatische und handliche Waffe nicht wiedergegeben, die nur zu gut in eine Damenhandtasche passte.

Als sie aus dem Badezimmer kam und ins Wohnzimmer trat, hängte sie sich ihre Handtasche über die Schulter. Man konnte nie wissen, wie plötzlich etwas Unvorhergesehenes passierte, und dann musste sie ihre Tasche bei sich haben. Zumal hier auch ihr Handy drin war und sie nicht wusste, wann Diego oder Sebastian sich bei ihr melden würden, um sie möglicherweise abzuholen oder zu melden, dass jetzt der Personenschutz da war und womöglich draußen auf der Straße stand.

Im Wohnzimmer lief der Fernseher, und Anna erkannte eine blonde Nachrichtensprecherin. Ihr Vater saß auf seinem Stammplatz auf dem Sofa davor und stocherte in seinem Essen, das auf einem kleinen tragbaren Tischchen auf seinem Schoß stand. Er wirkte entspannt und irgendwie erschien dieses Bild zu gewöhnlich, als hätte es in seinem Alltag heute keine Leiche in seinem Garten gegeben.

„Möchtest du nicht auch was essen?“

Anna zuckte zusammen, als ihre Mutter plötzlich neben ihr stand – in der Hand ein Teller mit Kartoffeln, Möhren und Fleisch, das in einer dunklen Soße schwamm.

„Oh, tut mir leid, Liebes, ich wollte dich nicht erschrecken. In der Küche ist noch mehr. Füll dir etwas auf!“ Ute ging ebenfalls ins Wohnzimmer und setzte sich neben ihren Mann auf das Sofa.

Es war ein Bild wie immer und Anna war ein klein wenig erstaunt, wie gelassen ihre Eltern mit der ganzen Sache umzugehen schienen. Doch wenn sie genau darauf achtete, dann war vielleicht doch nicht alles normal. Ihre Mutter war nervöser als gewöhnlich. Sie ließ zweimal das Messer fallen und auch Annas Vater sah sich bei jedem Geräusch unauffällig um.

Sie ging in die Küche und warf einen Blick nach draußen, während sie sich von dem Essen auffüllte, dessen Duft durch das ganze Haus strömte.

Als Anna jetzt unmittelbar davor stand, spürte sie eine leichte

Übelkeit aufsteigen. Der Hunger war bereits so stark, dass ihr schlecht wurde.

Vom Küchenfenster konnte man direkt auf die Straße sehen, aber Anna konnte nichts Ungewöhnliches entdecken. Die Straßenlampen waren angeschaltet und halfen der schwachen Außenbeleuchtung an der Haustür, um etwas Helligkeit ins Dunkel zu bringen.

Mit dem vollen Teller in der Hand ging sie zurück ins Wohnzimmer und dachte daran, dass das Ende dieser ganzen Bedrohung vielleicht näher war, als sie vermutete. Immerhin war Doktor Hilgert tot. Diego hatte kurz berichtet, dass der Psychiater hinter all dem steckte, was sie im letzten Jahr erlebt und vor allem durchlebt hatten.

Doch wenn dieses Detail geklärt war, war es dann ausschlaggebend für den Rest? Was war mit den anderen? Hilgerts Tod war möglicherweise nur die Spitze des Eisberges, aber der Teil mit der Mafia war noch nicht geklärt.

Anna hatte sich auf dem Sofa neben ihre Mutter gesetzt und merkte, dass sie irgendwie keinen Hunger mehr hatte. Sie hatte gerade die ersten paar Bissen hinuntergeschluckt, als ihre erst leichte Übelkeit sich als richtige entpuppte und ihr Magen sich plötzlich auf brutale Weise zusammenzog.

Vorsichtig schob sie ihren Teller zur Seite und versuchte, sich so wenig wie möglich zu bewegen. Sie hatte das Gefühl, als würde jede unnötige Bewegung das Fass zum Überlaufen bringen und in ihrem Fall Erbrechen verursachen.

„Was ist mit dir? Hast du keinen Hunger?“ Ihr Vater sah besorgt zu seiner Tochter hinüber.

Anna lächelte gequält und starrte auf ihre Hand, die immer noch zitterte. „Irgendwie nicht.“

Ute stellte ihren Teller zur Seite und rutschte ein Stückchen zu Anna heran. Genau das war die Bewegung, die Anna vermeiden wollte. Das Sofa schaukelte unter ihr wie ein Fischerboot im Seegang.

Mit vorgehaltener Hand sprang Anna auf und stürmte ins Badezimmer, um sich dort in die Toilette zu erbrechen. Es kam nicht viel, da sie nicht viel hatte essen können. Krampfhaft wölbte sich ihr Körper über der Kloschüssel, während sie ein lautes Stöhnen ausstieß.

„Was haben sie dir bloß angetan?“, hörte sie die Stimme ihrer Mutter fürsorglich.

Dann spürte sie eine Hand auf ihrem Rücken, die sie beruhigend streichelte.

Anna setzte sich zurück und wischte sich den Mund mit Toilettenpapier ab.

„Wie konnte er nur?“ Utes Stimme zitterte theatralisch.

„Wer?“

„Na, Diego! Schau dich doch an! Erbrichst dich, zitterst am ganzen Körper, bist mit den Gedanken ganz woanders. Noch dazu, was uns passiert ist, und dass wir einen toten Mann im Garten liegen hatten.“

„Aber das ist doch nicht Diegos Schuld. Er weiß nicht, wer er ist. Er kann sich an nichts erinnern, das weißt du doch?!“ Anna verschwieg lieber die paar Details, die sie inzwischen gehört hatte.

„Na und? Das kommt doch nicht von ungefähr! Du kannst mir nicht erzählen, dass ein unschuldiger Mensch mit einer Amnesie dies alles erleiden würde. Kann sein, dass er jetzt nichts mehr weiß, aber das war nicht immer so. Ich wette, dass er früher zu denen gehört hat. Du weißt doch überhaupt nicht, wer er ist. Ich habe Angst um dich, Anna.“

Anna wusste, wen ihre Mutter meinte, wenn sie von ‚denen‘ sprach – Benno und Rafael. Sie hatte ihr nicht erzählt, dass es sich beim Letzteren um Diegos Bruder handelte und vielleicht brauchte sie dieses Detail auch nie zu erfahren.

Wackelig ging Anna zurück in die Küche, um sich ein paar Salzstangen oder Ähnliches zu holen.

Ute war ihr gefolgt und kauerte sich mit verschränkten Armen hinter ihre Tochter. „Ich will nicht, dass du ihn wiedersiehst!“

Anna öffnete die Schranktür mit den Keks- und Knabbersachen, die sie aus Kindertagen noch kannte, und hatte sich nicht geirrt. Hier gab es tatsächlich ein paar Salzstangen.

Sie nahm sich eine geöffnete Tüte heraus und zuckte kurz zusammen, als sie die Schranktür wieder schloss und dabei aus dem Fenster nach draußen zu ihrem kleinen Wagen schaute. Hier war gerade Licht im Innenraum an gewesen. Das würde sie schwören.

Reglos hielt sie die Salzstangentüte in ihren Händen und starrte nach draußen. Aber es tat sich nichts. Alles blieb dunkel.

„Hörst du mir überhaupt zu?“ Ute kam um Anna herum und stelle sich direkt in ihr Sichtfeld. Durch ihre Bewegung wirbelte ein erneuter Schwall Essensgeruch herum, und Anna biss fest die Zähne aufeinander.

„Tut mir leid, Mama. Lass uns doch wieder in die Stube gehen.“ Anna verstärkte den Griff um ihre Tüte und warf noch einen letzten Blick zum Auto. Alles blieb ruhig. Sicherlich hatte sich nur das Licht einer Straßenlaterne in der Scheibe widergespiegelt.

Doch bevor Anna sich umdrehen konnte, packte ihre Mutter sie am Arm. „Du verstehst doch, was ich meine, oder? Wir sind überfallen worden. Hier in unserem Haus. In unserem Hintergarten lag heute eine Leiche. Du bist nicht mehr wiederzuerkennen vor lauter Paranoia und Panik und das alles, seit du mit Diego zusammen bist. Papa und ich können nicht mehr schlafen, weil wir uns solch große Sorgen machen. Jetzt haben sie Papa fast totgeschlagen – begreifst du denn nicht, wie gefährlich Diego ist?“

„Aber er hat Papa doch nicht überfallen!“

„Die Gefahr kommt aber von ihm! Du kannst mir nicht sagen, dass wir die letzte Nacht im Krankenhaus verbracht hätten und Papa zwei gebrochene Rippen hätte, wenn du noch mit Nico zusammen wärst. Solche Turbulenzen habe ich vorher noch nie erlebt, Anna. Und wir wären unter normalen Umständen auch nicht in den Fokus dieser Leute geraten. Durch Diego hast du diese Ratten in unser Leben gelassen und zu unserem Haus gelockt.“

„Mama, hör bitte auf, ja?“ Anna wünschte, ihre Mutter würde endlich aufhören, ihrem Ex-Freund hinterherzutrauern, mit dem sie vor zwei Jahren zusammen gewesen war und der durch seine mittlerweile erfolgreiche Karriere als Jungarchitekt ein gern gesehener Gast im Hause ihrer Eltern wäre.

Glücklicherweise piepste genau in diesem Moment Annas Handy, sodass sie hierauf vielleicht nicht weiter antworten müsste.

Lass es Diego sein, bitte!, dachte sie innerlich und wühlte ihr Handy aus ihrer Tasche. Immer noch zittrig tippte sie über das Bedienfeld und erkannte eine SMS von einer unbekannten Handynummer. Hastig klickte sie auf ‚Anzeigen‘ und las die Nachricht: Ich habe einen Platz gefunden, wo wir dich verstecken können. Warte in deinem Auto auf dich. Bitte komm raus, die Luft ist rein – Diego.

Diego! Er ist da! Er ist da draußen!

Anna sah erneut aus dem Fenster und dachte an den kurzen Lichtschein, den sie eben gesehen hatte. Sie hatte sich also doch nicht geirrt.

In diesem Moment kam ihr Vater in die Küche und stellte seinen leeren Teller in die Spüle. Als er den Wasserhahn betätigte, erkannte Anna, wie er kurz die Luft anhielt und sich eine Hand auf die gebrochenen Rippen legte. Gleichzeitig kochte in Anna die Wut hoch, die sie gegen Rafael hegte.

Dann drehte er sich herum und seine Augen huschten kurz von Anna zu Ute und wieder zurück. Was Anna an ihm liebte, war seine Gelassenheit und Ruhe, mit der er immer alles betrachtete und die auch ansteckend auf andere, oder zumindest auf sie wirkte. Ute war dagegen immer ein kleines Nervenbündel, aber wahrscheinlich ergaben die beiden gerade deshalb ein Ganzes und sicherlich hatte Anna einen Teil dieser Gelassenheit von ihm geerbt, was es ihr leichter machte, ihn zu verstehen. Während ihre Mutter im Dreieck sprang, hatte Anna oft von der Ruhe ihres Vaters profitiert.

„Geht es dir besser?" Sein Blick musterte Anna und blieb an der Salzstangentüte hängen.

„Etwas, ja!"

Ute starrte ihre Tochter an und schien angespannt auf etwas zu warten.

„Ich … ich werde jetzt gehen. Ich werde abgeholt."

„Abgeholt?" Ute kniff die Augen zusammen, und Anna fühlte sich an die Diskobesuche als Teenager zurückerinnert. Sie hatte nie lange ausgehen dürfen, und ihre Mutter war stets die halbe Nacht wie eine Glucke am Fenster hin- und hergelaufen, weil sie auf ihre Tochter gewartet hatte. Dies hatte zur Folge, dass Anna gar nicht mehr viel ausgegangen war, sondern die Samstagabende eher in ihrem Zimmer verbrachte, um den Diskussionen auszuweichen.

Helmut trat einen Schritt vor und schaute aus dem Fenster. „Ich kann gar kein Polizeiauto sehen."

„Es ist auch nicht die Polizei. Es ... ist Diego."

Annas Mutter riss den Mund auf und starrte sie geistesabwesend an.

„Wo ist er?" Annas Vater schien misstrauisch. Er hatte sich ans Küchenfenster gelehnt und prüfte die Winkel, so weit er gucken konnte. Anna spürte plötzlich Schweiß an ihren Handinnenflächen. „Warum kommt er nicht rein?" Ihr Vater hatte sich noch nie dafür interessiert, wenn sie von einem Jungen abgeholt wurde. Doch das Interesse resultierte momentan ganz klar aus anderen Gründen.

„Er wartet in meinem Wagen."

Jetzt trat auch Ute ans Fenster. Anna konnte nur hoffen, dass er nicht hierher sah und Zeuge dieses Aufruhrs wurde.

„Ich melde mich, sobald ich kann." Anna verstaute die Salzstangen in ihrer Tasche und ging in den Flur, um sich die Schuhe anzuziehen.

„Nein, du gehst nicht!" Ute drehte sich blitzschnell herum und fauchte Anna regelrecht an. „Nicht zu ihm, Anna! Geh mit jedem anderen mit, aber halte dich von Diego fern! Er tut dir nicht gut. Er ist gefährlich. Wo bringt er dich hin? Was will er von dir? Geh da nicht hinaus, Anna!"

Doch, das muss ich aber, dachte Anna. Sie wurde fast wahnsinnig, wenn sie daran dachte, dass sie jetzt mit ihrer Mutter über diese Banalität stritt, während Diego, *ihr Diego*, den sie heute das erste Mal seit seinem plötzlichen Verschwinden wiedergesehen hatte, draußen im Wagen saß und auf sie wartete. Mit Sicherheit hatte er sich einen guten Ort überlegt, wo sie sich verstecken könnten, und sicherlich würden sie jetzt mehr Zeit miteinander haben, und er würde ihr erzählen können, was eigentlich passiert war. Sie konnte hier nicht bleiben. Sie musste jetzt da raus.

Sie zog sich ihre Schuhe an und griff nach ihrer Jacke.

„Anna! Nein!", fauchte ihre Mutter, und Anna musste fast lachen. Nicht mal zu Teenagerzeiten hatte sie solch einen Wind gemacht. Was war jetzt das Problem? Es war mit Sicherheit nicht gefährlicher bei Diego draußen im Wagen zu sitzen, als hier im Haus zu bleiben.

Ute sprang vor und ergriff Anna am Arm. „Anna Maria Selbig, ich verbiete es dir!"

„Du kannst mir nichts verbieten, Mama. Ich werde jetzt da rausgehen, und ich werde Diego helfen. Er ist unschuldig." Das stimmte nur zum Teil, war aber jetzt nicht weiter von Belang.

„Ich würde mir das auch noch mal überlegen, Anna", fiel ihr Vater plötzlich ein, „mir ist auch nicht ganz wohl bei dem Gedanken. Vielleicht solltest du doch lieber auf Sebastian warten."

„Wer weiß, wann das sein wird", murmelte Anna leise. Sie war nicht sicher, ob ihre Eltern es überhaupt hatten hören können. Sie hatte ihre Schuhe angezogen und zog den Reißverschluss ihrer Jacke zu. Die Regentropfen an der Fensterscheibe und die schwankenden Bäume verrieten, dass es ungemütlich geworden war. Dann warf sie sich ihre Handtasche wieder über und öffnete die Verriegelung an der Haustür.

„Schließt wieder gut ab, okay?" Sie warf einen kurzen Blick auf ihre Eltern, deren Gesichter aussahen, als würden sie gleich in Ohnmacht fallen. Einen kurzen Moment war Anna hin und hergerissen, doch dann gab sie sich einen Ruck, bevor einer ihrer Eltern sie doch noch packen und zurückhalten würde.

Kapitel 51

Es regnete sogar noch stärker, als Anna von innen angenommen hatte. Sie warf sich die Kapuze über und zog die Jacke noch ein Stückchen fester um sich herum. Dann eilte sie den schmalen Plattenweg zur Straße entlang und verfehlte nur knapp eine Pfütze, die sich auf dem Gehweg direkt vor dem Gartentor gebildet hatte und der sie mit einem gewagten Sprung ausweichen musste. Doch all das Wasser störte sie nicht. Gleich würde sie bei Diego sein. Ob sie dann warm oder kalt, nass oder erfroren war, interessierte sie herzlich wenig.

Sie packte den Türgriff und riss schwungvoll die Beifahrertür auf. Das Licht ging nicht an und doch erkannte sie einen Schatten, der auf dem Fahrersitz saß.

Diego war da.

Sie sprang in den Wagen und knallte die Tür hinter sich zu, um das restliche Wasser draußen zu lassen. Während ihre Augen noch gebannt versuchten, die vertraute Person auf dem Fahrersitz zu identifizieren, wurde das Innenlicht eingeschaltet und ein blonder Mann mit leuchtenden Augen lächelte sie listig an. Über seiner Nase klebte ein großes Pflaster quer, um den Bruch darunter abzustützen.

Anna warf sich sofort zurück und hatte die Hand bereits am Griff, als sie es neben sich klacken hörte. Er hatte die Zentralverriegelung eingeschaltet.

„Hau nicht gleich wieder ab, Anna!" Er klang leicht beleidigt und machte das Licht wieder aus.

„Was machst du in meinem Wagen? Verschwinde, bevor ich die Polizei rufe!", fauchte Anna wütend zurück. „Wo ist Diego? Ist das eine Falle? Du hast mich verarscht, nicht wahr? Hast du die SMS geschrieben?"

Anna warf einen schnellen Blick auf die Rückbank und suchte dann draußen die dunkle, vom Regen verschwommen, und undurchdringliche Umgebung ab. Wie hatte sie nur so dumm sein können? Ohne auch nur einmal darüber nachzudenken, war sie wie eine Geisteskranke nach draußen gestürmt, als würde es hier keinerlei Gefahr geben. Eine Drogenkranke, die draußen ihre Spritzenration liegen sah und hierfür durchs Feuer ging.

Sie packte den Verriegelungsknopf an ihrer Tür und zog kräftig daran. Im nächsten Augenblick war die Tür auf und Anna halb draußen.

„Was soll ich Santo erzählen, warum du nicht mitgekommen

bist? Findest du es nicht ein bisschen unhöflich, wie du mich behandelst?“

„Verpiss dich!“

„Aber es ist doch wahr. Santo konnte nicht selbst kommen und ich denke, als Fahrer bin ich ja wohl auch gut genug, oder?“

Anna stoppte in ihrer Bewegung und sah zu Benno hinüber. Die Straßenlaterne gab gerade genug Licht in sein Gesicht, dass sie sein überhebliches Grinsen erkennen konnte.

„Wo ist Diego?“

„Da fahren wir jetzt hin. Könntest du dafür wohl bitte noch die Tür zumachen?“

Anna verharrte einen Moment und schloss dann die Tür. *Denk nach, Anna, das ist eine Falle, mit Sicherheit, steig aus dem Auto aus! Sofort!*

Doch sie tat es nicht. Die Nähe zu Diego war zu spürbar, dass sie es für dieses eine Fünkchen Hoffnung doch riskieren musste.

„Wo ist er?“

Benno hielt Anna die leere Hand hin und wartete ungeduldig. „Du wirst es erfahren. Vielleicht sollte er es dir aber lieber selbst erzählen.“

Anna achtete nicht auf Benno, sondern überlegte, was er wohl meinen könnte. Hatte Diego ihr vielleicht etwas gesagt? Hatte er irgendetwas erwähnt? Einen geheimen Treffpunkt, zu dem sie jetzt fahren würden? Das Haus an der Ostseeküste, von dem er gesprochen hatte? Wie hieß es noch gleich?

Benno stöhnte plötzlich neben ihr und hielt ihr seine Hand noch deutlicher vor die Nase. „Wärst du vielleicht so freundlich, mir den Schlüssel zu geben? Ich glaube, es kommt nicht so gut, wenn ich hier deinen Wagen kurzschließe und deine Eltern womöglich gleich rauskommen.“ Er deutete unauffällig in Richtung Wohnhaus, wo man Ute Selbig deutlich am Küchenfenster stehen sah. „Was würden deine Eltern wohl dazu sagen, wenn sie mich hier sehen und herausfinden, dass wir zwei unter einer Decke stecken?“

„Wir stecken nicht unter einer Decke“, knurrte Anna, „du hast Diego vom Flughafen entführt! Warum? Wo hast du ihn hingebracht?“

Benno stieß ein verachtendes Schnauben aus. „Ich habe ihn nicht entführt. Wie sähe denn das aus? Er ist vollkommen freiwillig mit mir mitgekommen.“

„Weil ihr ihn erpresst habt!“

„Willst du jetzt weiter Fragen stellen? Santo kann dir alles selbst erzählen.“

Anna holte den Schlüssel aus ihrer Tasche, doch bevor sie ihn in Bennos Hand legte, verweilte sie kurz und sah ihm tief in die Augen, so sehr es die Dunkelheit erlaubte. „Keine Tricks! Wir fahren zu Diego! Nichts anderes, verstanden?“

Benno lächelte, und Anna fand das erste Mal, dass er etwas Interessantes, vielleicht sogar Hübsches an sich hatte.

„Nichts anderes, Herzchen. Ich habe doch versprochen, dich heil abzuliefern.“

Er steckte den Schlüssel ins Loch und startete den Wagen. Dann schaltete er in den ersten Gang und legte den Arm wieder lässig auf das Lenkrad, sodass die Hand auf der anderen Seite herunterbaumelte.

Entspannt lehnte er sich zu Anna herüber und grinste sie spitzbübisch an. „Du schuldest mir noch ein Auto, weißt du das?“

„Halt die Klappe und fahr endlich los, wenn du meinen Wagen händeln kannst!“

Er stieß ein lautes Gelächter aus und trat im gleichen Moment auf das Gaspedal, sodass der Wagen einen schwungvollen Satz nach vorne machte.

Anna spürte sofort einen ähnlichen Übelkeitsschwall wie eben in der Wohnung und öffnete die Salzstangentüte. Sie brauchte dringend etwas im Magen, wenn sie das hier durchstehen sollte.

Benno warf einen kurzen Blick zu ihr und zeigte dann mit der Hand auf zwei Pappbecher, die in den Getränkehaltern steckten. „Wenn du möchtest: Ich hab dir ´ne Cola mitgebracht!“ Er nahm sich den einen Becher und sog kräftig am Strohhalm.

Salzstangen und Cola! Perfekt für Übelkeit, dachte Anna und war angenehm überrascht, wie menschlich Benno mit einem Mal wirkte.

„Wie komme ich dazu?“

Benno grinste wieder. Doch es wirkte freundlich und nicht so gehässig wie gewöhnlich. „Vielleicht dachte ich, dass du etwas gut bei mir hast und wollte einfach freundlich sein. Ich weiß, es ist kein ‚Diego-Ersatz‘, aber doch auch nicht schlecht, oder?“

Anna griff nach ihrem Becher und lächelte leicht.

„Na, siehste!“, brüllte Benno plötzlich glückselig. „Sie lacht ja!“

„Halt die Klappe und fahr, okay?“ Anna nahm einen großen Schluck und spürte, wie gut er tat. Es folgte gleich der nächste. „Danke hierfür!“

Benno legte sich siegessicher zurück und ließ den rechten Arm auf Annas Schultern nieder. „Ich weiß doch, wie man mit Mädchen umgehen muss. Ich glaube, langsam kann ich Santo verstehen. Du bist echt süß!“

Anna beäugte schräg Bennos Hand, die auf ihrer rechten Schulter gelandet war, und räusperte sich.

„NICHTS ANDERES!“, wiederholte sie ihre Forderung.

„Oh, natürlich, Entschuldigung!“ Benno zog sofort seinen Arm zurück und legte beide Hände ans Lenkrad. „So besser?“

Anna wollte ihm zustimmen, doch plötzlich spürte sie wieder eine leichte Übelkeit aufsteigen. Nur war es diesmal anders. Ihr wurde nicht richtig schlecht, dass sie spucken musste, ihr wurde eher schwindelig und Bennos Hände, die sie gerade noch klar und deutlich auf dem Lenkrad hatte erkennen können, wurden mit einem Mal unscharf und verschwommen. Ihr Kopf wurde schwer und drohte unkontrolliert hin und her zu fallen. „Ich glaube, mir wird schlecht. Können wir bitte mal anhalten?“

„Was hast du gesagt?“

Anna hörte einen seltsamen Unterton in seiner Stimme. Er hatte sie genau verstanden, aber es war ihm egal.

Ein Kribbeln breitete sich in ihrem Körper aus, alles wurde taub, schlaff und müde. Ihre Lider senkten sich bleiern über ihre Augen, und sie sehnte sich nach einem Bett. Einfach nur schlafen. Das wär´s jetzt.

„Wir … müssen mal anhalten“, lallte sie leise und konnte selbst hören, wie eierig ihre Stimme klang. Wie konnte sie jetzt müde werden, wo sie doch gerade eine große Menge des Koffeingetränks zu sich genommen hatte?

Die Cola! Na klar!

„Das warst du, nicht wahr?“

Bevor ihre Lider endgültig zufielen und sie komplett wegdriftete, konnte sie noch einmal sein schallendes Gelächter hören.

„Schlaf gut, Süße!“

Kapitel 52

Ihr Kopf dröhnte, als sie erwachte. Sie spürte etwas Weiches unter sich und hatte einen beißenden Geruch in der Nase. Langsam blinzelte sie und erkannte verschwommen die Umrisse eines Tisches, der direkt vor ihr stand.

„Ich habe sie nicht angefasst!", vernahm Anna eine Männerstimme, die nicht allzu weit entfernt zu sein schien.

Langsam richtete Anna sich auf und sah sich um. Sie schien in einer Art alten Lagerhalle zu sein, die man leicht wohnlich eingerichtet hatte. Zumindest ließen der Tisch und das Sofa, auf dem Anna gelegen hatte, dieses erahnen. Die Wände waren weiß gestrichen, die Fenster bestanden nur aus einfach verglasten, alten Sprossenfenstern und der Boden war nichts als nackter Beton, was die Kälte erklärte. Zwei Neonröhren an der Wand verliehen das dazu passende ungemütliche Licht. Draußen vor den Fenstern war es stockdunkel. Auf einer blinkenden Coca-Cola-Uhr erkannte sie, dass es kurz nach Mitternacht war.

Gegenüber von ihrem Sofa stand noch ein zweites, das den mit Gläsern, Flaschen und Spielzeug beladenen Tisch von der anderen Seite einschloss. Als Eingrenzung an der Stirnseite stand ein mittelgroßer Flachbildfernseher. Auf dem Fußboden vor Annas Kopf lag ein geöffneter Pizzakarton, in dem noch die Reste einer vor Fett triefenden Pizza übriggeblieben waren. Der Geruch stieg Anna penetrant in die Nase und ließ ihren Magen verkrampfen.

Anna stieß einen angewiderten Laut aus und erhob sich schwankend vom Sofa. Benno und Saralie, beide in dicken Jacken, standen nicht weit hinter dem anderen Sofa und sahen sie skeptisch an.

Als Anna Benno erblickte, spürte sie eine ungeheuerliche Wut in sich aufsteigen und beim Blick in Saralies Gesicht erkannte sie bei ihr ähnliche Gefühle. Saralie hatte die Brauen zusammengezogen und die Lippen zu einem schmalen Schlitz geformt. Es war fast, als würde Anna direkt in einen Spiegel sehen.

„Dann sieh mal zu, dass du das wieder geradegebogen kriegst", fauchte Saralie Benno an und schleuderte ihm Annas Handtasche vor die Brust.

Perplex sah Anna an sich hinab und erkannte, dass sie ihre Tasche tatsächlich nicht umhatte. *Dieser Mistkerl!*

Wütend setzte sie einen Schritt nach vorne und musste sich dabei am Tisch abstützen, damit sie nicht hinfiel.

Saralie huschte an Anna vorbei und warf ihr einen schnellen

Blick zu. Dann verschwand sie durch eine weiß gestrichene Metalltür nach draußen.

Anna warf ihr nur einen flüchtigen Blick hinterher und erkannte einzelnes Kinderspielzeug auf dem Boden. Daneben einen großen Berg Kindersachen und ein aufgeklapptes Kinderreisebettchen, in dem sie einen dunklen Wuschelkopf erkennen konnte.

Paul war auch hier.

Dann wandte sie ihre volle Aufmerksamkeit Benno zu. Da sie jetzt stand, konnte sie die komplette Größe des Raumes erst wirklich überblicken.

Es war tatsächlich eine Lagerhalle und hinter Benno erstreckten sich bestimmt noch zehn Meter freier Raum, bis am Ende zwei mit Sichtplatten versehene Rolltore zu erkennen waren, vor denen zwei Autos parkten. Der Freiraum dahinter deutete allerdings darauf hin, dass hier sonst noch mehr standen.

Doch das schien der einzige freie Raum der Lagerhalle zu sein. Direkt neben den Sofas war eine Wand in die Halle gezogen, die sich längs in der Mitte durchzog und mit einzelnen Fenstern und Türen versehen war. Sogar der obere Raum hiervon war genutzt und deutete eine ausgebaute Etage im zweiten Stock an.

„Gib mir meine Tasche, du Bastard!“, fauchte Anna und machte einen weiteren schwankenden Schritt auf Benno zu. Annas Wut sprudelte über, als sie sein teuflisches Lächeln erkannte.

Sie holte mit der rechten Hand zum Schlag aus. Doch ihr Körper war immer noch schwer zu kontrollieren und taumelte seitwärts. Bevor sie allerdings wirklich fallen konnte, packte Benno ihre Hand, mit der sie auf das Pflaster über seiner Nase gezielt hatte, und konnte den Schlag entspannt abfangen. Gemeinsam wankten sie zur Seite und fielen auf das gegenüberstehende Sofa.

Benno hielt triumphierend Annas Arm zur Seite, als würde er sie vor sich selbst beschützen wollen. „Wir wollen doch nicht, dass du dich verletzt oder, Herzchen?“

Anna rappelte sich auf und versuchte, Benno von sich fortzuschieben. Es war mehr als unangenehm, ihn so dicht am Körper zu spüren. Seine drahtige, muskulöse Gestalt war schwer und hart. Sein Atem roch nach kaltem Zigarettenrauch.

Benno warf einen flüchtigen Blick auf Annas Handtasche, die unsanft vor dem Sofa gelandet war. „Ich bin erstaunt, dass du immer noch nur das Spray als Waffe hast. Ich an Santos Stelle hätte dich schon längst mit einem hübschen Ballermann ausgestattet.“

Anna schluckte und zwang sich, nicht zu atmen. Durch Bennos Geruch wurde ihr wieder ein wenig übel.

„Du bist sehr wertvoll, weißt du das? Für Santo bedeutest du eine Menge."

Anna kochte innerlich und war unfähig zu antworten. Ihr Inneres wütete immer noch im eigenen Kampf, dass sie so blöd gewesen war, überhaupt auf Benno reinzufallen. So dämlich konnte man doch gar nicht sein.

„Komisch, im Auto hast du mehr gesagt", murmelte Benno resigniert und schnitt leicht beleidigt eine Grimasse, während er sich zurücksetzte und Annas Hand wieder freigab.

Anna rieb sich über das Handgelenk, das Benno bisher gepackt hatte, und funkelte ihn böse an.

„Wo ist Diego?" Um die innere Haltung zu wahren, hatte Anna beschlossen, zumindest für einen kurzen Moment, noch an die Geschichte zu glauben, die Benno ihr aufgetischt hatte. Er hatte sie abgeholt, um sie zu Diego zu bringen. Wo war er also?

Benno lächelte und schüttelte kurz den Kopf. „Es ist so komisch. Du weißt überhaupt nicht, wer Santo eigentlich ist, oder?"

Anna antwortete nicht, sondern hing wie gebannt an Bennos Lippen. Sie wusste, dass sie kurz davor war, mehr über Diego zu erfahren, und ihre Intuition verriet ihr, dass es die Wahrheit sein würde.

„Santo ist ein Killer", sagte Benno plötzlich und ohne Umschweife, doch für Anna kam die Behauptung gar nicht so überraschend. Hatte nicht der Polizist bei Hilgerts Leiche Ähnliches gesagt?

„Santo ist ein Killer", wiederholte Benno. „Er tötet auf Befehl. Ein Auftragsmörder. Das macht ihn auf der einen Seite stark, auf der anderen aber auch zu einer interessanten Zielscheibe. Es gibt nicht Wenige, die ihn gerne tot sehen würden."

Anna kniff die Augen kurz zusammen und versuchte sich zu konzentrieren. In ihrem Kopf war es immer noch matschig. Die Synapsen fanden schwer ihren Weg zueinander. Dennoch musste sie sich jetzt zusammenreißen, wenn sie Diego helfen und vor allem hier wieder heil herauskommen wollte. „Und, wie stehst du zu ihm?"

Benno drehte blitzschnell seinen Kopf herum, als würde ihn die Frage überraschen. „Ich bin sein Freund!"

Tolle Freunde, dachte Anna, konnte sich diesen Kommentar aber gerade noch verkneifen. „Was sollte das mit der Cola? Was hast du vor?"

„Das war leider notwendig, Herzchen. Es ist besser, wenn du nicht weißt, wo wir gerade sind. Deine Teilnahme in dieser Geschichte hat nicht unbedingt Vorteile für uns alle gebracht, verstehst du? Wir hatten Besuch von der Polizei. Es war ziemlich knapp in so kurzer Zeit die Wohnung zu räumen und vor den Bullen zu flüchten."

Anna sah zu dem kleinen Reisebett hinüber und erkannte plötzlich den Sinn. Sie wohnten jetzt hier. „Ich bin untröstlich, aber ich habe mir diese Rolle nicht ausgesucht. Eigentlich wollte ich mit Diego nach Mexiko fliegen und gar nicht mehr hier sein."

„*Eigentlich* ist Santo tot."

Anna biss den Kiefer zusammen und dachte an den Schuss, den Benno an der Raststätte in Spanien auf Diego abgegeben hatte. „Warum hast du ihn erschossen, wenn er doch dein Freund ist, wie du gerade gesagt hast?"

Bennos Augen blitzten kurz, als würde er ihr ein Zugeständnis machen. „Das Gesetz verlangt es so. Ich hatte gar keine andere Wahl."

Anna dachte kurz darüber nach und überlegte, was es bedeutete. „Und meine Eltern? Sollten die vielleicht auch tot sein? Hat das Gesetz das ebenfalls verlangt?"

„Nein. Ihr hättet euch nur alle nicht einmischen sollen."

„Als ob wir jemals eine Wahl gehabt hätten." Speichel sammelte sich in Annas Mund und für einen kurzen Moment war sie drauf und dran, Benno ins Gesicht zu spucken. „Du widerst mich an!"

Benno lächelte leicht. „Schade! Es steht ziemlich viel auf dem Spiel, weißt du?"

„Was genau?"

Benno lächelte unverschämt weiter, sodass Anna nicht anders konnte, als die Hände zu Fäusten zu ballen. „Dein Leben. Santos sowieso." Er zuckte lässig mit den Schultern, als wäre ein Leben eintauschbar und nicht sonderlich von Belang.

„Kannst du das vielleicht ein bisschen genauer erklären? Andeutungen höre ich genug, sie bringen mich aber nicht weiter. Ich will wissen, was hier los ist. Was soll ich hier?" Anna warf einen abwertenden Blick auf Bennos momentane Behausung.

„Wir müssen Santo finden! Es ist sehr wichtig!"

„Und ich soll euch dabei helfen?" Anna war froh, dass ihre Stimme genau im richtigen Moment die passende Verachtung fand. „Du hast ihn vom Flughafen weggelockt, hast du das vergessen? Du hast ihn ‚entführt'. So nennt es auch die Polizei. Woher soll ich wissen, wo ihr ihn hingebracht habt."

„Er ist nicht mehr bei uns, falls dir das noch nicht aufgefallen ist."

„Gut für Diego, Pech für euch."

„Du scheinst das nicht zu verstehen, Anna. Ich muss alles wissen, was Santo dir erzählt hat. Und mag es noch so unbedeutend sein. Es könnte sein Leben retten. Momentan steht nämlich niemand außer dir mit ihm in Kontakt."

„Ich denke, sein Leben ist dir egal?"

„Ist es nicht, nein. Auch wenn es nicht gut um ihn steht, bin ich immer noch auf seiner Seite."

„Um ihn zu töten."

Er kniff die Augen zusammen und kam drohend näher. „Vielleicht wird es sich nicht vermeiden lassen."

Seine Nähe erzeugte einen erneuten Reflex. Gefahr, Angst und Bedrohung vibrierten in der Luft, dass man sie beinahe summen hören konnte. Anna holte wie gerade eben mit der rechten Hand aus, aber als hätte er es geahnt, kam Benno ihr erneut zuvor und parierte den Schlag gekonnt mit seiner Hand.

„Aber, Anna! Das hatten wir doch schon. Ich finde, du solltest dich etwas zusammenreißen und lieber erzählen, wie ich Santo erreichen kann."

Anna atmete tief durch und blähte dabei die Nasenlöcher weit auf. Der Kampf war noch nicht zu Ende, nur kurz unterbrochen. Ihr Arm war immer noch in Bennos Hand, doch sollte er sie loslassen, und irgendwann musste er es tun, würde sie ihren Schlag vollenden. Wenn sie schnell genug war, würde sie vielleicht sogar noch einen zweiten Treffer landen können. Verdient hatte er es allemal. „Ich kann ihn auch nicht erreichen. Bisher hat nur er sich gemeldet. Ich weiß nicht, wann er es wieder tut."

Benno lehnte sich ein Stückchen zurück und musterte Anna argwöhnisch. Den Arm hielt er dabei immer noch fest. „Warum bist du ins Auto gestiegen?"

Anna dachte kurz nach, weil sie diese Frage irgendwie faszinierend fand. Warum eigentlich? „Ich weiß auch nicht."

„Du hast mir nicht geglaubt, dass wir zu Santo fahren, oder? Und trotzdem bist du mitgekommen. Ich hätte niemals gedacht, dass es so einfach werden würde, an dich heranzukommen."

„Für mich ist es selbst nicht ganz klar."

„Es kann nur meine Aura sein, nicht wahr? Du bist gerne mit mir zusammen, richtig?" Ein breites Lächeln zog über sein Gesicht und bevor Anna mit der anderen Hand ausholen konnte, packte er ihren linken Arm, um ihn nach unten ins Sofa zu drücken.

„Wie hast du das nur gemerkt? Bin ich so leicht zu durchschauen?" Anna überlegte, ob sie doch noch eine Spuckaktion versuchen sollte, da er ihr wieder so nah gekommen war, entschied sich dann aber doch dagegen. Benno lachte noch immer, aber ganz umstimmen war vielleicht auch nicht das Richtige. „Warum habt ihr Diego entführt? Was wollt ihr von ihm? Und wer seid ihr?“

„Ganz schön viele Fragen für jemanden, der sich auf gegnerischem Terrain befindet. Du könntest meine Geisel sein.“

„Bin ich aber nicht. Ich bin freiwillig eingestiegen, schon vergessen? Ich kann also auch jederzeit wieder gehen, und du wirst mich gleich wieder loslassen!“

Benno lachte kurz, schien aber dennoch von Annas Überzeugung beeindruckt zu sein. „Kann ich dich denn wieder loslassen, ohne dass du dir die Hand brichst?“

„Einmal bist du mir schuldig!“

Ein neugieriger Funke huschte über sein Gesicht. Und Anna erkannte, dass ihn diese Herausforderung reizte. Er ließ Annas Arme los und sogleich schnellte ihre rechte Hand nach vorne. Mit einem lauten Klatsch landete sie an Bennos Wange und auch wenn Annas Hand jetzt ein bisschen wehtat, so fühlte sie doch deutliche Erleichterung.

Benno fuhr sich kurz mit der Hand über die geschlagene Stelle. „Besser?“

Anna richtete sich auf, bis ihr Gesicht nur etwa dreißig Zentimeter von seinem entfernt war. Aufmerksam musterte sie seine Augen um zu sehen, ob er eine Reaktion zeigte. Dann folgte gezielt und blitzschnell der nächste Schlag, den er nicht abhalten konnte.

„Jetzt, ja!“, antwortete Anna befriedigt und legte ihre Schlaghand vorsichtig in die andere, um sie unauffällig zu massieren.

Benno lächelte immer noch, Anna hatte seine Nase verfehlt, dennoch presste er die Lippen fest aufeinander und sagte nichts. Er rutschte ein Stückchen zur Seite und zeigte damit seinen Respekt. „Ich habe die Wahrheit gesagt, als ich vorhin meinte, Santo wäre mein Freund“, fuhr er schließlich fort. Die kleine Auseinandersetzung war geklärt, und Anna war froh und stolz auf sich, dass sie sich so gut gehalten hatte.

„Siehst du diese ganze Halle hier?“, erzählte Benno weiter. „Wir haben hier früher gelebt. Wir waren wie eine Familie. Siehst du den leeren Platz dort vorne?“ Er erhob sich leicht vom Sofa und deutete auf eine freie Stelle neben den parkenden Autos. „Dort steht sonst für gewöhnlich sein Supra.“

Anna erkannte den Platz und sah jetzt erst, dass hinter den parkenden Autos sogar eine Hebebühne neben allerlei Gerümpel verborgen lag. Traurig dachte sie an den zerbeulten Wagen, der sicherlich Diegos ganzer Stolz gewesen war.

„Santo ist mir wichtig. Er ist quasi wie ein Bruder für mich."

Anna musterte Benno und versuchte, aus seinen Antworten schlau zu werden. Auf der einen Seite war er derjenige gewesen, der ihn damals ‚erschossen' hatte und auch jetzt noch die größte Bedrohung darstellte, auf der anderen Seite sprach er über ihn, als würde er ihm wirklich fehlen. Wo machte das Ganze Sinn?

Mit einem metallischen Knarren wurde die weiße Tür wieder geöffnet, durch die Saralie vor wenigen Minuten verschwunden war. Anna drehte interessiert den Kopf herum und sah Diegos Ex-Freundin zurückkommen. Sie dachte sofort an ihren wütenden Ausdruck, als sie den Raum verlassen hatte und fand, dass sich hieran nicht viel geändert hatte. Als Anna sie das letzte Mal in der Wohnung gesehen hatte, war sie mehr von einer glücklichen, beinahe strahlenden Aura umgeben. Die war nicht mehr da. Sie wirkte traurig. Beinahe krank.

Sie trat langsam an das Reisebettchen heran und sah hinein. „Schlaf weiter, mein Kleiner."

Paul brabbelte etwas Unverständliches. Es klang quakig und wenig zufrieden.

„Wir müssen das Licht ausmachen, Benno. Wie soll er denn auch schlafen?" Sie war gereizt, aber es deutete nicht auf eine momentane schlechte Laune hin, sondern klang eher so, als wäre das ihre derzeitige Grundeinstellung.

„Leg ihn oben in deinen Raum. Ich habe es dir doch gesagt!"

„Du weißt genau, dass ich ihn da nicht mit reinnehme." Saralie warf ihm einen wütenden Blick zu und hob dann Paul aus seinem Bettchen.

Er sah verschlafen aus. Die Haare waren wuschelig und zerzaust, die Augen klein und müde. In seinem Mund steckte ein gelber Schnuller, der rhythmisch durchs Saugen vor- und zurückgeschoben wurde.

Anna zwinkerte ihm zu und stellte sich Diego als kleinen Jungen vor. Hatte er auch so ausgesehen? Die Haare waren nicht ganz so lockig, aber dennoch mit reichlich Wellen durchzogen. Seine Augen hatten eine engere Form, und Anna überlegte, ob sie eher Ähnlichkeit mit Saralies hatten, aber ihre waren sogar noch runder. Auch die Haut erschien eine Nuance dunkler als Diegos, aber konnte es nicht sein, dass sich das mit der Zeit noch änderte?

Saralie setzte sich auf das Sofa, auf dem Anna bis vor Kurzem noch gelegen hatte, und kuschelte Paul liebevoll an sich. Anschließend schlug sie eine Decke um sich und den Kleinen und lehnte sich gemütlich zurück.

Dann hörte Anna Schritte und weitere Stimmen, die sich offenbar der Tür näherten. Saralie änderte nichts an ihrer Position, doch Benno richtete sich plötzlich auf. „Sind sie da?"

Saralie nickte schwach. „Er ist auch mitgekommen." Ihr Blick huschte kurz zu Anna.

Anna wurde sofort hellhörig und wirkte wie elektrisiert. *Er* ist da? Etwa Diego?

Benno erhob sich vom Sofa und im gleichen Moment wurde die Metalltür geöffnet. Anna stand ebenfalls auf und wickelte sich wieder ihre Handtasche um die Schulter. Sie wusste nicht, wann sie hier wieder verschwinden beziehungsweise wie es jetzt weitergehen würde. Glücklicherweise ließ das Schlafmittel sie jetzt ihren Körper wieder kontrollieren.

Die erste Person, die durch die Tür trat, war keine Unbekannte, allerdings auch nicht Diego. Sie war ähnlich gekleidet wie beim letzten Mal, als Anna sie gesehen hatte. Damals war sie genauso unerwartet aufgetaucht wie jetzt. Wie bei ihrer ersten Begegnung trug sie wieder einen dunklen Kapuzenpulli unter einer abgetragenen Lederjacke. Die Jeans war viel zu weit, was allerdings nicht nur die zu große Hose, sondern vielmehr das dünne Persönchen hier drin ausmachte. Ihre schwarz geschminkten Augen stachen unnatürlich neben ihrer blassen Haut heraus und hatten Anna sofort fixiert, als sie sie erblicken. Doch Annas erster Eindruck war, dass sie überrascht war, sie hier zu sehen. Jessi schien nicht gewusst zu haben, dass Anna hier sein würde, bewahrte aber Haltung, als wäre es für sie nichts Ungewöhnliches.

Anna war kribbelig und gespannt, doch die Ankunft der zweiten Person überraschte sie noch viel mehr: Hinter Jessi trat Diegos Adoptivvater in den Raum, lächelte Anna freundlich an und schloss dann die Tür hinter sich.

Kapitel 53

Annas Gedanken ratterten ohne Unterlass. Verzweifelt suchte sie nach der richtigen Verbindung.

Als sie damals mit Diego das erste Mal seine Eltern besucht hatten, hatte Diego bereits in seinem Adoptivvater den Mann wiedererkannt, der ihm im Jahr davor mit Geld und Kleidung geholfen hatte. Dass er also zur zweiten Vergangenheit gehörte, die nichts mit dem behüteten Familientisch zu tun hatte, war damals schon klargeworden, aber hier hätte Anna ihn dennoch niemals erwartet.

Er grüßte sie freundlich und schien nicht überrascht zu sein, Anna hier zu sehen. Das machte die Angelegenheit noch merkwürdiger.

Als Jessi Anna vorgestellt wurde, nickte diese nur trocken und verriet durch keinerlei Geste, dass sie sich bereits kannten. Anna machte es genauso. Wenn Jessi nichts sagte oder ein anderer sie hierauf ansprach, dann sollte das sicherlich auch keiner wissen.

Doch Anna schöpfte insgeheim Hoffnung, dass Jessi ihr einen Weg zu Diego zeigen könnte. Oder wussten vielleicht sogar doch alle, wo Diego war? Gehörten sie alle zusammen? Diego hatte gesagt, Anna könnte Jessi vertrauen. Sollte sie das dann nicht tun?

Frank hatte sich neben Saralie und Paul auf dem Sofa niedergelassen und turtelte mit dem Jungen wie ein lieber, fürsorglicher Großvater. Doch Paul war merkwürdig zurückhaltend, als hätte er Angst. Vielleicht war er aber auch einfach nur zu müde, um jetzt kleine Witze und Späße zu verstehen.

Die ganze Situation verwirrte Anna. Es machte keinen Sinn, dass sie alle hier waren. Noch dazu um diese Uhrzeit. Sie spielten ein Schauspiel, und Anna war das Publikum, das zu allem Überfluss nur aus einer Person bestand. Es war, als wüssten alle, aus welchem Grund sie hier waren, nur Anna nicht.

Doch Saralies Gesichtsausdruck hatte sich nicht geändert und Anna meinte, dass zur anfänglichen Wut nach und nach mehr Angst hinzugekommen war. Sie fühlte sich ganz offensichtlich nicht wohl in der Nähe von Frank. Warum? Vielleicht weil sie mal mit seinem Adoptivsohn liiert gewesen war? Hatte sie Probleme mit Diegos Eltern gehabt? Doch Franks offenem und freundlichem Verhalten nach, mit dem er Saralie und ihren Sohn betrachtete, konnte Anna sich das nur schwer vorstellen.

Jessi war die Einzige, die noch stand. Sie hatte sich mit verschränkten Armen etwas abseits an die Wand gelehnt, als wäre sie nicht Teil der Szene, sondern nur zur Beobachtung hier. Sie schien ruhelos und funkelte in Richtung Saralie und Frank auf dem Sofa, während sie auf den Nägeln kaute.

Anna konnte die Spannung kaum ertragen. Da stand diese Person, auf deren Suche sie sich gestern hatte machen wollen, um neue Informationen zu bekommen, keine zwei Meter von ihr entfernt, aber sie durfte sie nicht ansprechen. Zumindest nicht, wenn sie so viele Zuhörer dabeihatte.

Doch während Frank sich weiterhin mit Paul beschäftigte und Benno entspannt zuschaute und sich zufrieden zurückgelehnt hatte, stand Anna schließlich auf und trat unauffällig von einem Bein aufs andere, als würde sie nicht länger sitzen können. Sie musste irgendwie einen Weg finden, um unauffällig mit Jessi zu sprechen. Sie würde ihr mit Sicherheit helfen können und ihr sagen, wo sie hingehen könnte, damit sie Diego wiedersehen würde.

Warum hatte Benno sie hierzu überhaupt noch nicht befragt? Er hatte Anna hierher geholt, weil er hoffte, dass sie ihn zu Diego bringen könnte, aber wusste er nicht, dass Anna nur weiterkam, wenn sie Informationen von Jessi bekam? Wieso dieser Umweg? Hatte Jessi ihm nicht alles gesagt? Oder wusste Benno längst, wo Diego war, und spielte alles nur als Vorwand, um Anna hierherzuholen?

Sobald Anna stand, war die Unterhaltung am Tisch beendet. Das Scheininteresse an Pauls Wachstum war verflogen und galt nun voll und ganz ihr. Das Schauspiel war unterbrochen worden, und Frank, Benno und Saralie sahen sie mit großen, fragenden Augen an.

„Wo willst du hin?“, fragte Benno, als wäre es vollkommen absurd, jetzt aufzustehen.

„Mir tun die Beine weh. Ich möchte ein bisschen stehen.“ Es stimmte sogar. Vom vielen Sitzen fühlten sich Annas Beine taub und müde an. Sie warf einen Blick zu Jessi und überlegte, wie sie unauffällig Interesse an ihr vorgaukeln konnte, ohne dass es den anderen auffiel.

„Komm mit, ich zeig dir was!“ Benno sprang ebenfalls auf und Anna stockte kurz, weil ihr Plan so schnell vereitelt worden war.

„Jetzt?“ Saralies Stimme hatte einen leichten Schwall von Panik. Sie wusste offensichtlich, was Benno Anna zeigen wollte.

Jessi hatte sich nicht gerührt und kaute unaufhaltsam weiter an ihrem Fingernagel.

Benno sah Saralie fragend an und zuckte mit den Schultern. „Wir sind ja gleich wieder da.“

„Wo gehen wir denn hin?“ Anna rieb ihre Finger aneinander, weil ihre Hände plötzlich feucht geworden waren. Frank hatte die Lippen vorgeschoben und nickte Benno unterdessen zustimmend zu.

Was auch immer Benno Anna zeigen wollte, sie wussten alle Bescheid. Nur Jessi war die Einzige, die weiterhin keine Reaktion zeigte.

Benno sah Anna listig an und plötzlich war auch sein schelmisches Lächeln wieder da. „Überraschung!"

„Musst du mich dafür wieder betäuben, oder darf ich es diesmal selbst sehen?"

„Du darfst alles sehen, Herzchen! Du musst sogar!"

„Na dann kann ich es kaum erwarten!", heuchelte Anna unbändiges Interesse vor und warf einen vorsichtigen Blick in die Menge, um aus den Gesichtern schlau zu werden. Saralie sah aus, als sei ihr plötzlich schlecht geworden. Frank wirkte zufrieden. Vielleicht sogar leicht erregt und als würde ihn der Fortschritt dieser merkwürdigen Begegnung irgendwie weiterbringen. Jessi dagegen blieb weiterhin regungslos, in ihrem Gesicht meinte Anna aber einen leichten Zweifel erkennen zu können, als würde sie skeptisch werden.

Anna warf ihr einen hilfesuchenden Blick zu und hoffte, irgendetwas zu entdecken, das ihr weiterhelfen konnte. Sie gehörten doch zusammen, oder nicht? Warum suchte sie keinen Weg, um mit ihr über Diego zu sprechen? Sagte ihr, wie es ihm ging und wo sie ihn treffen könnte? Warum dieses ganze Schauspiel, wenn sie doch eigentlich alle gar keine Zeit hatten, sondern Diego finden wollten, dessen Verbleib Jessi möglicherweise sogar kannte? Warum machten sie trotzdem weiter? Wer legte hier seine Karten nicht offen auf den Tisch?

„Erwarte nicht zu viel", entmutigte Saralie Anna plötzlich und ganz unerwartet. Sie hatte Paul, der gerade dabei war, den letzten Kampf gegen die Müdigkeit zu verlieren, an seinen Adoptivopa weitergereicht und war aufgestanden.

Dann nahm sie eine halbvolle Colaflasche und zwei Gläser vom Tisch und machte einen Schritt nach vorne in Richtung Küchenzeile, die hinter Benno und Anna an der weiß gestrichenen Wand angebracht war. „Benno spuckt gern große Töne, aber da ist nicht viel hinter. Du wirst hier kein weißes Einhorn mit goldenen Flügeln finden."

„Halt die Klappe, Saralie!"

Die Kombination aus einer Ansammlung leerer Bierflaschen, die an der Sofakante gestanden hatten, vereitelten schließlich Saralies Weg in Richtung Küche. Sie rutschte aus und fiel nach vorne, wobei ein großer Schwall Cola aus der Flasche schwappte und direkt auf Annas Pullover geschüttet wurde.

Intuitiv zuckte Anna zurück, doch es war zu spät. Das klebrige

Getränk hatte sich fast vollständig auf sie verteilt. Sie sah erst an sich herunter und dann auf Saralies vorgestreckte Hand mit der Flasche, die sie übertrieben weit in Annas Richtung gestreckt hatte, jetzt aber schnell wieder zurückzog. Saralie erwiderte Annas Blick und ihre Augen funkelten böse.

Das war Absicht! Eindeutig. Fiese Schlange!

Anna zog behutsam an ihrem grauen Pullover, der eklig klebrig auf der Haut lag und durch die geöffnete Jacke nicht geschützt gewesen war. Eine direkte Zielscheibe für Saralie.

„Saralie, was soll das?", schimpfte Benno.

„Tut mir leid," verteidigte sich Saralie und setzte ihren Weg mit einem großen Schritt fort. „Räum hier auf, dann passiert das auch nicht." Sie hatte die Spüle erreicht und stellte die Gläser weg.

„Ich bin komplett nass", stellte Anna betrübt fest. Sie hielt den Pullover weiterhin von ihrem Körper fern, der sich aufdringlich und kalt an sie schmiegen wollte.

Frank hatte die Augen aufgerissen und warf einen fragenden Blick zu Benno. Jessi hatte sich zwar immer noch nicht bewegt, doch ihr Gesicht war aufgehellt, als wäre sie über den Vorfall belustigt.

„Komm mit! Ich gebe dir etwas Trockenes zum Anziehen." Saralie rauschte plötzlich an Anna vorbei und warf ihr einen kurzen Blick zu. Dann war sie bei der weißen Metalltür angelangt. „Nun komm schon!"

„Oh, verdammt, Saralie. Aber beeilt euch!", fauchte Benno. Anna erkannte, dass ihm diese kleine Ungeschicklichkeit überhaupt nicht in den Kram zu passen schien.

Doch Anna musste aus diesem klebrigen Pullover raus. Vorsichtig bahnte sie sich einen Weg über die Flaschen und folgte Saralie, die ungeduldig an der Tür stand.

Zu Annas großer Überraschung ging es hinter dieser Tür nicht nach draußen, sondern eine weitere Halle schloss sich hier an. Sie war vielleicht etwas kleiner, dafür mit mehreren Bretterverschlägen versehen. Auf den ersten Blick erinnerte es Anna an einen Mietkeller mit vielen einzelnen Parteien.

„Komm schon!", fauchte Saralie von der Seite. Anna hatte gar nicht gesehen, dass sie eine weitere Tür aufhielt und angespannt wartete.

Anna folgte ihr und schon standen sie in einem kleinen Badezimmer. Oder besser gesagt, war es nur eine Toilette mit Waschbecken und einem rostigen Spiegel.

Saralie griff nach einer Reisetasche, die vor der Tür gelegen hatte, und eilte hinter Anna in den winzigen Raum. Nachdem sie die Tür geschlossen hatte, war für beide der Platz äußerst begrenzt, aber Saralie riss trotzdem die Reisetasche in die Mitte und warf offenbar den ersten Pullover und das erste T-Shirt, das sie finden konnte, auf den Waschbeckenrand.

„Mach schon, zieh dich an!“ Hastig fing Saralie an, an Annas Jacke zu zerren, um ihr beim Ausziehen zu helfen.

„Ja, ich mach schon!“ Anna befreite sich von ihren klebrigen Sachen und schlüpfte in ein hellblaues T-Shirt und einen khakifarbenden Pullover aus Saralies Sortiment.

Anna spürte, wie ihr Kopf plötzlich zu schwirren anfing und ihr übel wurde. Schon als Saralie die Kleidung auseinandergefaltet hatte, war der intensive Geruch des Waschpulvers im kleinen Raum herumgewirbelt, aber durch das Anziehen des Pullovers war er umso stärker geworden. Instinktiv hielt sie die Luft an, doch ihr Magen verkrampfte dennoch schlagartig. Sie japste kurz und lehnte sich dann mit geschlossenen Augen zurück, um sich voll und ganz auf ihre Atmung zu konzentrieren.

„Ist alles in Ordnung?“ Saralies Stimme klang leicht besorgt, wenn auch trotzdem angespannt und drängend.

„Ja. Tut mir leid, es ist nur das Waschpulver. Mir ist gerade kurz schlecht geworden.“ Anna öffnete die Augen.

Saralie musterte sie prüfend, doch anstelle ihrer vorherigen Angst- oder Drohgebärden, wirkte sie jetzt entspannt, geradezu freundlich. Ein kleines, wohlwissendes Leuchten war in ihren Augen zu sehen. „In meiner ersten Schwangerschaft konnte ich gar kein Parfüm mehr auftragen, weil mir sofort schlecht wurde.“

Anna riss die Augen auf und starrte sie fassungslos an.

„Bist du nicht schwanger?“, fragte Saralie verdutzt.

„Nein“, platzte es aus Anna heraus. „Ich meine, ich weiß nicht.“ Teilnahmslos senkte sie den Kopf.

Konnte das wahr sein? Die Übelkeit war schon auffällig. Sonst kannte sie es nicht, es sei denn, sie hatte sich ein Magen- und Darmvirus eingefangen. Doch jetzt? Die Aufregung derzeit war alles andere als normal, konnte das nicht auch ein Grund sein?

Normalerweise sollte sie jetzt in Mexiko sein. Hatte sie nicht ausgerechnet, dass sie dort ihre Periode haben würde? War sie jetzt schon überfällig? Anna musste gestehen, dass sie bisher nie in einer ähnlichen Situation gewesen war, und die Ungewissheit machte ihr Angst. Als würde sie dadurch die Wahrheit herausfinden, legte sie schützend die Hände auf den Bauch.

„Das tut mir leid.“ Saralie sah es offensichtlich als eine Art Bestätigung an. „Ich kann mir etwas Schöneres vorstellen, als in deiner Position schwanger zu sein."

Anna versuchte, sich mit dem Gedanken anzufreunden. Sie war möglicherweise schwanger. Das bedeutete ein Kind. Verantwortung. Geregeltes Leben. Und das vor allem gefahrlos. Momentan ein Teil der Unmöglichkeit.

Sie musste unbedingt mit Diego reden. Sie musste es ihm sagen – wenn es denn so war.

„Du musst da ein anderes Mal drüber nachdenken", unterbrach Saralie ihre Gedanken und hob Annas Jacke wieder auf, um sie ihr zu geben. „Jetzt musst du auf jeden Fall verschwinden."

Anna blinzelte kurz, um wieder im Hier und Jetzt zu landen. Sie sollte gehen? Aber wollte Benno ihr nicht unbedingt etwas zeigen? Was war mit Diego? Sie hatte noch nicht mit Jessi gesprochen, um herauszufinden, wo sie ihn das nächste Mal treffen würde. „Ich soll gehen?"

„Ja, weg von hier. Und das bitte so schnell wie möglich. Sie werden nicht lockerlassen, bis sie alle Infos aus dir heraus gequetscht haben. Und wenn das so ist, werden sie Diego finden, aber das darf nicht geschehen."

Anna kniff die Augen zusammen und schüttelte mit dem Kopf, um zu verstehen, was Saralie hier überhaupt erzählen wollte. „Aber was wollen sie denn von mir wissen? Ich weiß doch überhaupt nichts."

„Das würde dich auch nicht retten. Sie würden dich foltern, bis Diego irgendwann gezwungen wäre zu kommen, um dich zu befreien. Du wärst quasi unsere Geisel und damit ziemlich wertvoll, um jemanden wie Diego zu erpressen. So oder so würde er kommen. Aber das darf er nicht. Er wird mir Paul wegnehmen!"

Was redete sie da? Diego würde Paul wegnehmen? Und Anna würde gefoltert werden? Etwa von Benno und Frank? Und Jessi? Mit einer Nippelzange oder einem Nagelstuhl, wie man es aus Museen kannte, und die einen vermutlich dazu brachten, alles zu gestehen, was auch immer es sein mochte?

„Es geht um die Police", fuhr Saralie fort und nickte einmal, um zu prüfen, ob Anna ihr folgen konnte. „Sie fordern von Diego, dass er sie rausrückt."

„Was genau beinhaltet diese Police denn überhaupt?"

„Dokumente. Sie können einen sehr großen Schaden anrichten, sollte er sie in die falschen Hände geben. Sie müssen vernichtet werden. Du hast nicht zufällig eine Ahnung, wo sie sind? Wirklich nicht?"

Anna schüttelte mit dem Kopf. Sie hatte so oft von dieser Police gehört – angeblich hatte sie ihr mehrere Male das Leben gerettet – aber sie hatte keinen blassen Schimmer, um was es dabei genau ging.

„Hör zu, Anna, wenn du mit Diego sprechen solltest: Er soll die Dokumente vernichten! Die letzten zwei Jahre waren furchtbar für mich. Und für Paul. Er hat ein normales Leben verdient, findest du nicht?“ Ein liebevolles Lächeln huschte über ihr Gesicht, als ihre Augen kurz auf Annas Bauch wanderten. „Unsere Babys sollen so nicht leben!“

Anna dachte daran, dass sie sofort wieder auf der Abschussliste stehen würde, sobald es die Police nicht mehr gäbe. Allerdings bezweifelte sie, dass Benno sich überhaupt noch hieran hielt. Würden die Dokumente nicht auch veröffentlicht werden, sobald sie gefoltert wurde, oder musste sie dafür sterben? Und was hatte Paul damit zu tun?

„Wieso ist die Police so gefährlich für Paul?“

Saralie zögerte einen Moment. Ihre dunklen Augen wirkten müde und erschöpft. Sie hatte Angst. Ein kleines Glitzern bildete sich über ihrem unteren Lid, doch sie blinzelte die Tränen schnell weg. „Paul steht mir nicht zu. Man wird ihn mir wegnehmen.“

Anna runzelte die Stirn und schüttelte den Kopf. Warum sagte sie das? Handelte es sich bei den Dokumenten um Auflagen durch das Jugendamt? Waren Saralie und Paul regelmäßig unter Aufsicht? Anna hatte das Gefühl, dass jede Aussage von Diegos Ex-Freundin neue Fragen aufstellte.

Saralie hob plötzlich aufgebracht die Hände und schüttelte den Kopf. „Wir haben dafür jetzt keine Zeit. Ich wette, Benno wird gleich hier auftauchen und dann wird es zu spät für dich. Wenn ich eine zweite Cola über dich verschütte, kauft mir das keiner mehr ab. Also …“

Sie richtete sich auf und stellte sich mit angespannter und fester Körperhaltung vor Anna. „Schlag mir ins Gesicht! Aber kräftig, so, dass es aussieht, als wäre eine kurze Bewusstlosigkeit nicht ausgeschlossen.“ Sie schloss die Augen und ballte die Fäuste, um sich auf den folgenden Schmerz vorzubereiten.

War sie jetzt vollkommen durchgeknallt? „Ich soll WAS machen?“

„Mich schlagen! Los, beeil dich. Wenn du einfach so verschwindest, werden sie wer weiß was mit mir machen. So habe ich immer noch die Ausrede, dass ich nichts dafür kann. Wir werden sehen, ob sie mir glauben. Nun mach schon!“

Anna stockte verdutzt. Sie konnte Saralie nicht schlagen. Bei Benno vorhin hatte sie eine ganz andere Wut im Bauch, dass es quasi wie von selbst passiert war. Aber bei Saralie?

„Wir haben beide keine andere Chance, wenn wir hier rauskommen wollen. Los, schlag mich!“

Anna schüttelte mit dem Kopf. „Das kann ich nicht!“

„Jetzt mach schon!“, fauchte Saralie. „Du wirst diese Halle nicht überleben, wenn du jetzt nicht verschwindest.“

Anna zögerte dennoch. „Wo soll ich hinschlagen?“

„Hier!“ Sie zeigte auf ihre linke Wange. „Aber sei bitte nicht zimperlich. Es muss wirklich echt aussehen.“

Anna bewegte ihre Finger, drehte einmal das Handgelenk und schlug. Es klatschte und beide stöhnten kurz auf vor Schmerz. Anna massierte sich sogleich die Hand, und Saralie fasste sich an die Wange. Dann warf sie einen prüfenden Blick in den Spiegel.

„Für den Anfang nicht schlecht.“

Den Anfang?

Saralie sackte zusammen und ließ sich ungebremst mit dem Gesicht auf das Waschbecken fallen. Anna zuckte erschrocken zurück, während Saralie ein leises Gurgeln von sich gab. Dann richtete sie sich langsam auf und wandte sich wieder an Anna. Ihre Lippe blutete.

„So wird es gehen. Du musst jetzt verschwinden und darfst nicht zurückkommen. Ich hoffe, sie erwischen dich nicht.“ Ihre Stimme brach, dann legte sie ganz vorsichtig ihre Hand auf Annas Bauch. „Wir tun es für unsere Babys.“ Eine Träne löste sich aus ihrem Auge und Anna konnte mit einem Mal nicht anders und musste Saralie in die Arme nehmen.

„Er wird dir Paul nicht wegnehmen. Das verspreche ich dir. Diego würde das niemals tun!“

Saralie verkrampfte und schob sich dann schnell von Anna weg. „Lieb, dass du das sagst. Wir werden sehen.“

„Wo soll ich jetzt hin?“ Anna hatte keine Ahnung, wo sie überhaupt war, und sollte jetzt von hier fort. Ohne Antworten, ohne Details, aber wenn es nach Saralie ging auch ohne Folter.

„Halte dich von der Straße fern. Lauf über die angrenzenden Grundstücke und versuch, so schnell wie möglich vorwärtszukommen! Sie dürfen dich nicht kriegen. Diego darf nicht kommen. Sie dürfen keinen Grund haben, um ihn mit dir als Geisel zu erpressen. Das Leben hier in der Halle ist keins für ein kleines Kind wie Paul, das weiß ich, aber es wird sich auch wieder ändern, sobald die Police nicht mehr über uns steht. Dann bin ich hier weg. Paul und ich verschwinden, ich steige aus. Genau wie Rafael und Diego vor zwei Jahren. Ich habe versprochen, dass es Paul immer gut gehen wird und ich gut für ihn sorge. Er wird immer alles haben, was er braucht. Niemand darf ihn mir wegnehmen."

Anna hatte aufmerksam zugehört, auch wenn sie nicht wusste, was das alles zu bedeuten hatte. So wie Saralie sich ausdrückte, klang es, als hätte man Paul ihr nur geliehen und würde ihn irgendwann wieder abholen. Warum sollte Diego das tun? Okay, Saralie war eine exotische Tänzerin und die Umstände, in denen Paul lebte, waren nicht unbedingt die, die am vorbildlichsten für Kinder waren, aber sollte Diego wirklich so kleinkariert denken? Hatte er nicht selbst in diesem Umfeld gelebt? Es möglicherweise sogar selbst geschaffen, wenn man Benno Glauben schenken sollte?

„Geh jetzt!", forderte Saralie Anna ein letztes Mal auf. „Hier, nimm die Schlüssel! Schließ mich damit ein, dann ist es vielleicht noch glaubwürdiger, dass du fliehen konntest. Ich werde versuchen, so lange wie möglich hier drin zu bleiben. Aber du musst rennen, was das Zeug hält, okay? Ich weiß nicht, wie lange ich sie überzeugen kann und ab wann sie nach dir suchen werden."

Anna nickte stumm und nahm die Schlüssel entgegen. Dann hängte sie sich ihre Jacke über und wandte sich ab.

„Viel Glück!", murmelte Saralie leise, als Anna die Tür schließen wollte.

„Danke, dir auch!" Sie lächelte kurz, dann verriegelte sie die Tür.

Kapitel 54

Anna sah sich um und überlegte schnell. Sie stand wieder in der Halle mit den Bretterverschlägen. Alles war vollgestellt und erinnerte ein bisschen an einen Schrottplatz oder auch einfach nur an jemanden, der nichts wegschmeißen konnte und alles aufhob, was er einmal besessen hatte.

Doch an der gegenüberliegenden Stirnseite erkannte sie eine Tür. Darüber war ein grünes Leuchtschild mit der Aufschrift Exit angebracht. Anna warf einen schnellen Blick nach hinten zur anderen Lagerhalle und rannte los.

Es fühlte sich richtig an und irgendwie auch total falsch, als sie die komplette zweite Lagerhalle durchquerte. Saralie hatte sie gewarnt, ihr von möglichen Foltern erzählt, aber dennoch hatte Anna noch nicht die Antworten bekommen, die sie sich erhofft hatte. Im Raum hinter ihr stand Jessi – wahrscheinlich hatte sie sich immer noch nicht bewegt – und Anna war sich sicher, dass sie ihr etwas hätte erzählen können, wenn sie die Zeit und die Privatsphäre dazu gehabt hätten. Oder wäre Jessi ebenfalls dazu übergegangen, Anna zu foltern? Allein der Gedanke hieran klang für Anna absurd. Diego hatte gesagt, dass sie ihr vertrauen könnte. Oder täuschte sie ihn etwa auch? Machte sie ihm etwas vor und fuhr gerade zweigleisig, ohne dass er davon etwas ahnte?

Sie hatte die Tür erreicht und drückte vorsichtig die Klinke hinunter. Sie hatte keine Ahnung, wo sie war, und daher konnte sie wer weiß was erwarten. Glücklicherweise war die Tür unverschlossen und so kam sie ungehindert ins Freie.

Es war dunkel, doch ein heller Scheinwerfer, der oberhalb der Tür an der Hallenwand angebracht war, machte reichlich Licht.

Nach einem schnellen Blick zu allen Seiten erkannte sie, dass sie sich auf einem großzügigen mit einfachen Steinen gepflasterten Hof befand. Rechts von ihr standen einige Container übereinandergestapelt, und auf der anderen Seite erstreckte sich eine weitere Halle. Geradeaus standen einige Lastwagen in Reih und Glied nebeneinander, daneben erkannte Anna ein blaues Gittertor, das geöffnet war und offenbar die einzige Zufahrt zu sein schien. Es sah verlockend aus, aber um dahin zu gelangen, würde sie den beleuchteten Hofplatz überqueren müssen und außerdem würde sie dann direkt auf der Straße stehen.

Anna hatte schnell die Tür wieder hinter sich geschlossen und schob sich an der schmalen Stirnseite der Lagerhalle nach rechts in

Richtung Container. Dabei passte sie auf, dass sie dicht an der Wand blieb.

Als sie das Ende erreicht hatte, warf sie vorsichtig einen Blick um die Ecke und erkannte einen weiteren Anbau in demselben Grau gehalten wie die Halle hinter ihr. Wenn ihr räumliches Denken stimmte, dann müssten sich im Anbau die anderen befinden. Hier musste die Lagerhalle sein, die Diego und Benno damals als Unterschlupf gedient hatte und die jetzt die vorläufige Unterkunft für den kleinen Paul war.

Saralie hatte gesagt, Anna sollte die Straße meiden, aber dazu musste sie erst einmal wissen, wo sie überhaupt war. Auch rechts neben ihrer Halle war ein großzügiger Hofplatz zu sehen, der erst von den nächsten Gebäuden eingegrenzt wurde.

Laufen, dachte Anna, sie sollte so schnell sie konnte weglaufen, aber wohin? Sie hatte keine Ahnung, wo sie die nächste Straße erreichen würde. Sicherlich wäre das blaue Tor ein guter Anlaufpunkt, aber Anna traute sich nicht, ungeschützt über den freien Hof zu laufen.

Das Geräusch näherkommender Wagen zwang sie schließlich zum Handeln. So schnell sie konnte, huschte sie nach rechts zu den Containern, die dort in zwei Reihen nebeneinander gestapelt standen, und schob sich in eine Lücke, als sie auch schon das erste Auto erkannte. Es waren insgesamt zwei. Sie kamen an den parkenden Lastwagen vorbeigefahren und hielten schwungvoll direkt vor der Halle, aus deren Tür Anna gerade noch gekommen war.

Jeweils zwei Männer stiegen aus den dunklen Limousinen und Anna erschrak, als sie einen hiervon erkannte. Sie kannte ihn nicht persönlich und wusste auch, dass sie ihn noch nie in Wirklichkeit gesehen hatte, aber sie dachte sofort an das Bild, das Sebastian ihr über den angeblichen armenischen Mafiaboss gezeigt hatte. Hier stand er wahrhaftig vor ihr und schritt in Begleitung der anderen Männer durch die Tür, die Anna eben noch als Fluchtweg gedient hatte.

Doch auch den einen Wagen glaubte sie zu erkennen: Es war der dunkle BMW, den sie nach ihrem Besuch bei der Polizei gesehen und vor dem Jessi sie gewarnt hatte.

Jessi. Sie war jetzt da drinnen, und Anna spürte das dringende Verlagen, sie ebenfalls zu warnen. Doch sicherlich war es hierfür zu spät. Beim Anblick der Männer trat der Gedanke an Folter in ein ganz neues Licht. Ja, es war möglich und Saralie hatte ihr mit Sicherheit gerade das Leben gerettet. Saralie, nicht Jessi. Vielleicht sollte sie doch nicht so viel darauf geben, was Jessi ihr möglicherweise erzählen könnte. Anna war jetzt draußen, aber das war nicht Jessis Verdienst.

Doch was sollte Anna jetzt tun?

Ein Geräusch ließ sie aufschrecken. Es klang metallisch, so als wäre etwas gegen einen der Container gekommen, zwischen denen sie steckte. Es kam von rechts, die Richtung aus der auch die Wagen gekommen waren.

Hastig warf sie einen Blick nach links. Der Weg zum Ende des Containertunnels war lang. Nur ab und zu schien von der Seite ein Lichtstrahl herein, wenn die Container nicht direkt nebeneinander standen und eine kleine Lücke frei ließen. Langsam schob Anna sich in diese Richtung vorwärts. Dass sie dadurch auch der bewohnten Lagerhalle wieder näherkam, ließ sich nicht vermeiden.

Doch dann! Schritte! Es ging jemand an der Außenseite der Containerreihe vorbei. Langsam und nicht sichtbar für mögliche Zuschauer, die aus einem der Fenster schauen könnten.

Anna verharrte in ihrer Position und wartete. Die Schritte gingen weiter. Jetzt hörte sie sie direkt hinter sich. Der oder die Unbekannte war direkt hinter dem Container, an den sie sich von der Innenseite in ihrem Containergang presste.

Sie sah nach oben und überlegte, ob es hier einen Ausweg gab. Es standen immer zwei Container übereinander. Das machte die Flucht nach oben nicht hoch, aber die Containerwände waren glatt und konnten nicht bestiegen werden.

Die Schritte gingen weiter und hatten Annas Container passiert. Langsam schob sie sich zurück, um nicht mit der Person in dieselbe Richtung zu laufen.

Als sie am Ende der großen, roten Metallbox angekommen war, öffnete sie ihre Handtasche und holte ihr Pfefferspray hervor. Die Mafia war ins Spiel gekommen und sehnlichst wünschte sie sich die Waffe herbei, die Diego ihr gegeben hatte.

Mit der Mafia als Gegner wirkte das Pfefferspray beinahe lächerlich, zumal das Spray im schmalen Containergang vermutlich direkt von den Wänden zurückprallen würde und sie dann genauso davon betroffen wäre wie ihr Gegner. Dennoch blieb es ihre einzige Chance.

Sie presste sich an die Ecke und lauschte. Es waren keine Schritte mehr zu hören, und das machte ihr Angst. War die Person stehen geblieben? Oder hatte sie das Ende der Containerkette erreicht?

Dann hörte sie ein leises Schleifen. Stoff an Metall. Die Person hatte sich ebenfalls zwischen die Container geschoben und stand jetzt genau an der Stirnseite zu ihrem.

Anna traute sich nicht, an der Ecke ihres Schutzblockes vorbeizuschauen. Was war, wenn die Person im selben Moment die gleiche Idee hatte? Es war ein reines Versteckspiel. Nur gefährlicher und mit mehr Adrenalin als in Kindertagen.

Anna presste sich mit dem Rücken an die Wand und hielt ihr Spray bereit.

Doch sie konnte hier nicht stehen bleiben. Gerade eben hatte sie wenigstens noch ein Geräusch gehört, aber jetzt war es still geworden. Wo war die Person abgeblieben? Den Innenweg entlang?

Für Anna war es am naheliegendsten. Wieso sollte er oder sie umdrehen und den gleichen Weg zurückgehen, wenn man es schon mal in die Containerreihe geschafft hatte?

Sie schob sich zur Seite nach draußen und lugte vorsichtig um die Ecke. Hier war der passende blaue Zaun zum Tor zu sehen. Von der Person keine Spur. Sie musste sich im Inneren befinden.

Doch wo sollte Anna jetzt hin? Der blaue Zaun war etwa zwei Meter hoch und direkt oben noch mit einem gekräuselten Stacheldraht versehen. Ein schmerzhafter Weg!

Alternativ könnte sie es nach rechts in Richtung Halle und dem weiteren Hofplatz versuchen, aber Anna entschied sich für die andere Richtung. Vorsichtig schob sie sich zwischen den Containern hindurch und lief nach links am Zaun entlang. Wenn sie Glück hatte, würde sie hier vielleicht beim blauen Tor ankommen, bevor ihr Verschwinden bemerkt wurde.

Doch als hätten ihre Gedanken das Stichwort dazu gegeben, hörte sie plötzlich das laute Aufschlagen der Metalltür, als sie durch Schwung gegen die äußere Wand stieß. Dann waren Rufe zu hören. Befehle. Koordinationslaute.

Sie war aufgeflogen. Sofort beeilte sie sich und fing an zu laufen. Sie musste hier so schnell wie möglich verschwinden.

Dann hatte sie das Ende der Containerkette erreicht, doch leider schloss diese direkt mit dem Zaun ab, sodass sie wieder ein Stück zurückgehen musste, um sich einen Weg durch die Reihe zu suchen. Verärgert stellte sie fest, dass sie hierfür ganze zwei Container passieren musste, um endlich eine passende Lücke zu finden, durch die sie sich hindurchzwängen konnte.

Vorsichtig schob sie sich bis zur Innenseite und sah sich um. Die Person war nicht zu sehen. Doch zu allem Überfluss konnte Anna auch nicht sagen, ob sie ganz verschwunden war oder wieder nur eine Containerwand entfernt von ihr stand.

Sie sah nach vorne und erkannte, dass der gegenüberliegende Container ebenfalls Platz bot, um aus dem Containerschlauch zu verschwinden. Dahinter würde sie Schutz bei den Lastwagen suchen können, bis sie beim Tor angekommen war.

Mutig trat sie einen Schritt vor und bemerkte im gleichen Augenblick einen Schatten, der links von ihr auftauchte. Sofort drehte sie sich herum und richtete ihre Spraydose in die Dunkelheit. Dabei war sie im Nachteil. Während der Schatten direkt zwischen den Containern stand und nicht gut zu erkennen war, stand sie direkt an einer der Lücken und wurde vom schwachen Licht beleuchtet.

Doch das war es nicht allein.

Der Schatten kam auf sie zu. Und dann erkannte sie sein Gesicht.

Kapitel 55

„Bleib stehen!“, knurrte sie, das Spray immer noch auf ihr Gegenüber gerichtet.

Doch er tat es nicht. Ohne die kleinste Miene zu verziehen, schritt er weiter auf sie zu, als wäre die Dose in ihrer Hand nur ein kleines Spielzeug.

„Stehen bleiben!“, fauchte Anna erneut und trat einen Schritt zurück, um den Abstand beizubehalten. Wenn sie könnte, würde sie ihn am liebsten anschreien, aber sie musste leise sein und durfte ihren Posten nicht verraten.

„Nimm das Spray runter, Anna! Das wird dir hier nichts nützen.“

Er war tatsächlich stehen geblieben und stand jetzt in dem Lichtstrahl, der Anna vorhin beleuchtet hatte. Er trug noch dieselben Sachen, wie beim letzten Mal, als Anna ihn gesehen hatte und doch wirkte er verändert. Anna überlegte verzweifelt, was es sein könnte und kam schließlich dahinter, dass es der Verrat war, der sich in seinem Gesicht widerspiegelte.

„Geh zurück!“, mahnte Anna erneut, doch irgendwie fehlte die Autorität in ihrer Stimme. Sie hob das Spray noch ein Stückchen höher, um ihrem Anliegen Nachdruck zu verleihen.

„Hast du dir mal überlegt, was passiert, wenn du das hier drin abfeuerst?“ Er sah kurz über sich und deutete dann mit seinem verletzten Arm, der unterhalb des Ellenbogens in Gips zu sein schien, auf die Container, die neben ihnen standen. „In diesem kleinen Raum könnte das Spray nicht wegziehen, doch du stehst auch hier drin. Wir würden hustend zusammenbrechen und sie würden uns finden. Wir könnten also einfach rausgehen und laut ‚Hier‘ schreien.“

Anna wusste, dass er recht hatte. Leider. „Was willst du hier?“

„Dir helfen.“ Es kam genauso kurz wie überraschend.

„Ich brauche keine Hilfe!“

„Ich weiß. So wie ich dich einschätze, hast du dir schon längst einen todsicheren Plan ausgedacht oder? Kommt dein Bausparvertrag auch darin vor?“

„Fahr zur Hölle!“ Ohne das Spray zu senken, machte Anna einen großen Schritt nach vorne und schob sich in die Containerlücke, um in Richtung Lastwagen zu verschwinden, wie sie es sich vorhin überlegt hatte.

„Das würde ich lieber lassen“, kam seine besserwisserische Antwort.

„Hat dich jemand gefragt?“

Vom Hof waren erneute Stimmen zu hören. Anna konnte nicht genau verstehen, was sie sagten, aber sie klangen sehr aufgebracht.

„Vielleicht sollten wir das Gespräch über Recht und Unrecht verschieben und erst mal von hier verschwinden?"

„Was glaubst du, was ich gerade vorhabe?"

„Doch wohl nicht da raus? Da kriegen sie dich sofort!"

„Ach, und hier drinnen nicht? Hast du eine bessere Idee, Herr Neunmalklug? Ich kann mich nicht daran erinnern, dass du derjenige bist, der alles so gründlich überlegt."

Trotz des dunklen Lichts konnte Anna erkennen, wie er die Augen verdrehte. „Steck deine Dose ein und komm!" Ohne auf ihre Reaktion zu warten, setzte er sich in Bewegung und schritt an ihr vorbei zum Ende der Containerkette, wo der blaue Zaun direkt angrenzte.

„Da bin ich schon gewesen. Hier geht es nicht weiter!"

Er blieb kurz stehen und legte den Finger an die Lippen. „Vielleicht solltest du kurz leise sein. Es ist in unser beider Interesse, nicht gesehen zu werden."

„Ach ja? Meinst du, ich bin so blöd und lauf jetzt mit dir mit?" Anna drehte sich um und hielt sich wieder an den Plan, den sie von Anfang an gehabt hatte.

Doch bevor sie die Lücke ins Freie passieren konnte, packte er sie am Arm und hielt sie zurück. Es war gerade noch rechtzeitig, da im nächsten Augenblick der Schein einer Taschenlampe vorbeihuschte und sie direkt geblendet hätte, wäre sie zwischen den Containern hinausgetreten.

Abrupt blieb Anna stehen. Verdammt! Sie hatten die Container ins Visier genommen und offensichtlich auch ihren Weg über die Lastwagen bedacht. Panisch ballte Anna die Hände zu Fäusten und spürte kalten Schweiß, der sich in ihrem Nacken gebildet hatte.

„Siehst du?", flüsterte er leise. „Hier kannst du nicht lang. Wir müssen einen anderen Weg nehmen."

Während Anna noch überlegte, was sie tun könnte, folgte ein erneuter Schein auf die Lücke, hinter der sie sich versteckte. „Und welchen?"

„Wir gehen von hier ans Ende. Dort steigen wir auf die Container rauf."

„Und wie sollen wir da raufkommen?"

„Wenn ich dir helfe, ist es ein Kinderspiel. Glaub mir!"

„Nenn mir bitte einen Grund, warum ich dir vertrauen sollte!" Anna dachte an ihre Eltern und daran, was er ihnen angetan hatte.

Er zögerte kurz. „Weil *er* es so möchte."

Immer noch die Lücke und die dahinter stehenden Lastwagen im Visier drehte Anna sich blitzschnell um und sah ihn mit weit aufgerissenen Augen an. „Du hast … Hast du Diego getroffen?“

Sein Gesicht veränderte sich. Es wirkte schmerzhaft und dann plötzlich, als wäre er von tiefer Trauer gefüllt. „Ja.“

Die Information klingelte wie Weihnachtsglocken in Annas Ohren. Es gab ein neues Lebenszeichen von Diego. „Wo?“

Das plötzliche Schleifen von Leder auf Metall ließ sie zusammenfahren. Anna drehte sich herum und erkannte gerade noch einen Schatten, der etwa drei Container von ihnen entfernt in den Innengang getreten war und sie glücklicherweise nicht gesehen hatte, da er in die andere Richtung schaute.

Schnell verschwanden sie und Rafael in die gegenüberliegende Lücke, sodass der Hof mit den Lastwagen noch ein Stückchen weiter entfernt war.

„Wo hast du ihn gefunden, Rafael?“, wiederholte Anna. Er war ihr diese Erklärung noch schuldig und für Anna war sie verdammt wichtig. Wo war Diego? Wann hatte Rafael ihn gesehen? Gerade erst? Oder schon vor ein paar Tagen direkt nach der Entführung?

„Das ist jetzt nicht wichtig. Wir müssen hier weg.“

Anna hielt ihn am Arm fest. „Ich muss es aber jetzt wissen. Woher weiß ich sonst, ob ich dir trauen kann? Hast du ihn überhaupt getroffen? Du hast es gar nicht, oder? Du erzählst mir das jetzt nur, um mich in eine Falle zu locken, stimmt´s? Du bist so verlogen, Rafael!“ Erbost stieß sie ihn von sich weg und trat einen Schritt zurück. Wie konnte er sie nur so hinterhältig reinlegen? Er wusste, was Diego ihr bedeutete und leider war es das, was überall zog.

„Kannst du damit bitte mal aufhören? Mann, bist du ein sturer Dickkopf!“ Rafael hielt kurz inne und lauschte, doch es war nichts zu hören. Der Verfolger konnte ganz nah oder fern sein. Die Container waren genauso hilfreich wie tückisch.

„Ich habe ihn getroffen“, fuhr Rafael flüsternd fort, und Anna musste sich weit zu ihm rüberlehnen, damit sie ihn verstehen konnte. „Und ich habe ihm auch gesagt, dass du mir nicht glauben wirst. Daraufhin hat er gesagt, ich soll dir von eurem Ritual erzählen, wenn ihr nach Hause kommt.“

Anna erstarrte und betrachtete neugierig Rafaels Lippen, während sie lauschte.

„Er hat gesagt, wenn der eine kommt, sagt dieser: Ich bin da und der andere antwortet darauf mit: Ich auch. Ich finde es nicht sonderlich originell, aber er meinte, ich würde dich damit überzeugen können. Woher sollte ich es sonst wissen?“

Annas Augen fingen an, sich mit Wasser zu füllen. Hatte er tatsächlich Diego getroffen? Und hatte Diego ihm dieses kleine Ritual erzählt, damit sie ihm glauben würde?

Sie wollte gerade Hoffnung schöpfen, doch dann fiel ihr eine weitere Variante ein. „Wir wurden abgehört!"

Rafael kniff die Augenbrauen zusammen, als würde er nicht recht verstehen, was sie damit meinte.

„Geh mir aus den Augen, Rafael!", fauchte Anna. „Ich bin mit dir fertig."

Sie wandte sich von ihm ab und lugte vorsichtig um die Ecke. Der Fremde war nicht zu sehen. Wenn sie schnell war, konnte sie es vielleicht schaffen, durch die Lücke zu huschen und hinter den Lastwagen zu verschwinden.

Doch dann spürte sie Rafaels Hand auf ihrer Schulter. „Anna, bitte. Ich bin nicht freiwillig hier. Diego hat mich gebeten, auf dich aufzupassen, weil die Polizei dir keinen Personenschutz geben kann. Ich tue es nur für Diego. Du musst mir glauben, okay?"

Anna zögerte kurz und musterte ihn. Sprach er vielleicht doch die Wahrheit? Allerdings war es nur ein paar Stunden her, als sie bitterböse auf seinen Freund reingefallen war, der sie mit Diego-Versprechungen in sein Auto gelockt hatte, um mit ihr hier an diesen Ort zu fahren. War das etwa auch Teil von Bennos Plan? Sobald Anna ihm entwischte, wartete Rafael hier draußen, um sie abzufangen?

„¡Venga conmigo, Anna! Me dijo que has aprendido un poco. ¡Confíame por favor!"[6]

Anna wusste nicht, ob es die Sprache war oder seine Augen, die sie schließlich überzeugten. Irgendwie war es so vertraut, Rafael Spanisch reden zu hören. Und auch oder gerade weil die Angst dazugehörte, so hatte er ihr in Spanien schließlich ebenfalls geholfen. Es passte zusammen und gehörte so. Wie ein Teil, der nicht ohne seinen Gegenpart funktionierte. Sie wollte ihm glauben. Sie wollte, dass die Enttäuschung für Diego doch nicht so groß sein würde, wenn er von seinem verlogenen Bruder erfuhr.

„Komm!", flüsterte Rafael. „Wir müssen uns beeilen. Ich glaube nicht, dass wir komplett leise auf die Container kommen. Daher müssen wir schnell sein. Ich möchte, dass du in Richtung Zaun läufst und von dort von den Containern springst, okay? Dann bist du schon mal auf der anderen Seite."

---

[6] „Komm mit mir, Anna! Er hat mir erzählt, dass du ein bisschen gelernt hast. Vertrau mir bitte!"

„Kommst du nicht mit?“

„Doch, aber geh du auf jeden Fall vor! Warte nicht auf mich!“

Anna nickte. „Wo klettern wir rauf?“

Rafael drehte sich zur Außenseite der Container und sah langsam um die Ecke. Im gleichen Augenblick knallte es ohrenbetäubend und Metall splitterte über ihnen aus der Containerecke.

„Ich habe sie. Sie ist hier!“, kam ein euphorischer Laut von der Außenseite der Containerbarriere.

„Jetzt, Anna! Wir haben keine Zeit.“ Rafael legte die Arme übereinander und bot Anna somit eine kleine Stufe, ähnlich einer Räuberleiter an. Anna erkannte, dass er dabei den verletzten Arm verschränkt unter den anderen hielt.

„Dein Arm!“

„Hoch jetzt!“, fauchte er böse, und Anna gehorchte. Sie setzte einen Fuß vorsichtig auf die provisorische Leiter und griff nach oben an die Containerwände, zwischen denen sie steckte. Bei einem konnte sie tatsächlich einen Metallbügel zu packen bekommen, der zur Türverriegelung gehörte. Während sie sich kräftig nach oben zog, schob Rafael von unten nach und kurze Zeit später war sie tatsächlich auf dem Dach der Containerreihe.

Ein weiterer Schuss krachte unter ihr ins Metall. Wo war Rafael? Stand er noch in der Lücke?

Sie dachte an seine Worte und fing an zu laufen. Leise und leicht geduckt, damit sie nicht so schnell bemerkt wurde, hatte sie schließlich das Ende der Reihe erreicht und erkannte den Zaun.

Das Gelände dahinter war weitläufiger. Sie konnte die Straße erkennen, einzelne Gebäude, Hallen, weitere Container, Maschinen und Lastwagen. Es schien ein größeres Gewerbegebiet zu sein, wo Diego und Benno damals ihre Zeit verbracht hatten.

Doch wie sollte sie hier runterkommen? Der Zaun hier hatte genau die gleiche Stacheldrahtumrandung wie an der Längsseite.

Ein weiterer Schuss folgte. Sie zuckte zusammen und presste sich auf das kalte Metalldach. Es war nass vom letzten Regen und die einzelnen Wellen vom gebogenen Blech drückten schmerzhaft in ihre Hüfte.

Dann ein weiterer Schuss. Und noch einer.

Anna verkrampfte sich und schloss die Augen. Was passierte da? Was war mit Rafael?

Die Schüsse hörten nicht auf. Dann mischten sich zu den einzelnen die ersten Salven einer Maschinenpistole.

Ängstlich presste Anna ihre Hände auf die Ohren und wünschte sich, einfach wie ein Vogel davonfliegen zu können.

Kapitel 56

Anna konnte nicht sagen, wie lange sie so gelegen hatte. Sie hatte sich nicht getraut, sich auch nur ein einziges Mal zu bewegen. Die Hände waren wie eine Schraubzwinge über beide Ohren gepresst, als wären sie ihr dort durch eine fremde Macht befestigt worden. Sie war wie versteinert. Zu allem Überfluss hatte es auch noch zu nieseln angefangen. Durch die nasse Kälte fühlte sie sich zusätzlich wie gelähmt. Unfähig auch nur den kleinsten Teil ihres Körpers zu bewegen. Das Metall unter ihr war nass und kalt. Ihr gesamter Körper klamm und steif.

Die Schüsse hallten weiter durch die Nacht. Immer wieder konnte sie Rufe hören.

Doch dann war alles still.

Verwirrt nahm Anna schließlich die Hände von den Ohren und lauschte. Es war wirklich leise geworden. Aber wieso? Waren alle tot? Was war mit Rafael? Wie sah es unter ihr, jenseits der schützenden Containerbarriere aus?

Sie verweilte noch einen Moment, wohl aus Kälte, aber auch aus Angst, und richtete sich dann mit dem Oberkörper leicht auf. Ihre steifen Glieder zitterten und wollten nur ungern ihren Dienst tun. Dann hatte sie sich so weit erhoben, dass sie die Halle und einen Teil der abgestellten Lastwagen erkennen konnte.

Eilig huschten ihre Augen über den Hofplatz und suchten nach den Männern, nach *Leichen*, doch sie konnte nichts erkennen. Alles war ruhig und schien unscheinbar, als wäre nie was gewesen. Als wäre die Luft nicht vor ein paar Minuten noch von Kugeln durchsiebt worden.

Doch dann wurde die Stille plötzlich durch eine verzerrte Melodie unterbrochen. Gleichzeitig vibrierte die Handtasche unter ihr und verursachte ein metallisches Brummen in der Containerdecke.

Mein Handy.

So schnell sie konnte, holte sie es aus ihrer Tasche und nahm ab, ohne zu sehen, wer anrief. Sie hielt es nicht an ihr Ohr, sondern lauschte angespannt auf mögliche Geräusche in der Umgebung. Hatte man sie gehört? Wenn jemand in der Nähe gewesen war, war sie mit Sicherheit nicht unbemerkt geblieben.

„Anna?“, vernahm sie eine verzerrte Männerstimme aus dem Lautsprecher.

Was sollte sie machen? Sie konnte nicht hier oben auf dem Container liegen, wo kurz vorher noch die Kugeln um sie herumgeflogen waren, und jetzt seelenruhig telefonieren. Noch dazu, wo der Regen anfing, mehr zu werden.

Doch es war wirklich leise. Sie hörte keine Schritte, keine Stimmen – gar nichts.

„Anna? Bist du dran?“, wiederholte die Männerstimme erneut. „Ich habe es jetzt schon mehrmals versucht. Deine Eltern sagten mir, dass du nicht mehr zu Hause bist.“

Anna gab sich einen Ruck und legte langsam ihr Handy ans Ohr. Immer noch bäuchlings auf dem Container ausgestreckt und auf den Ellenbogen abgestützt, flüsterte sie leise und mehr in den Boden als ins Mikrofon: „Ich kann nicht reden.“

Der Anrufer wartete einen Moment. Dann fragte er ebenso leise: „Wo bist du?“

Anna erkannte Sebastians Stimme und war erleichtert, sie zu hören. So erleichtert, dass sich einzelne Tränen aus ihren Augen lösten.

„Ich weiß es nicht“, flüsterte sie. Ihre Stimme zitterte, doch sie konnte nicht sagen, ob aus Kälte oder Angst. Beides war allgegenwärtig.

„Bist du allein?“

„Ich weiß nicht, ich glaube schon.“

Wo blieb der Vogel, der sie hier abholen und ganz weit forttragen sollte? Sebastian könnte sie vielleicht mit einem Polizeihubschrauber aufsammeln, aber dafür musste sie erst mal wissen, wo sie war. Es war alles unbekannt um sie herum. Sebastians Anruf war wie der rettende Strohhalm, an den sie sich klammern sollte, wobei er zu kurz war und sie ihn nicht erreichen konnte. Es war die reinste Folter. *Nimm den Knochen, Hündchen!* Und du kommst doch nicht dran.

„Hat Diego dich geholt?“

Anna schloss die Augen, als sie an ihre dumme Naivität dachte. „Nein, ich bin auf Benno reingefallen. Der Typ, der Diego vom Flughafen entführt hat.“

„Wo ist der jetzt?“

Anna konnte nicht sogleich antworten, weil sie zu sehr zitterte. „Ich weiß nicht.“

„Wo bist du, Anna? Beschreib deine Umgebung, damit wir dich finden können.“ Seine Stimme klang beinahe verzweifelt.

„Ich ll-liege im Regen auf einem Co-container.“

„Bist du am Hafen?“

Anna, sah sich um und versuchte Umschlagsterminals, Speicher oder gar Schiffe zu entdecken. „Nein, ich denke nicht.“

„Denk an den Weg dorthin! Wo seid ihr lang gefahren?“

„Ich habe ge-geschlafen.“ Anna biss die Zähne fest aufeinander und versuchte verkrampft, das Zittern zu unterdrücken.

„Verstehe“, brummte Sebastian. Dann vernahm Anna ein kleines Geräusch bei ihm. Er schien zu laufen, es klapperte, dann klang er wieder etwas gedämpfter. „Du hast Glück, dass ich zufällig noch auf dem Revier bin. Ich werde versuchen, dein Handy zu orten. Du darfst jetzt nur nicht auflegen, okay?“

Anna nickte und gluckerte ein schwaches Ja hervor.

„Ist gleich so weit“, beruhigte Sebastian sie teilnahmslos. Er war offensichtlich mir der Ortung beschäftigt.

„Ich habe Angst, Sebastian“, murmelte Anna leise. Sie hatte das Gefühl, inzwischen durch und durch nass zu sein.

„Nur ruhig“, murmelte er mit der gleichen monotonen Stimme. „Gleich müsste es so weit sein. Dann weiß ich, wo du bist.“

Anna hob den Kopf und streckte sich.

Dann erkannte sie plötzlich einen Mann, der von der Straße kommend in Richtung Halle ging. Fatalerweise kam er genau aus der Richtung, die Anna nach Rafaels Meinung hätte einschlagen sollen.

Er schritt zügig näher und hatte schnell das Tor hinter den Lastwagen erreicht, hinter denen er kurz darauf verschwand.

Anna merkte, wie ihr Herz hart und laut zu pochen anfing und ihr plötzlich gar nicht mehr so kalt war.

„Sie sind wieder da!“ Ihre Stimme versagte fast vor lauter Panik.

„Wer?“

„Die Männer! Oh, Sebastian, gleich werden sie mich finden. Du musst unbedingt kommen!“ Sie brachte nichts als ein schwer verständliches Schniefen hervor.

„Ich glaube, hier gibt es ein Problem.“

Anna kniff die Augen krampfhaft zusammen, weil Sebastians Stimme schon wieder so leise und hilflos klang.

„Das Signal wird gestört, Anna. Weder über den nächsten Funksender noch über GPS kann ich dein Handy ausmachen. Irgendetwas blockiert es.“

Der Mann hatte die Lastwagen passiert und schritt weiter auf das Gebäude zu. Dabei warf er seinen Blick ständig zu allen Richtungen. Er war immer noch auf der Suche nach jemandem. Anna wusste nur zu gut nach wem.

Sie presste ihr Gesicht auf das kalte, nasse Metall und hoffte, von unten aus diesem Winkel nicht gesehen zu werden.

„Wo sind die Männer?“, fragte Sebastian leise.

Anna hob vorsichtig den Kopf und sah zur Halle rüber. Der

Mann hatte an der vorderen Ecke angehalten und schaute an der Wand entlang zum Hinterhof. Bevor Anna sich fragen konnte, was er vorhatte, erkannte sie einen zweiten, der ihm aus der gegenüberliegenden Richtung entgegenkam. Sie trafen sich kurz und sprachen miteinander – dann drehten sie sich wieder herum und deuteten auf die Container.

„Sie kommen jetzt zu mir", hauchte Anna ins Telefon.

Die Männer begaben sich ans hintere Ende, um von dort mit ihrer Suche zu beginnen. Anna konnte nur einen sehen, der an der Seite zum Hof neben den Containern entlangschritt und vermutete, dass der andere auf der Außenseite zum Zaum parallel zu ihm lief. Sie suchten gezielt die Reihe ab.

Würde sie sich noch zwischen den Containern aufhalten, hätte sie keine Chance, ihnen zu entkommen. Ihre einzige Hoffnung bestand darin, dass sie sie von unten auf ihrem Container nicht sehen konnten.

„Kannst du fliehen?", fragte Sebastian vorsichtig.

„Nein. Dafür ist es zu spät. Sie kommen näher."

„Können sie dich sehen?"

„Ich glaube nicht. Ich liege zwei Container über dem Erdboden." Anna presste ihr Gesicht wieder auf das kalte, nasse Metall, um wirklich jede Möglichkeit auszuschließen. Ihr Handy presste sie dabei fest von außen an ihr Ohr. „Bleibst du bitte bei mir, Sebastian?"

Anna vernahm ein Räuspern.

Als Sebastian dann wieder sprach, klang seine Stimme noch ehrfürchtiger und schien eine Oktave tiefer zu sein. „Natürlich. Wenn doch diese verfluchte Ortung endlich klappen würde."

Die Schritte der Männer kamen näher, doch Anna traute sich nicht, den Kopf zu heben, um genau zu wissen, wo sie waren.

„Sind sie weg?" Sebastian konnte die Ungewissheit offenbar genauso wenig ertragen wie Anna.

Anna murmelte leicht. Es konnte ein Ja, Nein oder Weiß-ich-nicht bedeuten und genau das meinte sie auch. Sie hatte keine Ahnung.

Doch dann hörte sie plötzlich ein metallisches Klopfen. Es dröhnte unmittelbar in ihrem Kopf und sie musste sofort an die Geschichten der Indianer denken, die das Ohr auf die Gleise gelegt haben sollen, um herauszuhören, ob sich ein Zug nähert. Dem Klang nach schien direkt an ihren Container geschlagen worden zu sein.

„Was war das?", fragte Sebastian besorgt.

„Sie sind direkt unter mir", hauchte Anna noch leiser als vorhin, konnte aber nicht sagen, ob Sebastian es überhaupt verstehen konnte.

„Bleib ganz ruhig, Anna! Beweg dich nicht und bleib einfach liegen! So wie du mir die Situation beschrieben hast, glaube ich nicht, dass sie dich sehen werden. Nicht rühren!"

Es tat gut, dass Sebastian in dieser Situation bei ihr war. Anna schloss die Augen und dachte an Sonne, Wärme, Bäume, die sich frei und ungezwungen im Wind bewegten, einen Strand, den Vogel, der im letzten Moment doch noch vorbeikam, oder vielleicht war es sogar eher ein feuerspeiender Drache – ganz egal, wenn sie nur nicht hier sein musste.

Ein resignierter Ruf unterbrach plötzlich ihren Gedankenstrom. Er kam vom anderen Ende. Die Männer hatten ihren Container offenbar passiert und waren jetzt am Zaun angekommen.

Vorsichtig wagte sie, den Kopf zu heben, und drehte sich langsam herum. Sie hörte das bereits bekannte Schleifen von Stoff an Metall und erkannte einen Moment später, wie der zweite Mann sich offenbar durch die Containerreihe geschoben hatte und jetzt wieder bei seinem Kollegen stand. Leicht frustriert drehten sie sich herum und begaben sich wieder in Richtung Halle.

„Ich glaube, ich habe es geschafft", flüsterte Anna leise und konnte ihr Glück kaum fassen. „Sie gehen wieder weg."

„Das ist gut. Das ist sehr gut, Anna!" Anna vernahm die Erleichterung in seiner Stimme.

„Was macht die Ortung?", fragte Anna hoffnungsvoll.

„Leider negativ. Hast du dein Handy verloren gehabt oder für längere Zeit aus der Hand gelegt?"

Anna dachte sofort an ihren unfreiwilligen Schlaf, den sie Benno zu verdanken hatte. „Ich war nicht immer bei vollem Bewusstsein in den letzten Stunden."

„Das habe ich mir gedacht", antwortete Sebastian und klang erleichtert, als hätte er ein schweres Rätsel gelöst. „Sie werden dein Handy manipuliert haben, sodass man dich nicht orten kann. Das ist die einzige Erklärung, die ich habe."

Benno, dieses hinterhältige Schlitzohr!

„Was soll ich jetzt machen?"

Ihm musste doch etwas einfallen. Er konnte sie nicht hier liegenlassen. Irgendwie musste er ihr doch helfen.

„Wo sind die Männer? Sind sie weg?"

Anna wagte es, sich noch ein Stückchen aufzurichten, und drehte den Kopf herum. „Ich glaube ja. Ich kann niemanden sehen."

„Sie werden mit Sicherheit wiederkommen. Auch wenn es ein

gutes Versteck zu sein scheint, denke ich nicht, dass du dort bleiben solltest. Du musst versuchen zu fliehen. So wie es aussieht haben sie ihre erste Runde gemacht und beratschlagen jetzt. Es ist gut möglich, dass sie die Suche noch ausdehnen werden, aber vielleicht kannst du bis dahin verschwunden sein."

Anna sah geradeaus in Richtung Straße. Vielleicht könnte sie es schaffen. Ihr nächstes Versteck müsste auf jeden Fall ein Unterschlupf sein, der sie nicht komplett der Witterung aussetzte wie der jetzige. „Ich werde es versuchen."

„Hat Diego sich bei dir gemeldet?"

„Nein."

„Weißt du, wo er ist?"

„Nein, das weiß keiner."

„Okay, darüber sprechen wir später noch. Jetzt musst du da verschwinden, Anna. Ich bleibe am Telefon, wenn du möchtest."

„Ja, bitte."

Anna zog langsam die Knie an den Körper und richtete sich auf, sodass sie auf allen Vieren auf dem Container kniete. Ihre Beine schlotterten und brachten sie fast zu Fall, als sie sich schließlich ganz hinstellte. Ein schneller Blick zur Halle verriet ihr, dass sie immer noch ungesehen blieb. Dann setzte sie vorsichtig einen Fuß vor den anderen und begab sich in Richtung Container-Ende.

Sie musste insgesamt drei Container passieren, die alle durch eine etwa dreißig Zentimeter breite Schlucht voneinander getrennt waren. Anna zwang sich jedes Mal, nicht runter zuschauen, wenn sie den großen Schritt machte, doch das war gar nicht so leicht. Es war beängstigend hoch und der gepflasterte Boden darunter steinhart. Davon abgesehen, dass man bei einem Sturz den Boden wahrscheinlich gar nicht erreichen würde, sondern vorher schon an der scharfkantigen Containerwand hängenblieb.

Doch dann hatte sie das Ende erreicht.

„Ich bin da", flüsterte Anna und hockte sich hin. „Es ist verdammt hoch. Und hier ist ein Zaun. Ich weiß nicht, wie ich hier runterkommen soll."

„Irgendwie muss es gehen. Wie bist du überhaupt auf die Container raufgekommen?"

„Rafael hat mir geholfen. Diegos Bruder."

„Wo ist er jetzt?"

Anna dachte an die vielen Schüsse, die sie vorhin gehört hatte und schloss die Augen. „Ich weiß es nicht."

„Okay. Halt dich gut fest und versuche, dich auf den Zaun runterzuhangeln. Von da kannst du dann springen."

„Aber der hat oben Stacheldraht."

„Du musst es versuchen, Anna. Beeil dich, bevor sie zurückkommen."

Anna setzte sich auf den Rand der Container und ließ die Beine nach unten baumeln. Es war verdammt hoch und auch der Zaun sah mit dem Draht alles andere als einladend aus – wie auch immer sie es versuchte, es würde auf jeden Fall schmerzhaft werden. „Ich brauche jetzt beide Hände, Sebastian. Darf ich dich kurz zur Seite legen? Nur bitte leg nicht auf."

„Okay, sei vorsichtig."

Anna schob das Telefon in ihre Jackentasche. Dann drehte sie sich herum, um sich auf den Bauch zu legen und die Beine langsam abwärts zu lassen.

Da sie sich jetzt umdrehen musste, sah sie ihn plötzlich. Er war so leise gewesen, dass sie ihn nicht bemerkt hatte und er sich bis auf eine halbe Containerlänge hinter sie hatte schleichen können.

„Wo willst du denn so schnell hin, Süße?" Der kleinere der beiden Männer, die sie eben außerhalb der Halle gesucht hatten, stand selbstsicher ein paar Meter hinter ihr auf der Containerreihe und kam langsam auf sie zu.

Kapitel 57

Nein!

Anna erschrak und rutschte zurück, sodass sie nur noch mit dem halben Oberkörper an der Containerkante hin. Dann warf sie einen Blick nach unten, um ihre Möglichkeiten für einen Sprung abzuschätzen, aber hier wartete sein Kompagnon bereits auf der anderen Seite des Zauns, um sie aufzufangen.

Sie presste ihre Füße an die glatte Containerwand und versuchte Halt zu bekommen. Mit den Armen zog sie sich so gut sie konnte wieder nach oben, doch es war schwierig.

Panisch warf sie einen erneuten Blick nach unten, wo der zweite Mann direkt unter ihr stand und sie offensichtlich sofort auffangen würde, sobald sie fallen sollte. Wenn sie sich nicht vorher im Stacheldraht verfing oder im Zaun aufhängte.

Der Mann war deutlich größer als sein Kollege. Seine kräftigen Schultern unter der schwarzen Jacke zeugten von zahlreichen Aufenthalten im Fitnessstudio. Auf dem Kopf trug er eine dunkle Mütze mit Schirm, die das halbe Gesicht verdeckte.

„Möchtest du nicht noch bleiben?“, fragte der Kleine selbstgefällig. Er hatte Anna erreicht und hielt einen Schritt vor ihr an.

Anna war inzwischen so weit herabgerutscht, dass sie nur noch mit den Armen an der Ecke hing. Ihr gesamter Körper baumelte senkrecht an der Wand. Lange würde sie es hier nicht mehr aushalten können.

„Warum bleibst du nicht noch ein bisschen? Wir helfen dir beim Absteigen.“ Er machte noch einen Schritt und stellte einen Fuß drohend über Annas Hand.

Sofort schob sich Anna noch ein Stück zurück, bis nur noch ihre Fingerspitzen Halt hatten. Ein kurzer Blick aus dem Augenwinkel nach unten verriet ihr, dass der zweite Mann sich zurechtgestellt hatte und nur darauf wartete, dass sie fiel. Er hatte die Arme ausgebreitet und schien bereit. Anna hatte jetzt die Wahl zwischen ihm oder dem schmerzhaften Stacheldraht auf dem harten Metallzaun.

Der kleine Mann über ihr lachte grimmig auf und schob gebieterisch wieder einen Fuß über Annas Hand. Wenn er gerade noch Abstand gehalten hatte, so drückte er ihn jetzt herunter und quetschte Annas Finger.

Sie konnte nicht länger hängenbleiben, so viel war klar. Sie musste sich fallen lassen, aber der Mann unter ihr sollte sie nicht kriegen. Sie warf einen letzten Blick nach unten, um sich zu überzeugen, wo der Mann stand, und stieß sich schwungvoll von der Wand ab.

Es war ein befremdliches Gefühl, rückwärts ins Nichts zu fallen. Sie durfte keine Angst vor den Schmerzen haben, die unumgänglich waren.

Er erwartete ihren Fall und hatte die Arme ausgebreitet, um sie aufzufangen. Doch kurz bevor Anna ihn erreicht hatte und sicher landete, schlug sie kräftig mit den Beinen. Einer ihrer Füße traf ihn direkt ins Gesicht, der andere prallte gegen seine Schulter. Er hatte ganz offensichtlich nicht damit gerechnet und gab einen dumpfen Laut von sich, doch auch auffangen konnte er Anna nicht mehr. Stattdessen schleuderte Anna schräg auf ihn, sodass er rücklings taumelte und schließlich in den Zaun krachte, als Anna auf ihm gelandet war.

Anna fiel zurück und schlug mit dem Ellenbogen auf dem Boden auf. Doch sie rappelte sich sofort wieder auf und staunte nicht schlecht, als ein großes Teil des Zauns an der Stelle rausgebrochen war, wo der Hulk lag. Verwundert warf Anna einen Blick auf die geraden Ausbruchstellen und erkannte, dass hier offensichtlich jemand nachgeholfen hatte. Es war ein großzügiges Viereck in den Zaun geschnitten worden, das man bei Belieben rausnehmen und anschließend wieder reinhängen konnte.

Offenbar hatte vor Anna auch schon mal jemand den Weg rein oder wahrscheinlich eher raus gesucht. Doch sie brauchte diese Öffnung jetzt nicht mehr. Sie stand bereits auf der anderen Seite des Zauns und der Körper des großen, kräftigen Mannes hatte sogar noch ihren Aufprall gedämpft.

„Hey!“, brüllte eine Stimme über ihr, und Anna sah hoch. Der andere Mann stand oben an der Kante und hatte eine Waffe auf sie gerichtet. Doch bevor sie reagieren konnte, fiel auch schon ein Schuss.

Schnell faste Anna sich an die Brust, um instinktiv zu kontrollieren, wie es ihr ging, als sie bemerkte, dass sie gar nicht getroffen worden war, sondern der Mann plötzlich kopfüber vom Container stürzte und direkt vor ihr auf den Boden klatschte. Er blieb sofort reglos liegen. Sein Körper war nichts weiter als eine leblose, unbewegliche Fleischmasse.

Anna war wie erstarrt und konnte sich nicht bewegen. Doch der andere Mann kam zu sich und brummelte etwas Unverständliches vor sich hin, als er seinen toten Kollegen betrachtete.

„Komm, Anna, schnell!“ Rafaels Stimme tauchte plötzlich hinter ihr auf. Er war ebenfalls auf ihrer Seite außerhalb des Zauns.

Anna schielte auf das Gitterloch, das der eine Mann vorhin versehentlich mit seinem Gewicht aufgebrochen hatte. Sicherlich war das Rafaels Weg nach draußen gewesen.

Der große Mann drehte sich herum und stand langsam auf. Anna war kurzzeitig wie erstarrt, weil eine neue Gefahr auftauchte, aber dann wandte sie sich herum.

Rafael nickte ihr zu und deutete mit dem Kopf in die gegenüberliegende Richtung. In seiner Hand hielt er die Waffe, mit der er eben den Kleinen vom Container geholt hatte. Mit der anderen Hand griff er nach Anna und zog sie vorwärts.

Dann knallte ein erneuter Schuss hinter ihnen, doch Anna drehte sich nicht um. Rafael lief noch, somit war ihm nichts passiert.

Sie rannten nach rechts und tauchten in ein Meer von übereinander gestapelten Europaletten. Rafael stürmte durch den vorderen Gang und schob sich dann hinter einen Stapel, der etwas verwinkelt zu den übrigen stand, und drückte Anna auf den Boden. Sogleich legte er seinen Zeigefinger vor den Mund und lauschte.

Anna fühlte sich leicht an den Bambusbusch zurückerinnert, in dem sie vor gar nicht langer Zeit mit Diego gesessen hatte. Die Verhaltensweisen der Brüder waren ähnlich gewesen.

„Hallo? Anna?“ Die Stimme klang verzerrt und wahnsinnig weit weg, was sie ja auch war. Anna hatte schon ganz vergessen, dass sie Sebastian die ganze Zeit in ihrer Tasche bei sich trug.

Rafael warf einen wütenden Blick auf Annas Jacke. „Wer ist das?“

„Sebastian“, antwortete Anna leise und suchte das Handy heraus.

Rafaels Gesicht verfinsterte sich. „Wer ist Sebastian?“

„Sebastian Oblenski. Der Kommissar“, erklärte Anna und holte das Handy aus der Tasche, doch Rafael streckte schnell die Hand aus, um es ihr zu entreißen.

„Bist du verrückt? Wieso sprichst du mit der Polizei?“

Anna war etwas verwirrt, aber dann fiel ihr ein, dass Rafael Sebastian natürlich überhaupt nicht kannte. „Er ist ein Freund.“

Schnell zog sie ihre Hand zurück, bevor Rafael das Telefon zu packen bekam. „Diego kennt ihn auch und vertraut ihm. Er hat Polizeischutz für mich angefordert.“

Rafael runzelte fragend die Stirn. „Der Diego, den ich kenne, hätte keinem Kommissar vertraut.“ Seine Tonlage hatte sich schon wieder geändert, und Anna fühlte sich an den bösen Rafael zurückerinnert, den sie kannte.

„Dann hat er sich wohl geändert“, antwortete Anna genauso patzig und hielt das Telefon an ihr Ohr.

„Sebastian? Mir geht's gut. Ich hab's geschafft." Sie warf einen prüfenden Blick auf Diegos Bruder, um sein Verhalten und seine Laune einzuschätzen. „Rafael hat mir geholfen."

„Gott sei Dank. Ist er jetzt bei dir?"

„Ja, aber ich habe nicht viel Zeit." Anna hatte ihren Blick fest auf Rafaels Augen gerichtet. Gegenseitig funkelten sie sich böse an.

„Gut, hör zu Anna: Wenn du Diego das nächste Mal siehst, musst du ihn davon überzeugen, sich zu stellen und im Rahmen eines Zeugenschutzprogramms auszusagen. Er soll sich sofort bei mir melden, okay?"

Anna zögerte, bevor sie sprach. Den Blick immer noch auf Rafael gerichtet, war sie froh, dass er Sebastian nicht hören konnte. „Ich werd's versuchen, aber ich weiß nicht, wann das sein wird."

„Wir haben die Kugeln untersucht, Anna", flüsterte Sebastian noch leiser, sodass selbst Anna Mühe hatte, ihn zu verstehen. „Sie sind alle identisch. Hilgert, die Leiche vom Hafen vor zwei Jahren und noch zwei weitere Fälle. Und wir haben immer noch keine Ahnung, was mit Tim ist. Er ist nicht aufzufinden, es ist also nicht unwahrscheinlich, dass er sich in diese Liste mit einreihen kann. Von den zwei offenen Fällen ist einer von vor drei Jahren und bisher ungeklärt und einer …" Er holte einmal tief Luft, als würde ihm schwerfallen, was er als Nächstes sagen wollte. „Es hat gestern zwei Leichen in St. Pauli gegeben, die ebenfalls durch diese Waffe getötet wurden. Keine Ehrenmenschen, Leute aus dem Untergrund, aber dennoch war es Mord. Wenn ich es nicht besser wüsste, Anna, aber es sieht ganz so aus, als würde Diego gewaltig aufräumen. Das wird etwas viel, wenn er sich noch unschuldig aus der Sache herausziehen möchte. Bei seinem Register bedeutet es lebenslänglich."

Anna schluckte und biss die Zähne aufeinander. „Und was möchtest du von ihm?"

„Azem Gharibyan! Wenn Diego mir die Informationen über ihn liefern kann, sodass wir ihn überführen können, könnte ein Leben im Zeugenschutz für euch beide drin sein. Ich glaube nämlich, dass du es auch brauchst."

Plötzlich spürte Anna wieder die Kälte durch ihren Körper fahren. Obwohl sie mitten in der Gefahr steckte, verdeutlichte Sebastian es noch mal und nannte die Fakten Schwarz auf Weiß. Sie waren so gut wie tot.

„Unsere Informantin ist an ihm dran", fuhr Sebastian fort, „doch ich denke nicht, dass das reichen wird. Wir brauchen Diego! Vielleicht kann Rafael ebenfalls dazu beitragen. Ich weiß nicht, was er weiß …"

Anna hatte den Rest nicht weiter angehört, sondern war bereits beim zweiten Wort hängengeblieben und unterbrach ihn abrupt. „Informantin?"

Sebastian wirkte leicht überrascht. „Ja. Ich habe dir doch erzählt, dass wir Informationen bekommen."

„Du hast nicht gesagt, dass es eine Frau ist." Eine Frau, die Informationen an die Polizei weitergab, die jemandem half und mit der Mafia in Verbindung stand – Saralie? Sie hatte gerade gesagt, dass sie verschwinden wollte, dass sie dieses Leben mit Paul nicht führen wollte. War das ihre Fahrkarte nach draußen?

Anna drehte den Kopf in Richtung Halle, konnte aber nichts weiter als Paletten sehen.

Saralie gab Informationen weiter und war jetzt mit dem Mafiaboss in ein und demselben Raum? Wusste Benno, dass sie ein Spitzel war? Was war mit Paul? *Oh, guter Gott, was passierte mit Paul?*

Anna sprang auf.

„Wir müssen zurück!", sprach sie ihre Gedanken aus. Sie mussten Saralie da rausholen.

Rafael erhob sich ebenfalls und knurrte etwas Unverständliches.

„Ich glaube, so weit kamen wir im letzten Moment auch nicht mal", sagte Sebastian im gleichen Augenblick, als Erklärung, warum diese Information nicht weitergetragen wurde.

„Aber sie ist jetzt bei ihm! Sie ist mit deinem Mafiatyp zusammen!"

„So ist das bei einem Spitzel. Man hat Kontakt zum Zielobjekt."

„Aber sie hat Paul dabei. Verdammt, Sebastian, was hat ihr Kind da zu suchen?"

„Ihr Kind? Moment … woher weißt du das alles überhaupt?"

„Weil sie hier ist. Sie hat mich gerade aus der Halle herausgeholt. Doch die machen wer weiß was mit ihr, wenn sie dahinterkommen."

„Aber sie hat kein Kind."

Anna erstarrte kurz. „Hat sie nicht?"

Hatte sie Paul verschwiegen? Aber wäre es für Sebastian nicht wichtig, von ihm zu wissen?

„Wir sollten hier langsam verschwinden, Anna", fauchte Rafael. „Es ist nicht unbedingt der beste Ort für ein langes Telefonat."

Anna nickte. Rafael hatte recht. Anna war so geblendet von der Gefahr, dass sie sie schon gar nicht mehr richtig wahrnahm. „Ich muss aufhören, Sebastian."

„Okay, meld dich, sobald du kannst!"

Anna legte auf und folgte Rafael, der bereits ein kleines Stück zurückgelaufen war und vorsichtig um die Ecke schaute. Als Anna bei ihm ankam, musterte er sie kurz.

„Ich möchte, dass du dich jetzt nur auf eine Sache konzentrierst. Kriegst du das hin? Da vorne steht mein Wagen." Er zeigte mit dem Finger in die entgegengesetzte Richtung, aus der sie gekommen waren. Allerdings war hier kein Auto, sondern weiter nur Paletten zu sehen.

„Lauf!", raunte er ihr zu, dann setzte er sich auch schon in Bewegung. Anna erinnerte es an ihre Flucht in Spanien, als sie den tot geglaubten Diego hinter sich gelassen hatten und über das unwegsame Gelände geflüchtet waren. Auch hier hatte er nicht lange abgewartet, sondern war einfach losgestürmt. Allerdings war hier das Gelände besser, sodass Anna ihm schnell folgen konnte.

Zu Annas Überraschung mussten sie allerdings gar nicht weit laufen. Kurz nachdem sie die Palettenburg hinter sich gelassen hatten, tauchte eine Reihe halbwegs fahrtüchtiger Fahrzeuge auf und bildete damit den Beginn eines Schrottplatzes.

Anna überlegte, ob Rafael allen Ernstes ein fahrbares Auto zwischen den Rostlauben vermutete.

Rafael bückte sich und zog das untere Ende des Zauns hervor, der das Gelände umgab. Er war ähnlich wie der bei der Lagerhalle und auch die Lücke, die jetzt zum Vorschein kam, war identisch. Ein quadratisches Fenster war entstanden, durch das sie auf den Schrottplatz kommen würden.

Anna kroch schnell hindurch und Rafael verschloss den Eingang hinter sich, sodass er wieder intakt wirkte.

Dann schritt er zügig voran und bahnte sich einen Weg durch die Autoruinen. Anna fröstelte und rieb sich über die Arme. Der Schrottplatz wirkte verlassen und unheimlich.

Rafael schritt schließlich um einen alten, rostigen VW-Bus herum und Anna hatte schon die schlimme Befürchtung, dass er es damit versuchen wollte, als plötzlich hinter dem Bulli ein verbeulter, blauer Toyota Supra auftauchte.

Kapitel 58

Diego!, dachte Anna und schaute sich sofort um. Aus dem Meer an defekten Autos und übereinandergestapelten Teilen tauchte ein etwas schiefes und verkommenes Gebäude auf, über dessen Tür ein altes Metallschild mit der Aufschrift ‚Kasse' prangte. Eine kleine, schwache Lampe erleuchtete die Nacht.

„Diego ist nicht hier. Ich bin mit dem Wagen gekommen", erklärte Rafael, ohne dass Anna ihre Frage ausgesprochen hatte.

„Steig ein!", forderte er sie auf, während er schon die Fahrertür öffnete.

Anna kam näher und betrachtete den verbeulten Wagen, an dessen Zustand sie schuld war. Hinter der Beifahrertür war eine tiefe Delle zu sehen und der so protzige Spoiler an der Front war nur noch zur Hälfte da. In der Frontscheibe erinnerten die Einschusslöcher an die Begegnung mit Tim.

Rafael startete den Motor und Anna erkannte das tiefe Brausen, das trotz der schlechten äußeren Erscheinung immer noch Respekt einflößend wirkte. Schnell öffnete sie die Beifahrertür und ließ sich in die Schale rutschen. Noch bevor sie den Anschnallgurt angelegt hatte, setzte Rafael den Wagen bereits in Bewegung.

„Wie hast du den Wagen überhaupt wiederbekommen?" Anna dachte an ihren plötzlichen Zwangsstopp und dass die Polizei den Wagen beschlagnahmt hatte.

„Ich habe auch Beziehungen zur Polizei." Ein kleines Lächeln huschte über sein Gesicht.

„Und woher wusstest du überhaupt, dass er dort war?" Anna dachte an die vielen aufeinanderfolgenden Ereignisse, die sie selbst schon durcheinanderbrachten und sie kaum verstehen konnte, was eigentlich passiert war. Hatte Diego ihm all das gesagt, als er ihn darum gebeten hatte, für Anna den Personenschutz zu übernehmen?

Rafael lenkte den Wagen geschickt durch die Karosserieteile und steuerte im Gegensatz zu Annas Vermutung nicht in Richtung Straße, sondern hinter der Baracke entlang auf einen schmalen Sandweg zu.

„Diego ist sehr eigen mit seinen Sachen. Er weiß immer gerne, wo sie sind."

Anna hielt sich fest, als sie den Sandweg erreichten und der Wagen hart in einer Kuhle aufsetzte. Dann warf sie einen fragenden Blick zu Rafael.

„Was glaubst, wie ich dich sonst hätte finden können? Er versieht alles, was ihm lieb ist, mit einem GPS-Sender. Man könnte es schon fast als krankhaft bezeichnen."

„Ein GPS-Sender?"

„Ja. Dieses Baby hatte immer schon einen … und du jetzt auch." In seinem Lächeln spielte ein kleines bisschen Ehrfurcht wider, als er kurz zu Anna schaute.

„Ich?"

„Ja."

„Wo?" Anna sah erstaunt an sich herab und überlegte, wo an ihr ein Sender befestigt sein könnte.

„In deinem Handy."

Sofort suchte Anna ihr Telefon heraus und drehte es interessiert in ihrer Hand herum. „Aber den Sender hat er doch rausgenommen."

Rafael lachte kurz. „Es war ja auch nicht seiner."

Anna dachte an den Moment im Nachbargarten, als er ihr Handy geöffnet hatte und dieses kleine Teilchen darin fand. Sie war so davon fasziniert gewesen, dass sie gar nicht mitbekommen hatte, was er mit ihrem Handy machte.

„Kann nur Diego mich damit orten oder auch andere?" Anna dachte an Sebastians Versuch ihre Position herauszufinden.

„Nein, nur er. Die Sender sind mit einem speziellen Blockiersystem ausgestattet, die alles andere abschirmen. Es wäre sonst zu leicht, die Verbindung anzuzapfen."

„Dann war es also doch nicht Benno."

„Was?"

„Sebastian hat vorhin versucht mich zu orten, als ich auf dem Container lag, aber es ging nicht. Ich hatte Benno in Verdacht."

„Wieso wollte er dich orten?"

„Um mich zu finden. Ich weiß immer noch nicht, wo wir eigentlich sind."

Anna schaute aus dem Fenster und versuchte zu erkennen, wo sie war. Doch es war zu dunkel. Hin und wieder konnte sie in der Ferne ein paar Lichter erkennen, einzelne Gebäude rauschten an ihr vorbei. Dann endete der unwegsame Sandweg endlich und Rafael steuerte den Wagen nach rechts auf eine Landstraße.

„Ich habe dich doch rausgeholt, oder?" Es klang patzig und fast beleidigt.

„Entschuldigung, wenn ich mir vielleicht noch andere Hilfe dazugeholt habe. Ich wusste doch nicht mal, ob du überhaupt wiederkommst."

Rafael beschleunigte den Wagen aufs Höchstmaß. Annas Körper wurde dabei so brutal in die Sitzschale gepresst, dass es ihr schon fast vorkam wie bei einem Flugzeugstart, und ein bisschen glaubte sie, dass Rafael das mit Absicht machte.

„Mir passt es nicht, dass dieser Kommissar hier so viel mitmischen möchte“, knurrte er finster, „ich muss mit Diego darüber reden.“

„Sebastian ist ein Freund!“

Rafael stieß ein verächtliches Geräusch aus. „Man sollte keine Freunde in der Front des Feindes haben.“

„Dass ich nicht lache! Sprach der Verräter vor dem Herrn! Wo ist denn das ganze Geld hin, mmhh?“

Rafael fluchte leise und lenkte den Wagen abrupt in eine Bushaltestelle, die plötzlich vor ihnen aufgetaucht war.

Anna sah sich um und versuchte zu erkennen, wo sie waren. Zu ihrer Verwunderung waren sie irgendwo auf dem Land. Sie hatte die Halle immer irgendwo in Hamburg vermutet, aber es schien doch deutlich außerhalb zu sein. Die Bushaltestelle hatte ein kleines Häuschen, dahinter standen hohe Bäume und Gestrüpp. Doch weit und breit war kein Haus zu sehen. Wofür hielt hier ein Bus?

„Zieh deine Klamotten aus!“, befahl Rafael barsch und stieg aus dem Wagen.

Anna glaubte, nicht richtig verstanden zu haben. „Bitte? Nein! Warum sollte ich?“

„Weil wir keine Zeit haben, alles einzeln durchzugucken“, fauchte er zurück, bevor er die Tür zuschlug. Im nächsten Augenblick stand er bei Anna an der Beifahrertür und öffnete diese. „Du ziehst deine Sachen aus, wir verbrennen sie und dann sind wir wieder weg.“

„Und was soll ich bitte anziehen?“ Anna schob sich langsam aus dem Wagen. Es war Rafael durchaus zuzutrauen, dass er sie komplett nackt mitschleppte.

„Du kriegst was von mir.“ Rafael zog seine Jacke aus und legte sie vor Anna. Dann öffnete er seine Hose. „Nun mach schon!“

Anna zögerte kurz, doch dann beeilte sie sich. Im Nu hatte sie Schuhe, Jacke und ihre beziehungsweise Saralies Kleidung ausgezogen und vor sich auf einen Haufen gelegt, sodass sie nur noch in Unterwäsche da stand. Es war kalt, aber doch tat es gut, die nassen Sachen los zu sein. Eilig griff sie nach Rafaels Jacke und Hose, die er vor ihr auf den Boden gelegt hatte, und zog diese über, während Rafael ihre Sachen in den kleinen Gitterkorb am Bushaltestellenhäuschen stopfte.

„Deinen BH auch!“, befahl er grob, als er sah, dass Anna sich bereits in seine Jacke gehüllt hatte.

Nein, dachte Anna und überlegte, ob Rafael möglicherweise doch etwas anderes im Sinn hatte.

„Diese Push-up Kissen sind ein einladender Platz für Wanzen." Er hielt ihr auffordernd die Hand entgegen.

Anna drehte sich herum und zog hastig ihren BH aus. Vor Augen hatte sie dabei Benno, wie er ihr nichts ahnend an der Brust rumgefingert haben mochte. Es war einfach widerlich.

Rafael steckte den BH ebenfalls in den Mülleimer und zog dann noch Annas Handtasche aus dem Wagen, die obendrauf ihren Platz fand.

„Dein Handy!"

Widerwillig reichte Anna es weiter, doch zu Annas Verwunderung legte er es nicht dazu, sondern öffnete die hintere Klappe, wie Diego es auch getan hatte. Er holte ein kleines Teilchen heraus, das Anna nicht richtig erkennen konnte, und hielt es hoch. „Bennos Sender."

Dann baute er das Handy wieder zusammen und warf es Anna zu, die schlotternd in seiner Hose und Jacke im Wind stand.

„Setz dich ins Auto!" Ein ebenso barscher Befehl wie die vorherigen, doch Anna gehorchte auch diesmal und ließ sich in der harten Schale nieder, die schon fast ein bisschen Geborgenheit ausstrahlte.

Einen kurzen Augenblick später brannte der Müllkorb und Rafael saß wieder neben ihr im Wagen.

Anna drehte ihr Handy vorsichtig in ihrer Hand hin und her. Wenn Benno hier ebenfalls einen Sender drin platziert hatte, musste er auch Diegos gesehen haben. Wie kam es dann aber, dass Sebastian sie nicht hatte orten können, aber Rafael sie fand? Hatte Benno die andere Wanze nicht entfernt?

„Wieso konntest du mich finden, Rafael? Ich kann mir nicht vorstellen, dass Benno Diegos Wanze im Handy gelassen hat."

Rafael warf ihr einen kurzen Blick zu. „Wieso sollte er ihn rausnehmen? Dann wüsste Diego sofort, dass etwas nicht stimmt, oder?"

Anna nickte. Die ganze Geschichte war schon so verworren, dass das Denken keinen Sinn mehr machte. Es war schwer, hier noch die Logik zu finden.

„Aber das wäre bei Diegos Wanze auch nicht von Bedeutung gewesen. Es handelt sich nämlich nicht um einen gewöhnlichen Sender. Er ist so gesteuert, dass er automatisch ein Ortungssignal erhält, wenn mit dem Telefon gesprochen wird. Sobald das einmal geschehen ist, kann die Wanze auch wieder entfernt werden. Das Gegenstück weiß ab dann immer, wo sich das Telefon befindet. Hat Diego dich zufällig angerufen, seit ihr euch gesehen habt?"

Anna dachte sofort an das kurze Telefonat bei ihren Eltern im Garten und nickte.

Rafael zuckte zufrieden mit den Schultern. „Das hat ausgereicht. Für den Fall der Fälle, dass der Sender ausfällt, entfernt oder beschädigt wird, würde er dennoch weiterhin den Kontakt zu dir herstellen können. Diego hat einige Sender vor zwei Jahren umprogrammiert. Wenn also in einem Telefon einer drin gewesen ist, wählt sich der Sender automatisch ins GPS-Signal ein und leitet es um. Bei einem Auto geht das natürlich nicht, weil das für gewöhnlich keine Signale aussendet. Wenn hier also irgendwann der Sender entfernt wird, ist es nicht mehr möglich, es über ein Signal zu finden."

Anna warf einen kurzen Blick auf ihr Telefon. „Und wenn Bennos Sender das auch kann? Vielleicht weiß er jetzt immer noch, wo wir sind?"

Rafael schüttelte mit dem Kopf. „Benno kennt sich damit nicht weiter aus. Ich kann mir auch nicht vorstellen, dass er überhaupt von Diegos Umprogrammierung weiß und dass das überhaupt möglich ist. Er braucht für alles Jessi, wenn er Probleme mit den Signalen hat." Er drehte den Kopf herum und verzog das Gesicht. „Diego hat dich gehackt!"

Kapitel 59

Es machte ihn wahnsinnig, dass es nicht funktionierte. Die Sender waren alle intakt gewesen, als er sie angebracht hatte und dennoch ließ sich kein Signal aufbauen. Irgendetwas störte hier.

Dabei war er so vorsichtig gewesen. Anna hatte nicht mitbekommen, wie er die Wanzen an ihr befestigt hatte. Mehrere Kleidungsstücke waren damit versehen worden. Zur Sicherheit.

Auch Saralies Colaattacke konnte nicht der Grund für das fehlende Signal sein. Er konnte sich zum einen nicht vorstellen, dass der Sender in ihrem BH durch die Feuchtigkeit nicht mehr funktionierte. Und wenn es doch so sein sollte, dann gab es immer noch den in ihrer Schuhsohle, ihrer Hosentasche und ihrem Handy. Doch keiner sendete ein Signal! Warum?

Er hatte sie mit so vielen Sendern ausgestattet, damit sie eben *nicht* so dasitzen würden, wie sie es jetzt taten, sondern wussten, wo sie war, falls ihr tatsächlich die Flucht gelang.

Saralie – sie ruhe in Frieden!

Doch Fehlanzeige! Kein Signal. Nicht einer der Sender funktionierte.

Fieberhaft tigerte er im Kontrollraum auf und ab und spähte immer wieder über Jessis Schulter auf die Monitore.

Frank stand neben ihm. Angespannt und nervös. Azem und seine Männer waren draußen und räumten auf. Entsorgten. Vernichteten Spuren und was eben sonst noch dazugehörte, wenn es blutig geworden war.

„Du hättest Santos Wanze entfernen sollen“, belehrte Frank ihn von der Seite. Es war allgemein bekannt, dass Santo seine Sender oft manipuliert hatte, sodass sie alle weiteren Signale störten, doch bisher hatte man nur angenommen, dass es dabei um direkt aneinanderliegende Wanzen gehen musste. Wenn also das Signal im Handy ausfiel, konnte es vielleicht noch erklärbar sein, aber jetzt waren alle ausgefallen. Es war nicht möglich.

Aber immerhin nannte Frank seinen Ziehsohn wieder Santo und war von dem verweichlichten Diego abgewichen.

„Ich musste den Sender drin lassen, wie hätte er sonst herausfinden sollen, wo sie ist? Es wäre viel zu auffällig gewesen, wenn er auf einmal kein Signal mehr erhält.“

„Dann hätte er nur davon ausgehen können, dass sie bei uns ist“, erinnerte ihn Frank, „er wäre so oder so gekommen.“

„Nicht unbedingt“, fuhr Jessi dazwischen, ohne vom Bildschirm abzusehen. „Vergiss nicht unseren Hacker vom letzten Jahr! Er hatte auch ein großes Interesse an ihr und Santo weiß das. Der Sender war wichtig, damit er zu uns kommt."

Frank atmete nervös ein und aus. „Und du kannst wirklich nichts machen, Jessi? Es muss doch möglich sein, Santos Blockade irgendwie zu umgehen?"

Fast zeitgleich blinkte plötzlich ein kleiner, roter Punkt auf der Landkarte auf Jessis Bildschirm auf. Sofort zeigte das GPS die genauen Daten und den Verweis auf eine Landstraße an, die gar nicht weit entfernt war.

Sofort beugten sich alle automatisch vor, um besser sehen zu können.

„Was hast du gemacht?", fragte Benno aufgeregt. „Konntest du es umgehen?"

Jessi schüttelte mit dem Kopf. „Nein, die Blockade wurde plötzlich aufgehoben."

„Warum?", schrie Frank laut. Seine Augen waren weit aufgerissen und starrten fassungslos auf den Monitor.

„Das weiß ich nicht. Vielleicht ist Santos Sender kaputtgegangen oder er hat ihn ausgestellt."

„Wo ist das?", überlegte Frank laut und kniff die Augen zusammen, als er die Stelle auf seiner inneren Landkarte suchte.

„Sie hat den Sandweg über den Schrottplatz genommen", erklärte Benno. „Ist das Signal genau? Wie ist sie dahin gekommen?"

Jessi begann eine Eingabe auf der Tastatur, aber im nächsten Moment war das Signal verschwunden.

„Was ist jetzt? Wo ist es hin?" Bennos Hoffnung schwand.

„Es ist wieder ausgefallen", erklärte Jessi. „Aber bis eben ist sie da gewesen und dürfte also nicht weit gekommen sein." Sie tippte erneut auf der Tastatur und neben Benno summte der Drucker. Kurz darauf spuckte er ein Bild von einer Bushaltestelle aus. Abgelegen mit hohen Bäumen im Hintergrund und einem eisernen Müllkorb am Straßenrand.

Jessi griff nach dem Bild und drückte es Benno in die Hand. „Hier ist sie bis vor paar Minuten gewesen."

Kapitel 60

Sie waren lange gefahren. Bestimmt noch eine Stunde. Anna hatte nicht genau auf die Uhr geachtet, doch es war immer noch dunkel gewesen, als sie schließlich bei dem kleinen, verlassenen Ferienhaus angelangt waren. Es lag abgelegen in einem kleinen Waldstück und grenzte unmittelbar an die Steilküste.

Als Anna aus dem Wagen gestiegen war, den Rafael umständlich um das Haus herum gelenkt hatte, roch sie das Salz des Meeres und konnte nur ahnen, wie dicht am Wasser sie wirklich war.

Das Haus war nicht beleuchtet und der Wald erfüllte sein Übriges, um das Licht der einzelnen Sterne oder der umgrenzenden Lichtquellen aus der Ferne gekonnt auszublenden. Dennoch hatte Anna die groben Umrisse des kleinen, dunklen, mit Reet gedeckten Hauses erkannt und sogar einen winzigen Schuppen daneben ausmachen können.

War das das Haus, zu dem Diego sie hatte schicken wollen?

Im Haus selbst hatten sie ebenfalls kein Licht gemacht, und Anna erinnerte es zunehmend an ihren Zufluchtsort, den sie vor zwei Jahren in der Nähe von Zaragoza gefunden hatten. Auch hier hatten sie sich in einem verlassenen Haus verschanzt, durften kein Licht machen oder sonstige Veränderungen vornehmen, die das Haus bewohnt aussehen lassen würden.

Das Innere des Hauses bestand aus einer Wohnküche mit Sofaecke und einem kleinen Zusatzzimmer, in das ein schmales Doppelbett gequetscht worden war. Die Luft roch muffig und klamm. Modriger Staub ließ die Lunge schwer atmen und zeugte von langer Verschlossenheit der Fenster.

Anna konnte nicht sagen, wie sicher sie sich hier fühlte. Mittlerweile würde sie wahrscheinlich nicht mal in einer Gefängniszelle wirklich sicher sein.

Rafael war so großzügig gewesen und hatte ihr das Zimmer mit dem richtigen Bett angeboten. Insgeheim hatte Anna noch gedacht, wie egal ihr das war, da sie hier sowieso nicht schlafen könnte, aber Diegos Bruder hatte sich tatsächlich auf dem Sofa ausgebreitet, während sie immer noch wie bestellt und nicht abgeholt im Raum gestanden hatte.

Sie sollte ruhen, solange sie noch die Zeit dafür hätten, hatte er ihr zugeraunt.

Immer wenn sie ihn gefragt hatte, wie es weiterging, hatte er flapsig geantwortet, dass Diego dies entscheiden würde.

So hatte sie sich letztendlich doch nach nebenan begeben, da sie von Rafael keine Antworten mehr bekommen würde.

Ein Blick aufs Handy hatte ihr verraten, dass es kurz vor drei war. Es war auf jeden Fall Zeit fürs Schlafen gewesen, aber sie war zu ruhelos. Wieder und wieder waren die Geschehnisse durch ihren Kopf gezogen, hatten die Ereignisse sie schaudernd zusammenzucken lassen. Doch schließlich hatte ihre innere Uhr die Überhand gewonnen und sie auf das Bett gezwungen. Sie hatte sich nicht ausgezogen, sondern sich immer noch mit Rafaels Jacke und Hose bekleidet auf der durchgelegenen Matratze eingerollt und eine der klammen Decken über sich gezogen. Es hatte lange gedauert, bis ihr halbwegs warm geworden war. Außer ihrem Slip trug sie nichts mehr drunter und es war kalt und unangenehm, den metallischen Reißverschluss, die verstärkten Nähte und kratzigen Verschlüsse der Jacke auf ihrer nackten Haut zu spüren.

Davon abgesehen, konzentrierte sie sich nur auf die Geräusche der Umgebung. Doch irgendwann hatte sich die Müdigkeit durchgesetzt und sie mitgezogen.

Allerdings nicht zu lange. Sie träumte viel und schlecht. Gesichter mischten sich unter die Bilder. Die Männer vom Containerplatz waren dabei. Aber auch Saralie, Frank und Benno. Benno wie er mit seinen klebrigen Fingern über ihren Körper fuhr und versuchte die Cola zu entfernen. Doch so wie es im Traum war, so war alles unlogisch und unausführbar. Die Cola wurde nicht weniger, ganz egal wie sehr er sie berührte. Irgendwann hatte Anna das Gefühl, am ganzen Körper mit Cola bedeckt zu sein.

Und es war wärmer geworden. Wo sie doch anfangs noch gefroren hatte, als sie ins Bett gegangen war, so gab es jetzt eine Wärmequelle. Bennos virtuelle Finger wanderten immer noch über ihren Körper. Erkundeten das eroberte Reich. Strichen über ihre Hüfte, die Schenkel, streichelten ihren Bauch.

Doch als Anna die ersten Küsse im Nacken spürte, war sie plötzlich wach. Das alles war kein Traum.

Sie brauchte einen Moment, um festzustellen, wo sie sich befand, und dann verstand sie auch, was hier passierte. Es war kein Benno da. Der hatte sich nur in ihrem Traum an ihr beglückt, aber jetzt hatte sich tatsächlich ein warmer Körper von hinten an ihren Rücken gepresst und ließ kreisende Finger über ihre Hüfte fahren.

„Rafael, du Schwein! Nimm deine Finger weg!“ Im Nu war sie vom Bett aufgesprungen und schlug die aufdringliche Hand beiseite.

Doch die Hand griff nach ihrer und packte sie am Handgelenk. „Entschuldige, ich wollte dich nicht aufwecken.“

Anna brauchte eine Sekunde, um zu realisieren, ob sie nicht wirklich noch schlief. Es war immer noch genauso dunkel im Raum, wie vorhin, als sie sich schlafen gelegt hatte. Doch es war anders.

Er war hier!

„Diego!" Anna ließ sich wieder aufs Bett fallen und sauste in seine Arme. Er war hier. Er war wahrhaftig hier!

War sie eben noch taub und schläfrig gewesen, so wirbelte ihr Gemüt jetzt vollkommen auf. Ihre Hände befühlten sein Gesicht, fanden seinen Körper, spürten seine Wärme. Dann presste sie ihre Lippen auf seine, ihre Hände krallten sich in seinen Haaren fest und sie küsste ihn, bis beide keine Luft mehr bekamen und keuchend voneinander ablassen mussten. Allerdings nur, um an anderer Stelle fortzufahren.

Er ist hier!, wiederholte die Stimme in ihrem Kopf ununterbrochen. Sie erkannte seinen Geruch, spürte die Vertrautheit seines warmen Körpers, der sich auf ihren geschoben hatte. Wo auch immer er hergekommen war. Wo auch immer er gewesen war. Was auch immer als Nächstes passieren würde, so zählte für sie nur der jetzige Moment.

Doch er schien tatsächlich einen Schritt weiterzudenken oder sich der gegenwärtigen Gefahr bewusst zu sein – denn er stoppte abrupt in seinen leidenschaftlichen Bewegungen und strich Anna mit der Fingerspitze zärtlich über die Lippen. „Du solltest besser schlafen, Anna!"

Anna stieß einen lächerlichen Laut aus und schob ihren Mund wieder fest an seinen. „Als ob ich jetzt schlafen würde, wenn ich weiß, dass du bei mir bist."

Er gab sich ihren Küssen hin und ließ sich bereitwillig auf den Rücken drehen, sodass sie rittlings auf ihm saß.

„Willst du denn gar nicht wissen, wo ich gewesen bin?"

„Doch!" Sie öffnete sein Hemd und schob ihre Hand an seiner nackten Brust entlang. „Aber ich finde, das hat Zeit bis nachher."

Er zuckte plötzlich zusammen, als sie mit ihren Fingern über seine Rippen strich. Sofort stoppte Anna und wurde sich der Situation bewusst. Sie konnte nicht so unbefangen mit Diego zusammen sein, wie sie es sonst kannte. Vorsichtig fühlte sie mit ihren Fingern erneut über die Stelle und spürte die nässende Wunde.

„Was ist passiert?"

„Es ist nicht so schlimm."

Anna drehte sich herum und suchte nach ihrem Handy, um damit Licht zu machen.

Es wirkte blass und grell, aber sie erkannte die halb offene

Schramme an Diegos linker Bauchdecke unterhalb der Rippen. Doch das war nicht alles. Seine rechte Schulter war blau und verkrustet und auch in seinem Gesicht hatte er weitere Schürfstellen zu den bisherigen hinzubekommen. Anna erschrak bei seinem Anblick und fuhr mit der Hand vorsichtig durch sein Gesicht.

„Du bist so wunderschön", murmelte Diego plötzlich unerwartet und strich mit der Hand über ihre nackte Brust unter Rafaels geöffneter Jacke. Es klang leicht apathisch oder als wäre er in Trance. Im schwachen Licht des Handys sah Anna, wie seine Augen feucht geworden waren.

„Du bist verletzt", war alles, was Anna darauf antworten konnte.

„Wie ich schon sagte", murmelte Diego leise und strich eine von Annas Haarsträhnen zurück, „es ist nicht so schlimm. Was ist mit dir?" Vorsichtig drehte er Annas Hände herum und begutachtete ihre Schrammen.

„Mir geht es gut." Anna sprach es aus, aber es klang für sie wie eine Lüge. Doch sie dachte dabei nicht an die körperlichen Schmerzen, sondern eher an das Seelische, das Allgegenwärtige. Plötzlich waren die Gefahr und die Angst wieder voll da. Langsam schob sie sich zurück und setzte sich neben Diego.

Diego richtete sich auf, um auf gleicher Höhe mit ihrem Gesicht zu sein. „Rafael hat mir erzählt, was passiert ist. Du hast Glück gehabt."

Anna ergriff Diegos Hand, die ohnehin gerade ihre Hände berührt hatte. „Es gibt so viel, was ich nicht verstehe."

„Und es gibt so Vieles, das ich dir gerne erspart hätte."

Anna ging in ihrem Kopf durch, welche ihrer Fragen sie als Erstes stellen sollte. „Du hast Hilgert erschossen."

„Ja." Es kam ohne zögern. Ehrlich und reuelos.

„Was ist mit Tim?"

„Er ist mir entwischt."

„Du hast mich verwanzt?"

Ein verlegenes Lächeln. „Ja. Das musste ich einfach."

„Und du hast Rafael geschickt, um mich herauszuholen?"

„Genau."

„Du hast ihn wiedergefunden." Anna wusste nicht, wie sie es ausdrücken sollte. Rafael war für beide ein Symbol als Schlüssel für alle Fragen.

„Richtig!", antwortete Diego und machte ein zufriedenes Gesicht. „Vielleicht sollte man eher sagen, dass er mich gefunden hat. Das hat einiges erleichtert."

„Wo bist du gewesen? Ich meine jetzt gerade? Die Wunde … ich meine … warum hast du Rafael geschickt, wenn du doch wusstest, wo ich war?"

Diego strich massierend mit den Daumen über ihren Handrücken. „Vielleicht solltest du nicht alles im Detail wissen." Er hatte den Blick auf beide Hände gerichtet und schaute langsam wieder auf.

Anna sah in seinen Augen, dass eine gewisse Trauer den unwissenden und fragenden Blick abgelöst hatte, den sie aus der vorherigen Zeit kannte.

„Du hast mir versprochen, dass du mir alles erzählen wirst", forderte Anna.

„Ich habe viele Fehler in meinem Leben begangen", erklärte er langsam, „allerdings erfahre ich erst jetzt von ihnen. Und sie sagen mir auch, dass es einen Grund gab, warum wir vor zwei Jahren gegangen sind, und ich weiß auch, dass ich damals nicht wiederkommen wollte … und auch nicht werde. Ich kann es einfach nicht."

Annas Herz fing plötzlich lauter an zu schlagen. Was hatte das zu bedeuten?

„Ich werde Hamburg verlassen. Ich muss es tun. Ich glaube, andernfalls würde es hier niemals ein Ende geben."

Es klang so endgültig, wie er es sagte. Anna hatte sofort Sebastians Zeugenschutz im Kopf. Vielleicht war das eine Möglichkeit.

„Dann gehen wir beide", versprach sie fast euphorisch. „Sebastian hat gesagt, dass er uns in einem Zeugenschutzprogramm unterbringen kann. Du müsstest nur gegen ihn aussagen … diesen Mafiatypen."

„Man kann gegen Azem nicht aussagen", kam eine knallharte Antwort zurück.

„Aber Sebastian sagt, dass er uns helfen kann."

Diego lächelte und strich mit der Hand über Annas Wange. „Dir vielleicht. Dich könnte er wegschaffen. Einen neuen Namen besorgen. Aber nicht bei mir."

Anna kniff die Augen zusammen und versuchte zu verstehen, was das bedeuten würde. Sie alleine an einem vollkommen fremden Ort ohne Freunde und Bekannte? Kein altes Leben? Am besten noch irgendwo im Ausland, wo sie vollkommen abgeschieden wohnte? Ohne Diego?

„Versteh doch bitte, Anna: Was ich jetzt herausgefunden habe, ist genauso hart wie wahr. Ich habe Drogen geschmuggelt, mit Menschen gehandelt und im Untergrund aufgeräumt. Was hier aber nichts mit einem Besen und einer Kehrschaufel zu tun hat. Ich habe Menschen getötet. Viele Menschen, die ich teilweise gar nicht kannte. Es war mein Auftrag. Mein Job. Vielleicht habe ich in den letzten beiden Jahren friedlich gelebt, aber das ändert nichts an meiner Vergangenheit. Ich bin ein schlechter Mensch und wollte dieses Leben vor zwei Jahren beenden. Ich musste hier weg, weil es mir nicht gefiel und es nicht richtig war. Doch ich kann und konnte nicht aussteigen. Das lassen sie nicht zu. Ausstieg ist nur durch Tod möglich und wenn sie dich nicht kriegen, jagen sie dich ein Leben lang. Ich wäre ihnen fast entkommen. Hätte sie beinahe überlisten können, bis …" Er stoppte abrupt und musterte Anna.

„Bis was?"

„ … du kamst und mich zurückgeholt hast." Er presste die Lippen aufeinander und lächelte gequält.

„Du warst tot! Du hast niemanden überlistet!"

„Das stimmt. Und doch hat meine Rückkehr alle bösen Geister aufgeweckt, die vorher an meinen Tod geglaubt hatten und sich eigentlich nicht mehr um mich gekümmert haben. Die Ironie ist einfach nur schräg, wenn man bedenkt, dass ich ihnen wieder direkt in die Arme gelaufen bin, wo ich doch schon so weit war, verstehst du? Ich war doch eigentlich schon frei."

„Dann machen wir es wieder. Wir verschwinden von hier. Jetzt sofort!"

Diego lächelte wehleidig. „Das ist kein Leben, das du führen solltest, Anna."

Anna senkte den Blick und sah verunsichert auf seine Hände. Sie waren dunkler als ihre und rau an den Innenflächen. Der bloße Kontrast zu ihren zarten, hellen Händen. Er war das absolute Gegenteil von ihr.

„Hey." Er schob eine Hand unter ihr Kinn und hob damit ihr Gesicht an, damit sie ihn angucken musste. „Ich bin bereit, diesen Preis zu zahlen." Dann lachte er laut auf. „Wahrscheinlich bin ich sogar selber daran schuld. Du warst eben unsere Geisel. Ich hätte mich nun mal nicht in dich verlieben dürfen. Ich bin froh, dass ich zurückgekommen bin, Anna. Aber jetzt … "

Anna schloss die Augen und schluckte an einem dicken Kloß, der sich langsam in ihrem Hals festsetzen wollte. Das Gespräch hatte einen unangenehmen Weg eingeschlagen, der Anna Angst machte. Diego war dabei, sich aus ihrem Leben zu stehlen.

„Hilgert hat mich aus Spanien hergeholt", fuhr Diego erklärend fort. „Er war so fasziniert von deiner Geschichte, dass er auf gut Glück einfach versucht hat, hier ein Happy End herzustellen. Wir müssen ihm also eher dankbar sein, dass ich Teil seines Projekts wurde. Andernfalls würde ich vermutlich immer noch in Spanien sitzen, hätte keine Ahnung, wer ich bin, und du würdest mich immer noch für tot halten."

Anna hob den Blick und presste die Lippen aufeinander. Sie mochte sich den Gedanken nicht ausmalen. Sicherlich wäre sie früher oder später über seinen Tod hinweggekommen, aber bei dem Gedanken, dass er nie gestorben war, erschien ihr diese grundlose Trauer unvorstellbar.

Doch bevor sie weiter Trübsal blasen konnte, schob sie diese Möglichkeit schnell beiseite und dachte daran, was vor ihnen liegen würde. „Und was hast du jetzt vor?"

Diego wartete einen Moment, als würde er überlegen, wie er es richtig formulieren sollte. „Ich muss verschwinden, Anna. Rafael und ich werden nach Mexiko gehen, wie es anfangs der Plan war."

„Und ich?" Die Frage war nur ein kaum hörbarer Hauch.

„Dein Platz ist hier, Anna!"

Anna stieß einen verächtlichen Laut aus. „Als ob ich hier sicher wäre, nachdem du deine Meute auf mich aufmerksam gemacht hast."

„Sebastian wird dir helfen. Er wird dich in Sicherheit bringen."

„Und dich nicht?"

„Nein. Bei dem, was ich in der Vergangenheit getan habe, verdiene ich den Strick. Selbst wenn ich alles auspacke, was ich weiß, würde es für mich immer noch lebenslänglich als unbekannter Gefängnisinsasse im Zeugenschutz bedeuten, und das ist nicht gerade das, worunter ich mir meine Zukunft vorstelle."

„Und du denkst, ewiges Weglaufen wird dir helfen? Das letzte Mal hat es auch nicht geklappt."

„Es ist meine einzige Möglichkeit."

„Schwachsinn!" Anna schob energisch seine Hände zur Seite und stand auf. Es brodelte in ihr. Vergeblich versuchte sie einen Ausweg zu finden, um Diego diesen Plan auszureden. Doch er war zu überzeugt. Es war nicht mehr der liebe und unwissende Diego, den sie noch vor ein paar Tagen gekannt hatte. Er hatte sich verändert und zeigte deutlich mehr Ähnlichkeit mit dem kalten und abweisenden Entführer von vor zwei Jahren.

Santo war zurück.

„Das hat Rafael dir alles eingeredet, richtig?" Rafael hatte schon in Spanien einen sehr schlechten Einfluss auf ihn gehabt.

Diego räusperte sich und stand ebenfalls auf. Anna spürte seine Hand an ihrem Ellenbogen und fühlte seinen Atem in ihrem Nacken. „Falls du eine bessere Lösung hast, lass sie mich wissen. Aber ich lasse mich nicht einsperren. Vielleicht habe ich es verdient. Oh ja, mit Sicherheit habe ich das und das weiß ich auch, aber wenn du dich erinnerst, dann war ich bereits tot. Ich habe seit ein paar Tagen mein Leben und meine Erinnerung zurück und werde das nicht einfach so wieder wegschmeißen."

Anna verschränkte die Arme vor ihrer Brust. Tränen stiegen ihr in die Augen.

„Glaub nicht, dass das leicht für mich ist." Er hatte von hinten seine Arme um sie geschlungen und presste sein Gesicht in ihre Haare. „Es wird nicht für immer sein. Ein oder zwei Jahre, die du im Zeugenschutz verbringst, bis alles ein wenig vergessen ist. Dann werden wir einen Weg finden und können wieder zusammen sein."

Anna drehte sich in seinen Armen herum und sah ihn flehend an. „Warum kann ich nicht schon jetzt mit euch gehen?"

Diego biss fest die Zähne aufeinander und verstärkte seinen Griff in ihrem Rücken. „Es bleibt immer noch gefährlich. Ich kann nicht zu hundert Prozent sagen, dass wir sicher in Mexiko ankommen."

Anna senkte den Blick und versuchte, sich mit dem Gedanken anzufreunden.

Zeugenschutz.

Ein Leben auf der Flucht. Ein einsames Leben.

Sie wischte mit der Hand durch ihre Augen. Insgeheim hoffte sie, Diego irgendwie vom Gegenteil zu überzeugen. „Wie kommt ihr nach Mexiko?" Das Geld war weg. Wenn Rafael es also nicht schon für die Tickets ausgegeben hatte, würde es schwer werden.

„Mach dir darüber bitte keine Sorgen!", flüsterte er in ihr Ohr.

„Ihr stehlt es von irgendwoher?" Anna schob sich zurück und zog grimmig die Augenbrauen zusammen.

„Wo wir es herholen, ist es niemals legal gewesen. Daher stört es nicht."

„Das ist nicht der Punkt!" Wütend boxte sie ihm in den Bauch. „Weißt du überhaupt, was du hier redest? Du willst mir erzählen, dass du dein altes Leben nicht leiden konntest, doch sobald du über es Bescheid weißt, kehrst du in die alten Bahnen zurück. Ist dir das noch gar nicht aufgefallen? Dein ganzer Auftritt hier …" Anna hob die Hand und deutete flüchtig auf seine Verletzungen und dann den Rest des dunklen Raumes. „Das ist nicht der Diego, den ich noch vor ein paar Tagen gekannt habe."

„Weil es den Diego von vor ein paar Tagen nicht gab. Das war nicht ich! Ich wusste ja nicht mal, wer ich war."

„Doch es hat ihn gegeben, Diego! Wen es nicht gibt und wer jetzt versucht, wieder einen Platz einzunehmen, ist Santo! Doch das lasse ich nicht zu. Du bist das nicht."

Diego zögerte kurz und kniff die Augen zusammen, als er erkannte, was Anna bereits wusste.

„Ich weiß, dass du nicht Santo bist. Nicht mehr! Santo ist vor zwei Jahren in Spanien gestorben, doch Diego ist zurückgekommen. Santo wollte sich umbringen, weil er sich selbst so sehr gehasst hat, weißt du das noch?"

Diego riss die Augen auf, weil er sich sehr wohl daran zu erinnern schien.

„Er ist nichts weiter als ein böser Dämon, der von dir Besitz ergriffen hat, aber das darfst du nicht wieder zulassen! Lass Diego nicht wieder untergehen, bis es so weit kommt, dass Santo sich umbringen will."

Diegos Gesicht verfinsterte sich. „Tut mir leid, wenn ich dich enttäuschen muss, Anna. Aber der liebe Schwiegersohn im Vorstadthäuschen bin ich nun mal nicht."

„Niemand hat gesagt, dass ich das will!" Annas Stimme brach.

„Ich habe keine andere Möglichkeit."

„Das ist alles, was du kannst? Mord und Todschlag? Vergeltung und Verrat? Bis keiner mehr steht?"

„Ich habe mir das nicht ausgesucht, Anna", knurrte er, und Anna spürte dabei, wie sein Oberkörper vibrierte. „Ich werde mit einem Leben konfrontiert, das ich mal geführt habe und jetzt beenden möchte. Doch es ist nicht so, als würde ich einfach eine Kündigung schreiben und eine neue Stelle annehmen."

„Einen Versuch wäre es vielleicht wert. Ich glaube, mit deinen jetzigen Taten hast du mehr aufgewühlt als in Ordnung gebracht."

„Du hast keine Ahnung, was du da redest!"

„Findest du nicht, dass du zumindest Paul das schuldig wärst beziehungsweise als Vater ein gutes Vorbild sein solltest?"

Diego senkte den Blick und wich plötzlich Annas aus. „Er ist nicht mein Sohn."

„Aber ich dachte … Saralie hat erzählt..."

„Ich weiß, das ist das, was sie einem verkaufen. Doch er ist nicht mein Kind. Nicht mal Saralies."

Kapitel 61

Anna glaubte immer weniger zu verstehen. Was redete er da? Sollten selbst einfache und logisch zu begreifende Ereignisse nicht wahr sein?

Diego trat einen Schritt zurück und zog Anna mit sich, damit sie sich zu ihm auf das Bett setzen konnte. Es war immer noch dunkel im Raum und Anna vermutete, dass wohl nicht viel Zeit vergangen war, seit sie hier angekommen waren.

Bevor Diego anfing zu erzählen, starrte er eine Weile auf den Fußboden, als würde er hier nach Antworten suchen. Ruhelos strich er dabei über Annas Handrücken, sodass es schon beinahe unangenehm war.

Dann richtete er den Blick plötzlich auf und musterte Anna. „Vielleicht ist es wirklich am besten, wenn ich dir alles erzähle, was ich weiß. Ich weiß, wie gefährlich es damit für dich wird, aber ich denke, dass sich hier ohnehin nichts mehr ändern wird. So oder so wirst du das Zeugenschutzprogramm brauchen, da ist es dann nur fair, wenn du wenigstens weißt, um was es eigentlich geht."

Anna sah wie gebannt auf seinen Mund. Hier waren all die Rätsellösungen verborgen. Er musste sie nur aussprechen.

Diego blickte erneut auf den Boden. Als er dann wieder aufsah, wurde er durch Annas gierigen Blick aufgefordert und fuhr schließlich fort: „Hast du mal von den Streetsurfern gehört?"

Anna runzelte die Stirn und überlegte.

Doch Diego schüttelte den Kopf. „Vielleicht kannst du es auch gar nicht wissen. Eine Gruppe Halbkrimineller. Drogen, Einbrüche, Bandendelikte. Sogar Autorennen. Im Verhältnis aber eher die kleineren Dinge. Man kann vielleicht sagen, dass sie die Vorstufe zur richtigen Kriminalität bilden. Eine Art Talentpool, aus dem Azem nur zuzugreifen braucht und sich seine Anhänger herauspicken kann. Doch wer einmal dabei war, hat keine Chance mehr, diesem zu entkommen. Wie du dir aber vielleicht vorstellen kannst, war ich ein Teil von ihnen." Er lächelte schwach.

„Sie gaben uns eine Perspektive. Hier gehörten wir dazu. Ich fühlte mich gut. Doch keiner wusste, dass wir nur Spielfiguren waren. Azem hatte bereits früh die Fühler nach uns ausgestreckt. Und dann hat er uns schließlich gekauft. Das war nicht sonderlich schwer. Wer zu ihm gehört, besitzt alles. Geld, Autos, Mädchen." Er warf einen schnellen, beschämten Blick zu Anna. „Doch was hauptsächlich zählt, ist sein Schutz und der Zusammenhalt. Wer sich zu

Azems Gefilde zählen kann, hat Glück. Jeder steht für den anderen ein. Du brauchst keine Angst mehr zu haben. Es ist immer jemand da. Wie eine Familie, verstehst du? Ich habe nie eine richtige gehabt." Er richtete sich kurz auf und atmete laut ein. Anna kannte ihn gut genug, um zu wissen, wie unangenehm und ernst ihm diese Angelegenheit war, wenn er sich so verhielt.

„Wir waren wie die Könige, wir konnten alles, durften alles. Jeder hat uns respektiert, wenn er wusste, zu wem wir gehörten. Ein unglaubliches Gefühl, wenn du dein ganzes Leben vorher glaubst, nicht gehört zu werden und nichts wert zu sein."

Anna hörte aufmerksam zu und spürte, dass gleich die Wendung kam. Jetzt klang alles noch gut, doch irgendwann musste der Selbsthass hinzugekommen sein.

„Azem hatte seine Köder ausgespielt und uns bereits am Haken, als er zum nächsten Punkt überging. Anfangs war es nur eine Art Fitnesstraining. Er erzählte uns, wie wichtig es sei, fit zu sein und einen gesunden Körper zu haben. Drogen waren passé, oder besser, zumindest nahmen wir keine mehr, aber sie waren nicht aus unserem Leben verschwunden. Eher im Gegenteil. Doch wir waren nicht mehr die kleinen abhängigen Läuse, sondern diejenigen, die auch dem letzten Wurm das Geld aus der Tasche zogen. Wir waren die Sieger. Keiner konnte uns etwas. Wir gehörten dazu. Diese Anerkennung, die ich bis dahin nie erfahren hatte, war mehr als eine Droge für mich. Wir hatten uns verändert. Plötzlich waren wir jemand. Bis wir wussten, was Azem wirklich mit uns vorhatte."

Anna wartete und hörte aufmerksam zu, während er seine Geschichte erzählte. Sie dachte an die Unterhaltung mit Sebastian, als er erwähnt hatte, dass Diego als Kleinkrimineller bekannt gewesen und plötzlich wie vom Erdboden verschluckt worden war. War das die Zeit, als Azem ihn zu sich geholt hatte?

„Drogengeld eintreiben konnte jeder. Das waren die kleinen Fische. Was Azem aber auszeichnete, waren seine Killer. Und unser Trainer hierzu war kein geringerer als unser Adoptivvater."

„Wirklich?"

„Ja, genau. Wir waren damals genauso geschockt. Wir kannten ihn nur als spießigen, herrischen Mann. Doch eines Tages nahm er mit uns das Training auf. Es gibt extra Räume dafür im Hauptquartier. So wird die Halle genannt, in die Benno dich verschleppt hat. Ab dann habe ich quasi dort gewohnt." Er stoppte kurz, und Anna erkannte in seinem Gesicht, dass er ganz weit weg war. Er schien sich wirklich wieder zu erinnern.

„Er hat uns alles gezeigt, was wir wissen mussten. Wir haben

Dinge getan, die ich mir vorher nicht einmal vorstellen konnte." Er schloss die Augen und biss die Kiefer fest aufeinander. „Wir wurden zu Profis an beinahe jeder Waffe. Egal ob Nahkampf oder Schütze. Gefühle wurden ausgeblendet. Wir waren wie Maschinen. Präzise, direkt und kaltblütig. Keiner hat uns erwischen können. Wir waren das Gesetz. Nicht mal die Polizei konnte uns in die Quere kommen. Sie kuschen vor Azem, weil er einfach zu mächtig ist. Jeder hätte sein Leben für ihn riskiert. Ich auch."

Er stockte wieder und starrte reglos auf den Fußboden.

„Was ist passiert?" Anna rückte an ihn heran und umschloss seine Hand mit beiden Händen.

Etwas Entscheidendes musste vorgefallen sein, damit es zum Ausstieg und zur Flucht nach Mexiko kam, auf deren Weg Anna als Geisel mitgeschleppt wurde.

Diego warf Anna einen kurzen verletzten Blick zu. „Azem ist ein Geschäftsmann, und er hat viele Einkommenszweige. Einer hiervon ist die Einschleusung von Immigranten. Warst du zufällig auch in der angrenzenden Halle und hast die Bretterverschläge gesehen? Sein Geschäft entwickelte sich zu einer Art Marktlücke und hat wahrhaftig geboomt. Es wurde immer mehr und er hat sich dabei dumm und dämlich verdient. Die Bretterverschläge dienten als Unterkünfte für die ersten Tage, bis Azem gefälschte Papiere und Pässe bereit hatte. Jeder bekam auf diese Art irgendwie ein neues Leben. Azem hat überallhin Beziehungen. Jeder schuldet ihm was. Und wenn es das eigene Leben ist. So hatte er nie Probleme, die vielen Menschen ins Land zu schleusen, und wenn sie nur irgendwo in einem Bordell gelandet sind. Jeder bekam seinen Platz. Und jeder der Eingereisten hatte genau dieselbe Ehrfurcht vor Azem wie seine Anhänger hier. Erinnerst du dich an Antonio und Maria aus Freiburg? Azem hat sie auch ins Land geholt. Sie standen seitdem für den Rest ihres Lebens in seiner Schuld, daher konnte er sie auch töten lassen, nachdem sie uns geholfen hatten und ihm damit in den Rücken gefallen sind."

Anna dachte an die freundliche Frau und den wortkargen Mann, vor denen sie sich vor zwei Jahren zum Beginn ihrer Entführung als Diegos Freundin ausgegeben hatte.

Diego sah plötzlich vom Fußboden auf und seine Augen bohrten sich tief in Annas.

„Ich habe früher auch solche Aufträge erledigt." Seine Stimme klang schwach, beschämt und traurig. „In Spanien hat Benno mich vielleicht erschossen, aber glaub mir, Anna, ich war vorher schon tot. Ich habe nichts gespürt, mir waren alle Menschen einfach nur absolut gleichgültig." Er befreite seine Hände aus Annas Griff und vergrub sein Gesicht in ihnen.

Anna japste nach Luft, weil sie die Atmung eingestellt hatte. Sie wollte ihm helfen, aber sie wusste nicht wie. Einfach die Hand auf den Arm legen und sagen, dass es doch gar nicht so schlimm war? Das wäre eine Lüge. Es war schlimm, was er getan hatte. Er hatte unschuldige Menschen getötet und die Seelen wölbten sich in zentnerschweren Lasten über ihm.

Diego nahm die Hände herunter und richtete sich auf, doch sein Gesicht hatte sich verändert. Der Hass war zurück. Seine Augen funkelten bitterböse vor lauter Ekel gegen sich selbst.

„Er hat also mit jedem Geschäft seine Anhängerschaft vergrößern können", fuhr er schließlich fort. „Jeder stand unter seinem Schutz. Als Schutzstaffel hatte er ja uns. Er ist wie eine Art Guru, dem alle hinterherlaufen."

Anna hing wie gebannt an seinen Lippen. Das Gehörte war so unfassbar und klang doch so logisch.

„Doch Azem reichte dieser Zweig nicht. Es ist wahrscheinlich auch ein ganz normales Phänomen, dass ein guter Geschäftsmann immer wieder nach neuen Ressourcen auf der Suche ist, und so hat er sich schließlich auf Kinder spezialisiert." Diego sprach es hart aus und genauso fühlte es sich in Annas Magengegend plötzlich an. Sofort sah sie den Mafiaboss als geldgeilen Pädophilen vor sich, der kleine Kinder in seine Bordelle zog.

Doch Diego fuhr schließlich fort: „Adoption ist in Deutschland ein wichtigeres Thema als vielleicht angenommen wird. Doch der Weg dahin ist lang und schwerfällig – zumindest der legale. Gegen das nötige Kleingelt bietet Azem die Möglichkeit, Kinder aus allen Teilen der Welt zu beschaffen. Und du wirst dich wundern, wenn du wüsstest, wie viel das angenommen wird. Sein Mencheneinreisegeschäft ist beinahe unwirtschaftlich dagegen."

Anna überlegte und versuchte, sich die Situation vorzustellen. Kinder aus armen Ländern, denen man in Deutschland eine Zukunft bot? Unzählige Promis taten das Gleiche. Hatte Angelina Jolie nicht sogar die Längen- und Breitengrade der Geburtsorte ihrer Kinder auf den Arm tätowiert?

„Doch die Kinder sind nicht freiwillig hier", unterbrach Diego Annas Gedankengang. „Sie werden auserwählt. Azem bietet nicht jedes Kind an. Es muss schon ein besonderes sein. Es gibt keine zweite oder dritte Wahl. Er gibt sich nur mit Einzelexemplaren zufrieden. Es ist pervers, wenn man an die Scouts denkt, die für ihn in der Welt herumlaufen, vor Kindergärten und Schulen herumlungern und nach Objekten Ausschau halten. Der Markt ist groß. Es hatte nicht lange gedauert, bis Azem sein Auslieferungsgebiet erweitert hat. Er erhält Bestellungen aus der ganzen Welt."

„Man kann Kinder bestellen?"

„So grausam das klingt, aber ja. Oft kommen die Leute mit ihren ganz besonderen Vorstellungen und Azem sucht dann ein Kind aus, das möglichst viel Ähnlichkeit mit der Wunschvorstellung hat."

„Das ist krank!"

„Als wir uns begegnet sind …" Diego stockte und sein Gesicht war plötzlich verzerrt, als würde er von innen zerrissen werden. „Als wir vor zwei Jahren zu dir ins Auto gestiegen sind, haben wir kurz vorher ein Kind übergeben."

Anna biss sich auf die Lippen. Sie erkannte seinen Schmerz, doch sie konnte ihm den nicht nehmen.

„Paul … ist auch so ein Kind."

„Saralie hat ihn bestellt?"

Diego schüttelte den Kopf. „Nicht was das Aussehen angeht. Saralie hätte wahrscheinlich auch einen einäugigen Glatzkopf genommen. Ihr ging es nur um das Kind, da sie selbst keine bekommen kann. Paul stammt von einer Familie aus Rumänien."

„Seine Eltern haben ihn einfach verkauft?"

„Nein. Er wurde entführt."

Anna dachte sofort an den kleinen, lebhaften Jungen, den sie bisher als Diegos Sohn gesehen hatte. Wie war es nur möglich, dass jemand zu so etwas imstande war?

„Wie konnte Saralie bloß?"

Diego zuckte mit den Schultern. „Ich weiß nicht, ob man ihr so sehr die Schuld geben kann. Sie hat nie verlangt, dass man ihr ein Kind ‚besorgt'. Sie hat sich halt nur eins gewünscht. Die Idee kam schließlich von Azem selbst. Saralie wurde als Zwölfjährige von ihrem Vater geschwängert. Er selbst hat dann die Abtreibung vorgenommen, die so gut wie alles zerstört hat, was Saralie innerlich noch als Frau ausmachte. Sie hat mehrere Fehlgeburten hinter sich. Ich glaube, Azem hat vor allem aus Mitleid gehandelt."

Anna dachte an Saralie, wie sie sie ins Badezimmer gezerrt hatte. Sie hatte so große Angst um ihren Paul gehabt. Ihm zuliebe hatte sie sich in Gefahr begeben und Anna den Weg zur Flucht ermöglicht.

„Saralie hat Angst, dass du ihr Paul wieder wegnehmen wirst."

Diego richtete sich auf und sein Gesicht verfinsterte sich. „Ein Kind sollte bei seinen Eltern aufwachsen, egal wie dort die Verhältnisse sind. Man darf es nicht entwurzeln. Bin ich nicht das beste Beispiel dafür?"

„Aber hattest du nicht mal gesagt, dass deine Eltern gestorben sind?“

„Das stimmt. Doch Pauls Eltern sind am Leben. Paul hat mit seinen großen, dunklen Augen und seinem wuscheligen Struwwelkopf dafür bezahlt, dass sie ihn verloren haben. Er ist ein so entzückendes Kind.“

„Und doch hast du, wie ich denke, regelmäßig Kinder verkauft. Warum darf dann Saralie keins haben?“

Diego lächelte wehleidig. „Das ist die Ironie, nicht wahr? Ich kann es dir nicht mal genau erklären. Ich glaube, weil ich zu Paul mehr Kontakt hatte und ihm öfter in die Augen sehen musste, wurde mir klar, was ich eigentlich tat.“

Anna sah die Trauer in seinem Gesicht und hatte Mühe zu atmen. Diego litt. Er mochte noch so sehr Maschine sein und ohne Gefühle durch die Welt gehen, aber nach und nach wurde klarer, warum er vor zwei Jahren seine Flucht begonnen hatte: Es war mehr guter Diego in ihm, als er vielleicht dachte.

„Wir müssen mit Sebastian darüber reden. Paul muss zu seinen Eltern zurück.“ Zwei unbekannte Menschen, die für den Rest ihres Lebens ausgehöhlt waren und wahrscheinlich tagtäglich darauf warteten, dass es eine Spur zu ihrem Sohn gab. Davon abgesehen all die anderen Eltern, deren Kinder in die Fänge der Mafia geraten und zum lukrativen Geschäft geworden waren.

„Gegen Azem können wir nichts ausrichten.“

„Das hast du schon mal gesagt, aber solch ein Herrscher kann er doch auch nicht sein. Was ist mit dieser Police, die mich schützen soll? Was beinhaltet sie?“

Diego richtete seine Augen wieder auf Anna und musterte sie einen Moment. „Alles.“

Annas Augen weiteten sich schlagartig. „Die Police handelt von den Kindesentführungen?“

Diego nickte.

„Dann ist das doch unsere Fahrkarte. Wir müssen sie Sebastian zeigen. Die Dokumente müssen an die Öffentlichkeit.“

Ein schwaches Lächeln überspielte seine Lippen. „Das würden wir nicht überleben, Anna.“

„Aber ich denke, die Police soll mich schützen?“

„Das tut sie auch. Solange dir nichts passiert, bleibt die Police, wo sie ist. Aber denk doch mal an Azem, Frank, Benno oder wen wir noch alles als Gegenüber sehen dürfen: Warum sollten sie dich am Leben lassen, wenn wir die Police veröffentlichen?“

„Sebastian könnte uns helfen.“

„Sebastian ist ein kleiner Fisch.“ Diego schüttelte abwertend die Hand. „Er hat nicht bei Weitem die Macht, die Azem hat.“

„Saralie sagt, wir müssen die Police vernichten, um Paul zu retten.“

„Nachdem, was ich dir über die Police erzählt habe, macht es wohl auch Sinn, oder? Die Dokumente entlarven alles zu seinem eigentlichen Leben. Doch auch dann wären wir tot. Es ist immer noch gut, die Police im Hintergrund zu haben.“

„Benno sucht dich, um sie wiederzubekommen.“

„Deshalb bin ich ja auch bei der nächsten Gelegenheit weg. Ich habe hier keine Zukunft mehr. Lass die Police liegen, wo sie ist, ich werde sie nicht veröffentlichen. Du kannst gegen Azem nicht antreten.“

„Er ist kein Gott!“

„Schätze ihn bitte nicht zu leicht ein, Anna. Er ist tödlich und seine Anhänger sind zu zahlreich. Ich habe es doch selbst durchlebt.“

„Aber irgendetwas muss man doch tun. Es werden Kinder entführt! Ihr wart seine Schutzstaffel. Es kann ihm doch nicht jeder wie ein verstörter Hund hinterherlaufen und so tun, als wäre nichts.“

Diego lächelte und schloss die Augen. „Ich liebe deine ehrliche Naivität und deinen Glauben an das Gute. Wenn du etwas sagst, klingt alles so logisch und man könnte sich an den Kopf fassen und sagen: Warum eigentlich nicht? Du hinterfragst alles. Bei dir gibt es kein Nein, keine Ungerechtigkeit.“ Er hob den Blick und Anna schaute in das warme, dunkle Braun. „Das hast du Ute und Helmut zu verdanken. Sie konnten dir eine Kindheit bescheren, wie sie nur die wenigsten Kinder erfahren dürfen. Ich beneide dich darum, aber dennoch wage ich zu behaupten, dass ich die Welt klarer sehe. Zumindest meine Welt und das ist die, in der wir uns jetzt befinden. Die dunkle Seite der Erde.“

Anna setzte sich zurück und dachte nach. Es musste doch einen Weg geben, der sie von dieser Last befreite, ohne dass es für alle den Tod bedeutete. Es musste etwas Gutes daran sein, dass sie so aufgewachsen war. Sie hatte gelernt, was möglich war. Dass es tatsächlich auch Gutes in der Welt gab und sie nicht nur dunkel war.

„Was denkst du?“, fragte Diego besorgt.

„Dass wir etwas tun müssen! Ich denke nur an all die Kinder, all die Eltern. Die Sache muss veröffentlicht werden, wir haben gar keine andere Wahl.“

Diego seufzte. „Bin ich froh, dass du nicht weißt, wo die Police ist.“

„Wo ist sie?“

„Das werde ich dir bestimmt nicht sagen.“

Anna drehte sich herum und legte ihre Hände auf Diegos Schultern. Sie spürte, wie es in ihren Fingerspitzen kribbelte und sie ihn am liebsten vor Wut schütteln wollte. Wenn sie sich stillschweigend abwanden, würde es immer weitergehen. Sah er das denn nicht?

„Wir können nicht einfach so tun, als wäre nichts, Diego! Wie kannst du damit leben, dass diese Trauer weitergeht? Du hast es in der Hand! Du kannst die Kinder zurückbringen. Wir müssen es tun! Kinder sollten bei ihren Eltern aufwachsen, hast du das nicht gerade noch gesagt?“

„Nein!“ Diegos Blick war eisern und hart.

„Doch! Es ist unsere Pflicht! Nur wir haben die Chance dazu, genauer gesagt du, weil du die Unterlagen hast. Ich kann nicht begreifen, dass du sie nicht schon längst an die Öffentlichkeit gebracht hast. Nicht erst jetzt, sondern schon vor zwei Jahren oder eher. Warum nicht, Diego? Warum?“

Diego griff nach Annas Handgelenken und nahm sie von seinen Schultern. Seine Augen waren finster und lieblos. „Ich hätte dir nicht davon erzählen dürfen.“ Er drehte sich herum und stand auf.

Anna war mit einem Satz auf den Beinen und sprang vor ihn. „Doch, es war richtig. Ich muss wissen, was hier los ist.“

„Aber dennoch verstehst du es nicht“, fauchte er, „es ist nicht so, dass ich die Dokumente einfach so gefunden habe und nicht daran beteiligt wäre. Ich habe auch Kinder übergeben, Anna. Ich bin einer von denen.“

Anna wollte etwas sagen, aber sie konnte nicht. Diegos Blick war zu impulsiv. Oder sollte sie eher sagen, Santos. Hass, Gewalt, Gleichgültigkeit und Abneigung war alles, was er momentan anbieten konnte.

„Ich möchte, dass du morgen zu Sebastian gehst und dich seinem Schutz unterordnest“, raunte er. „Du bist eine unschuldige Bürgerin und gehörst nicht in diese Welt.“

„Ich gehe nirgendwo hin!“

„Ich kann dich nicht an die Hand nehmen. Du gehörst nicht hierher.“

„Das will ich vielleicht auch gar nicht.“ Anna spürte, wie seine Wut auf sie prallte und sie zur Gegenwehr ansetzte. Sie wurde selten richtig wütend, aber wenn sie Santo gegenüberstand, war es ein Leichtes. Sie hasste diesen Mann genauso wie er sich selbst.

„Anna, bitte.“ Diego schloss kurz die Augen und atmete tief durch. „Lass uns darüber nicht streiten, okay? Es war nicht gerade leicht für Rafael, dich von der Halle wegzubringen. Ich bin ihm sehr dankbar, dass er das getan hat, aber wir haben jetzt wichtigere Dinge zu tun, als dich ständig von Azem und seinen Gehilfen wegzuholen. Sie versuchen über dich an mich ranzukommen. Ein Druckmittel quasi. Stell dir vor, sie hätten dich tatsächlich gefoltert! Ich hätte nicht lange gewartet, um dich dort herauszuholen. Doch das hätte für einen oder alle von uns auch tödlich enden können."

Anna dachte an die Folter, von der Saralie bereits erzählt hatte, und biss die Zähne zusammen.

„Weißt du, was Hilgert zu mir gesagt hat?", wechselte Diego plötzlich und ganz unvorbereitet das Thema. Er sah weiter auf den Boden und lächelte leicht. Sein Gesicht hatte fast einen ehrfürchtigen Ausdruck. „Er meinte, dass unsere Beziehung einzigartig sei und er so etwas selten gesehen hat."

Er hob den Blick und Anna wusste, was er meinte. Sie hatte es oft genug gespürt und ihr war klar, dass Außenstehende hiervon auch etwas sehen mussten, wenn man nur halbwegs aufmerksam war.

Sie ergriff sein Gesicht mit beiden Händen.

Sein Blick war wieder weich geworden – der Hass wurde von Liebe überschwemmt.

Diego umfasste ihre rechte Hand und lächelte. „Hilgert sagte, dass unsere Bindung durch die Umstände unseres Kennenlernens so stark geworden ist. Wir haben so viel gemeinsam durchgemacht, dass die Probleme, die ein gewöhnliches Paar hat, bei uns gar nicht auffallen, da sie immer von größeren und drastischeren überschattet werden. Er meinte, es sei vergleichbar mit einer Beziehung, die nur auf Sex basiert – es geht nur um das Eine." Er lächelte und Anna verlor sich in seinem liebevollen Blick. „Was bei uns leider nicht Sex ist. Hätten wir solch eine Beziehung, wäre das Miteinander wahrscheinlich um einiges sicherer."

Seine Hand umfasste Annas nackte Taille unter Rafaels Jacke und zog sie an sich heran. Er beugte sich vor und drehte den Kopf herum, doch bevor er sie küsste, stoppte er direkt an ihren Lippen. „Ich liebe dich, Anna. Bitte vertrau mir in dieser Sache. Nur so kann ich dich schützen."

Dann presste er seine Lippen auf ihre, bevor sie etwas sagen konnte. Seine Hände strichen dabei unter der Jacke über ihren nackten Rücken.

Diego war gut in dem, was er tat, aber Anna würde sich dennoch nicht so schnell kleinkriegen lassen.

„Wir gehen morgen beide zu Sebastian", murmelte sie unter seinen Küssen. So abwegig war es nicht. Immerhin forderte er von ihr, dass sie zur Polizei ging, warum sollte er dann nicht dabei sein?

„Nein!“, brummte er zurück. Dann drehte er ihren Kopf zur Seite und fuhr mit den Lippen unterhalb ihres Ohrs über den Hals.

Anna spürte sofort die Gänsehaut, konnte aber nicht genau differenzieren, ob es an der Berührung oder seiner kalten Abwehr lag.

„Doch“, wiederholte sie vehement, während sie die Augen schloss und seine zarten Küsse auf der Haut spürte. „Er wird uns helfen und dann werden wir beide wieder in Frieden zusammen sein können.“

Diego stoppte seine Liebkosungen an ihrem Hals. „Nein, Anna!“

Er atmete einmal aus und machte dann weiter, sodass Anna ganz schwindelig wurde. „Ich gehe nicht wieder ins Gefängnis. Tu mir das nicht an!“

Er war wieder bei ihren Lippen angekommen, doch Anna versuchte verzweifelt, sich nicht von seinem gekonnten Ablenkungsmanöver beeinflussen zu lassen. Gefängnis klang für sie so geregelt und unabwendbar. Sie wären die Mafia los, weil Sebastian quasi auf ihn aufpassen würde. Sie könnten danach frei sein. Leben. Auch wenn Diego vielleicht ein paar Jahre absitzen müsste, so würde sie dennoch in seiner Nähe sein und könnte ihn besuchen. Ihn im Gefängnis zu wissen, war ein wesentlich angenehmeres Gefühl, als daran zu denken, dass er eine neue Flucht nach Mexiko plante, die doch bereits beim ersten Mal nicht geklappt hatte.

Diego ließ plötzlich von ihr ab und funkelte sie verärgert an. „Du hast eine Nachricht bekommen.“

Anna war verwundert und musterte sein Gesicht. Sie hatte wohl mitbekommen, dass ihr Handy gepiepst hatte, aber das war ihr momentan überhaupt nicht wichtig. Doch er schien um alles in der Welt das Thema wechseln zu wollen.

„Ich weiß“, antwortete Anna desinteressiert. Sie hatte vorhin bereits die leuchtende Anzeige hierzu gesehen.

„Willst du nicht nachsehen?“ Diego deutete in Richtung Mobiltelefon.

Doch Anna reagierte nicht. Diego war drauf und dran, sie wieder zu verlassen, da war es schlichtweg egal, wer ihr hier eine Nachricht geschrieben hatte. Außerdem musste sie sich überlegen, wie sie ihn doch noch überzeugen konnte.

Diego verdrehte kurz die Augen und griff dann zum Handy.

Anna ließ sich wieder auf dem Bett nieder, zog die Knie an den Körper und verschränkte die Arme um ihre Beine. Den Kopf ließ sie auf ihren Knien nieder.

„Wieso schickt Sebastian dir ein Foto von Jessi?“ Diegos Stimme klang tief, und Anna hörte die Bedrohung.

Sofort hob sie den Kopf und sah ihn an. Er hielt ihr Handy vor sich und fuhr mit den Fingern über das Display. „Dazu schreibt er: ‚Das ist sie.‘ Was hat das zu bedeuten?“

Sebastian, dachte Anna. *Die Informantin der Polizei.*

Jessi?

Obwohl Diego nichts von Annas Hintergrundinformationen wusste, schaltete er schneller als sie. Er warf das Handy Anna in den Schoß, als wäre es ein ekliges Untier und sprang zur Tür. „Rafael wollte mit ihr telefonieren. Wenn er ihr gesagt hat, wo wir sind, werden sie gleich da sein.“

Kapitel 62

Im Nu war Diego verschwunden.

Anna saß leicht benommen auf dem schmuddeligen Bett, machte den Reißverschluss zu und zog sich die Jacke enger an ihre nackte Haut. Wie erstarrt war ihr Blick auf die halb offene Tür gerichtet, durch die Diego gerade verschwunden war. War Jessi wirklich Sebastians Informantin? Oder war das alles nur ein Zufall? Wie kam es, dass sie gleichzeitig mit der Mafia in einer Halle stand, Diego meinte, sich auf sie verlassen zu können und Sebastian von ihr Wissen erlangte? Sofort hatte sie das ungute Gefühl, dass Diego betrogen worden war.

Und nicht nur von Jessi, erinnerte sie eine weitere Stimme in ihrem Kopf. Denn war es nicht so, dass alle, die ihn von früher kannten, nicht gut auf ihn zu sprechen waren? Alle wollten seinen Kopf rollen sehen, damit der eigene aus der Schlinge gezogen wurde.

Langsam erhob sie sich und folgte ihm vorsichtig durch die Tür.

Er war nicht zu sehen. Aber auch Rafael fehlte. Das Sofa, auf dem er sich vorhin ausgebreitet hatte, war verwühlt, aber leer.

Blitzschnell drehte Anna den Kopf herum und warf einen schnellen Blick zur Kochzeile. Es war immer noch dunkel, aber Anna erkannte das kleine Fenster mit seiner schiefen Gardinenstange hinter dem Waschbecken und den daneben stehenden Messerblock. Sie handelte ganz instinktiv, als sie einen Satz in diese Richtung sprang und nach einem der Griffe fasste.

„Na, da ist sie ja!“

Panisch drehte sie sich herum. Das Messer schob sie hinter ihren Rücken und dann trat sie einen Schritt zurück, bis sie mit dem Knauf an die Arbeitsplatte hinter sich stieß und nicht weitergehen konnte.

Benno war durch die Haustür gekommen und trat in den Raum. Er warf einen schnellen Blick auf das Sofa und betrachtete dann die offen stehende Schlafzimmertür, aus der Anna gerade gekommen war. „Ein schönes Liebesnest habt ihr hier!“

Anna hörte die Ironie in seiner Stimme. Um seine Lippen spielte das altbekannte Grinsen, das alles um ihn herum ins Lächerliche zog.

Doch dann kniff er die Augen zusammen und atmete tief ein, als würde er die Umgebung so noch genauer wahrnehmen können. „Okay, wo sind sie?“ Er drehte sich herum und kam langsam auf sie zu.

Anna verspürte sofort den Drang weiter zurückzugehen, aber sie berührte die Rückwand bereits. Zitternd befühlte die den Griff ihres Messers. Wo war Diego? War er draußen? War er fort? Hatten sie ihn geschnappt?

„Klartext, Anna! Wo sind die Papiere!“ Benno blieb etwa vier Schritte vor ihr stehen. Das Gesicht fest, die Haltung gerade, die Hände wie bei Anna auf dem Rücken verschränkt.

Anna überlegte kurz, wie ihre Chancen standen, mit einem Messerangriff aus dieser Situation wieder zu entkommen.

Doch da nahm er seine Hände nach vorne und zielte mit einer Waffe auf sie. „Glaub mir, ich habe keine Probleme damit, einfach abzudrücken. Ich will nur wissen, wo Santo diese verdammten Papiere gelassen hat.“

Der Messerknauf wurde plötzlich schwerer. Gegen seine Waffe hatte sie keine Chance.

„Mach´s Maul auf! Verdammt!“, raunte er wütend und sprang auf sie zu. Die Waffe auf Anschlag gegen ihren Kopf gerichtet. „Ich habe genug von dem Versteckspiel und dem blöden Hin und Her. Das hier ist kein Spiel, Anna! Wo sind sie?“

Anna zuckte zusammen, als sie plötzlich das kalte Metall der Pistole an ihrer Schläfe spürte. Benno stand direkt vor ihr und hatte sie gepackt. Sie müsste nur den Arm ausstrecken und könnte das Messer in seinem Bauch versenken.

Kaum hatte sie diesen Gedanken vollendet, schnellte auch schon ihr Arm hervor und zielte auf seine Mitte.

Doch Benno war nicht dumm. Als hätte er nur darauf gewartet, stieß er mit seiner freien Hand ihren Arm nach oben, sodass Anna ihr Ziel verfehlte und das Messer im hohen Bogen aus ihrer Hand schleuderte. Sogleich riss Benno sie herum und warf sie zu Boden.

Anna versuchte aufzuspringen, doch er presste ihr sein Knie in den Rücken, während er gleichzeitig ihren Kopf an den Haaren nach hinten zog, die Waffe wieder an ihrer Schläfe.

„Zum allerletzten Mal: Wo – sind – sie?“ Es klang wie ein Fauchen. Seine Stimme zitterte vor Wut.

„Ich weiß nicht, wovon du redest!“, murmelte Anna zurück.

Es ging so schnell, dass Anna erst begriff, was passiert war, als Benno ihren Kopf wieder nach oben gezogen hatte. Doch sie schmeckte Blut in ihrem Mund, das durch den harten Aufprall auf dem Boden aus ihrer Lippe sickerte.

„Du scheinst wirklich den Ernst der Lage nicht richtig zu verstehen, Anna. Mir liegt rein gar nichts an dir. Ob du lebst oder stirbst, ist mir ziemlich egal. Also, wo sind die Dokumente?“

„Ich weiß es nicht. Ich habe sie nie gesehen.“

„Was hat Santo dir darüber erzählt?“

„Nicht viel.“

„Genug jetzt“, hörte Anna plötzlich eine weitere Männerstimme. Angestrengt schielte sie in Richtung Tür und erkannte den Adoptivvater von Diego. „Umso besser, wenn sie nichts weiß. Dafür brauchen wir sie nicht.“

Frank kam weiter in den Raum und fing an, die Schränke zu durchsuchen. Dann warf er Decken und Sofakissen beiseite, öffnete jede einzelne Schublade im Küchenbereich und klopfte schließlich Wände und Fußboden nach möglichen Verstecken ab.

Benno warf Anna einen kurzen finsteren Blick zu. „Du hast recht. Los, steh auf!“ Er zog an der zu großen Jacke und riss Anna damit wieder auf die Beine.

Anna schwankte kurz, doch dann stand sie.

„Bind ihre Hände zusammen! Dann komm zum Wagen!“ Frank hatte diesen Raum soweit abgeklappert und verschwand ins angrenzende Schlafzimmer.

Benno hatte plötzlich eine Rolle Klebeband in den Händen.

Nein, dachte Anna. Wenn er es jetzt schaffte, sie zu fesseln, wäre alles wieder vorbei. All der gefährliche und nervenaufreibende Weg hierher wäre umsonst gewesen. Ihr musste etwas einfallen. Wo war Diego? Wo war Rafael? Die beiden, die sie zwar in diese Situation gebracht hatten, ihr aber auch immer wieder auf unerwartete und schnelle Weise geholfen hatten.

Kapitel 63

Anna sah sich um, als sie das kurze Stück vom Haus zum Wagen geführt wurde. Der Toyota stand noch da, wo Rafael ihn abgestellt hatte. Doch von ihm selbst und Diego fehlte jede Spur.

Frank öffnete den Kofferraumdeckel einer dunklen Limousine und Anna meinte den Wagen zu erkennen, vor dem Jessi sie einst gewarnt hatte. Dann schritt er um den BMW herum und öffnete die Fahrertür. Durch das angeschaltete Innenlicht erkannte Anna, dass Paul auf der Rückbank in einem Kindersitz schlief.

Sofort stockte Anna und sah sich erneut um. Was machte Paul hier? Wo war Saralie?

„Was ist mit Paul?“, flüsterte sie leise.

Benno warf ihr einen kurzen Blick zu, doch er sagte nichts, sondern schob sie weiter in Richtung Kofferraum.

Oh, nein, dachte Anna. *Saralie!*

War sie aufgeflogen? Hatten sie sich an ihr gerächt, weil die Flucht doch zu offensichtlich gewesen war?

„Wo ist Saralie? Was ist mit ihr?“ Anna spürte, wie es ihr eisig über den Rücken lief, und das hatte nichts mit der kalten Lederjacke auf ihrer nackten Haut zu tun. Diesmal kam die Kälte von innen.

Benno antwortete ihr immer noch nicht, sondern schob Anna weiter in Richtung Kofferraum. „Déjà-vu gefällig?“

Nein! Das war nicht richtig. Diego. Rafael. Saralie.

Was passierte hier? Was war hier los?

Während Benno Anna weiter gegen die Kofferraumöffnung presste, bäumte sie sich auf und versuchte sich zu wehren.

„Wo ist Diego? Was habt ihr mit ihm gemacht? Ich geh da nicht rein. Niemals!“ Annas Hände waren auf dem Rücken gefesselt, doch ihre Beine waren frei. Die Pistole in Bennos Hand war nur noch als Schein in ihren Augen erkennbar. Wütend drehte sie sich herum und trat mit den Beinen um sich. Und sie schaffte es sogar, zur Seite zu stürmen, bis sie an der rechten Hintertür war.

Doch Benno zog sie zurück und schlug sie gegen die Scheibe, hinter der Paul in seinem Sitz schlief.

„Du weißt, dass das hier keine Attrappe ist. Wenn ich sie das nächste Mal abfeuere, landet eine Kugel in deinem Körper. Das verspreche ich dir.“

Anna schluckte. Doch sie hatte keine Angst vor der Waffe. Pauls Anblick machte ihr viel mehr zu schaffen. Sie war nur durch die Glasscheibe von ihm getrennt, an die Benno sie presste. Er war durch den Aufprall wach geworden und sah sie mit großen, Angst erfüllten Augen an. Er wusste genau, was hier passierte. Er war mit den Umständen vertraut, das war es, was Anna in seinem Blick erkannte und ihr Angst machte. Es war, als hätte Benno seine Warnung an sie beide gerichtet. Sie beide waren als Gefangene hier, ohne Ausweg.

„Warum dauert das so lange?“, raunte Frank, der schon halb hinter dem Steuer saß.

„Ich glaube, dass du Paul den Anblick ersparen möchtest, wie dein Gehirn hier an der Scheibe klebt, oder?“, flüsterte er leise in Annas Ohr.

Anna hatte die ganze Zeit nicht den Blick von Paul abgewandt. Er sah traurig aus. Die dunklen Augen waren schwarz umrandet und gestresst und spiegelten tiefe Leere wider. Der kleine Junge schien mit einem Mal viel älter, als er eigentlich war.

Ohne etwas zu sagen, stieß sich Anna von der Tür ab und ließ sich von Benno zum Kofferraum führen. Hier hob er sie an, bevor sie wieder um sich schlagen konnte, und ließ sie unsanft in den Wagen fallen.

Das Letzte, was Anna sah, bevor er den Deckel zuschlug, waren ein paar einzelne Sterne um seinen blonden Schopf, die ein wenig einem Heiligenschein ähnelten. Nur dass er hier absolut fehl am Platz wäre.

Es rumste laut, als der Deckel runterkrachte. Sofort war Anna von Dunkelheit umgeben. Aber auch von Erinnerungen. Es war nicht das erste Mal, dass sie eine Fahrt in einem Kofferraum mitmachte. Das letzte Mal war es vor zwei Jahren in Spanien gewesen und es hatte sich da ebenfalls um Benno gehandelt. Doch der Unterschied zu damals war, dass sie die Hitze kaum hatte aushalten können, während sie jetzt immer noch fror.

Sie spürte die Bewegung im Wagen und hörte die Tür, als Benno eingestiegen war. Kurz darauf wurde der Motor gestartet und der Wagen fuhr an. Anna vermutete, dass sie wieder zur Halle fahren würden, die einst Diegos Unterschlupf gewesen war und aus der Saralie sie vor gar nicht langer Zeit rausgelassen hatte.

War Diego dort? Hatten sie ihn etwa hierhin verschleppt? Und jetzt kamen sie mit ihr nach, um sie zu foltern und die Einzelheiten aus Diego rauszuquetschen?

Lass dir was einfallen! Tu was! Ihre innere Stimme klang panisch und überdreht. Ihr blieb nicht viel Zeit, wenn sie hier heil rauskommen wollte.

In Spanien hatte sie ein Handy im Kofferraum gefunden, das

baugleich zu ihrem damaligen Tastenhandy war, sodass sie trotz der verbundenen Arme hatte wählen können. Diesmal hatte sie sogar selbst ihr Handy bei sich, sie spürte es deutlich in der Hosentasche, auf der sie lag, aber durch das Touch-Display würde es ihr diesmal nicht viel helfen können.

Nur der Sender hier drin.

Wenn sie Glück hatte und Diego nicht von Benno und Konsorten geschnappt worden war, dann würde er jetzt wissen, wo sie war. Er würde ihr folgen können und sie rausholen. Oder Rafael. Auf einen von beiden musste sie hoffen, solange es ging.

Hinter ihrem Rücken faltete sie ihre Hände und versuchte zu beten.

Kapitel 64

Die Fahrt dauerte lange. Anna versuchte zu vergleichen, ob es die selbe Distanz war, die sie auch auf dem Hinweg zurückgelegt hatten, aber es war schwierig. Die Umstände waren zu unterschiedlich.

Doch dann hatte der Wagen schließlich gehalten und der Motor war aus.

Angestrengt versuchte Anna zu lauschen. Sie hörte Stimmen aus dem Inneren, doch sie konnte diese nicht verstehen. Dann wurden die Türen geöffnet und der Wagen bewegte sich, als Frank und Benno ausstiegen.

Anna erhob sich leicht in ihrer kauernden Position und strengte sich an, um noch mehr zu verstehen. Was war mit Paul? War er noch im Wagen, oder hatten sie ihn mitgenommen?

Waren sie bei der Halle? Waren die anderen auch alle dort? Die Mafia? Diego? Rafael? Jessi?

Annas Magen krampfte sich zusammen.

Sie schloss die Augen, um sich zu beruhigen. Sie brauchte einen kühlen Kopf, wenn ihr noch ein Einfall kommen sollte. Zu allem Überfluss merkte sie jetzt erst, wie müde sie eigentlich war. Sie war gestern Abend von Benno zur Halle gebracht worden und hatte seither außer den paar Minuten, bevor Diego gekommen war nicht geschlafen.

Diego!

Sie spürte, wie sich eine Träne aus ihren geschlossenen Augen löste, als sie an ihn dachte. Wo war er jetzt? Direkt hier in der Halle? Würden sie sich gleich für kurze Zeit sehen, wenn man sie mit glühenden Kohlen bearbeitete, um ihn zum Reden zu bringen? Es war ein schwacher Trost, aber sie würde ihn noch einmal sehen können und sie würden zusammen sein.

Oder hatte er doch entkommen können? Hatte er sie mit dem Sender verfolgt? Würde er sie befreien kommen? Dann wären sie wieder zusammen, doch dieser Gedanke hatte ebenfalls einen faden Beigeschmack. So oder so würde er sich bald von ihr trennen, wenn er wieder nach Mexiko ging und sie hier oder mit einem neuen Leben wer weiß wo steckte.

Sie dachte an die Worte ihres ehemaligen Psychiaters, die er Diego kurz vor seinem Ableben mitgeteilt hatte: Ihre Beziehung basierte auf Gefahr und außergewöhnlichen Situationen. Hieraus bezog sich die Verbindung, die beide aneinanderkettete. Doch war diese nicht auf die gleiche Stärke zerreißbar wie sie sie zusammenhielt? So oder so würde die Gefahr nicht auf Ewigkeit bestehen. War dann auch zwischen ihnen alles vorbei?

Sie presste die Augen zusammen und drückte somit weitere Tränen hervor. War die Situation nicht schon schlimm genug, so hatte sie vor dem letzten Gedanken am meisten Angst.

Doch dann hörte sie ein Geräusch. Der Knopf am Kofferraumdeckel wurde betätigt und einen kurzen Moment später schoss er nach oben.

Anna zuckte zusammen und wollte sich zurück ins Innere schieben, bevor sie gepackt werden könnte. Gleichzeitig starrte sie in den Himmel, der von ersten rötlichen Sonnenstrahlen durchzogen war – doch hier stand niemand.

Wie war der Deckel aufgegangen? Hatte sie von innen einen Knopf gedrückt oder war der Mechanismus kaputt, dass die Klappe einfach so aufgegangen war? Hatte jemand mit einer Fernbedienung den Öffner betätigt?

Sie wartete eine kurze Zeit, doch als immer noch keiner auftauchte, erhob sie sich langsam. Als sie sich aufgesetzt hatte, erkannte sie ihren Retter – Paul stand reglos hinter dem Wagen und starrte sie an.

Anna lächelte und konnte ihr Glück kaum fassen. Paul hatte den Knopf gedrückt. Doch wo waren die anderen?

Eine weitere Sache überraschte sie: Sie waren nicht bei der Halle, wie sie es vermutet hatte. Der BMW war eine Hauseinfahrt hochgefahren und stand hinter einem großen, roten Backsteinhaus in einem Wohngebiet; nicht weit vom Hintereingang entfernt, in dem Anna Benno und Diegos Adoptivvater vermutete.

Anna drehte sich herum und schob schnell und vorsichtig ein Bein aus dem Kofferraum heraus. Wenn sie im Haus waren, war es nur eine Frage der Zeit, bis sie wieder auftauchen würden.

Als sie jetzt hinter dem Wagen stand und den Blick zur Straße frei hatte, entdeckte sie etwas Entscheidendes und wusste plötzlich, wo sie war – nur ein paar Meter von ihr entfernt stand ein Baumhaus im Vorgarten und zeugte von vergangenen Kindertagen. Sie waren in Hamburg bei Diegos früherem Elternhaus.

Erleichtert entfernte Anna sich ein paar Schritte vom Auto und duckte sich an die Hauswand. Paul hatte sich nicht gerührt.

„Komm her!“, flüsterte sie leise und nickte ihm zu.

Er gehorchte und kam zu ihr.

„Du musst mir die Hände frei machen. Glaubst du, dass du das kannst?“ Sie drehte sich zu ihm herum und hielt ihm ihre verklebten Hände entgegen. „Du musst den Anfang suchen und dann daran ziehen. Kriegst du das hin? Hab keine Angst und sei nicht vorsichtig. Zieh es einfach ab, okay?“

Anna bückte sich, damit Paul besser rankommen konnte, und spürte seine kleinen Finger, wie sie sich langsam am Klebeband zu schaffen machten. Es dauerte einen kurzen Moment, doch dann hatte er den Anfang gefunden und zog daran. Kurz danach konnte Anna ihre Hände drehen und löste sie selbstständig von den hartnäckigen Fesseln. Schließlich waren sie komplett ab und Anna rieb sich entspannt ihre verdrehten und verklebten Handgelenke.

„Das hast du sehr gut gemacht, Paul. Ich danke dir.“

Anna knüllte das Klebeband zusammen und ging vorsichtig zum Wagen, um es in den Kofferraum zu werfen. Dann ergriff sie den Deckel und schloss ihn langsam, ohne ein Geräusch zu machen. Sie konnte nicht sagen, wann sie wiederkamen, aber vielleicht hatte sie ein bisschen Luft, wenn sie nicht gleich erkannten, dass sie nicht mehr da war.

Wieder bei Paul beugte sie sich herunter und drückte beide Hände auf seine Schultern. „Wir gehen hier jetzt weg, okay?“

Paul kniff plötzlich die Augen zusammen und trat einen Schritt zurück.

„Du brauchst keine Angst zu haben. Wir spielen Verstecken. Magst du das? Dabei müssen wir ganz leise sein, damit uns niemand hören kann, ja?“

Paul antwortete nicht, aber immerhin war die kleine Anspannung aus seinem Gesicht gewichen, und Anna deutete es als ein Ja.

Sie sah sich um und überlegte, was sie machen sollten. Sie kannte die Straße von ihren letzten Besuchen und wusste daher, wie sie zur nächsten U-Bahn kommen würden. Doch würden sie es so weit schaffen, bevor sie entdeckt wurden?

„Wir fahren direkt dahin!“, kam plötzlich eine Stimme von der Hintertür. Die Stimme sprach ins Haus hinein, doch dann hörte Anna die Schritte dazu.

„Schnell!“, flüsterte sie Paul zu und nahm ihn auf den Arm. Die kleinen Kieselsteinchen verrieten ihren Lauf, als sie sich in Bewegung setzte. Sie musste einen anderen Weg finden.

Links von der Auffahrt war Rasen mit einzelnen Büschen und nicht weit hiervon entfernt stand das Baumhaus.

Kapitel 65

Sie hatten es gerade geschafft, als sie Benno schließlich um den Wagen herumlaufen sah. Vorsichtig lugte sie durch einen Spalt im Holz und hielt Paul verschwörerisch den Finger vor die Lippen. Er musste jetzt um alles in der Welt leise sein und durfte keinen Ton von sich geben.

„Der Junge ist weg“, stellte Benno verwirrt fest, als er einen Blick in den Wagen geworfen hatte. Suchend drehte er sich um und ließ seine Augen flüchtig durch die Umgebung schweifen.

„Was sagst du?“ Frank kam vom Haus dazu und schien ebenso verwundert.

„Paul ist weg! War er nicht mehr angeschnallt?“ Erste Panik. Benno machte ein paar Schritte in Richtung Straße und entfernte sich vom Wagen, kam Anna und Paul in ihrem Baumhaus dadurch aber umso näher.

„Ich dachte, dann kann er selbstständig reinkommen, wenn er aufwacht. Er kennt das Haus und mag Isabelle“, antwortete Frank verdutzt.

„Und ist sie noch da?“ Benno eilte zum Kofferraum und öffnete ihn. „Sie ist weg! Wie kann das sein? War der Junge das? Such sie, verdammt!“

Anna erkannte Bennos Gesicht, das mit einem Mal genauso hell wurde wie seine Haare. Dann rannte er am Baumhaus vorbei in Richtung Straße. Lange würde es nicht dauern, bis man sie fand. Die Straße war übersichtlich. Sicherlich würde Benno nicht die ganze Straße entlanglaufen, sondern schnell zurückkommen.

Frank machte sich zur Rückseite des Hauses auf. Für einen kurzen Moment konnte Anna niemanden sehen. Der Weg schien frei, doch der Schein trügte. Sie würden es niemals schaffen. Der Weg würde ihnen sofort abgeschnitten werden.

Das Baumhaus war klein, vielleicht nicht größer als einen Quadratmeter in der Grundfläche. Die Wände waren aus einfachen Schalenbrettern zusammengezimmert, die glücklicherweise dicht genug aneinander lagen, sodass keine großen Lücken entstanden, die sie hier verraten könnten. Als Dach diente eine Wellblechplatte, die an den Außenseiten spärlich Licht hineinließ. Ein geheimer Rückzugsort und sicherlich ein gern genutztes Versteck für die spielenden Kinder, die hier gelebt hatten. Bis sie schnell groß geworden waren und nicht mehr an den trauten Familienbund glaubten.

Anna erkannte einzelne Beschriftungen und Schmierereien an

der Innenseite der Bretter und vermutete, dass die Jungs auch zu ihrer Jugendzeit hier noch oft hochgestiegen waren.

Doch es war und blieb klein und eng hier oben. Anna saß in der Hocke und musste sich einen Schritt zurückschieben, da ihre Beine drohten, einzuschlafen.

Als sie sich jetzt zurücksetzte, sackte sie weiter als ursprünglich angenommen ein und dachte im ersten Moment, das ganze Haus würde unter ihrem Gewicht nachgeben und nach hinten wegkippen. Erschrocken zuckte sie zusammen und versuchte sich an den Wandbrettern festzukrallen, als sie merkte, dass sie gar nicht weiter fiel. Vor ihr war ein Brett in die Höhe geschnellt, auf das sie sich am anderen Ende gesetzt hatte. Wie eine kleine Wippe, auf der das Gegengewicht fehlte.

Erleichtert atmete Anna aus und schob sich ein Stück zur Seite, um die unfreiwillige Wippe wieder richtig zu platzieren.

Doch was war das?

Das Brett hatte durch die Bewegung Platz gemacht und offenbarte ein großes Loch, das anders als erwartet nicht den Rasen unter ihnen zeigte, sondern eine weitere Bretterverschalung zum Vorschein brachte. Das Baumhaus hatte einen doppelten Boden. Und nicht nur das. Hier lag ein dicker brauner DIN A4 Briefumschlag.

Durch die Überraschung überwältigt, hier auf einen alten Kinderschatz zu stoßen, griff Anna danach und vergaß für einen kurzen Augenblick die Jäger unter sich.

Sie öffnete die Lasche, die nicht zugeklebt, sondern nur reingeschoben war, und zog einen Stapel Papiere heraus. Sofort sah sie in die traurigen Augen eines kleinen Kindes, das sie von einem Foto aus anblickte. Das Bild war in die linke Ecke des oberen Zettels geklebt, daneben detaillierte Auflistungen wie bei einem Steckbrief. Fasziniert blätterte Anna weiter und erkannte weitere Bilder von anderen Kindern bei den darunterliegenden Papieren.

Maximilian Kremp hieß der Junge auf dem ersten Ausdruck. Anna überflog flüchtig die Daten über Geburtstag, Größe, Gewicht und wie seine Eltern hießen. Dann blätterte sie weiter. Sie hielt lauter ähnliche Steckbriefe in den Händen. Alles Kinder. Ein ganzer Stapel Papiere mit Kindersteckbriefen.

Papiere!

Sie hatte die Police gefunden. Ganz sicher, dass es sich hier um die gesuchten Beweise handelte, von denen alle sprachen und die so viel bedeuteten.

„Sie sind nicht hier!“

Anna zuckte zusammen, als sie den lauten Ruf von unten hörte.

Während sie hier oben saß, über die Beschaffung des Baumhauses staunte und in den blutigen Beweisen entführter Kinder wühlte, war unten die Suche bereits weitergegangen.

Hastig verstaute sie Maximilian Kremp wieder mit den anderen im Umschlag.

Benno kam von der Straße zurück. Sein Gesicht zeigte Panik. Als wäre er dem Teufel persönlich begegnet. Auf halbem Weg traf er auf Frank, der vom Hinterhof zurückkam.

Isabelle folgte ihm auf dem Fuße. Sie hatte sich offenbar ebenfalls an der Suche beteiligt.

„Hast du sie?“, fragte Frank. „Ich konnte sie nicht finden. Aber weit können sie doch nicht sein.“

„Das sind sie auch nicht. Doch wir sind nicht mehr alleine. Der Toyota steht ein paar Meter weiter unten auf der Straße.“

Die Gesichter der Umstehenden verblassten.

Der Toyota.

Anna spürte, wie ihr Herz plötzlich schneller schlug. Sie wusste sofort, um welchen Wagen es sich handelte, und das Verhalten der anderen schien ihren Verdacht noch zu bestätigen. Diego war hier. Er war dem Sender gefolgt. Er war *ihr* gefolgt und würde ihr helfen.

Benno drehte sich herum und warf dabei einen gezielten Blick auf das Baumhaus. „Ich wette, sie sind da oben.“

Die Blicke der anderen folgten.

„Das morsche Ding? Sie wären lebensmüde!“ Frank kam einen Schritt näher und warf von unten einen Blick in die kleine Öffnung.

Anna konnte schwer einschätzen, ob er sie in der Dunkelheit erkennen würde. Vielleicht waren sie immer noch versteckt. Doch es war nur eine Frage der Zeit, bis sie genauer nachschauen würden.

Sie klammerte Paul an sich und strich ihm behutsam über die Locken, während sie beruhigend einen Sssccchh-Laut von sich gab.

„Ich sehe nach!“ So wie er es ausgesprochen hatte, war Benno auch schon an der Leiter und hatte das Holz mit den Händen umschlossen.

„Das würde ich lieber lassen, Benno!“ Eine weitere Stimme war dazugekommen und sprach eine grollende Drohung aus.

Anna lächelte, weil sie diese Stimme erkannte. Sie hatten Hilfe bekommen.

„Kommt runter, Anna“, sprach der Retter zu ihr hoch.

Anna lugte vorsichtig durch den kleinen Spalt und erkannte Rafael – eine Waffe auf seine Adoptiveltern und Benno gerichtet. Er war wieder normal gekleidet, während Anna immer noch barfuß und mit der viel zu großen Jacke ohne Hemd darunter umherlief.

„Du weißt nicht, was du tust, Junge!“ Frank trat einen Schritt vor.

„Nicht weiter! Ich will nur Anna!“

Dann richtete er sich wieder halb zum Baumhaus hoch, ohne seine aufgezwungene Familie aus den Augen zu lassen. „Du brauchst keine Angst haben, Anna. Komm runter!“

Anna zögerte dennoch einen Moment, aber dann gab sie sich einen Ruck. Was hatte sie zu verlieren? Sie wusste, dass es da unten wahrscheinlich mehr Waffen als Beine gab, aber Rafael war ihre einzige Chance und es tat gut zu wissen, dass er nur wegen ihr gekommen war. Wieder einmal! Er boxte sie überall heraus und das, obwohl sie sich doch ganz offensichtlich überhaupt nicht ausstehen konnten.

Doch sie wollte nicht ohne ihre Beute gehen. Sie hatte die Papiere gefunden, die die Freiheit von so vielen Kindern bedeutete. Sie musste sie veröffentlichen, auch wenn sie und Diego darüber nicht ganz einer Meinung waren.

Sie nahm den Umschlag hoch und steckte ihn unter Rafaels Jacke. Jetzt hatte es endlich einen Sinn, dass sie durch das geformte Leder so weit vom Körper ablag. Vielleicht sah Anna etwas verbeult aus, aber auch das würde sie beheben können – durch Paul.

Sie umschloss ihren Papierbauch fest mit der einen Hand und griff dann mit dem anderen Arm nach Paul.

„Hab keine Angst“, flüsterte sie. „Rafael ist gekommen, um uns zu helfen.“

Der Junge wirkte verstört, legte aber bereitwillig die Arme um Annas Hals, als sie ihn an sich zog.

Jetzt nur noch der Abstieg.

Anna drehte sich herum und schob vorsichtig ihre nackten Füße auf die Leiter. Paul hielt sich wie ein Klammeräffchen an ihr fest, dass sie nur leicht den Arm unter seinen Po zu legen brauchte, die Papiere aber dennoch in seiner Bauchwölbung verschwanden.

Sie hatte nur eine Hand zum Festhalten, schaffte es aber dennoch unversehrt, nach kurzer Anspannung den Boden zu erreichen.

„Geh ins Auto!“, raunte Rafael ihr zu, und es war schon wieder der Ton, den sie kannte und der ihr vertraut war. Anders konnte Rafael nun mal nicht mit ihr reden. Aber es war gut. Sein Hass gab ihr die Sicherheit, die sie brauchte.

Sie umschloss ihre Beute noch fester und zwang sich, sich nicht umzusehen, als sie strauchelnd über die Kieselsteinchen zur Straße wankte. Von Benno meinte sie noch ein schmutziges ‚Bis bald!‘ gehört zu haben.

Doch dann hatte sie den schmerzenden Kies überwunden und erkannte den rettenden Toyota am Straßenrand.

Die Beifahrertür war unverschlossen und als sie sich in der Sitzschale niederließ, meinte sie, nie in etwas Bequemerem gesessen zu haben. Es gab keinen Rücksitz. Paul musste daher auf ihrem Schoß sitzenbleiben, was allerdings weder Anna noch ihn selbst zu stören schien.

Anna hatte den Umschlag unter ihrer Jacke behalten, während Paul sich weiterhin an sie krallte, als wären sie immer noch auf dem Baum. Anna strich beruhigend über seinen Rücken und summte irgendetwas ohne Melodie und Sinn. Doch es tat gut. Paul entspannte sich und sie selbst wurde auch ruhiger dadurch.

Warum kam Rafael nicht, sodass sie endlich losfahren konnten? Worauf wartete er noch?

Dann hörte sie einen lauten Knall.

*

Rafael hatte die Waffe abgefeuert und wartete. In einiger Entfernung flogen ein paar Vögel in die Höhe, doch dann kehrte wieder die vorherige Stille ein, die an einem frühen Morgen hier in diese Gegend gehörte.

„Meinst du, sie hat es geschluckt?“, fragte Benno.

„´türlich. Das hat jeder gehört.“

„Wie ist es gelaufen?“, wollte Frank wissen.

Rafael zuckte achtlos mit den Schultern. Er hatte seinen Job erledigt, es war nicht sonderlich schwer gewesen. „Es hat alles geklappt. Die Leiche war im Ferienhaus, bevor es gebrannt hat.“

„Sehr gut. Und Santo?“

„Verlässt sich auf mich. Ich glaube, er wird keinen Verdacht schöpfen.“ Rafael steckte die Waffe wieder ein und zog ein Klappmesser aus seiner Hosentasche, dessen Klinge er am rechten Handrücken ansetzte. Ein gekonnter schneller Schnitt, dann trat das Blut hervor. Ruhig und gelassen beobachtete er seinen Lauf und hinderte es nicht daran, sich weitläufig zu verteilen.

„Oh, Rafael, war das wirklich nötig?“ Seine Adoptivmutter trat vor und begutachtete die Verletzung.

„Das ist nicht schlimm. Er steht das durch, nicht wahr, Junge?“ Frank legte ihm voller Stolz die Hand auf die Schulter. „Das gehört nun mal dazu, wenn man zur Elite gehört. Ich wette, er merkt den Schmerz nicht einmal, oder, Joyo?“

Rafael zuckte desinteressiert mit den Schultern. Die Schmerzen an der Hand waren relativ.

„Für das, was er mit Anna vorhat, muss er Härte zeigen und das kann er.“ Anerkennend weilte seine Hand auf Rafaels Schulter. Ein strahlendes Lächeln huschte über Franks Gesicht. „Du warst immer der härtere von euch beiden. Wie gemacht für diesen Beruf. Aber ich bin mir sicher, mit der richtigen Überzeugungsarbeit bekommen wir deinen Bruder auch wieder dazu. Er gehört nun mal zu uns, oder? Er gehört zu dir! Und keiner darf ihn dir wegnehmen. Auch nicht Anna! Das muss dir immer klar sein, okay?“

„Ja.“

„Dann mach dich auf! Lass sie nicht zu lange warten. Du hast sie gerettet, sie vertraut dir blind. Jetzt erledige den Rest.“

„Viel Glück, Joyo!“, wünschte Benno.

„Er braucht kein Glück. Er kann das. Er ist ein Profi!“, verbesserte ihn Frank.

„Aber vergiss nicht, wie gut er Anna kennt. Sie waren viel zusammen.“

„Joyo ist noch nie emotional an eine Sache rangegangen. Das gehört bei diesem Geschäft nicht dazu und das weiß er auch. Was Santo für Anna empfindet, spielt keine Rolle. Da müssen wir alle drüber hinwegsehen. Gefühle haben hier keinen Platz. Allererste Regel und ihr kennt sie alle!“ Seine Augen stachen drohend hervor, während er sprach. Rafael wusste, wie ungern er sich wiederholte, und diese Ansage hatte er bereits mehrfach erläutert.

„Jawohl“, antworteten beide fast wie aus einem Mund.

„Ich bin froh, dass du wieder bei uns bist, Joyo. Nun geh und erledige das. Danach kümmern wir uns um deinen Bruder.“

„Lass dich nicht von ihr austricksen!“, rief Benno ihm grinsend hinterher.

„Wie Frank bereits gesagt hat – sie vertraut mir blind“, war Rafaels monotone Antwort, während er sich umdrehte und wieder zum Wagen ging.

Kapitel 66

wenige Stunden vorher

Obwohl Rafael sich sofort auf dem kleinen Sofa ausgestreckt hatte, war an Schlaf nicht zu denken gewesen. Er stand an einer Weggabelung, und er musste sich jetzt entscheiden. Es gab nur rechts oder links.

Von Anna nebenan war nichts zu hören, aber er konnte nicht sagen, ob sie bereits schlief.

Doch irgendwann war er schließlich eingeschlafen und wurde durch die surrenden Klänge eines Fahrzeugs draußen vor dem Haus geweckt. Ein Scheinwerfer huschte kurzeitig durch das Fenster und erhellte den kleinen Raum.

Sobald der Motor ausgestellt wurde, setzte Rafael sich auf. Es war so weit.

Er lauschte auf die Geräusche von draußen, den Wind in den Bäumen, das Rauschen des Meeres unterhalb der Steilküste und dann die Schritte seines Bruders, als er zum kleinen Haus kam.

Er öffnete schnell die Tür und schloss sie sofort wieder hinter sich.

Rafael musterte ihn vom Sofa aus. Es war dunkel und dennoch erkannte er ihn wieder. Seine zweite Hälfte, sein Fleisch und Blut – niemand würde ihn je wieder von ihm trennen können.

Diego drehte sich sofort zu ihm herum. „Ist alles in Ordnung?"

Rafael nickte.

„Ist sie da drin?" Diego machte einen Schritt nach vorne und deutete auf die Tür zum Schlafzimmer.

Rafael nickte erneut. „Warte noch einen Moment!" Er stand auf und überlegte sich, wie er am besten anfangen sollte.

Diego stockte in seiner Bewegung und wirkte nervös, als er nicht weitergehen durfte. „Was gibt´s?"

Sein großer Bruder holte einmal tief Luft, bevor er sprach. „Ich habe mit ihnen gesprochen."

„Ich weiß." Diegos Gesicht verhärtete sich und Rafael überlegte, ob er vielleicht wusste, was er jetzt sagen wollte.

„Haben sie es dir erzählt?"

„Jessi hat so etwas erwähnt."

„Ich überlege ernsthaft, Diego."

„Das ist schön für dich." Er wollte sich herumdrehen, aber Rafael kam ihm zuvor und stellte sich ihm in den Weg.

„Ich habe nicht nur für mich überlegt, sondern auch für dich. Es könnte alles wieder so werden, wie es früher war. Wir wären wieder eine Familie."

„Ich kann das nicht mehr."

Rafael beugte sich vor, um noch intensiver auf seinen Bruder eingehen zu können. „Wir erhalten eine großzügige Ausnahme, wenn das geschieht. Noch nie hat jemand dieses Glück erfahren. Ihr Schutz wäre uns wieder sicher und das ewige Weglaufen hätte endlich ein Ende."

„Ich gehe nicht zu Azem zurück."

„Weil du es dir nicht mal richtig überlegst. Wir können nicht nach Mexiko. Ich habe dir gesagt, was dort ist. Die Probleme lösen sich nicht, nur weil man das Land verlässt. Du wärst dennoch dauerhaft auf der Flucht. Glaubst du, ich habe in den letzten zwei Jahren auch nur einmal ruhig geatmet in Mexiko? Du weißt, dass Azem überall ist. Und würde man uns in Mexiko nicht am ehesten suchen? Ich werde da mit Sicherheit nicht wieder hingehen."

„Dann lass es!" Diego wollte einen Schritt an seinem Bruder vorbeigehen, aber Rafael packte ihn an der Schulter.

„Wir haben keine andere Wahl, Diego! Denk doch darüber nach!"

„Das brauche ich nicht. Glaubst du etwa, ich will Anna noch länger einer Gefahr aussetzen, wenn sie mit einem wieder aktiven Killer zusammen ist? Azem kriegt mich nicht."

Rafael schüttelte den Kopf. Es tat ihm in der Seele weh, wenn er daran dachte, was Anna für eine Macht auf seinen Bruder ausübte. „Anna war eine Liebelei in Spanien, Diego, aber du willst mir doch nicht erzählen, dass du hier noch mehr drin siehst? Sie ist keine von uns und das wird sie auch niemals sein. Was willst du mit ihr? Sie ist Ballast, mehr nicht. Wieso lässt du dich so von ihr bestimmen?"

„Du weißt überhaupt nichts."

„Aber ich kenne dich. Du bist mein Bruder. Wir sind eine Familie. Mädchen kommen und gehen, das weißt du doch. Sie hat jetzt Glück, weil sie zufällig zur Stelle war, als du wieder in Hamburg aufgetaucht bist, aber das vergeht auch wieder. Ich bleibe, Diego. Ich bin dein Bruder und wir gehören zusammen. Die Streetsurfer sind unsere Heimat, aber nicht das Haus im Gänsestieg von Annas Eltern. Ich gehe zurück. Du hast die Wahl: Anna oder ich. Du musst dich entscheiden!" Rafael holte sein Telefon aus der Tasche. „Ich glaube, Jessi würde sich freuen, wenn du wieder dabei wärst."

„Ich habe mich schon entschieden", knurrte Diego und schob sich an seinem Bruder vorbei.

Rafael trat zurück und sah auf die Tür, als Diego sie schließlich von innen schloss. Er musste Diego dazu bringen, wieder dazugehören zu wollen, und er hatte auch schon eine Idee.

Seine Finger glitten über sein Telefon, bis die Verbindung zum Hauptquartier aufgebaut wurde. Es dauerte nur einen Moment, bis sich Jessi meldete.

„Ich muss mit Benno sprechen", meldete sich Rafael ruhig und bedacht. Er musste zurück. *Sie* mussten zurück und Diego würde es mit der Zeit verstehen.

„Der ist unterwegs. Wo seid ihr?"

Rafael gab die Adresse durch. „Wenn du das an Benno weitergibst, sag ihm, Joyo hätte angerufen und erwartet seine Rückmeldung."

Für einen kurzen Moment war es ruhig am anderen Ende. „Ist das wahr, Joyo?"

Jessi verstand sofort, was es bedeutete, wenn der Codename fiel. Rafael erklärte damit erneut seine Zugehörigkeit.

„Ja, ich bin zurück."

„Was ist mit Santo?"

„Da arbeite ich noch dran, aber deshalb muss ich auch unbedingt mit Benno sprechen. Ich habe einen Plan und Benno muss mir helfen, ihn wieder ins Boot zu holen."

*

Diego riss die Zimmertür auf und eilte aus dem Schlafraum.

Jessi und die Polizei? Wie konnte das sein?

Sie hatte ihm geholfen und dabei dachte er nicht nur an seinen letzten kurzen Besuch im Hauptquartier durch die Entführung, als sie ihm den Weg geebnet hatte, sodass er hatte entkommen können.

Ein Großteil ihrer Hilfe war bereits vor zwei Jahren erfolgt, als er sich noch in Spanien befunden hatte.

Sie hatte ihm mit der Police geholfen, hatte die Meldungen der spanischen Zeitungen über ihn vertuscht und das Hauptquartier zwei Jahre lang in die Irre geführt. All die Zeit, die er nichts ahnend in Spanien ohne Erinnerung oder Anna in Hamburg mit Psychotherapie verbracht hatte, war sie darüber informiert gewesen, dass er noch am Leben war, und hatte es zu seinem Schutz vor dem Rest der Streetsurfer geheimgehalten.

Diego konnte sich nur im Entferntesten vorstellen, welche Belastung das für sie dargestellt hatte. Wie schnell hätte etwas schiefgehen können? Wie schnell hätte sie auffliegen und entlarvt werden können?

Er erinnerte sich an das letzte Gespräch, das er mit ihr geführt hatte, bevor er vor zwei Jahren in Spanien ‚gestorben' war. Sie hatten über die Police gesprochen. Dadurch, dass sie im Namen des Hauptquartiers auf Anna achtgeben musste, wusste sie also auch immer Bescheid, wie es ihr ging. Er hatte nie daran gezweifelt, dass sie Wort halten und wirklich die Police veröffentlichen würde, sollte Anna etwas zustoßen.

Doch jetzt die Polizei?

Jessi musste die Streetsurfer und damit Azem bedienen, handelte in Diegos Auftrag, damit Anna nichts zustoßen würde, und jetzt hatte sie sich noch einen dritten Posten aufgehalst?

Wie war Sebastian an sie rangekommen? Was wusste er schon? War die Police etwa auch schon entlarvt?

Diego sah, dass die Wohnküche leer und die Haustür offen war. Rafael war draußen? Warum?

Er eilte hinaus.

Der Toyota stand auf seinem Platz, aber der Ford, mit dem er gekommen war, war nicht mehr da. Diego sah den schmalen Sandweg hinunter und erkannte die Rücklichter in einiger Entfernung am Straßengraben stehen.

Was war hier los? Warum war Rafael losgefahren?

Diego fing an zu laufen und eilte auf den Wagen zu. Beim Näherkommen erkannte er, dass der Motor lief. Er riss die Fahrertür auf, doch das Innere war leer.

Er vernahm ein Geräusch hinter sich, aber bevor er sich umschauen konnte, spürte er einen harten Schlag gegen den Kopf und sackte zu Boden.

*

Rafael schritt aus dem Gehölz vor, als sein Bruder regungslos auf dem Sandweg lag und half Miti, dem großen, hünenhaften Arbeitstier, der nie viele Fragen stellte, Diego auf die Rückbank zu legen.

Dann nickte er Miti zu und sah dem zweiten Scheinwerferpaar entgegen, das um die nächste Biegung in Richtung Haus fuhr.

Rafael trat einen Schritt zurück und stellte sich aufrecht hin, als der dunkle BMW neben ihm hielt und die Scheibe auf der Fahrerseite runtergelassen wurde.

„Guten Abend, Joyo!“ Ein Lächeln huschte über das Gesicht seines Adoptivvaters. Die Nachricht war verbreitet und gut aufgenommen worden. Rafael war gegangen und Joyo wieder da.

„Sie ist im Haus. Dokumente konnte ich dort aber keine finden.“ Informationen so präzise und kurz wie möglich, huschte eine alte Leerstunde durch seinen Kopf.

Frank nickte anerkennend. „Gute Arbeit. Bleibst du hinter uns?“

„Ja. Sobald ihr fahrt, werde ich euch folgen, um sie zu ‚retten‘.“

Kapitel 67

Gegenwart

Anna verkrampfte sich und umschloss Paul noch etwas fester. Ein Schuss war gefallen. Nicht weit von ihr und genau da, wo sie ihn auch vermutete und wo er jetzt am ehesten hinpasste. Wo sie gerade noch gewesen war und wo Rafael war – der Retter. Anna ertappte sich dabei, wie sie schnell zum Zündschloss schaute, um zu sehen, ob hier der Schlüssel steckte. Doch Rafael hatte ihn offenbar bei sich.

„Es war nicht Rafael, es war nicht Rafael", predigte sie zu sich selbst. Wenn Diegos Bruder verletzt oder gar erschossen war, so würde sie in derselben Situation stecken wie vorhin. Nur dass sie jetzt noch einen Umschlag voller schwerer Beweise unter ihrer Jacke trug, der wie das Sahnehäubchen agierte.

Paul rührte sich immer noch nicht. Er krallte sich weiterhin an Anna fest. Nur seine ruhige und gleichmäßige Atmung zeugte davon, dass er nicht vollkommen erstarrt war.

Dann wurde die Fahrertür geöffnet und Rafael warf sich in den Wagen. Im nächsten Moment hatte er gestartet und fuhr die Straße herunter.

Er hat es geschafft, dachte Anna erleichtert. Doch ihr war das Blut nicht entgangen, das er an der Hand hatte.

*

Sie waren nicht weit gefahren. Sobald sie aus der Einfamilienhaussiedlung raus waren, hatte Rafael nur ein paar Straßen gekreuzt und war dann in eine Tiefgarage abgetaucht, zu deren Mietshaus sie die Treppe nach oben genommen hatten. Die ganze Zeit wurde nicht gesprochen, und Anna war erstaunt darüber, wie gut sie sich ohne Worte verstanden.

Er hatte Anna, die immer noch den kleinen Paul auf dem Arm und den Umschlag unter der Jacke trug, jede Tür aufgehalten und war langsam und gesittet vorausgelaufen, ohne sie zu hetzen oder seine üble Laune an ihr auszulassen, wie es sonst der Fall war. Er wirkte entspannt und zufrieden mit dem, was er machte.

Dann hatte er schließlich eine Wohnungstür aufgeschlossen und Anna war ihm ohne Zögern in das kleine und kaum möblierte Appartement gefolgt, in dem sie jetzt immer noch saß und die mit vielen verschiedenen Zetteln, Notizen und Bildern versehenden Wände bestaunte.

Paul lag in einer Decke eingerollt auf dem Sofa und schlief, nachdem er endlich seinen Klammergriff aufgegeben hatte. Rafael hatte sich unter die Dusche zurückgezogen.

Anna wusste weder, was diese Wohnung für eine Bedeutung und Zweck hatte, noch wem sie gehörte, aber sie spürte, dass Diego nicht weit war. Rafaels ruhiges und entspanntes Verhalten sprach ebenfalls hierfür und färbte ab. Sicherlich würde es nicht lange dauern, bis er kam.

Denn er kannte die Wohnung. Er war bereits hier gewesen.

Als Anna durch den schmalen Flur in das kleine Wohnzimmer geführt worden war, in dem sie sich jetzt auch noch befand, war ihr sofort die kleine, selbstgemalte Legende an der Wand aufgefallen, die auf einen Hamburgerstadtplan gekritzelt war. Es waren überall einzelne Markierungen gemacht worden, die mit einem langen Strich zu einem angehängten Blatt führten, auf dem Datum und Einzelheiten notiert waren. Einen Großteil hiervon hatte Diego geschrieben. Er hatte ihre Wohnung markiert, Saralies in der Marktstraße, das Haus seiner Eltern, Annas Elternhaus und noch weitere Punkte, die vermutlich in Diegos Vergangenheit eine Rolle gespielt hatten, Anna aber nichts sagten. Doch es wirkte sehr übersichtlich und strukturiert und erinnerte an die Ermittlungsarbeit eines Fahnders, wobei Diego auf eine Art auch nichts anderes war. Er suchte nach seinem Leben.

Anna hatte lange hiervor gestanden und die einzelnen Punkte verglichen, doch dann hatte sie nicht länger warten können und sich den Umschlag vorgenommen, von dessen Inhalt ein Flimmern durch den Raum zu schweben schien. Es war, als könne man keinen klaren Gedanken fassen, solange die Geheimnisse nicht geborgen waren. Wie ein Magnet, der seine Strahlen durch den Raum sendete und dem alle gehorchen mussten.

Rafael war unter der Dusche – sie hörte immer noch das Rauschen – Paul schlief.

Worauf also warten? Sie würde nur einen kleinen Blick darauf werfen. Dann würde sie ihn zu Sebastian bringen. Vielleicht konnten sie auch alle drei im Zeugenschutzprogramm unterkommen. Sie wusste nicht, wie Rafael dazu stand, aber mit ihm auf ihrer Seite würde sie Diego vielleicht überzeugen können, dass es ihre einzige Wahl war.

Sie warf einen Blick auf Paul, der die Augen geschlossen hatte und friedlich atmete. Warum schlief er so viel? War es eine Art Trauma, das ihn von der Außenwelt abschirmte? Anna fühlte einen Stich in der Brust, wenn sie an ihn, Saralie und seine Eltern dachte. Sie hatte keine Ahnung, was dieser kleine Mann schon alles gesehen und erlebt hatte. Er musste zurück nach Rumänien – komme was da wolle.

Sie zog die Papiere aus dem Umschlag und schaute wieder in die Augen von Maximilian Kremp. Anna wusste gar nicht, was sie zuerst anschauen sollte. Alle Kinder einzeln durchlesen oder nur Zusammenhänge raussuchen?

Sie blätterte vorsichtig durch die einzelnen Steckbriefe. Was würde Rafael hierzu sagen? Es hieß immer, dass er nichts über die Police wusste, also müsste es unbekannt für ihn sein. Doch die Papiere kannte er mit Sicherheit, immerhin gehörte er genauso dazu, wie Diego es einst getan hatte. Zufrieden, dass das Rauschen noch deutlich zu hören war, grub sie eilig weiter.

Sie stellte fest, dass die Kinder alle im selben Alter zu sein schienen. Keines war älter als vier. Aber mit älteren war das Geschäft der Mafia wahrscheinlich auch schwieriger. Die Kinder mussten klein sein, damit sie sich in der neuen Familie einfügen konnten.

Was Anna bereits nach kurzer Zeit auffiel, war, dass die Kinder chronologisch geordnet waren. Das Übergabedatum von Maximilian Kremp war das neuste. Dennoch lag es zwei Jahre zurück.

Anna blätterte zur letzten Seite vor und erkannte den 16. Dezember 1988. *So lange schon!*

Sie ging wieder zurück und studierte dabei die Perioden. Nach 1988 hatte es erst Anfang der 1990er Jahre wieder eine ‚Adoption' gegeben. Dann hatte es sich langsam gesteigert. Die meisten Kinder hatten in den letzten fünf Jahren vor Maximilians Kremps Vermittlung die Eltern gewechselt.

Anna widmete sich wieder der ersten Überführung im Jahr 1988. Ihr war hier nämlich aufgefallen, dass zwei Kinder auf dem Bild in der Ecke zu sehen waren. Es war eine schlechte Kopie in Schwarz-Weiß. Wie die restlichen Blätter ein unscharfer Computerausdruck.

Das Geschlecht der ersten Kinder war männlich, beide waren jetzt in ihrem Alter beziehungsweise etwas älter. Doch das war es nicht, was Anna gleich beim ersten Durchblick aufgefallen war: Zur Adoption standen Juan Rafael und sein kleiner Bruder Diego Armando Ribas, geboren Mexiko-Stadt, leibliche Eltern José Filipe und Maria Paloma Ribas.

Sie waren die ersten!

Annas Hände zitterten. Die anderen Kinder waren mit einem Schlag egal. Diego und Rafael waren die ersten gewesen. Mit ihnen hatte Azem damals angefangen oder es hatte vorher noch keine genauen Aufzeichnungen gegeben.

Anna löste einen kleinen, braunen Umschlag, der ans Blatt geheftet war, und holte einen weiteren Stapel Zettel heraus. Einzelne Fotos rutschten dabei durch und landeten vor ihr auf dem Boden. Schlechte Qualität und unscharf. Kinder, die aus einiger Entfernung fotografiert worden waren. Eine Mutter, die zwei Jungen auf dem Schoß sitzen hatte und liebevoll den Arm um sie legte.

Anna hatte sich immer noch nicht richtig beruhigt, als sie jetzt die anderen Blätter auseinanderzog, die im Umschlag gesteckt hatten. Es waren Briefe. Handgeschrieben und verblasst. Hastig überflog sie den ersten, datiert vom 28. September 1988:

Azem,

ich schicke dir heute wie besprochen die Bilder der Jungen, die wir auf unserer Mexikoreise getroffen haben. Wie ich dir bereits sagte, hat meine Frau sich sofort in sie verguckt. Es sind zwei Knaben im Alter von fast 8 und 11 Jahren. Ich weiß, dass sie eigentlich zu alt sind, doch wir würden es dennoch versuchen wollen. Die Adresse habe ich dir genau aufgeschrieben. Aufgrund der überfüllten Waisenhäuser in Mexiko sollte es außerdem kein großes Problem werden, die Jungen zu bekommen.

Anna stoppte und betrachtete erneut das Bild mit der Mutter, die ihre Jungen auf dem Arm hatte. Dann blätterte sie weiter durch die Bilder und erkannte Frank und Isabelle Bovis mit einem der Jungen. Es musste Rafael sein. Doch das, was Anna gerade eben beim ersten schnellen Durchlesen bereits unterbewusst aufgefallen war, schockierte sie jetzt umso mehr: Im Hintergrund war die mexikanische Frau vom ersten Foto zu sehen.

Sie lebte!

Diegos Eltern waren nicht tot! Zumindest nicht zu diesem Zeitpunkt!

„Was machst du da?“

Anna zuckte zusammen und verkrampfte sich, als Rafael sie plötzlich ansprach. Er stand direkt neben ihr, musste also schon etwas länger im Raum stehen. Anna hatte ihn nicht bemerkt und erschrocken stellte sie fest, dass die Dusche gar nicht mehr lief, obwohl sie doch die ganze Zeit darauf geachtet hatte.

Fassungslos starrte sie ihn an. Er hatte sich frische Sachen angezogen. Seine Haare waren noch nass und kräuselten sich ähnlich wie die von Diego.

„Eure Eltern haben noch gelebt, als ihr adoptiert wurdet“, stammelte Anna. Sie zitterte noch immer. Ihr Magen verkrampfte sich. Sie war unfähig einen klaren Gedanken zu fassen.

Nicht so Rafael.

„Gib das her! Das geht dich nichts an.“ Er nahm ihr die Bilder und Briefe aus der Hand und verstaute alles wieder in dem Umschlag. In seinem Gesicht spiegelte sich die kühle und arrogante Härte wieder, die Anna nur zu gut bei ihm kannte. „Wo hast du das her?“

Anna blieb die Luft im Hals stecken, sodass sie kaum sprechen konnte. „Im Baumhaus. Das ist die Police, nicht wahr?“

Rafael zuckte mit den Schultern und sortierte eifrig weiter, ohne einen genauen Blick auf die Unterlagen zu verschwenden.

„Du hast es gewusst?“

Rafael sammelte die umliegenden Papiere ein, doch er sagte nichts.

„Und Diego? Weiß er Bescheid?“ Seine Eltern hatten noch gelebt, als die Adoption, oder man konnte jetzt doch besser von Entführung sprechen, geplant worden war. Anna bekam eine Gänsehaut, die schon beinahe wehtat.

Rafael seufzte, als würde er von einem kleinen Kind über belanglose Dinge ausgequetscht werden, die nun mal so waren wie sie waren und nicht erklärt werden konnten. Es wurde so lange mit Warum gefragt, bis sich eine zähe Endlosschleife gebildet hatte, die nur mit einem Darum beendet werden konnte. „Diego hat davon vor zwei Jahren erfahren. Genauer gesagt, nur kurze Zeit, bevor wir dich getroffen hatten.“

Anna fiel es wie Schuppen von den Augen. „Er wollte sich umbringen, weil er bei sich die Schuld am Tod eurer Eltern sieht. Ist es das?“ Anna schlug sich die Hand vor den Mund. „All die Zeit hat er Kinder verkauft, doch sie haben ihn nicht berührt, weil er wie eine Maschine gearbeitet und gedacht hat. Doch dann wurde ihm klar, was eigentlich wirklich passiert war. Plötzlich bekommt er ein Gespür für die armen Seelen, weil er selbst dazugehört.“ Anna sprach laut, aber hörte ihre Stimme kaum.

Es war so eindeutig. Diegos Selbsthass, seine Schuldgefühle, seine Bitterkeit – all das kam hierher. Anna hatte nicht den geringsten Zweifel daran. Sie schloss kurz die Augen und sah seltsamerweise Diegos Traum mit der Frau vor sich, bei dem er von dieser Unbekannten gehasst wurde und nicht wusste warum. War es das? War das seine Mutter? Hatte sie sterben müssen, weil er – der kleine, süße Lockenkopf – einer deutschen Familie so gut gefallen hatte, dass sie ihn ihr Eigen nennen wollten? Das Souvenir aus dem Urlaub?

„Und du hast es die ganze Zeit gewusst?“, pflaumte sie Rafael plötzlich an. Warum war er sonst so ruhig? Er war in keiner Weise überrascht, die Bilder und Briefe zu sehen.

„Nein, nicht die ganze Zeit. Aber schon etwas länger als Diego.“

„Warum hast du ihm nichts davon erzählt?“

„Was hätte das geändert?“

„Einiges! Er wollte sofort weg, als er das erfahren hat.“

„Und deshalb sollte er es auch nie erfahren.“

„Was weißt du noch? Was verheimlichst du vor ihm?“

„Nichts. Außerdem geht dich das sowieso nichts an.“ Er schob die Lasche wieder in den Umschlag und hob ihn an.

Anna war sofort mit ihm auf den Beinen. „Weißt du, wie sie gestorben sind?“

Rafael stand mit dem Rücken zu ihr und legte den Umschlag auf einem angrenzenden Regal ab. „Sie hatten einen Autounfall.“

Gute Inszenierung, dachte Anna. Da hatte die Mafia offensichtlich ganze Arbeit geleistet. Ob Diego das auch wusste? So im Detail?

„Wann kommt Diego oder holen wir ihn irgendwo ab?“ Anna musste unbedingt mit ihm sprechen. Jetzt, wo sie wusste, was eigentlich passiert war, konnte sie ihn noch besser verstehen. Sie musste ihm helfen. Er musste von dem Gedanken abkommen, dass er schuld war. Sein Gedächtnis war größtenteils zurück, also waren seine Suizidgedanken auch nicht weit, aber er durfte sie nicht zulassen.

Rafael zog die Stirn in Falten und kräuselte die Lippen zusammen, sagte aber nichts.

„Er kommt doch her, oder? Wo ist er jetzt?“

„Im Hauptquartier.“ Es kam genauso trocken wie unerwartet.

Für Anna fühlte es sich so an, als würde plötzlich der Boden unter ihr aufgehen. „Er ist bei *ihnen*? Was machen wir dann noch hier? Wir müssen ihn da rausholen?“ Wieso stand Rafael so entspannt hier rum, duschte in aller Seelenruhe, während Diego auf die Foltern wartete, wie Anna es von Anfang an vermutet hatte? Sie hatte sich grundlos von der Ruhe anstecken lassen.

„Nein, wir bleiben hier“, war alles, was Rafael dazu sagte. Dann drehte er sich herum und lief in die Küche.

Anna sprang ihm wie ein Teufel hinterher.

Bisher hatte sie nur das Wohnzimmer kennengelernt. Die Küche bestand aus einem winzigen Raum mit nur einem kleinen Kippfenster, ein paar schäbigen Hängeschränken, einem vergilbten Kühlschrank und einem kleinen Herd. Es gab kein Spülbecken. Nur ein Rohr in der Wand zeugte von seinem früheren Platz. Wer auch immer hier vorher gewohnt hatte, schien offenbar auch Grundausstattungsteile der Wohnung ins Herz geschlossen zu haben und hatte sich beim Umzug nicht trennen wollen.

„Was soll das heißen, wir bleiben hier? Wenn er bei denen in der Halle ist, dann müssen wir ihn dort herausholen! Wir haben die Police. Wir müssen damit zur Polizei."

Rafael zog eine Augenbraue hoch und sah beinahe belustigt aus. „Ist das dein Ernst?"

„Haben wir eine andere Wahl? Sebastian will für Diego ein Zeugenschutzprogramm aufziehen, und ich bin mir sicher, dass das auch für dich gelten könnte, wenn du gegen Azem und all die anderen aussagst. Dann seid ihr aus dem Schneider und wärt frei. Und all die unschuldigen Kinder könnten zurück."

Rafael öffnete die Kühlschranktür und sogleich wurde Anna von einem kalten, penetranten Geruch von abgestandenem Essen erschlagen. Sie spürte, wie sich ihr Mageninhalt nach oben schob, und hielt panisch die Hand vor den Mund. Dann drehte sie sich schnell um und stürmte ins Badezimmer.

Die Toilette hatte weder Brille noch Deckel – wohl auch ein heißbegehrtes Souvenir des Vormieters – doch umso besser war es jetzt für Anna.

Sie konnte die Übelkeit nicht länger aufhalten und erbrach sich in die von Urinstein und Kalk verschmutzte Kloschüssel. Es kam nicht viel und die Übelkeit ging so schnell, wie sie gekommen war. Dennoch war sie ziemlich außer Atem und japste schnaufend, als sie sich vom Boden wieder hochzog.

Fahrig wusch sie sich anschließend Gesicht und Mund. Hier war das Waschbecken glücklicherweise dringeblieben. Dabei hatte sie immer wieder Saralies Worte im Kopf, für die sie aber momentan gar keinen Platz in ihrem Leben hatte und die nicht dazugehören durften.

Sie durfte nicht schwanger sein. Nicht jetzt.

„Alles in Ordnung?" Rafael war neben ihr in der geöffneten Tür aufgetaucht.

Es gab weder Toilettenpapier noch Handtuch und so wischte Anna sich nur notdürftig mit der Hand durch das Gesicht.

Rafael reichte ihr ein halbnasses Handtuch, das er in der Küche zum Trocknen aufgehängt hatte, da das Badezimmer kein Fenster besaß.

„Es geht schon." Anna tupfte sich mit den trockenen Stellen durchs Gesicht.

„Bist du krank?"

„Nein, mir ist nur in letzter Zeit manchmal etwas übel. Weiter nichts!"

Rafael riss die Augen weit auf und musterte Anna. Sein Gesicht wurde blass, dann lief es purpurn an. Es war, als hätte Anna ihm direkt gesagt, dass sie schwanger war. Umso seltsamer war seine plötzliche Reaktion.

Er drehte sich herum und schlug mit der geballten Faust an die Wand. „Scheiße!" Dann senkte er den Kopf und presste die Stirn an die halb abgerissene Tapete. „Bist du schwanger, Anna?"

Er hatte die Augen geschlossen und verkrampfte sein Gesicht, als würde er die Antwort nicht hören wollen. Zu seiner Gestik fehlte nur noch, dass er sich demonstrativ die Ohren zuhielt.

Anna war verwirrt. „Ich weiß es nicht, … ich meine, es kann sein."

Rückartig drehte er sich wieder herum und lehnte sich jetzt mit dem Rücken an die Wand. Die Augen starrten dabei bohrend an die Decke.

Was war los? Was war das Problem?

Dann schloss er die Augen und murmelte etwas wie ‚Super gemacht, Diego'. Doch als er sie wieder geöffnet hatte, sah er Anna an. „Weiß Diego es?"

„Nein, ich hatte noch keine Möglichkeit mit ihm zu sprechen."

Rafael nickte zufrieden. „Dann bleibt es dabei!"

Er drehte sich um und sah sie durchdringend an. „Was ich dir jetzt sage, ist wichtig: Du verschwindest! Nicht nur von hier, sondern auch komplett aus Diegos Leben. Er braucht dich nicht. Er ist zurück. Da, wo er hingehört, und hier soll er auch bleiben, aber du und ein Baby haben hier weiß Gott keinen Platz in seinem Leben."

„Was redest du da?"

„Weißt du, warum du jetzt hier bist, Anna? Weißt du, warum du noch lebst?"

Anna griff sich ängstlich an den Bauch und trat einen Schritt zurück.

Rafael schüttelte den Kopf und überging eine mögliche Antwort auf seine beiden Fragen. „Ich glaube, dass Diego dir erzählt hat, wer er ist beziehungsweise, wer er früher einmal war, oder? Natürlich hat er das. Er erzählt dir alles. Doch das darf er nicht. Er wird wieder zu uns gehören und es wird wieder so sein wie vorher, als es dich noch nicht gegeben hat."

„Aber Diego will das nicht mehr. Er sagte, ihr wollt nach Mexiko?“ Anna sprach es wie eine Frage aus, erkannte aber an Rafaels Reaktion vorab, dass daraus niemals etwas werden würde. Es war wie die Bestätigung ihrer Bedenken, die sie Diego gegenüber diesbezüglich bereits gehabt hatte.

Rafael machte einen abwertenden Wink mit der Hand. „Diego ist ein Träumer, aber er sieht die Realität nicht. Ich bin ein Jahr dort gewesen. Ich war am Grab unserer Eltern. Ich habe gebetet. Gefleht, dass ich zu ihnen gehöre, dass ich tot sein kann – wie Diego es damals war. Ich war alleine, verstehst du? Es gab für mich keine Zukunft, aber auch kein Zurück in die Vergangenheit. Doch jetzt, Anna, jetzt geht es. Diego ist zurück. Er lebt. Du kannst dir nicht vorstellen, was das für mich bedeutet. Wir sind wieder zusammen.“ Er lächelte. „Du weißt nicht, unter welchen Qualen ich gelebt habe. Ihn damals zurückzulassen, noch dazu jetzt mit dem Gedanken, dass ich ihm hätte helfen können. Ich habe ihn einfach im Stich gelassen, meinen kleinen Bruder, aber das wird mir nicht wieder passieren. Wir gehören zusammen. Und unser Leben ist hier.“

„Ich weiß nicht, ob ich die Mafia unbedingt als Leben bezeichnen würde.“

„Weil du sie nicht kennst und nicht verstehst. Aber sie gibt Leben. Es ist die Familie, die wir nie hatten. Zerstör uns das nicht!“

Anna schüttelte den Kopf und hielt sich die Hände vor das Gesicht. „Weißt du überhaupt, was du da sagst?“

Rafael lehnte sich wieder mit dem Rücken an die Wand und ließ den Kopf zurücksacken. Dann zog er langsam eine Waffe aus seinem Hosenbund. Er lachte kurz auf, als er sie hin- und herdrehte. „Weißt du, warum du hier bist, Anna? Weißt du, warum ich so plötzlich bei Frank und Isabelle aufgetaucht bin, um dich zu retten?“

Er sah zu ihr auf, doch Anna antwortete nicht.

„Ich sollte dich eigentlich töten, Anna. Das war mein Auftrag und es war abgesprochen, dass ich dort auftauchen würde. Ich wusste, dass du mir vertraust. Aber wie soll ich das jetzt denn noch machen?“ Er machte eine abfällige Handbewegung in Richtung Annas Bauch und Anna trat automatisch einen weiteren Schritt zurück.

Er war verrückt geworden. Er drehte vollkommen durch. Anders konnte Anna es nicht erklären. Er sollte sie töten? Für die Mafia? Ein Auftragsmord?

Dann lehnte er sich langsam nach vorne, bis er wieder ohne Wandstütze im Flur stand. Die Waffe legte er dabei umständlich von der einen in die andere Hand.

Anna wollte noch einen Schritt zurückgehen, aber sie stand bereits mit dem Rücken an der Wand. Sie konnte nicht entkommen. Er hatte die Waffe und würde einfach abdrücken, wie es sein Auftrag war.

„Gib mir dein Handy, Anna. Dann lasse ich dich laufen."

Anna blinzelte und überlegte, was Rafael ihr damit sagen wollte. Sie hatte das Handy immer als letzte Sicherheit gewusst. Wenn sie es bei sich trug, dann wusste Diego, wo sie war und würde sie finden.

„Na, gib schon her!", forderte Rafael drohend und hielt ihr eine Hand entgegen.

Anna zögerte, doch dann gab sie ihm ihr Telefon. Es würde noch eine andere Möglichkeit geben, um wieder mit Diego in Kontakt zu treten. Er würde in ihrer Wohnung auftauchen oder bei ihren Eltern. Rafael oder wer auch immer würden sie nicht auf Dauer trennen können.

„Ich liebe meinen Bruder", fuhr Rafael fort. „Er ist alles, was ich habe. Auch wenn wir nicht immer leichte Zeiten zusammen hatten. Er wollte ständig unabhängig sein, wusste alles besser und wollte sich erst recht niemals etwas sagen lassen. Aber ich bin sein großer Bruder. Ich kann gar nicht anders, als mich um ihn zu sorgen."

Er stoppte und blinzelte mit den Augen.

Anna musterte ihn interessiert und hoffte, er würde weitersprechen. Dies waren genau die Informationen, denen sie so sehr entgegengefiebert hatte.

„Doch irgendetwas ist mit ihm passiert, als er vor zwei Jahren hinter die wirklichen Details gekommen ist. Es war so, als hätte er vorher gar nicht registriert, was er eigentlich gemacht hat. Ich verstehe nicht, warum es ihm mit einem Mal so bewusst wurde, wo wir doch all die Zeit so gelebt haben. Ich verstehe nicht, was plötzlich anders war und warum er schlagartig alles aufgeben wollte, was wir uns aufgebaut hatten. Ich verstand es einfach nicht." Er fingerte in seiner Hosentasche und holte eine Packung Zigaretten hervor, von der er sich eine ansteckte.

Anna beobachtete ihn, wie er genüsslich den Rauch einsog und ihn anschließend in einem langen Schwall wieder ausstieß.

„Er hat sogar das Rauchen aufgegeben. Von heute auf morgen. Einfach so." Seine Stimme klang belustigt und unglaubwürdig. „Es gibt keine Gefühle im Hauptquartier, die du nach draußen zeigst. Doch plötzlich war es so, als hätte Diego welche und war von ihnen wie gelähmt. Er war teilweise nicht ansprechbar, obwohl er direkt neben dir stand. Es war beängstigend." Seine Stimme war mit einem Mal ruhiger geworden.

Nachdenklich starrte er auf den Fußboden. „Ich hatte Angst, ihn zu verlieren, und ich wusste, dass das passieren würde, wenn ich nicht bei ihm blieb. Nur aus diesem Grund bin ich damals mitgegangen, als er plötzlich verschwinden wollte. Ich wusste, was auf dem Spiel stand, dass wir damit offiziell unser Todesurteil unterschreiben, aber ich konnte nicht anders. Ich musste ihm helfen. Jetzt ist es genauso, nur, dass die Rollen vertauscht sind: Er wird mir beistehen."

Anna hörte wie gebannt zu. Sie hatte Rafael noch nie so viel reden hören. Es machte einiges klarer, auf der anderen Seite aber war es auch erschreckend und bedrohlich. Anna zweifelte keinesfalls daran, dass Rafael es ernst meinte. „Ich verstehe nicht, warum du mich dann gerettet hast?"

„Hab ich doch gesagt: Du solltest mir vertrauen."

„Nein, das meine ich nicht. Warum holst du mich aus der Halle, tötest Menschen, um mich zu befreien, wenn du mich am Ende doch umbringen willst? Was macht das für einen Sinn?"

„Einen sehr großen. Diego soll mir auch wieder vertrauen. Er soll wissen, dass er sich auf mich verlassen kann. Dass ich immer zu ihm stehe. Dass ich Azem in den Rücken falle, um dich zu retten. Er würde niemals in Erwägung ziehen, dass du durch mich einen Schaden erleidest."

Annas Mund klappte auf, aber sie war nicht in der Lage hierauf zu antworten. Rafael hatte die Situation ausgenutzt, um bei Diego zu punkten. Er machte seinem Bruder etwas vor, und Diego hatte keine Ahnung davon.

Hektisch sog Rafael erneut an seiner Zigarette. Die Ruhe war plötzlich aus seinem Gesicht verschwunden und wurde wieder durch die bekannte Aggressivität abgelöst. „Doch jetzt ist das vorbei. Du hast die Police gefunden, damit ist diese Ära auch beendet. Du weißt, dass es ab jetzt keinen Schutz mehr für dich gibt. Du bist jetzt wie Freiwild für uns. Doch ich werde dich jetzt nicht töten. Verdank es dem Baby, wenn du so willst. Doch diese Absprache gilt nur, wenn du dich an die Abmachungen hältst!"

Anna hatte das Gefühl, als würde ihr Bauch auf einmal mehrere Kilo wiegen und schwer nach unten ziehen. Die Bedeutung des neuen Lebens hatte plötzlich noch einen zweiten Sinn.

„Warum die Sache mit den Wanzen, wenn du doch auf deren Seite bist und sie dich finden sollen? Warum hast du sie mir abgenommen?"

„Ich lasse mich nicht von Benno bestimmen, das ist alles! Benno ist krank im Kopf und besessen davon, alle zu regieren. Aber wenn ich zurückkomme, dann nicht zu ihm, und das soll er gleich wissen."

Anna versuchte die Einzelheiten in ihrem Kopf zu sortieren. Es schien keiner in der Mafia-Familie dem anderen wirklich zu vertrauen.

„Du bist tot!", fuhr Rafael fort und kam damit auf das Thema zurück, das ihm offensichtlich die ganze Zeit schon auf den Lippen gebrannt hatte. „Du stirbst heute und verlässt die Stadt. Ich werde dir Geld geben. Dann verschwindest du von hier und wirst nie wieder auftauchen. Du weißt nicht, wo das Hauptquartier ist und wirst es niemals finden. Sei nicht so dumm und such danach. Es wird keine Verbindung mehr zu Diego geben. Er wird nicht nach dir suchen, weil er weiß, dass du nicht mehr lebst."

„Und du glaubst, dass er das einfach mit sich machen lässt?" Anna wurde wütend. Wie konnte Rafael nur so egoistisch über das Leben seines Bruders bestimmen? Noch dazu, wo ihm Diegos Wünsche vollkommen egal zu sein schienen.

„Er hat gar keine andere Wahl. Du bist tot! Wir haben eine Leiche." Er sagte das so natürlich und ruhig, als wäre es das Selbstverständlichste. „Er wird dich nicht finden, weil er nicht nach dir suchen wird", fuhr Rafael erklärend fort, als würde er von einer Gebrauchsanleitung ablesen. *Eins plus eins ergibt zwei – ist doch ganz klar!*

„Was ist mit dem Baby?" Es war ein merkwürdiges Gefühl, es auszusprechen, da Anna noch nicht mal in Gedanken so weit war, um sich dessen wirklich bewusst zu sein. Doch jetzt musste sie alle Karten ausspielen, die sie hatte. „Denkst du nicht, Diego hätte ein Recht darauf, sein Kind kennenzulernen?"

Rafaels Zigarette vibrierte in seinem Mundwinkel, als er lachte. „Stell dir Diego bitte nicht als Vaterfigur vor! Das ist nichts für ihn."

„Was redest du da bloß?", fauchte Anna und trat wütend einen Schritt auf ihn zu. „Ich kann nicht glauben, dass du das machst. Dass du so herzlos bist!"

Sie ballte die Fäuste und stürmte auf ihn zu. Ihre Wut war plötzlich unbezähmbar und unkontrolliert. Rafael hatte keine Ahnung, was er Diego damit antat.

Doch Rafael kam ihr zuvor und holte mit seinem rechten Arm aus. Taumelnd fiel Anna zur Seite, schlug gegen die Wand und fiel zu Boden. Noch bevor sie realisieren konnte, was geschehen war, hatte er sie im Nacken gepackt und presste ihr die Waffe an den Kopf.

„Sei vorsichtig mit dem was du tust, Anna! Ich tue dir einen Gefallen. Mein Auftrag lautet Töten, doch ich führe ihn nicht aus. Du solltest mir vielleicht lieber dankbar sein. Wenn dir diese Wahl nicht passt, werde ich dich auf der Stelle erschießen."

Anna wusste, wie sehr er die Wahrheit sprach. Es war keine leere Drohung, die er hier von sich gab – er würde sie töten. Vielleicht nicht, weil er selbst die Idee dazu hatte, sondern einfach nur, weil es ihm gesagt worden war.

Der Rauch seiner Zigarette sammelte sich im Raum, und Anna spürte eine erneute Übelkeit aufsteigen, obwohl diese auch von der Wut kommen konnte.

„Schau dir dein Leben an, dann Diegos – ihr passt nicht zueinander. Ihr seid in vollkommen verschiedenen Welten aufgewachsen. Diego gehört auf die Straße. Du kannst ihn nicht einsperren. Er ist wie ein Vogel."

Anna presste den Kiefer zusammen und kämpfte gegen die Tränen.

Dann löste er seinen Griff von ihr und richtete sich langsam auf. „Du hast die Wahl, Anna. Verschwinde oder ich erschieße dich. Wenn ich dich noch einmal sehe, werde ich nicht lange zögern."

Er trat um sie herum und verschwand wieder im Wohnzimmer.

Anna schnappte nach Luft und richtete sich langsam auf. Es konnte nicht zu Ende sein.

Das, was Rafael tat, war furchtbar, aber es würde nicht funktionieren. Die Mafia war die eine Bedrohung. Doch mit ihrem Tod würden Diegos Schuldgefühle neu entfacht werden, und Anna wusste leider, dass er zum Suizid neigte. Er hatte bereits auf der Schwelle gestanden und würde sie wieder betreten.

Anna stand auf und begegnete Rafael ein letztes Mal im Durchgang zum Wohnzimmer direkt gegenüber von der Wohnungstür. Sein Blick war finster und feindselig. Die Pistole hatte er immer noch in der Hand.

Anna biss die Lippen zusammen, um nicht vor Wut zu schreien, ihn zu schlagen oder anzuspucken. Ihre Augen fanden seine und der Hass war unübersehbar, als sie an ihm vorüberschritt.

Als sie die Klinke runterdrückte, streckte er seine freie Hand aus, und Anna erkannte ein zusammengewickeltes Bündel Geldscheine.

Erleichtert, endlich ihrer Wut freien Lauf zu lassen, schlug sie seine Hand zur Seite, sodass die Scheine auf den Boden segelten. „Behalt dein verdammtes Geld!"

Rafael wirkte kurz verdutzt, doch dann sammelte er sich sofort wieder. Gleichgültig verzog er den Mund und zuckte mit den Schultern.

„Ich lass mich nicht kaufen, Rafael. Ich werde auch so gehen, doch eins solltest du bedenken: Egal, was jetzt passiert – Diego wird es nicht überleben. Entweder ist es die Mafia oder er selbst."

Rafaels Augen zuckten kurz, und Anna erkannte, dass er wusste, was sie damit meinte. Er wusste, dass sein Bruder vor zwei Jahren mehrmals kurz davor gestanden hatte.

Doch Anna konnte ihn nicht mehr sehen. Sie funkelte ihn noch ein letztes Mal an, dann drehte sie sich herum und verschwand. Sie musste dieses Haus so schnell verlassen, wie sie nur konnte.

Kapitel 68

Es war ein schwarzes Loch. Wie eine Spirale drehte es sich fortwährend im Kreis ohne Unterlass. Und er fiel hinein. Nichts bremste ihn. Er angelte mit den Armen, schlug mit den Händen umher – aber nichts hielt ihn. Der Fall ging weiter und weiter.

Doch dann war er plötzlich da!

Schlagartig riss er die Augen auf und setzte sich auf. Ein kurzer schneller Blick zeigte ihm, wo er war – Hauptquartier. Draußen war es hell, das hieß, ihm fehlten grob mindestens fünf Stunden.

Er sprang vom Sofa auf und kniff die Augen zusammen, um den Schwindel zu bekämpfen. Sein Kopf schmerzte.

„Bleib ruhig, mein Junge!“ Sein Adoptivvater saß ihm gegenüber auf dem Sofa und lächelte ihm beruhigend entgegen. Neben ihm hockte Benno und grinste siegessicher über das ganze Gesicht.

Diego wand den Blick ab, um sich zu konzentrieren. Er war gerade noch im Ferienhaus gewesen, das wusste er. Wie war er von da hierhergekommen? Wo war Anna?

Panik machte sich breit. Er fühlte an sich herunter und stellte fest, dass er keine Waffe mehr bei sich hatte. Dieses Gefühl war gleichbedeutend, als wenn er vollkommen nackt dastehen würde.

„Beruhige dich, Santo!“ Frank stand auf und hob abwehrend die Arme.

„Einen Scheiß werde ich.“ Diego wirbelte herum und sah in die hintere Halle auf den Platz, wo für gewöhnlich sein Wagen stand. Doch diese Stelle war leer. Rafael war damit unterwegs. Er hatte Anna zum Haus gefahren, doch warum war *er* jetzt hier? Ohne Anna? Ohne Rafael? Ohne Wagen?

Sie hatten ihn zurückgeholt, doch er hatte dieses Mal freie Hände und die würde er auch benutzen. Sie konnten ihn hier nicht festhalten.

„Warte, Santo!“, rief sein Adoptivvater von hinten, als sich Diego zu einem dunklen Audi aufmachte, der für gewöhnlich neben seinem Toyota stand. „Du kannst nicht zurück zum Haus. Joyo ist gleich hier und wird dir alles erklären. Es ist etwas passiert.“

Diego stoppte in seiner Bewegung und presste die Zähne aufeinander. Der letzte Satz hallte wie eine unheilverkündende Prophezeiung in der Luft.

„Was habt ihr getan?“, schrie er laut, ohne sich dabei umzudrehen. Es war etwas passiert, das wusste er. Wieso war er sonst hier? Wieso war so viel Zeit vergangen?

Er drehte sich herum und packte Frank am Kragen. Er musste sich kontrollieren, wenn er erst noch eine Antwort abwarten wollte, bevor er ihn niederschlug. Die Wut brannte in ihm und tat mehr weh, als wenn er die Schläge hierzu selbst einstecken musste.

„Was hast du getan?“, fauchte er und spuckte seinem Ziehvater ins Gesicht.

Frank rührte sich nicht, sondern hielt Diegos tollwütigen Blicken stand. Dann ging in seinem Rücken die weiße Metalltür auf und Rafael betrat das Hauptquartier. Ohne dass Frank ihn direkt sehen konnte, spürte Diego dennoch die Erleichterung in seiner Haltung.

Diego sah zu Rafael hinüber und wusste es sofort. Sein Gesicht war blass, seine Augen trafen kurzzeitig seinen Blick, suchten dann aber sofort das Weite auf dem Fußboden.

Diego stieß Frank zur Seite und eilte auf seinen Bruder zu. „Was ist es, Rafael? Was ist passiert?“

Rafael hob den Blick. Seine Augen waren glasig und rot unterlaufen. Er schüttelte kurz mit dem Kopf. „¡Lo siento, Diego. No tenía ninguna oportunidad!“[7]

Der Schwindel setzte wieder ein und ließ den Raum um ihn herum verschwinden. Rafael entfernte sich von ihm, doch seine Worte hallten gespenstisch nach.

Vor seinen Augen sah er nichts weiter als ihr Gesicht.

Diego sackte zusammen und spürte den Betonboden unter sich, während Rafael ihm Einzelheiten erzählte.

Die ganze Geheimniskrämerei hatte sie verraten. Er erwähnte einen Namen, zu dem Diego grob wusste, dass Azem hier seit einiger Zeit noch eine Rechnung offen hatte. Sie waren ihnen gefolgt, hatten Rafael aus dem Haus gelockt, woraufhin auch Diego nachgekommen war. Rafael hatte sich befreien, aber nicht verhindern können, dass das Haus Feuer fing. Für Anna gab es keine Chance mehr zu entkommen. Anschließend hatte Rafael Miti angerufen und ihn gebeten, Diego nach Hause zu holen.

Diego hörte, wie Rafael das ‚nach Hause‘ gewählt ausdrückte. Gleichzeitig spürte er eine Hand auf seiner Schulter und vernahm Franks Stimme. Sie würden für ihn da sein, sie würden sie rächen – sie würden alle wieder hinter ihm stehen.

Diego spürte eine leichte Genugtuung, wenn er an Rache dachte, aber es änderte nichts daran, dass sein Engel fort war.

*

---

[7] „Es tut mit leid, Diego. Sie hatte keine Chance!“

Anna war wie eine Geisteskranke aus dem Haus gelaufen und auf die Straße gestürmt. Ab da war sie dann nur noch gerannt. Im Wettlauf mit den Tränen, die ihr in Strömen über die Wangen flossen.

Irgendwann hatte sie gestoppt, weil sie nicht mehr konnte. Ihr Herz pumpte wild und in ihrer Lunge stach es, dass sie das Gefühl hatte, sie würde beim nächsten Atemzug einfach zerfetzen.

Sie hatte sich nach vorne gebeugt und sich mit dem Ellenbogen an einem Laternenpfahl abgestützt, bis ihr schlagartig die Galle hochgekommen war und sie sich auf die quadratischen Pflastersteine erbrach.

Ihre Glieder waren zittrig und taub. Ihr Kopf matschig und undurchdringbar.

Was sollte sie machen? Es gab keinen Ausweg zu Diego. Die Handyverbindung war weg. Wenn er nicht noch weitere Sender an ihr angebracht oder Spitzel um sie herum versammelt hatte, dann war es wirklich so, dass er sie nicht aufspüren würde, wenn sie ihm erst mal erzählt hatten, dass sie tot war. Sie hatte keine Ahnung, wie sie die Halle finden würde. Natürlich könnte sie in ihre Wohnung gehen und alle alten Orte aufsuchen, an denen sie gemeinsam gewesen waren, doch würde er kommen? Und vor allem wann? Wie sollte es gehen? Würde er zurückkommen, um sich an sie zu erinnern? Oder würde er gar nicht so weit gehen? War seine Hand mit der Glock viel schneller? Würde er gar nicht lange warten und es direkt erledigen?

Sie hatte keine Zeit zu verlieren! Sie musste ihn finden – sofort!

Sie richtete sich auf und wischte sich mit dem harten Jackenärmel über den Mund. Ihre Lippe brannte an der Stelle, wo sie durch Rafaels Attacke aufgeplatzt war.

Natürlich war sie längst aufgefallen. Alleine weil sie barfüßig unterwegs war, war es schon Grund genug, um die Aufmerksamkeit der Passanten auf sich zu ziehen. Da sie sich aber auch noch übergeben hatte, war ihr jegliches Augenpaar gewiss.

Sie sah sich um und überlegte kurz, wo sie eigentlich war. Sie war so blind drauflos gelaufen, dass sie leicht die Orientierung verloren hatte.

Ihre Augen streuten wild durch die Menge, doch jeder noch so gierige und interessierte Blick auf sie wurde sofort abgebrochen, sobald sich ihre Augen kreuzten. Keiner hielt ihrem stand.

Das machte Anna noch wütender. Wie konnten sich all diese Menschen an ihrem Leid weiden, ohne jegliche Anteilnahme zu nehmen? Es war eklig, es war abscheulich!

„Was glotzt ihr alle so?“, fauchte Anna aufgebracht und trat einer alten Dame wütend entgegen, die interessiert stehen geblieben war und Anna wie ein ausgestelltes Tier im Zoo musterte.

Anna wirbelte herum und holte mit ihrem Arm aus, ohne jemandem ernsthaft zu nahezukommen. „Verpisst euch! Was wollt ihr alle hier? Ihr habt ja keine Ahnung!“

Ein Mann mit einer blauen Trainingsjacke und einem Kaffeebecher trat zurück, blieb aber dennoch in sicherer Entfernung stehen und genoss die Show.

Anna sah all die Menschen, doch es war, als wäre sie tatsächlich hinter einem Schaufensterglas und könnte niemanden von ihnen erreichen. Keiner von ihnen würde ihr helfen können. Keiner wusste, was hier wirklich los war. Niemand. Sie waren alle nur Zuschauer und ergötzten sich an ihrem Leid.

Anna drehte sich im Kreis, fühlte die Abneigung und die Erniedrigung. Gleichzeitig die Hilflosigkeit, weil sie nichts tun konnte.

„Haut ab!“, schrie sie unter Tränen und breitete die Arme aus.

Von denen geht keiner. Ein anderer ist gegangen, dachte sie traurig.

„Verschwindet!“, schluchzte sie. Keiner bewegte sich.

Und dennoch bin ich so alleine!

„Geht endlich!“ Ihre Stimme brach. Sie sah in die Gesichter der Menschen, suchte nach dem einen, das gegangen war.

Hier werde ich ihn niemals finden.

„Komm zurück“, murmelte sie kaum hörbar und sackte zusammen.

Der Eine war gegangen, doch es war keiner der umstehenden Menschen. Es war schon viel eher passiert, doch sie konnte ihn nicht zurückholen.

„Komm zurück“, wiederholte sie und schlang die Arme um ihren Bauch, als sie sich auf den kalten Steinen zusammenrollte.

Kapitel 69

Joyo betrat den Kontrollraum und entdeckte Benno auf Jessis Platz, den Blick auf den Monitor geheftet. In seinem Mundwinkel qualmte eine Zigarette, während er eine Reihe von Bildern nacheinander durchklickte.

Frank stand neben ihm und drehte sich zu Joyo herum. „Wie geht es ihm?"

„Er schläft. Ich habe ihm noch etwas Chloralhydrat gegeben."

„Das haut den größten Ochsen um", kommentierte Benno, ohne den Blick von den Monitoren abzuwenden.

„Es ist schwer für ihn, aber er wird drüber hinwegkommen. Santo ist zäh." Anerkennend klopfte Frank seinem zweiten Ziehsohn auf die Schulter und trat nach draußen.

„Wo ist Jessi?", fragte Joyo Benno, nachdem Frank verschwunden war. Er konnte es an einer Hand abzählen, dass sie mal nicht hier im Serverraum gesessen hatte.

„Feiert Überstunden ab", antwortete Benno. Er hatte sich immer noch nicht umgedreht, sondern studierte die Bilder, als würde er auf Fehlersuche gehen und die einzelnen Motive wie in einem Rätselheft vergleichen.

Joyo wusste, dass es keine Überstunden bei den Streetsurfern gab. „Wo ist sie?"

Jetzt erst drehte Benno sich um. „Was ist los, Mann? Wenn es juckt, such dir doch eine andere! Saralies Zimmer ist auch wieder neu besetzt. Ich sage dir, ein süßes Mäuschen." Benno zwinkerte und grinste verschmitzt.

Doch Joyo war nicht an einem anderen Mädchen interessiert. Schon gar nicht auf die Art, an die Benno gerade dachte. Er machte einen Schritt nach vorne und riss Benno mitsamt seinem Stuhl nach hinten. Es knackte laut, als eine der Plastikarmlehnen des Drehstuhls dabei abbrach.

„Ich will wissen, wo Jessi ist, verdammt!" Joyo hatte Benno am Hals gepackt und drückte ihn zu Boden.

„Verdammt Joyo, vielleicht ist sie pissen!"

Joyo ließ ihn los und trat einen Schritt zurück.

„Mann, ich hab euch Scheiß-Mexikanischen-Choleriker-Spacken echt vermisst", fluchte Benno, während er sich wieder aufrichtete.

Ohne noch etwas zu sagen, drehte Joyo sich um und ging in Richtung Santo. Er war nervös. Zwar war er wieder in seinem Revier, aber Jessi war nicht da und Santos Zustand momentan wie auf

Messers Schneide. Im Augenblick schlief er, aber irgendwann würde er wieder wach sein und dann musste er beten, dass er aus seinem Bruder wieder einen ganzen Streetsurfer machen konnte.

*

Ihre Hände umschlangen die Kaffeetasse wie einen letzten Strohhalm, der sie doch noch rausziehen würde. Es war der letzte Ausweg, um nicht doch noch einzuschlafen, sondern wach zu bleiben und zu überlegen. Denn das musste sie. Es war ein Rennen gegen die Zeit. Wenn er sich noch nicht umgebracht hatte, dann würde die Mafia sicherlich einen Weg finden, der Diego zwang, sich ihnen wieder anzuschließen. Und wenn es so war, würde alles zu spät sein.

Selbstverständlich hatte Anna nicht lange auf dem Gehweg liegen bleiben können. Einer der Passanten hatte letzten Endes die Polizei gerufen. Von da an hatte es nur noch ein paar Wege gebraucht, bis sie schließlich bei Sebastian im Büro gelandet war.

Sie hatte die Knie fest an den Bauch gezogen und schob das Kinn zwischen die Beine. Über ihrem Rücken lag eine kratzige Wolldecke, die Sebastian hervorgeholt hatte. Sie saß wie ein Ball geformt auf dem Stuhl. Die Augen halb geschlossen und müde. Auf dem Gesicht die eingetrockneten Salzspuren ihrer unzähligen Tränen.

Vor ihr auf dem Tisch lagen einige Fotos ausgebreitet, die sie mittlerweile alle kannte. Und auch die Männer auf den Bildern waren ihr keine Unbekannten mehr. Teilweise waren es sogar Bekannte oder Leute, die sie zu ihren Freunden gezählt hatte.

Und natürlich Diego!

Er sah sie von einem Foto von unten herab an. Seine Augen waren direkt auf die Kamera gerichtet. Doch sein Gesichtsausdruck sagte nichts aus. Teilnahmslos. Ausdrucklos. Vielleicht würde sogar die Beschreibung abgestumpft passen. Eine Spur Arroganz war auf seinem Gesicht zu lesen und alles an ihm erschien ihr fremd, als würde sie ihn gar nicht kennen.

Ein Fremder. War er das?

Wenn Anna den Worten Rafaels glauben sollte, dann war Rafael zufrieden, weil er dazugehörte und eine Aufgabe hatte. Würde Diego genau diese Aufgabe auch wieder erfüllen? Würde sie ihn wieder zu einer Marionette ohne Gefühle und Willen machen? Kannte sie ihn wirklich so gut, dass sie seinen Unwillen beschwören konnte? Wenn er früher so gelebt hatte, würde er es dann nicht wieder tun können? Gab es etwas, das ihn hiervon abhalten würde?

Nein! Es gab nichts, denn Anna war tot!

Ein ungutes Gefühl schlummerte in Anna, dass die bloße Tatsache, Anna zu verlieren, für Diego ausreichen würde, um sein Leben komplett auf den Kopf zu stellen. Sein Bezug wäre weg. Doch vielleicht brauchte er diesen auch schon gar nicht mehr, da er Teile seines Gedächtnisses zurückerhalten hatte. Er wusste wieder, wer er war, und Anna war nichts weiter als eine angenehme Nebenerscheinung.

Die Mafia hatte ihren Teil getan. Sicherlich war Diego längst von ihrem Ableben informiert worden. Sie war Vergangenheit.

Doch der Schein trügte. Anna war nicht tot, und sie zerrte an den letzten möglichen Fäden, um nicht zur Vergangenheit zu gehören.

„Wenn ich doch nur zu dir könnte", murmelte sie und verlor sich in seinem starren und kühlen Blick auf dem Foto. Doch während sie den Schmerz und die Ausweglosigkeit spürte, so blieb sein Gesicht unverändert und unberührt. Es war das Gesicht eines kalten und abgebrühten Killers.

Als die Tür geöffnet wurde, zuckte Anna zusammen, entspannte sich jedoch wieder, als sie Sebastian erkannte, der in sein Büro zurückkehrte. Er hatte die Lippen zu einem schmalen Strich zusammengepresst und schloss mürrisch die Tür hinter sich. „Es ist keiner mehr da."

Anna konnte seine Enttäuschung verstehen, da sie wusste, um was es hier genau ging. Nachdem er Anna aufgelesen hatte, waren sofort ein paar Beamte zu Rafael und seiner Wohnung geschickt worden.

„Und die Papiere?" Anna richtete sich auf und betete innerlich, dass die Beweise nicht verloren gegangen waren.

„Nada!"[8] Sebastian ließ sich in seinen Stuhl fallen und verschränkte die Hände hinter dem Kopf. „Es war nichts mehr da. Keine Stadtpläne, Fotos, Karten – nichts! Auch der kleine Junge nicht. Er wird alles mitgenommen haben."

Anna dachte an die spärlich eingerichtete Wohnung, in der bereits ein Teil der Grundausstattung abhandengekommen war. Das einzig Persönliche war die Karte an der Wand mit Diegos Eintragungen und der Umschlag mit den Papieren. Ansonsten war die Wohnung relativ überschaubar gewesen.

Traurig ließ sie den Kopf wieder auf ihre Knie sacken.

„Du musst versuchen dich zu erinnern, Anna." Sebastian war aufgestanden und legte eine Stadtkarte vor Anna auf den Tisch. Das Bild vom kaltblütigen Diego verschwand unter dem Papier. „Du hast den Stadtplan in der Wohnung gesehen. Wo waren die Markierungen?"

---

[8] „Nichts!"

Anna erkannte ihren Stadtteil und zeigte auf ihre Wohnung und die anderen Punkte, die ihr bekannt vorgekommen waren. Doch dann hörte es auf.

„Es waren noch einige hier und hier.“ Anna deutete mit groben Bewegungen auf die äußeren Ränder der Karte, doch sie hatte sich nicht gemerkt, wo die einzelnen Nadeln gesteckt hatten. „Ich habe nicht drauf geachtet.“

Anna dachte an den Umschlag mit den Kindersteckbriefen, die sie in diesem Moment viel mehr beschäftigt hatten.

Sebastian warf einen prüfenden Blick auf die von Anna angedeuteten Stellen und strich sich mit der Hand über das Kinn. „Und du hast wirklich keine Ahnung, wo die Halle sein könnte?“

„Nein, wie gesagt: Ich habe geschlafen und auf dem Rückweg war es zu dunkel. Aber es war ländlich. Ich war erstaunt darüber, wie weit wir doch entfernt sein mussten.“

Anna musterte den Plan, aber die Karte war zu sehr auf den eigentlichen Stadtkern beschränkt und hatte keinen Platz für die ländlichen Grenzgebiete.

„Was ist mit dem Ferienhaus, in dem ihr letzte Nacht gewesen seid? Wo genau war es?“

Anna lächelte verlegen, weil sie es ebenfalls nicht sagen konnte, und schüttelte mit dem Kopf.

Doch Sebastian wirkte merkwürdigerweise nicht enttäuscht. Ein Fünkchen Hoffnung schimmerte auf seinem Gesicht, als er plötzlich ein altes Foto aus einem Ferienhauskatalog auf den Tisch legte. „Ist es das?“

Anna beugte sich vor, um besser sehen zu können. Es war ein aktueller Computerausdruck, aber das Bild selbst war alt. Es zeigte das Haus am Tage. Anna erkannte die kleine Veranda und den Dachüberstand vor der Eingangstür. Ein großes Fenster war nach vorne zu sehen, daneben ein kleiner Anbau mit einem winzigen Fenster, den Anna als ihren Schlafraum wiedererkannte.

Obwohl sie das Haus gestern nur im Dunkeln gesehen hatte, nickte sie zustimmend. Das war das Haus.

Sebastian lächelte. „Es war erstaunlich leicht zu finden.“

„Wie das?“

„Weil es letzte Nacht abgebrannt ist. Ich habe die Meldung heute früh gehört, mir aber nichts dabei gedacht, bis du gerade von dem Ferienhaus erzählt hast. Einen Versuch war es wert, dachte ich.“

Du hast nicht mehr herauskommen können, bevor das Haus abgebrannt ist, hatte Anna plötzlich Rafaels Worte für ihr getäuschtes Ableben im Kopf.

„Du sagtest, dass nur ihr drei dort geschlafen habt, richtig?", fuhr Sebastian fort. „Diego, Rafael und du?"

„Genau. Und laut Rafael soll ich dort auch gestorben sein."

Sebastian nickte zustimmend. „Es wurde eine weibliche Leiche in den Trümmern gefunden."

Anna riss die Augen auf, auch wenn sie bei ihren müden Lidern hier nicht viel Erfolg hatte. Die Mafia hatte vorgesorgt.

„Das bin ich", murmelte sie leise und ballte die Hände um ihre Tasse herum zu Fäusten.

„Wir untersuchen gerade, wen sie hier als dich ausgeben wollten, aber die Ergebnisse liegen noch nicht vor. Bis dahin müssen wir weiter versuchen, an das Hauptquartier heranzukommen."

Anna dachte an das beige Sofa, auf dem sie gelegen hatte, die große Halle, die angrenzenden Holzverschläge, das kleine Badezimmer, die Containerreihe draußen und den angrenzenden Schrottplatz – sie hatte alles so genau vor Augen und wusste doch nicht, wo es war.

„Was ist mit Jessi? Sie ist doch schließlich auch dort gewesen. Kann sie es euch nicht sagen?" Anna dachte an die dünne, kleine Frau, zu der Diego Vertrauen hatte, doch Anna war sich hier nicht mehr so sicher. Wie sollte das gehen, wenn sie gleichzeitig für Diego, die Mafia und die Polizei arbeitete?

„Leider ist sie wie vom Erdboden verschluckt." Er setzte sich wieder hinter seinen Schreibtisch und verschränkte die Arme vor der Brust.

Annas Mund klappte auf. „Die Leiche! War sie es?"

Sebastian zuckte mit den Schultern. „Wie gesagt, wir wissen es noch nicht."

Anna schloss die Augen und wünschte sich, die schlimmen Bilder aus ihren Gedanken zu verbannen. Die nächste Leiche würde Diego sein, sie spürte es einfach.

„Erzähl mir von Rafael! Dem Bruder", forderte Sebastian. Er hatte sich wieder etwas nach vorne gelegt und beobachtete Anna streng, damit ihm nichts entgehen würde. Anna kannte diesen Blick bereits aus ihrer Vernehmungszeit von vor einem Jahr und sie mochte ihn nicht. Wenn er so schaute, war es, als würde man direkt an einem Lügendetektor angeschlossen werden. Sebastian holte einfach alles aus einem heraus.

Anna ließ die Beine wieder auf den Fußboden sinken und wickelte die Decke um sich herum. „Was willst du wissen?"

„Alles."

„Aber ich habe doch schon alles erzählt."

„Egal, erzähl es mir noch einmal! Mit allen Details. Ich muss irgendwie dahinterkommen. Irgendeine Lücke müssen wir finden."

Anna atmete tief durch und fing an, das Erlebte von Neuem zu erzählen. Sie ließ nichts aus. Sie versuchte sich an jedes noch so kleine Detail zu erinnern. Selbst die mögliche Schwangerschaft erwähnte sie, da Rafael sie nur aus diesem Grund hatte gehen lassen.

Sebastian saß wie gebannt vor ihr und ließ sie nicht aus den Augen. Er unterbrach sie nie – wenn sie eine Pause machte, wartete er geduldig, bis sie den Faden wieder aufgenommen hatte. In seinem Gesicht reflektierte sich die Geschichte wider und wurde zu einem Ganzen, oder zumindest schien er zu versuchen, hier eine Einheit draus zu formen.

Als Anna schließlich bei ihrem Zusammenbruch auf der Straße angelangt war, stoppte sie. Ab hier wusste Sebastian ebenfalls Bescheid, weil die Beamten ihm Bericht erstattet hatten.

Er schwieg einen Moment und überlegte. Den Blick hatte er dabei abgewandt und aus dem Fenster zum kleinen Innenhof gerichtet.

„Rafael hat also die Seiten gewechselt", murmelte er schließlich beiläufig.

Anna antwortete nicht, da sie erkannte, dass er immer noch versuchte die Fäden zueinander zu führen.

„Was glaubst du, seit wann das so war?", fragte er.

Anna überlegte kurz. Sie hatte diesen Gedanken bereits selbst angefangen. „Ich denke, spätestens seit wir in diesem Ferienhaus waren. Ich glaube, dass Rafael uns hier an Jessi verraten hat. Vielleicht aber auch schon eher. Ich denke, alle haben irgendetwas ausgeheckt und Diego außen vor gelassen. Rafael will ihn wieder zur Mafia zurückziehen. Ich vermute, dass er diesen Plan nicht ganz alleine geschmiedet hat."

Sebastian drehte sich wieder zu ihr herum. Seine Augen leuchteten, doch waren sie nicht vollends zufrieden. „Jessi hat uns entscheidende Informationen geliefert. Aber sie werden leider nicht reichen. Alles was wir haben, sind diese Fotos, einzelne Tatorte, es konnten ein oder zwei Fälle zusammengefügt werden, aber das ist auch alles. Mit dieser mickrigen Beweislage kommen wir bei keinem Richter weit. Es wäre absolut lächerlich, so gegen Azem Gharibyan anzutreten."

Er wirkte angespannt. Anna erkannte den Ehrgeiz in seinem Gesicht. Ihm war der Knochen vor die Nase gehalten, aber im letzten Moment wieder weggezogen worden. Doch der Geruch war zu gut, dass er ihn unbedingt zurückhaben wollte.

„Was wir brauchen, ist ein wirklich großer Fisch." Er sah Anna über den Tisch hinweg an, als würde sie vor einer großen Prüfung stehen und das Endergebnis war allein von ihr abhängig.

Natürlich wusste Anna, von wem er sprach. Es war genauso klar wie unmöglich. „Ich will diesen Fisch auch."

Sebastian lächelte. „Hast du mit Diego über das Zeugenschutzprogramm gesprochen?"

„Ja."

„Und? Was hat er gesagt?"

„Er ist wenig begeistert."

„Das habe ich mir gedacht. Er scheint mir nicht zu trauen."

„Nein. Er sagte, bei seinen Straftaten würde er lebenslang im Gefängnis sitzen." Anna dachte kurz an den trostvollen Gedanken, Diego im Gefängnis vor Rafael und dem Rest in Sicherheit zu wissen. Obwohl sie hier wahrscheinlich ebenfalls ihre Hintermänner hatten und ihm ans Leder könnten.

Sebastian beugte sich über den Tisch. „Das weiß ich, Anna. Und deshalb habe ich auch bereits mit den zuständigen Leuten gesprochen", flüsterte er geheimnisvoll. „Wir können den Untergang der armenischen Mafia erreichen, Anna, und das wollen alle. Ich habe das Go von ganz oben. Es kann uns keiner in die Quere kommen. Wir stehen quasi in den Startlöchern. Das SEK ist auf Abruf. Wir sind bereit. Das Programm könnte sofort starten und bei dem erhofften Resultat würde für Diego ein straffreies Leben möglich sein. Alles, was wir hierfür brauchen, ist seine Kooperation."

Anna hatte sich leicht zu ihm gebeugt und lauschte angespannt. Es war, als würde er die Lösung vor ihr auf einem Silbertablett servieren, doch wenn man es genauer betrachtete, waren es nichts weiter als leere Pappschachteln.

Eine Träne löste sich aus Annas Auge. Der Weg lag vor ihnen, aber sie würden ihn niemals gemeinsam gehen können.

Kapitel 70

Anna war nervös, als sie das Polizeirevier einige Zeit später verließ. Sie hatte noch lange mit Sebastian gesprochen und sich sogar eine Zeit hinlegen können, um etwas zu schlafen. Das Polizeirevier war ein sicherer Ort, und sie hatte die Ruhe und Geborgenheit genossen, aber nach und nach wurde sie dennoch unruhiger. Sie konnte nicht nur rumsitzen und warten. Vielleicht würde sie es irgendwann können, wenn sie keine Kraft mehr hatte und ihre Gedanken alles zermürbt hatten, was von ihrem Geist noch übrig gewesen war. Wenn die Sorge und Ungewissheit sie von innen zerfressen hatte – dann war vielleicht irgendwann an Ruhe zu denken, aber nicht solange er hier draußen herumlief.

Wenn er sie wirklich finden wollte, dann würde es auch passieren, aber sicherlich würde er hierfür nicht die Mauern des Polizeireviers überwinden. Sie musste auf freiem Feld stehen. Sichtbar und erreichbar. Dann könnte er auch zuschlagen.

Anna stand auf der untersten Stufe des mächtigen Gebäudes hinter ihr und sah sich um. Wohin sollte sie gehen? In ihre Wohnung? Was war hiervon überhaupt noch übrig? Wie sah es in ihrem gesamten Mietshaus nach dem Wohnungsbrand bei ihrem Nachbarn Tim überhaupt aus? Sie war nicht mehr dort gewesen, aber so wirklich zog es sie auch nicht hier hin.

Sie hatte kein Zuhause mehr. Zumindest nicht, solange sie nicht wusste, wie es weitergehen würde. Vielleicht würde sie auf der Straße leben. Machten andere doch schließlich auch. In Hamburg lebten Hunderte Menschen auf offenen Plätzen und unter Brücken. Vielleicht würde er sie hier irgendwann finden.

Ein feuchter Wind kam auf, und Anna zog die Jacke fester um sich. Sebastian hatte ihr ausrangierte und schlichte Damenkleidung aus einem ehemaligen Trainingslager gegeben, die seine Kolleginnen nicht mehr brauchten. Jetzt trug Anna also eine schwarze und robuste Bundhose mit zwei Zusatztaschen an den Beinen. Ihre Jacke war aus dunkelblauem Polyester und mit einem weichen Kunstfell gefüttert, das sie sicherlich durch die erste Kälte bringen würde.

Anna drehte sich herum und schritt los. Sie hatte entschieden, dass ihr nichts passieren konnte, so lange sie sich in größeren Menschenmassen aufhielt. Wo auch immer sie hinging, sie musste sichergehen, dass ständig jemand in der Nähe war.

Sie warf einen besorgten Blick in Richtung Himmel und erkannte die dunklen Wolken, die der kühle Wind bereits in diese Richtung geschoben hatte. Sicherlich würde es nicht sehr lange dauern und sie würde ihre Obdachlosenerfahrungen gleich mit Regen und nassen Klamotten beginnen.

Eilig schritt sie voran und entfernte sich schnell von der Polizeistation, die wie eine Art Klippo beim Versteckspielen wirkte. Sie musste die sichere Zone verlassen, wenn er sie finden sollte.

Doch vielleicht war er längst da?

Sie drehte sich um und beobachtete die Passanten. Alle waren beschäftigt und hatten vermutlich mehr oder weniger die dunklen Wolken gesehen. Es war nicht das passende Wetter, um gemütlich spazieren zu gehen. Diejenigen, die jetzt auf der Straße unterwegs waren, taten es nicht aus purer Lust an der frischen Luft. Wer die Wahl hatte, blieb jetzt lieber drinnen.

Dann hatte Anna den perfekten Einfall, wohin sie gehen würde – der Hauptbahnhof. Hier war sie mit einer ganzen Masse Menschen in einem Gebäude, würde nicht nass werden und brauchte keine Angst haben, irgendwann wirklich alleine zu sein. Irgendjemand war immer hier.

Sie nahm das Handy aus der Tasche, das Sebastian ihr gegeben hatte, um weiter mit ihr im Kontakt stehen zu können. In kürzester Zeit hatte er veranlasst, dass sie eine zweite Sim-Karte mit ihrer Nummer erhielt.

Sie warf einen Blick auf das Display, es war kurz vor sechs. Ein kurzer Gedanke schwirrte durch ihren Kopf, der an ihre mögliche Nachtruhe dachte.

Dann erreichten sie die ersten Tropfen.

Sie fing an zu laufen, als der Regen mehr wurde. Doch es half nichts. Bereits nach ein paar Metern seilten sich die ersten Tropfen von ihren Haaren herab. Sie hätte sich irgendwo unterstellen können, aber die Straße hatte sich zu schnell geleert, und sie wollte hier nicht alleine stehen bleiben. In einiger Entfernung erkannte sie das große U einer U-Bahnstation und steuerte direkt drauf zu.

Sie hatte vorher bereits daran gedacht, dass die U-Bahn ebenfalls ein sicherer Ort wäre, nur war es hier mit dem Handyempfang teilweise schlecht bestellt. Und den brauchte sie. Sie hatte ein neues Telefon ohne Sender. Die Blockade war aufgehoben, sodass sie wieder auf dem normalen Weg geortet werden konnte. Es war ihr einziger Ausweg.

Anna warf einen flüchtigen Blick nach hinten, als sie die Straße überquerte und auf das große U zuging. Es war nichts Verdächtiges zu erkennen. Warum sollte auch, dachte sie. Die Police war aufgehoben, an ihr hatte man kein Interesse mehr. Sie war tot.

Sie eilte die Stufen zu den Bahngleisen herunter und war überrascht, wie warm es hier unten war. Dann dachte sie daran, dass sie die Hälfte des Tages geschlafen beziehungsweise in Sebastians Büro verbracht und gar nichts vom eigentlichen Tag mitbekommen hatte.

Sie musste einen kleinen Moment warten und fuhr dann mit der nächsten Bahn direkt zum Hauptbahnhof. Der Zug war nicht allzu voll. Sie versuchte die Menschen zu beobachten, doch es schien keiner auffällig zu sein.

Als sie ausgestiegen war, eilte sie zügig in Richtung Treppen und war erst wieder entspannt, als sie den oberen Bahnhofsteil erreicht hatte. Dieser Teil war der Verkehrsknotenpunkt und schlief wirklich nie.

Sie kontrollierte ihr Handy. Empfang war da. Sie wählte die Nummer ihres Festnetztelefons in ihrer Wohnung. Natürlich wusste sie, dass hier niemand abnehmen würde, doch sie wollte, dass ihr Handy tätig war und seine Spuren in den Sendemasten hinterließ. Man sollte sie schließlich finden. Nur so würde es für sie weitergehen.

Als sich schließlich der Anrufbeantworter meldete, legte sie auf. Sie brauchte keine trostlose Nachricht hinterlassen. Doch sie würde es wieder versuchen.

Langsam und ruhig schlenderte sie den Bahnhof ab. Sie versuchte es gemütlich aussehen zu lassen, um nicht zu viel Aufsehen zu erregen. Wie lange durfte sie sich hier wohl aufhalten, bis sie jemandem auffiel und dieser sie möglicherweise nach ihren Absichten oder ihrer Fahrkarte fragte? Letztendlich wohl noch vom Gelände verwies? Sie nach draußen in die Dunkelheit verbannte?

Anna hörte auf die Lautsprecher und studierte die An- und Abfahrtszeiten. Sie achtete besonders auf die Verspätungen der Züge und versuchte sich immer denjenigen zu merken, der gerade die meiste Verspätung hatte. Falls sie jemand fragen sollte, würde sie also nur auf jemanden warten. Ihr war klar, dass dieser Trick auch nur einmal klappen würde und spätestens dann zu Ende war, wenn der Zug tatsächlich eintraf. Vor ihrem geistigen Auge malte sie sich aus, wie sie zur Demonstration für das Bahnhofspersonal einem fremden Menschen freudig in die Arme sprang, um ihre Inszenierung glaubwürdig aussehen zu lassen.

Aber nein! Der Bahnhof war groß. Von den zwei separaten großen Einkaufswegen konnte man auf die großzügigen Gleisabschnitte hinunterschauen, und wenn sie regelmäßig ihre Position wechselte, würde sie sicherlich keinem im Wege sein.

An einem kleinen Imbiss kaufte sie sich ein belegtes Brötchen und eine Cola. Es war Abendbrotzeit und sie hatte wirklich Hunger. Außerdem konnte sie das Koffein gut gebrauchen, wenn sie hier noch länger unterwegs war. An das ‚Wie-Lange' mochte sie zum jetzigen Zeitpunkt noch nicht denken.

Sie suchte sich für ihre Mahlzeit eine Bank an einem vollbesetzten Bahngleis aus und aß zügig. Kurz bevor der Zug eintraf, entfernte sie sich wieder aus der Menge, um nicht als letzte zurückgelassene Person hier zu sitzen.

Als sie die Stufen zu den Läden und kleinen Restaurants wieder hochstieg, spürte sie, was auf lange Sicht nur eine Frage der Zeit gewesen war – sie musste auf die Toilette.

Sie tätigte einen weiteren Anruf bei ihr zu Hause. Sie hatte keinen Sender mehr in ihrem Telefon, aber irgendwie musste er sie doch finden.

Es war mittlerweile kurz vor halb neun und trotz der Cola und ihrem langen Schlaf im Polizeirevier wurde sie dennoch müde.

Sie schlenderte weiter. Doch ihr Gang war langsamer geworden und wurde nach und nach unentschlossener. Die Blase drückte und bettelte um Erlösung. Ihre Augen wurden schwer und fühlten sich kratzig an. Die Lider zu schließen war hier die heilende Lösung. Doch sie durfte jetzt nicht schlappmachen.

Dem Toilettengang willigte sie letztendlich ein und machte sich zum nächsten WC auf.

Im Eingang saß eine schwarzhaarige Reinigungsdame mit hellbrauner Haut und müden mit dunklen Rändern umzeichneten Augen.

Anna lächelte ihr schwach zu, während sie das Geld in die Schranke steckte und sich zu den Toiletten aufmachte.

Als sie gerade die Hose heruntergelassen hatte, hörte sie plötzlich die Stimme der Reinigungskraft, die stark durch einen südländischen Akzent geprägt war: „Nur Frauen! Sie nicht dürfen …"

Anna zuckte zusammen. Sie war nicht mehr alleine. Und die Person, die jetzt den Zutritt zu den Damentoiletten suchte, gehörte hier offensichtlich nicht hin – es war ein Mann.

Blitzschnell zog Anna wieder die Hose hoch und schob sich zurück an die Wand.

Er hat mich gefunden!

Sie hörte Schritte, die sich ihrer Kabine näherten und dann erkannte sie auch den dazugehörigen Schatten, als er direkt vor ihrer Tür stehen blieb.

Ihr Herz raste. Mit weit aufgerissenen Augen starrte sie an die noch verschlossene Tür und überlegte, was sie tun sollte. Er hatte sie genau dort erwischt, wo sie es nicht gewollt hatte – sie waren allein und ohne Überwachungskameras.

„Anna?"

Obwohl der Mann direkt vor ihrer Tür stand, machte die Stimme auf erschreckende Weise noch deutlicher, wie dicht er ihr eigentlich war.

„Anna, ich weiß, dass du da drin bist. Wir müssen miteinander reden. Mach bitte die Tür auf!"

Es hätte so schön, aber auch einfach so unmöglich sein können, wenn ich jetzt Diegos Stimme gehört hätte.

Aber auch diese Stimme war ihr nicht unbekannt.

Sie betätigte zur Demonstration den Spülknopf, um zu signalisieren, dass er hier in ihre Privatsphäre eingedrungen war, und öffnete dann die Tür. Sie hatte keine andere Wahl.

Kapitel 71

Tim war überrascht, wie gut Anna aussah, als sie die Tür ihrer Kabine öffnete und ihm mürrisch in die Augen blickte. Als er sie das letzte Mal gesehen hatte, bevor sie aus bisher unerklärlicher Weise von seinem Radar verschwunden war, war sie blass und erschöpft gewesen.

„Das hier ist eine Damentoilette“, fauchte sie patzig, und es passte zu ihrem funkelnden Blick.

„Ich bitte um Entschuldigung. Das ist mir bewusst, aber ich habe sonst keine andere Möglichkeit gesehen, um mit dir allein zu sein. Deine Endlosschleifen durchs Bahnhofsgebäude waren doch irgendwann nicht mehr auszuhalten.“ Er lächelte und dachte kurz an ihren stetigen Lauf mit größeren Menschenmassen als Magnetpunkt, den er seit einiger Zeit beobachtet hatte.

„Wundert mich nicht, dass du mich gefunden hast“, raunte sie ebenso patzig zurück.

„Du hast mich doch gerufen, oder nicht? Endlich hatte ich dich wieder auf dem Schirm, nachdem du plötzlich wie vom Erdboden verschluckt warst. Ich liege wahrscheinlich nicht verkehrt, wenn ich vermute, dass Diego hierfür der Grund gewesen ist?“

Anna antwortete nicht, aber Tim erkannte in ihrem Blick, dass er recht hatte. Nur war ihm nicht klar, was Diego gemacht haben könnte. Sicherlich hatte er ihr das Handy abgenommen.

„Glaubst du denn, dass hier ein guter Ort zum Reden ist? Wir sind hier auf einer Bahnhofstoilette für Damen.“

„Oh, ich glaube, wir sind hier vorerst ungestört. Wahrscheinlich gibt es gar keinen besseren Ort als diesen hier.“ Tim warf einen kurzen Blick zur Reinigungsdame und dachte an die weiteren fünfzig Euro, die er ihr bei seinem Verlassen versprochen hatte, wenn sie für einen kurzen Moment niemanden in diesen Raum ließ.

Anna trat einen Schritt vor und sah ebenfalls kurz zum Ausgang. Dann schien sie sich zu entspannen und stellte sich aufrecht hin. „Okay, reden wir! Was willst du?“

„Die Frage ist ganz einfach zu beantworten: Diego!“

Über Annas Gesicht huschte ein kurzes Zucken, als würde ihr dieser Gedanke Schmerzen bereiten. „Was willst du von ihm?“

„Er hat meinen Vater getötet.“

Wieder veränderte sich Annas Gesicht, doch jetzt war es purer Hass, der sich hier widerspiegelte. Auf diese Weise würde er nicht weiterkommen.

„Drücken wir es anders aus", fuhr er fort. „Diego hat etwas, mit dem er für seine Tat bezahlen kann. Ich würde mich mit dem Ausgleich zufriedengeben, Diego wird nichts geschehen."

Und schon wieder ein neues Gesicht. Sie runzelte die Stirn und sah ihn fragend an. Sie hatte keine Ahnung, wovon er sprach, und plötzlich konnte er seinen Vater verstehen, der so oft von wandelnden Gemütszuständen gesprochen hatte. Aus ihr konnte man tatsächlich lesen wie aus einem offenen Buch. Faszinierend.

„Mein Vater hat in seiner Forschungszeit mit Diego spannende Dinge herausgefunden", fuhr er fort, um sie aufzuklären. „Einen an Amnesie erkrankten Menschen zu durchleuchten ist eine sehr aufregende Geschichte. Trotz der Krankheit erfährst du Dinge, die der Erkrankte selbst gar nicht weiß."

Er machte eine Pause und genoss den Anblick, in ihr verwirrtes Gesicht zu schauen.

„Was hat er herausgefunden?" Es war, als würde ihr Gesicht plötzlich aufleuchten. Ihre Augen bohrten sich fest in seinen Blick und suchten die Wahrheit.

Tim genoss den Augenblick. Ihrer Reaktion nach schien sie nicht zu begreifen, um was es vielleicht gehen könnte. Oder sie konnte sich tatsächlich verstellen.

Doch er würde die Katze aus dem Sack lassen. Jetzt gleich. „Mein Vater war fasziniert von euch. Ich vielleicht auch, auf gewisse Weise, aber nicht so vollkommen wie er. Doch mein Vater hat etwas Entscheidendes übersehen."

Annas Haltung versteifte sich. Sie war auf der Hut.

„Es ist erstaunlich, was mein Vater entwickelt hat, oder nicht? Ein Wundermittel, das den Willen eines Menschen formt und bestimmen lässt. Ihr durftet es am eigenen Leben auskosten, aber dennoch sind die Werte verfälscht. Diego konnte sich nicht an dich erinnern. Es macht absolut keinen Sinn mit ihm den Test zu machen, ob er dich töten würde oder nicht. Du warst eine fremde Person für ihn. Zumal er eine solch ausgezeichnete Ausbildung genossen hat und das Töten in seiner Natur liegt. Auch eine geschwächte Schlange würde eine Maus töten wollen, wenn man diese vor ihr in den gleichen Käfig setzt. Hiermit hat mein Vater nichts bewiesen."

Er machte eine Pause, um die Informationen auf Anna wirken zu lassen. Doch dann konnte er nicht länger mit dem Entscheidenden warten: „Hast du dir schon mal überlegt, wie es umgekehrt wäre? Könnte man auch eine Maus dazu bringen, die Schlange zu jagen? Doch anders als beim ersten Versuch ist das Gedächtnis der Maus nicht beschädigt. Im Gegenteil: Die Maus ist vernarrt in die Schlange und kennt sie sehr gut. Denkst du nicht auch, dass dieser Versuch viel bahnbrechender wäre?“

Anna hatte sich aufgerichtet. Ihr Atem ging flach und vage.

„Wirst du mir dabei helfen, Anna? Wirst du meine Maus sein?“ Er stand so kurz davor, das unglaubliche Werk zu vollenden. Er würde Anna der Gedankenmanipulation unterziehen. Ihr Kopf war sauber und rein und die Werte wären absolut unverfälscht, wenn sie Diego töten würde.

„Ich weiß nicht, wo Diego ist“, antwortete Anna direkt.

Sie hatte verstanden und ihre Antwort klang wie ein einfaches, klares Ja. Es war wie das beruhigende Plätschern eines Gebirgsflusses in seinen Ohren. Mehr als diese Einwilligung brauchte er nicht. Den Rest würde er erledigen.

„Aber ich weiß es.“

Kapitel 72

Benno stand an der Tür und wartete, bis Joyo mit seinem Trara fertig war. Santo lag weiterhin reglos auf dem Bett, wie er es den ganzen Tag bereits gemacht hatte. Joyo schritt leise um ihn herum und kam dann auf Benno zu.

„Wir sollten die Wände noch mit Gummimatten auskleben", fauchte Benno, als Joyo sich an ihm vorbeischob.

Doch Joyo beachtete ihn nicht, sondern stieß ihn nur mit der Schulter unsanft zur Seite, als er an ihm vorbei nach draußen schritt und die Tür hinter sich schloss.

Benno blähte die Brust auf und funkelte ihn mit gewölbtem Oberkörper wütend an. „Mal ernsthaft, Joyo! Wie lange soll das noch so gehen?"

Joyo erwiderte die Drohgebärde und fauchte grimmig zurück. „Das geht dich einen Dreck an."

„Wir gründen einen Invalidenverein für abgewrackte Streetsurfer. Santo kriegt sein Gnadenbrot im Hauptquartier und wird mit Beruhigungsmitteln vollgepumpt, bis er wieder kurz vor einer Amnesie steht. Hauptsache er erkennt nicht, was hier los ist, und dreht nicht wieder durch. Ist das nicht dein Plan?"

„Halt die Schnauze!" Joyo schob ihn zur Seite und ging weiter in Richtung Kontrollraum.

„Genauso wird es laufen, oder, Joyo? Santo wird als sabbernder Wicht in diesem Loch verkommen. Glaubst du ernsthaft, dass er mal wieder richtig dazugehören wird?"

Joyo war im Kontrollraum verschwunden, aber Benno war noch nicht fertig mit ihm. Es war absolut lächerlich, was hier momentan abging, dass er sich schon bald schämte ein Streetsurfer zu sein. Diese Geschichte durfte unter keinen Umständen an die Öffentlichkeit gelangen. Sie machten sich zum Gespött, wenn es so weiterging. Wahrscheinlich war Joyo kurz davor, eine Altenpflegerin für Santo einzustellen, die dann hier um ihn herumwirbelte, und sie alle würden sich an Ruhezeiten halten müssen. Es war peinlich, was hier ablief.

Benno war zum Kontrollraum gefolgt und traf hier auf Frank, der Joyo beiseite genommen hatte. Wie es dem Patienten ging, wollte dieser wissen.

Benno wollte am liebsten nur noch laut schreien.

„Ich habe ihm nichts mehr gegeben", erklärte Joyo den aktuellen Stand. „Vielleicht ist es gut, wenn er jetzt langsam zu sich kommt."

„Ja, du hast recht. Wir sind alle hier, falls er Hilfe braucht."

„Ich zeige ihm gerne, wie er seine Waffe zu laden hat, wenn er das nicht mehr hinbekommt", witzelte Benno von der Seite. „Wenn es sein muss, helfe ich ihm auch beim Abdrücken, aber bitte verlangt nicht von mir, dass ich Santo den Arsch abwischen muss."

Der Motor eines Hubschraubers ließ Bennos letzten Satz fast untergehen. Jessi stellte sofort die Anzeige auf Dachkamera und ein olivgrüner Hubschrauber tauchte auf dem Bildschirm auf.

„Schon das zweite Mal heute. Die suchen irgendetwas."

Frank trat einen Schritt dichter an den Bildschirm heran. „Vielleicht eine Übung. Behalt das im Auge!"

Benno prustete. „Vielleicht sucht aber auch nur jemand eine große Halle mit Containerlager und Schrottplatz in der Nähe." Er funkelte Joyo finster an.

„Anna ist tot."

Benno zuckte mit den Schultern. „Ich will ja nicht wissen, mit wem sie vorher noch alles gesprochen hat. Ich glaube, so unbekannt, wie wir immer sein wollten, sind wir vielleicht nicht mehr."

„Behalt das im Auge!", wiederholte Frank trocken, ohne auf weitere Vermutungen einzugehen.

Der Hubschrauber wurde wieder leiser und zog schließlich ab.

„Ich würde gerne noch einmal auf die Santo-Geschichte eingehen", fuhr Frank fort und erinnerte dabei an ein Thema, über das sie bereits vorhin gesprochen hatten, als Joyo nicht im Raum gewesen war.

Sobald Joyo den Namen seines Bruders hörte, verkrampfte er sich sofort.

Es sind eindeutig zu viele Gefühle in dieser Halle, dachte Benno. Wie sollten sie dann noch normal arbeiten? Es war quasi unmöglich.

„Willst du das vielleicht erzählen, Benno", fuhr Frank fort, „du hast den Kontakt immerhin aufgebaut."

Jessi prustete leicht. „Ich weiß nicht, ob ich es so ausdrücken würde."

Joyo sah verwirrt von einem zum anderen.

„Willst du vielleicht von deinem Fehler berichten, Jessi?", fragte Benno gehässig. Die kleine Frau war die letzte, die lachen durfte, wenn man an die Kontaktaufnahme des Wissenschaftlers dachte, der letztes Jahr das System umgangen hatte.

„Wir wurden gehackt, Joyo", gab Benno die Erklärung weiter. „Kannst du dir das vorstellen? Jessis Firewall ist nicht das, wovon wir immer ausgegangen sind."

Benno erkannte an Joyos Blick, wie erstaunt er war. Die Streetsurfer gingen als unantastbar durch, aber in den letzten zwei Jahren hatten sich so einige Schwächen gezeigt, die nicht tragbar waren und nicht der Ehre gebührten, der Elite eines Streetsurfers anzugehören. Angefangen hatte alles mit der feigen Flucht der mexikanischen Brüder – letzter Eingriff hierin war der Umbau eines Trainingsraumes in das Sanatorium eines Amokläufers.

„Und wir wurden seltsamerweise von niemand anderem gehackt als dem Typen, der Santo in Spanien aufgelesen und ihm diese Morddroge eingeträufelt hat, die ihn zu einer von Blutlust gesteuerten Marionette machte. Ist das nicht ein komischer Zufall?“ Benno lächelte zufrieden und ließ die Informationen wirken. „Er hätte fast seine geliebte Anna gekillt, ist das zu glauben?“

„Es sind interessante Studien, die dieser Mann mit seinem Vater aufgestellt hat“, fuhr Frank fort. „Sie haben es geschafft, Santo so zu manipulieren, dass er nur noch einen einzigen Gedanken hat, ohne sich von Umwelt oder Gefühlen ablenken zu lassen.“

„Der perfekte Streetsurfer also“, fügte Benno hinzu. „Keine Schwächen mehr, keine Ausreißer, keine Meinungsverschiedenheiten – komplette Kontrolle über jeden einzelnen Atemzug.“ Benno atmete tief durch, weil er diesen Gedanken einfach nur genial fand. Es würde die Arbeit in so vielen Schritten vereinfachen. Sie würden wieder in der Siegerspur stehen, wie sie es einst getan hatten.

„Wir haben heute Morgen dabei an Santo gedacht“, erklärte Frank weiter und nickte Benno zu. „Und wir denken, dass das für ihn durchaus eine Hilfe sein könnte, um wieder in die richtigen Bahnen zu gelangen.“

Joyo hob sofort die Hände. „Ihr werdet Santo nicht dieser Droge aussetzen.“

Benno lächelte, als er an das Gespräch dachte, dass er heute früh mit Frank geführt hatte. Joyo hatte keine Ahnung, dass es bereits beschlossene Sache war. Frank sah nämlich ebenfalls nicht viel Hoffnung, wenn er Santos derzeitigen Zustand bedachte.

„Es würde Santo als Hilfe dienen, Joyo. Bis er wieder ganz zu uns gehört. Es wäre ein Start, um wieder reinzukommen und alles zu vergessen.“

„Niemals.“

„Hör bitte erst einmal zu: Santo ist geschwächt. Er hat ein Jahr in dem Glauben gelebt, ein ganz normaler Mann zu sein. Er hat mit Anna zusammengelebt, ein geregeltes Leben geführt, wenn du es so sagen willst. Ich glaube, wir haben gar keine andere Wahl, als ihn auf diese Weise zu unterstützen.“

„Wisst ihr denn nicht, was das Zeug mit ihm gemacht hat? Ich habe mit Anna darüber gesprochen." Joyo knurrte abwehrend. „Es hat ihn krankgemacht."

Benno rieb sich insgeheim die Hände. Er wusste, dass Frank zu überzeugt war und Santo gar keine andere Wahl hatte. Er würde nur wieder ein Teil werden, wenn er durch und durch reingewaschen war.

„Ich glaube, wir bekommen Besuch", meldete Jessi und deutete auf den Bildschirm, der die Zufahrt im Blick hatte.

Die Männer drehten sich herum. Frank erkannte ihn als Erster. Verwundert fuhr er herum und sah Benno fragend an.

Benno grinste und freute sich, dass es jetzt schon so weit war. „Ich dachte mir, ich lade ihn einfach schon mal ein."

*

Anna hatte nicht viel Einfluss auf das folgende Geschehen gehabt. Und doch war es das, was sie wollte.

Den ganzen Weg aus dem Bahnhof hinaus zum Wagen, der nicht weit entfernt in einer Parklücke gestanden hatte, und dann weiter hinaus aus Hamburg heraus, war Anna nervös gewesen und hatten ihr die Gedanken durch den Kopf gespukt. War es möglich, dass sie wieder und wieder von den alten Geschichten eingeholt werden würde? Hatte Tims Vater nicht schon genug Unheil angerichtet, als er vor einem Jahr an ihnen herumgedoktert hatte? Jetzt sollte das Ganze noch einmal starten, nur dass Diego und Anna dabei die Rollen tauschten?

Doch momentan fühlte es sich relativ egal an, wie sie zu Diego zurückkam. Sie musste ihm irgendwie mitteilen, dass sie noch am Leben und sein Bruder ein verdammter Betrüger war, wie alle um ihn herum. Auch wenn es bedeutete, dass Anna Diego anschließend vielleicht umbringen würde.

Sie hatten Hamburg in nordöstlicher Richtung verlassen. Anna versuchte sich den Weg zu merken. Achtete auf jedes Schild. Doch als sie schließlich die blauen Zäune und die Containerreihe erkannte, wusste sie, dass sie nur mit Mühe den Weg alleine wiederfinden würde. Vor der Halle standen mehrere Fahrzeuge, unter anderem Diegos Toyota. Annas Herz machte einen Doppelschlag, als sie ihn sah. Hoffentlich war es noch nicht zu spät, und sie konnte ihm zeigen, dass sie nicht tot war.

Tim lenkte den Wagen um die Halle herum, sodass sie ein Stückchen an der Containerreihe entlangfuhren und direkt vor einer kleinen, blauen Tür hielten, die unmittelbar zur Haupthalle gehörte, in der die Sofaecke stand.

Als sie ausstiegen, dachte Anna an das andere Ende, durch dessen Tür sie das letzte Mal gegangen war, wo der Weg einen durch die Bretterverschläge führte. Ihr war gar nicht aufgefallen, dass es ganz offensichtlich auch einen direkten Eingang zur hinteren Halle gab.

Tim schritt auf die Tür zu und sah Anna finster an, bevor er eintrat. „Lass mich reden! Sie erwarten mich.“

Anna nickte, sagte aber nichts. Ihr war übel.

War Diego hier? Rafael? Frank? Azem, der Mafiaboss?

Alle wussten, dass sie tot war, und doch stand sie jetzt hier.

Tim öffnete die Tür, und Anna folgte ihm in den großen Raum, der eine Mischung aus Autowerkstatt, Lagerhalle und Wohnblock war. Sie kamen von der Seite herein, sodass das Waschbecken mit der kleinen Küchenzeile links von ihr lag und die Sofas direkt vor ihr seitlich zu erkennen waren.

Geradeaus im zweistöckigen Wohnpart war unten eine Tür geöffnet, vor der sich Benno, Frank und Rafael versammelt hatten und ihnen interessiert entgegensahen.

Benno grinste plötzlich, als er Anna sah, Frank wirkte eher überrascht.

Doch wo war Diego?

Anna sah sich um. Erkannte die weiße Tür, die in die andere Halle führte, durch die sie ihre Flucht angetreten hatte. Dann sah sie nach links in den Werkstattbereich, musterte das geschlossene Rolltor an der hinteren Seite und die Sprossenfenster in der gegenüberliegenden Wand.

Eine Tür an der hinteren Ecke des Wohnblocks öffnete sich und ein großer, kahl rasierter Mann trat heraus. Anna erkannte ihn – sie hatte ihn bereits in Zaragoza gesehen, als er Enrico getötet hatte.

Er drehte sich höflich zur Seite und richtete sich auf, als Azem Gharibyan folgte. Dahinter kamen drei weitere Männer und gesellten sich wie eine Traube um den Anführer.

Anna erkannte die Macht dieses Mannes. Doch ihr Blick blieb nicht lange auf ihm haften, da plötzlich die weiße Tür zur Halle neben ihr und auch die Tür durch die sie gerade gekommen waren, ebenfalls geöffnet wurden. Ihr Herz verkrampfte sich schlagartig beim Anblick der zusätzlichen Waffen, die die Männer offen zur Schau trugen, als sie nacheinander den Raum betraten. Insgesamt war sie jetzt von etwa 15 Männern umringt, die vereinzelt die Ausgänge blockierten.

Tim hatte recht gehabt, sie waren erwartet worden, es fragte sich nur – wofür?

*

Diego vernahm das Brausen eines Hubschraubers und öffnete die Augen.

Sein Blick war kurz verschwommen, und er musste sich orientieren, aber dann wusste er wieder, wo er war. Außerdem hatte er den Hubschrauber vor ein paar Minuten bereits gehört.

Was war hier los?

Er richtete sich auf und sah an sich herunter. Er war unbewaffnet – angezogen, aber nackt – fuhr ihm ein altes Sprichwort durch den Kopf, und das fühlte sich nicht richtig an.

Er stand auf und musterte den Raum. Er kannte ihn vom letzten Mal, als Benno ihn hierher geschleppt und verhört hatte. Hier war ihm alles wieder eingefallen, die Erinnerung saß in diesen Ecken und Wänden.

So auch jetzt.

Doch die Erinnerung war eine andere. Sie hatte ein rundes Gesicht, blaue Augen und eine mit Sommersprossen übersäte Nase, umrahmt von einem wilden Lockenkopf.

Der Engel!

Mit dieser Erkenntnis wollte er sich wieder auf das Bett legen. Weiterschlafen, vergessen – bis er das nächste Mal wieder erwachte. Oder auch nicht. Zu wissen, dass sie nicht mehr lebte, war schlimmer als jede Tracht Prügel, die er in diesem oder den umliegenden Räumen eingesteckt hatte.

Er wünschte sich die Benommenheit zurück, die ihn gerade noch eingelullt hatte, aber irgendetwas hielt ihn jetzt hiervon ab. Waren es die Schritte vor der Tür, als die Männer an ihm vorbeigelaufen kamen? War es der Hubschrauber, der das Unheil verkündet hatte? Er konnte hier nicht stehen bleiben. Er musste raus.

*

Sobald der Raum sich gefüllt hatte, hatte Tim Annas Arm ergriffen, als wäre sie ein Rettungsring, an dem man sich festhalten und der ihn wieder hochziehen würde. Wusste er denn nicht, dass diese Menschen sie bereits getötet hatten? Sie war kein Nutzen für ihn, wenn er vorhatte, sich an ihr Leben zu klammern.

Benno hatte sich als Erster aus der Reihe gelöst und ging lächelnd in die Hände klatschend auf Anna zu. „Wie ich glaube, muss ich dir, Joyo, auch noch einmal erklären, wie man eine Waffe bedient. Kann es sein?“

Er warf einen Blick nach hinten und hatte im nächsten Moment seine Pistole auf Anna gerichtet. „Es tut mir leid, Herzchen, dieser Fehler wird nicht noch einmal vorkommen.“

„Nein“, brüllte Tim und stellte sich vor seinen Rettungsring.

„Nicht sie, Benno! Die brauche ich noch für mein Experiment. Wir haben darüber gesprochen. Es war abgemacht."

Anna schielte an Tim vorbei und erkannte, dass Benno die Augen zusammenkniff, als wäre er gerade endlos überfordert.

„Aber dieses Mädchen ist bereits tot. Es ist alles nur ein blöder Fehler, dass sie hier noch steht. Wirklich in keiner Form zum Nachahmen zu empfehlen."

„Das kann gut sein, aber ich bin froh, dass sie noch lebt. Sie ist unabkömmlich für die Forschung."

Benno schüttelte den Kopf und hielt die Waffe hoch, sodass sie nicht mehr auf Anna zielte. „Ich werd nicht schlau aus euch Wissenschaftlern."

„Lass es mich erklären." Tim hob die Hände. Er sprach weiter in wirren Formeln und Floskeln, doch Anna schaltete ab. Der Raum war voll geworden, und ihre Augen huschten von Mann zu Mann. Es waren so viele. Wo war Diego? Er musste hier doch irgendwo stehen. Er konnte nicht tot sein.

Ihr Blick traf auf Rafael, und sie sah den Verrat in seinen Augen. *Entschuldigung,* dachte sie, *ich bin nicht gerade freiwillig hier.*

Doch Tim konnte nicht weitersprechen, weil Azem plötzlich vortrat und ihn mit einem missbilligenden Blick strafte. Anna war erstaunt, wie klein er in Wirklichkeit war. Sie vermutete, dass er nicht viel größer war als sie, doch seine Aura verlieh ihm die nötige Größe. Anna spürte sofort, wie alle umstehenden Männer im Raum die Luft anhielten, als er sich bewegte. Es waren dressierte Hunde, die darauf warteten, ihrem Herrn zu dienen.

„Wer ist dieser Mann?", wandte er sich an Benno. Seine Stimme klang trocken und kratzig. Anna überlegte direkt, ob er Schmerzen beim Sprechen hatte, weil er ohne Luft zu reden schien.

Benno drehte sich euphorisch zu ihm herum. Er wirkte wie ein kleines Kind, das unbedingt ein neues Spielzeug zeigen wollte. „Das ist der Mann, von dem ich bereits erzählt habe. Er kann alles und jeden manipulieren."

Azem nickte und so wie es schien, hatte er bereits davon gehört. Dann warf er einen prüfenden Blick in Annas und Tims Richtung.

„Dann soll er es zeigen! Wo ist Santo? Vielleicht bringt ihn das in seine alte Form zurück."

*

Diego stand direkt hinter seinem Kreis von Anhängern, als Azem sich zu ihm herumdrehte. Er hatte keine Ahnung, was hier los war und warum sich alle versammelt hatten, doch plötzlich richtete sich alle Aufmerksamkeit auf ihn.

Azem lächelte, als er erkannte, dass Diego schon direkt zur Stelle war. „Santo, ich weiß ja nicht, ob du dafür ein Codewort brauchst, aber es gilt, dieses Mädchen dort zu töten!“

Er trat zur Seite und vor ihm erschien sie, umringt von bis an die Zähne bewaffneten Streetsurfern und sonstigen Anhängern aus Azems Gefilde.

„Anna!“ Diego spürte, wie sein Herz plötzlich einen kleinen Hopser machte, und trat automatisch einen Schritt vor.

Sie lebte. Wie war das möglich?

Doch sofort wurde ihm klar, dass die Umstände hierzu egal waren. Die Gefahr momentan war allgengewärtig und umso größer.

Er lächelte ihr entgegen und wurde mit einem unendlichen Strahlen belohnt.

Anna schwankte leicht und wollte ebenfalls einen Schritt nach vorne machen, aber Tim hielt sie zurück.

Diego ließ seinen Blick sofort zu den Seiten huschen. Er war unbewaffnet. Alle waren da. Die Fluchtwege waren dicht. Er musste sich etwas einfallen lassen, doch es war nicht gerade leicht.

„Mach schon!“, befahl Azem von der Seite. „Töte sie!“

Diegos Kopf blieb gerade auf Anna gerichtet, nur seine Augen huschten kurz zur Seite und funkelten böse in Azems Richtung. „Niemals.“

Azem wandte sich an Tim. Seine Begleiter folgten ihm unauffällig im Rudel. Diego schritt automatisch zwei weitere große Schritte auf Anna zu.

„Zeig uns, wie es geht! Wie macht er, was ich von ihm verlange?“

Tim lächelte und hob entschuldigend die Hände. „Ich denke, ganz so leicht ist es vielleicht nicht. Wir haben ihn präpariert, aber das ist bereits zwei Jahre her. Seitdem hat sich viel verändert, und er hat seinen freien Willen wieder erhalten. Um ihn wieder dahin zu bekommen, wo er war, bedarf es etwas an Vorbereitung.“

Azem sah zu Diego und nickte. „Nun denn! Ich bin gespannt. Wann wird es so weit sein?“

Tims Lächeln wurde verlegen. „Ich will Sie natürlich nicht enttäuschen, aber um ehrlich zu sein, dachte ich, dass ich diesmal die Rollen tauschen möchte. Verstehen Sie, Santo ist ein Killer, der nichts anderes kann, als zu töten, doch diese Frau hier …“, er griff Anna an den Schultern und stellte sie zur Demonstration vor sich, „… ist Krankenschwester und hat gelernt zu helfen und zu heilen. Noch dazu empfindet sie eine enorm starke Bindung zur Zielperson. Es wäre durchaus interessant, *ihren* Willen zu brechen.“

„Ja, das klingt nach Spaß“, war Benno zu hören und Diego erkannte im Augenwinkel, dass er vor Freude in die Hände klatschte.

Doch Diego sah nur Anna. Sie hatte die Augen weit aufgerissen und schüttelte leicht mit dem Kopf.

„Eine interessante Theorie“, pflichtete Azem bei. „Das würde ich sehr gerne miterleben.“

Tim nickte anerkennend und dankte mit seinen Händen, indem er sie leicht in die Höhe nahm. Aus den umliegenden Gesichtern war Neugier statt der vorherigen Anspannung zu erkennen.

Nur in Annas Gesicht war noch die Angst zu lesen und zu Diegos Überraschung ging sie plötzlich auf ihn zu, als wäre es das Natürlichste auf der Welt und als wären nicht genauso viele Gewehre wie Augen auf sie gerichtet.

*

Anna sah das Entsetzen in seinen Augen, als sie sich in Bewegung setzte. Sie hatte Angst, natürlich hatte sie das, aber sie hatte auch keine Zeit mehr. Sie musste bei Diego sein, wenn es passierte.

Mit ihrem ersten Schritt hatten sich alle Waffen im Raum auf sie gerichtet, doch Anna sah sie nicht.

„Bleib stehen!“, fauchte Benno von der Seite, als sie ihn passierte, aber auch hierauf achtete sie nicht.

Sie sah das Flehen in Diegos Augen und erkannte seine Machtlosigkeit. Das beflügelte sie umso mehr. Sie musste zu ihm gehen.

Doch ganz bis zu ihm kam sie nicht. Er stand zu dicht am Mafiaanführer und sobald Anna in ungefährer Reichweite war, spürte sie einen Gewehrlauf, der ihr auf die Brust gedrückt wurde.

„Nicht weiter!“, sagte die Stimme dazu, aber Anna sah den Mann nicht.

Sie war etwa zwei Meter von Diego entfernt und das würde ausreichend sein. Sie hatte keine andere Wahl.

Sie lächelte und blinzelte ihre Tränen weg. Sie war gekommen, um ihn zu holen, doch sie erkannte, wie nervös er war. Es gefiel ihm nicht, dass Anna so dicht gekommen war und inmitten von Azems Leibwache stand.

„Ich werde dir nicht wehtun“, murmelte sie leise und musste sich räuspern, weil ihre Stimme nicht aufs Sprechen eingestellt war.

Diego schüttelte den Kopf und lächelte entschuldigend, als müsse sie darauf keine Rücksicht nehmen. Er wollte einen Schritt vortreten, doch Anna hob warnend die Hand.

„Bleib stehen!“ Ihre Stimme war da und klang jetzt laut und deutlich. Sie blinzelte kurz und erkannte ein kleines, rotes Blitzen vor ihren Augen.

Gleich ist es vorbei, dachte sie und holte einmal tief Luft, um sich Mut zuzusprechen.

Diego runzelte die Stirn. Sein Blick war fragend. Besorgt. Verzerrt. Verzweifelt. Vielleicht beeindruckt, aber auch hilflos. Als würde er ihr zur Hilfe eilen, setzte er erneut einen Schritt nach vorne an.

„Stehen bleiben!", brüllte sie plötzlich wie aus dem Nichts. „Jetzt sofort! Jetzt!" Ihre Stimme überschlug sich fast, als sie die schrille Warnung ausstieß, die alle im Raum für einen kurzen Augenblick verwundern ließ.

Doch nur kurz.

Dann war der Knall da.

Anna machte gleichzeitig einen Satz auf Diego zu und nutzte all ihre Kraft, um gemeinsam mit ihm auf den Boden zu stürzen. Sie landete auf seinem Bauch und drückte Diego herunter, als sie die folgenden Schüsse um sich hörte, die wie ein wütender Bienenschwarm um sie herumsausten.

Anna presste ihre Hände an Diegos Brust und erkannte seinen Schmerz, als sie auf dem Boden aufschlugen. Sie hatte ihn erwischt.

„Anna, ich ..." Diego wollte aufstehen und Anna zur Seite ziehen, doch Anna drückte ihn runter.

„Bleib liegen, Diego!" Sie sah an sich herunter und erkannte die blutrote Farbe an ihren Händen, die seine gesamte Brust eingefärbt hatte.

Diego warf einen panischen Blick darauf und zuckte. Wieder versuchte er, sich aufzusetzen, doch Anna drückte ihn nieder und presste ihren Kopf auf seine Brust.

„Bleib unten, Diego! Es wird alles gut. Du musst mir vertrauen!" So viel Rot! *Zu viel!* Das kann nicht gut gehen!

Sie hörte nicht auf die Schüsse, die um sie herumpfiffen. Sah nichts vom SEK, das die Halle gestürmt hatte.

Tränen schwappten aus ihren Augen. Auf Diego. Sein Hemd. Sein Rot.

Anna fühlte sich an die traumatische Autofahrt in Spanien erinnert. Es war genauso gewesen und nur zu gut konnte sie sich an das Gefühl von damals erinnern. Es war wieder da. Es war allgegenwärtig und niemals ganz verschwunden.

„Anna, was ist passiert?" Er versuchte nicht mehr aufzustehen, sondern hatte Annas Jacke von vorne gepackt und strich verwundert über die harte Wölbung darunter.

Anna wischte sich mit der rotverschmierten Hand durchs Gesicht, um die Tränen wegzuwischen. „Du hast gesagt, ein Kind sollte bei seinen Eltern aufwachsen.“ Ihre Stimme brach, als sie die letzten Silben aussprach.

Kapitel 73

Drei Tage später

Beerdigung.

Anna konnte diesen Gedanken nicht finden. Konnte nicht verstehen, dass es sein sollte.

Sebastian hatte dafür gesorgt, dass die Obduktion schnell abgeschlossen werden konnte. Anna wusste, dass er gedrängt hatte, damit sie nicht länger warten musste. Er hatte alles organisiert und vorbereitet. Dieses Kapitel war abgeschlossen. Endgültig. Und es gab keinen Weg, die Seiten wieder zurückzublättern.

Doch auch wenn Sebastian alles getan hatte, damit es schnell vorüberging, waren diese paar Tage das Schlimmste gewesen. Anna kannte die Trauer. Sie hatte sie bereits ein Jahr lang durchleben dürfen und wusste genau, wie sie sich anfühlte. Es war nichts anders als beim letzten Mal, nur, dass sie ihn noch nie beerdigt hatte.

Er war tot.

Es war so schnell gegangen.

Als Sebastian sie gepackt und von Diego runtergezerrt hatte, war schon alles vorbei gewesen. Sie hatte sich umgesehen und die vielen Körper erkannt. Das frische Blut. Das Ende der Mafiaära.

Das SEK hätte keine Sekunde länger warten dürfen, doch jetzt war es vorbei. Endgültig. Santo war Geschichte. Es gab ihn nicht mehr.

Anna hatte die letzten drei Tage nichts anderes gemacht, als bei ihren Eltern im Haus gesessen und gewartet. In ihre Wohnung konnte sie noch nicht wieder rein. Doch hier wollte sie auch nicht wieder einziehen. Es würde einen Neuanfang geben und der hatte nichts mit ihrem alten Leben zu tun. Wo auch immer sie von Neuem beginnen würde, *er* wäre nicht mehr dabei. Zumindest nicht der leibhaftige, sondern nur noch der sie schützende und liebende Geist, der in ihrem Kopf herumspukte.

Ihre Eltern hatten sie auf den Ohlsdorfer Friedhof begleitet, wo die kleine Beerdigung stattfinden sollte. Anna erwartete nicht viele Besucher und genauso kam es auch. Wer hätte denn auch kommen sollen? War nicht ein Großteil seiner ehemaligen Verbündeten im Kugelhagel des SEKs umgekommen?

Frank, Azem, seine gesamte Schar an Leibwächtern, die sich um ihn versammelt hatte, um ihn zu schützen. Und wenn sie nicht gestorben waren, dann standen sie im Stadium kurz davor: Benno war noch Blut überströmt ins Krankenhaus gekommen, doch Anna hatte keine Ahnung wie es hier ausgegangen war. Er und Rafael hatten Glück gehabt, dass sie direkt neben der Tür des Kontrollraumes gestanden hatten und so in Deckung gehen konnten.

Genauso auch Jessi, die vollkommen unversehrt alles überstanden hatte.

Anna war dankbar, dass ihre Eltern bei ihr waren. Auch wenn diese Diego nie sonderlich gemocht hatten und sicherlich zu einem Teil glücklich oder erleichtert waren, dass Annas Zeit als Freundin eines Kriminellen jetzt vorbei sein sollte – so war doch eine Trauer da, die sie mit Anna teilen wollten.

Und Sebastian war natürlich gekommen. Im schwarzen Anzug stand er groß und aufrecht neben Anna und wirkte ein bisschen wie ein Fels. Er hatte den Kiefer fest aufeinandergepresst und die Augen zu einem konzentrierten Blick zusammengekniffen.

Mit ihm gemeinsam hatte Anna sich gegen eine lange Trauerfeier in der Kirche entschieden, sondern nur um eine kleine Gebetsrunde auf dem Friedhof gebeten. Und da sie mit dem Pastor und dem Kirchendiener nur fünf Leute waren, die hier die kleine Zeremonie abhielten, schien es die richtige Entscheidung gewesen zu sein. Davon abgesehen hätte Anna es nicht ertragen können, länger als nötig von der Trauer gefoltert zu werden, die solch eine Feier in der Kirche automatisch mit sich brachte.

Wenn sie an ihren Händen herabsah, sah sie immer noch die rote Verfärbung vor ihrem inneren Auge. Es hatte sich in ihr Gehirn gebrannt. Oder sicherlich war es nur so leicht, sich dieses Bild hervorzurufen, weil sie es bereits damals in Spanien erlebt hatte.

Der Pastor erwähnte die Asche, die wieder zur Erde wurde, und nahm eine kleine Schaufel, die in einem frischen Sandhaufen steckte. Feierlich zeremonierte er den Verfall und deutete damit den Kreislauf des Lebens an. Dann endete er und steckte das Schäufelchen in den Sandhaufen zurück. Mit gefalteten Händen nickte er Anna aufmunternd zu und machte einen Schritt zur Seite. Sein Talar wölbte sich im Wind und ließ ihn zur doppelten Größe anschwellen.

Anna umschloss die Rose in ihrer Hand und trat vor. Das Loch war nur klein, und es war so unscheinbar und unbegreiflich, dass er in dem kleinen Döschen stecken sollte.

Sie nahm die Schaufel und träufelte schwerfällig die ersten Krümel ins Loch. Die Tränen brauchten für ihren Lauf keine unnötige Aufforderung. Die Vorstellung, ihn verloren zu haben, reichte aus, um alles andere auszublenden. Zu guter Letzt ließ sie die Rose fallen und drehte sich schnell vom Grab weg, um nicht länger in diese trostlose Leere starren zu müssen.

Er war tot. Sie wusste es. Sie hatte ein Jahr in genau diesem Glauben gelebt. Jetzt hatte sie die passende Beerdigung hierzu.

Als sie sich herumgedrehte, sah sie plötzlich, dass sich ein weiterer Trauernder zu ihnen gesellt hatte. Er stand etwas abseits des Geschehens und hielt die mit Handschellen umschlossenen Hände betend vor seine Mitte. An den Seiten wurde er von zwei Polizisten begleitet.

Er erkannte Anna. Seine roten und verweinten Augen sahen sie ehrfürchtig an. Er wirkte schwach. Wie ein unselbstständiger Muskel- und Fleischberg, der ohne die Stützen an der Seite zusammenbrechen würde.

Anna biss die Zähne zusammen und trat energisch auf ihn zu. Die Trauer hatte sich in Wut verwandelt. Zu oft schon hatte sie in der letzten Zeit erfahren und gelernt, wie diese beiden Gefühle doch zueinanderpassten.

„Anna“, murmelte er. Eine Träne stahl sich aus seinem linken Auge. Er wirkte so schwach und hilflos, doch Anna wurde bei seinem Anblick nur noch wütender.

Schwungvoll holte sie mit der rechten Hand aus und ließ die flache Handfläche an seine Wange klatschen. Es tat weh, aber es tat auch gut.

„He! Was soll das? Gehen Sie zurück!“, befahl einer der Polizisten und schirmte Anna mit dem Arm von seinem Gefangenen ab.

„Ist schon in Ordnung“, murmelte Rafael und verzog den Mund kurz zu einem schwachen Lächeln. „Ich glaube, ich habe das verdient.“

Der Polizist musterte seinen Kollegen und zog fragend eine Augenbraue hoch.

Anna atmete tief durch und machte noch einen Schritt auf Rafael zu, bis sie direkt vor ihm stand und sie sich fast schon berührten. „Bist du jetzt zufrieden?“ Ihre Stimme zitterte. Wie sehr konnte man einen Menschen hassen?

„Glaub mir, Anna, das habe ich nicht gewollt.“

„Ach nein? Jetzt hast du doch, was du wolltest. Du hast uns getrennt. Aber war es das wert? Lieber gar keinen Diego, bevor ich ihn bekomme?“

Erneute Tränen stiegen in Rafaels Augen. „Ich habe ihn schon mal verloren. Ich wollte ihn doch nur bei mir haben. Er ist mein Bruder.“

Anna drehte sich um und zeigte auf das kleine Grab. „Jetzt ist er hier. Du kannst auf ihn aufpassen, hier wird er dir nicht mehr weglaufen.“

Es war das Stichwort, um sich umzudrehen. Denn Anna konnte weglaufen und das musste sie. Weg von all dem hier.

Sie drehte sich herum und machte die ersten Schritte auf ihre Eltern zu, die auf dem angrenzenden Sandweg auf sie gewartet hatten. Die Zeremonie am Grab war zu Ende. Sebastian hatte sich zu Annas Eltern gesellt.

„Anna, warte! Das Baby …", fing Rafael flehend an.

Anna stoppte und sah über die Schulter leicht zurück. „Ich glaube, du hättest dich vielleicht vorher mal entscheiden müssen, auf welcher Seite du stehen möchtest."

„Es tut mir so leid …", fuhr Rafael fort, doch mehr kam nicht.

Das Baby.

Anna schloss kurz die Augen und ging dann weiter, ohne sich noch einmal nach Diegos Bruder umzusehen. Vor ihrem geistigen Auge schaufelte sie ebenfalls Sand auf ihn, um ihn hier in der Vergangenheit mit seinem Bruder zu beerdigen.

Es gab kein Zurück. Kein Wiedersehen. Rafael war genauso gestorben wie Santo.

Ihre Mutter lächelte ihr aufmunternd entgegen, als sie sie erreichte, und hakte sich tröstend bei Anna unter. Anna war ihr dankbar für diese Stütze. Der Weg vor ihr war schwer und lang, und sie wusste, dass die Zeit ihrer Eltern genauso gezählt war wie all das Leben um sie herum. Ein Neuanfang stand bevor.

Als sie sich gerade in Bewegung setzten, fiel ihr Blick auf ein kleines Loch, das nicht weit von Diegos Grab bereits für die nächste Trauerfeier geschaufelt worden war. Sie stockte kurz und löste sich dann von ihrer Mutter. Sie hatte noch eine zweite Blume dabei, doch für die nächste Beerdigung würde sie nicht noch einmal wiederkommen.

Vor dem kleinen Loch blieb sie stehen und faltete die Hände. Sie musste für Saralie beten. Die Polizei hatte anhand von Zahnarztakten Saralie als die weibliche, verkohlte Leiche im Ferienhaus ausmachen können. Sie war im Weg gewesen, hatte nicht mit der Mafia kooperiert und mit ihrem Leben dafür bezahlt, dass Anna gehen durfte. Die Schuldgefühle waren unbeschreiblich, aber Anna versuchte, sie nicht aufkommen zu lassen. Kurz überlegte sie, dass sie sich vielleicht wieder einen Psychiater suchen könnte, der ihr bei der Aufarbeitung ihrer Sorgen helfen würde. Sicherlich wäre auch eine Vergessens-Therapie, wie Doktor Hilgert sie damals vorgeschlagen hatte, ebenfalls wieder überlegenswert. Doch es war keiner ihrer kranken Hirnklempner mehr am Leben. Tim hatte dem SEK genauso wenig entgehen können wie der Hauptteil der Streetsurfer.

„Danke“, murmelte sie leise, als sie sich bückte und die kleine, rote Rose in das dunkle, sandige Loch legte.

Dann drehte sie sich um und hakte sich bei ihrer Mutter ein, ohne sich noch einmal umzusehen. Sie musste sich konzentrieren, dass sie jeden Schritt voreinander setzte und nicht über die kleinen Kieselsteinchen strauchelte.

Sieh dich nicht um, schau nur nach vorne!, dachte sie und hob den Blick. Energisch blinzelte sie die Tränen aus ihren Augen und fühlte mit der Hand an ihren Bauch.

Jetzt warteten neue Aufgaben auf sie.

Kapitel 74

Zwei Tage später

Sie betrachtete sich im Spiegel, während das kalte Wasser über ihre Hände lief und durch den Abfluss des grünlich schimmernden Marmorbeckens mit den weichen Kanten und glänzenden Wasserhähnen absickerte.

Neben ihr erschien eine junge Frau mit langen, dunklen Haaren, die gerade aus der Toilette gekommen war. Sie warf ihr einen fragenden Blick zu, als sie sich schließlich selbst ans Waschbecken stellte.

Natürlich konnte sie fragend gucken. Sie hatte allen Grund dazu. Immerhin hatte sie schon hier gestanden und regungslos das Wasser über sich laufen lassen, als sie reingekommen war.

Sie zog die Hände aus dem Strahl und nahm sich ein Papiertuch aus der Box. Es reichte nicht. Also nahm sie sich ein weiteres.

Du schindest Zeit, raunte eine innere Stimme. Wie recht sie doch hatte! Sie ließ sich wirklich nicht aus der Ruhe bringen. Bis hierher hatte alles gut geklappt. Jetzt würde sich herausstellen, ob wirklich alles so gut durchdacht war.

Sie nahm ihre Handtasche vom Waschbecken und warf noch einen letzten Blick auf ihr Spiegelbild.

Sie sah gut aus. Ihre Haare waren etwa auf Kinnhöhe geschnitten, dunkelbraun und glatt. Es war das gleiche Braun wie die breitrahmige Brille, die sie auf der Nase trug und aus ihr eine attraktive, junge Dame machte. Das makellose Make-up in ihrem Gesicht schimmerte leicht und zeigte nichts als reine, vollkommene Haut ohne jegliche Unebenheiten oder Sommersprossen. Es machte sie sogar etwas dunkler im Gesicht, was noch besser zu ihrer Frisur passte.

Ja, sie gefiel sich wirklich und lächelte ihr Spiegelbild an. Es lächelte eine freundliche, junge Frau zurück, die ihr ebenso fremd wie mutig erschien und bereit war. Das war das Entscheidende.

Sie drehte sich herum und verließ den Waschraum. Sie hatten bereits mit dem Boarding angefangen, das wusste sie. Daher wusste sie auch genau, wo sie hinsollte.

Sie hatte quasi die letzte Chance genutzt, eine Toilette auf festem Boden zu benutzen. Jetzt gab es kein Zurück mehr.

Nur ein paar Meter von ihr entfernt, stand eine junge Frau in einem blauen Kostüm der Fluggesellschaft und kontrollierte die Bordkarten der letzten Passagiere, die hier noch einsteigen sollten. Als sie näherkam, lächelte sie ihr freundlich zu und hielt ihr die Hand hin. „Ihre Bordkarte, bitte!“

Sie gehorchte und streckte ihre Karte vor, die sie bereits seit etlicher Zeit in der Hand hielt und die daher schon leicht zerknüllt war. Während die Flugbegleiterin einen Blick drauf warf, sah sie sich noch einmal um und überlegte, ob sie alles richtig machte und es wirklich das war, was sie tun sollte. Sie schien die Letzte für diesen Flug zu sein.

„Ich wünsche Ihnen einen angenehmen Flug, Frau Falter.“ Die Dame hatte die Ecke der Karte eingerissen und reichte sie ihr lächelnd zurück.

Sie zwang sich dazu, das gleiche, freundliche Lächeln zurückzugeben, und warf dann einen erneuten Blick auf ihre Bordkarte. Den Tausendsten wahrscheinlich. Doch es stand immer noch da.

Evelin Falter. Ihr Name.

„Ich glaube, Sie sind die Letzte“, sagte die Flugbegleiterin immer noch freundlich, wenn auch etwas bestimmter. „Sie sollten an Bord gehen!“

„Ja“, antwortete Evelin und atmete noch einmal durch, bevor sie sich in Bewegung setzte. Sie hatte immer schon eine Abneigung gegen das Fliegen gehabt, und es schien auch nicht weniger zu werden.

Während sie die Gangway entlangschritt, suchte sie nach Möglichkeiten und Auswegen, die ihr dabei helfen könnten, jetzt nicht in dieses Flugzeug zu steigen. Doch es ging immer weiter. Der Tunnel schien durch ihre Angst zusätzlich mit jedem Schritt schmaler zu werden. Sie merkte, wie sie langsamer wurde, und dachte kurzzeitig daran, auf allen Vieren weiterzukrabbeln.

Dann hatte sie schließlich das Flugzeug erreicht. Direkt an der Tür stand eine brünette Frau in dem gleichen, eng sitzenden, blauen Kostüm der Fluggesellschaft und lächelte ihr entgegen. Nach einem kurzen Blick auf die Bordkarte deutete sie auf den hinteren Teil des Flugzeuges. „Sie sitzen im zweiten Gang. An der Fensterseite.“

Evelin blieb sie angewurzelt in der Flugzeugtür stehen und beobachtete die Passagiere. Das Flugzeug war riesig. Zumindest kam es ihr so vor.

Sie war in ihrem Leben erst zweimal geflogen und das nur auf mittellangen Strecken, bei denen sie nie länger als drei Stunden im Flugzeug gesessen hatte. Doch das hier war etwas ganz anderes. Dieses Großraumflugzeug verfügte über drei Reihen, die in der Mitte durch zwei Gänge getrennt wurden. Die letzten Passagiere in den hinteren Reihen schienen endlos weit weg zu sein.

So viele Menschen, dachte Evelin. *Alle auf einem Haufen in der Luft!*

„Kommen Sie bitte, ich zeige Ihnen Ihren Platz!“, sagte die Flugbegleiterin geduldig und setzte sich auch gleich in Bewegung.

Evelin rang kurz mit sich. Sie stand immer noch in der Tür. Ein Schritt zurück und sie würde wieder auf halbwegs festem Boden stehen, auch wenn es nur die Gangway war.

Doch Evelin gab sich einen Ruck und setzte langsam die Füße voreinander. Die Brünette schritt mit schwingenden Hüften voran, während Evelin sich noch einmal die Brille zurechtrückte und langsam folgte.

Das Flugzeug war voll. Es schien jeder Platz besetzt zu sein. Euphorisch und hektisch wurde Gepäck verstaut und die perfekte Sitzposition herausgefunden.

Evelin fühlte sich wie in einem Rausch. Sie sah die Menschen, aber irgendwie war sie nicht Teil dieses Geschehens. Beinahe apathisch schritt sie voran und war schon fast erschrocken, als die freundlich lächelnde Flugbegleiterin plötzlich stehen geblieben war und auf eine Sitzreihe zeigte.

„Hier ist ihr Platz. Direkt am Fenster. Vielleicht sind die Herren so freundlich und lassen die Dame bitte passieren?“ Ihre Stimme schwang freudig mit, als sie sprach.

Evelin beobachtete ihre Sitzreihe, die sie sich mit zwei Männern teilte, die der Aufforderung der freundlichen Stewardess ohne Widersprüche folgten. Brav stellten sie sich in den Gang und ließen Evelin passieren.

Jetzt war es so weit. Sie hatte ihn erreicht. Hier war er.

Sie spürte, wie alles in ihr zu kribbeln anfing, als sie sich an den Männern vorbeischob. Sie rutschte durch, bis sie in der wohlgeformten Sitzschale saß, und merkte auch schon, dass die Herren sich wieder neben sie setzten, als sie einen kurzen Blick aus dem runden Fensterchen warf.

Direkt neben ihr saß ein Mann in ihrem Alter mit kurz geschorenen Haaren, einem glatt rasierten Gesicht und einer schmalen Brille. Er trug eine schwarze Anzughose und ein hellblau gestreiftes Hemd. In seiner Hand hielt er ein Magazin, auf dessen Cover ein Computer abgebildet war und das er nicht mal aus den Augen gelassen hatte, als sie zu ihnen in die Bank gerutscht war.

Der andere Mann war etwas älter und auch um einiges dicker. Er schnaufte angestrengt, als er es sich in seinem Sitz wieder bequem machte.

Evelin atmete tief durch und schloss die Augen. *Du bist nicht in einem Flugzeug! Du sitzt zu Hause gemütlich auf deinem Sofa! Dir kann nichts passieren!*

Dann vernahm sie die verzerrte Stimme des Piloten, die durch den Lautsprecher quakte. Doch sie hörte kaum zu. Die Flugbegleiterinnen machten lustige Bewegungen im Eingangsbereich, während gleichzeitig über den eingebauten Bildschirmen in den Vordersitzen die gleiche Sicherheitsanweisung gezeigt wurde.

Evelin starrte angespannt auf die Darstellung und warf einen fragenden Blick auf die kleine Klappe über ihr, aus der im richtigen Moment die Sauerstoffmaske fallen sollte, sobald der Notfall eintrat.

Nervös knetete sie ihre Finger und wischte ihre Hände in der Hose ab.

Ab und zu warf sie einen Blick auf den Mann neben ihr und überlegte, ob er wohl auch solch eine Angst hatte wie sie oder ob er gar nicht nervös war. Gerne hätte sie mit ihm gesprochen, aber das konnte sie nicht.

Dann setzte sich das Flugzeug langsam in Bewegung. Im gleichen Augenblick verstärkte sich das Rauschen in Evelins Ohren und ihr Herz verdoppelte das Tempo.

Sie setzte sich aufrecht hin und fingerte vorsorglich schon einmal an der kleinen Spucktüte herum, die vor ihr im Sitz klemmte. Als sie sich dann wieder zurücklehnte, huschte ihr Blick auf den Informatikmann neben ihr, der zufälligerweise genau jetzt in ihre Richtung sah. Für einen kurzen Moment verlor Evelin sich in seinen dunklen Augen und lächelte verlegen.

Der Mann steckte die Zeitschrift in das Netz vor ihm und lehnte sich zurück. Dann atmete er übertrieben ruhig ein, als würde er Evelin damit beruhigen wollen.

Evelin schloss erneut die Augen und schob sich in den Sitz zurück. Natürlich wollte niemand, dass sie hier durchdrehte, also sollte sie sich lieber zusammenreißen.

Sie folgte unauffällig der Atmung des Mannes neben ihr und beruhigte sich tatsächlich. Ihre Hände krallten sich dabei fest in die Armlehne, von der er nichts in Anspruch nahm.

Sie waren ein ganzes Stück gerollt, bevor sie schließlich stehen blieben. Evelin hatte mit halbem Auge noch beobachten können, dass die Flugbegleiterinnen ihren letzten Gang gemacht hatten, um die Sicherheitsgurte zu kontrollieren. Doch jetzt waren sie auch verschwunden. Hatten sich in den hinteren Bereichen auf ihre Plätze begeben und warteten, bis sie nach dem Start wieder ihrer Arbeit nachgehen könnten.

Und Evelin wartete auch. Sie hatte nicht mehr nach draußen gesehen und die blinkenden Lichter beobachtet. Sie wusste auch so, wo sie waren und was jetzt passieren würde.

Sie standen auf der Startbahn, und der Pilot wartete nur noch auf das Go. Dann würde es losgehen.

Und schon war es so weit. Die Turbinen kamen in Bewegung und erzeugten den nötigen Schub, um das Flugzeug von der Stelle zu befördern.

Evelin stieß ein leichtes Stöhnen aus, als der Druck sie in den Sitz presste. Es rauschte und vibrierte laut. Es knackte förmlich, als sie an Geschwindigkeit zunahmen und das Flugzeug über die Startbahn rauschte.

Dann spürte sie plötzlich eine Hand auf ihrer, die sich so sehr in die Lehne krallte.

„Hab keine Angst!“, sagte der Mann neben ihr.

Ohne die Augen zu öffnen, griff Evelin nach seiner Hand und umfasste sie fester. Er reagierte sofort darauf und drückte zu.

Evelin öffnete die Augen und sah zu ihm rüber. Er hatte die Augen halb geschlossen und blinzelte nur leicht in ihre Richtung. Sie mussten sich trotz allem so unauffällig wie möglich verhalten, doch beim Start würde vielleicht keiner auf sie achten.

„Ich werde dich im entscheidenden Augenblick küssen. Versprochen!“, murmelte er leise, dass nur sie es hören konnte.

Ein Lächeln umspielte seine Lippen, und Evelin lehnte sich entspannt in ihrem Sitz zurück.

Kapitel 75

Fünf Tage vorher

Sebastian rieb angestrengt die Hände aneinander. Anna saß nur wie ein Häufchen vor ihm auf dem Stuhl. Sie war ganz klar in Gefahr. Sie brauchte Hilfe. Aber wie lange sollte das gehen? Sie würde immer die Gefahrenquelle bleiben und unter Beobachtung der Mafia stehen, bis sie womöglich auf genauso unerklärliche Weise verschwand, wie sie es schon mit anderen Fällen erlebt hatten. Sie war nicht sicher. Und so lange das nicht gegeben war, würde er keine Ruhe geben.

„Diego ist unsere einzige Chance, wenn wir das hier beenden wollen. Alles andere wäre nur ein Aufschub. Eine Überbrückung, aber es würde nie zu Ende sein."

Anna rutschte unruhig auf dem Stuhl hin und her und zog die Decke fester um sich. „Aber ich weiß nicht, wo er ist. Wie soll ich das machen?"

Sebastian lehnte sich zurück und leckte sich mit der Zunge über die Lippen. Es war nicht ganz ausweglos. Doch es war gefährlich, und er würde von Anna verlangen, ihr Leben zu riskieren.

„Es gibt eine Möglichkeit."

„Was?" Anna richtete sich sofort auf.

Sebastian lächelte, weil er schon mit Annas Reaktion gerechnet hatte. Sie konnte mit ihrem jetzigen Zustand nicht weiterleben und würde alles tun.

„Wir wissen nicht, wo sich diese gewisse Halle befindet, aber *er* weiß es." Er hielt ein Foto hoch und zeigte es ihr.

Sie runzelte fragend die Stirn. „Tim?"

„Genau. Über Jessi wissen wir, dass er Kontakt zu ihnen aufgebaut hat. Worum es genau ging, wissen wir nicht. Allerdings vermute ich, dass es etwas mit euch zu tun haben mag, da er erst vor einem Jahr dort das erste Mal aufgetaucht ist. Etwa parallel mit dem Einzug in eure Nachbarwohnung. Irgendetwas muss ihn interessiert haben, das er so über euch nicht erfahren konnte und daraufhin die Hilfe der Mafia aufgerufen hat. Jetzt müssen wir nur sehen, ob er noch Interesse an dir hat."

Anna runzelte die Stirn, weil sie nicht ganz zu verstehen schien, was er meinte.

„Er hat dich doch bereits abgehört. Den Grund hierzu wissen wir immer noch nicht genau, kann uns eigentlich aber auch egal sein. Wenn er jetzt also nicht über einen ähnlichen Sender wie Diego verfügt, sondern über den normalen Weg abgehört und geortet hat, dann gehe ich davon aus, dass er in der letzten Zeit ebenfalls nicht erfolgreich gewesen ist und sicherlich nur im Dunkeln tappte, was deine Position anging. Genau wie ich. Doch jetzt bist du wieder da. Er könnte dich wieder auf den Schirm bekommen!“ Sebastian hielt ihr ein Mobiltelefon entgegen und betätigte den Startbutton.

„Es ist ein altes, ausrangiertes Modell, aber ich werde eine zweite Simkarte von deiner Nummer organisieren, sodass du wieder über deine alte Nummer verfügbar bist. Dann wird er dich vielleicht wieder aufspüren können.“

„Ich weiß nicht, ob eine Kontaktaufnahme so schlau ist. Er wollte mich umbringen.“

„Das stimmt. Aber er ist der einzige Mensch, den wir so erreichen können, der weiß, wo diese Halle ist. Wir müssen ihn auf dich aufmerksam machen, damit er dich dorthin führen kann. Zu Diego!“

„Was ist mit Jessi? Sie weiß doch auch, wo die Halle ist.“

„Der Kontakt ist leider abgebrochen. Ich weiß nicht, ob und wann sie sich wieder meldet. Tim ist unsere einzige Chance.“

Anna richtete sich auf und kniff die Augen zusammen. Für Sebastian ein Zeichen, dass sie aufhorchte und Interesse hatte.

„Aber wieso sollte er das tun?“

„Ich glaube, wenn er dich gefunden hat, könntest du ihm zur Not auch irgendeine Lüge erzählen. Ein Geheimnis, das Diego über sich herausgefunden hat, das noch aus der Amnesiezeit stammt zum Beispiel. Er ist meines Erachtens genauso besessen wie sein Vater und wird es herausfinden wollen. Wir müssen nur wissen, wo die Halle ist. Das ist alles. Den Rest macht das SEK.“

Anna atmete tief durch, und Sebastian erkannte ihre Angst. Doch er sah keine andere Möglichkeit, um diese Fehde endlich zu beenden.

„Es ist gefährlich, das streite ich nicht ab. Aber du musst wissen, dass ich dich mit dem Handy ebenfalls überwachen kann. Ich weiß also immer, wo du bist. Sobald Tim dich gefunden hat, werden wir dir folgen, du musst hierfür nur dein Handy anhaben. Sobald du ihn also getroffen hast, rufst du mich an und legst nicht mehr auf. Über die Sender, die die Mafia hat, verfügen wir leider nicht.“ Ein bedauerndes Lächeln huschte über sein Gesicht.

„Und ich lass dich natürlich nicht ganz schutzlos gehen.“ Er stand auf und öffnete eine der metallischen Schranktüren hinter sich.

„Du wirst die hier tragen.“ Er zog eine schwarze Weste hervor, die aus zwei harten und unbiegsamen Vorder- und Rückseiten bestand.

Doch er war noch nicht fertig mit seiner Suche und holte zusätzlich ein kleines Plastikfläschchen aus einer der unteren Schubladen.

„Eins ist auf jeden Fall klar“, sagte er feierlich, während er sich wieder zu Anna umdrehte und die kleine Flasche mit der roten Flüssigkeit vor ihr auf den Tisch stellte. „Wir bekommen Diego nur tot aus dieser Geschichte heraus, wenn wir ihn am Leben behalten wollen.“

*

Der Hubschrauber hatte die Halle mehrmals überflogen und Bilder geschickt. Die Aufteilung passte genau zur Beschreibung, die Anna gegeben hatte. Sebastian erkannte die zwei aneinandergrenzenden Hallen und die verhängnisvolle Containerreihe, die sich an der Südseite am Zaun entlangstreckte.

Dank Annas Handyortung waren sie ihr dann direkt gefolgt, als sie sich mit Tim auf den Weg gemacht hatte.

Nervös hatte Sebastian mit angesehen, wie Anna letztendlich in der Halle verschwunden war. Jetzt konnte er nichts mehr tun als zu warten.

Das SEK hatte sich verteilt, um die Halle zu umstellen. Anna war drin. Sowie auch der Rest. Es war wie das Zubereiten einer Mikrowellenmahlzeit, und er wartete nur noch auf das Bing.

Ungeduldig kauerte er nicht weit der kleinen Metalltür und wartete auf das Zeichen der SEK-Einheit, dass die Halle komplett umstellt war und es keine Schlupflöcher mehr gab. Seine Finger kribbelten, und sein Körper zitterte vor Spannung. Es war schneller gegangen, als sie geglaubt hatten. Tim schien nur auf Anna gewartet zu haben. Unglaublich, dass er sie sofort am Bahnhof gefunden hatte, als ob sie dort verabredet gewesen wären. Es war beinahe zu schnell gegangen.

Plötzlich rauschte der kleine Lautsprecher in seinem Ohr und sogleich hörte er den zuständigen SEK-Beamten, der das Signal zur Bereitstellung geben sollte. Es war alles klar.

„Gib ihr das Zeichen!“, antwortete Sebastian leise in das kleine Mikrofon, das an einem Kabel vor seinem Mund baumelte. „Sobald wir sie dann hören, kann es losgehen.“

Er hörte die Bestätigung. Jetzt brauchten sie nur noch zu warten. Sicherlich würde Anna das kleine, rote Leuchten des Laserpointers erkennen, das als Zeichen vereinbart worden war. Sobald das geschah, würde sie laut auf sich aufmerksam machen, wenn die Lage dazu passend wäre. Für Sebastian war es schwierig, die Halle einfach zu stürmen. Zudem er noch der Erste sein musste. Niemand durfte ihm zuvorkommen. Die Überraschung musste auf seiner Seite liegen, damit der von ihm und Anna geschmiedete Plan, Diego zu töten, auch wirklich klappte.

Mit geübten Fingern fuhr er über die Ladeeinheit seiner Waffe und testete die Platzpatrone, die er für diesen Fall dabeihatte. Es musste einen lauten Knall geben und Diego sollte als Erster fallen. Was anschließend passierte, würde sich herausstellen.

„Stehen bleiben!“, hörte er plötzlich eine laute Stimme aus der Halle. „Jetzt sofort! Jetzt!“

Das war sie. Es ging los!

Anna war bereit und hatte Diego in Position gebracht, damit sie ihn umstürzen und mit Blut beschmieren konnte, sobald Sebastian mit seiner Attrappe auf ihn geschossen hatte.

*

„Stehen bleiben! Jetzt sofort! Jetzt!“, kamen die lauten Rufe aus Annas Mund und Diego war verwundert. Doch nicht nur über ihre lauten Schreie.

Sie lebte.

Bis vor ein paar Sekunden hatte er noch an das Gegenteil geglaubt, doch es war falsch, denn sie stand wahrhaftig vor ihm. Wenn auch nicht so freiwillig, wie Diego sich das gewünscht hätte.

Sie wirkte wie eine Maus im Schlangengehege, und Diego waren die hungrigen Blicke der umstehenden Männer nicht entgangen, als sie sich plötzlich ihren Weg durch die Mitte gesucht hatte, bis sie nur wenige Schritte vor ihm stehen geblieben war.

Diego erkannte ihre Angst und sah, wie blass sie war. Das gefährliche Abenteuer, zu dem sie gezwungen wurde, seit er in ihrem Leben aufgetaucht war, schien noch lange nicht zu Ende zu sein. Doch ihr durfte nichts geschehen. Das Flehen in ihren Augen spornte ihn an – wie eine Karotte, die man einem Esel vor die Nase hielt, damit er den Karren nach Hause zog.

Dann knallte es plötzlich.

Als hätte sie es als Startschuss gesehen, sprang Anna auf ihn zu und schleuderte ihn mit aller Wucht auf den Boden. Im ersten Moment hatte Diego kurz gedacht, Anna wäre getroffen worden, aber als er ihr in die Augen sah, war hier nur reine Überzeugung zu sehen. Sie hatte ihn mit Absicht umgestoßen.

Er spürte das Stechen im Rücken, das der Aufprall hervorgerufen hatte. Oder war er getroffen worden?

Schüsse ertönten. Auf den lauten Knall war geantwortet worden, und Diego wusste, dass hier keine Kompromisse eingegangen wurden. Einen Angriff auf das Hauptquartier überlebte keiner.

Doch sie musste es. Allerdings lag sie immer noch auf seinem

Bauch, um ihn zu schützen. Aber sollte es nicht umgekehrt sein? Das hier war seine Vergangenheit, die er ausbaden musste, aber nicht sie.

„Anna, ich …“, begann er und versuchte sie zur Seite zu ziehen.

„Bleib liegen, Diego!“, antwortete sie sofort und warf einen besorgten Blick auf ihre Hände, die blutrot trieften.

Diego bekam sofort Panik und wollte sich jetzt erst recht aufsetzen, doch Anna ließ es nicht zu.

„Bleib unten, Diego! Es wird alles gut. Du musst mir vertrauen!“ Ihre Stimme klang so lieblich und gut. Sie passte nicht in diese Situation und sie gehörte auch nicht hierher, da hatte Rafael recht. Sie war ein vollkommen anderer Mensch als er. Aber musste es denn so weit kommen?

Tränen hatten sich in ihren Augen gebildet und tropften auf ihn herab. War das Blut von ihr? War sie wirklich getroffen?

Nein! Bitte nicht! Nein!

Er fühlte mit seinen Händen ihren Körper ab und versuchte, den Ursprung der Quelle zu finden. Doch als er unter ihrer dunklen Jacke die feste und gleichmäßige Schutzschicht fühlte, stutzte er. „Anna, was ist passiert?“

Anna wischte sich mit der Hand durch das Gesicht und hinterließ hier eine rote Spur. „Du hast gesagt, ein Kind sollte bei seinen Eltern aufwachsen.“

Wieso war sie so traurig, dass sie den Satz kaum beenden konnte? Sie sackte auf ihm zusammen und schluchzte.

„Und außerdem kannst du das hier nur tot überstehen“, flüsterte sie leise in sein Ohr, als sie sich über ihn gebeugt hatte. „Sebastian ist hier. Es ist alles vorbereitet für das Zeugenschutzprogramm. Gegen eine Aussage wirst du frei sein. Bitte, Diego, bitte!“

Jetzt verstand er, was hier los war. Er musste sich entscheiden. Leben oder Tod. Freud oder Leid. Liebe oder Gefahr.

Anna oder Rafael.

Er brauchte nicht lange zu überlegen, sondern drückte Annas Hand zur Bestätigung, dass er verstanden hatte. Dann entspannte er sich und versuchte, sich nicht mehr zu bewegen, bis es um sie herum ruhiger wurde.

Anna blieb weiterhin auf seiner Brust liegen und krallte sich verzweifelt in sein Hemd, als würde sie ihn tatsächlich verlieren. Doch mit jeder Sekunde würde er mehr zu ihr gehören.

Aber *er* starb. Jetzt gerade. Santo, den Killer, würde es nicht mehr geben. Er schloss die Augen und spürte die Erleichterung beim Gedanken an diese Freiheit.

Kapitel 76

Gegenwart

Evelin öffnete die Augen und musste kurz überlegen, wo sie sich befand. Sie lag in einem weiß bezogenen Doppelbett. Es war warm, die Luft stickig und durch das geöffnete Fenster konnte sie den Lärm der Straße hören.

Sie richtete sich auf und sah den Informatikmann aus dem Flugzeug auf der anderen Bettkante sitzen. Allerdings interessierte er sich seit sie aus dem Flugzeug ausgestiegen waren gar nicht mehr für Computerzeitschriften. Jetzt war er in Unterlagen vertieft, die auf den ersten Blick an eine Landkarte erinnerten. Allerdings waren sie alles andere als in einem guten Zustand.

Sein Oberkörper war unbekleidet. Evelin sah ihn nur von hinten, dennoch erkannte sie die Tattoos und Narben, die von seiner Vergangenheit erzählten.

Von ihrer Bewegung aufmerksam geworden drehte er sich um und lächelte sie an. „Hey, du bist ja wach!“

Evelin nickte und lächelte zurück.

„Geht es dir besser?“

Evelin strich sich über die Stirn und dachte an die Torturen, die sie im Flugzeug durchleben durfte. Mal abgesehen von ihrer anhaltenden Panik, im Atlantik zu versinken oder an den nächsten Berg zu prallen, hatte die Übelkeit sie ununterbrochen auf Trab gehalten. Und ihn gleich mit dazu. Ihr Sitznachbar hatte sich als sehr zuvorkommender und hilfsbereiter Flugbegleiter erwiesen.

Bei dem Gedanken an die letzten Stunden spürte Evelin erneute Übelkeit in sich aufsteigen und versuchte an etwas anderes zu denken. „Wie spät ist es?“

„Kurz vor fünf.“

Evelin warf einen Blick auf das geöffnete Fenster und erkannte die rotbraune Farbe des gegenüberliegenden Hauses. Es wehte kein Lüftchen. Warme und drückende Hitze stand in der Luft.

„Abends“, erklärte er weiter. „Du hast den ganzen Tag geschlafen.“

„Den ganzen Tag?“, fragte sie entsetzt und dachte an ihre Ankunft um vier Uhr morgens und die anschließende Fahrt zu diesem Hotel.

Er legte die Landkarte zur Seite und rutschte zu ihr herüber. Seine Hände schoben sich auf ihre Unterarme, die sie um die Beine geschlungen hatte. „Was ist so schlimm daran? Du hattest allen

Grund dich auszuruhen, Evelin.“ Er lächelte übertrieben, als er ihren Namen aussprach.

Sie lächelte gequält zurück.

„Was denn?“, fragte er protestierend. „So heißt du doch, oder nicht?“

„Ich denke schon.“ Evelin sah an ihm vorbei auf den Holzboden, wo einzelne Wollmäuse unter der Fußleiste hervorguckten. Es hatte sich so vieles geändert. Der Name war nur das Wenigste von all dem.

„Hey!“ Er griff unter ihr Kinn und drehte den Kopf herum, damit sie ihn ansehen musste. „Wenn ich könnte, würde ich so viel ungeschehen machen, um dich aus der ganzen Sache rauszuhalten, aber du weißt, dass das nicht geht.“

„Ich weiß.“

„Ich hasse mich dafür, dass ich dir das Leben genommen habe.“

Evelin streckte die Hand aus und streichelte über sein glatt rasiertes Gesicht. „Das hast du nicht. Wir hatten beide keine andere Wahl. Und wir werden uns daran gewöhnen.“

Sie sah aus dem Fenster, das weit geöffnet war und dennoch keine Abkühlung bereitete. Die Luft und die Temperaturen waren mit Sicherheit gewöhnungsbedürftig und ein gewaltiger Unterschied zur norddeutschen Hamburger Luft.

Dann drehte sie sich wieder herum und ihre Augen trafen sofort seinen fürsorglichen Blick, der liebevoll auf ihr ruhte. „Jetzt sind wir seit einer gefühlten Ewigkeit das erste Mal zusammen, und ich schlafe den ganzen Tag.“

„Glaub mir, nach dem Flug war eine kleine Erholung für mich auch ganz entspannend.“

„Es war sehr anstrengend, oder?“

„Sagen wir mal so, du hättest vielleicht keinen Sitzplatz buchen brauchen, da du ohnehin nur auf der Toilette warst. Und es war gut, dass es keinen zweiten Passagier in deinem Zustand gab. Sonst kann so ein Flug wirklich lang werden, wenn man gar nicht auf Toilette gelassen wird.“

Evelin stöhnte und dachte an die vielen langen Momente, die sie auf der Flugzeugtoilette verbracht hatte und ernsthaft davon überzeugt gewesen war, sterben zu müssen. Das schlimmste Magen-Darm-Virus war nichts im Vergleich zu dieser grausigen Erfahrung gewesen.

„Es ist schön, dass es dir jetzt besser geht.“ Er sah ihr in die Augen und sagte nichts.

Evelin erwiderte seinen Blick und blieb ebenfalls stumm. Auf der

Nase hatte er immer noch die eckige Brille, die ein vollkommen anderes Bild aus ihm formte. „Kannst du die Brille nicht langsam abnehmen?“

Verblüfft fuhr er mit den Händen an das Gestell. „Warum? Gefällt sie dir nicht?“

Evelin schüttelte den Kopf. „Das bist nicht du. Du wirkst ganz schön spießig.“

Er strahlte. „Genau das wollte ich auch sein. Ich war noch nie ein Spießer. Steht mir doch gut, oder?“ Er rümpfte die Nase und hob sie arrogant in die Höhe.

Evelin lachte. „Nein. Das steht dir nicht. Glaub mir, ich bin als Tochter einer spießigen Familie aufgewachsen und brauche es jetzt nicht an dir.“ Sie setzte sich auf und nahm ihm die Brille ab. Doch er wirkte immer noch fremd. Die kurzen Haare und die glatt rasierte Haut machten einen komplett fremden Mann aus ihm.

Als sie sich auf die Knie geschoben hatte, legte er eine Hand an ihre Taille und fuhr mit der anderen durch ihre dunklen, glatten Haare. „Es wird alles nachwachsen. Auch deine schönen Locken“, sagte er wehmütig und strich eine der Strähnen entlang. „Doch es wird lange dauern, bis du mit deinen natürlichen Haaren rumlaufen kannst. Mexiko ist kein Ort, an dem blonde Locken unauffällig untertauchen können.“ Sein Blick wurde traurig.

„Ich mag die Haare ganz gerne“, antwortete sie, um ihn wieder etwas aufzubauen. „Ich hätte nie gedacht, dass mir Braun steht.“

„Tut es auch nicht.“

„Hey!“, antwortete Evelin empört und boxte ihm spielerisch in den Bauch.

Er lachte und griff ihre Hände. Dann hielt er kurz inne und schob sie langsam an ihren Bauch, bis Evelin schließlich seine warmen Hände ruhig und schützend auf dem T-Shirt über ihrer Haut spürte. Er strich sie langsam hin und her. Seine Augen hatten dabei ein fasziniertes Leuchten angenommen.

„Ich kann es immer noch gar nicht glauben“, murmelte er leise.

Evelin ging es ähnlich. Auch wenn sie bereits ein bisschen mehr Zeit gehabt hatte, um sich daran zu gewöhnen, war es für ihn doch sehr plötzlich gekommen. Dafür war sie allerdings weitestgehend damit alleine gewesen. Außer Sebastian hatte niemand von dem positiven Schwangerschaftstest erfahren.

Nach dem Übergriff auf das Hauptquartier hatte er sie komplett von allem abgeschottet und auf ihr neues Leben vorbereitet. Nicht mal ihre Eltern wussten, wo sie jetzt genau war. Evelin hatte ihnen erzählt, dass sie sich in der Schweiz einer Spezialtherapie unterzog, die ihr helfen sollte über die Angst und den Verlust hinwegzukommen. So abwegig war es schließlich gar nicht.

Dass sie von dort allerdings nicht wiederkommen würde, hatte sie ihnen nicht erzählen können. Sie wusste, dass ihre Eltern ein Zeugenschutzprogramm nicht verstehen würden und ihre Mutter nicht einsehen würde, warum auch sie keinen Kontakt haben dürfte, wo sie doch als enge Familienangehörige keine Gefahr darstellte. Sebastian hatte Evelin erzählt, dass er etwa in einem Monat ihre Eltern in das Nötigste einweihen würde, sobald sich die Wogen etwas geglättet hätten. Es war ein großer Schritt gewesen und Evelin wusste, wie schmerzhaft er für sie und ihre Familie war, aber es war unumgänglich gewesen.

Den jetzt kahl geschorenen Javier hatte Sebastian nach der Übernahme des Hauptquartiers direkt unter seine Fittiche genommen. Evelin hatte keine Ahnung, wo er in der Zeit untergebracht gewesen war, doch sie wusste, dass Sebastian einige Fragen an ihn gehabt und er mit seiner alten Vergangenheit seine Fahrkarte für dieses neue Leben zu bezahlen hatte.

Nach den letzten Tagen durchgehender Isolation und der permanenten Gefahr vorher, musste Evelin erst einmal realisieren, was die neue Freiheit eigentlich bedeutete, die sie jetzt erleben durften. Zwei Jahre hatte sie in Trauer, Ungewissheit und Angst gelebt und keine Vorstellung davon gehabt, wie sie diese Begleiter je wieder loswerden sollte.

Die Zukunft war ihr so ausweglos erschienen, dass sie gar nicht glauben konnte, ob es überhaupt eine gab. Doch jetzt waren sie um die halbe Erde geflogen, hatten ihre Namen und Leben von sich abgestreift und waren in neue fremde Figuren geschlüpft.

Evelin und Javier.

Sie dachte die Namen wieder und wieder, um sie in ihrem Unterbewusstsein fest zu verankern.

„Vermisst du deinen Bruder?“, fragte Evelin. Er hatte ein Jahr nach ihm gesucht, als er noch vor dem dunklen Ungewissen seines Selbsts gestanden hatte. Es war so gewesen, als würde ein Teil von ihm fehlen.

Inzwischen war die Erinnerung zurückgekehrt, nur seinen Bruder hatte er nicht noch einmal wieder richtig kennenlernen dürfen.

Javier kniff die Augen zusammen. „Ich bin ein Einzelkind“, erklärte er vollkommen sachlich seine Rolle, die er hier in Mexiko zu spielen hatte.

Doch dann hielten seine Hände in ihrer streichenden Bewegung auf ihrem Bauch inne und seine Augen fuhren traurig nach oben, bis sie ihren Blick trafen. „Ist es nicht viel schlimmer, welches Opfer du bringen musst? Du hast deine Eltern verlassen."

Evelin schluckte und versuchte sich ebenfalls an ihre Rolle zu erinnern. „Meine Eltern sind gestorben, als ich noch sehr klein war." Doch sie konnte nicht verhindern, dass ihre Stimme brach.

Er hob seine Hände an ihr Gesicht und umschloss ihr Kinn. „Es ist traurig. Du hast allen Grund zu weinen, wenn dir danach ist. Du bist ein unschuldiges Mädchen und doch so tapfer in dieser Situation."

Evelin schüttelte abwehrend den Kopf. „Ich will nicht weinen! Ich habe es mir so ausgesucht."

„Hast du nicht." Er nahm seine Hände wieder herunter und legte sie in seinen Schoß. „Du standst einfach nur an der roten Ampel und wolltest nach Hause fahren. Ich war es, der dich deiner Freiheit und deines Lebens beraubt hat. Nenn mich egoistisch, feige und narzisstisch, aber das bin ich. Das, was ich hatte, kannst du nicht Leben nennen, also habe ich auch nichts aufgegeben. Doch du lässt alles zurück. Ich …"

Evelin hob ihre Hand und legte sie an seine Lippen. Er sollte sich nicht im Selbstmitleid baden. Das war alles andere als das, was sie jetzt brauchte. „Hör auf damit!"

Sie ließ ihre Finger über sein Gesicht kreisen. Er hatte sich so verändert, seit sie ihn das erste Mal gesehen hatte, und doch war er der Gleiche geblieben. Das Gute war aus ihm herausgedrungen. Sie hatte es entdeckt und an ihn geglaubt, doch es war nicht sie, die ihn dazu gebracht hatte gut zu sein. Es war immer schon in seinem Inneren gewesen, und es waren nur die früheren Umstände, die es verdrängt und unterdrückt hatten. Es war verloren gegangen, als er als kleiner Junge damals von der Mafia als nettes Urlaubsmitbringsel nach Deutschland entführt worden war. Hass, Trauer und Frust hatten sein Leben bestimmt und ihn zu dem werden lassen, was er in den letzten Jahren dargestellt hatte.

Evelin atmete tief durch und rief sich die einzelnen Erinnerungen auf, in denen sie bereits in Spanien das Gute in ihm gesehen hatte. Es hatte so viele gefährliche und unvorhergesehene Situationen gegeben, dass sie sich nie wirklich hatte vorstellen können, mit ihm einfach nur auf dem Bett zu sitzen und ihn anzuschauen. Vielleicht musste sie sich wirklich daran gewöhnen, dass etwas an ihm auch normal sein konnte.

Sie lächelte, als ihr dieser Gedanke kam.

„Was ist?", wollte er wissen. Seine Augen wirkten immer noch schmerzerfüllt.

„Als ich dich damals in Spanien kennengelernt habe, hatte ich Angst vor dir, weil du so anders warst. So unberechenbar und ohne jegliche Gefühle. Du hattest ein Problem damit, wenn wir zusammen waren, weil du dich nicht normal verhalten konntest. Du hast dich wie eine Maschine aufgeführt, die auf ein bestimmtes Programm fokussiert war, aber es waren keinerlei menschliche Züge an dir. Das hat mir Angst gemacht, aber hauptsächlich hast du mir auch einfach nur leidgetan."

Sein Gesicht verfinsterte sich. Dann huschte ein kleines Lächeln über seine Lippen, und er sah beschämt nach unten. „Ich habe dich nicht verdient."

Evelin griff seine Hände und suchte seinen Blick von unten. „Ich glaube, wir müssen uns nicht mehr beweisen, dass wir zueinander gehören, oder? Führt nicht alles immer wieder darauf zurück, dass wir zusammen sein müssen? Denk an deinen Auftritt im letzten Jahr, als du plötzlich wieder in Hamburg aufgetaucht bist, oder dass wir beide jetzt hier zusammensitzen. Sei es einfach nur dein Sprung in mein Auto vor zwei Jahren, bevor wir nach Spanien durchgebrannt sind." Evelin lächelte, um die Stimmung wieder etwas anzuheben. „Wir sollen zusammen sein."

Zur Bestätigung schob sie sich vor und schmiegte ihre Arme um seinen Körper. Ihr Kopf verschwand dabei in der Mulde unter seinem Schlüsselbein.

Er erwiderte ihre Umarmung, doch sie konnte spüren, wie verkrampft er weiterhin war. „Weißt du, dass ich dich damals beneidet habe?"

Evelin dachte an die Art, wie er sie vor zwei Jahren angeschaut hatte. Teilweise hätte man denken können, dass er noch nie in seinem Leben einem Menschen begegnet war.

„Du warst normal. Ich hätte in dem Moment alles dafür gegeben, um einfach nur ‚normal' zu sein. Eine Familie haben, einen Job, eine Wohnung, Freunde – all das erschien mir so unfair und auch fremd. Und dann habe ich dich gezwungen, in meine Welt abzusteigen. Doch es ist eine Einbahnstraße und wenn man einmal drinnen ist, gibt es kein Zurück mehr." Er drehte seinen Kopf herum und küsste ihre Haare. „Dabei warst du die ganze Zeit so tapfer und gut. Ich habe die letzten Tage viel darüber nachgedacht, was damals passiert ist."

Er stoppte und schob sie zurück, um ihr wieder ins Gesicht sehen zu können. Seine Augen wirkten ehrfürchtig und tief, ohne Hass, Wut und Trauer.

„Du hast mir das Leben gerettet", murmelte er leise.

Evelin blinzelte und schluckte, weil der Moment so ergreifend war.

Dann schob er seine Hände wieder auf ihren Bauch. „Ich habe mir nie etwas aus Kindern gemacht und mir auch niemals vorgestellt, jemals Vater zu werden. Doch jetzt …“ Er hob den Blick und alles, was Evelin sah, war Liebe, Fürsorge und Güte. „Ich werde nicht zulassen, dass euch etwas passiert. Ihr seid meine Familie, meine wahre Familie, die für mich kämpft, was auch kommen möge und für die ich alles tun würde. Hab keine Angst, An … Evelin!“

Er lächelte. „Wenn ich jetzt sage, dass du alles für mich bedeutest und dass ich so etwas auf diese Weise noch nie gespürt habe, klingt das dann zu kitschig?“

„Ein bisschen vielleicht.“

Javier lachte in sich hinein. „Ich war noch nie kitschig.“

„Ich erzähl es nicht weiter.“

Er zog Evelin an sich heran und stoppte erst, als sich ihre Lippen fast berührten. „Wenn das hier kitschig ist, dann bin ich es gerne.“

Evelin presste ihre Lippen auf seine. „Meinetwegen sei so kitschig, wie du willst.“

Danke

Wieder möchte ich Danke sagen: Allen voran meiner Familie, die mich wie immer voll unterstützt hat.

Besonderer Dank hier natürlich wieder an meinen Bruder, der mit www.synthesien.de erneut für das Cover, meine Homepage und die Plakate zuständig war.

Sascha, dir vielen Dank, dass du dieses Mal den Rückkehrer auf dem Cover so treffend dargestellt hast!

Vielen Dank an meine Vorableser Bente, Kiki, Nicole, Anja und natürlich Reni und Julia für das ausgiebige Lektorieren.

Muchas gracías an Alrun für die spanische Unterstützung!

Danke an die vielen Supermärkte und Läden in Schleswig-Holstein, Hamburg und Niedersachsen, durch die die Bücher aus ellis Buchverlag so weit verbreitet werden.

Vielen Dank an alle einzelnen Kulturringe, Landfrauenvereine, Büchereien und Galerien im ganzen Land, die mich zu Lesungen einladen.

Und abschließend wieder einmal vielen Dank an alle meine Leserinnen und Leser für die tolle Verbreitung von Feedbacks und Rezensionen auf allen Wegen.

Hat Ihnen dieses Buch gefallen? Ich freue mich über jede Rückmeldung. Besuchen Sie mich hierzu auf:

www.ellis-buchverlag.de / Facebook / Twitter / Instagram

Geht es weiter? – Ja, einmal noch!

Ellen Puffpaff

Die Vergessene – ***Alles auf Morgen*** **– Band IV**

Thriller / 400 Seiten

ISBN Printausgabe: 978-3-947538-05-8 // 12,90 Euro
ISBN ebook: 978-3-947538-11-9 // 10,99 Euro

Zeugenschutz, neues Leben – Neuanfang!
Es klingt verlockend, alle Schulden, Altlasten und schlechten Angewohnheiten hinter sich zu lassen und mit einer neuen Identität durchzustarten.
Aber kann man wirklich alles abstreifen und zurücklassen? Kann man auch seine Vorlieben und Eigenschaften so sehr im Zaum halten? Noch dazu, wenn nicht beeinflussbare Ereignisse aus der Vergangenheit unerwartet an die Tür klopfen?

Ein plötzlicher Todesfall zwingt Anna in ihr vorheriges Leben zurückzukehren. Zu ihrem Schrecken hat sich kaum was verändert – man scheint nur auf ihre Rückkehr gewartet zu haben.

„Einzigartiges Handlungsgeflecht – der Leser kommt vor Spannung kaum zum Luft holen.“

SCHLESWIG-HOLSTEINISCHER ZEITUNGSVERLAG

Ellen Puffpaff

Die Komplizin – ***Alles auf Anfang*** – **Band I**

Thriller / 414 Seiten

ISBN Printausgabe: 978-3-947538-02-7 // 10,90 Euro

ISBN eBook: 978-3-947538-08-9 // 8,99 Euro

Natürlich weißt du, dass es sie gibt. Brutale, gefühlstaube und skrupellose Menschen, denen ein Leben genauso viel wert ist wie ein abgetragenes Paar Turnschuhe. Doch ihre Welt ist fremd für dich. Du bist nur Zuschauer durch Fernsehen und Medien – bis diese Menschen plötzlich in deinem Auto sitzen.

Das geregelte Leben der Krankenschwester Anna Selbig ändert sich schlagartig, als sie nach einer Nachtschicht nach Hause fährt. Sie muss an einer roten Ampel halten, als plötzlich zwei fremde Männer ihren Wagen stürmen und sie mit vorgehaltener Waffe zwingen loszufahren. Auf einmal ist sie mitten in einer unbekannten Welt voller Gewalt und Hass und kämpft ums nackte Überleben – doch es ist nichts wert.

Spannend. Emotional. Fesselnd.

„Der Nachfolger zur Komplizin sorgt für blanken Nervenkitzel!“

Ellen Puffpaff

Der Todesbote – ***Alles auf Jetzt*** **– Band II**

Thriller / 402 Seiten

ISBN Printausgabe: 978-3-947538-03-4// 11,90 Euro

ISBN eBook: 978-3-947538-09-6 // 9,99 Euro

Ein Jahr ist seit der Entführung vergangen. Annas Leben in Hamburg geht weiter – bedeutungslos und ungefährlich. Es kann der Eindruck entstehen, dass nie etwas passiert wäre.

Oder ist es nur die abgeschlossene Police, die sie schützt und vor allem Unheil bewahrt, so wie es vorhergesagt wurde? Gibt es eine höhere Macht, die unauffällig jede Sekunde ihres Lebens beschattet und sie beschützt?

Sie hat keine Ahnung, dass die Gefahr bereits brodelt, um noch größer zu werden als sie jemals war. Nur durch einen Zufall entgeht sie dem direkten Tod bei einem Bombenanschlag an ihrem unmittelbaren Arbeitsplatz im Krankenhaus. Doch das sollte nicht der letzte Angriff auf ihr Leben sein.

Die Gefahr ist präsenter denn je und war niemals ganz verschwunden.

Mitreißend. Explosiv. Unvorhersehbar.

„Schauder erregendes Debüt, das man nicht aus der Hand legen mag.“

EKZ.BIBLIOTHEKSSERVICE

Ellen Puffpaff

Dachbodenfund

Psychothriller / 238 Seiten

ISBN Printausgabe: 978-3-947538-00-3 // 9,90 Euro

ISBN eBook: 978-3-947538-06-5 // 7,99 Euro

Die junge Sandra Losberg erfüllt sich einen langersehnten Wunsch: Sie zieht mit ihrem Mann und ihrer kleinen Tochter von Hamburg in den ruhigen Ort Seesby in Schleswig-Holstein. Sie ist froh, dem Großstadttrubel zu entfliehen, und malt sich das Leben auf dem Land vollkommen rosig und idyllisch aus.

Doch schnell muss sie feststellen, dass das in diesem Dorf nicht der Fall ist. Die Bewohner verhalten sich merkwürdig, und Sandra kommt bald dahinter, dass sie ein gemeinsames Geheimnis hüten. Mit allen Mitteln versuchen sie, es vor der Neuen zu verbergen, was Sandras Misstrauen nur noch verstärkt und ihren Ansporn, dem Ganzen auf den Grund zu gehen, zusätzlich anheizt.

Trotz aller Warnungen gräbt sie weiter – nicht ahnend, dass sie damit das Leben ihrer Familie in Gefahr bringt.